CARLOS RUIZ ZAFÓN

Écrivain catalan, scénariste, Carlos Ruiz Zafón est né en 1964. *L'Ombre du vent*, son précédent roman, a reçu le prix Planeta, celui du Meilleur livre étranger pour la catégorie Roman, a été sélectionné pour le Femina étranger, et s'est vendu à dix millions d'exemplaires dans le monde.

Son dernier livre, *Le jeu de l'ange*, a paru aux éditions Robert Laffont en 2009.

Carlos Ruiz Zafón vit aujourd'hui à Los Angeles.

LE JEU DE L'ANGE

CARLOS RUIZ ZAFÓN

LE JEU DE L'ANGE

Traduit de l'espagnol
par François Maspero

ROBERT LAFFONT

Titre original :
EL JUEGO DEL ÁNGEL

Le papier de cet ouvrage est composé de fibres naturelles, renouvelables, recyclables et fabriquées à partir de bois provenant de forêts plantées et cultivées durablement pour la fabrication du papier.

© 2008, Dragonworks S.L.
Traduction française : 2009, Éditions Robert Laffont, S.A., Paris.
ISBN : 978-2-266-19423-5

Pour MariCarmen,
« a nation of two »

Premier acte

La Ville des maudits

1.

Un écrivain n'oublie jamais le moment où, pour la première fois, il a accepté un peu d'argent ou quelques éloges en échange d'une histoire. Il n'oublie jamais la première fois où il a senti dans ses veines le doux poison de la vanité et cru que si personne ne découvrait son absence de talent, son rêve de littérature pourrait lui procurer un toit sur la tête, un vrai repas chaque soir et ce qu'il désirait le plus au monde : son nom imprimé sur un misérable bout de papier qui, il en est sûr, vivra plus longtemps que lui. Un écrivain est condamné à se souvenir de ce moment, parce que, dès lors, il est perdu : son âme a un prix.

Ce moment, je l'ai connu un jour lointain de décembre 1917. J'avais alors dix-sept ans et travaillais à *La Voz de la Industria*, un journal au bord de la faillite qui végétait dans une bâtisse caverneuse, jadis siège d'une fabrique d'acide sulfurique, dont les murs sécrétaient encore une vapeur corrosive qui rongeait le mobilier, les vêtements, les cerveaux et jusqu'à la semelle des souliers. Elle se dressait derrière la forêt d'anges et de croix du cimetière du Pueblo Nuevo et, de loin, sa silhouette se confondait avec celle des mausolées se découpant sur un horizon criblé de centaines de cheminées et d'usines qui faisaient régner sur Barcelone un perpétuel crépuscule écarlate et noir.

Le soir qui devait changer le cours de ma vie, le sous-directeur du journal, M. Basilio Moragas, trouva bon de me convoquer peu avant le bouclage dans le réduit obscur, situé tout au fond de la rédaction, qui lui servait à la fois de bureau et de fumoir pour ses havanes. M. Basilio était un homme à l'aspect féroce et aux moustaches luxuriantes, qui détestait les platitudes et professait cette théorie qu'un usage généreux des adverbes et un emploi excessif des adjectifs étaient le fait d'individus pervertis et souffrant d'un manque de vitamines. S'il découvrait un rédacteur enclin à trop fleurir sa prose, il le mettait pour trois semaines à rédiger les notices nécrologiques. Et si, après cette purge, le personnage récidivait, M. Basilio l'affectait à perpétuité à la rubrique « travaux ménagers ». Nous en avions tous peur, et il le savait.

— Vous m'avez fait appeler, monsieur Basilio ? risquai-je timidement.

M. Basilio me lança un coup d'œil torve. Prenant cela pour un ordre, je pénétrai dans le bureau qui sentait la sueur et le tabac. M. Basilio ignora ma présence et continua de relire un des articles disposés sur sa table, crayon rouge à la main. Pendant plusieurs minutes, le sous-directeur mitrailla le texte de corrections, voire d'amputations, en proférant à mi-voix des grossièretés comme si je n'étais pas là. Ne sachant que faire, j'avisai une chaise rangée contre la cloison et fis mine de m'asseoir.

— Qui vous a dit de vous asseoir ? murmura M. Basilio sans lever les yeux du texte.

Je me redressai en toute hâte et retins ma respiration. Le sous-directeur soupira, lâcha son crayon rouge et se renversa sur le dossier de son fauteuil pour m'examiner comme si j'étais un déchet inutilisable.

— On m'a rapporté que vous écriviez, Martín.

Je me sentis soudain la gorge sèche et, quand j'ouvris la bouche, il en sortit un ridicule filet de voix.

— Un peu… enfin je ne sais pas… C'est-à-dire que, oui, j'écris…

— J'espère que vous écrivez mieux que vous ne vous exprimez. Et qu'écrivez-vous, si ce n'est pas trop vous demander ?

— Des histoires policières. En réalité…

— Ça va, j'ai compris.

Le regard que m'adressa M. Basilio défie toute description. Aussi enthousiaste que si je lui avais appris que je me consacrais à fabriquer des santons pour crèches de Noël avec de la bouse de vache. Il soupira de nouveau et haussa les épaules.

— D'après Vidal, vous ne seriez pas si mauvais que ça. Vous auriez même un certain talent. Il est vrai qu'ici vous ne risquez pas d'avoir beaucoup de concurrents. Mais enfin, si Vidal l'affirme…

Pedro Vidal était la plume vedette de *La Voz de la Industria*. Il rédigeait la chronique hebdomadaire des faits divers, chronique qui était la seule méritant d'être lue, et il avait publié une douzaine de romans où il était question de gangsters du quartier du Raval et de leurs aventures sentimentales avec des dames de la haute société, lesquels lui avaient valu un modeste succès populaire. Portant toujours d'impeccables complets de soie et des mocassins italiens brillants comme des miroirs, Vidal avait l'allure et le comportement d'un jeune premier de films pour séances de l'après-midi, avec sa blonde chevelure soigneusement peignée, sa moustache comme dessinée au crayon, et le sourire facile et généreux d'un homme qui se sent à l'aise dans sa peau et dans le monde. Il appartenait à une dynastie qui avait fait fortune dans les Amériques avec le commerce du sucre et qui, à son retour, avait mordu à pleines dents dans le succulent gâteau de l'électrification de la ville. Son père, le patriarche du clan, était un des actionnaires majoritaires du journal, et Pedro utilisait la rédaction en guise de terrain de jeu pour tuer l'ennui de n'avoir jamais eu besoin de travailler un seul jour dans toute sa vie. Peu lui importait que le journal perde de l'argent de la même manière que les nouvelles automobiles qui commençaient à circuler dans les rues de Barcelone perdaient de l'huile : pourvue en abondance de titres nobiliaires, la dynastie des Vidal se consacrait désormais à collectionner dans le quartier de l'Ensanche des banques et des immeubles sur des superficies atteignant la taille de petites principautés.

Pedro Vidal était la première personne à qui j'avais montré les ébauches que j'écrivais alors que j'étais encore un gamin dont le travail consistait à porter à la rédaction cafés et cigarettes. Il avait toujours eu du temps pour moi, pour lire mes écrits et me donner de bons conseils Avec le passage des ans, il avait fait de moi son assistant et m'avait permis de taper ses articles à la machine. C'était lui qui m'avait dit que si je désirais jouer mon destin à la roulette russe de la littérature, il était prêt à m'aider et à guider mes premiers pas. Fidèle à sa parole, il me jetait maintenant dans les griffes de M. Basilio, le cerbère du journal.

— Vidal est un sentimental qui croit encore à ces légendes profondément antiespagnoles que sont la méritocratie ou l'idée qu'il faut donner sa chance à celui qui en est digne et non au pistonné de la boîte. Bourré d'argent comme il l'est, il peut se permettre ce genre de fantaisie lyrique. Si j'avais le centième de la fortune qu'il gaspille, je me consacrerais à écrire des sonnets et les petits oiseaux viendraient me manger dans la main, émerveillés par ma bonté et mon charme personnel.

— Monsieur Vidal est quelqu'un de bien ! protestai-je.

— Mieux que ça. C'est un saint, parce que, malgré votre dégaine de crève-la-faim, il passe des semaines entières à me bassiner avec le talent et le travail du benjamin de la rédaction. Il sait qu'au fond je suis un faible, et puis il m'a promis que si je vous donne cette chance, il me fera cadeau d'une boîte de havanes. Et si Vidal le dit, c'est comme si Moïse descendait de sa montagne les tables de la Loi à la main en apportant la Révélation. Bref, voilà pourquoi, parce que c'est Noël et pour que votre ami se taise une bonne fois pour toutes, je vous offre de débuter comme les héros : contre vents et marées.

— Mille fois merci, monsieur Basilio. Je vous assure que vous ne vous repentirez pas de…

— Ne vous emballez pas, mon garçon. Et d'abord, que pensez-vous de l'usage généreux et intempestif des adverbes et des adjectifs ?

— C'est une honte et il devrait être sanctionné par le Code pénal, répondis-je avec la conviction du converti militant.

M. Basilio manifesta son approbation.

— Parfait, Martín. Vous avez d'excellentes priorités. Ceux qui survivent dans ce métier sont ceux qui ont des priorités et pas de principes. Donc voici l'affaire. Asseyez-vous et ouvrez grand les oreilles, parce que je ne vous la répéterai pas deux fois.

L'affaire était la suivante. Pour des raisons que M. Basilio trouva préférable de ne pas approfondir, la dernière page de l'édition dominicale, traditionnellement consacrée à un texte littéraire ou à un récit de voyages, s'était trouvée vacante au dernier moment. Le contenu prévu était un récit dans la veine patriotique et d'un lyrisme enflammé autour de l'épopée des Almogavares, lesquels, air bien connu, sauvaient la chrétienté et tout ce qui était honnête sous le ciel, en commençant par la Terre sainte et en terminant par le delta de Llobregat. Malheureusement, le texte n'était pas arrivé à temps, à moins que, comme je le soupçonnai, M. Basilio n'ait pas vraiment eu envie de le publier. Cela nous laissait, à six heures du bouclage, sans autre candidat à la substitution qu'une publicité en pleine page vantant les mérites de corsets en fanons de baleine qui garantissaient des hanches de rêve et effaçaient les bourrelets. Devant ce dilemme, la direction avait estimé qu'il fallait relever le défi et faire appel aux talents littéraires cachés d'un membre de la rédaction, quel qu'il soit, afin de réparer l'accroc et de sortir le journal avec, sur quatre colonnes, un texte débordant d'humanité, pour la plus grande satisfaction de notre fidèle clientèle familiale. La liste des talents reconnus auxquels on pouvait recourir comportait dix noms, dont aucun, bien entendu, n'était le mien.

— Mon cher Martín, les circonstances se sont liguées contre nous : pas un seul des paladins figurant sur notre liste n'est présent ou n'est joignable dans un laps de temps raisonnable. Face au désastre imminent, j'ai décidé de vous donner cette chance.

— Comptez sur moi.

— Je compte sur cinq feuillets, double interligne, dans les six heures qui viennent, monsieur Edgar Allan

Poe. Apportez-moi une histoire, pas un discours. Si j'ai envie de sermons, j'irai à la messe de minuit. Apportez-moi une histoire que je n'ai encore jamais lue et, si je l'ai déjà lue, débrouillez-vous pour qu'elle soit si bien écrite et racontée que je ne m'en apercevrai pas.

J'allais sortir en courant quand M. Basilio se leva, contourna son bureau et posa sur mon épaule une patte de la taille et du poids d'une enclume. Ses yeux souriaient.

— Si l'histoire est convenable, je vous la paierai dix pesetas. Et si elle est plus que convenable et qu'elle plaît à nos lecteurs, je vous en publierai d'autres.

— Quelques recommandations particulières, monsieur Basilio ? demandai-je.

— Oui : ne me décevez pas.

Je passai les six heures suivantes en transe. Je m'étais installé à la table qui se trouvait au centre de la salle de rédaction, réservée à Vidal pour les jours où le caprice lui venait de passer là un moment. La salle était déserte et plongée dans une obscurité où stagnait la fumée de dix mille cigarettes. Je fermai les yeux un instant et invoquai une image : un manteau de nuages noirs se répandant sur la ville noyée dans la pluie, un homme qui marchait en cherchant à rester dans l'ombre, avec du sang sur les mains et un secret dans les yeux. Je ne savais pas qui il était ni ce qu'il fuyait, mais, au cours des six heures qui suivirent, il allait devenir mon meilleur ami. Je glissai une feuille dans le rouleau de la machine à écrire et, sans un instant de répit, je m'acharnai à exprimer tout ce que je portais en moi. Je me battis avec chaque mot, chaque phrase, chaque tournure, chaque image et chaque lettre comme si c'étaient les derniers que je devais écrire. J'écrivis et réécrivis chaque ligne comme si ma vie en dépendait, puis je la réécrivis encore. Seuls me tenaient compagnie le crépitement incessant de la machine qui se perdait dans la pénombre de la salle et la grande horloge qui marquait les minutes me séparant du lever du jour.

Un peu avant six heures du matin, j'arrachai la dernière feuille de la machine et soupirai, vaincu, avec la sensation d'avoir un nid de guêpes dans le cerveau. J'entendis les pas lents et lourds de M. Basilio qui avait émergé d'un de ses sommes contrôlés et s'approchait sans se presser. Je lui tendis les pages, n'osant pas soutenir son regard. M. Basilio s'assit à la table voisine et alluma la lampe de bureau. Il parcourut le texte sans trahir le moindre sentiment. Puis il posa un instant sa cigarette sur le bord de la table et, après m'avoir dévisagé, lut la première ligne à voix haute :

« La nuit tombe sur la ville, et l'odeur de la poudre plane dans les rues comme le souffle d'une malédiction. »

Don Basilio me jeta un bref coup d'œil, et je me retranchai derrière un sourire qui ne laissa aucune de mes dents à couvert. Sans un mot de plus, il se leva et s'en alla en emportant mon récit. Il ferma la porte derrière lui. Je restai pétrifié, ne sachant pas si je devais partir en courant ou attendre ma condamnation à mort. Dix minutes plus tard, qui me semblèrent dix années, la porte du bureau du sous-directeur se rouvrit et la voix de stentor de M. Basilio résonna dans toute la salle.

— Martín ! Ayez la bonté de venir.

Je me traînai aussi lentement que possible, rentrant un peu plus les épaules et me tassant à chaque nouveau pas, jusqu'au moment où je fus bien obligé de relever la tête. Le terrible crayon rouge à la main, don Basilio me contemplait froidement. Je tentais de déglutir, mais j'avais la bouche sèche. M. Basilio prit les feuillets et me les rendit. Je les saisis et fis demi-tour en direction de la porte aussi vite que je le pus, en pensant que je pourrais toujours dégoter une place de cireur de chaussures dans le hall de l'hôtel Colón.

— Descendez ça à l'imprimerie pour qu'ils le composent, dit la voix derrière moi.

Je me retournai, croyant être l'objet d'une cruelle plaisanterie. M. Basilio ouvrit le tiroir de son bureau, compta dix pesetas et les posa sur la table.

— Elles sont à vous. Je vous suggère de vous en servir pour acheter un autre costume, ça fait quatre ans que je vous vois avec le même et il est encore six fois trop grand pour vous. Si vous voulez, vous pouvez aller trouver M. Pantaleoni, le tailleur de la rue Escudellers, et lui dire que vous venez de ma part. Il vous traitera bien.

— Merci beaucoup, monsieur Basilio. Je n'y manquerai pas.

— Et allez me concocter un autre récit comme celui-là. Je vous donne une semaine. Mais ne vous endormez pas. Et cette fois, débrouillez-vous pour qu'il y ait moins de morts, parce que le lecteur d'aujourd'hui veut une fin bien sirupeuse où triomphent la grandeur de l'esprit humain et autres balivernes.

— Oui, monsieur Basilio.

Le sous-directeur me tendit la main. Je la serrai.

— Bon travail, Martín. Lundi, je veux vous voir à la table qui était celle de Junceda et qui est désormais la vôtre. Je vous nomme aux faits divers.

— Je ne vous décevrai pas, monsieur Basilio.

— Non, vous ne me décevrez pas. Vous me laisserez tomber, tôt ou tard. Et vous aurez raison, car vous n'êtes pas journaliste et ne le serez jamais. Mais vous n'êtes pas encore non plus un auteur de romans policiers, même si vous croyez l'être. Restez ici un bout de temps et nous vous enseignerons quelques ficelles qui vous serviront.

À ce moment, toutes mes défenses étant tombées, je fus envahi par un tel sentiment de gratitude que j'eus envie d'embrasser ce gros homme. M. Basilio, qui avait déjà remis son masque féroce, vrilla sur moi un regard acéré et me montra la porte.

— Pas d'attendrissement, je vous en prie. Fermez derrière vous en sortant dans la rue. Et joyeux Noël.

— Joyeux Noël.

Le lundi suivant, quand j'arrivai à la rédaction et me disposai à occuper pour la première fois ma propre table de travail, je trouvai une enveloppe de papier gris, un ruban noué autour et mon nom écrit avec la machine sur laquelle j'avais passé des années à taper. J'y trouvai la quatrième de couverture du dimanche avec mon histoire encadrée et un mot :

« Ce n'est que le début. Dans dix ans ce sera moi l'apprenti et toi le maître. Ton ami et collègue, Pedro Vidal. »

2.

Mes débuts littéraires survécurent au baptême du feu, et grâce à M. Basilio, fidèle à sa parole, j'eus la chance de pouvoir publier deux autres récits du même genre. Bientôt, la direction décida que ma carrière fulgurante aurait une périodicité hebdomadaire, tandis que je continuerais d'exécuter ponctuellement mon travail à la rédaction pour un salaire identique. Intoxiqué par la vanité et l'épuisement, je passais mes journées à reprendre les textes de mes camarades et à rédiger au vol des chroniques de faits divers, toutes plus épouvantables les unes que les autres, afin de pouvoir consacrer mes nuits à écrire, seul dans la salle de rédaction, un feuilleton byzantin et mélodramatique que mon imagination caressait depuis longtemps et qui, sous le titre *Les Mystères de Barcelone*, mélangeait sans vergogne Alexandre Dumas et Bram Stoker en passant par Eugène Sue et Paul Féval. Je ne dormais guère plus de trois heures, et je donnais l'impression de les avoir passées dans un cercueil. Vidal, n'ayant jamais connu cette faim qui n'a rien à voir avec le ventre et vous dévore de l'intérieur, était d'avis que j'étais en train de me détruire le cerveau et que, à l'allure où j'allais, j'assisterais à mon propre enterrement avant d'avoir atteint ma vingtième année. M. Basilio, que mon acharnement au travail ne scandalisait pas, avait d'autres raisons de se montrer réservé. Il ne publiait chacun de mes chapitres qu'à contrecœur, contrarié parce qu'il les trouvait d'une morbidité excessive et y voyait un déplorable gaspillage de mon talent au service de sujets et d'intrigues d'un goût douteux.

Les Mystères de Barcelone donnèrent très vite naissance à une nouvelle étoile du roman-feuilleton, une *femme fatale* telle que seul un garçon de dix-sept ans peut se la représenter. Chloé Permanyer était la sombre princesse de toutes les femmes vampires. Trop intelligente, et plus machiavélique encore, Chloé Permanyer, toujours corsetée dans les nouveautés vestimentaires les plus incendiaires, officiait en qualité de maîtresse et âme damnée de l'énigmatique Baltasar Morel, cerveau du monde interlope, qui vivait dans une demeure souterraine peuplée d'automates et de reliques macabres, dont l'entrée secrète se trouvait dans les galeries creusées sous les catacombes du quartier Gothique. La méthode criminelle favorite de Chloé était de séduire ses victimes par une danse hypnotique, au cours de laquelle elle se défaisait de tous ses atours, pour ensuite leur donner un baiser dont le rouge à lèvres empoisonné leur paralysait tous les muscles et les asphyxiait silencieusement, pendant qu'elle les regardait dans les yeux, non sans avoir préalablement ingurgité un antidote dissous dans du Dom Pérignon puisé aux meilleures réserves. Chloé et Baltasar avaient leur propre code de l'honneur : ils ne liquidaient que l'écume de la société et nettoyaient le monde des êtres malfaisants, de la vermine, des tartufes, des fanatiques, des escrocs dogmatiques et de tous les crétins qui faisaient de cette Terre un séjour invivable pour les autres au nom de drapeaux, de dieux, de langues, de races ou de toutes les autres canailleries derrière lesquelles ces individus dissimulaient leur jalousie et leur mesquinerie. Pour moi, ils étaient des héros hétérodoxes, comme tous les authentiques héros. Pour M. Basilio, dont les goûts littéraires s'étaient définitivement fixés sur l'âge d'or de la poésie espagnole, il s'agissait d'une absurdité aux dimensions colossales, mais, au vu du bon accueil que recevaient mes histoires et parce qu'à son corps défendant il avait de l'affection pour moi, il tolérait mes extravagances et les attribuait à un excès de fièvre pubertaire.

— Vous avez plus de savoir-faire que de bon goût, Martín. La pathologie dont vous êtes affligé porte un nom, et ce nom est le *grand guignol*, qui est au drame ce que la syphilis est aux organes virils. On l'attrape peut-être de façon agréable, mais ensuite tout va de mal en pis. Vous devriez lire les classiques, ou au moins Benito Pérez Galdós, notre plus grand romancier réaliste, pour relever le niveau de vos aspirations littéraires.

— Mais ça plaît aux lecteurs, plaidais-je.

— Le mérite ne vous en revient pas. Il est dû à la concurrence, si désastreuse et si pédante qu'elle serait capable de plonger un âne dans un état catatonique en moins d'un paragraphe. J'aimerais bien que vous vous décidiez à mûrir, pour tomber enfin de l'arbre du fruit défendu.

J'acquiesçais en feignant la contrition, mais je continuais à caresser secrètement ces mots défendus, *grand guignol*, en songeant que toute cause, même la plus frivole, a besoin d'un champion qui défende son honneur.

Je commençais à me sentir le plus fortuné des mortels, quand je découvris que plusieurs de mes camarades étaient fort marris de voir le benjamin, mascotte officielle de la rédaction, tracer ainsi son chemin dans le monde des lettres, alors que leurs propres aspirations et ambitions littéraires stagnaient depuis des années dans les limbes gris de la misère. Le fait que les lecteurs lisent ces modestes récits avec avidité et les apprécient plus que tout ce qui était sorti des rotatives au cours des vingt dernières années aggravait leur ressentiment. En quelques semaines à peine, je vis l'orgueil blessé transformer ceux que j'avais considérés jusque-là comme mon unique famille en un tribunal hostile : ils évitaient de plus en plus de me saluer, de me parler, et ne perdaient pas une occasion d'exercer leur talent contrarié à proférer derrière mon dos des réflexions ironiques et méprisantes. Ma bonne et incompréhensible fortune était mise sur le compte de Pedro Vidal, de l'ignorance et de la stupidité de nos abonnés, et de cette constante nationale largement répandue qui voulait à tout coup qu'atteindre un certain niveau de succès dans un quelconque milieu professionnel soit une preuve irréfutable d'incompétence et d'absence de mérite.

Au vu de la tournure inattendue et ignominieuse que prenaient les événements, Vidal essayait de me remonter le moral, mais j'en étais déjà à soupçonner que mes jours étaient comptés à la rédaction.

— L'envie est la religion des médiocres. Elle les réconforte, répond aux inquiétudes qui les rongent de l'intérieur et, en dernière instance, leur pourrit l'âme et leur permet de justifier leur mesquinerie et leur jalousie au point de croire que ce sont des vertus et que les portes du ciel s'ouvriront seulement pour les malheureux comme eux, qui passent dans la vie sans laisser plus de traces que leurs sordides tentatives de rabaisser les autres et si possible de détruire ceux qui, par le simple fait d'exister et d'être ce qu'ils sont, mettent en évidence leur pauvreté d'esprit, d'intelligence et de courage. Bienheureux celui que lapident les crétins, car son âme ne leur appartiendra jamais.

— Amen, approuvait M. Basilio. Si vous n'étiez pas né riche, vous auriez dû vous faire curé. Ou révolutionnaire. Après des sermons comme celui-là, même un évêque serait forcé de s'agenouiller et de faire son acte de contrition.

Je protestais :

— Riez tant que vous voudrez. Mais en attendant, celui qu'ils ne peuvent pas voir en peinture, c'est moi.

Malgré cet éventail d'animosités et de jalousies que me valaient mes efforts, la triste réalité était que, en dépit de mes prétentions d'auteur populaire, mon salaire me permettait tout juste de survivre, d'acheter les quelques livres que j'avais le temps de lire et de louer une mauvaise chambre dans une pension qui avait tout du tombeau, dans une ruelle proche de la rue Princesa, régentée par une Galicienne bigote répondant au nom de Mme Carmen. Mme Carmen exigeait la discrétion et changeait les draps une fois par mois, raison pour laquelle il était conseillé aux résidents de s'abstenir de succomber aux tentations de l'onanisme ou de se mettre au lit avec une chemise sale. Il n'était pas nécessaire de prohiber toute présence féminine dans les chambres, car aucune femme de Barcelone n'aurait accepté d'entrer dans ce trou à rats, même sous menace de mort. Là, j'ai appris que presque tout s'oublie dans la vie, à commencer par les odeurs, et que le premier but que je devais m'assigner pour l'avenir était de ne pas crever dans un endroit pareil. Aux heures de découragement, qui étaient les plus nombreuses, je songeais que la seule chose susceptible de me sortir de là avant que je sois emporté par la tuberculose était la littérature, et que si quelqu'un se sentait blessé par moi dans son amour-propre, ou plus bas, il n'avait qu'à se les gratter et que grand bien lui fasse.

Le dimanche, à l'heure de la messe à laquelle Mme Carmen se rendait pour son rendez-vous hebdomadaire avec le Très-Haut, les pensionnaires en profitaient pour se réunir dans la chambre du plus ancien d'entre nous, un pauvre homme prénommé Heliodoro, qui avait aspiré dans sa jeunesse au noble métier de torero mais avait dû se contenter de commenter les corridas en sa qualité d'employé à l'entretien des urinoirs des arènes de la Monumental, côté soleil.

— L'art de la tauromachie est mort, proclamait-il. Aujourd'hui, tout ça n'est plus qu'une affaire d'éleveurs cupides et de taureaux sans âme. Le public ne sait plus faire la distinction entre un spectacle destiné à la masse ignare et une faena exécutée dans les règles de l'art, que seuls apprécient les vrais connaisseurs.

— Ah, si on vous avait donné l'alternative, monsieur Heliodoro, vous auriez eu votre chance et vous nous chanteriez une autre chanson !

— C'est que, dans ce pays, seuls triomphent les incapables.

— Vous avez raison.

Après le prêche hebdomadaire de M. Heliodoro, venait le moment des réjouissances. Comprimés comme chair à saucisses derrière l'étroite fenêtre de la chambre, les pensionnaires pouvaient voir et entendre les râles d'une habitante de l'immeuble voisin, Marujita, surnommée la Piquillo, « la Piment », en raison de son verbe particulièrement pimenté et aussi de son anatomie rebondie comme celle d'un poivron. Marujita gagnait sa vie en faisant la plonge dans des restaurants populaires, mais les dimanches et les jours fériés elle se consacrait à un petit ami séminariste qui descendait en ville incognito de Manresa par le train et s'appliquait avec brio et de tout son cœur à la connaissance du péché. Un jour où mes compagnons de logement se pressaient ainsi contre la fenêtre à seule fin de capter une vision fugace des fesses titanesques de Marujita dans un de ces va-et-vient qui les plaquaient comme un gâteau à la crème contre la vitre de sa mansarde, la sonnette de la pension retentit. Devant le manque de volontaires pour aller ouvrir la porte et risquer ainsi de perdre un poste d'observation privilégié, je renonçai à mon envie de m'unir au chœur et me dirigeai vers la porte. En l'ouvrant, je me trouvai devant une vision insolite et imprévue dans un décor aussi misérable. Don Pedro Vidal en personne, dans toute sa splendeur et son complet de soie italienne, souriait sur le palier.

— Et la lumière fut ! s'exclama-t-il en entrant sans attendre que je l'y invite.

Vidal s'arrêta pour examiner la pièce qui faisait à la fois office de salle à manger et d'agora de ce taudis, et poussa un soupir de dégoût.

— Ce serait mieux d'aller dans ma chambre, suggérai-je.

Les cris et les acclamations de mes colocataires saluant avec jubilation les acrobaties érotiques de Marujita transperçaient les cloisons.

— Quel endroit plein de gaieté ! commenta Vidal.

— Faites-moi l'honneur de passer dans la suite présidentielle, lui proposai-je.

Après avoir jeté un rapide coup d'œil à la chambre, Vidal s'assit sur l'unique chaise que je possédais et me regarda d'un air peu amène. Je n'avais pas de mal à imaginer l'impression que mon modeste logis devait lui produire.

— Comment trouvez-vous ça ?

— Enchanteur. J'ai bien envie de m'y installer aussi.

Pedro Vidal habitait la villa Helius, un vaste hôtel particulier de style moderniste, trois étages et une tour, situé sur les pentes qui montaient par Pedralbes vers le croisement des rues Abadesa, Oldet et Panama. La maison était un cadeau que son père lui avait fait dix ans plus tôt dans l'espoir de le voir s'assagir et fonder une famille, entreprise dans laquelle Vidal avait déjà plusieurs lustres de retard. La vie avait gratifié don Pedro Vidal de nombreux talents, parmi ceux-ci, celui de décevoir son père au moindre de ses gestes et de ses pas. Le voir fraterniser avec des indésirables tels que moi n'améliorait rien. Un jour où j'étais allé chez mon mentor pour lui apporter divers papiers du journal, j'étais tombé sur le patriarche du clan Vidal dans un des salons de la villa Helius. Le père de don Pedro m'avait ordonné d'aller chercher de l'eau gazeuse et un chiffon propre pour nettoyer une tache sur le revers de son veston.

— Je crois que vous faites erreur, monsieur. Je ne suis pas un domestique…

Il m'avait adressé un sourire qui remettait toutes choses à leur place sans qu'il fût besoin de paroles.

— C'est toi qui fais erreur, mon garçon. Tu es un domestique, que tu le veuilles ou non. Comment t'appelles-tu ?

— David Martín, monsieur.

Le patriarche avait répété mon nom.

— Suis mon conseil, David Martín. Quitte cette maison et retourne dans le milieu auquel tu appartiens. Tu t'épargneras beaucoup de problèmes, et tu m'en épargneras aussi.

Je ne l'ai jamais avoué à don Pedro, mais, tout de suite après, je m'étais rendu à la cuisine en courant pour chercher l'eau et le chiffon, et j'avais passé un quart d'heure à nettoyer le veston du grand homme. L'ombre du clan s'étendait très loin, et même si don Pedro affectait des manières bohèmes, sa vie entière dépendait du réseau familial. La villa Helius était commodément située à cinq minutes de l'immense demeure familiale dominant la partie supérieure de l'avenue Pearson, un entassement digne d'une cathédrale de balcons à balustrades, de perrons et de mansardes, qui contemplait tout Barcelone de loin comme un enfant contemple les jouets qu'il a éparpillés au sol. Chaque jour, une expédition composée de deux domestiques et d'une cuisinière de la « grande maison », nom que l'on donnait au domicile paternel dans l'entourage des Vidal, se rendait à la villa Helius pour nettoyer, astiquer, repasser, cuisiner, afin que l'existence de mon heureux protecteur se déroule dans un cadre douillet et un perpétuel oubli des ennuyeuses vicissitudes de la vie quotidienne. Don Pedro Vidal se déplaçait à travers la ville dans une superbe Hispano-Suiza conduite par le chauffeur de la famille, Manuel Sagnier, et n'était probablement jamais monté dans un tramway. Comme un bon gosse de riche né dans un palais, Vidal ne pouvait pas comprendre le charme lugubre qui se dégageait des pensions bon marché de la Barcelone de l'époque.

— Dites-moi plutôt la vérité, don Pedro.

— Cette pièce ressemble à un cachot, proclama-t-il finalement. Je ne sais pas comment tu peux habiter ici.

— Avec mon salaire, et difficilement.

— Si besoin est, je te payerai ce qui te manque pour que tu t'installes dans un endroit qui ne sentira ni le soufre ni la pisse.

— Il n'en est pas question.

Vidal soupira.

— « Il mourut d'orgueil et dans l'asphyxie la plus totale » : telle sera ton épitaphe, et je te la fournis gratis.

Durant quelques instants, Vidal déambula dans la pièce sans ouvrir la bouche, s'arrêtant pour inspecter ma minuscule armoire, regarder par la fenêtre d'un air dégoûté, passer la main sur la peinture verdâtre qui couvrait les cloisons et taper délicatement de l'index sur la petite ampoule nue qui pendait du plafond, comme s'il voulait vérifier la désastreuse qualité de l'ensemble.

— Qu'est-ce qui vous amène ici, don Pedro ? L'air de Pedralbes était trop pur ?

— Je ne viens pas de chez moi. Je viens du journal.

— Et pourquoi ?

— J'étais curieux de connaître l'endroit où tu habites, et puis j'ai du nouveau pour toi.

Il tira de sa veste une enveloppe en parchemin blanc et me la tendit.

— Elle est arrivée aujourd'hui à la rédaction, à ton nom.

L'enveloppe était scellée par un cachet de cire sur lequel s'imprimait une silhouette ailée. Un ange. À part cela, seul mon nom y était inscrit avec soin, à l'encre écarlate et dans une calligraphie raffinée.

— Qui me l'envoie ? demandai-je, intrigué.

Vidal haussa les épaules.

— Probablement un admirateur. Ou une admiratrice. Je l'ignore. Ouvre-la.

J'en retirai précautionneusement une double feuille sur laquelle, de la même écriture, on pouvait lire ce qui suit :

Cher ami,

Je me permets de vous écrire pour vous faire part de mon admiration et vous féliciter du succès de la publication, ces derniers temps, des Mystères de Barcelone *dans* La Voz de la Industria. *Lecteur amoureux de la bonne littérature, c'est pour moi un grand plaisir que de rencontrer une voix nouvelle débordant de talent, de jeunesse et de promesses. Aussi permettez-moi, en témoignage de ma gratitude pour les heures heureuses que m'a procurées la lecture de vos récits, de vous inviter à une petite surprise qui, j'en suis sûr, sera de votre goût, aujourd'hui, à minuit, à l'Ensueño du Raval. On vous y attendra.*

Affectueusement.

A. C.

Vidal, qui avait lu par-dessus mon épaule, haussa les sourcils, intrigué.

— Intéressant, murmura-t-il.

— Intéressant, pourquoi ? Quel genre d'endroit est l'Ensueño ?

Vidal prit une cigarette dans son étui en platine. Je l'avertis :

— Mme Carmen ne tolère pas qu'on fume dans la pension.

— Pourquoi donc ? La fumée perturbe l'odeur de cloaque ?

Il alluma sa cigarette et la savoura doublement, comme on prend plaisir à tout ce qui est interdit.

— As-tu déjà connu des femmes, David ?

— Bien sûr. Des tas.

— Au sens biblique.

— À la messe ?

— Non. Au lit.

— Ah…

— Alors ?

En réalité, je n'avais pas grand-chose à raconter qui puisse impressionner un homme comme Vidal. Mes bonnes fortunes et mes amours d'adolescence avaient été caractérisées par leur modestie et un remarquable manque d'originalité. Rien, dans mon bref catalogue d'attouchements, de caresses et de baisers volés sous un porche ou dans la pénombre d'une salle de cinématographe, ne pouvait prétendre mériter la considération du maître consacré dans les arts et les sciences de jeux d'alcôve de la cité comtale.

— Qu'est-ce que ça vient faire dans cette histoire ? protestai-je.

Vidal arbora un air professoral et se prépara à se lancer dans ses discours habituels.

— Au temps de ma jeunesse, il était normal, du moins pour les rejetons de bonne famille comme moi, de s'initier à ce genre de joutes amoureuses avec une professionnelle. Quand j'avais ton âge, mon père, habitué des établissements les plus chic de la ville, m'a conduit dans un lieu appelé l'Ensueño, qui se trouvait à quelques mètres du palais que notre cher comte Güell s'est entêté à faire construire par Gaudí près de la Rambla. Ne prétends pas que tu n'en as jamais entendu parler.

— Vous parlez du comte ou du lupanar ?

— Très drôle. L'Ensueño était un établissement élégant destiné à une clientèle triée sur le volet. Je le croyais fermé depuis longtemps, mais je suppose que ce n'est pas le cas. À la différence de la littérature, certains commerces gardent toujours leur cote.

— Je comprends. Et donc c'est une idée de vous ? Une espèce de canular ?

Vidal nia.

— D'un de ces crétins de la rédaction, alors ?

— Je décèle une certaine animosité dans tes paroles, mais je doute que quiconque, parmi ceux qui se dédient au noble métier de journaliste avec le grade de simple soldat, soit en mesure d'assumer les honoraires d'un lieu comme l'Ensueño, s'il est resté tel que je me le rappelle.

Je respirai bruyamment.

— De toute manière, je ne pense pas y aller.

Vidal haussa les sourcils.

— Tu ne vas pas me sortir maintenant que tu n'es pas un mécréant comme moi et que tu veux arriver le cœur et le reste vierges dans le lit nuptial, que tu es une âme pure n'aspirant qu'à attendre ce moment magique où l'amour véritable te fera découvrir l'extase de la fusion de la chair et de l'âme bénie par le Saint-Esprit pour peupler le monde d'enfants qui porteront ton nom et auront les yeux de leur mère, cette sainte femme modèle de vertu et de pudeur dont la main t'ouvrira les portes du ciel sous le regard bienveillant et approbateur de l'Enfant Jésus.

— Ce n'est pas ce que je voulais dire.

— Je m'en réjouis, car il est possible, et même plus que possible, que ce moment n'arrive jamais, que tu ne tombes pas amoureux, que tu ne veuilles ni ne puisses donner la vie et que, comme moi, tu atteignes quarante-cinq ans pour te rendre compte que tu n'es plus un jeune homme et qu'il n'y avait pour toi ni chœur de cupidons jouant de la lyre ni tapis de roses blanches pour te guider vers l'autel, et que la seule vengeance qui te reste soit de voler à l'existence le plaisir de cette chair ferme et ardente qui s'évapore plus facilement que les bonnes intentions et qui est ce qui ressemble le plus au ciel dans cette cochonnerie de monde où tout se corrompt, à commencer par la beauté et à finir par la mémoire.

Je laissai s'instaurer une longue pause, en manière d'applaudissement silencieux. Vidal était un grand amateur d'opéras, et il avait fini par adopter le tempo et la déclamation des grands airs. Il ne manquait jamais un rendez-vous avec Puccini au Liceo, dans la loge familiale. Il était l'un des rares, si l'on ne tient pas compte des malheureux entassés au poulailler, à courir entendre la musique qu'il aimait tant et qui exerçait une telle influence sur ses discours sur le divin et sur l'humain dont parfois, comme en ce moment, il gratifiait mes oreilles.

— Alors ? questionna Vidal d'un air de défi.

— Cette dernière tirade me plaît beaucoup.

— Elle est tirée d'*Assassinat au cercle du Liceo*, admit Vidal. La scène finale où Miranda LaFleur tire sur le marquis cynique qui lui a brisé le cœur en la trahissant dans les bras de l'espionne du tsar Svetlana Ivanova au cours d'une nuit de passion dans la suite nuptiale de l'hôtel Colón.

— C'est bien ce qui me semblait. Vous ne pouviez pas mieux choisir. C'est votre chef-d'œuvre, don Pedro.

Vidal accueillit cet éloge avec un sourire et médita un instant sur l'opportunité d'allumer une autre cigarette.

— Ce qui n'empêche pas qu'il y ait un peu de vérité dans tout ça, conclut-il.

Il s'assit sur l'appui de la fenêtre, non sans avoir préalablement étalé un mouchoir dessus pour ne pas salir son précieux pantalon. J'aperçus l'Hispano-Suiza stationnée au coin de la rue Princesa. Manuel, le chauffeur, astiquait les chromes à l'aide d'un chiffon comme s'il s'agissait d'une sculpture de Rodin. Manuel m'avait toujours rappelé mon père, ils étaient de la même génération, c'étaient des hommes qui avaient connu trop longtemps l'adversité et en portaient la mémoire inscrite sur la figure. J'avais entendu des domestiques de la villa Helius dire que Manuel Sagnier avait passé un long moment en prison et que, à sa sortie, il avait traversé des années de vaches maigres car on ne lui proposait d'autre emploi que celui de coltiner des sacs et des caisses sur les quais, tâche qui ne convenait ni à son âge ni à son état de santé. On racontait qu'un jour Manuel avait sauvé Vidal au péril de sa propre vie en lui évitant de se faire écraser par un tramway. Pour le remercier, ce dernier, apprenant la douloureuse situation du pauvre homme, avait décidé de l'engager et de l'installer avec sa femme et sa fille dans le modeste appartement situé au-dessus du garage de la villa Helius. Il avait fait en sorte que la petite Cristina étudie avec les précepteurs qui venaient quotidiennement prodiguer leur enseignement aux rejetons de la dynastie Vidal à la maison paternelle, avenue Pearson, et s'était arrangé pour que l'épouse de Manuel exerce son métier de couturière auprès de la famille. Il pensait acquérir une des premières automobiles commercialisées à Barcelone, et si Manuel acceptait de s'instruire dans l'art de la conduite motorisée en abandonnant chariots et diables, Vidal avait besoin d'un chauffeur, car à l'époque les fils de famille ne posaient pas les mains sur des machines à combustion interne ni sur des engins produisant des émanations nauséabondes. Naturellement, Manuel avait accepté. La version officielle assurait que Manuel Sagnier et sa famille faisaient preuve d'une dévotion aveugle pour Vidal, éternel paladin des déshérités. Je ne savais si je devais prendre cette histoire au pied de la lettre ou l'attribuer à la longue kyrielle de légendes tissées autour des manifestations de la bonté aristocratique que cultivait Vidal et auxquelles on avait parfois l'impression que seule manquait l'apparition d'une bergère orpheline nimbée d'un halo lumineux.

— Tu as cette expression de vilain garnement que tu prends quand tu penses à quelque chose d'amusant, remarqua Vidal. Qu'est-ce que tu trames ?

— Rien. Je pensais à votre bonté, don Pedro.

— À ton âge et dans ta position, le cynisme ne mène à rien.

— Ça explique tout.

— Allons, salue Manuel, qui me demande toujours de tes nouvelles.

Je me mis à la fenêtre et le chauffeur, qui me traitait toujours comme un jeune homme de bonne famille et non comme l'enfant de pauvres que j'étais, me fit signe de loin. Je lui rendis son salut. Sur le siège arrière était assise sa fille Cristina, une créature à la peau blanche et aux lèvres dessinées au pinceau qui était un peu plus âgée que moi et m'avait laissé le souffle coupé dès la première fois que Vidal m'avait invité à visiter la villa Helius.

— Ne la dévore pas des yeux comme ça, sinon elle va se briser, murmura Vidal dans mon dos.

Je me retournai et me trouvai face à l'expression machiavélique qu'arborait Vidal quand il évoquait les affaires de cœur et autres viscères nobles.

— Je ne sais pas de quoi vous parlez.

— Ah vraiment ? Alors, qu'as-tu décidé, pour cette nuit ?

Je relus la lettre et hésitai.

— Est-ce que vous fréquentez ce genre d'endroits, don Pedro ?

— Je n'ai pas payé pour une femme depuis l'âge de quinze ans et encore, car, techniquement, c'est mon père qui a déboursé, rétorqua Vidal, sans le moindre accent de vantardise. Mais à cheval offert…

— Je ne sais pas, don Pedro…

— Mais si, bien sûr que tu sais.

Il me donna une petite tape dans le dos et prit la direction de la porte.

— Il te reste sept heures avant que sonne minuit. Je te le précise au cas où tu voudrais piquer un petit somme et prendre des forces.

Je retournai à la fenêtre. Manuel lui ouvrit la portière et Vidal se laissa choir mollement sur la banquette arrière. Le moteur de l'Hispano-Suiza déploya sa symphonie de pistons et de bielles. À cet instant, Cristina leva la tête vers ma fenêtre. Je lui souris, mais je me rendis compte qu'elle ne se rappelait pas qui j'étais. Quelques secondes plus tard, la grosse voiture de Vidal s'éloigna pour retourner dans son monde.

3.

À l'époque, la rue Nou de la Rambla déroulait un couloir de réverbères et d'enseignes lumineuses à travers les ténèbres du quartier du Raval. Cabarets, salles de bal et lieux difficiles à classer se succédaient, au coude à coude avec des établissements spécialisés dans les maladies vénériennes, préservatifs et désinfectants, qui restaient ouverts jusqu'à l'aube, tandis que des individus d'origines diverses, allant des jeunes gens visiblement aisés aux matelots des bateaux ancrés dans le port, se mêlaient à toutes sortes de personnages extravagants qui ne vivaient que pour la nuit. Des deux côtés de la rue s'ouvraient des passages étroits qui se perdaient dans la brume et hébergeaient une ribambelle de prostituées dont les tarifs allaient en décroissant.

L'Ensueño occupait l'étage supérieur d'un immeuble abritant au rez-de-chaussée une salle de music-hall dont les grandes affiches annonçaient le spectacle d'une danseuse, vêtue d'une robe aussi courte que diaphane qui ne cachait rien de ses charmes, tenant dans les bras un serpent noir dont la langue bifide semblait poser un baiser sur ses lèvres.

« *Eva Montenegro et le tango de la mort* », procla-
maient des lettres géantes. « *La reine de la nuit en exclusivité pour six soirées, sans prolongations. Avec la
participation, en vedette américaine, de Mesmero, qui lit
dans les pensées et dévoilera vos secrets les plus intimes.* »

Près de l'entrée de la salle, une porte étroite menait
à un long escalier aux murs peints en rouge. J'en gravis
les marches et me trouvai devant une lourde porte en
chêne sculpté dont le heurtoir avait la forme d'une
nymphe en bronze, le pubis chastement voilé d'une
feuille de trèfle. Je frappai plusieurs coups et attendis,
en évitant de contempler mon reflet dans le miroir terni
qui couvrait une bonne partie du mur. J'étais déjà en
train de considérer la possibilité de repartir en courant,
quand la porte s'ouvrit. Une femme d'un certain âge,
les cheveux entièrement blancs élégamment noués en
chignon, m'adressa un charmant sourire.

— Vous devez être monsieur David Martín.

Personne, dans toute ma vie, ne m'avait appelé monsieur, et ce ton cérémonieux me surprit.

— Lui-même.

— Si vous voulez bien avoir l'amabilité d'entrer et
de me suivre.

Je lui emboîtai le pas dans un bref couloir qui débou-
chait sur un vaste salon circulaire dont les murs étaient
revêtus de velours rouge et de lumières tamisées. Le
plafond formait un dôme en verre dépoli, d'où pendait
un lustre en cristal sous lequel une table en acajou
portait un énorme gramophone qui distillait un air
d'opéra.

— Puis-je vous offrir à boire, cher monsieur ?

— Si vous aviez un verre d'eau, je vous en serais
reconnaissant.

La dame aux cheveux blancs sourit sans sourciller ni modifier d'une once son attitude aimable et son flegme imperturbable.

— Peut-être préféreriez-vous une coupe de champagne ou un alcool. Ou encore un verre de xérès.

Les connaissances de mon palais ne dépassant pas les subtilités des différents crus de l'eau du robinet, je haussai les épaules.

— Je vous laisse choisir.

La dame acquiesça sans perdre son sourire et m'indiqua un des somptueux fauteuils épars dans le salon.

— Si vous voulez bien vous asseoir, Chloé ne tardera pas.

Je crus que j'allais m'étrangler.

— Chloé ?

Indifférente à ma perplexité, la dame aux cheveux blancs disparut par une porte que l'on entrevoyait derrière un rideau noir, me laissant seul avec mes nerfs et mes désirs inavouables. Je déambulai dans la pièce pour dissiper le tremblement qui s'était emparé de moi. À l'exception de la musique en sourdine et du battement de mon cœur dans mes tempes, ce lieu était une tombe. Six ouvertures étaient réparties autour du salon derrière des tentures bleues, conduisant à six portes à doubles battants fermées. Je me laissai choir dans un fauteuil, un de ces meubles conçus pour bercer les postérieurs de princes régents et de généralissimes cultivant une certaine faiblesse pour les coups d'État. Bientôt la dame revint avec une coupe de champagne sur un plateau d'argent. Je m'en emparai et la vis disparaître de nouveau par la même porte. J'avalai la coupe d'un trait et déboutonnai le col de ma chemise. Je commençais à soupçonner que tout cela n'était qu'une plaisanterie tramée à mes dépens par Vidal. À cet instant, j'aperçus une silhouette qui venait dans ma direction, en provenance d'un des couloirs. Elle avait l'apparence d'une enfant, et c'en était une. Elle marchait tête baissée. Je me levai.

La petite fille s'inclina en une légère révérence et, d'un geste, m'invita à la suivre. À ce moment, je me rendis compte qu'une de ses mains était postiche, comme celle d'un mannequin. Elle m'escorta jusqu'au bout du couloir et, à l'aide d'une clef pendue à son cou, ouvrit la porte et me céda le passage. La chambre était plongée dans une quasi-obscurité. J'avançai de quelques pas, en tentant de mieux distinguer l'intérieur. Je perçus le bruit de la porte qui se refermait derrière moi et, quand je me retournai, l'enfant avait disparu. Le mécanisme de la serrure joua et je compris que j'étais enfermé. Je demeurai ainsi environ une minute, immobile. Peu à peu mes yeux s'habituèrent à la pénombre, et les contours de la pièce se précisèrent. La chambre était tapissée de noir du plancher au plafond. Sur un côté, on devinait une série d'étranges accessoires, tels que je n'en avais jamais vu et dont je fus incapable de décider s'ils étaient sinistres ou tentateurs. Un large lit circulaire était disposé sous un baldaquin qui m'apparut comme une grande toile d'araignée, auquel étaient accrochés deux candélabres dont les cierges noirs brûlaient en répandant ce parfum de cire qui règne dans les chapelles et les veillées mortuaires. Près du lit s'ouvrait une jalousie au dessin sinueux. Je frissonnai. Cet endroit était identique à la chambre que j'avais imaginée pour l'ineffable vampire Chloé et ses aventures dans *Les Mystères de Barcelone*. Tout cela sentait le piège. Je me disposais à tenter de forcer la porte quand je m'aperçus que je n'étais pas seul. Glacé, je m'arrêtai. Une forme se dessinait derrière la jalousie. Deux yeux brillants m'observaient, et je discernai des doigts blancs et effilés terminés par de longs ongles vernis de noir entre les orifices de la jalousie. J'avalai ma salive.

— Chloé ? murmurai-je.

C'était elle. *Ma Chloé.* La sublime *femme fatale* d'opéra que j'avais décrite dans mes récits était devant moi, bien vivante et pareillement vêtue. Elle avait la peau la plus blanche que j'aie jamais vue, et ses cheveux noirs et brillants taillés au carré encadraient son visage. Ses lèvres étaient peintes d'une couleur qui ressemblait à du sang frais, et ses yeux verts étaient cernés de noir. Elle se déplaçait à la manière d'un félin, et l'on eût cru que son corps, serré dans un corset luisant comme des écailles, était d'une matière aquatique et défiait les lois de la gravité. Son cou mince et interminable était ceint d'un ruban de velours écarlate d'où pendait un crucifix inversé. Je la regardai approcher lentement ; incapable même de respirer, les yeux rivés sur ces jambes inimaginables gainées dans des bas de soie qui devaient coûter plus cher que ce que je gagnais en un an et se terminaient par des chaussures pointues comme des poignards, nouées aux chevilles par des rubans de soie. De toute mon existence, je n'avais rien vu d'aussi beau, ni d'aussi terrifiant.

Je me laissai conduire par cette créature jusqu'au lit où je tombai, littéralement, à la renverse. La lueur des cierges caressait les contours de son corps. Mon visage et mes lèvres se trouvèrent à la hauteur de son ventre nu et, involontairement, je posai un baiser sur son nombril et promenai ma joue sur sa peau. J'avais oublié qui j'étais et où je me trouvais. Elle s'agenouilla devant moi et me prit la main droite. Doucement, comme un chat, elle m'en lécha les doigts un à un, puis me regarda fixement et commença à me déshabiller. Lorsque je voulus l'aider, elle sourit et écarta mes mains.

— Chuuut !

Quand elle eut terminé, elle se pencha sur moi et me lécha les lèvres.

— À ton tour, maintenant. Déshabille-moi. Doucement. Très doucement.

Je sus alors que je n'avais survécu à mon enfance maladive et lamentable que pour vivre ces secondes-là. Je la déshabillai lentement, dénudant sa peau jusqu'à ce qu'il ne lui reste sur le corps que le ruban de velours autour du cou et ces bas noirs dont le seul souvenir pourrait faire vivre jusqu'à cent ans plus d'un malheureux comme moi.

— Caresse-moi, me chuchota-t-elle à l'oreille. Joue avec moi.

Je la caressai et baisai chaque centimètre de sa peau comme si je voulais le mémoriser à jamais. Chloé ne montrait nulle impatience et répondait au contact de mes mains et de mes lèvres par de doux gémissements qui me guidaient. Puis elle me fit m'étendre sur le lit et couvrit mon corps du sien jusqu'à ce que je sente chaque pore me brûler. Je posai mes mains sur son dos et parcourus cette ligne miraculeuse qui marquait sa colonne vertébrale. Son regard impénétrable m'observait à quelques centimètres seulement de mon visage. Je sentis que je devais parler.

— Je m'appelle…

— Chuuut !

Avant que je puisse prononcer quelque autre niaiserie, Chloé posa ses lèvres sur les miennes et, pendant une heure, elle me fit disparaître du monde. Consciente de ma maladresse mais feignant de ne pas s'en apercevoir, Chloé anticipait chacun de mes mouvements et guidait mes mains sur son corps sans hâte ni pudeur. Il n'y avait ni ennui ni absence dans ses yeux. Elle se laissait faire et m'autorisait à la savourer, avec une patience infinie et une tendresse qui me permit d'oublier comment j'étais arrivé là. Cette nuit, dans le bref espace d'une heure, j'appris chaque ligne de sa peau comme d'autres apprennent des prières ou leur damnation. Plus tard, lorsque je me trouvai presque sans souffle, Chloé me laissa appuyer ma tête sur ses seins et me caressa les cheveux longuement, silencieusement, jusqu'à ce que je m'endorme dans ses bras, la main entre ses cuisses.

Quand je me réveillai, la chambre était toujours dans la pénombre et Chloé était partie. Sa peau n'était plus sous mes mains. À sa place, je trouvai une carte de visite imprimée sur le même parchemin blanc que celui de l'enveloppe dans laquelle m'était parvenue l'invitation, et j'y lus, sous l'emblème de l'ange, ce qui suit :

ANDREAS CORELLI
Éditeur
Éditions de la Lumière
69, boulevard Saint-Germain, Paris

Au dos étaient ajoutés quelques mots manuscrits :

Cher David, la vie est faite de grandes espérances. Quand vous serez prêt pour transformer les vôtres en réalité, mettez-vous en contact avec moi. Je vous attendrai.
Votre ami et lecteur,

A. C.

Je ramassai mes vêtements éparpillés sur le sol et m'habillai. La porte de la chambre n'était plus fermée. Je parcourus le couloir jusqu'au salon, où le gramophone s'était tu. Aucune trace de la petite fille ni de la femme aux cheveux blancs qui m'avait reçu. Le silence était total. À mesure que je me dirigeais vers la sortie, j'eus l'impression que, derrière moi, les lumières s'éteignaient et que les couloirs et les pièces s'obscurcissaient lentement. Je sortis sur le palier et descendis l'escalier pour retourner dans le monde, à contrecœur. Dans la rue, je me dirigeai vers la Rambla en laissant derrière moi l'agitation et la foule des établissements nocturnes. Montait du port un fin et chaud brouillard que les lumières des baies vitrées de l'hôtel Oriente teintaient d'un jaune sale, pulvérulent, dans lequel les passants s'évanouissaient telles des traînées de vapeur. Je marchai, tandis que le parfum de Chloé commençait à s'effacer de mon esprit, et je me demandai si les lèvres de Cristina Sagnier, la fille du chauffeur de Vidal, avaient le même goût.

4.

Nul ne peut savoir ce qu'est la soif avant d'avoir bu pour la première fois. Trois jours après ma visite à l'Ensueño, le souvenir de la peau de Chloé brûlait encore dans toutes mes pensées. Sans en parler à quiconque – et encore moins à Vidal –, je décidai de réunir le peu d'économies qui me restaient et d'aller là-bas le soir même dans l'espoir que ce serait suffisant pour payer ne fût-ce qu'un instant dans ses bras. Il était minuit passé quand j'arrivai devant l'escalier aux murs rouges qui conduisait à l'Ensueño. La lumière était éteinte et je montai lentement, abandonnant derrière moi la bruyante citadelle de cabarets, bars, music-halls et autres établissements délicats à définir que les années de la Grande Guerre en Europe avaient semés dans la rue Nou de la Rambla. La lumière tremblante qui filtrait depuis le porche dessinait les marches sur mon passage. Une fois sur le palier, je m'arrêtai pour chercher à tâtons le heurtoir de la porte. Mes doigts frôlèrent le lourd marteau de métal. Au moment où je le soulevais, la porte céda de quelques centimètres. Je la poussai doucement. Un silence total me caressa le visage. Devant moi s'ouvrait une pénombre bleutée.

Déconcerté, je fis quelques pas. Le peu de lumière qui parvenait de la rue clignotait dans l'air, révélant fugacement les murs nus et le plancher défoncé. J'arrivai dans le salon que je me rappelai tapissé de velours et luxueusement meublé. La couche de poussière couvrant le sol brillait comme du sable à la lueur des panneaux lumineux de la rue. J'avançai en laissant les empreintes de mes pieds dans la poussière. Il n'y avait pas trace du gramophone, des fauteuils ni des tableaux. Le plafond, crevassé, laissait entrevoir des poutres calcinées. La peinture des murs partait en lambeaux comme une peau de serpent. Je me dirigeai vers le couloir qui menait à la chambre où j'avais rencontré Chloé. Je traversai ce tunnel obscur pour atteindre la porte à double battant, qui n'était plus blanche. Il n'y avait pas de poignée, juste un trou dans le bois, comme si elle avait été brutalement arrachée.

La chambre de Chloé était un puits de noirceur. Les murs étaient carbonisés et la plus grande partie du plafond s'était effondrée. Je pouvais voir le linceul de nuages noirs qui planait dans le ciel et la lune qui projetait un halo argenté sur le squelette métallique de ce qui avait été le lit. J'entendis alors le parquet grincer derrière moi et me retournai rapidement. Une silhouette sombre et mince, masculine, se découpait dans l'entrée du corridor. Je ne pouvais distinguer son visage, mais j'avais la certitude qu'elle m'observait. Elle resta là, immobile comme une araignée, quelques secondes, le temps qu'il me fallut pour réagir et avancer vers elle. En un instant, la silhouette se retira dans l'obscurité et, lorsque j'arrivai dans le salon, je n'y trouvai personne. Un faible rayon de lumière provenant d'une enseigne lumineuse accrochée de l'autre côté de la rue inonda la pièce durant une seconde, révélant un petit amas de décombres entassés contre le mur. Je m'agenouillai devant les débris rongés par le feu. Quelque chose dépassait du tas : des doigts. J'écartai les cendres qui les recouvraient et, lentement, affleura la forme d'une main. Elle était sectionnée à la hauteur du poignet. Je la reconnus aussitôt : c'était la main de la petite fille, que j'avais crue en bois et qui était en porcelaine. Je la laissai retomber sur les décombres et m'éloignai.

Je me demandai si je n'avais pas imaginé cet inconnu, car je ne vis nulle empreinte de ses pas sur le sol. Je redescendis dans la rue et restai en bas de l'immeuble, scrutant depuis le trottoir les fenêtres du premier étage, dans un état de confusion totale. Les passants me frôlaient en riant, sans prêter attention à ma présence. Je tentai de trouver la silhouette de l'inconnu dans la foule. Je devinais qu'il était là, à quelques mètres seulement peut-être, en train de m'observer. Finalement, je traversai la rue et entrai dans un café étroit bondé. Je parvins à me frayer un chemin jusqu'au comptoir et fis signe au garçon.

— Ce sera quoi ?

J'avais la bouche sèche et sableuse.

— Une bière, improvisai-je.

Pendant que le garçon me servait, je me penchai vers lui.

— Savez-vous si l'établissement d'en face, l'Ensueño, a fermé ?

Le garçon posa le verre sur le zinc et m'examina comme s'il avait affaire à un demeuré.

— Il a fermé ça fait quinze ans.

— Vous êtes sûr ?

— Et comment ! Il n'a pas rouvert depuis l'incendie. Vous désirez autre chose ?

Je fis signe que non.

— Ça fera quatre centimes.

Je payai la consommation et m'en fus sans toucher à mon verre.

Le lendemain, j'arrivai à la rédaction du journal avant l'heure et me rendis directement aux archives du sous-sol. Avec l'aide de Matías, le responsable, et en me guidant sur ce que m'avait révélé le garçon du café, j'entrepris de consulter les couvertures de *La Voz de la Industria* parues quinze ans plus tôt. Il me fallut une quarantaine de minutes pour trouver l'histoire, tout juste une brève. L'incendie s'était produit à l'aube de la Fête-Dieu de 1903. Six personnes avaient péri dans les flammes : un client, quatre filles de la maison et une fillette employée là. La police et les pompiers avaient attribué cette tragédie à la chute d'un luminaire, mais le curé d'une paroisse proche n'hésitait pas à invoquer la justice divine et l'intervention du Saint-Esprit comme des facteurs déterminants.

De retour à la pension, je m'allongeai sur mon lit et tentai en vain de trouver le sommeil. Je tirai de ma poche la carte de visite de cet étrange bienfaiteur que j'avais découverte sous ma main en me réveillant sur le lit de Chloé et relus dans la pénombre les mots écrits au dos : « *de grandes espérances* ».

5.

Dans le monde où je vivais, les espérances, grandes et petites, devenaient rarement réalités. Jusqu'à ces derniers mois, les seuls souhaits que je formais chaque soir avant de me coucher étaient de rassembler un jour assez de courage pour oser adresser la parole à Cristina et de voir s'écouler rapidement les heures qui me séparaient de l'aube afin de pouvoir retourner à la rédaction de *La Voz de la Industria*. Désormais, même ce refuge semblait sur le point de m'échapper. Je songeais que peut-être, si mes efforts finissaient par échouer avec fracas, je parviendrais à recouvrer l'affection de mes camarades. Que peut-être, si j'écrivais une histoire assez mauvaise et assez abjecte pour qu'aucun lecteur ne soit capable de dépasser les premières lignes, mes péchés de jeunesse me seraient pardonnés. Et que, peut-être, ce ne serait pas un prix trop élevé pour pouvoir me sentir à nouveau chez moi. Peut-être…

J'étais arrivé à *La Voz de la Industria* bien des années auparavant, du fait de mon père, un homme tourmenté et poursuivi par la malchance qui, à son retour de la guerre des Philippines, s'était retrouvé dans une ville où l'on préférait ne pas le reconnaître et face à une épouse qui l'avait oublié et qui, deux ans après sa démobilisation, avait décidé de le quitter. En agissant ainsi, elle l'avait laissé le cœur brisé, avec un fils qu'il n'avait jamais désiré et dont il ne savait que faire. Mon père, qui était tout juste capable de lire et d'écrire son nom, était sans métier et sans ressources. Tout ce qu'il avait appris à la guerre était de tuer d'autres hommes comme lui avant que ceux-ci ne le tuent, toujours au nom de causes grandioses et creuses, dont chaque nouvelle bataille soulignait davantage le caractère absurde et vil.

À son retour de la guerre, mon père, qui paraissait avoir vieilli de vingt ans pendant son absence, avait cherché une place dans diverses entreprises du Pueblo Nuevo et du quartier de Sant Martí. Ces emplois ne duraient que quelques jours et, tôt ou tard, je le voyais rentrer à la maison lourd de ressentiment. Avec le temps et l'absence de toute autre perspective, il avait accepté le poste de vigile de nuit à *La Voz de la Industria*. La paye était modeste, mais les mois passaient et, pour la première fois depuis son retour, il paraissait s'être assagi. La paix avait été courte. Très vite, certains de ses anciens compagnons d'armes, cadavres vivants qui étaient revenus infirmes de corps et d'âme pour constater que ceux qui les avaient envoyés à la mort au nom de Dieu et de la patrie leur crachaient désormais à la figure, l'embarquèrent dans des affaires louches qui lui paraissaient importantes et qu'il ne réussit jamais à comprendre.

Souvent, mon père disparaissait plusieurs jours. Quand il revenait, ses mains et ses vêtements sentaient la poudre, et ses poches l'argent. Alors il se réfugiait dans sa chambre et, croyant que je ne m'en rendais pas compte, il s'injectait tout ce qu'il avait pu se procurer. Au début il ne fermait jamais la porte, mais il me surprit un jour en train de l'espionner et m'assena une gifle qui m'éclata les lèvres. Après quoi il me serra dans ses bras jusqu'à ce que la force lui manque et resta étendu au sol, l'aiguille encore plantée dans la peau. Je retirai l'aiguille et jetai une couverture sur lui. Après cet incident, il s'enferma à clef.

Nous habitions une mansarde dominant le chantier du nouvel auditorium du Palau de la Música del Orfeo Catalá. Un logement exigu et froid où le vent et l'humidité semblaient se moquer des murs. J'avais l'habitude de m'asseoir sur le petit balcon, les jambes dans le vide, pour regarder les passants et contempler cet empilement de sculptures et de colonnes qui s'élevait tel un récif de l'autre côté de la rue et qui, le plus souvent, me paraissait aussi lointain que la lune alors que, parfois, j'avais l'impression de pouvoir le toucher du doigt. J'ai été un enfant faible et maladif, à la merci de fièvres et d'infections qui me traînaient au bord de la tombe mais qui, à la dernière heure, étaient toujours prises de remords et s'en allaient chercher d'autres proies plus gratifiantes. Lorsque je tombais malade, mon père finissait par perdre patience et, après deux nuits de veille, il me laissait aux soins d'une voisine et disparaissait de la maison pendant plusieurs jours. Avec le temps, je me mis à suspecter qu'il espérait me trouver mort à son retour et se voir ainsi débarrassé de la charge de cet enfant à la santé de papier qui ne lui servait à rien.

Plus d'une fois, j'ai désiré qu'il en soit ainsi, mais mon père rentrait toujours et me retrouvait plus vivant que jamais, frétillant comme un gardon et un peu plus grand. La mère Nature me dispensait sans la moindre pudeur son large Code pénal de germes et de disgrâces, mais elle ne trouvait jamais le moyen de m'appliquer jusqu'au bout les lois de la gravité. Contre tous les pronostics, j'ai survécu à ces premières années sur la corde raide d'une enfance d'avant la pénicilline. À cette époque, la mort ne vivait pas encore dans l'anonymat, l'on pouvait la discerner et la sentir partout, dévorant des âmes qui n'avaient pas encore eu le temps de pécher.

Mes seuls amis d'alors étaient d'encre et de papier. À l'école, j'avais appris à lire et à écrire bien avant les autres gamins du quartier. Là où les camarades voyaient de l'encre semée en chiures de mouche sur des pages incompréhensibles, je voyais de la lumière, des rues et des êtres humains. Les mots et le mystère de leur science cachée me fascinaient et m'apparaissaient comme une clef permettant d'ouvrir un monde infini, bien loin de cette maison, de ces rues et de ces jours opaques où, j'en avais déjà l'intuition, ne m'attendait qu'un avenir sans intérêt. Mon père n'aimait pas voir des livres à la maison. Il y avait chez ceux-ci, outre les lettres qu'il ne pouvait déchiffrer, quelque chose qui l'offensait. Il me répétait qu'il me mettrait au travail dès que j'aurais dix ans, et que mieux valait m'ôter toutes ces lubies de la tête parce que, sinon, je ne serais jamais qu'un pauvre type et un crève-la-faim. Je cachais les livres sous mon matelas et attendais qu'il soit sorti ou endormi pour les lire. Une nuit, il me surprit absorbé dans ma lecture et se mit en colère. Il m'arracha le livre des mains et le jeta par la fenêtre.

— Si tu gaspilles encore la lumière pour ces idioties, tu t'en repentiras !

Mon père n'était pas avare et, malgré les difficultés par lesquelles nous passions, il sortait quand il le pouvait quelques pièces pour que je m'achète des douceurs comme les autres enfants du quartier. Il était convaincu que je les dépensais en bâtons de réglisse, en pipes en sucre ou en caramels, mais je les conservais dans une boîte à café sous mon lit et, quand j'avais réuni quatre ou cinq sous, je courais m'acheter un livre en cachette.

L'endroit que j'aimais le plus dans toute la ville était la librairie Sempere & Fils, rue Santa Ana. Ce lieu sentant le vieux papier et la poussière était mon sanctuaire et mon refuge. Le libraire me permettait de m'asseoir sur une chaise dans un coin et de lire à ma guise tous les ouvrages que je souhaitais. Sempere ne me laissait presque jamais payer les livres qu'il me glissait dans les mains, mais, quand il ne s'en apercevait pas, je laissais tous les sous que j'avais pu réunir sur le comptoir avant de m'en aller. Ce n'était que de la ferraille, et si j'avais voulu m'acheter un livre avec si peu, j'aurais seulement pu me payer un carnet de papier à cigarettes. Quand il était l'heure de partir, je traînais les pieds, l'âme en berne, car si cela n'avait dépendu que de moi, je serais resté vivre là.

Un jour, pour Noël, Sempere me fit le plus beau cadeau que j'aie reçu de toute ma vie. C'était un vieux volume qui avait beaucoup vécu et avait été beaucoup lu. Je déchiffrai le titre :

— *Les Grandes Espérances*, de Charles Dickens.

Je savais que Sempere connaissait des écrivains qui fréquentaient sa boutique et, voyant le soin avec lequel il maniait le volume, je pensai que ce M. Charles pouvait être un de ses clients.

— Un ami à vous ?

— De toute ma vie. Et à partir d'aujourd'hui, le tien aussi.

Cet après-midi-là, cachant le livre sous mes vêtements pour que mon père ne le voie pas, j'emportai mon nouvel ami à la maison. Cette même année, nous eûmes une saison de pluies et des jours de plomb durant lesquels je lus *Les Grandes Espérances* au moins neuf fois de suite, en partie parce que je n'en avais pas d'autre à lire, en partie parce que je ne pensais pas qu'il puisse exister de meilleure histoire, et je finissais par imaginer que ce M. Charles ne l'avait écrite que pour moi. Je parvins vite à la ferme conviction que je ne voulais rien d'autre dans la vie qu'apprendre à faire ce que faisait ce M. Dickens.

Un jour, au petit matin, je me réveillai en sursaut, secoué par mon père qui revenait du travail plus tôt que d'habitude. Il avait les yeux injectés de sang et son haleine sentait l'alcool. Je le regardai, terrorisé, quand il passa la main sur l'ampoule nue au bout de son fil.

— Elle est encore chaude.

Il balança rageusement l'ampoule contre le mur. Elle éclata en mille morceaux de verre qui tombèrent sur ma figure, mais je n'osai pas les essuyer.

— Où est-il ? demanda-t-il d'une voix dangereusement calme.

Je hochai négativement la tête en tremblant.

— Où est ce livre de merde ?

Je niai une seconde fois. Dans la pénombre, je vis à peine le coup venir. Ma vision se brouilla et je tombai du lit, du sang dans la bouche et une douleur cuisante comme si mes lèvres étaient chauffées à blanc. En tournant la tête, j'aperçus au sol ce que je supposai être deux dents cassées. La main de mon père m'attrapa par le cou et me souleva.

— Où est-il ?

— Père, s'il vous plaît…

Il me propulsa face contre le mur de toutes ses forces. Le choc me fit perdre l'équilibre et m'effondrer comme un paquet d'os. Je me traînai vers un coin et restai là, recroquevillé, en boule, regardant mon père ouvrir l'armoire et en tirer le peu de linge que j'y rangeais. Il inspecta les tiroirs et les boîtes sans trouver le livre et revint vers moi. Je fermai les yeux et m'aplatis contre le mur, dans l'attente d'un nouveau coup qui ne vint pas. Quand je rouvris les paupières, mon père était assis sur le lit et pleurait, s'étranglant de honte. Quand il remarqua que je l'observais, il courut dans l'escalier, qu'il descendit quatre à quatre. J'épiai l'écho de ses pas dans le silence de l'aube, et c'est seulement quand il fut bel et bien parti que je rampai jusqu'au lit et sortis le livre caché sous le matelas. Je m'habillai et, le roman sous le bras, je sortis.

Une nappe de brume descendait sur la rue Santa Ana quand j'arrivai devant la porte de la librairie. M. Sempere et son fils habitaient au premier étage du même immeuble. Six heures du matin n'était pas une heure pour me présenter, mais ma seule pensée à ce moment-là était de sauver ce livre : j'étais certain que si mon père le trouvait à son retour, il le déchiquetterait en y mettant toute la rage qu'il charriait dans son sang. Je sonnai et attendis. Je dus insister deux ou trois fois avant que la fenêtre du balcon s'ouvre et que le vieux Sempere, en robe de chambre et pantoufles, se penche et me contemple avec ahurissement. Une demi-minute plus tard, il descendit m'ouvrir et, devant ma figure, toute trace de mécontentement disparut. Il s'agenouilla devant moi et me prit dans ses bras.

— Mon Dieu ! Comment te sens-tu ? Qui t'a fait ça ?
— Personne. Je suis tombé.

Je lui tendis le livre.

— Je suis venu vous le rendre, parce que je ne veux pas qu'il lui arrive quelque chose…

Sempere me dévisagea en silence. Il m'entraîna à l'étage. Son fils, un garçon de douze ans tellement timide que je ne me souvenais pas d'avoir jamais entendu sa voix, s'était réveillé quand le libraire s'était levé et attendait sur le palier. Devant le sang sur mon visage, il jeta un coup d'œil affolé à son père.

— Appelle le docteur Campos.

Le garçon acquiesça et courut au téléphone. Je l'entendis parler et sus ainsi qu'il n'était pas muet. À eux deux, ils m'installèrent dans un fauteuil de la salle à manger et lavèrent le sang de mes blessures.

— Tu ne veux pas me dire qui t'a fait ça ?

Je ne desserrai pas les lèvres. Sempere ne savait pas où j'habitais, et je n'avais pas envie de lui donner des idées.

— C'est ton père ?

Je détournai les yeux.

— Non. Je suis tombé.

Le docteur Campos, qui habitait à quatre ou cinq numéros de là, arriva en cinq minutes. Il m'examina des pieds à la tête, palpa les ecchymoses et nettoya les coupures avec autant de délicatesse qu'il le put. Il était évident qu'il brûlait d'indignation, mais il ne pipa mot.

— Il n'y a pas de fractures, mais un bon nombre de meurtrissures qui dureront et le feront souffrir pendant un bout de temps. Ces deux dents, il faudra les arracher. Elles sont fichues et il y a un risque d'infection.

Le médecin parti, Sempere me prépara un verre de lait chaud avec du cacao.

— Tout ça pour sauver *Les Grandes Espérances*, hein ?

Je haussai les épaules. Père et fils échangèrent un sourire complice.

— La prochaine fois que tu voudras sauver un livre, le sauver vraiment, ne joue pas avec ta vie. Préviens-moi et je te mènerai dans un lieu secret où les livres ne meurent jamais et où personne ne peut les détruire.

Je les observai tous les deux, intrigué.

— C'est quoi, ce lieu ?

Sempere me fit un clin d'œil et m'adressa ce sourire mystérieux qui semblait sortir d'un feuilleton de M. Alexandre Dumas et qui, prétendait-on, était une marque de famille.

— Chaque chose en son temps, mon ami. Chaque chose en son temps.

Mon père passa toute la semaine sans lever les yeux de terre, rongé par le remords. Il acheta une ampoule neuve et finit par me dire que je pouvais l'allumer, mais pas trop longtemps, parce que l'électricité coûtait très cher. Je préférai ne pas jouer avec le feu. Le samedi suivant, mon père voulut m'acheter un livre et se rendit dans une librairie de la rue de la Palla, devant l'ancien rempart romain, la première et la dernière dont il franchit jamais le seuil. Mais comme il ne pouvait lire les titres sur les dos des centaines d'ouvrages exposés, il en ressortit les mains vides. Puis il me donna de l'argent, plus que d'habitude, et m'incita à m'offrir ce que je voudrais. Le moment me parut propice pour évoquer un sujet que je n'avais jamais eu jusque-là l'occasion d'aborder :

— Mme Mariana, l'institutrice, m'a demandé de vous dire qu'elle aimerait que vous passiez un jour la voir pour parler avec elle.

— Parler de quoi ? Qu'est-ce que tu as fait ?

— Rien, père. Mme Mariana voudrait discuter avec vous de mon éducation future. Elle dit que j'ai des dispositions et qu'elle pourrait m'aider à obtenir une bourse pour entrer chez les frères des écoles…

— Qu'est-ce qu'elle se croit, cette femme, pour te remplir la tête de foutaises et te dire que tu vas entrer dans un collège pour petits morveux ? Tu sais qui sont ces gens-là ? Tu sais comment ils vont te considérer et comment ils vont te traiter dès qu'ils sauront d'où tu viens ?

Je baissai les paupières.

— Mme Mariana veut seulement nous aider, père. Rien d'autre. Ne vous fâchez pas. Je lui dirai que c'est impossible, voilà tout.

Mon père me lança un coup d'œil furieux, mais il se maîtrisa et respira profondément plusieurs fois, avant de parler :

— Nous nous en tirerons, tu m'entends ? Toi et moi. Sans les aumônes de tous ces salopards. Et la tête haute.

— Oui, père.

Il posa la main sur mon épaule et me regarda comme si, pour un bref instant qui ne devait jamais se reproduire, il était fier de moi, même si nous étions différents, même si j'aimais les livres qu'il ne pouvait lire, et même si ma mère nous avait abandonnés tous les deux, dressés l'un contre l'autre. En cet instant, je crus que mon père était le meilleur homme de la Terre et que tout le monde finirait par s'en rendre compte si la vie, pour une fois, acceptait de lui accorder sa chance.

— Tout le mal qu'on a fait dans la vie revient toujours, David. Et moi, j'ai fait beaucoup de mal. Beaucoup. Mais j'ai payé le prix. Et notre existence va changer. Tu verras. Tu verras…

Malgré l'insistance de Mme Mariana, qui était plus maligne qu'une loutre et devinait ce qui se passait, je ne revins jamais sur ce sujet avec mon père. Lorsque l'institutrice se rendit compte que c'était sans espoir, elle me proposa de me consacrer tous les jours, à la fin de la classe, une heure, juste pour moi, afin de me parler de livres, d'histoire et de toutes ces choses qui effrayaient tant mon père.

— Ce sera notre secret, dit-elle.

J'avais déjà commencé à comprendre que mon père était honteux de passer pour un ignorant, un laissé-pour-compte d'une guerre qui, comme toutes les guerres, avait été menée au nom de Dieu et de la patrie pour rendre plus puissants des hommes qui l'étaient déjà trop avant de la provoquer. C'est pourquoi je me mis à l'accompagner parfois dans ses gardes de nuit. Nous prenions rue Trafalgar un tramway qui nous laissait aux portes du cimetière. Je restais dans sa guérite où je lisais de vieux numéros du journal et je cherchais des occasions de bavarder avec lui, tâche ardue. Mon père ne parlait presque plus, ni de la guerre, ni des colonies, ni de la femme qui l'avait quitté. Une nuit, je lui demandai pourquoi ma mère nous avait abandonnés. J'imaginais que ce pouvait être à cause de moi, d'une faute que j'avais commise, même si, à l'époque, je n'étais encore qu'un bébé.

— Ta mère m'avait déjà quitté avant qu'on m'envoie au front. Ma bêtise a été de ne m'en rendre compte qu'après mon retour. La vie est comme ça, David. Tôt ou tard, tout le monde t'abandonne.

— Je ne vous abandonnerai jamais, père.

Je crus qu'il allait se mettre à pleurer et je le serrai dans mes bras pour ne pas voir son visage.

Le lendemain, à l'improviste, mon père m'emmena devant les magasins de tissus El Indio, rue du Carmen. Nous n'y entrâmes pas, mais, derrière les vitrines, il me désigna une femme jeune et souriante qui s'occupait des clients et leur montrait des draps et des étoffes de luxe.

— C'est ta mère. Un de ces jours, je reviendrai et je la tuerai.

— Ne dites pas ça, père.

Il me regarda, les yeux rougis, et je sus qu'il l'aimait encore et que jamais je ne pardonnerais à ma mère ce qu'elle lui avait infligé. Je me rappelle l'avoir observée à la dérobée, sans qu'elle soupçonne notre présence, et l'avoir reconnue seulement au portrait que mon père conservait dans un tiroir, à côté de son pistolet de l'armée que, chaque nuit, quand il me croyait endormi, il contemplait comme s'il contenait toutes les réponses, ou du moins les plus importantes.

Pendant des années, je devais revenir aux portes de ce bazar pour surveiller ma mère en secret. Je n'eus jamais le courage d'entrer ni de l'aborder quand elle sortait et remontait la Rambla vers une vie que je lui imaginais auprès d'une famille qui la rendait heureuse et un enfant qui méritait plus que moi son affection et le contact de sa peau. Mon père ne sut jamais qu'il m'arrivait de m'échapper pour l'épier, ou que, certains jours, je la suivais de près, toujours sur le point de lui prendre la main et de marcher à côté d'elle, et m'enfuyant toujours au dernier moment. Dans mon monde, les grandes espérances n'existaient que dans les pages d'un livre.

La chance que mon père espérait si fort ne se montra jamais. La seule faveur dont le gratifia l'existence fut de ne pas le faire attendre trop longtemps. Une nuit, alors que nous arrivions aux portes du journal où il venait prendre son service, trois pistoleros sortirent de l'ombre et le criblèrent de balles sous mes yeux. Je me souviens de l'odeur de soufre et du halo de fumée qui montait des trous que les tirs avaient laissés dans son manteau et dont la braise rougeoyait encore. Un des pistoleros s'apprêtait à l'achever d'une balle dans la tête quand je me jetai sur mon père. Un autre le retint. Je me souviens des yeux du pistolero sur les miens, hésitant à me tuer aussi. Il y renonça et ils s'éloignèrent au pas de course pour disparaître dans les ruelles qui s'enfonçaient entre les usines du Pueblo Nuevo.

Cette nuit-là, ses assassins laissèrent mon père ensanglanté dans mes bras et moi seul au monde. Les quinze jours suivants, je dormis dans les ateliers de l'imprimerie du journal, caché parmi les linotypes qui ressemblaient à de gigantesques araignées d'acier, essayant de faire taire le sifflement qui me perçait les tympans à la tombée de la nuit et manquait de me rendre fou. Quand je fus découvert, j'avais encore les mains et les vêtements couverts de sang séché. D'abord personne ne comprit qui j'étais, car je ne prononçai pas une parole pendant presque une semaine, et quand je le fis, ce fut pour crier le nom de mon père à en perdre la voix. Lorsque l'on s'enquit de ma mère, je déclarai qu'elle était morte et que je n'avais personne sur cette Terre. Mon histoire parvint aux oreilles de Pedro Vidal, la star du journal et l'ami intime de l'éditeur, lequel, sur ses instances, ordonna que l'on me confie un emploi de grouillot et qu'on me permette de vivre dans le modeste logis du concierge, au sous-sol, jusqu'à nouvel avis.

C'était un temps où le sang et la violence devenaient le pain quotidien des rues de Barcelone. Jours de tracts et de bombes qui laissaient des corps déchiquetés, frémissants et fumants dans les rues du Raval, jours où des bandes aux visages barbouillés de noir rôdaient la nuit en répandant le sang, de processions de saints et de défilés de généraux

qui puaient la mort et l'hypocrisie, de discours incendiaires où tout le monde mentait et où tout le monde avait
raison. On respirait déjà dans l'air empoisonné la rage et
la haine qui, des années plus tard, devaient mener les uns
et les autres à s'assassiner au nom de slogans grandioses
et de chiffons de couleur. Le brouillard perpétuel des
usines rampait sur la ville et noyait ses avenues pavées et
sillonnées par les tramways et les voitures. La nuit appartenait aux lampadaires à gaz, à l'obscurité des ruelles
rompue seulement par l'éclair des coups de feu et les
traînées bleues de la poudre brûlée. C'était un temps où
l'on grandissait vite et où, quand ils laissaient leur enfance
derrière eux, beaucoup de gamins avaient déjà un regard
de vieux.

Sans autre famille désormais que cette Barcelone de
ténèbres, je fis du journal mon refuge et mon univers
jusqu'au moment où, à l'âge de quatorze ans, mon
salaire me permit de louer cette chambre dans la
pension de Mme Carmen. J'y logeais depuis à peine
une semaine quand la tenancière monta dans ma
chambre pour m'informer qu'un monsieur me
réclamait. Sur le palier, je trouvai un homme aux vêtements gris, à l'air gris et à la voix grise qui me demanda
si j'étais bien David Martín. Sur ma réponse positive,
il me tendit un paquet enveloppé dans du papier
d'emballage et disparut aussitôt dans l'escalier, laissant
derrière lui son absence grise empestant ce monde de
misère qui était devenu le mien. J'emportai le paquet
dans ma chambre et fermai la porte. Nul, à l'exception
de deux ou trois personnes au journal, ne savait que
j'habitais là. Je le défis, intrigué. J'y trouvai un étui en
bois usé dont l'aspect me parut vaguement familier. Il
contenait le vieux revolver de mon père, celui que

l'armée lui avait laissé et avec lequel il était revenu des Philippines pour trouver une mort prématurée et pitoyable. L'arme était accompagnée d'une petite boîte en carton avec quelques balles. J'empoignai le revolver et le soupesai. Il sentait la poudre et la graisse. Je me demandai combien d'hommes mon père avait tués avec cette arme sur laquelle il comptait sûrement pour mettre fin à ses jours, si d'autres ne l'avaient devancé. Je replaçai l'arme dans l'étui et le refermai. Ma première réaction fut de le jeter à la poubelle, mais ce pistolet était tout ce qui me restait de mon père. Je supposai que son usurier habituel, qui avait récupéré à sa mort le peu que nous possédions dans l'ancien logement dominant les toits du Palau de la Música pour apurer ses dettes, avait décidé de m'envoyer ce macabre souvenir afin de saluer mon entrée dans l'âge adulte. Je cachai l'étui sur le haut de l'armoire, contre le mur où la poussière s'accumulait, un endroit auquel Mme Carmen ne pourrait jamais accéder, même juchée sur des échasses, et pendant des années je n'y touchai plus.

L'après-midi même, je retournai à la librairie Sempere & Fils et, me considérant comme un homme qui avait gagné son indépendance et ferait son chemin dans le monde, je manifestai mon intention d'acquérir ce vieil exemplaire des *Grandes Espérances* que je m'étais vu forcé de rendre des années plus tôt.

— Fixez le prix que vous voudrez, déclarai-je au libraire. Ajoutez le prix de tous les livres que je n'ai pas payés depuis dix ans.

Sempere me sourit tristement et posa la main sur mon épaule.

— Je l'ai vendu ce matin, m'avoua-t-il, consterné.

6.

Trois cent soixante-cinq jours après avoir écrit mon premier récit pour *La Voz de la Industria*, j'arrivai à l'heure habituelle à la rédaction et la trouvai presque déserte. Il restait quelques rédacteurs qui, jadis, ne me ménageaient ni les surnoms affectueux ni les paroles d'encouragement, mais à mon entrée ils ignorèrent mon bonjour et m'opposèrent un chœur de chuchotements. Moins d'une minute plus tard, ils avaient enfilé leurs pardessus et disparu comme s'ils craignaient que je ne leur transmette quelque maladie contagieuse. Je demeurai seul, assis dans cette immense salle, à contempler l'étrange spectacle de dizaines de bureaux vides. Des pas lents et lourds dans mon dos annoncèrent l'arrivée de M. Basilio.

— Bonsoir, monsieur Basilio. Que se passe-t-il donc, pour qu'ils soient tous partis ?

M. Basilio me dévisagea avec tristesse et s'assit à la table voisine.

— Il y a un dîner de Noël de toute la rédaction. Au Set Portes, déclara-t-il d'une voix étouffée. Je suppose qu'ils ne vous ont pas prévenu.

Je feignis un sourire indifférent et confirmai.

— Vous n'y allez pas ? demandai-je.

M. Basilio fit signe que non.

— Ça ne me dit rien.

Nous nous observâmes en silence.

— Et si je vous invitais ? proposai-je. Où vous voulez. Au Can Solé, par exemple. Vous et moi, pour célébrer le succès des *Mystères de Barcelone*.

M. Basilio sourit en acquiesçant lentement.

— Martín, lâcha-t-il enfin. Je ne sais pas comment vous le dire.

— Me dire quoi ?

M. Basilio se racla la gorge.

— Je ne vais plus pouvoir publier d'autres feuilletons des *Mystères de Barcelone*.

Je le regardai sans comprendre.

— Vous voulez que j'écrive autre chose ? Plus dans le style de Pérez Galdos ?

— Martín, vous savez comment sont les gens. J'ai reçu des plaintes. J'ai essayé de les ignorer, mais le directeur est un faible et il n'aime pas les conflits inutiles.

— Je ne vous comprends pas, monsieur Basilio.

— Martín, ils ont demandé que ce soit moi qui vous l'annonce.

— Je suis renvoyé, murmurai-je.

M. Basilio hocha affirmativement la tête.

Malgré moi, mes yeux se remplirent de larmes.

— Sur le coup, ça semble être la fin du monde, mais croyez-moi quand je vous assure qu'au fond c'est la meilleure chose qui pouvait vous arriver. Cet endroit n'est pas fait pour vous.

— Et quel est l'endroit qui est fait pour moi ? demandai-je.

— Je suis désolé, Martín. Croyez-moi, je suis désolé.

M. Basilio se leva et posa affectueusement sa main sur mon épaule.

— Joyeux Noël, Martín.

Le soir même, je vidai mon bureau et quittai pour toujours ce qui avait été mon foyer, pour me perdre dans les rues obscures et solitaires de la ville. En revenant à la pension, je fis un détour par le restaurant Set Portes, sous les arcades de la maison Xifré. Je restai dehors à contempler à travers les vitres mes camarades qui riaient et portaient des toasts. J'étais sûr que mon absence les rendait heureux ou qu'en tout cas elle leur faisait oublier qu'ils ne l'étaient pas et ne le seraient jamais.

Je passai la semaine en pleine dérive, me réfugiant tous les jours dans la bibliothèque de l'Ateneo, caressant l'espoir de trouver en revenant à la pension un mot du directeur me priant de réintégrer la rédaction. Caché dans une des salles de lecture, je sortais la carte que j'avais trouvée sous ma main en me réveillant à l'Ensueño, et je rédigeais une lettre à ce bienfaiteur inconnu, Andreas Corelli, lettre que je finissais toujours par déchirer pour la recommencer le lendemain. Le septième jour, las de m'apitoyer sur mon sort, je décidai d'entreprendre l'inévitable pèlerinage à la résidence de celui qui avait fait de moi ce que j'étais.

Je pris le train de Sarrià rue Pelayo. Il circulait encore à l'air libre, et je m'assis à l'avant du wagon pour contempler la ville et les rues qui devenaient de plus en plus larges et de plus en plus bourgeoises à mesure qu'on s'éloignait du centre. Je descendis à la station de Sarrià et empruntai le tramway qui me laissa aux portes du monastère de Pedralbes. C'était un jour de chaleur inhabituelle pour cette époque de l'année, et dans la brise je percevais l'odeur des pins et des genêts qui parsemaient les pentes de la colline. Je m'engageai dans le bas de l'avenue Pearson qui commençait déjà à s'urbaniser et distinguai bientôt la silhouette, impossible à confondre, de la villa Helius. Tandis que je montais la côte et que je m'en rapprochai, j'aperçus Vidal assis à la fenêtre de sa tour en manches de chemise, en train de savourer une cigarette. De la musique flottait dans l'air : Vidal était l'un des rares privilégiés à posséder un poste de radio. Que la vie devait paraître belle, vue ainsi d'en haut, et que je devais sembler peu de chose !

Je le saluai de la main et il me rendit mon salut. En arrivant à la villa, je trouvai le chauffeur, Manuel, qui se dirigeait vers les remises, portant un lot de chiffons et un seau d'eau fumante.

— Je suis content de vous voir ici, David. Comment ça va ? Toujours le succès ?

— On fait ce qu'on peut, répondis-je.

— Ne soyez pas modeste, même ma fille lit les aventures que vous publiez dans le journal.

J'en restai presque sans voix, interloqué d'apprendre que la fille du chauffeur non seulement connaissait mon existence mais allait jusqu'à lire les bêtises que j'écrivais.

— Cristina ?

— Je n'en ai pas d'autre, répliqua Manuel. Monsieur est en haut dans son bureau, si vous voulez monter.

Je le remerciai chaleureusement et grimpai jusqu'à la tour du troisième étage, qui se dressait entre les ondulations de la toiture en tuiles polychromes. J'y trouvai Vidal, installé dans ce bureau d'où l'on voyait la ville et la mer au loin. Il éteignit le poste de radio, un appareil de la taille d'une petite météorite qu'il avait acheté quelques mois plus tôt, quand on avait annoncé les premières émissions de Radio Barcelona depuis les studios camouflés sous la coupole de l'hôtel Colón.

— Elle m'a coûté presque deux cents pesetas, et tout ça pour débiter un tissu de stupidités.

Nous nous installâmes sur des chaises en vis-à-vis, fenêtres grandes ouvertes sur cette brise qui pour moi, habitant de la vieille ville sombre, apportait les odeurs d'un autre monde. Le silence était enchanteur, un vrai miracle. On entendait les insectes voler dans le jardin et les feuilles des arbres se balancer au gré du vent.

— On se croirait en plein été, risquai-je.

— Ne noie pas le poisson en parlant du temps. On m'a mis au courant.

Je haussai les épaules et jetai un coup d'œil sur sa table de travail. Mon mentor avait passé des mois, si ce n'est des années, à essayer d'écrire ce qu'il appelait un roman « sérieux », bien différent des intrigues légères de ses histoires policières, pour inscrire son nom dans les sections plus austères des bibliothèques. On ne voyait pas beaucoup de feuilles de papier.

— Comment se porte le chef-d'œuvre ?

Vidal jeta son mégot par la fenêtre et regarda au loin.

— Je n'ai rien à raconter, David.

— Vous plaisantez.

— Tout n'est que plaisanterie dans cette vie. C'est juste une question de perspective.

— Vous devriez mettre ça dans votre livre. *Le Nihiliste sur la colline*. Succès assuré.

— Si quelqu'un va avoir besoin d'un succès, et le plus vite possible, c'est toi, parce que je ne me trompe sûrement pas en subodorant que tu es dans la dèche.

— Je peux toujours faire appel à votre charité. Il y a une première fois pour tout.

— Sur le coup, ça te semble être la fin du monde, mais...

— ... je me rendrai vite compte que c'est la meilleure chose qui pouvait m'arriver, complétai-je. M. Basilio écrit vos discours, maintenant ?

Vidal rit.

— Que penses-tu faire ?

— Vous n'avez pas besoin d'un secrétaire ?

— J'ai déjà la meilleure secrétaire possible. Elle est plus intelligente que moi, infiniment plus travailleuse et, quand elle me sourit, j'ai l'impression que cette saloperie de monde a encore un avenir.

— Et qui est cette merveille ?

— La fille de Manuel.

— Cristina !

— Enfin, je t'entends prononcer son nom.

— Vous avez choisi une bien mauvaise semaine pour vous moquer de moi, don Pedro.

— Ne me regarde pas avec cette tête de mouton qu'on égorge. Tu crois que Pedro Vidal allait permettre à un tas de minables constipés et envieux de te jeter à la rue sans réagir ?

— Un mot de vous au directeur aurait sûrement tout changé.

— Je sais. Et c'est si vrai, que c'est moi qui lui ai demandé de te renvoyer.

J'eus l'impression de recevoir une gifle.

— Tous mes remerciements pour le coup de pouce.

— Je lui ai recommandé de te licencier parce que j'ai un projet beaucoup mieux pour toi.

— La mendicité ?

— Homme de peu de foi. Pas plus tard qu'hier, j'ai parlé de toi à deux associés qui veulent fonder une nouvelle maison d'édition et cherchent de la chair fraîche à saigner et à exploiter.

— Merveilleux, vraiment !

— Ils connaissent *Les Mystères de Barcelone* et sont disposés à te soumettre une proposition qui fera enfin de toi un homme véritable.

— Vous parlez sérieusement ?

— Bien sûr que je parle sérieusement. Ils veulent que tu écrives une série de romans-feuilletons dans la plus baroque, la plus sanguinolente et la plus délirante tradition du *grand guignol*, auprès desquels *Les Mystères de Barcelone* feront figure de roupie de sansonnet. Je leur ai assuré que tu irais les voir et que tu étais prêt à te mettre tout de suite au travail.

Je poussai un profond soupir. Vidal me fit un clin d'œil et me serra dans ses bras.

7.

Ce fut ainsi qu'à quelques mois de ma vingtième année je reçus et acceptai une proposition consistant à écrire des romans vendus une peseta sous le pseudonyme d'Ignatius B. Samson. Le contrat stipulait que je remettrais chaque mois deux cents pages de manuscrit dactylographié traitant d'intrigues, assassinats dans la haute société, horreurs indicibles dans les bas-fonds, amours illicites entre riches bourgeois cruels et sans pitié et demoiselles aux désirs inavouables, en bref toutes sortes d'inextricables sagas familiales sur fond d'eaux troubles plus opaques que celles du port. La série, que je décidai d'intituler *La Ville des maudits*, paraîtrait à raison d'un volume par mois, cartonné sous une couverture illustrée aux couleurs agressives. En échange, je recevrais plus d'argent que je n'avais jamais pensé gagner par des travaux aussi respectables, et je n'aurais d'autre censure que celle qu'imposerait l'intérêt des lecteurs que je saurais conquérir. Les termes de la proposition m'obligeaient à écrire sous un pseudonyme extravagant, mais, vu les circonstances, le prix à payer me parut bien faible en échange de la possibilité de gagner ma vie avec le métier que j'avais toujours rêvé d'exercer. Je renoncerais à la vanité de voir mon nom imprimé sur mon œuvre, mais pas à moi-même ni à ce que j'étais.

Mes éditeurs étaient deux personnages pittoresques répondant aux noms de Barrido et Escobillas. Barrido, petit, trapu, arborant toujours un sourire huileux et sibyllin, était le cerveau de l'opération. Il venait de l'industrie du saucisson et, bien qu'il n'eût pas lu plus de trois livres dans sa vie, catéchisme et annuaire du téléphone compris, il faisait preuve d'une audace remarquable pour accommoder les livres de comptabilité, qu'il falsifiait à l'usage de ses actionnaires avec un art de la fiction qu'auraient bien voulu égaler les auteurs que la maison, comme me l'avait prédit Vidal, escroquait et finissait par abandonner dans le ruisseau quand les vents devenaient contraires, ce qui, tôt ou tard, ne manquait jamais d'arriver.

Le rôle d'Escobillas était complémentaire. Grand, sec et l'allure vaguement menaçante, il s'était formé dans le commerce des pompes funèbres, et sous l'abondante eau de Cologne dont il s'aspergeait filtrait un vague relent de formol qui vous donnait la chair de poule. Son travail consistait pour l'essentiel à jouer le contremaître sinistre, fouet en main et toujours prêt à accomplir la sale besogne pour laquelle Barrido, d'un tempérament plus accommodant et d'une constitution moins athlétique, présentait moins d'aptitudes. Le *ménage à trois* était complété par Herminia, leur secrétaire de direction qui les suivait partout comme un chien fidèle et que tout le monde surnommait la Poison, car malgré son aspect de sainte-nitouche, elle était plus redoutable qu'un serpent à sonnette en rut.

Tout en sacrifiant aux devoirs de la politesse, j'essayais de les voir le moins possible. Notre relation était strictement mercantile, et aucune des deux parties ne montrait un réel désir d'aller au-delà des clauses du contrat. Je m'étais mis en tête de profiter de cette occasion pour travailler de toutes mes forces et démontrer ainsi à Vidal et à moi-même que je me battais pour mériter son aide et sa confiance. Ayant désormais dans les mains un peu d'argent frais, je décidai de quitter la pension de Mme Carmen pour chercher d'autres horizons plus amènes. Depuis quelque temps, je guignais une demeure imposante au 30 de la rue Flassaders, à un jet de pierre du Paseo del Born, devant laquelle j'étais passé des années au cours de mes allers-retours quotidiens entre la pension et le journal. La maison, couronnée par une tour qui s'élevait au-dessus d'une façade agrémentée de sculptures en relief et de gargouilles, était perpétuellement close, le portail fermé par des chaînes et des cadenas piqués de rouille. Malgré son aspect funèbre et sa démesure, ou peut-être justement pour cette raison, l'idée de parvenir à l'habiter me faisait perdre tout sens du raisonnable. En d'autres circonstances, j'aurais compris qu'une demeure de ce genre dépassait largement mon maigre budget, mais je caressais l'espoir que les longues années d'abandon et d'oubli auxquelles elle paraissait condamnée rendraient peut-être les propriétaires plus sensibles à ma proposition.

En enquêtant dans le quartier, je pus vérifier que la propriété, inhabitée depuis très longtemps, était entre les mains d'un administrateur de biens dénommé Vicenç Clavé, dont les bureaux étaient situés rue Comercio, en face du marché. Clavé était un personnage de la vieille école, il aimait s'habiller comme les statues d'alcades et de pères de la patrie érigées aux portes du parc de la Citadelle et, au moindre moment d'inattention de votre part, il se lançait dans des envolées de rhétorique où tout passait, de la condition humaine à la condition divine.

— Alors, comme ça, vous êtes écrivain. Oh, vous savez, je pourrais vous en raconter, des histoires, dont vous feriez de bons livres !

— Je n'en doute pas. Pourquoi ne commenceriez-vous pas par celle de la maison du 30, rue Flassaders ?

Les traits de Clavé se figèrent, à l'instar d'un masque de tragédie grecque.

— La maison de la tour ?

— Celle-là même.

— Croyez-moi, jeune homme, renoncez à habiter là.

— Et pourquoi ?

Clavé baissa la voix et, chuchotant comme s'il craignait que les murs ne nous entendent, laissa tomber sa sentence sur un ton lugubre.

— Cette maison porte malheur. Je l'ai visitée quand j'y suis allé avec le notaire pour apposer les scellés, et je peux vous assurer que la partie la plus ancienne du cimetière de Montjuïc est plus gaie. Depuis, elle est restée inoccupée. Le lieu est marqué par de mauvais souvenirs. Personne n'en veut.

— Ces souvenirs ne peuvent être pires que les miens et, en tout cas, je suis sûr qu'ils aideront à faire baisser le prix.

— Parfois, le prix ne peut être payé en argent.

— Est-ce que je peux y faire un tour ?

Je visitai pour la première fois la maison de la tour un matin de mars en compagnie de l'administrateur, de son secrétaire et d'un mandataire de la banque dépositaire du titre de propriété. À ce que je compris, la demeure s'était trouvée pendant des années au cœur d'un labyrinthe de controverses juridiques avant de revenir finalement à la société de crédit qui avait donné sa caution au dernier propriétaire. Si Clavé ne mentait pas, personne n'y était entré depuis au moins vingt ans.

8.

Des années plus tard, en lisant la chronique d'explorateurs britanniques qui s'étaient aventurés dans les ténèbres d'un sépulcre égyptien millénaire, labyrinthes et malédictions compris, je devais me remémorer cette première visite dans la maison de la tour de la rue Flassaders. Le secrétaire s'était muni d'un quinquet, car on n'y avait jamais installé l'électricité. Le mandataire portait un trousseau de quinze clefs pour libérer les innombrables cadenas qui fermaient les chaînes. En ouvrant le portail, la maison exhala un souffle putride de tombeau et d'humidité. Le mandataire fut pris d'une quinte de toux et l'administrateur, qui avait revêtu son meilleur masque de scepticisme et de désapprobation, plaqua un mouchoir sur sa bouche.

— À vous l'honneur, me lança-t-il.

L'entrée était une sorte de patio intérieur, comme il était d'usage dans les vieux hôtels particuliers du quartier, pavé de grandes dalles. Des marches de pierre menaient à la porte principale de la demeure. Une verrière souillée d'excréments de pigeons et de mouettes laissait filtrer par intermittence une lumière incertaine.

— Il n'y a pas de rats, annonçai-je en pénétrant à l'intérieur.

— Cela prouve que cette maison n'a pas été construite n'importe comment…, affirma l'administrateur derrière moi.

Nous gravîmes l'escalier jusqu'au palier qui commandait le premier étage, où le mandataire de la banque eut besoin de dix minutes pour trouver la clef correspondant à la serrure. Le mécanisme céda en émettant un gémissement qui nous souhaitait tout sauf la bienvenue. La grosse porte tourna sur ses gonds, dévoilant un couloir interminable obstrué de toiles d'araignées qui ondulaient dans l'obscurité.

— Sainte Vierge ! murmura l'administrateur.

Personne ne se risquant à faire le premier pas, ce fut encore moi qui pris la tête de l'expédition. Le secrétaire tenait la lanterne bien haut d'un air consterné.

L'administrateur et le mandataire échangèrent des coups d'œil que je ne pus déchiffrer. Quand ils virent que je les observais, le banquier m'adressa un sourire qui se voulait rassurant.

— En enlevant la poussière et avec quelques réparations, ce sera un palais, déclara-t-il.

— Le palais de Barbe-Bleue, commenta l'administrateur.

— Soyons positifs, nuança le banquier. La maison est restée inhabitée pendant un certain temps, et cela suppose toujours de petites imperfections.

Je ne leur prêtais guère attention. J'avais si souvent rêvé de cette maison que c'est à peine si je percevais l'aura funèbre et obscure qui s'en dégageait. J'avançai dans le couloir principal, explorant au passage les pièces où de vieux meubles gisaient abandonnés sous une épaisse couche de poussière. Une table portait encore une nappe effilochée, un service complet et un plateau avec des fruits et des fleurs pétrifiés. Les verres et les couverts étaient toujours là, comme si les habitants s'étaient levés en plein milieu de leur repas.

Les armoires étaient remplies de vêtements raidis, de linge décoloré et de chaussures. Des tiroirs entiers débordaient de photographies, de lunettes, de porte-plumes et de montres. Des portraits masqués par la poussière nous observaient depuis les commodes. Les lits étaient recouverts d'un voile blanc qui luisait dans la pénombre. Un gramophone impressionnant était posé sur une table en acajou. Il portait un disque que l'aiguille avait suivi jusqu'à la fin. Je soufflai sur la couche de poussière qui le couvrait et le titre du disque apparut, le *Lacrimosa* de W. A. Mozart.

— L'orchestre symphonique à domicile, dit le mandataire. Que peut-on demander de mieux ? Vous serez ici comme un pacha.

L'administrateur lui lança un coup d'œil assassin en protestant tout bas. Nous parcourûmes l'étage jusqu'à la galerie du fond, où un service à café était disposé sur la table et un livre ouvert attendait celui qui le feuilleterait dans un fauteuil.

— On a l'impression qu'ils sont partis précipitamment sans prendre le temps de rien emporter, dis-je.

Le mandataire se racla la gorge.

— Peut-être ce monsieur voudra-t-il voir le bureau ?

Le bureau était situé en haut d'une tour effilée, une construction originale dont le cœur était constitué par un escalier en colimaçon auquel on accédait par le couloir principal et dont la façade portait les traces d'autant de générations que la ville en gardait la mémoire. La tour, sorte de beffroi au-dessus des toits du quartier de la Ribera, était couronnée par une étroite lanterne en métal et en verre teinté, elle-même surmontée d'une rose des vents en forme de dragon.

Nous montâmes l'escalier et accédâmes à la pièce, dont le mandataire s'empressa d'ouvrir les fenêtres pour laisser circuler l'air et la lumière. C'était un salon rectangulaire avec un haut plafond et un plancher sombre. Des quatre grandes fenêtres cintrées ouvertes sur les côtés, on pouvait contempler la basilique de Santa María del Mar au sud, le grand marché du Born au nord, la vieille gare de France à l'est et, vers l'ouest, le labyrinthe infini de rues et d'avenues se bousculant, étroitement imbriquées, en direction de la colline du Tibidabo.

— Qu'est-ce que vous en pensez ? Une merveille ! commenta le banquier, enthousiaste.

L'administrateur examinait tout avec réserve et dégoût. Son secrétaire tenait toujours la lampe à bout de bras, bien que ce ne soit plus nécessaire. Je m'approchai d'une fenêtre et restai fasciné de me retrouver ainsi en plein ciel.

Barcelone tout entière s'étendait à mes pieds, et je voulus croire que lorsque j'ouvrirais mes nouvelles fenêtres à la nuit tombante ses rues me chuchoteraient à l'oreille des histoires et des secrets que je n'aurais qu'à fixer sur le papier pour les conter à qui voudrait les écouter. Vidal avait sa tour d'ivoire aristocratique et exubérante sur la hauteur la plus élégante de Pedralbes, entourée de collines, d'arbres et de ciels de rêve. Moi, j'aurais ma tour sinistre se dressant au milieu des rues les plus anciennes et les plus noires de la ville, entourée des miasmes et des ténèbres de cette nécropole que les poètes et les assassins avaient appelée la « Rose de feu ».

Ce qui acheva de me décider, ce fut la table de travail qui trônait au centre du bureau. Dessus, telle une sculpture métallique et luisante, reposait une impressionnante machine à écrire Underwood qui, à mes yeux, valait à elle seule le prix du loyer. Je m'assis dans le fauteuil princier placé devant la table et caressai en souriant les touches de la machine.

— Je la prends, annonçai-je.

Le mandataire poussa un soupir de soulagement et l'administrateur, levant les yeux au ciel, fit le signe de la croix. L'après-midi même, je signai un contrat de location pour dix ans. Pendant que les employés de la compagnie d'électricité installaient l'éclairage, je m'occupai à nettoyer, ranger et rendre la maison habitable avec l'aide de trois domestiques que Vidal m'envoya sans même m'avoir préalablement demandé si j'avais besoin d'assistance. Je découvris vite que le *modus operandi* du commando d'électriciens consistait à percer les murs à gauche et à droite, et à poser les questions ensuite. Trois jours après leur débarquement, pas une ampoule n'était encore en service, mais on eût cru qu'une invasion de vers rongeurs était en train de dévorer plâtres et pierres.

J'interrogeai le chef du bataillon qui réglait tout à coups de marteau :

— Vous êtes sûr qu'il n'y a vraiment pas d'autre façon de procéder ?

Otilio – c'était le nom de cet expert – me montrait les plans que m'avait remis l'administrateur en même temps que les clefs et prétendait que la faute en revenait à la maison et à sa construction défectueuse.

— Regardez-moi ça ! s'exclama-t-il. Quand les choses sont mal faites, elles sont mal faites. Tenez : ici, le plan dit que vous avez une citerne sur la terrasse. Eh bien, non. Vous l'avez dans la cour de derrière.

— Et alors ? La citerne n'est pas de votre ressort. Concentrez-vous sur la question électrique. Sur l'éclairage. Pas sur des robinets et des tuyaux. Sur l'éclairage. J'ai besoin d'éclairage !

— Mais c'est que tout est lié. Prenez par exemple la galerie. Vous en pensez quoi, de la galerie ?

— Qu'elle n'a pas d'éclairage.

— D'après les plans, il devrait y avoir un mur porteur. Or le compagnon Remigio a donné un tout petit coup dedans et la moitié du mur est tombée. Et je ne vous parle pas des pièces ! Sur le papier, la chambre au fond du couloir mesure presque quarante mètres carrés. Pas du tout ! Estimez-vous heureux si elle en mesure vingt. Il y a un mur là où il ne devrait pas se trouver. Et les tuyaux de descente ? Mieux vaut ne pas en parler. Pas un seul n'est à l'endroit où il est supposé être.

— Vous êtes certain de bien savoir lire les plans ?

— Dites donc, je suis un professionnel ! Croyez-moi, cette maison est un casse-tête. C'est à ne plus savoir à quel saint se vouer.

— Eh bien, il faudra que vous vous débrouilliez avec. Faites des miracles ou tout ce que vous voudrez, mais je veux que vendredi les murs soient rebouchés, repeints, et que l'éclairage fonctionne.

— Ne me bousculez pas, il s'agit d'un travail de précision. Ça nécessite une stratégie.

— Et que pensez-vous faire, alors ?

— Pour l'instant, on va aller casser la croûte.

— Mais vous êtes arrivés il y a une demi-heure !

— Monsieur Martín, si vous prenez les choses de cette façon, nous n'arriverons à rien.

Le chemin de croix des travaux et du gâchis se prolongea une semaine de plus que prévu, mais même avec la présence d'Otilio et de son escadron de phénomènes qui perçaient des trous partout où il n'en fallait pas et s'offraient des casse-croûte de deux heures et demie, le bonheur de pouvoir enfin habiter cette demeure dont j'avais rêvé si longtemps m'aurait permis d'y vivre pendant des années avec des chandelles et des lampes à huile si nécessaire. Par chance, le quartier de la Ribera était une réserve spirituelle et matérielle d'artisans en tout genre, et je trouvai à un jet de pierre de mon nouveau domicile quelqu'un pour me poser des serrures qui ne donnaient pas l'impression d'avoir été dérobées à la Bastille, et des appliques et une robinetterie aux normes du XXe siècle. L'idée de jouir d'une ligne téléphonique ne me séduisait guère et, à ce que j'avais pu écouter à la radio de Vidal, les nouveaux moyens de communication de masse, comme les nommait la presse du moment, ne me compteraient pas parmi leur clientèle. Je décidai que mon existence serait faite de livres et de silence. Je n'emportai de la pension qu'un peu de linge de rechange et l'étui contenant le pistolet de mon père, l'unique souvenir que je possédais de lui. Je distribuai le reste de mes vêtements et de mes effets personnels aux autres pensionnaires. Si j'avais pu aussi laisser derrière moi ma peau et ma mémoire, je n'aurais pas hésité.

Je passai ma première nuit officielle et électrifiée dans la maison de la tour le jour où fut publiée la première livraison de *La Ville des maudits*. Le roman était une intrigue imaginaire que j'avais tissée autour de l'incendie de l'Ensueño en 1903 et d'une créature fantomatique qui, depuis, exerçait ses sortilèges dans les rues du Raval. L'encre de cette première parution n'était pas encore séchée que, déjà, je m'étais attelé au deuxième roman de la série. D'après mes calculs, et en misant sur trente jours par mois de travail ininterrompu, Ignatius B. Samson devait, pour remplir les termes du contrat, produire quotidiennement une moyenne de 6,66 pages de manuscrit, ce qui était de la folie pure mais avait l'avantage de ne pas me laisser beaucoup de temps pour m'en rendre compte.

C'est à peine si j'eus conscience qu'avec le passage des jours je m'étais mis à consommer plus de café et de cigarettes que d'oxygène. À mesure que je m'empoisonnais, j'avais l'impression que mon cerveau se transformait en une machine à vapeur qui n'arrivait jamais à refroidir. Ignatius B. Samson était jeune, il avait de l'endurance. Il travaillait toute la nuit et tombait épuisé au petit matin, pour être la proie de rêves étranges où les lettres tapées sur la page glissée dans la machine à écrire du bureau se détachaient du papier et, telles des araignées d'encre, rampaient sur ses mains et son visage, traversaient sa peau et allaient se nicher dans ses veines pour finir par noircir entièrement son cœur et voiler ses pupilles de taches d'obscurité. Je passais des semaines entières sans presque jamais sortir de cette demeure et oubliais quel jour de la semaine ou quel mois de l'année nous étions. Je ne prêtais pas attention aux maux de tête récurrents qui, parfois, m'assaillaient brusquement, comme si un poinçon métallique me perforait le crâne, tandis qu'un éclair de lumière blanche me brouillait la vue. Je m'étais habitué à vivre avec un sifflement permanent dans les oreilles que seul le bruissement du vent ou de la pluie parvenait à masquer. Il m'arrivait de penser, quand une sueur froide me couvrait la figure et quand mes mains tremblaient sur le clavier de l'Underwood, que j'irais consulter le médecin le lendemain. Mais, ce jour-là, j'avais toujours une nouvelle scène et une autre histoire à raconter.

La vie d'Ignatius B. Samson atteignait déjà le terme de sa première année quand, pour fêter l'événement, je décidai de prendre une journée libre et de retrouver le soleil, la brise et les rues d'une ville où j'avais cessé de me promener, me bornant à l'imaginer. Je me rasai, me lavai et revêtis le meilleur et le plus présentable de mes costumes. Je laissai les fenêtres du bureau et de la galerie ouvertes afin d'aérer la maison et de disperser aux quatre vents cet épais brouillard qui avait fini par en devenir l'odeur. En descendant dans la rue, je trouvai une grande enveloppe tombée de la fente de la boîte à lettres. Y était glissée une feuille de parchemin fermée avec le sceau orné de l'ange et où l'on pouvait lire, de cette écriture précieuse que je connaissais bien :

Cher David,
Je voulais être le premier à vous féliciter pour cette nouvelle étape dans votre carrière. J'ai pris un immense plaisir à lire les premières livraisons de La Ville des maudits. *Je suis sûr que ce petit cadeau vous sera agréable.*
Je vous réitère mon admiration et mon désir de voir un jour nos destins se croiser. Avec la certitude qu'il en sera ainsi, votre ami et lecteur vous salue affectueusement.

ANDREAS CORELLI

Le cadeau n'était autre que l'exemplaire des *Grandes Espérances* que M. Sempere m'avait offert quand j'étais petit, celui-là même que je lui avais rendu avant que mon père puisse le trouver et qui, lorsque j'avais voulu le récupérer des années plus tard, à n'importe quel prix, avait disparu quelques heures auparavant, acheté par un inconnu. Je contemplai ce bloc de papier qui, en un temps pas si lointain, m'avait paru contenir toute la magie et la lumière du monde. On distinguait encore sur la couverture les traces de mes doigts d'enfant tachés de sang.

— Merci, murmurai-je.

9.

M. Sempere chaussa ses lunettes de presbyte afin d'examiner le livre. Il le plaça sur un linge étalé sur le bureau de l'arrière-boutique et inclina la lampe flexible pour que le faisceau de lumière se concentre sur le volume. Son expertise se prolongea plusieurs minutes durant lesquelles je gardai un silence religieux. J'observai la façon dont il feuilletait les pages, les humait, caressait le papier et le dos, soupesait le livre d'une main puis de l'autre, et, finalement, refermait la couverture et suivait à la loupe les traces de sang séché que mes doigts y avaient laissées douze ou treize ans plus tôt.

— Incroyable, murmura-t-il en ôtant ses lunettes. C'est le même livre. Comment dis-tu qu'il t'est revenu ?

— Je l'ignore. Monsieur Sempere, que savez-vous d'un éditeur français nommé Andreas Corelli ?

— À l'oreille, ça sonne plus italien que français, bien qu'Andreas soit plutôt grec…

— La maison d'édition est à Paris. Les Éditions de la Lumière.

Sempere demeura quelques instants songeur, hésitant.

— Je crains que ça ne m'évoque rien. Je demanderai à Barceló, qui sait tout.

Gustavo Barceló était un des doyens de la corporation des libraires de la vieille ville, et sa culture encyclopédique était aussi légendaire que sa pédanterie quelque peu irritante. Dans la profession, on racontait qu'en cas de doute il fallait demander conseil à Barceló. À cet instant apparut le fils de Sempere qui, bien que de deux ou trois ans plus âgé que moi, était si timide qu'il s'en rendait parfois invisible. Il adressa un signe à son père.

— Père, on vient chercher la commande que, je crois, vous avez prise.

Le libraire acquiesça et me tendit un épais volume qui avait apparemment été beaucoup manipulé.

— Voici le dernier catalogue des éditeurs européens. Consulte-le pour voir si tu y trouves des informations, et pendant ce temps je m'occuperai du client.

Je restai seul dans l'arrière-boutique de la librairie et cherchai en vain les Éditions de la Lumière tandis que Sempere retournait au comptoir. Tout en feuilletant le catalogue, je l'entendis converser avec une voix féminine qui me parut familière. J'entendis prononcer le nom de Pedro Vidal et, intrigué, je m'approchai.

Cristina Sagnier vérifiait une pile de livres que Sempere inscrivait dans son registre des ventes. En m'apercevant, elle sourit poliment, mais j'eus la certitude qu'elle ne me reconnaissait pas. Sempere leva les yeux et, voyant que je restais planté là comme un idiot, fit une rapide radiographie de la situation.

— Vous vous connaissez déjà, n'est-ce pas ? dit-il.

Cristina haussa les sourcils, surprise, et me dévisagea de nouveau, incapable de me situer.

— David Martín. Un ami de don Pedro, risquai-je.

— Ah, bien sûr ! Bonjour.

— Comment va votre père ? improvisai-je.

— Bien, bien. Il m'attend au coin avec la voiture.

Sempere, à qui rien n'échappait, intervint :

— Mlle Sagnier est venue prendre des livres commandés par Vidal. Comme ils sont passablement lourds, tu pourrais peut-être avoir la bonté de l'aider à les porter jusqu'à la voiture…

— Ne vous donnez pas ce mal…, protesta Cristina.

Je bondis sur l'occasion.

— Il ne manquerait plus que ça ! m'écriai-je en soulevant une pile de livres qui s'avéra aussi lourde que l'édition de luxe de l'*Encyclopædia Britannica*, suppléments compris.

Je sentis un craquement dans mon dos et Cristina me regarda, effrayée.

— Ça va ?

— Ne craignez rien, mademoiselle, assura Sempere. Notre ami Martín a beau être écrivain, il est fort comme un taureau. N'est-ce pas, Martín ?

Cristina m'observait d'un air peu convaincu. Je lui offris mon sourire de mâle invincible.

— Rien que du muscle, assurai-je. Ceci n'est qu'un simple échauffement.

Sempere junior allait proposer de prendre la moitié des livres, mais son père, fin diplomate, le tira par le bras. Cristina me tint la porte et je me mis en devoir de parcourir les quinze ou vingt mètres qui me séparaient de l'Hispano-Suiza, stationnée au coin de la rue et du Portal del Ángel. J'y parvins à grand-peine, les bras sur le point de prendre feu. Manuel, le chauffeur, m'aida à décharger les livres et me salua avec effusion.

— Quel heureux hasard de vous trouver ici, monsieur Martín.

— Le monde est petit.

Cristina m'adressa un léger sourire pour me remercier et monta dans la voiture.

— Excusez-moi pour les livres.

— Ce n'est rien. Un peu d'exercice est excellent pour le moral, affirmai-je en ignorant le nœud de câbles qui s'était formé dans mon dos. Mon bon souvenir à don Pedro.

Je les vis partir vers la place de Catalogne et, quand je revins, j'avisai Sempere sur le seuil de la librairie, qui me regardait avec un sourire malicieux et me faisait signe d'essuyer ma bave. Je le rejoignis et ne pus m'empêcher de me moquer de moi-même.

— Maintenant, je connais ton secret, Martín. Je te croyais plus habile dans ce genre d'affaires.

— Tout se rouille.

— À qui le dis-tu ! Est-ce que je peux garder le livre quelques jours ?

J'acquiesçai.

— Prenez-en bien soin.

10.

Je revis Cristina des mois plus tard, en compagnie de Pedro Vidal, à la table qui lui était réservée en permanence à la Maison dorée. Vidal m'invita à me joindre à eux, mais il me suffit de croiser le regard de Cristina pour comprendre que je devais refuser.

— Comment va votre roman, don Pedro ?

— Il a le vent en poupe.

— Je m'en réjouis. Bon appétit.

Nos rencontres étaient fortuites. Il m'arrivait de me heurter à elle dans la librairie Sempere & Fils, où elle venait prendre des livres pour don Pedro. Quand l'occasion s'en présentait, Sempere me laissait seul avec elle, mais Cristina avait vite découvert son manège et envoyait un domestique de la villa Helius récupérer les commandes.

— Je sais que ça n'est pas mes oignons, disait Sempere. Mais peut-être ferais-tu mieux de te l'ôter de la tête.

— J'ignore de quoi vous parlez, monsieur Sempere.

— Martín, nous nous connaissons depuis suffisamment longtemps…

Les mois passaient sans que je m'en rende compte. Je vivais la nuit, écrivant du soir au matin et dormant le jour. Barrido & Escobillas ne cessaient de se féliciter du succès de *La Ville des maudits*, et quand ils me voyaient au bord de l'épuisement, ils m'assuraient qu'après encore deux ou trois livraisons ils m'accorderaient une année sabbatique pour que je puisse me reposer et m'employer à écrire une œuvre personnelle qu'ils publieraient avec tambours et trompettes et mon vrai nom en majuscules sur la couverture. Cependant, il manquait sans cesse quelques livraisons. Les élancements, les nausées et les maux de tête devenaient de plus en plus fréquents et plus intenses, mais je les attribuais à la fatigue et les calmais grâce à des piqûres de caféine, des cigarettes et des pilules de codéine ou de Dieu sait quoi qui sentaient le fagot et que me procurait en douce un pharmacien de la rue Argentería. M. Basilio, avec qui je déjeunais de temps en temps le jeudi à une terrasse de la Barceloneta, insistait pour que je consulte un médecin. Je répétais que j'allais le faire, que j'avais un rendez-vous la semaine même.

À part mon ancien chef et les Sempere, je ne disposais guère de temps pour quiconque autre que Vidal, et encore était-ce davantage parce qu'il passait me voir que sur ma propre initiative. Il n'aimait pas la maison de la tour et insistait toujours pour que nous sortions faire une promenade qui nous menait régulièrement au bar Almirall, rue Joaquim Costa, où il avait un compte et tenait une réunion littéraire tous les vendredis soir, à laquelle il ne m'invitait pas parce qu'il savait que tous les participants, poétaillons frustrés ou lèche-cul qui lui faisaient la cour dans l'espoir d'une aumône, d'une recommandation auprès d'un éditeur ou de quelques mots élogieux pour adoucir les blessures de leur amour-propre, me détestaient avec toute la force, l'énergie et l'acharnement qui manquaient à leurs tentatives artistiques dont le public, dans sa mesquinerie, s'obstinait à ignorer l'existence. Là, entre absinthe et havanes, il me parlait de son roman, toujours inachevé, de ses projets pour en finir avec son existence d'oisif, de ses amours et de ses conquêtes ; plus il avançait en âge, plus elles étaient jeunes.

— Tu ne me demandes pas de nouvelles de Cristina, me disait-il parfois d'un air malicieux.

— Que voulez-vous que je vous demande ?

— Si elle me demande des nouvelles de toi.

— Elle demande des nouvelles de moi, don Pedro ?

— Non.

— Vous voyez bien

— Pourtant, l'autre jour, elle a prononcé ton nom.

Je le regardai droit dans les yeux pour voir s'il se moquait de moi.

— Et qu'est-ce qu'elle a dit ?

— Ça ne va pas te plaire.

— Allez-y quand même.

— Elle ne l'a pas dit exactement en ces termes, mais j'ai cru saisir qu'elle ne comprenait pas comment tu pouvais te prostituer en écrivant des romans de pacotille pour cette paire de voleurs qui jettent par-dessus bord ton talent et ta jeunesse.

J'eus l'impression que Vidal venait de me planter un poignard glacé dans le ventre.

— C'est ce qu'elle pense ?

Vidal haussa les épaules.

— Oh, tu sais, pour moi, elle peut aller au diable.

Je travaillais tous les jours sauf le dimanche, que je consacrais à me promener et terminais régulièrement dans une quelconque taverne du Paralelo où je n'avais guère de peine à trouver une affection passagère dans les bras de quelque âme solitaire qui attendait la même chose que moi. Jusqu'au lendemain matin, quand je me réveillais à son côté et que je découvrais une étrangère, je ne me rendais pas compte qu'elles lui ressemblaient toutes, par leur couleur de cheveux, leur manière de marcher, une expression ou un regard. Tôt ou tard, pour éviter le silence meurtrier qui précède les adieux, ces dames d'une nuit me demandaient comment je gagnais ma vie, et quand, trahi par la vanité, je leur expliquais que j'étais écrivain, elles me prenaient pour un menteur, car personne n'avait entendu parler de David Martín, même si certaines connaissaient le nom d'Ignatius B. Samson et, par ouï-dire, *La Ville des maudits*. Avec le temps, je préférai raconter que je travaillais dans les bâtiments de la douane portuaire des Atarazanas ou que j'étais stagiaire dans le cabinet d'avocats Sayrach, Muntaner & Cruells.

Un soir j'étais assis dans le café de l'Opéra en compagnie d'une professeur de musique prénommée Alicia, que je soupçonnais de m'avoir choisi pour oublier un être inoubliable. J'allais l'embrasser quand j'aperçus le visage de Cristina derrière la vitre. Lorsque je sortis dans la rue, elle avait déjà disparu dans la foule de la Rambla. Quinze jours plus tard, Vidal prit l'initiative de m'inviter à la première de *Madame Butterfly* au Liceo. La famille Vidal était propriétaire d'une loge au premier balcon, et Vidal aimait s'y rendre une fois par semaine pendant toute la saison. En le retrouvant dans le hall, je découvris qu'il avait amené aussi Cristina. Elle me salua d'un sourire glacial et ne m'accorda plus une parole ni la moindre attention jusqu'au moment où Vidal, au milieu du deuxième acte, décida de descendre au foyer pour saluer un sien cousin et nous laissa seuls dans la loge, sans autre écran entre nous que Puccini et des centaines de visages dans l'ombre du théâtre. J'attendis dix minutes avant de me tourner vers elle.

— Ai-je fait quelque chose qui vous a blessé ?

— Non.

— Alors nous pourrions essayer de feindre d'être amis, au moins dans des occasions comme celle-là ?

— Je ne veux pas être votre amie, David.

— Pourquoi ?

— Parce que, vous non plus, vous ne voulez pas être mon ami.

Elle avait raison, je ne voulais pas être son ami.

— Vous pensez vraiment que je me prostitue ?

— Ce que je pense est sans importance. Ce qui compte, c'est ce que vous, vous pensez.

Je restai encore cinq minutes, puis je me levai et m'en fus sans ajouter un mot. En arrivant dans le grand escalier du Liceo, je m'étais déjà promis de ne plus lui consacrer une pensée, un regard ou une parole aimable.

Le lendemain, je la croisai devant la cathédrale et, lorsque je voulus l'éviter, elle me salua de la main et me sourit. Je restai immobile tandis qu'elle s'approchait.

— Vous ne voulez pas m'inviter à goûter ?

— Je suis en train de faire le trottoir et je ne serai pas libre avant deux heures.

— Dans ce cas, c'est moi qui vous invite. Combien prenez-vous pour tenir compagnie à une dame pendant une heure ?

Je la suivis à contrecœur dans une chocolaterie de la rue Petritxol. Nous commandâmes deux tasses de cacao chaud et nous assîmes l'un en face de l'autre, attendant de voir qui ouvrirait la bouche le premier. Pour une fois, je gagnai.

— Hier, je ne voulais pas vous offenser, David. Je ne sais ce qu'a pu vous raconter don Pedro, mais je n'ai jamais dit ça.

— C'est peut-être seulement ce que vous pensez, et c'est pour cela que Pedro me l'a rapporté.

— Vous n'avez pas la moindre idée de ce que je pense, répliqua-t-elle avec dureté. Et don Pedro non plus.

Je haussai les épaules.

— Très bien.

— Ce que j'ai dit était très différent. J'ai dit que je ne croyais pas que vous faisiez ce que vous aviez envie de faire.

Je souris, en signe d'acquiescement. La seule chose que j'avais envie de faire en cet instant était de l'embrasser. Cristina soutint mon regard, d'un air de défi. Elle n'écarta pas son visage quand je tendis la main et lui caressai les lèvres, en faisant glisser mes doigts sur le menton et le cou.

— Non, pas ça, murmura-t-elle enfin.

Lorsque le serveur nous apporta les deux tasses fumantes, elle était déjà partie. Des mois passèrent sans que j'entende de nouveau prononcer son nom.

Un jour de la fin de septembre, alors que je venais de terminer une nouvelle livraison de *La Ville des maudits*, je décidai de prendre une nuit de liberté. Je sentais approcher une de ces tourmentes de nausées et de pointes de feu dans mon cerveau. J'avalai une poignée de pilules de codéine et m'étendis sur le lit dans l'obscurité, espérant que passent cette sueur froide et le tremblement de mes mains. Je commençais à m'endormir quand on sonna à la porte. Je me traînai jusqu'à l'entrée. Vidal, vêtu d'un de ses plus beaux costumes de soie italienne, allumait une cigarette sous un rayon de lumière qui semblait avoir été peint exprès pour lui par Vermeer en personne.

— Es-tu vivant ou est-ce que je parle à une apparition ? demanda-t-il.

— Vous seriez venu depuis la villa Helius juste pour me sortir ça ?

— Non. Je suis venu parce que voici des mois que je ne sais plus rien de toi et que tu m'inquiètes. Pourquoi ne fais-tu pas installer le téléphone dans ce mausolée, comme les gens normaux ?

— Je n'aime pas les téléphones. J'ai envie de voir la tête de ceux auxquels je parle, et j'ai envie qu'ils voient la mienne.

— Dans ton cas, je ne suis pas sûr que ce soit une bonne idée. Tu t'es regardé dernièrement dans un miroir ?

— Ça, c'est votre spécialité, don Pedro.

— Il y a des gens à la morgue de l'Hôpital central qui ont meilleure mine que toi. Allons, habille-toi.

— Pourquoi ?

— Parce que je te le dis. On va se promener

Vidal ignora mon refus et mes protestations. Il me traîna jusqu'à la voiture qui attendait sur le Paseo del Born et fit signe à Manuel de démarrer.

— Où allons-nous ? demandai-je.

— Surprise.

Nous traversâmes Barcelone jusqu'au bas de l'avenue de Pedralbes et commençâmes l'ascension de la colline. Quelques minutes plus tard, nous étions en vue de la villa Helius, dont toutes les fenêtres étaient éclairées, projetant un flot d'or incandescent sur le crépuscule. Vidal ne desserrait pas les dents et me souriait d'un air mystérieux. Arrivés devant la maison, il me fit signe de le suivre et me guida jusqu'au grand salon. Un groupe de personnes attendait là et, à mon apparition, elles applaudirent. Je reconnus M. Basilio, Cristina, Sempere père et fils, mon ancienne institutrice Mme Mariana, quelques-uns des auteurs qui publiaient comme moi chez Barrido & Escobillas et avec qui je m'étais lié d'amitié, Manuel, qui s'était joint aux autres, et un certain nombre de conquêtes de Vidal. Don Pedro me tendit une coupe de champagne et sourit.

— Heureux vingt-huitième anniversaire, David !

J'avais oublié.

À la fin du dîner, je m'excusai un instant et sortis dans le jardin pour prendre l'air. Un ciel constellé tendait un voile d'argent au-dessus des arbres. Une minute à peine s'était écoulée quand un bruit de pas résonna. Je me trouvai face à la dernière personne que je m'attendais à voir à cet instant, Cristina Sagnier. Elle me sourit, paraissant désireuse de se faire pardonner cette intrusion.

— Pedro ne sait pas que je suis sortie pour vous parler, déclara-t-elle.

Je remarquai que le « don » avait disparu, mais je feignis de ne pas m'en apercevoir.

— J'aimerais vous parler, David. Mais pas ici, ni maintenant.

Même la pénombre du jardin ne put masquer ma surprise.

— Pouvons-nous nous voir demain, quelque part ? reprit-elle. Je vous promets de ne pas vous voler trop de temps.

— À une condition, répondis-je. C'est que vous cessiez de me voussoyer. Les anniversaires vieillissent déjà suffisamment.

Cristina sourit.

97

— D'accord. Je vous tutoie et vous me tutoyez.

— Le tutoiement est une de mes spécialités. Où veux-tu que nous nous rencontrions ?

— Est-ce possible chez toi ? Je ne veux pas qu'on nous voie ni que Pedro sache que je t'ai parlé.

— Comme tu voudras…

Cristina sourit, soulagée.

— Merci. À demain, alors ? Dans l'après-midi ?

— Quand tu voudras. Tu sais où j'habite ?

— Mon père le sait.

Elle se pencha légèrement et posa un baiser sur ma joue.

— Bon anniversaire, David.

Avant que je n'aie rien pu ajouter, elle s'était évanouie dans le jardin. Quand je rentrai, elle était partie. Vidal me lança un coup d'œil froid depuis l'autre bout du salon, et me sourit seulement après s'être rendu compte que je l'avais vu.

Une heure plus tard, Manuel, avec l'accord de Vidal, me raccompagna chez moi dans l'Hispano-Suiza. Je m'assis à côté de lui comme j'en avais l'habitude lorsque nous étions seuls, qu'il en profitait pour m'expliquer certains trucs de la conduite d'une automobile et me laissait même, à l'insu de Vidal, prendre un moment le volant. Cette nuit-là, le chauffeur était plus taciturne qu'à l'ordinaire et ne desserra pas les lèvres avant que nous soyons arrivés dans le centre de la ville. Il avait maigri depuis la dernière fois que je l'avais croisé et j'eus l'impression que l'âge commençait à lui présenter sa facture.

— Vous avez un souci, Manuel ? demandai-je.

Le chauffeur haussa les épaules.

— Rien d'important, monsieur Martín.

— Si quelque chose vous préoccupe…

— Des vétilles de santé. Arrivé à un certain âge, on a un tas de petits ennuis, vous savez bien. Mais ce n'est pas ça l'important. L'important, c'est ma fille.

Je me bornai à hocher la tête.

— Je suis sûr que vous avez de l'affection pour elle, monsieur Martín, poursuivit-il. Pour ma Cristina. Un père devine ces choses.

J'acquiesçai de nouveau, en silence. Nous n'échangeâmes plus une parole jusqu'à ce que Manuel arrête la voiture au bas de la rue Flassaders, me tende la main et me souhaite de nouveau un heureux anniversaire.

— S'il m'arrivait un pépin, déclara-t-il alors, vous l'aideriez, n'est-ce pas, monsieur Martín ? Vous feriez ça pour moi ?

— Naturellement, Manuel. Mais que peut-il vous arriver ?

Le chauffeur sourit et me souhaita bonne nuit. Il remonta dans la voiture et s'éloigna lentement. Je n'en eus pas la certitude absolue, mais j'aurais juré qu'après un trajet presque silencieux il parlait à présent tout seul.

11.

Je passai toute la matinée à tourner dans la maison pour la rendre présentable, ranger, aérer, nettoyer des objets et des recoins dont je ne me rappelais pas l'existence. Je descendis en courant chez un fleuriste du marché et, quand je remontai chargé de bouquets, je me rendis compte que j'ignorais où j'avais caché les vases susceptibles de les recevoir. Je m'habillai comme si j'allais à un entretien d'embauche. J'essayai des paroles et des formules de bienvenue que je trouvai ridicules. Je me regardai dans le miroir et constatai que Vidal avait raison : j'avais l'aspect d'un vampire. Finalement je m'assis dans un fauteuil de la galerie pour attendre, un livre dans les mains. En deux heures, je ne dépassai pas la première page. Puis, à quatre heures précises de l'après-midi, j'entendis les pas de Cristina sur les marches et me levai d'un bond. Quand elle frappa à la porte, j'étais déjà derrière celle-ci depuis une éternité.

— Bonjour, David. Je tombe mal ?

— Non, non. Au contraire. Entre, je t'en prie.

Cristina sourit poliment et pénétra dans le vestibule. Je la guidai jusqu'au salon de lecture de la galerie et la

100

priai de s'asseoir. Elle promena longuement son regard autour d'elle.

— C'est un endroit vraiment très original. Pedro m'avait prévenu que tu habitais un hôtel particulier.

— Il préfère l'adjectif « lugubre », mais je suppose que c'est une question de vocabulaire.

— Je peux te demander pourquoi tu as choisi ce lieu ? C'est une maison bien grande pour quelqu'un qui vit seul.

Quelqu'un qui vit seul, pensai-je. On finit par devenir tel que nous considèrent ceux que l'on désire.

— Tu veux la vérité ? demandai-je. La vérité, c'est que je me suis installé ici parce que pendant des années j'ai vu cette maison tous les jours en allant au journal et en en revenant. Elle était toujours close et je me suis mis à penser qu'elle m'attendait. J'ai fini par rêver, littéralement, qu'un jour j'y habiterais. Et c'est ce qui s'est passé.

— Tous tes rêves deviennent-ils réalité, David ?

Ce ton ironique me rappelait trop Vidal.

— Non. Celui-là est le seul. Mais tu voulais me parler de quelque chose, et je te raconte là des histoires qui n'ont sûrement pas d'intérêt pour toi.

Le ton de ma voix m'apparaissait plus défensif que je ne l'aurais aimé. J'avais tellement désiré sa présence que, maintenant qu'elle était là, il m'arrivait la même chose qu'avec les fleurs : une fois que je les avais eues en main, je n'avais plus su où les disposer.

— Je voulais te parler de Pedro, commença Cristina.

— Ah !

— Tu es son meilleur ami. Tu le connais. Il parle de toi comme d'un fils. Il t'aime comme il n'aime personne. Tu le sais.

— Don Pedro m'a toujours traité comme un fils, acquiesçai-je. Si M. Sempere et lui n'avaient pas été là, je ne sais ce que je serais devenu.

— Il m'inquiète beaucoup.

— Il t'inquiète ? Pourquoi ?

— Tu sais que je travaille pour lui depuis des années comme secrétaire. Pedro est un homme généreux et nous sommes devenus bons amis. Il s'est très bien comporté avec mon père et avec moi. C'est pourquoi j'ai de la peine quand je le vois dans cet état.

— Dans quel état ?

— C'est ce maudit livre, ce roman qu'il veut écrire.

— Voilà des années qu'il y travaille.

— Et des années qu'il le détruit. Je corrige et tape toutes les pages. Depuis le temps que je suis sa secrétaire, il en a déchiré au moins deux mille. Il est convaincu de ne pas avoir de talent. D'être un charlatan. Il boit constamment. Parfois je le trouve dans son bureau, en haut, en train de boire et de pleurer comme un enfant…

J'en eus la gorge serrée.

— … il dit qu'il t'envie, qu'il voudrait te ressembler, que les gens lui mentent et le couvrent d'éloges parce qu'ils espèrent tous une faveur de lui, de l'argent, une aide, mais qu'il sait que son œuvre n'a aucune valeur. Devant les autres il garde la face, les beaux costumes et tout le reste, mais moi qui le vois tous les jours, je sais qu'il dépérit. Il m'arrive d'avoir peur qu'il fasse une bêtise. Je n'en ai rien dit parce que je ne savais pas à qui en parler. S'il apprenait que je suis venue en discuter avec toi, il serait furieux. Il me répète sans cesse : « N'embête pas David avec ces histoires. Il a la vie devant lui et moi je suis déjà fini. » Il passe son temps à proférer des choses de ce genre. Pardonne-moi de te raconter tout ça, mais j'ignorais à qui m'adresser...

Nous restâmes longtemps silencieux. Je me sentis envahi par un froid intense en découvrant que, pendant que l'homme à qui je devais la vie avait sombré dans le désespoir, moi, enfermé dans mon univers, je n'avait pas pris une seconde de mon temps pour m'en préoccuper.

— Je n'aurais peut-être pas dû venir.

— Au contraire. Tu as bien fait.

Cristina me regarda avec un sourire timide et, pour la première fois, j'eus l'impression que je n'étais pas un étranger pour elle.

— Qu'allons-nous faire ? demanda-t-elle.

— Nous allons l'aider.

— Et s'il ne veut pas ?

— Alors nous le ferons sans qu'il s'en aperçoive.

12.

Je ne saurai jamais si je le fis pour aider Vidal, comme je me le répétais à moi-même, ou si je désirais simplement avoir une excuse pour passer du temps auprès de Cristina. Nous nous retrouvâmes presque tous les après-midi dans la maison de la tour. Cristina apportait les feuilles manuscrites que Vidal avait écrites la veille, toujours couvertes de biffures, de paragraphes entiers rayés, d'ajouts dans tous les sens et de mille et une tentatives pour sauver ce qui ne pouvait l'être. Nous montions dans le bureau et nous nous asseyions par terre. Cristina les lisait une première fois à voix haute, puis nous discutions longuement. Mon mentor essayait d'écrire une sorte de saga épique qui embrassait trois générations d'une dynastie barcelonaise pas très différente de celle des Vidal. L'action débutait quelques années avant la révolution industrielle avec l'arrivée de deux frères orphelins dans la ville et se poursuivait à la manière d'une parabole biblique, genre Abel et Caïn. Un des frères finissait par devenir le magnat le plus riche et le plus puissant de son époque, tandis que l'autre se consacrait à l'Église et à secourir les pauvres, pour terminer ses jours tragiquement dans un épisode qui évoquait le triste sort de notre prêtre et poète Jacint Verdaguer, aveugle et persécuté pour ses opinions socialistes. Tout au long de leur vie, les frères s'affrontaient, et une interminable galerie de personnages défilait, avec force mélodrames torrides, scandales, assassinats, amours illicites, tragédies et autres péripéties inhérentes au genre, le tout se situant dans le contexte de la naissance de la métropole moderne et du monde industriel et financier. Le narrateur était un petit-fils d'un des deux frères, qui reconstituait l'histoire pendant qu'il regardait la ville brûler du haut d'une demeure de Pedralbes au cours de la Semaine tragique de 1909.

La première chose qui me surprit fut que j'avais personnellement ébauché ce thème devant Vidal quelques années plus tôt, en manière de suggestion pour l'aider à jeter les fondations de son roman en gestation, celui dont il promettait toujours qu'il finirait par l'écrire. La deuxième fut que Vidal ne m'avait jamais avoué qu'il avait décidé de s'en servir ni qu'il y avait travaillé pendant des années, pourtant les occasions n'avaient pas manqué. La troisième fut que le roman, tel qu'il se présentait, était un total et gigantesque fiasco : pas un seul élément ne fonctionnait, en commençant par les personnages et la construction du récit, en passant par l'atmosphère et la dramatisation, et en terminant par le langage et un style qui évoquaient les efforts d'un amateur dont les prétentions n'avaient d'égales que les loisirs dont il disposait.

— Qu'en penses-tu ? demandait Cristina. Tu crois que c'est arrangeable ?

Je préférai lui taire que Vidal m'avait soufflé mon idée et, pour ne pas l'inquiéter encore davantage, je souris et pris l'air affirmatif.

— Ça nécessite un peu de travail. C'est tout.

Quand la nuit commençait à tomber, Cristina s'asseyait devant la machine et, à nous deux, nous récrivions le livre de Vidal lettre par lettre, ligne par ligne, scène par scène.

Le fil conducteur tel que l'avait prévu Vidal était si vague et si insipide que je préférai revenir à celui que j'avais improvisé quand je lui en avais suggéré l'idée. Lentement, nous entreprîmes de ressusciter les personnages en les désossant de l'intérieur et en les reconstruisant de pied en cap. Pas une seule scène, un seul moment, une seule ligne, un seul mot ne survivait à notre intervention, pourtant, à mesure que nous avancions, j'avais le sentiment que nous rendions justice au roman que Vidal portait dans son cœur et qu'il avait voulu écrire, mais sans savoir s'y prendre.

Cristina me disait que parfois, quand, des semaines après avoir cru écrire une scène, Vidal la relisait dans la version finale tapée à la machine, il était surpris de sa qualité et de la plénitude d'un talent auquel il avait cessé de croire. Elle craignait qu'il ne finisse par découvrir nos agissements et m'exhortait à rester plus fidèle à l'original.

— Ne sous-estime jamais la vanité d'un écrivain, et particulièrement celle d'un écrivain médiocre, lui répliquai-je.

— Je n'aime pas t'entendre parler ainsi de Pedro.

— J'en suis désolé. Moi non plus.

— Tu devrais peut-être ralentir un peu le rythme. Tu n'as pas bonne mine. Ce n'est plus Pedro qui m'inquiète, maintenant, c'est toi.

— Voilà au moins un résultat positif.

À la longue, je m'habituai à vivre pour savourer ces instants partagés avec elle. Mon propre travail ne tarda pas à s'en ressentir. Je ne sais pas où je trouvais le temps de travailler à *La Ville des maudits* alors que, dormant trois heures par jour et me dépêchant au maximum pour respecter les délais fixés par mon contrat, il ne m'en restait plus. Barrido & Escobillas avaient pour règle de ne lire aucun livre, pas plus ceux qu'ils publiaient que ceux de la concurrence, mais la Poison, elle, les lisait, et elle en vint vite à soupçonner quelque chose d'anormal.

— On dirait que tu n'es pas toi ! lui arrivait-il de s'exclamer.

— Bien sûr que je ne suis pas moi, chère Herminia. Je suis Ignatius B. Samson.

J'étais conscient du risque que j'avais pris, mais je ne m'en souciais pas. Je ne me souciais pas de me réveiller tous les jours couvert de sueur et le cœur battant la chamade comme s'il allait me défoncer les côtes. J'aurais payé beaucoup plus cher encore pour ne pas renoncer à ce contact qui, lentement et secrètement, malgré nous, nous transformait en complices. Je soupçonnais Cristina de le lire sur mes traits chaque jour qu'elle venait passer avec moi, et j'étais convaincu qu'elle ne répondrait jamais à mes avances. Il n'y avait ni avenir ni grandes espérances dans cette course qui ne nous menait nulle part, et nous ne l'ignorions ni l'un ni l'autre.

Parfois, fatigués de renflouer cette barque qui prenait l'eau de toute part, nous abandonnions le manuscrit de Vidal et nous nous risquions à parler d'autre chose que de cette proximité qui, à force de rester cachée, commençait à brûler dans nos consciences. Il arrivait que, réunissant tout mon courage, je lui prenne la main. Elle ne me repoussait pas, mais je devinais que je la gênais, qu'elle trouvait que nous agissions mal, que la dette que nous avions envers Vidal pour ses bienfaits nous liait et nous séparait en même temps. Un soir, un peu avant qu'elle parte, je saisis son visage et tentai de l'embrasser. Elle demeura immobile et, quand je me vis dans le miroir de ses yeux, je n'osai pas prononcer un mot. Elle se leva et s'en fut en silence. Je ne la revis plus pendant deux semaines et, à son retour, elle me fit promettre que cela ne se reproduirait jamais.

— David, je veux que tu comprennes que, quand nous aurons fini de travailler au livre de Pedro, nous ne nous reverrons plus comme maintenant.

— Pourquoi non ?

— Tu sais pourquoi.

Mes avances n'étaient pas la seule chose que Cristina ne considérait pas d'un bon œil. Elle n'en parlait pas, mais je soupçonnais que Vidal avait dit vrai quand il m'avait affirmé qu'elle méprisait les livres que j'écrivais pour Barrido & Escobillas. Je n'avais pas de mal à imaginer que, selon elle, j'effectuais un travail de mercenaire, sans âme, et que je bradais mon intégrité en échange d'une aumône à seule fin d'enrichir cette paire de rats d'égout parce que je n'avais pas le courage d'écrire avec mon cœur, mon nom et mes propres sentiments. Ce qui m'attristait le plus, c'est qu'au fond elle avait raison. Je caressais l'idée de renoncer à mon contrat, d'écrire un livre juste pour elle, dans le but de me gagner son respect. Si la seule chose que je savais faire n'était pas suffisamment bien pour elle, peut-être valait-il mieux revenir aux jours gris et misérables du journal. Je pourrais toujours vivre de la charité et des faveurs de Vidal.

J'étais sorti me promener après une longue nuit de travail, incapable de trouver le sommeil. Sans but précis, mes pas me conduisirent jusqu'au chantier de la Sagrada Familia. Tout petit, mon père m'y avait parfois emmené pour contempler cette Babel de sculptures et de portiques qui ne parvenait jamais à prendre son envol, comme si elle était maudite. J'aimais y revenir et vérifier que rien n'avait changé, que la ville ne cessait de s'agrandir autour, mais que la Sagrada Familia restait en ruine depuis le premier jour.

Quand j'arrivai, une aube bleue striée de lueurs rouges dessinait les tours de la façade de la Nativité. Un vent d'est balayait la poussière des rues sans dissiper l'odeur âcre des usines que l'on voyait pointer à la frontière du quartier Sant Martí. J'étais en train de traverser la rue Mallorca quand je vis les lanternes d'un tramway qui s'approchait dans la brume de l'aube. J'entendis le ferraillement de ses roues sur les rails et le bruit de la cloche avertissant de son passage dans les zones d'ombre. Je voulus courir, mais je ne pus pas. Je restai là, cloué sur place, immobile entre les rails, hypnotisé par les lumières du tramway arrivant sur moi. Je perçus les cris du conducteur et vis la gerbe d'étincelles qui jaillissait sous l'effet des freins. Et même ainsi, avec la mort à quelques mètres à peine, je ne pus mouvoir un muscle. Je sentis l'odeur de l'électricité répandue par la lumière blanche qui se refléta dans mes yeux jusqu'à ce que le phare du tramway se voile. Je m'effondrai comme un pantin et restai encore conscient quelques secondes, juste le temps de voir la roue du tramway, fumante, s'arrêter à quelque vingt centimètres de mon visage. Puis tout sombra dans le noir.

13.

J'ouvris les yeux. Des colonnes de pierre grosses comme des arbres montaient dans la pénombre vers une voûte nue. Des rais de lumière poussiéreuse tombaient en diagonale et laissaient entrevoir des rangées interminables de grabats. Des petites gouttes d'eau se détachaient d'en haut comme des larmes noires qui explosaient au sol en déclenchant un écho sonore. L'ombre empestait le moisi et l'humidité.

— Bienvenue au purgatoire.

Je me redressai et me tournai pour découvrir un homme vêtu de haillons qui lisait un journal à la lumière d'une lanterne et arborait un sourire auquel manquait la moitié des dents. La première page du journal annonçait que le général Primo de Rivera avait assumé tous les pouvoirs de l'État et inaugurait une dictature en gants de velours pour sauver le pays de l'hécatombe imminente. Ce journal datait d'au moins six ans.

— Où suis-je ?

L'homme m'examina par-dessus le journal, intrigué.

— Au Ritz. Vous ne reconnaissez pas l'odeur ?

— Comment suis-je arrivé ici ?

— En morceaux. On vous a apporté ce matin sur une civière et vous avez cuvé votre cuite jusqu'à maintenant.

Je tâtai ma veste et constatai que tout mon argent avait disparu.

— Ce que c'est que le monde ! s'exclama l'homme devant les nouvelles du journal. Il est vrai qu'aux stades les plus avancés du crétinisme l'absence d'idées est compensée par l'excès d'idéologies.

— Comment sort-on d'ici ?

— Si vous êtes tellement pressé… Il y a deux manières, la définitive et la temporaire. La définitive, c'est par le toit : un bon saut, et vous vous libérerez de toute cette saloperie pour toujours. La sortie temporaire est par là, au fond, où vous trouverez cet idiot, le poing levé et les pantalons sur les chevilles, qui fait le salut révolutionnaire au premier chien coiffé qui passe. Mais si vous prenez ce chemin-là, tôt ou tard vous reviendrez ici.

L'homme au journal m'observait d'un air amusé, avec cette lucidité que seuls manifestent par moments certains cerveaux dérangés.

— C'est vous qui m'avez volé ?

— Vous m'offensez. Quand on vous a apporté, vous étiez déjà proprement nettoyé, et moi je n'accepte que les titres négociables en Bourse.

Je laissai cet hurluberlu sur son grabat avec son journal antédiluvien et ses discours prophétiques. La tête me tournait encore, et j'eus beaucoup de difficulté à faire quatre pas en ligne droite, mais je parvins à gagner, sur les côtés de la grande voûte, une porte qui donnait sur quelques marches. Une mince clarté filtrait en haut de l'escalier. Je montai quatre ou cinq paliers et sentis une bouffée d'air frais qui entrait par une grosse porte. Je sortis à l'extérieur et compris enfin où j'avais échoué.

Devant moi s'étendait un lac qui surplombait les arbres du parc de la Citadelle. Le soleil se couchait déjà sur la ville, et les eaux couvertes d'algues ondulaient comme une grande flaque de vin. Le Réservoir des eaux avait l'aspect d'un gros fort ou d'une prison. Il avait été construit pour alimenter les pavillons de l'Exposition universelle de 1888, mais, avec le temps, ses entrailles de cathédrale laïque avaient fini par servir d'abri aux moribonds et aux indigents qui n'avaient pas d'autre lieu où se réfugier quand la nuit ou le froid devenaient trop rudes. Le grand bassin suspendu sur la terrasse était désormais un étang marécageux et trouble qui se vidait lentement par les fissures de l'édifice.

J'en étais là quand j'aperçus une forme humaine postée à l'une des extrémités de la terrasse. Comme si le simple frôlement de mon regard l'avait alertée, elle se retourna brusquement. Je me sentais encore étourdi et ma vision restait voilée, mais il me sembla que cette forme se dirigeait vers moi. Elle avançait trop vite, en donnant l'impression que ses pieds ne touchaient pas le sol, et se déplaçait par saccades brusques et trop agiles pour que je puisse la fixer. Il m'était difficile de distinguer ses traits à contre-jour, mais je parvins tout de même à constater qu'il s'agissait d'un homme dont les yeux noirs et brillants paraissaient démesurément larges. Plus il se rapprochait, plus sa silhouette s'allongeait et sa taille grandissait. En le voyant arriver sur moi, je frissonnai et reculai de quelques pas sans prendre conscience de la proximité du lac. La terre ferme se déroba sous mes pieds, et j'allais tomber à la renverse dans les eaux noires du bassin quand l'inconnu me rattrapa par le bras. Il me tira avec délicatesse et me ramena sur un terrain plus sûr. Je m'assis sur un des bancs qui entouraient le lac et respirai profondément. Je levai la tête et, pour la première fois, je le vis distinctement. Ses yeux étaient normaux, il avait la même taille que moi, ses pas et ses mouvements étaient ceux d'un homme pareil aux autres. Son expression était aimable et rassurante.

— Merci, lui dis-je.

— Vous vous sentez bien ?

— Oui. C'est juste un étourdissement.

L'inconnu s'installa près de moi. Il portait un costume trois-pièces noir très élégant avec une petite broche d'argent au revers de la veste, un ange aux ailes déployées qui me parut étrangement familier. Il me vint à l'esprit que la présence d'un homme aussi impeccablement vêtu sur cette terrasse était pour le moins inhabituelle. Comme s'il pouvait lire dans mes pensées, l'inconnu sourit.

— J'espère que je ne vous ai pas effrayé. Je suppose que vous ne vous attendiez pas à rencontrer quelqu'un dans ces parages.

Je le dévisageai, perplexe. Je distinguai le reflet de mon visage dans ses pupilles noires qui se dilataient comme une tache d'encre sur le papier.

— Je peux vous demander ce qui vous amène ici ?

— La même chose que vous : de grandes espérances.

— Andreas Corelli, murmurai-je.

Son visage s'éclaira.

— C'est un grand plaisir que de pouvoir enfin vous saluer en personne, mon ami.

Il s'exprimait avec un léger accent que je ne pus préciser Mon instinct me soufflait de me lever et de fuir à toute allure avant que cet étranger ne prononce un mot de plus, mais sa voix et son regard m'inspiraient confiance et sérénité. Je préférai ne pas me demander comment il avait pu connaître ma présence en cet endroit, alors que, moi-même, je n'avais pas compris tout de suite où j'étais. Le son de sa voix et la lumière de ses yeux me réconfortaient. Il me tendit la main et je la serrai. Son sourire était comme la promesse d'un paradis perdu.

— J'imagine que je dois vous remercier pour toutes les bontés que vous avez eues pour moi durant tant d'années, monsieur Corelli. Je crains d'avoir une dette envers vous.

— Pas du tout. C'est moi qui ai une dette à votre égard, cher ami, et qui devrais vous demander de m'excuser pour vous aborder ainsi, en un lieu et un moment aussi incongrus, mais j'avoue que cela faisait déjà longtemps que je désirais parler avec vous, et je n'en trouvais pas l'occasion.

— Et que puis-je donc faire pour vous ?

— Je veux que vous travailliez pour moi.

— Pardon ?

— Je veux que vous écriviez pour moi.

— Ah, bien sûr : j'oubliais que vous êtes éditeur.

L'étranger rit. Il avait un rire doux, un rire d'enfant innocent.

— Le meilleur de tous. L'éditeur que vous avez attendu toute votre vie. L'éditeur qui vous rendra immortel.

L'étranger me tendit une carte de visite identique à celle que j'avais trouvée sous ma main en me réveillant de mon sommeil avec Chloé.

ANDREAS CORELLI
Éditeur
Éditions de la Lumière
69, boulevard Saint-Germain, Paris

— Je suis très honoré, monsieur Corelli, mais je crains qu'il me soit impossible d'accepter votre offre. Je suis tenu par un contrat avec…

— Je sais : Barrido & Escobillas. Des individus avec lesquels, sans vouloir vous offenser, vous ne devriez entretenir aucune relation.

— C'est une opinion que partagent d'autres personnes.

— Mlle Sagnier, peut-être ?

— Vous la connaissez ?

— Par ouï-dire. Il semble que, pour gagner le respect et l'admiration d'une telle femme, un homme serait prêt à tout, n'est-ce pas ? Ne vous encourage-t-elle pas à quitter cette paire de parasites et à être fidèle à vous-même ?

— Ce n'est pas si simple. Je suis lié à eux par un contrat d'exclusivité pour six ans encore.

— Je le sais, cependant cela ne devrait pas vous inquiéter. Mes avocats sont en train d'étudier la question et je vous assure que les formules ne manquent pas pour dissoudre définitivement n'importe quelle attache juridique dans le cas où vous seriez d'accord pour accepter ma proposition.

— Et votre proposition est… ?

Corelli eut un sourire amusé et malicieux, tel un collégien qui se réjouit de dévoiler un secret.

— De me consacrer une année en exclusivité afin d'écrire un livre que je vous commanderais, un livre dont nous discuterions ensemble le sujet à la signature du contrat et pour lequel je vous verserais une avance de cent mille francs.

Je le regardai, interdit.

— Si cette somme ne vous convient pas, je suis prêt à étudier celle que vous estimerez convenable. Je serai sincère, monsieur Martín, je ne vais pas me disputer avec vous pour une question d'argent. Et je suis sûr que vous non plus, car je sais que, quand je vous aurai expliqué le genre de livre que j'attends de vous, le prix n'aura plus d'importance.

Je soupirai et ris intérieurement.

— Je vois que vous ne me croyez pas.

— Monsieur Corelli, je suis l'auteur de romans-feuilletons qui ne portent même pas mon nom. Mes éditeurs que, de toute évidence, vous connaissez, sont des escrocs minables qui ne valent pas leur poids en fumier, et mes lecteurs ignorent jusqu'à mon existence. Depuis des années je gagne ma vie en exerçant ce métier et je n'ai pas encore écrit une seule page dont je puisse me sentir satisfait. La femme que j'aime croit que je gâche ma vie et elle n'a pas tort. Elle croit aussi que je n'ai aucun droit à la désirer, que nous sommes deux âmes insignifiantes dont l'unique raison d'être est notre dette envers un homme qui nous a tirés tous les deux de la misère, et il se peut bien que, sur ce point aussi, elle n'ait pas tort. Peu importe. Un jour viendra où j'aurai trente ans et où je me rendrai compte que chaque heure qui passe m'écarte un peu plus de la personne que je voulais être quand j'en avais quinze. Et encore, si j'atteins cet âge, car ces derniers temps ma santé a presque la même consistance que mon travail. Aujourd'hui, je dois m'estimer satisfait si je suis capable de rédiger une phrase ou deux lisibles par heure. Voilà le genre d'auteur et d'homme que je suis. Pas le genre à recevoir la visite d'éditeurs de Paris porteurs de chèques en blanc pour écrire un livre qui changera sa vie et transformera toutes ses espérances en réalité.

Corelli m'observa gravement, soupesant mes paroles.

— Vous êtes un juge trop sévère envers vous-même, qualité qui distingue irrémédiablement les personnes de valeur. Croyez-moi quand je vous assure qu'au cours de ma carrière j'ai traité avec des individus qui n'auraient pas mérité un crachat de votre part et qui n'en avaient pas moins une très haute idée de leur personne. Mais je veux que vous sachiez que, même si vous ne me croyez pas, je connais exactement le genre d'auteur et d'homme que vous êtes. Cela fait des années que je suis votre piste, et vous ne l'ignorez nullement. J'ai tout lu de vous, de votre premier récit pour *La Voz de la Industria* à la série des *Mystères de Barcelone*, et, maintenant, chaque livraison des romans d'Ignatius B. Samson. J'oserai dire que je vous connais mieux que vous ne vous connaissez vous-même. Voilà pourquoi je sais que vous finirez par accepter ma proposition.

— Que savez-vous encore de moi ?

— Je sais que nous avons quelque chose, ou beaucoup de choses, en commun. Je sais que vous avez perdu votre père, moi aussi. Je sais ce que signifie perdre un père quand on en a encore besoin. Le vôtre vous a été arraché dans des circonstances tragiques. Le mien, pour des raisons qui importent peu ici, m'a renié et chassé de chez lui. J'oserais presque dire que cela peut être encore plus douloureux. Je sais que vous vous sentez seul, et faites-moi confiance quand je vous assure que je connais moi aussi profondément ce sentiment. Je sais que vous hébergez dans votre cœur de grandes espérances, mais qu'aucune ne s'est accomplie, ce qui subrepticement, jour après jour, vous tue à petit feu.

Ses paroles furent suivies d'un long silence.

— Vous savez beaucoup de choses, monsieur Corelli.

— Assez en tout cas pour penser que j'aimerais vous connaître mieux et être votre ami. Je crois que vous n'avez pas beaucoup d'amis. Moi non plus. Je me méfie de ceux qui s'imaginent avoir beaucoup d'amis. C'est signe qu'ils connaissent mal leur prochain.

— Mais vous ne cherchez pas un ami, vous cherchez un employé.

— Je cherche un associé temporaire. Je vous cherche, vous.

— Vous êtes très sûr de vous, risquai-je.

— C'est un défaut de naissance, répliqua Corelli en se levant. J'en ai un autre, la clairvoyance. C'est pourquoi je comprends qu'il est encore un peu tôt pour vous, et que cela ne vous suffit pas d'entendre la vérité de ma bouche. Vous avez besoin de la voir de vos propres yeux. De la sentir dans votre chair. Et croyez-moi, vous la sentirez.

Il me tendit la main et ne la retira que lorsque je l'eus serrée.

— Puis-je au moins partir avec l'assurance que vous réfléchirez à ma proposition et que nous nous reverrons pour en parler ? demanda-t-il.

— Je ne sais que vous répondre, monsieur Corelli.

— Rien pour l'instant. Je vous promets que vous y verrez beaucoup plus clair à notre prochaine rencontre.

Sur ces mots, il m'adressa un sourire cordial et s'éloigna vers les escaliers.

— Y aura-t-il une prochaine rencontre ? lançai-je.

Corelli s'arrêta et se retourna.

— Il y en a toujours une.

— Où ?

Les dernières lueurs du jour tombaient sur la ville et ses yeux brillaient comme deux braises.

Il disparut par la porte des escaliers. Alors seulement je me rendis compte que, tout le temps qu'avait duré notre conversation, il n'avait pas une seule fois battu des paupières.

14.

Le cabinet médical était situé à un étage élevé d'où l'on apercevait la mer miroitant au loin et la pente de la rue Muntaner semée de tramways qui glissaient jusqu'à l'Ensanche entre les grands immeubles bourgeois et les hôtels particuliers. Il y régnait une odeur de propreté. Ses salons étaient meublés avec un goût exquis. Les tableaux, des paysages d'espoir et de paix, incitaient au calme. Les rayons étaient remplis de livres imposants dont se dégageait une impression d'autorité. Les infirmières se déplaçaient comme des danseuses de ballet et souriaient en passant. C'était un purgatoire pour bourses bien garnies.

— Le docteur va vous recevoir, monsieur Martín.

Le docteur Trías était un personnage à l'allure patricienne et impeccablement vêtu, dont chaque geste inspirait confiance et sérénité. Des yeux gris et pénétrants derrière des lunettes sans monture apparente. Un sourire cordial et affable, jamais frivole. Le docteur Trías était un homme habitué à se battre contre la mort, et plus il souriait, plus il effrayait. À la manière dont il me pria d'entrer et de prendre place, j'eus le sentiment que même si, quelques jours plus tôt, quand j'avais commencé à subir des examens, il avait évoqué les récents progrès scientifiques et médicaux permettant de nourrir de grands espoirs dans la lutte contre les symptômes que je lui avais décrits, la situation présente, en ce qui le concernait, n'était que trop claire.

— Comment allez-vous ? me demanda-t-il, son regard hésitant entre ma personne et le dossier posé devant lui.

— C'est à vous de me l'apprendre.

Beau joueur, il m'adressa un mince sourire.

— L'infirmière m'informe que vous êtes écrivain, pourtant je vois ici qu'en remplissant notre questionnaire vous avez indiqué : « mercenaire ».

— Dans mon cas, il n'y a aucune différence.

— Je crois que certains de mes patients sont aussi vos lecteurs.

— J'espère que les dommages neurologiques consécutifs à leur lecture ne seront que temporaires.

Le docteur sourit comme s'il trouvait ma réponse amusante et adopta une attitude plus directe, qui donnait à entendre que la partie de la conversation consacrée aux amabilités et aux lieux communs était close.

— Monsieur Martín, je vois que vous êtes venu seul. Vous n'avez pas de famille proche ? Une épouse ? Des frères ? Des parents encore vivants ?

— Votre question a quelque chose d'un peu funèbre.

— Monsieur Martín, je ne vous mentirai pas. Les résultats des premiers examens ne sont pas aussi encourageants que nous l'espérions.

Je le regardai en silence. Je n'éprouvais ni peur ni inquiétude. Je n'éprouvais rien.

— Tout indique que vous avez une excroissance anormale logée dans le lobe gauche du cerveau. Les résultats confirment ce que laissaient craindre les symp-

120

tômes que vous m'avez décrits, et tout paraît converger dans le sens d'une tumeur cancéreuse.

Pendant quelques secondes je restai incapable de prononcer un mot. Je ne pus même pas feindre la surprise.

— Depuis combien de temps ?

— Il est impossible de le savoir exactement, néanmoins je serais fondé à supposer que la tumeur se développe depuis pas mal de temps, ce qui expliquerait les symptômes dont vous m'avez parlé et les difficultés rencontrées dernièrement dans votre travail.

Je respirai profondément. Le docteur m'observait d'un air patient et bienveillant, me laissant prendre mon temps. Je tentai de prononcer quelques phrases qui ne parvinrent pas à dépasser mes lèvres.

— Je suppose que je suis entre vos mains, docteur. Vous m'indiquerez quel traitement je dois suivre.

Ses yeux exprimèrent la désolation quand il se rendit compte que je n'avais pas voulu comprendre le sens de son propos. Je luttais contre la nausée qui montait dans ma gorge. Le docteur versa l'eau d'une carafe dans un verre qu'il me tendit. Je le vidai d'un trait.

— Il n'y a pas de traitement, déclarai-je.

— Si. Nous pouvons faire beaucoup pour soulager la douleur et vous garantir le maximum de bien-être et de sérénité…

— Mais je vais mourir.

— Oui.

— Rapidement.

— C'est possible.

Je souris intérieurement. Il arrive que même les pires nouvelles soient un soulagement quand elles sont seulement une confirmation de ce que l'on pressentait sans vouloir le savoir.

— J'ai vingt-huit ans, dis-je sans bien comprendre pourquoi.

— Je suis désolé, monsieur Martín. J'aimerais pouvoir vous donner d'autres nouvelles.

Je compris qu'ayant fini par avouer un mensonge, ou tout au moins un péché véniel, il se sentait, d'un coup, allégé du poids du remords.

— Combien de temps me reste-t-il ?

— C'est difficile à déterminer avec certitude. Je dirais un an, au plus un an et demi.

Le ton donnait à entendre qu'il s'agissait là d'un pronostic plus qu'optimiste.

— Et, sur cette année, ou quel que soit le délai, pendant combien de temps croyez-vous que je pourrai conserver mes facultés pour travailler et rester autonome ?

— Vous êtes écrivain et vous travaillez avec votre cerveau. Malheureusement, c'est là que réside le problème, et c'est là que nous rencontrerons des limitations.

— Limitations n'est pas un terme médical, docteur.

— Normalement, au fur et à mesure de la progression de la maladie, les symptômes dont vous avez déjà souffert se manifesteront avec plus d'intensité et de fréquence, puis viendra un moment où vous devrez être hospitalisé pour que nous puissions nous occuper de vous.

— Je ne pourrai pas écrire.

— Vous ne pourrez même plus penser à écrire.

— Dans combien de temps ?

— Je l'ignore. Neuf ou dix mois. Peut-être plus, peut-être moins. Je suis vraiment désolé, monsieur Martín.

J'acquiesçai et me levai. Mes mains tremblaient et l'air me manquait.

— Monsieur Martín, je comprends que vous ayez besoin de temps pour réfléchir à tout ce que je vous ai appris là, mais l'important est que nous prenions des mesures le plus tôt possible…

— Je ne peux pas mourir encore, docteur. Pas tout de suite. J'ai des choses à faire. Après, j'aurai toute la vie pour mourir.

15.

Ce soir-là, je montai au bureau de la tour et m'assis devant la machine à écrire, tout en sachant que je resterais stérile. Les fenêtres étaient grandes ouvertes, mais Barcelone ne voulait rien me raconter et je fus incapable de remplir une seule page. Tout ce que j'étais capable d'imaginer me semblait banal et vide. Il me suffisait de me relire pour comprendre que mes mots valaient à peine l'encre qui les avait tracés. Je n'arrivais plus à entendre la musique qui se dégage ordinairement d'un morceau de prose convenable. Peu à peu, goutte à goutte, comme un lent et agréable poison, les paroles d'Andreas Corelli commencèrent à s'insinuer dans mes pensées.

Il me restait au moins cent pages à écrire pour terminer la énième livraison des aventures rocambolesques qui avaient si bien gonflé les poches de Barrido & Escobillas, mais je compris à cet instant que je ne les finirais pas. Ignatius étais resté allongé sur les rails devant le tramway, épuisé, son âme s'était vidée de son sang dans trop de pages qui n'auraient jamais dû voir le jour. Cependant, avant de s'en aller, il m'avait laissé ses dernières volontés. Que je l'enterre sans cérémonie et que, pour une fois dans ma vie, j'aie le courage de faire entendre ma propre voix. Il me léguait son immense arsenal de fumées et de miroirs. Et il me demandait de le laisser partir, parce qu'il n'était né que pour être oublié.

Je rassemblai les pages déjà écrites de son dernier roman et y mis le feu, chaque page livrée aux flammes me libérant d'une chape de plomb. Une brise humide et chaude soufflait cette nuit-là sur les toits et, en entrant par mes fenêtres, elle emporta les cendres d'Ignatius B. Samson pour les disperser dans les rues de la vieille ville : sa prose pourrait bien disparaître pour toujours et son nom s'effacer de la mémoire de ses plus fidèles lecteurs, mais, de ces rues, elle ne s'évaderait jamais.

Le lendemain, je me présentai dans les bureaux de Barrido & Escobillas. La réceptionniste était nouvelle, une toute jeune fille, et elle ne me reconnut pas.

— Votre nom ?

— Hugo, Victor.

Elle sourit et brancha le standard pour prévenir Herminia.

— Madame Herminia, M. Hugo Victor est ici et demande à voir M. Barrido.

Elle hocha affirmativement la tête et débrancha.

— Elle arrive tout de suite.

— Ça fait longtemps que tu travailles ici ? demandai-je.

— Une semaine, répondit aimablement la jeune personne.

Si mes calculs ne me trompaient pas, elle était la huitième réceptionniste à défiler depuis le début de l'année chez Barrido & Escobillas. Les employées de la maison qui dépendaient directement de la sournoise Herminia duraient peu, car la Poison, quand elle découvrait qu'elles étaient plus compétentes qu'elle, craignait qu'elles ne lui fassent de l'ombre, ce qui arrivait neuf fois sur dix, et les accusait de vol, de malhonnêteté ou de n'importe quelle autre faute sans queue ni tête, menant un tel tapage qu'Escobillas les mettait à la porte en les menaçant de représailles si elles ne tenaient pas leur langue.

— Quelle joie de te voir, David ! s'exclama la Poison. Je te trouve superbe. Tu as l'air en pleine forme.

— C'est que j'ai été renversé par un tramway. Barrido est là ?

— Quelle question ! Pour toi, il est toujours là. Il sera ravi quand je vais lui annoncer ta visite.

— Tu ne crois pas si bien dire.

La Poison me conduisit jusqu'au bureau de Barrido, meublé comme celui d'un ministre d'opérette, avec une profusion de tapis, de bustes d'empereurs, de natures mortes et de livres reliés plein cuir achetés en vrac et que je supposais légitimement ne contenir que des pages blanches. Barrido m'offrit le plus huileux de ses sourires et me serra la main.

— Nous sommes tous impatients de recevoir la nouvelle livraison. Sachez que nous rééditons les deux dernières et qu'on se les arrache. Cinq mille exemplaires de plus. Qu'en pensez-vous ?

À mon avis, ce devait être pour le moins cinquante mille, mais je me bornai à acquiescer sans enthousiasme. Barrido & Escobillas pratiquaient avec un raffinement qui tenait de l'art floral ce que la corporation des éditeurs barcelonais avait coutume d'appeler le « double tirage ». Chaque titre était imprimé officiellement à quelques milliers d'exemplaires pour lesquels on payait des droits ridicules à l'auteur. Ensuite, si le livre marchait bien, on procédait à une ou plusieurs éditions bien réelles, mais souterraines, de douzaines de milliers d'exemplaires qui n'étaient jamais déclarées et pour lesquelles l'auteur ne percevait pas une peseta. Ces exemplaires-là se distinguaient des premiers, car Barrido les faisait imprimer en tapinois dans une ancienne fabrique de saucissons sise à Santa Perpètua de Mogoda, et il suffisait de les feuilleter pour qu'ils répandent une odeur très reconnaissable de chorizo rance.

— Je crains de vous apporter de mauvaises nouvelles.

Barrido et la Poison échangèrent un coup d'œil sans qu'un trait de leur visage ne bouge. Là-dessus, Escobillas fit son apparition sur le seuil et me toisa de cet air sec et déplaisant qui donnait l'impression qu'il prenait mentalement vos mesures pour votre cercueil.

— Regarde qui est venu nous voir. Quelle agréable surprise, n'est-ce pas ? demanda Barrido à son associé, qui se borna à hocher la tête.

— De quelles mauvaises nouvelles parliez-vous ? s'enquit Escobillas.

— Vous avez un peu de retard, mon cher Martín, ajouta amicalement Barrido. Je suis sûr que nous pourrons arranger ça…

— Non. Il n'y a pas de retard. Simplement, il n'y aura pas de livre.

Escobillas fit un pas en avant et haussa les sourcils. Barrido laissa échapper un petit rire.

— Comment ça, pas de livre ? demanda Escobillas.

— Parce que, hier, j'y ai mis le feu et il ne reste pas une page du manuscrit.

Un épais silence s'installa. Barrido fit un geste conciliant en direction de ce qui était connu comme le fauteuil des visiteurs, un trône noirâtre et profond dans lequel il engloutissait les auteurs et les fournisseurs pour qu'ils se trouvent à la hauteur de son visage.

— Asseyez-vous, Martín, et racontez-moi ça. Je vois bien que quelque chose vous tracasse. Vous pouvez vous confier à nous en toute sincérité, nous sommes en famille.

La Poison et Escobillas appuyèrent ce propos avec conviction, en soulignant la fermeté de leur approbation par un air enjôleur et débordant de sympathie. Je préférai rester debout. Tous trois firent de même et me contemplèrent comme si j'étais une statue de sel dont ils attendaient religieusement qu'elle se mette à parler. Le visage de Barrido était douloureux tant son sourire était forcé.

— Alors ?

— Ignatius B. Samson s'est suicidé. Il a laissé un récit inédit de vingt pages dans lequel il meurt avec Chloé Permanyer, tous deux enlacés après avoir absorbé un poison.

— L'auteur meurt dans son propre roman ? demanda Herminia, interloquée.

— Ce sont ses adieux au monde du roman-feuilleton. Un détail tout à fait *avant-garde* dont j'étais sûr qu'il vous plairait beaucoup.

— Et il ne pourrait pas y avoir un antidote, ou… demanda la Poison.

— Martín, je n'ai pas besoin de vous rappeler que c'est vous, et non le présumé défunt Ignatius, qui avez signé un contrat… commença Escobillas.

Barrido leva la main pour faire taire son associé.

— Je crois savoir ce qui se passe, Martín. Vous êtes à bout. Voici des années que vous faites fonctionner votre cervelle sans arrêt, ce dont cette maison vous sait gré et qu'elle apprécie, et vous avez besoin de souffler. Je le comprends. Nous le comprenons, n'est-ce pas ?

Barrido regarda Escobillas et la Poison, qui manifestèrent leur assentiment avec des mines de circonstance.

— Vous êtes un artiste et vous voulez faire de l'art, de la haute littérature, qui vous vienne droit du cœur et vous permette d'inscrire votre nom en lettres d'or sur les marches de l'histoire universelle.

— Tel que vous l'expliquez, c'est parfaitement ridicule, m'écriai-je.

— Parce que ça l'est, assena Escobillas.

— Non, pas du tout, le coupa Barrido. C'est humain. Et nous sommes humains. Moi, mon associé et Herminia qui, par sa sensibilité et sa délicatesse, est sûrement la plus humaine des trois, n'est-ce pas Herminia ?

— Impossible d'être plus humaine, confirma-t-elle.

— Et comme nous sommes humains, nous vous comprenons et souhaitons vous aider. Parce que nous sommes fiers de vous et convaincus que vos succès seront les nôtres, et parce que dans cette maison, en fin de compte, ce sont les personnes qui comptent et non les chiffres.

Ayant terminé ce discours, Barrido observa une pause, comme au théâtre. Il attendait peut-être que je l'applaudisse, mais quand il vit que je ne bronchais pas, il poursuivit derechef son exposé.

— Et donc, je vous fais la proposition suivante : prenez six mois, neuf s'il le faut, parce qu'un accouchement est un accouchement, et enfermez-vous dans votre bureau pour écrire le grand roman de votre vie. Dès que vous l'aurez terminé, apportez-le-nous, et nous le publierons sous votre nom, en y mettant le paquet et en jouant le tout pour le tout. Parce que nous sommes de votre côté.

Je regardai Barrido, puis Escobillas. La Poison était sur le point d'éclater en sanglots sous le coup de l'émotion.

— Sans avance, naturellement, précisa Escobillas.

Barrido balaya l'air d'un geste euphorique.

— Qu'en pensez-vous ?

Je me mis au travail le jour même. Mon plan était aussi simple qu'insensé. Le jour je récrirais le livre de Vidal, et la nuit je travaillerais au mien. Je tirerais parti de toutes les mauvaises habitudes que m'avait enseignées Ignatius B. Samson et les mettrais au service du peu de dignité et d'honnêteté que j'avais pu garder au cœur. J'écrirais par gratitude, par désespoir et par vanité. J'écrirais surtout pour Cristina, pour lui démontrer que, moi aussi, j'étais capable de payer ma dette à Vidal, et que David Martín, même à l'article de la mort, avait gagné le droit de la regarder dans les yeux sans avoir honte de ses ridicules espérances.

Je ne retournai pas consulter le docteur Trías. Je n'en voyais pas la nécessité. Le jour où je ne pourrais plus écrire ni imaginer un mot de plus, je serais le premier à m'en rendre compte. Mon fidèle et peu scrupuleux pharmacien me délivrait sans poser de questions toutes les pilules de codéine que je lui demandais et, parfois, d'autres gâteries qui mettaient mes veines en feu et dynamitaient autant la douleur que la conscience. Je ne parlai à personne de ma visite au médecin ni des résultats des examens.

Me suffisait, pour survivre, la livraison hebdomadaire que je commandais chez Gisbert, une formidable épicerie en tout genre de la rue Mirallers, derrière la cathédrale Santa María del Mar. La commande était toujours identique. C'était la fille des patrons qui me l'apportait, une jeune personne qui restait à me manger des yeux comme un faon effarouché quand je l'invitais à pénétrer dans l'entrée où elle m'attendait pendant que j'allais chercher l'argent pour la payer.

— Ça c'est pour ton père, et ça c'est pour toi.

Je lui donnais toujours dix centimes de pourboire, qu'elle acceptait en silence. Chaque semaine la fillette revenait sonner à ma porte avec la commande, et chaque semaine je la payais et lui donnais dix centimes de pourboire. Durant neuf mois et un jour, le temps nécessaire pour mener à bien l'écriture du seul livre qui porterait mon nom, cette fille dont j'ignorais le prénom et dont j'oubliais systématiquement le visage avant de la retrouver sur le seuil de ma porte fut, le plus souvent, la seule personne que je vis.

Du jour au lendemain, sans m'en avoir prévenu, Cristina cessa de venir à nos rendez-vous de l'après-midi. Je commençais à craindre que Vidal ne se soit aperçu de notre stratagème, quand un jour, alors que je l'attendais déjà depuis presque une semaine, j'ouvris la porte en croyant que c'était elle et me trouvai devant Pep, un des domestiques de la villa Helius. Il m'apportait de la part de Cristina un paquet soigneusement fermé qui contenait le manuscrit entier de Vidal. Pep m'expliqua que le père de Cristina avait été victime d'une rupture d'anévrisme qui l'avait laissé pratiquement infirme et qu'elle l'avait conduit dans un sanatorium, à Puigcerdà dans les Pyrénées, où, apparemment, exerçait un jeune médecin expert dans le traitement de ce genre de maladie.

— M. Vidal s'est chargé de tout sans compter, expliqua Pep.

Vidal n'oubliait jamais ses serviteurs, pensai-je avec une certaine amertume.

— Elle m'a demandé de vous le remettre en main propre. Et de n'en rien dire à personne.

Le garçon me remit le paquet, soulagé de se débarrasser de sa mystérieuse mission.

— Est-ce qu'elle t'a laissé une indication quelconque sur le lieu où je peux la joindre, en cas de besoin ?

— Non, monsieur Martín. Tout ce que je sais, c'est le nom de l'endroit où a été transporté le père de Mlle Cristina : la villa San Antonio.

Quelques jours plus tard, Vidal me rendit une de ses visites surprises et resta toute la soirée chez moi à boire mon anis, fumer mes cigarettes et me parler de ce qui était arrivé à son chauffeur.

— C'est incroyable. Un homme fort comme un chêne qui, d'un coup, s'écroule comme une masse et ne sait même plus qui il est.

— Comment va Cristina ?

— Tu peux l'imaginer. Sa mère est morte voici des années et Manuel est la seule famille qui lui reste. Elle a emporté avec elle un album de photos de famille et le montre tous les jours au pauvre homme pour voir si cela lui rappelle quelque chose.

Pendant que Vidal parlait, son roman – ou devrais-je préciser le mien ? – était posé, à l'envers, au sommet d'une pile de dossiers sur la table de la galerie, à cinquante centimètres de ses mains. Il me raconta qu'en l'absence de Manuel il avait incité Pep – paraît-il bon cavalier – à se familiariser avec l'art de la conduite automobile, mais que, pour l'instant, c'était un désastre.

— Laissez-lui le temps. Une auto n'est pas un cheval. Tout le secret est dans la pratique.

— Mais, dis-moi, maintenant que tu m'en parles, Manuel t'a appris à conduire, n'est-ce pas ?

— Un peu, admis-je. Et ce n'est pas aussi facile qu'on le pense.

— Si ce roman que tu as en chantier ne se vend pas, tu pourras toujours devenir mon chauffeur.

— N'enterrons pas encore le pauvre Manuel, don Pedro.

— Tu as raison, c'est un propos de mauvais goût. Excuse-moi.

— Et votre roman, don Pedro ?

— En bonne voie. Cristina a emporté le manuscrit définitif à Puigcerdà pour le réviser et le mettre en forme pendant qu'elle s'occupe de son père.

— Je suis content de vous voir satisfait.

Vidal eut un sourire triomphant.

— Je crois que ce sera une réussite. Après tant de mois que je croyais perdus, j'ai relu les cinquante premières pages que Cristina a mises au propre, et je me suis surpris moi-même. Je pense que, toi aussi, tu seras surpris. Tu verras : j'ai encore quelques trucs à t'enseigner.

— Je n'en ai jamais douté, don Pedro.

Ce soir-là, Vidal buvait plus que d'ordinaire. Les années m'avaient appris à déchiffrer chez lui toute la panoplie de ses inquiétudes et de ses arrière-pensées, et je songeai que cette visite-là n'était pas de simple courtoisie. Quand il eut liquidé mes réserves d'anis, je lui servis une généreuse rasade de cognac et j'attendis.

— David, toi et moi n'avons jamais parlé de certaines choses…

— De football, par exemple.

— Je suis sérieux.

— Alors dites-moi, don Pedro.

Il me dévisagea longuement, en hésitant.

— J'ai toujours essayé d'être un bon ami pour toi, David. Tu le sais, n'est-ce pas ?

— Vous avez été beaucoup plus que cela, don Pedro. Je le sais, et vous le savez.

— Je me demande parfois si je n'aurais pas dû être plus honnête avec toi.

— À quel propos ?

Vidal noya son regard dans son verre de cognac.

— Il y a des choses que je ne t'ai jamais racontées, David. Des choses dont, peut-être, j'aurais dû te parler depuis des années…

Je laissai s'écouler un instant qui parut éternel. Quelle que soit la confidence que Vidal voulait me faire, il était clair que même tout le cognac du monde ne suffirait pas à la lui arracher.

— Ne vous inquiétez pas, don Pedro. Si ça a attendu des années, ça peut sûrement attendre jusqu'à demain.

— Demain, je n'aurai peut-être pas le courage de te le dire.

Je ne l'avais jamais vu aussi angoissé. Quelque chose lui étreignait le cœur et je commençais à me sentir gêné de le voir dans cet état.

— Nous allons nous mettre d'accord, don Pedro. Quand vous publierez votre livre et moi le mien, nous fêterons ça ensemble et vous me raconterez ce que vous avez à me raconter. Vous m'inviterez dans un de ces endroits chers et raffinés où l'on ne me laisse pas entrer sans vous, et vous me ferez toutes les confidences que vous voudrez. Entendu ?

La nuit venue, je l'accompagnai jusqu'au Paseo del Born, où Pep l'attendait à côté de l'Hispano-Suiza, vêtu de l'uniforme de Manuel qui, tout comme l'automobile elle-même, était cinq fois trop grand pour lui. La carrosserie était criblée de rayures et de traces de chocs visiblement récents qui faisaient peine à voir.

— Au petit trot, hein, Pep ? conseillai-je. Pas de galop. Lentement mais sûrement, comme si c'était un percheron.

— Oui, monsieur Martín. Lentement mais sûrement.

Au moment des adieux, Vidal me serra avec force dans ses bras et, quand il monta dans la voiture, il me parut porter le poids du monde entier sur les épaules.

16.

Quelques jours après que j'eus mis un point final aux deux romans, celui de Vidal et le mien, Pep se présenta chez moi sans prévenir. Il portait toujours l'uniforme hérité de Manuel qui lui donnait l'allure d'un gosse déguisé en maréchal. Je crus d'abord qu'il m'apportait un message de Vidal, ou peut-être de Cristina, mais son visage sombre trahissait une appréhension qui me fit écarter cette éventualité.

— Mauvaises nouvelles, monsieur Martín.

— Qu'est-il arrivé ?

— C'est M. Manuel.

Pendant qu'il me narrait le triste événement, sa voix se brisa et, lorsque je lui demandai s'il voulait un verre d'eau, ce fut tout juste s'il n'éclata pas en sanglots. Manuel Sagnier était mort trois jours plus tôt au sanatorium de Puigcerdà après une longue agonie. Sur décision de sa fille, il avait été enterré la veille dans un petit cimetière au pied des Pyrénées.

— Mon Dieu ! murmurai-je.

Au lieu d'eau, je servis à Pep un verre de cognac bien tassé et l'installai dans un fauteuil de la galerie. Quand il fut un peu calmé, Pep m'expliqua que Vidal l'avait envoyé chercher Cristina qui arrivait ce jour par le train de cinq heures.

— Imaginez dans quel état doit être Mlle Cristina…, murmura-t-il, terrifié devant la perspective d'être celui qui devrait l'accueillir et la consoler en la ramenant à l'appartement au-dessus des remises de la villa Helius où elle avait vécu avec son père depuis son enfance.

— Pep, à mon avis, ce n'est pas une bonne idée que ce soit toi qui accueilles Mlle Sagnier.

— Ce sont les ordres de don Pedro…

— Dis à don Pedro que j'en assume la responsabilité.

À force d'alcool et de rhétorique, je parvins à le convaincre de repartir en me confiant l'affaire. J'irais moi-même la recevoir et la conduirais à la villa Helius en taxi.

— Je vous remercie, monsieur Martín. Vous saurez beaucoup mieux que moi ce qu'il faut dire à la pauvre demoiselle.

À cinq heures moins le quart, je pris le chemin de la toute nouvelle gare de France. L'Exposition universelle de cette année-là avait semé des prodiges dans la ville entière, mais, entre tous, cette voûte d'acier et de verre évoquant une cathédrale était mon préféré, peut-être parce qu'elle se dressait à peu de distance de chez moi et que je pouvais l'admirer depuis le bureau de la tour. Cet après-midi-là, le ciel était chevauché par des nuages noirs qui montaient de la mer et s'amoncelaient au-dessus de la ville. L'écho des éclairs à l'horizon et un vent chaud chargé d'une odeur de poudre et d'électricité laissaient présager l'approche d'un orage d'été de grande envergure. Lorsque j'arrivai à la gare, les premières gouttes, brillantes et lourdes comme des pièces de monnaie, commençaient à tomber du ciel. Au moment où je me dirigeai vers le quai, la pluie frappait déjà avec force la verrière de la gare et la nuit tomba d'un coup, à peine interrompue par de brefs flamboiements qui éclataient sur la ville et laissaient une traînée de bruit et de fureur.

Le train entra en gare avec presque une heure de retard, serpent de vapeur rampant sous la tourmente. J'attendis devant la locomotive de voir Cristina apparaître parmi les voyageurs descendant des wagons. Dix minutes plus tard, tous les passagers étaient passés et toujours pas trace d'elle. Croyant qu'elle n'avait finalement pas pris ce train, j'étais sur le point de retourner chez moi quand je décidai de parcourir le quai jusqu'au bout en inspectant attentivement les fenêtres des compartiments. Je la trouvai dans l'avant-dernier wagon, la tête appuyée contre la vitre et le regard perdu dans le vague. Je montai et m'arrêtai sur le seuil de son compartiment. En entendant mes pas, elle se retourna et me contempla sans surprise avec un faible sourire. Elle se leva et m'embrassa en silence.

— Bienvenue, lui dis-je.

Cristina n'avait pour tout bagage qu'une petite valise. Je lui tendis la main et nous descendîmes sur le quai. Nous fîmes le trajet jusqu'au hall de la gare sans desserrer les lèvres. En parvenant à la sortie, nous marquâmes un arrêt. L'averse était très violente et la file de taxis stationnée devant les portes de la gare s'était évaporée.

— Je ne veux pas retourner à la villa Helius cette nuit, David. Pas encore.

— Tu peux venir chez moi si tu veux, ou nous pouvons te chercher une chambre dans un hôtel.

— Je ne veux pas rester seule.

— Allons chez moi. Ce ne sont vraiment pas les chambres qui manquent.

J'avisai un porteur qui était sorti sur le seuil pour regarder l'orage et tenait à la main un énorme parapluie. Je lui proposai de le lui acheter pour une somme cinq fois supérieure à son prix. Il me le céda en me gratifiant d'un sourire obséquieux.

À l'abri de ce parapluie, nous nous aventurâmes sous le déluge en direction de la maison de la tour où, entre rafales de vent et flaques d'eau, nous arrivâmes dix minutes plus tard complètement trempés. L'orage avait coupé le courant, et les rues étaient plongées dans une obscurité liquide, à peine percée par les quinquets ou les bougies qui projetaient leur lumière depuis les balcons et les porches. Je ne doutai pas que la magnifique installation électrique de ma maison eût été la première à succomber. Nous dûmes monter les escaliers à tâtons et, à l'étage, les éclairs qui se succédaient firent ressortir son aspect, encore plus funèbre et plus inhospitalier qu'à l'ordinaire.

— Si tu as changé d'idée et si tu préfères que nous cherchions un hôtel…

— Non, ça va. Ne t'inquiète pas.

Je laissai la valise de Cristina dans le vestibule et allai dans la cuisine prendre une boîte de bougies et de cierges que je gardais dans le placard. Je les allumai un à un et les fixai sur des assiettes, dans des verres et des coupes. Cristina m'observait depuis la porte.

— C'est l'affaire d'une minute, l'assurai-je. J'ai l'habitude.

— On se croirait dans une cathédrale, dit-elle.

Je l'accompagnai dans une chambre à coucher qui ne servait jamais mais que je conservais entretenue et propre, au cas où, un jour, Vidal aurait trop bu pour pouvoir rentrer chez lui et resterait passer la nuit.

— Je t'apporte tout de suite des serviettes propres. Si tu n'as pas de vêtements pour te changer, je peux te proposer la vaste et sinistre garde-robe, style Belle Époque, que les anciens propriétaires ont abandonnée dans les armoires.

Mes maladroites tentatives d'humour parvenaient à peine à lui arracher un sourire et elle se borna à acquiescer. Je la laissai assise sur le lit pendant que je courais chercher des serviettes. Quand je revins, elle était toujours dans la même position, immobile. Je mis les serviettes sur le lit et disposai quelques bougies que j'avais laissées à l'entrée afin qu'elle ait un peu de lumière.

— Merci, murmura-t-elle.

— Pendant que tu te changes, je vais te préparer un bouillon bien chaud.

— Je n'ai pas faim.

— Ça te fera quand même du bien. Si tu as besoin de quoi que ce soit, n'hésite pas.

Je la quittai et me dirigeai vers ma chambre pour enlever mes souliers transformés en éponges. Je mis de l'eau à chauffer et, en attendant, je m'assis dans la galerie. La pluie continuait à tomber avec force, mitraillant furieusement les vitres et formant dans les chéneaux et sur la terrasse de la tour des rigoles qui, en s'écoulant, évoquaient un bruit de pas sur le toit. Dehors, le quartier de la Ribera était plongé dans une obscurité presque totale.

Au bout d'un moment, la porte de la chambre de Cristina s'ouvrit. Elle avait revêtu une robe d'intérieur blanche et jeté sur ses épaules une écharpe de laine mal assortie.

— Je t'ai emprunté ça dans une armoire. J'espère que cela ne t'ennuie pas.

— Tu peux les garder si tu veux.

Elle s'assit dans un fauteuil et promena son regard dans la pièce, en s'arrêtant sur les liasses empilées sur la table. Elle se tourna vers moi et je fis un signe affirmatif.

— Je l'ai terminé il y a quelques jours.

— Et le tien ?

Pour être sincère, je considérais les deux manuscrits comme miens, mais je me bornai à acquiescer de nouveau.

— Je peux ? questionna-t-elle, en saisissant une page et en l'approchant de la bougie.

— Naturellement.

Elle lut en silence, un léger sourire sur les lèvres.

— Pedro ne croira jamais qu'il a écrit ça, déclara-t-elle.

— Fais-moi confiance.

Cristina remit la page sur la pile et me contempla longuement.

— Tu m'as manqué, murmura-t-elle. Je ne voulais pas, mais tu m'as manqué.

— Toi aussi.

— Certains jours, avant de me rendre au sanatorium, j'allais à la gare et je m'asseyais sur le quai pour attendre le train qui montait de Barcelone en pensant que, peut-être, je te verrais.

L'émotion m'envahit.

— Je croyais que tu ne voulais pas me voir.

— Moi aussi, je le croyais. Mon père parlait souvent de toi, tu sais ? Il m'a demandé de veiller sur toi.

— Ton père était quelqu'un de bien, déclarai-je. Un ami sincère.

Cristina opina avec un sourire, mais ses yeux se remplirent de larmes.

— À la fin, il ne se souvenait plus de rien. Parfois, il me confondait avec ma mère et me demandait pardon pour les années qu'il avait passées en prison. Puis des semaines pouvaient s'écouler pendant lesquelles il se rendait à peine compte de ma présence. Avec le temps, tu sens la solitude entrer en toi, et elle ne te quitte plus.

— Je suis désolé, Cristina.

— Les derniers jours, j'ai cru qu'il allait mieux. Il commençait à se remémorer des souvenirs. J'avais emporté un album de photographies qu'il gardait chez nous et je lui disais de nouveau qui était qui. Il y avait une vieille photo prise à la villa Helius où vous êtes, lui et toi, dans la voiture. Tu es au volant et mon père t'apprend à conduire. Tu veux la voir ?

J'hésitai, mais je n'osai pas interrompre cet instant.

— Bien sûr…

Cristina alla chercher l'album dans sa valise et revint avec un petit livre relié en cuir. Elle s'assit près de moi et commença à feuilleter les pages pleines de vieux portraits, d'illustrations découpées et de cartes postales. Manuel, comme mon père, avait à peine appris à lire et à écrire, et ses souvenirs étaient composés d'images.

— Regarde, vous êtes là.

J'examinai la photographie et me rappelai avec précision le jour d'été où Manuel m'avait laissé monter dans la première voiture achetée par Vidal et enseigné les rudiments de la conduite automobile. Puis nous avions sorti la voiture, roulé jusqu'à la rue Panamá et, à une vitesse de quelque cinq kilomètres à l'heure qui m'avait paru vertigineuse, nous étions allés jusqu'à l'avenue Pearson avant de revenir, moi aux commandes.

— Vous voilà devenu un as du volant, avait décrété Manuel. Si, un jour, écrire ne vous rapporte plus assez, sachez que vous avez un avenir assuré dans les courses automobiles.

Je souris en me remémorant ce moment que j'avais cru perdu. Cristina me tendit l'album.

— Garde-le. Mon père aurait aimé que çe soit toi qui l'aies.

— Il t'appartient, Cristina. Je ne peux pas accepter.

— Moi aussi, je préfère que ce soit toi qui le gardes.

— Alors je le conserve en dépôt, jusqu'à ce que tu décides de le reprendre.

Je feuilletai les pages de l'album, retrouvant des visages dont je me souvenais et en découvrant d'autres que je n'avais jamais vus. Il y avait là une photo du mariage de Manuel Sagnier avec son épouse Marta, à qui Cristina ressemblait tellement, des portraits de ses oncles et de ses grands-parents exécutés en studio, une rue du Raval où passait une procession, et les bains de San Sebastián, sur la plage de la Barceloneta. Manuel avait collectionné des vieilles cartes postales de Barcelone et des coupures de journaux où un Vidal très jeune posait devant les portes de l'hôtel Florida, en haut du Tibidabo, ou s'affichait, dans les salons du casino de la Rebasada, au bras d'une beauté à vous donner un infarctus.

— Ton père avait une véritable vénération pour don Pedro.

— Il m'a toujours répété que nous lui devions tout, répondit Cristina.

Je poursuivis mon voyage dans la mémoire du pauvre Manuel jusqu'au moment où j'arrivai à une page sur laquelle une photographie ne semblait pas s'accorder avec le reste. Elle représentait une fillette de huit ou neuf ans marchant sur une jetée en bois qui s'avançait dans une mer lisse et lumineuse. Elle tenait la main d'un adulte, un homme vêtu d'un costume blanc, dont le cadrage ne dévoilait que la moitié. Au bout de la jetée, on discernait un petit bateau à voiles et un horizon infini sur lequel le soleil se couchait. L'enfant, vue de dos, était Cristina.

— C'est celle que je préfère, murmura Cristina.

— Où a-t-elle été prise ?

— Je ne sais pas. Je ne me souviens ni du lieu ni du jour. Je ne suis pas sûre que cet homme soit mon père. C'est comme si ce moment n'avait jamais existé. Je l'ai trouvée voici des années dans l'album de mon père, et je n'ai jamais su ce qu'elle signifiait. C'est comme si elle voulait me révéler un secret.

Je continuai à feuilleter. De son côté, Cristina poursuivait son énumération.

— Celle-là, c'est moi à quatorze ans.

— Je sais.

Cristina me contempla avec tristesse.

— Je ne me rendais pas compte, n'est-ce pas ? demanda-t-elle.

Je haussai les épaules.

— Tu ne pourras jamais me pardonner.

Plutôt que de l'affronter, je préférai passer aux pages suivantes.

— Je n'ai rien à te pardonner.

— Regarde-moi, David.

Je fermai l'album et lui obéis.

— C'est faux, dit-elle. Bien sûr que je me rendais compte. Je me rendais compte tous les jours, mais je croyais que je n'avais pas le droit.

— Pourquoi ?

— Parce que nos vies ne nous appartiennent pas. Ni la mienne, ni celle de mon père, ni la tienne…

— Tout appartient à Vidal, objectai-je amèrement.

Lentement, elle me prit la main et la porta à ses lèvres.

— Non. Pas aujourd'hui, murmura-t-elle.

Je savais que j'allais la perdre dès que cette nuit serait passée, que la douleur et la solitude qui la dévoraient de l'intérieur iraient en s'amenuisant. Je savais qu'elle avait raison, non parce que ce qu'elle avait dit était vrai, mais parce que, au fond de nous-mêmes, tous les deux, nous le croyions, et qu'il en serait toujours ainsi. Nous nous cachâmes comme deux voleurs dans une des chambres sans oser prendre une bougie, sans même oser parler. Je la déshabillai lentement, parcourant sa peau de mes lèvres, conscient que je ne le referais plus jamais. Cristina se livra avec un mélange de rage et d'abandon, et quand nous fûmes vaincus par la fatigue, elle s'endormit dans mes bras sans que nous ayons besoin de prononcer un mot. Je résistai au sommeil en savourant la chaleur de son corps et en pensant que si demain la mort voulait venir à ma rencontre, je la recevrais en paix. Tandis que je caressais Cristina dans la pénombre, j'entendais à travers les murs l'orage s'éloigner de la ville, et je savais que j'allais la perdre mais que, pour quelques minutes, nous n'avions appartenu qu'à nous-mêmes et à personne d'autre.

Lorsque le premier souffle de l'aube effleura les fenêtres, j'ouvris les yeux et trouvai le lit déserté. J'allai dans la galerie. Cristina avait laissé l'album et emporté le roman de Vidal. Je parcourus la maison qui avait déjà l'odeur de son absence et éteignis une à une les bougies allumées la veille.

17.

Neuf semaines plus tard je me trouvais devant le numéro 17 de la place de Catalogne, où la librairie Catalonia avait ouvert ses portes deux années plus tôt, et je contemplais bouche bée une vitrine qui me parut immense, remplie d'exemplaires d'un roman ayant pour titre *La Maison des cendres*, par Pedro Vidal. Je souris intérieurement. Mon mentor était allé jusqu'à utiliser le titre que je lui avais suggéré jadis, quand je lui avais expliqué le début de l'histoire. Je me décidai à entrer et demandai un exemplaire. Je l'ouvris au hasard et commençai à relire des passages que je connaissais par cœur et que j'avais fini de polir à peine deux mois plus tôt. Je ne trouvai pas dans tout le livre un seul mot que je n'y avais mis moi-même, excepté la dédicace : « À *Cristina Sagnier, sans qui...* »

Lorsque je lui rendis l'ouvrage, l'employé me conseilla de ne pas hésiter.

— Il nous est arrivé il y a quelques jours et je viens de le terminer, ajouta-t-il. Un grand roman. Faites-moi confiance et prenez-le. Je sais que tous les journaux le portent déjà aux nues et que c'est presque toujours mauvais signe, mais, pour celui-là, l'exception confirme la règle. S'il ne vous plaît pas, vous me le rapporterez et je vous rembourserai.

— Merci, répondis-je, pour le conseil et surtout pour le reste. Mais moi aussi je l'ai lu.

— Dans cas, seriez-vous intéressé par autre chose ?

— Vous n'avez pas un roman intitulé *Les Pas dans le ciel ?*

Le libraire réfléchit quelques instants.

— Vous voulez parler du livre de Martín, n'est-ce pas, celui de *La Ville*... ?

J'acquiesçai.

— Je l'avais commandé, mais la maison d'édition ne nous a pas livrés. Laissez-moi vérifier.

Je le suivis vers un comptoir où il consulta un collègue, qui hocha négativement la tête.

— Nous devions le recevoir hier, mais l'éditeur n'en a pas en stock. Je regrette. Si vous voulez, je vous en réserve un quand il arrivera...

— Ce n'est pas la peine. Je repasserai. Et merci beaucoup.

— Je suis désolé, monsieur. Je ne comprends pas ce qui s'est passé, parce que, comme je vous l'ai dit, je devrais l'avoir...

Au sortir de la librairie, je me dirigeai vers un kiosque situé à l'entrée de la Rambla. J'y achetai presque tous les journaux du jour, de *La Vanguardia* à *La Voz de la Industria*. Je m'assis au café Canaletas et me plongeai dans leur lecture. Tous publiaient un article sur le roman que j'avais écrit pour Vidal, en pleine page avec des gros titres et une photo de don Pedro méditatif et mystérieux dans un superbe costume neuf et fumant la pipe avec une nonchalance étudiée. Je commençai à lire les différents titres ainsi que le premier et le dernier paragraphe des articles.

Le premier compte rendu débutait ainsi : « *La Maison des cendres* est une œuvre achevée, riche et d'une grande élévation qui nous réconcilie avec ce que la littérature contemporaine peut offrir de meilleur. » Un autre journal informait le lecteur que « personne en Espagne n'écrit mieux que Pedro Vidal, notre romancier le plus confirmé et le plus respecté », et un troisième affirmait qu'il s'agissait « d'un roman capital, écrit de main de maître et d'une rare qualité ». Un quatrième glosait sur le succès international de Vidal et de son œuvre : « L'Europe s'incline devant le maître » (alors que le roman n'était paru en Espagne que depuis deux jours et que, même s'il devait être traduit, il lui faudrait au moins un an pour être publié dans un autre pays). L'article s'étendait longuement sur la vaste renommée de Vidal et l'immense respect que son nom suscitait chez « les plus célèbres experts du monde entier », bien qu'à ma connaissance aucun de ses livres n'eût jamais été traduit dans une langue quelconque, sauf un roman dont la traduction en français avait été financée par don Pedro lui-même et dont il s'était vendu cent vingt-six exemplaires. Ces miracles mis à part, la presse unanime proclamait qu'« un classique était né » et que le roman marquait « le retour d'un grand écrivain, la meilleure plume de notre temps : Vidal, un maître indiscutable ».

À la page suivante de quelques-uns de ces journaux, sur un espace plus modeste d'une ou deux colonnes, je trouvai également un compte rendu du roman d'un certain David Martín. Le plus favorable commençait ainsi : « Premier roman, d'une grande platitude de style, *Les Pas dans le ciel*, du jeune David Martín, révèle dès la première page l'absence de moyens et de talent de son auteur. » Un deuxième estimait que « le débutant Martín essayait d'imiter le maître Vidal sans y parvenir ». Le dernier que je fus capable de lire, publié dans *La Voz de la Industria*, était précédé d'un bref chapeau en caractères gras qui affirmait : « David Martín, un parfait inconnu, rédacteur de textes de réclames, nous surprend avec ce qui est probablement le pire début littéraire de l'année. »

Je laissai sur la table les journaux et le café que j'avais commandé et descendis la Rambla vers les bureaux de Barrido & Escobillas. En chemin, je passai devant quatre ou cinq librairies qui affichaient toutes d'innombrables exemplaires du roman de Vidal. Dans aucune je ne trouvai un seul exemplaire du mien. Dans toutes, je reçus une réponse identique à celle du libraire de Catalonia.

— Écoutez, je ne sais pas ce qui a pu se passer, car je devais le recevoir avant-hier, mais l'éditeur dit que le stock est épuisé et qu'il ne sait pas quand il le réimprimera. Si vous voulez me laisser votre nom et votre téléphone, je peux vous prévenir si je le reçois… Vous avez demandé chez Catalonia ? S'ils ne l'ont pas non plus…

Les deux associés me reçurent d'un air funèbre et écœuré. Barrido, derrière sa table, caressait un stylo, et Escobillas, debout dans son dos, me fusillait du regard. La Poison se léchait les babines à l'avance, assise sur une chaise près de moi.

— Vous n'imaginez pas combien je suis désolé, mon cher Martín, expliquait Barrido. Le problème est le suivant : les libraires nous passent leurs commandes en se fondant sur les articles des journaux, ne me demandez pas pourquoi. Si vous allez à côté dans nos magasins, vous constaterez que trois mille exemplaires de votre roman y croupissent.

— Avec le coût et les pertes que cela implique, compléta Escobillas, d'un ton clairement hostile.

— Je suis passé dans vos magasins avant de venir ici et j'ai constaté qu'il y avait trois cents exemplaires. D'après le chef, vous n'en avez pas imprimé plus.

— C'est un mensonge ! proclama Escobillas.

Conciliateur, Barrido l'interrompit.

— Excusez mon associé, Martín. Comprenez que nous sommes aussi indignés que vous, voire plus, de la manière scandaleuse dont la presse locale a rendu compte d'un livre auquel nous sommes tous ici profondément attachés, mais je vous conjure de comprendre que, malgré notre foi enthousiaste en votre talent, nous nous trouvons en l'occurrence pieds et poings liés du fait de la confusion créée par ces comptes rendus malveillants. Pour autant, ne vous découragez pas : Rome ne s'est pas faite en un jour. Nous nous battons de toutes nos forces pour donner à votre œuvre le rayonnement que mérite votre talent littéraire, votre immense…

— Avec une édition à trois cents exemplaires !

Barrido soupira, peiné par mon refus de le croire.

— Le tirage était de cinq cents, précisa Escobillas. Barceló et Sempere en personne sont venus en prendre deux cents hier. Le reste sera distribué avec le prochain office, parce que des difficultés dues à l'accumulation des nouveautés nous ont empêchés de le faire tout de suite. Si vous vous donniez la peine de vous intéresser à nos problèmes au lieu de n'écouter que votre égoïsme, vous comprendriez parfaitement.

Incrédule, je les dévisageai tous les trois.

— Ne me dites pas que vous ne ferez rien de plus.

Barrido m'adressa un coup d'œil désolé.

— Et que voulez-vous que nous fassions, cher ami ?
Nous nous plions en quatre pour vous. À vous de nous
aider un peu.

— Si au moins vous aviez écrit un livre comme celui
de votre ami Vidal ! lança Escobillas.

— Ça au moins, c'est un grand roman ! confirma
Barrido. Même *La Voz de la Industria* est d'accord.

— Je savais que ça se passerait ainsi, poursuivit
Escobillas. Vous êtes un ingrat.

Près de moi, la Poison m'observait d'un air compa-
tissant. J'eus l'impression qu'elle allait me prendre la
main pour me consoler et je l'écartai rapidement.
Barrido arbora son sourire huileux.

— C'est peut-être mieux ainsi, Martín. C'est peut-
être un signe de Notre Seigneur qui, dans son infinie
sagesse, veut vous montrer le chemin du retour au
travail qui a procuré tant de bonheur à vos lecteurs de
La Ville des maudits.

J'éclatai de rire. Barrido m'imita et, à ce signal,
Escobillas et la Poison aussi. Je contemplai ce chœur
de hyènes et songeai que, dans d'autres circonstances,
ce moment m'aurait paru d'une exquise ironie.

— Je suis bien content que vous preniez la situation de
façon si positive, proclama Barrido. Alors ? Quand aurons-
nous la prochaine livraison d'Ignatius B. Samson ?

Trois visages emplis de sollicitude et d'espoir conver-
gèrent sur moi. Je m'éclaircis la voix pour lui donner
toute la netteté nécessaire et leur souris.

— Allez vous faire cuire un œuf.

18.

En sortant de là, j'errai au hasard pendant des heures dans les rues de Barcelone. J'avais du mal à respirer et un poids barrait ma poitrine. Une sueur froide couvrait mon front et mes mains. À la tombée de la nuit, ne sachant plus où me cacher, je pris la direction de chez moi. En passant devant la librairie Sempere & Fils, je constatai que le libraire avait rempli sa vitrine d'exemplaires de mon roman. Il était déjà tard et la boutique était fermée, mais de la lumière brillait à l'intérieur et, au moment où j'allais reprendre ma marche, je constatai que Sempere s'était aperçu de ma présence et me souriait avec une tristesse que je ne lui avais jamais vue depuis tant d'années que je le fréquentais. Il alla à la porte et m'ouvrit.

— Entre un instant, Martín.

— Une autre fois, monsieur Sempere.

— Fais-le pour moi.

Il me prit par le bras et m'entraîna à l'intérieur de la librairie. Je le suivis dans l'arrière-boutique et, là, il me désigna une chaise. Il remplit deux verres d'un liquide qui me parut plus épais que du goudron et me fit signe de le boire d'un coup. Il s'exécuta pareillement.

— J'ai feuilleté le livre de Vidal, dit-il.

— Le succès de la saison, complétai-je.

— Sait-il que c'est toi qui l'as écrit ?

Je haussai les épaules.

— Quelle importance ?

Sempere me lança le même regard que celui qu'il avait adressé au gamin de huit ans, un jour lointain où celui-ci s'était présenté chez lui tout meurtri et les dents cassées.

— Tu te sens bien, Martín ?

— Tout à fait.

Sempere hocha la tête, peu convaincu, et se leva pour saisir un ouvrage sur un rayon. Il s'agissait d'un exemplaire de mon roman. Il me le tendit en même temps qu'une plume et sourit.

— Sois assez aimable pour me le dédicacer.

Quand j'eus rédigé ma dédicace, Sempere reprit le livre et l'installa dans la vitrine d'honneur, derrière le comptoir, où il conservait des éditions princeps qui n'étaient pas en vente. C'était son sanctuaire particulier.

— Vous ne devriez pas faire ça, monsieur Sempere, murmurai-je.

— Je le fais parce que j'en ai envie et parce qu'il le mérite. Ce livre est un morceau de ton cœur, Martín. Et, en ce qui me concerne, du mien aussi. Je le place entre *Le Père Goriot* et *L'Éducation sentimentale*.

— C'est un sacrilège.

— Ne dis pas de bêtises. C'est un des meilleurs livres que j'aie vendus dans les dix dernières années, et j'en ai vendu beaucoup.

Les paroles aimables de Sempere ne parvinrent pas vraiment à entamer ce calme glacial et impénétrable qui m'envahissait. Je revins chez moi sans hâte, en faisant des détours. Arrivé dans la maison de la tour, je me servis un verre d'eau et, en le buvant dans l'obscurité de la cuisine, j'éclatai de nouveau de rire.

Le lendemain matin, je reçus deux visites de politesse. La première était celle de Pep. Il m'apportait un message de Vidal qui me convoquait à un déjeuner à la Maison dorée, sans doute le repas de fête qu'il m'avait promis quelque temps plus tôt. Pep semblait gêné et pressé de repartir. L'attitude complice qu'il prenait d'habitude avec moi s'était évaporée. Il ne voulut pas entrer et préféra rester sur le perron. Il me tendit le message écrit par Vidal sans oser me regarder en face et, dès que je lui eus confirmé que j'irais au rendez-vous, il fila sans un au revoir.

La seconde visite, une demi-heure plus tard, amena devant ma porte mes deux éditeurs accompagnés d'un personnage à l'allure sévère et à l'air pénétrant qui se présenta comme étant leur avocat. Ce formidable trio arborait une expression, entre deuil et belligérance, qui ne laissait aucun doute sur la nature de sa présence. Je les invitai à passer dans la galerie, où ils s'installèrent en rang d'oignons sur le canapé, par ordre décroissant de taille.

— Puis-je vous offrir à boire ? Un petit verre de cyanure ?

Je n'attendais pas un sourire et ne l'obtins pas. Après un bref préambule de Barrido concernant les terribles pertes que la débâcle occasionnée par l'échec des *Pas dans le ciel* allait causer à la maison d'édition, l'avocat se livra à un exposé sommaire qui, traduit en clair, revenait à dire que si je ne me remettais pas au travail en me réincarnant dans le personnage d'Ignatius B. Samson et ne livrais pas un manuscrit de *La Ville des maudits* d'ici à un mois et demi, ils se verraient obligés de me poursuivre pour non-respect de contrat, dol, préjudices et cinq ou six autres chefs d'accusation de plus qui m'échappèrent car je cessai vite d'écouter. Ils ne m'apportaient pas que des mauvaises nouvelles. En dépit des désagréments provoqués par ma conduite, Barrido & Escobillas avaient trouvé dans leur cœur un trésor de générosité qui leur permettait d'aplanir nos différends et de sceller une nouvelle alliance fondée sur l'amitié et le profit.

— Si vous le souhaitez, vous pouvez acquérir avec une remise préférentielle de soixante-dix pour cent sur le prix de vente tous les exemplaires des *Pas dans le ciel* qui n'ont pas été distribués, car nous avons constaté que le titre n'est pas demandé, et il nous sera impossible de l'inclure dans le prochain office, expliqua Escobillas.

— Pourquoi ne m'en rendez-vous pas les droits ? Puisque vous n'avez pas payé un sou pour l'avoir et que vous ne pensez pas en vendre un seul exemplaire ?

— C'est impossible, cher ami, objecta Barrido. Il est vrai que nous ne vous avons versé aucune avance, mais l'édition a nécessité un très important investissement, et le contrat que vous avez signé est valable vingt ans, renouvelable automatiquement dans les mêmes termes au cas où la maison déciderait d'exercer son droit légitime. Vous comprendrez que, nous aussi, nous devons y trouver notre intérêt. Tout ne peut pas être seulement pour l'auteur.

Au terme de leurs discours, j'invitai les trois personnages à emprunter le chemin de la sortie, de leur plein gré ou à coups de pied, au choix. Avant que je ne leur referme la porte au nez, Escobillas considéra de son devoir de me lancer un de ses coups d'œil assassins.

— Nous exigeons une réponse dans une semaine, ou vous êtes fini, martela-t-il.

— Dans une semaine vous serez morts, vous et votre imbécile d'associé, répliquai-je calmement, sans bien savoir pourquoi j'avais prononcé ces mots.

Je passai le reste de la matinée à contempler les murs, jusqu'au moment où les cloches de Santa María del Mar me rappelèrent que l'heure de mon rendez-vous avec don Pedro Vidal approchait.

Il m'attendait à la meilleure table de la salle, jouant avec un verre de vin blanc et écoutant le pianiste caresser un air de Granados avec des doigts de velours. À mon entrée, il se leva et me tendit la main.

— Félicitations, lui lançai-je.

Vidal sourit, imperturbable, et attendit que je sois assis pour m'imiter. Nous laissâmes passer une minute de silence consacrée à la musique et aux regards des clients distingués qui saluaient Vidal de loin ou venaient jusqu'à notre table pour le féliciter de son succès, dont toute la ville bruissait.

— David, tu ne sais pas combien je déplore ce qui s'est passé, commença-t-il.

— Ne le déplorez pas, profitez-en.

— Tu crois que ça a la moindre signification pour moi ? L'adulation de quatre minables ? Mon plus grand rêve était de te voir triompher.

— Je suis désolé de vous avoir déçu encore une fois, don Pedro.

Vidal soupira.

— David, ce n'est pas ma faute si ça n'a pas marché pour toi. C'est la tienne. Tu le voulais à cor et à cri. Tu es assez grand maintenant pour savoir comment fonctionnent ces mécanismes-là.

— Répétez-le-moi.

Vidal fit claquer sa langue, comme si ma naïveté le choquait.

— Qu'espérais-tu ? Tu n'es pas l'un d'eux. Tu ne le seras jamais. Tu n'as jamais voulu l'être, et tu crois qu'ils vont te le pardonner ? Tu t'enfermes dans ta bicoque et tu imagines que tu peux survivre sans te joindre à la troupe des enfants de chœur et endosser leur uniforme. Eh bien, tu te trompes, David. Tu t'es toujours trompé. Tu ne joues pas le jeu. Si tu veux jouer en solitaire, fais tes valises et va-t'en quelque part où tu pourras être maître de ton destin, si ce lieu existe. Mais si tu restes ici, tu ferais mieux de t'inscrire dans une paroisse, n'importe laquelle. C'est aussi simple que ça.

— Et c'est ce que vous faites, don Pedro ? Vous inscrire dans une paroisse ?

— Moi, je n'en ai pas besoin, David. Je leur donne à bouffer. Ça non plus, tu ne l'as jamais compris.

— Vous seriez étonné de la vitesse à laquelle je rattrape mon retard. Mais ne vous inquiétez pas, parce que ces articles n'ont aucune importance. Bons ou mauvais, demain personne ne s'en souviendra : ni des miens ni des vôtres.

— Alors quel est le problème ?

— Laissez courir.

— Ce sont ces deux salopards ? Barrido et le voleur de cadavres ?

— Oubliez ça, don Pedro. Comme vous l'avez précisé, c'est moi le fautif. Personne d'autre.

Le maître d'hôtel s'approcha avec un air interrogateur. Je n'avais pas consulté le menu et ne pensais pas le faire.

— Comme d'habitude, pour deux, indiqua don Pedro.

Le maître d'hôtel s'éloigna après une courbette. Vidal m'observait comme si j'étais un animal dangereux enfermé dans une cage.

— Cristina n'a pas pu venir, déclara-t-il. J'ai apporté ça pour toi, afin que tu le lui dédicaces.

Il posa sur la table un exemplaire des *Pas dans le ciel* enveloppé dans un papier rouge sombre portant la marque de la librairie Sempere & Fils, et le poussa vers moi. Je ne bougeai pas. Vidal avait pâli. La véhémence de son discours et son ton défensif s'effaçaient. C'est le moment de porter l'estocade, pensai-je.

— Dites-moi enfin ce que vous avez à me dire, don Pedro. Je ne vais pas vous mordre.

Vidal vida son verre de vin d'un trait.

— Je voulais te dire deux choses. Elles ne vont pas te plaire.

— Je commence à avoir l'habitude.

— L'une est en relation avec ton père.

Je sentis mon sourire amer fondre sur mes lèvres.

— Des années durant, j'ai voulu t'en parler, mais je pensais que ça ne te ferait aucun bien. Tu vas croire que c'était par lâcheté, mais je te jure, je te jure sur tout ce que tu voudras que…

— Que quoi ? le coupai-je.

Vidal soupira.

— La nuit où ton père est mort…

— … où il a été assassiné, corrigeai-je, glacial.

— C'était une erreur. La mort de ton père a été une erreur.

Je le dévisageai sans comprendre.

— Ces hommes n'en avaient pas contre lui. Ils se sont trompés.

Je me rappelai l'expression des trois pistoleros dans la brume, l'odeur de la poudre et le sang de mon père coulant, noir, entre mes mains.

— C'était moi qu'ils voulaient tuer, poursuivit Vidal dans un filet de voix. Un vieil associé de mon père avait découvert que sa femme et moi…

J'écoutai le rire obscur qui se formait au fond de moi. Mon père était mort criblé de balles pour une affaire de coucherie du grand Pedro Vidal.

— Parle, s'il te plaît, supplia Vidal.

— Quelle est la seconde chose que vous aviez à m'annoncer ?

Je n'avais jamais vu Vidal en proie à la peur. Elle lui allait bien.

— J'ai demandé à Cristina de m'épouser.

Un long silence.

— Elle a répondu oui.

Vidal baissa les yeux. Un serveur arrivait avec les hors-d'œuvre. Il les posa sur la table en nous souhaitant « *Bon appétit* ». Vidal n'osa pas m'affronter de nouveau. Les hors-d'œuvre refroidissaient dans leur plat. Au bout d'un moment, je pris l'exemplaire des *Pas dans le ciel* et m'en fus.

Ce même après-midi, après avoir quitté la Maison dorée, je fus surpris de m'apercevoir que, sans m'en rendre compte, je m'étais mis à descendre la Rambla. À mesure que j'approchais du carrefour d'où partait la rue du Carmen, mes mains commençaient à trembler. Je m'arrêtai devant la vitrine de la bijouterie Bagués en feignant d'admirer les médaillons en or, en forme de fées et de fleurs, semés de rubis. La façade baroque et exubérante des magasins El Indio était à quelques mètres de là, et l'on aurait pu croire qu'il s'agissait non d'un simple commerce de toiles et d'étoffes, mais d'un bazar débordant de merveilles prodigieuses et insoupçonnées. Je m'approchai lentement et pénétrai dans le vestibule qui menait à la porte. Je savais qu'elle ne pourrait pas me reconnaître, et que moi-même, peut-être, ne le pourrais pas non plus, pourtant je restai là presque cinq minutes avant d'avoir le courage d'avancer. Quand je me décidai, mon cœur battait avec force et mes mains transpiraient.

Les rayonnages aux murs étaient pleins d'épais rouleaux de toutes sortes de tissus et, sur les comptoirs, les vendeurs armés de mètres à ruban et de ciseaux spéciaux accrochés à la ceinture montraient aux dames de la bourgeoisie escortées de leurs domestiques et de leurs couturières les luxueux tissus comme s'il s'agissait de matières précieuses.

— Je peux vous aider, monsieur ?

C'était un homme corpulent doté d'une voix de crécelle et sanglé dans un costume de flanelle dont on avait l'impression qu'il allait exploser d'un moment à l'autre et disperser dans le magasin des lambeaux flottants d'étoffe. Il m'observait d'un air condescendant, un sourire forcé et hostile aux lèvres.

— Non, marmonnai-je.

À ce moment, je la vis. Ma mère descendait un escalier, une poignée de coupons à la main. Sa silhouette s'était un peu épaissie et son visage, plus estompé, trahissait le vague accablement de la routine et de la désillusion. Le vendeur, courroucé, continuait de me parler, mais j'entendais à peine sa voix. Car je ne voyais qu'elle, qui se rapprochait et allait passer devant moi. Elle me jeta un bref coup d'œil et, voyant que je l'observais, elle me sourit servilement, comme on sourit à un client ou à un patron, puis elle continua son travail. Un nœud se forma dans ma gorge, si fort que j'eus du mal à desserrer les lèvres pour faire taire le vendeur, et il me fallut du temps pour me diriger vers la sortie, les larmes aux yeux. Une fois dehors, je traversai la rue et entrai dans un café. Je m'assis à une table près de la vitre d'où l'on avait vue sur la porte des magasins El Indio et j'attendis.

Près d'une heure et demie s'était écoulée ainsi quand le vendeur qui m'avait abordé apparut et abaissa la grille de l'entrée. Peu après les lumières s'éteignirent une à une et quelques employés qui travaillaient là passèrent. Je me levai et regagnai la rue. Un gamin d'une dizaine d'années était assis sous le porche voisin et me regardait. Je lui fis signe d'approcher. Il s'exécuta et je lui montrai une pièce de monnaie. Il sourit d'une oreille à l'autre et je constatai qu'il lui manquait plusieurs dents.

— Tu vois ce paquet ? Je veux que tu le donnes à une dame qui va sortir tout à l'heure. Tu lui diras qu'il t'a été remis pour elle par un monsieur, mais tu ne lui diras pas que c'est moi. Tu as compris ?

Le gamin acquiesça. Je lui tendis la pièce et le livre.

— Maintenant, attendons.

Nous n'eûmes pas à patienter longtemps. Trois minutes plus tard, elle arriva. Elle se dirigeait vers la Rambla.

— C'est cette dame. Tu la vois ?

Ma mère s'arrêta un instant devant le porche de l'église de Betlem et je fis signe au gamin qui courut vers elle. J'assistai à la scène de loin, sans pouvoir entendre ce qu'ils se disaient. L'enfant lui tendit le paquet et elle le considéra avec étonnement, en hésitant. Il insista et, finalement, elle prit le paquet tandis que le gamin partait en courant. Déconcertée, elle inspecta les alentours. Elle soupesa le paquet, examina le papier rouge de l'emballage. Finalement, la curiosité fut la plus forte et elle l'ouvrit.

Je la vis extraire le livre. Elle le tint à deux mains, regarda la couverture, puis le retourna pour voir la page de dos. Le souffle me manquait et je voulus aller vers elle, lui parler, mais j'en fus incapable. Je restai sur place, à quelques mètres de ma mère, l'espionnant sans qu'elle s'aperçoive de ma présence, jusqu'à ce qu'elle reprenne sa marche, le livre à la main, en direction de la place Colón. En passant devant le Palau de la Virreina, elle avisa une corbeille et l'y jeta. Je la vis descendre la Rambla et se perdre dans la foule comme si elle n'avait jamais été là.

19.

Sempere père était seul dans sa librairie, en train de recoller le dos d'un exemplaire de *Fortunata et jacinta* qui tombait en morceaux, quand il leva la tête et m'aperçut derrière la porte. Quelques secondes lui suffirent pour constater l'état dans lequel je me trouvais. Il m'invita à entrer. Dès que je fus à l'intérieur, il m'offrit une chaise.

— Tu as mauvaise mine, Martín. Tu devrais aller consulter un médecin. Si tu as peur, je t'accompagnerai. Moi aussi, les médecins me font horreur, avec leurs blouses blanches et toujours des objets pointus à la main, mais il faut parfois en passer par là.

— Ce sont juste des maux de tête, monsieur Sempere. Je vais déjà mieux.

Sempere me servit un verre d'eau de Vichy.

— Tiens. Ça guérit tout, sauf la bêtise, qui est une pandémie qui ne cesse de s'étendre.

Je me forçai à sourire de la plaisanterie de Sempere. Je vidai le verre et soupirai. La nausée me montait aux lèvres et une pression intense battait derrière mon œil gauche. Un instant, je crus que j'allais m'évanouir. Je respirai profondément en priant pour ne pas m'écrouler comme une masse. Le destin, si pervers que puisse être son sens de l'humour, ne m'avait pas conduit jusqu'à la librairie de Sempere dans le seul but de laisser à mon ami, en guise de remerciement pour toutes ses bontés, un cadavre en pourboire. Je sentis une main qui me soutenait le front avec délicatesse : Sempere. J'ouvris les yeux et vis le libraire et son fils, qui venait d'entrer, en train de m'observer avec des têtes d'enterrement.

— Je préviens le médecin ? demanda Sempere junior.

— Merci, je me sens déjà mieux. Beaucoup mieux.

— Tu as une manière d'aller mieux qui donne la chair de poule. Tu es tout gris.

— Encore un peu d'eau ?

Sempere junior s'empressa de remplir mon verre.

— Pardonnez le spectacle, murmurai-je. Je vous assure que je ne l'avais pas préparé.

— Ne dis pas de bêtises.

— Ça lui ferait peut-être du bien de manger quelque chose de sucré, si c'est une crise d'hypoglycémie…, suggéra le fils.

— Va à la boulangerie du coin et rapporte des gâteaux, approuva le libraire.

Quand nous fûmes de nouveau seuls, Sempere me regarda dans les yeux.

— Je vous jure que j'irai voir le médecin, assurai-je.

Quelques minutes plus tard, le fils du libraire revint avec un sac en papier contenant ce qu'il avait pu trouver de meilleur dans la boulangerie du quartier. Il me le tendit et je choisis une brioche française qui, en d'autres occasions, m'aurait paru aussi tentante que le derrière d'une choriste.

— Mordez, ordonna Sempere.

Je mangeai docilement la brioche. Peu à peu, je me sentis mieux.

— On dirait qu'il revit, observa le fils.

— Qu'est-ce qu'on ne guérirait pas, avec les produits de cette boulangerie…

À cet instant, retentit la clochette de la porte. Un client était entré dans la librairie et, sur un geste de son père, Sempere junior nous quitta pour s'occuper de lui. Le libraire resta près de moi, essayant de me prendre le pouls, l'index sur mon poignet.

— Monsieur Sempere, vous rappelez-vous qu'il y a des années vous m'avez dit que si, un jour, je voulais sauver un livre, mais le sauver vraiment, je devais vous en parler ?

Sempere jeta un coup d'œil sur le livre que j'avais récupéré dans la corbeille où l'avais jeté ma mère et que je tenais encore à la main.

— Donne-moi cinq minutes.

La nuit commençait à tomber quand nous descendîmes la Rambla au milieu de la foule sortie se promener après un après-midi chaud et humide. La brise était à peine perceptible et, du haut de leurs balcons et de leurs fenêtres grandes ouvertes, les habitants contemplaient le défilé des silhouettes sous un ciel de flammes couleur d'ambre. Sempere marchait d'un pas vif et ne ralentit que lorsque nous fûmes arrivés devant la voûte sombre qui s'ouvrait à l'entrée de la rue de l'Arc del Teatre. Avant de passer dessous, il m'observa avec solennité et me déclara :

— Martín, ce que tu vas découvrir maintenant, tu ne dois le raconter à personne, pas même à Vidal. À personne.

J'acquiesçai, intrigué par le ton sérieux et mystérieux du libraire. Je suivis Sempere dans la ruelle, tout juste une brèche entre des immeubles sombres et délabrés qui semblaient se pencher comme des saules de pierre pour se refermer sur la mince ligne de ciel entre les terrasses. Nous parvînmes rapidement devant un grand portail en bois qui paraissait clore une vieille basilique dont on eût pensé qu'elle avait séjourné un siècle durant au fond d'un marais. Sempere gravit les deux marches menant au portail et saisit le heurtoir de bronze en forme de diablotin souriant. Il frappa trois fois et redescendit pour attendre près de moi.

— Ce que vous allez voir maintenant, vous ne devez le raconter…

— … à personne. Pas même à Vidal. À personne.

Sempere hocha la tête, la mine sévère. Nous attendîmes quelque deux minutes avant d'entendre ce qui ressemblait au bruit de cent serrures jouant simultanément. Le portail s'entrouvrit avec un profond gémissement, laissant apparaître le visage d'un homme d'âge moyen, les cheveux clairsemés, l'expression rapace et le regard pénétrant.

— Comme si nous n'étions pas assez nombreux comme ça. Voilà Sempere avec une recrue ! protesta-t-il. Et qui m'amène-t-il, aujourd'hui ? Encore un éclopé de la littérature, le genre d'individus qui ne se marient pas parce qu'ils préfèrent vivre avec leur maman ?

Sempere ne se laissa pas démonter par cette réception sarcastique.

— Martín, je vous présente Isaac Montfort, gardien de ce lieu, dont l'amabilité est proverbiale. Tenez compte de tout ce qu'il vous dira. Isaac, voici David Martín, un écrivain et un ami très cher qui a toute ma confiance.

Le dénommé Isaac m'inspecta de haut en bas avec un enthousiasme plus que mesuré et échangea un coup d'œil avec Sempere.

— On ne peut jamais faire confiance à un écrivain. Voyons : Sempere vous a-t-il expliqué les règles ?

— Il m'a juste dit que je ne dois parler à personne de ce que je verrai ici.

— C'est la première règle et la plus importante. Si vous ne la respectez pas, je vous tordrai moi-même le cou. Vous saisissez l'esprit général ?

— À cent pour cent.

— Dans ce cas, allons-y, lança Isaac en me faisant signe d'entrer.

— Je vous dis au revoir, Martín, et je vous laisse ensemble. Ici, vous serez en lieu sûr.

Je compris que Sempere ne parlait pas de moi mais du livre. Il me serra dans ses bras avec force, puis se perdit dans la nuit. Je pénétrai sous le porche et le prénommé Isaac actionna un levier derrière le portail. Mille mécanismes reliés entre eux dans une toile d'araignée de tringles et de poulies le refermèrent. Isaac prit une lanterne par terre et la leva à la hauteur de mon visage.

— Vous avez mauvaise mine, décréta-t-il.

— Une indigestion, répliquai-je.

— De quoi ?

— De réalité.

— Vous n'êtes pas le seul, trancha-t-il.

Nous parcourûmes un long couloir dont les flancs voilés par la pénombre laissaient entrevoir des fresques et des escaliers de marbre. Nous nous enfonçâmes dans cette enceinte seigneuriale et bientôt se dessina devant nous l'entrée de ce qui paraissait être une vaste salle.

— Qu'est-ce que vous apportez ? demanda Isaac.

— *Les Pas dans le ciel*. Un roman.

— Vous parlez d'un titre ! Ne serait-ce pas vous l'auteur ?

— Je crains que si.

— Et qu'avez-vous écrit, à part ça ?

— *La Ville des maudits*, tomes un à vingt-sept, entre autres.

Isaac se retourna et sourit, l'air réjoui.

— Ignatius B. Samson ?

— Pour vous servir, et qu'il repose en paix.

À ce moment, l'énigmatique gardien s'arrêta et posa la lanterne sur ce qui semblait être une balustrade suspendue face à une voûte immense. Je levai les yeux et restai sans voix. Un labyrinthe colossal de passerelles, de passages et de rayonnages remplis de centaines de milliers de livres se dressait devant moi, formant une gigantesque bibliothèque aux perspectives impossibles. Un écheveau de tunnels traversait l'immense structure qui montait en spirale vers une grande coupole vitrée d'où filtraient des rideaux de lumière et de ténèbre. Quelques silhouettes isolées parcouraient les passerelles et les marches ou exploraient en détail les corridors de cette cathédrale de livres et de mots. Je ne pouvais en croire mes yeux et regardai Isaac Montfort, stupéfait. Il souriait tel un vieux renard qui savoure l'effet de sa ruse préférée.

— Ignatius B. Samson, bienvenue dans le Cimetière des livres oubliés.

20.

Je suivis le gardien jusqu'à la base de la vaste nef qui hébergeait le labyrinthe. Le sol que nous foulions était composé de larges dalles et de pierres tombales, avec des inscriptions funéraires, des croix et des visages estompés dans la pierre. Le gardien promena la lanterne à gaz sur certaines pièces de ce puzzle macabre pour que je puisse les admirer.

— Ce sont les vestiges d'une ancienne nécropole, expliqua-t-il. Mais que ça ne vous donne pas des idées : ne me faites pas le coup de mourir ici.

Nous continuâmes pour atteindre une zone, précédant la structure centrale, qui faisait apparemment office de seuil. Isaac me récitait à la file les règles et les devoirs, plantant de temps à autre sur moi un regard que je m'efforçais d'amadouer en manifestant docilement mon assentiment.

— Article un : la première fois que quelqu'un vient ici, il a le droit de choisir un livre, celui qu'il veut, parmi tous ceux qui s'y trouvent. Article deux : à partir du moment où l'on a adopté un livre, on contracte l'obligation de le protéger et de faire tout ce qui sera possible pour ne jamais le perdre. Et cela, pour la vie. Des questions ?

Je levai la tête vers l'immensité du labyrinthe.

— Comment faire pour choisir un seul livre parmi tous ceux qui sont là ?

Isaac haussa les épaules.

— Certains préfèrent croire que c'est le livre qui les choisit… le destin, d'une certaine façon. Ce que vous avez devant vous est la somme de siècles de livres disparus et oubliés, des livres qui étaient condamnés pour toujours à la destruction et au silence, des livres qui préservent la mémoire et l'âme de temps et des prodiges dont nul ne se souvient plus. Aucun de nous, même les plus vieux, ne sait exactement quand ce lieu a été créé ni par qui. Il est probablement presque aussi ancien que la ville et a grandi avec elle, dans son ombre. Nous savons qu'il a été construit avec les vestiges de palais, d'églises, de prisons et d'hôpitaux qui se sont élevés un jour ici. L'origine de la structure principale date du XVIIIe siècle, et elle n'a pas cessé de changer depuis. Auparavant, le Cimetière des livres oubliés avait été caché dans les souterrains de la ville médiévale. D'aucuns prétendent qu'au temps de l'Inquisition des personnes de savoir, des esprits libres, dissimulaient des livres interdits dans des sarcophages ou les enterraient sous les ossuaires épars dans toute la ville pour les protéger, avec l'espoir que des générations futures les retrouveraient. Au milieu du siècle dernier, on a découvert un long passage menant des entrailles du labyrinthe vers les souterrains d'une vieille bibliothèque, fermée aujourd'hui et perdue dans les ruines d'une ancienne synagogue du quartier du Call. Lorsque les derniers remparts de la ville sont tombés, il s'est produit un glissement de terrain et le passage a été inondé par les eaux du torrent qui coule depuis des siècles sous ce qui est aujourd'hui la

Rambla. Il est donc désormais impraticable, mais nous supposons qu'il a longtemps été l'une des principales voies d'accès à ce lieu. La plus grande partie de la structure apparente a été agrandie au cours du XIXe siècle. Pas plus de cent personnes dans toute la ville connaissent l'existence de cet endroit et j'espère que Sempere n'a pas commis une erreur en vous incluant parmi elles…

Je niai énergiquement, mais Isaac m'observait avec scepticisme.

— Article trois : vous pouvez cacher votre livre où vous voulez.

— Et si je me perds ?

— Une clause additionnelle, de mon propre cru : essayez de ne pas vous perdre.

— Quelqu'un s'est déjà perdu ?

Isaac laissa échapper un soupir.

— Quand j'ai débuté ici, voici des années, on racontait l'histoire de Daríos Albertí de Cymerman. Évidemment, je suppose que Sempere ne vous en a pas parlé…

— Cymerman ? L'historien ?

— Non, le dompteur de phoques. Combien de Daríos Albertí de Cymerman connaissez-vous ? Au cours de l'hiver 1889, Cymerman a pénétré dans le labyrinthe et a disparu pendant une semaine. On l'a retrouvé caché dans un des tunnels, à demi mort de terreur. Il s'était claquemuré derrière plusieurs rangées de textes sacrés pour éviter d'être vu.

— Vu par qui ?

— Par l'homme en noir. Vous êtes certain que Sempere ne vous en a pas touché mot ?

— Tout à fait sûr.

Isaac baissa la voix et poursuivit sur un ton confidentiel :

— Certains membres, au fil des ans, ont parfois vu l'homme en noir dans les tunnels du labyrinthe. Ils le décrivent tous d'une manière différente. Certains affirment lui avoir parlé. À une époque, la rumeur a couru que l'homme en noir était l'esprit d'un auteur maudit qu'un membre avait trahi en négligeant de protéger l'un de ses livres qu'il avait emporté. Le livre a disparu pour toujours et son auteur mort erre éternellement dans les couloirs en réclamant vengeance : vous savez, ce genre de récits à la Henry James qui plaisent tant.

— Vous n'allez pas me dire que vous y croyez.

— Bien sûr que non. Moi, j'ai une autre théorie. Celle de Cymerman.

— Et c'est… ?

— Que l'homme en noir est le patron de ce lieu, le père de toute connaissance secrète et interdite, du savoir et de la mémoire, porteur de la lumière des chroniqueurs et des écrivains depuis des temps immémoriaux… Notre ange gardien, l'ange des mensonges et de la nuit.

— Vous vous moquez de moi.

— Tout labyrinthe a son Minotaure, déclara Isaac.

Il eut un sourire énigmatique et me désigna l'accès du labyrinthe.

— Tout cela est à vous.

J'empruntai une passerelle qui menait à l'une des entrées et pénétrai lentement dans un long couloir de livres décrivant une courbe ascendante. Arrivé à la fin de la courbe, le tunnel se divisait en quatre corridors, formant un petit rond-point d'où partait un escalier en colimaçon qui se perdait dans les hauteurs. Je le gravis jusqu'à un étroit palier sur lequel débouchaient trois tunnels. Je m'aventurai dans celui qui, à mon avis, conduisait vers le cœur de l'édifice. Au passage, j'effleurai des doigts des centaines de livres. Je me laissai imprégner de l'odeur, de la lumière qui parvenait à se glisser par les jours et les lanternes de verre ménagés dans la structure en bois, et qui flottait en une alternance de miroirs et d'ombres. Je marchai sans but pendant presque une demi-heure, pour arriver dans une sorte de chambre close où se dressaient une table et une chaise. Les murs étaient composés de livres et paraissaient solides, à l'exception d'un vide qui laissait supposer qu'on avait emprunté un volume. Je décidai que ce creux serait le nouveau séjour des *Pas dans le ciel*. Je contemplai une dernière fois la couverture et relus le premier paragraphe, en imaginant l'instant où, avec un peu de chance et quand je serais mort et oublié depuis des lustres, quelqu'un parcourrait le même chemin et arriverait dans la même salle pour y trouver un livre inconnu où j'avais mis tout ce que j'avais à offrir. Je le plaçai là comme si c'était moi-même qui allais rester sur le rayonnage. Je perçus à ce moment-là une présence derrière moi : je me retournai pour découvrir, me regardant fixement dans les yeux, l'homme en noir.

21.

Sur le moment, je ne me reconnus pas dans le miroir, un des nombreux qui formaient une chaîne de lumière ténue le long des corridors du labyrinthe. C'étaient mon visage et ma peau que je voyais se refléter, mais les yeux étaient ceux d'un étranger. Troubles et noirs, débordant de méchanceté. Je détournai la tête tandis que la nausée me menaçait de nouveau. Je m'assis sur la chaise devant la table et respirai profondément. J'imaginai que même le docteur Trías pourrait trouver divertissante l'idée que la locataire de mon cerveau, l'excroissance tumorale, comme il aimait l'appeler, avait décidé de me porter le coup de grâce en ce lieu et de m'accorder l'honneur d'être le premier citoyen permanent du Cimetière des romanciers oubliés. Enterré en compagnie de son ultime et lamentable œuvre, qui l'avait mené au tombeau. Quelqu'un me trouverait là dans dix mois ou dix ans, ou peut-être jamais. Une fin grandiose, digne de *La Ville des maudits*.

Ce qui me sauva, ce fut le rire amer qui me dégagea l'esprit et me restitua la notion du lieu où je me trouvais et de ce que j'étais venu y faire. J'allais me lever de ma chaise quand je le vis. Un livre de facture grossière, sombre et sans titre visible au dos. Il couronnait une pile de quatre autres livres à l'extrémité de la table. Je le pris. Il semblait relié plein cuir ou dans quelque autre matière usée et noircie, moins par une teinture que par d'innombrables manipulations. Les mots du titre, qui me parurent avoir été imprimés aux fers sur le plat, étaient effacés, mais ils étaient clairement lisibles sur la quatrième page :

Lux æterna
D. M.

Je supposai que les initiales, qui coïncidaient avec les miennes, correspondaient au nom de l'auteur, mais le livre ne contenait aucun autre indice susceptible de le confirmer. Je feuilletai rapidement quelques pages et reconnus au moins cinq langues différentes alternant dans le texte. Espagnol, allemand, latin, français et hébreu. Je lus au hasard un paragraphe rappelant une oraison dont je n'avais pourtant pas souvenir dans la liturgie traditionnelle, et je me demandai si ce volume ne serait pas une sorte de missel ou de compilation de prières. Le texte était ponctué de chiffres et réparti en strophes avec des sous-titres soulignés qui indiquaient apparemment des épisodes ou des divisions thématiques. Plus je l'examinais, plus il m'évoquait les évangiles et les catéchismes de mes jours de scolarité.

J'aurais pu poursuivre mon chemin, choisir un autre volume parmi des centaines de milliers et partir de là pour n'y jamais revenir. Je crus presque avoir agi ainsi jusqu'au moment où je m'aperçus que j'étais en train de retourner par les tunnels et les corridors du labyrinthe, le livre dans la main comme un parasite collé à ma peau. Un instant, l'idée m'effleura que le livre avait plus envie que moi de sortir de ce lieu et qu'il guidait mes pas. Après avoir effectué plusieurs tours et être passé un certain nombre de fois devant le même exemplaire du quatrième tome des œuvres complètes de Le Fanu, je me retrouvai, sans savoir comment, devant l'escalier qui descendait en spirale et, de là, je réussis à découvrir le chemin conduisant à l'issue du labyrinthe. J'avais supposé qu'Isaac m'attendrait sur le seuil, mais je ne découvris aucun signe de sa présence, pourtant j'avais la certitude d'être observé dans l'obscurité. La grande voûte du Cimetière des livres oubliés était plongée dans un profond silence. J'appelai :

— Isaac ?

L'écho de ma voix se perdit dans l'ombre. J'attendis en vain quelques secondes et me dirigeai vers la sortie. Les ténèbres bleues qui filtraient de la coupole allèrent s'estompant et bientôt, autour de moi, l'obscurité fut presque totale. Après avoir fait encore quelques pas, je distinguai une lumière vacillante au bout de la galerie et je constatai que le gardien avait laissé la lanterne au pied du portail. Je me retournai une dernière fois pour scruter les ombres de la galerie. J'actionnai le levier qui mettait en branle le mécanisme de tringles et de poulies. Les rouages de la serrure se libérèrent un à un et la porte s'entrouvrit de quelques centimètres. Je la poussai juste assez pour pouvoir passer. En quelques secondes, la porte commença à se refermer, puis un écho profond indiqua qu'elle était de nouveau close.

22.

À mesure que je m'éloignais de ce lieu, sa magie me quittait et j'étais de nouveau envahi par les nausées et la douleur. Je tombai rudement deux fois, la première sur la Rambla et la seconde en tentant de traverser la rue Layetana, où un gamin me releva et m'empêcha d'être écrasé par un tramway. À grand-peine, je réussis à arriver devant chez moi. La maison était restée close toute la journée, et la chaleur, cette chaleur humide et insidieuse qui asphyxiait chaque jour un peu plus la ville, flottait à l'intérieur sous la forme d'une lumière pulvérulente. Je montai jusqu'au bureau de la tour et ouvris grand les fenêtres. Un soupçon de brise soufflait sous un ciel damé de nuages noirs qui tournaient lentement au-dessus de Barcelone. Je posai le livre sur ma table de travail en songeant que j'aurais bien le temps de l'examiner plus tard en détail. Ou peut-être pas. Peut-être mon temps était-il consommé. Cela paraissait désormais sans importance.

Je parvenais à peine à me tenir debout et j'avais besoin de m'étendre dans le noir. Je récupérai un flacon de pilules de codéine dans un tiroir et en avalai trois ou quatre d'un coup. Je conservai le flacon dans ma poche et redescendis l'escalier sans être tout à fait certain de pouvoir arriver jusqu'à ma chambre d'une seule traite. Une fois dans le couloir, il me sembla voir un clignotement dans le rai de clarté au bas de la porte principale, comme s'il y avait quelqu'un de l'autre côté. Je m'approchai lentement de l'entrée en m'appuyant aux murs.

— Qui est là ? demandai-je.

Il n'y eut aucune réponse, aucun bruit. J'hésitai une seconde, puis je sortis sur le palier. Je me penchai au-dessus de l'escalier qui menait au rez-de-chaussée. Les marches descendaient en spirale et s'enfonçaient dans les ténèbres. Personne. Je revins à la porte et m'aperçus que la lueur de la petite lanterne qui éclairait le palier vacillait. Je rentrai et fermai à clef, ce que j'oubliais très souvent de faire. Je la vis alors. Une enveloppe de couleur crème aux bords dentelés. Quelqu'un l'avait glissée sous la porte. Je m'agenouillai pour la ramasser. Le papier était d'un fort grammage, poreux. L'enveloppe était scellée et portait mon nom. Sur le sceau de cire s'imprimait la silhouette de l'ange aux ailes déployées.

Cher Monsieur Martín

Je vais passer quelque temps en ville et j'aimerais beaucoup pouvoir profiter de votre société et peut-être vous renouveler les termes de ma proposition. Je vous serais très reconnaissant, au cas où vous n'auriez pas d'autres engagements, si vous acceptiez de me tenir compagnie à dîner, le prochain vendredi 13 de ce mois à dix heures du soir, dans une petite villa que j'ai louée pour mon séjour à Barcelone. Elle est située au coin des rues Olot et San José de la Montaña, près de l'entrée du parc Güell. J'espère que vous pourrez accéder à mon désir.

Votre ami,

ANDREAS CORELLI

Je laissai tomber la lettre au sol et me traînai jusqu'à la galerie. Là, je m'étendis sur le canapé, à l'abri de la pénombre. Ce rendez-vous était pour dans sept jours. Je souris intérieurement. Je ne croyais pas que je vivrais encore sept jours. Je fermai les yeux et tentai de trouver le sommeil. Le sifflement constant dans mes oreilles me paraissait plus violent que jamais. Des éclairs de lumière blanche s'allumaient dans ma tête à chaque battement de mon cœur.

Vous ne pourrez même plus penser à écrire.

Je rouvris les yeux et scrutai les ténèbres bleues de la galerie. Près de moi, sur la table, reposait encore le vieil album de photos que Cristina m'avait laissé. Je n'avais pas eu le courage de le jeter et n'y avais pratiquement pas touché. Je tendis la main vers lui et feuilletai les pages jusqu'à l'image que je cherchais. Je l'arrachai du papier et l'examinai. Cristina, enfant, marchant la main dans celle d'un inconnu sur cette jetée qui s'avançait dans la mer. Je serrai la photo sur ma poitrine et m'abandonnai à la fatigue. Lentement l'amertume et la colère de cette journée, de ces années, s'apaisèrent, et je fus envahi d'une chaude obscurité pleine de voix et de mains qui m'attendaient. Je souhaitai m'y perdre, plus fort que je n'avais jamais rien souhaité dans toute ma vie, mais quelque chose explosa en moi et, comme un coup de poignard, un éclair de lumière et de douleur m'arracha à ce rêve agréable qui promettait d'être sans fin.

Pas encore, murmura la voix. *Pas encore.*

Je sus que les jours passaient car je me réveillais par moments et il me semblait voir la lumière du soleil traverser les lames des volets. En plusieurs occasions, je crus entendre des coups frappés à la porte et des voix qui prononçaient mon nom avant de s'évanouir. Des heures ou des jours plus tard, je portai mes mains à ma figure et touchai du sang sur mes lèvres. Je ne sais si je descendis dans la rue ou si je rêvai que je le faisais, mais, sans savoir comment j'étais arrivé là, je me trouvai sur le Paseo del Born en train de marcher vers la cathédrale Santa María del Mar. Les rues étaient désertes sous la lune de mercure. Je levai les yeux et crus voir le spectre d'une tempête noire déployer ses ailes au-dessus de la ville. Un souffle de lumière blanche fendit le ciel et une chape de gouttes de pluie s'abattit tel un essaim de poignards de cristal. Un instant avant que la première goutte touche le sol, le temps s'arrêta et cent mille larmes de lumière restèrent suspendues dans l'air comme des grains de poussière. Je devinai que quelqu'un ou quelque chose marchait derrière moi. Je sentis son haleine sur ma nuque, froide et imprégnée de la puanteur de la chair décomposée et du feu. Je sentis ses doigts, longs et minces, se refermer sur ma peau et, à cet instant, traversant la pluie suspendue, m'apparut cette petite fille qui ne vivait que dans la photo que je portais contre la poitrine. Elle me prit par la main et me ramena sur le chemin de la maison de la tour, laissant derrière nous cette présence glacée qui rampait dans mon dos. Lorsque je repris conscience, sept jours s'étaient écoulés.

L'aube du vendredi 13 juillet se levait.

23.

Pedro Vidal et Cristina Sagnier se marièrent l'après-midi de ce même jour. La cérémonie eut lieu à cinq heures dans la chapelle du monastère de Pedralbes, et seule une petite partie du clan Vidal y assista, le gros de la famille brillant par son absence, y compris le père du marié. S'il y avait eu des mauvaises langues, elles auraient persiflé que cette lubie du benjamin de convoler avec la fille du chauffeur s'était abattue comme une douche glacée sur la gloire de la dynastie. Mais il n'y en avait pas. Adoptant un discret pacte de silence, les chroniqueurs mondains eurent justement d'autres occupations cet après-midi-là, et pas une seule publication ne se fit l'écho de la cérémonie. Personne ne fut là pour raconter qu'aux portes de l'église s'était rassemblé un bouquet d'anciennes maîtresses de don Pedro qui pleuraient en silence telle une association de veuves fanées devant la perte de leurs dernières espérances. Personne ne fut là pour raconter que Cristina portait des roses blanches à la main et une robe couleur d'ivoire qui se confondait avec son teint et donnait l'impression que la mariée marchait nue à l'autel, sans autres parures que le voile blanc qui lui recouvrait le visage et un ciel couleur d'ambre qui paraissait se concentrer en un tourbillon de nuages autour de la flèche du clocher.

Personne ne fut là pour la décrire descendant de voiture et s'arrêtant un instant pour lever les yeux et regarder en direction de la place, devant l'église, jusqu'à ce qu'elle découvre cet homme moribond dont les mains tremblaient et qui murmurait, sans que personne ne puisse l'entendre, des mots qu'il allait emporter avec lui dans la tombe :

— Maudits soient-ils. Maudits soient-ils tous les deux.

Deux heures plus tard, assis dans le fauteuil du bureau, j'ouvris l'étui qui, des années auparavant, était parvenu jusqu'à moi et contenait le seul souvenir qui me restait de mon père. J'en tirai le revolver enveloppé dans son chiffon et ouvris le barillet. J'y introduisis six balles. J'appuyai le canon sur ma tempe, armai le percuteur et fermai les yeux. À cet instant, un coup de vent fouetta subitement la tour et les volets du bureau s'ouvrirent tout grand, frappant violemment les murs. Une brise glacée me caressa la peau, apportant le souffle perdu des grandes espérances.

24.

Le taxi montait lentement vers les confins du fau-
bourg de Gracia, en direction de l'enceinte solitaire et
sombre du parc Güell. La colline était semée de
demeures ayant connu des jours meilleurs qui se dessinaient parmi des bouquets d'arbres que le vent faisait
frissonner comme une eau noire. J'aperçus en haut de
la côte la grande porte de l'enceinte. Trois ans auparavant, à la mort de Gaudí, les héritiers du comte Güell
avaient vendu pour une peseta à la municipalité cette
parcelle déserte qui n'avait jamais eu d'autre habitant
que son architecte. Oublié et livré à lui-même, le jardin
de colonnes et de tours évoquait à présent un Éden
maudit. Je priai le chauffeur de s'arrêter face aux grilles
de l'entrée et réglai la course.

— Vous êtes sûr, monsieur, que c'est bien ici que
vous voulez descendre ? demanda le chauffeur, guère
rassuré. Si vous le désirez, je peux vous attendre
quelques minutes…

— Ce ne sera pas nécessaire.

Le ronronnement du taxi se perdit au bas de la
colline et je demeurai seul avec l'écho du vent dans les
arbres. Les feuilles mortes voletaient à l'entrée du parc

et tournoyaient à mes pieds. Je m'approchai des grilles que fermaient des cadenas rongés par la rouille et scrutai l'intérieur. La lumière de la lune léchait les contours du dragon qui dominait l'escalier. Une forme sombre descendait très lentement les marches en m'observant avec des yeux qui brillaient comme des perles plongées dans l'eau. C'était un chien noir. L'animal s'arrêta au pied de l'escalier et, alors seulement, j'avisai qu'il n'était pas seul. Deux autres m'observaient en silence. L'un s'était avancé sans bruit dans l'ombre projetée par la maison du gardien située sur un côté de l'entrée. L'autre, le plus grand des trois, s'était hissé sur le mur et me contemplait du haut de la corniche, à quelques mètres à peine. La vapeur de son haleine s'exhalait entre ses crocs bien visibles. Je reculai très doucement, sans cesser de le regarder dans les yeux et sans lui tourner le dos. Pas à pas, je gagnai le trottoir opposé. Un deuxième chien avait grimpé sur le mur et suivait mon manège. J'explorai le sol en quête d'un bâton ou d'une pierre que je pourrais utiliser pour me défendre s'ils décidaient de sauter et de m'attaquer, mais je ne touchai que des feuilles sèches. Je savais que si je cessais de les fixer et me mettais à courir, ces animaux se lanceraient à ma poursuite, et que je ne franchirais pas vingt mètres avant qu'ils se jettent sur moi et me déchiquettent. Le plus grand avança de quelques pas sur le mur et j'eus la certitude qu'il allait bondir. Le troisième, le seul que j'avais vu au début et qui n'avait dû se montrer que pour me donner le change, commençait à monter sur la partie basse du mur pour rejoindre les autres. Me voilà dans de beaux draps, pensai-je.

À cet instant, une lueur éclaira les gueules féroces des trois animaux, qui stoppèrent net. La lumière s'était allumée dans la maison, la seule éclairée de toute la colline. Un des chiens émit un gémissement sourd et battit en retraite vers l'intérieur du parc. Les autres ne tardèrent pas à le suivre.

Sans plus réfléchir, je marchai vers la maison. Comme l'avait indiqué Corelli dans son invitation, elle se dressait au carrefour des rues Olot et San José de la Montaña. C'était une construction svelte et anguleuse de trois étages en forme de tour couronnée de mansardes, qui contemplait comme une sentinelle la ville et le parc fantomatique à ses pieds.

Elle était située en haut d'une forte pente, et des escaliers conduisaient à sa porte. Un halo de lumière dorée s'évadait des hautes fenêtres. À mesure que je gravissais les marches de pierre, il me sembla distinguer une silhouette qui se découpait à la balustrade du deuxième étage, immobile telle une araignée au centre de sa toile. J'arrivai à la dernière marche et observai une halte pour reprendre mon souffle. La porte d'entrée était entrouverte, et une flaque de lumière s'étendait jusqu'à mes pieds. J'approchai lentement et m'arrêtai sur le seuil. Une odeur de fleurs fanées sortait de l'intérieur. Je frappai à la porte et celle-ci céda de quelques centimètres. Devant moi s'ouvraient un vestibule et un long corridor qui s'enfonçait dans la maison. Je détectai un bruit bref et répété, rappelant celui d'un volet que le vent rabattait contre sa fenêtre, qui provenait de la maison et évoquait le battement d'un cœur. J'avançai un peu dans le vestibule et distinguai, sur ma gauche, l'escalier qui montait dans la tour. Je crus entendre des pas légers, des pas d'enfant gravissant les derniers étages.

— Bonsoir ? criai-je.

L'écho de ma voix ne s'était pas encore perdu dans le corridor que déjà ce martèlement qui résonnait dans la maison avait cessé. Un silence total s'appesantit autour de moi et un courant d'air glacé me caressa le visage.

— Monsieur Corelli ? C'est Martín. David Martín…

N'obtenant pas de réponse, je m'aventurai dans le corridor. Les murs étaient couverts de portraits photographiques encadrés, de différents formats. La façon de poser et l'accoutrement des sujets signalaient que la plupart de ces photos dataient d'au moins vingt ou trente ans. Sous chaque cadre, une petite plaque indiquait le nom de la personne photographiée et l'année où l'image avait été prise. J'étudiai ces visages qui m'observaient du fond du passé. Enfants et vieillards, femmes et hommes. Ce qui les unissait tous, c'était une ombre de tristesse da²cns l'expression, un appel silencieux. Tous fixaient l'objectif avec une anxiété qui vous glaçait le sang.

— La photographie vous intéresse, mon cher Martín ? dit une voix toute proche.

Je me retournai avec un sursaut. Andreas Corelli contemplait les photos près de moi avec un sourire empreint de mélancolie. Je ne l'avais pas vu ni entendu s'approcher et, quand il me sourit, je frissonnai.

— Je croyais que vous ne viendriez pas.

— Moi non plus.

— Alors permettez-moi de vous inviter à boire un verre pour célébrer notre commune erreur.

Je le suivis dans un salon dont les larges portes-fenêtres étaient orientées vers la ville. Corelli me pria de m'asseoir dans un fauteuil et, prenant une carafe en cristal sur une table, nous servit deux verres. Il me tendit le mien et s'installa dans un fauteuil en face de moi.

Je goûtai le vin. Il était excellent. Je le bus presque d'un trait et, tout de suite, la chaleur qui coula dans ma gorge apaisa ma nervosité. Corelli humait son verre et m'observait avec un sourire serein et amical.

— Vous aviez raison, déclarai-je.

— Comme toujours, répliqua-t-il. C'est une habitude dont je tire rarement satisfaction. Il m'arrive de penser que rien, ou presque, ne me plairait davantage que d'avoir la certitude de m'être trompé.

— Ça peut s'arranger. Vous n'avez qu'à me demander. Moi, je me trompe toujours.

— Non, vous ne vous trompez pas. À mon avis, vous voyez les choses aussi clairement que moi et cela ne vous procure pas davantage de satisfactions.

En l'écoutant parler, il me vint à l'idée qu'en cet instant la seule chose qui pourrait me donner quelque satisfaction serait de mettre le feu au monde entier et de flamber avec lui. Corelli, comme s'il avait lu dans mes pensées, m'adressa un sourire qui découvrit toutes ses dents et fit un signe d'assentiment.

— Je peux vous aider, cher ami.

Je me surpris moi-même en évitant son regard et en me concentrant sur la petite broche ornée d'un ange en argent au revers de sa veste.

— Une jolie broche, dis-je.

— Un souvenir de famille.

Il me sembla que nous avions échangé suffisamment de politesses et de banalités pour toute la soirée.

— Monsieur Corelli, pourquoi suis-je ici ?

Les yeux de Corelli avaient le même éclat et la même teinte que le vin qui oscillait lentement dans son verre.

— C'est très simple. Vous êtes ici parce que vous avez enfin compris que vous devez y être. Vous êtes ici parce que, voici un an, je vous ai fait une proposition. Une proposition qu'à l'époque vous n'étiez pas préparé à accepter, mais que vous n'avez pas oubliée. Et moi je suis ici parce que je continue à penser que vous êtes la personne que je cherche, raison pour laquelle j'ai préféré attendre douze mois avant de renoncer.

— Une proposition dont vous n'êtes jamais allé jusqu'à me donner les détails, lui rappelai-je.

— En réalité, je ne vous ai fourni que les détails.

— Cent mille francs pour travailler pour vous une année entière à écrire un livre.

— Exactement. Beaucoup auraient pensé que c'était là l'essentiel. Mais pas vous.

— Vous avez précisé que lorsque vous m'auriez expliqué de quel genre de livre il s'agissait, je l'écrirais même si je n'étais pas payé.

Corelli hocha la tête affirmativement.

— Vous avez bonne mémoire.

— Ma mémoire est excellente, monsieur Corelli, si excellente que je n'ai pas souvenir d'avoir vu ni lu aucun livre édité par vous, ni même d'en avoir entendu parler.

— Vous doutez de ma solvabilité ?

Je niai en tentant de dissimuler la curiosité et la convoitise qui me brûlaient de l'intérieur. Plus je manifestais mon absence d'intérêt, plus je me sentais tenté par les promesses de l'éditeur.

— Je suis simplement intrigué par vos raisons, précisai-je.

— C'est normal.

— Quoi qu'il en soit, je vous rappelle que j'ai signé un contrat d'exclusivité avec Barrido & Escobillas pour cinq ans encore. L'autre jour, j'ai reçu une visite fort instructive de leur part, accompagnée d'un avocat aux manières expéditives. Mais je suppose que ça n'a aucune importance, parce que cinq ans c'est beaucoup de temps, et s'il est une chose dont je suis sûr, c'est que, du temps, il ne m'en reste guère.

— Ne vous faites pas de souci pour les avocats. Les miens sont infiniment plus expéditifs que ceux de cette paire de pustules, et ils ne perdent jamais un procès. Laissez-moi m'occuper des détails juridiques et de la procédure.

À la manière dont il prononça ces mots, je songeai que mieux valait ne jamais avoir affaire aux conseillers juridiques des Éditions de la Lumière.

— Je vous crois. Je suppose donc que la seule question en suspens concerne les autres détails de votre proposition, ceux qui sont essentiels.

— Il n'y a pas de manière simple de l'expliquer, aussi vaut-il mieux que je vous parle sans ambages.

— S'il vous plaît.

Corelli se pencha vers moi, son regard vrillé au mien.

— Martín, je vous demande de créer pour moi une religion.

Je crus d'abord n'avoir pas bien entendu.

— Pardon ?

Corelli maintint sur moi son regard sans fond.

— Je vous demande de créer pour moi une religion.

Je le contemplai durant un long instant, sans voix.

— Vous me faites marcher.

Corelli fit signe que non, en savourant amoureusement son vin.

— Je veux que vous rassembliez tout votre talent et que vous vous consacriez corps et âme pendant un an à travailler à l'histoire la plus grandiose que vous pourrez jamais créer : une religion.

J'éclatai de rire.

— Vous êtes complètement fou. C'est ça, votre proposition ? C'est ça, le livre que vous voulez que j'écrive ?

Corelli acquiesça calmement.

— Vous vous êtes trompé d'écrivain. Je n'y connais rien en religion, objectai-je.

— Ne vous inquiétez pas pour ça. Moi, si. Ce que je cherche, ce n'est pas un théologien. Je cherche un narrateur. Savez-vous ce qu'est une religion, mon cher Martín ?

— C'est à peine si je me rappelle le *Notre Père*.

— Une jolie prière et de la belle ouvrage. Poésie mise à part, une religion, c'est avant tout un code moral qui s'exprime au travers de légendes, de mythes ou de tout autre genre de procédés littéraires, afin d'établir un système de croyances, de valeurs et de normes qui régissent une culture ou une société.

— *Amen*, répliquai-je.

— Comme en littérature ou comme dans toute activité de communication, ce qui la rend effective est la forme et non le contenu, poursuivit Corelli.

— Vous êtes en train de m'expliquer qu'une doctrine n'est rien de plus qu'un conte.

— Tout est un conte, Martín. Ce que nous croyons, ce que nous connaissons, ce dont nous nous souvenons, y compris ce que nous rêvons. Tout est un conte, une narration, une succession d'événements et de personnages qui communiquent leur contenu émotionnel. Un acte de foi est un acte d'acceptation, acceptation d'une histoire qu'on nous raconte. Nous n'acceptons pour vrai que ce qui peut être raconté. Ne prétendez pas que l'idée ne vous tente pas.

— Non, elle ne me tente pas.

— Ça ne vous tente pas de créer une histoire pour laquelle les hommes seraient capables de vivre et de mourir, pour laquelle ils seraient capables de tuer et de se laisser tuer, de se sacrifier et de se damner, de donner leur âme ? Quel plus grand défi pour votre métier que de créer une histoire si puissante qu'elle transcende la fiction et se transforme en vérité révélée ?

Nous nous dévisageâmes en silence pendant quelques secondes.

— Je crois que vous connaissez ma réponse, dis-je finalement.

Corelli sourit.

— Moi, oui. Celui qui, je crois, ne la connaît pas encore, c'est vous.

— Merci pour votre compagnie, monsieur Corelli. Et pour le vin et les discours. Très provocateurs. Choisissez tout de même avec attention vos interlocuteurs. Je vous souhaite de trouver votre homme et de remporter avec votre pamphlet tout le succès qu'il mérite.

Je me levai et m'apprêtai à partir.

— Vous êtes attendu quelque part, Martín ?

Je ne répondis pas, mais je m'arrêtai.

— Ça ne vous met pas en rage de savoir que vous pourriez avoir toutes ces choses pour lesquelles cela vaut la peine de vivre, en bonne santé et riche, sans attaches ? lança Corelli derrière moi. Ça ne vous met pas en rage qu'on vous les arrache des mains ?

Je me retournai lentement.

— Qu'est-ce qu'une année de travail comparé à la possibilité de réaliser tous ses désirs ? Qu'est-ce qu'une année de travail comparé à la promesse d'une longue existence bien remplie ?

Rien, pensai-je malgré moi. Rien.

— Est-ce cela, votre promesse ?

— Évaluez vous-même le prix. Vous voulez mettre le feu au monde et flamber avec lui ? Faisons-le ensemble. C'est à vous de fixer votre chiffre. Moi, je suis prêt à vous donner ce que vous désirez le plus.

— Je ne sais pas ce que je désire le plus.

— Je crois que si. Je crois que vous le savez.

L'éditeur sourit et me fit un clin d'œil. Il se leva et alla vers une commode sur laquelle était posée une lampe. Il ouvrit le premier tiroir et en tira une enveloppe en parchemin. Il me la tendit, mais je ne la pris pas. Il la laissa sur la table qui nous séparait et se rassit en silence. L'enveloppe était ouverte et laissait entrevoir son contenu, apparemment des liasses de billets de cent francs. Une fortune.

— Vous gardez tout cet argent dans un tiroir et vous laissez la porte ouverte ? m'étonnai-je.

— Vous pouvez compter. Si cela ne vous paraît pas suffisant, votre chiffre est le mien. Je vous le répète, je ne veux pas discuter argent avec vous.

Je contemplai un long instant ce paquet de richesse et, finalement, je le refusai. Mais au moins je l'avais vu. Il était réel. La proposition de m'acheter et la vanité que j'en ressentais dans ces moments de misère et de désespérance étaient réelles.

— Je ne peux pas accepter, dis-je.

— Vous croyez que c'est de l'argent sale ?

— Tout argent est sale. S'il était propre, personne n'en voudrait. Mais ce n'est pas le problème.

— Alors, c'est quoi ?

— Je ne peux pas l'accepter, parce que je ne peux pas accepter votre proposition. Même si je le voulais, je ne le pourrais pas.

Corelli médita mes paroles.

— Puis-je vous en demander la raison ?

— Parce que je suis mourant, monsieur Corelli. Il ne me reste que quelques semaines à vivre, ou peut-être quelques jours. Je n'ai plus rien à offrir.

Corelli baissa les paupières et s'enferma dans un long silence. J'écoutai le vent griffer les fenêtres et ramper dans la maison.

— Ne me dites pas que vous l'ignoriez, ajoutai-je.

— J'en avais l'intuition.

Il resta assis, sans me regarder.

— Quantité d'autres écrivains peuvent rédiger ce livre pour vous, monsieur Corelli. Je vous suis reconnaissant de votre proposition. Plus que vous ne l'imaginez. Bonne nuit.

Je me dirigeai vers la sortie.

— Je pourrais vous aider à surmonter votre maladie, lança-t-il.

Je m'arrêtai à mi-chemin et me retournai. Corelli était tout près de moi et me regardait fixement. J'eus l'impression qu'il était plus grand que lorsque je l'avais aperçu au début dans le corridor et que ses yeux étaient plus larges et plus noirs. Je voyais dans ses prunelles mon reflet qui rétrécissait à mesure que celles-ci se dilataient.

— Mon aspect vous inquiète, mon cher Martín ?

J'avalai ma salive.

— Oui, avouai-je.

— S'il vous plaît, revenez dans le salon et asseyez-vous. Donnez-moi la possibilité de m'expliquer davantage. Qu'avez-vous à perdre ?

— Rien, je suppose.

Il posa la main sur mon bras avec délicatesse. Il avait des doigts longs et pâles.

— Vous n'avez rien à craindre de moi, Martín. Je suis votre ami.

Son contact était rassurant. Je me laissai guider de nouveau dans le salon et me rassis docilement, comme un enfant qui attend les paroles d'un adulte. Corelli s'agenouilla près du fauteuil. Il me prit la main et la serra avec force.

— Vous voulez vivre ?

Je voulus répondre mais ne trouvai pas les mots. Un nœud se formait dans ma gorge et mes yeux se remplissaient de larmes. Je n'avais pas compris jusque-là à quel point j'avais envie de continuer à respirer, d'ouvrir les yeux chaque matin, de sortir dans la rue pour fouler les pavés et voir le ciel, et, surtout, de continuer à me souvenir.

Je fis signe que oui.

— Je vais vous aider, mon cher Martín. Je vous exhorte seulement à avoir confiance en moi. Acceptez ma proposition. Laissez-moi vous aider. Laissez-moi vous donner ce que vous désirez le plus. C'est là ma promesse.

J'acquiesçai de nouveau.

— J'accepte.

Corelli sourit et se pencha sur moi pour m'embrasser sur la joue. Il avait les lèvres froides comme de la glace.

— Vous et moi, mon ami, nous allons accomplir de grandes choses ensemble. Vous verrez, murmura-t-il.

Il me tendit un mouchoir pour que je sèche mes larmes. Je le fis sans ressentir la honte muette d'avoir pleuré devant un étranger, ce qui ne m'était pas arrivé depuis la mort de mon père.

— Vous êtes épuisé, Martín. Restez ici cette nuit. Ce ne sont pas les chambres qui manquent dans cette maison. Je vous assure que demain vous vous sentirez mieux et que vous aurez l'esprit plus clair.

Je haussai les épaules, tout en comprenant que Corelli avait raison. Je tenais à peine debout et tout ce que je souhaitais, c'était dormir profondément. Je n'avais pas le courage de me lever de ce fauteuil, le plus confortable et le plus accueillant de toute l'histoire universelle des fauteuils.

— Si ça ne vous dérange pas, je préfère rester ici.

— Je vous en prie. Je vais vous laisser vous reposer. Vous vous sentirez très vite mieux. Je vous en donne ma parole.

Corelli s'approcha de la commode et éteignit la lampe à gaz. Le salon sombra dans la pénombre bleue. Mes paupières s'alourdissaient et une sensation d'ivresse m'inondait la tête, mais je parvins à voir la silhouette de Corelli traverser le salon et s'évanouir dans l'obscurité. Je fermai les paupières et écoutai le chuchotement du vent à travers les vitres.

25.

Je rêvai que la maison s'engloutissait lentement. Au début, des petites larmes d'eau noire commencèrent à couler des fentes des dalles, des murs et des moulures du plafond, des sphères des lampes, des trous des serrures. C'était un liquide froid qui rampait avec la lenteur et la lourdeur de gouttes de mercure et qui, peu à peu, formait une grande nappe s'étalant sur le sol, escaladant les cloisons. Je sentis que l'eau recouvrait mes pieds et que son niveau s'élevait rapidement. Je restai dans le fauteuil, la vis monter jusqu'à mon cou et, en quelques secondes à peine, parvenir au plafond. J'eus l'impression de flotter et je pus voir de pâles lumières qui ondoyaient derrière les grandes fenêtres. C'étaient des formes humaines en suspens, elles aussi, dans ces ténèbres liquides. Elles filaient, prises dans le courant, et tendaient les mains vers moi, mais je ne pouvais les aider et l'eau les entraînait implacablement. Les cent mille francs de Corelli flottaient autour de moi, ondulant comme des poissons de papier. Je traversai le salon et m'approchai d'une porte fermée qui se trouvait à son extrémité. Un filet de lumière émergeait de la serrure. J'ouvris la porte qui donnait sur un escalier s'enfonçant au plus profond de la maison. Je descendis.

Au bas de l'escalier s'ouvrait une grande salle ovale au centre de laquelle on distinguait un groupe de silhouettes rassemblées en cercle. En s'apercevant de ma présence elles se tournèrent vers moi, et je vis qu'elles étaient vêtues de blanc et portaient des masques et des gants. D'intenses lampes blanches brillaient au-dessus de ce qui me parut être une table d'opération. Un homme dont le visage n'avait ni traits ni yeux rangeait les instruments chirurgicaux sur un plateau. Une des formes me tendit la main en m'invitant à m'approcher. Je m'exécutai et sentis qu'on s'emparait de ma tête et de mon corps pour m'installer sur la table. Les lampes m'aveuglaient, mais je parvins à voir que toutes les formes étaient identiques et avaient le visage du docteur Trías. Je ris silencieusement. Un des médecins tenait une seringue et me fit une piqûre dans le cou. Je n'éprouvai aucune douleur, juste une sensation d'étourdissement et une chaleur qui se répandait dans mon corps. Deux médecins posèrent ma tête sur un appareil destiné à l'assujettir et fixèrent dessus la couronne de vis qui soutenait une plaque dont l'extrémité était rembourrée. On m'attacha les bras et les jambes avec des courroies. Je n'opposai aucune résistance. Quand tout mon corps fut ainsi immobilisé des pieds à la tête, un médecin tendit un bistouri à l'un de ses jumeaux, et celui-ci se pencha sur moi. Quelqu'un me prit la main et me la soutint. C'était un enfant qui me regardait avec tendresse et qui avait la même visage que le mien le jour où l'on avait tué mon père.

Je vis le fil du bistouri descendre dans l'obscurité liquide et sentis le métal pratiquer un orifice dans mon front. Je ne souffrais pas. Quelque chose sortit de l'orifice et je vis un nuage de sang noir sourdre lentement de la blessure pour se disperser dans l'eau. Le sang montait en volutes vers les lampes comme de la fumée et se tordait en formant des figures changeantes. Je regardai l'enfant qui me souriait et me tenait la main avec force. Je remarquai alors que quelque chose bougeait en moi. Quelque chose qui, un instant plus tôt, tenait mon esprit comme coincé dans une tenaille. Je sentis que l'on extrayait de mon corps avec des pinces une sorte d'aiguillon qui paraissait planté en moi jusqu'à la moelle. Je fus pris de panique et voulus me lever, mais j'étais paralysé. L'enfant me regardait fixement et semblait approuver. Je crus que j'allais m'évanouir, ou me réveiller, et c'est alors que je la vis. Je la vis reflétée dans les lampes surmontant la table d'opération. Des filaments noirs sortaient de la blessure et rampaient sur ma peau. C'était une araignée noire de la taille d'un poing. Elle courut sur ma figure et, avant qu'elle eût pu sauter de la table, un des chirurgiens planta un bistouri dans son abdomen. Il l'éleva en pleine lumière pour que je puisse la contempler. L'araignée agitait les pattes et saignait sous les lampes. Une tache blanche couvrait sa carapace et suggérait une silhouette aux ailes déployées. Un ange. Puis ses pattes cessèrent tout mouvement et son corps se détacha. Elle resta à flotter, et quand l'enfant leva la main pour la toucher, elle tomba en poussière. Les médecins délièrent mes attaches et desserrèrent l'appareil qui avait maintenu mon crâne. Avec leur aide, je me redressai sur la table et portai la main à mon front. La blessure se refermait. Quand je regardai de nouveau autour de moi, je me rendis compte que j'étais seul.

Les lampes de la table d'opération s'éteignirent et laissèrent la salle dans la pénombre. Je revins vers l'escalier et gravis les marches qui me conduisirent de nouveau dans le salon. La lumière de l'aube s'infiltrait dans l'eau et éclairait mille particules en suspension. J'étais fatigué. Plus fatigué que je ne l'avais jamais été de toute ma vie. Je me traînai jusqu'au fauteuil et m'y laissai choir. Lentement, mon corps s'affaissa et finit par reposer calmement sur les coussins. Je pus voir que des petites bulles commençaient à courir au plafond. Une mince couche d'air se forma dans le haut et je compris que le niveau de l'eau descendait. L'eau, dense et luisante comme de la gélatine, s'échappait par les fentes des fenêtres en bouillonnant comme si la maison était un sous-marin émergeant des profondeurs. Je me pelotonnai dans le fauteuil, en proie à une sensation d'apesanteur et de paix dont je souhaitai qu'elle ne me quitte jamais. J'écoutai le murmure de l'eau autour de moi. J'entrevis une pluie de gouttes qui tombaient très lentement d'en haut, comme des larmes capables de s'arrêter en plein vol. J'étais fatigué, très fatigué, et je désirais seulement dormir profondément.

J'ouvris les yeux dans l'intense clarté d'une chaude mi-journée. La lumière tombait des fenêtres comme de la poussière. La première chose que je remarquai fut que les cent mille francs étaient toujours sur la table. J'allai à la fenêtre. J'écartai les rideaux et un flot de lumière aveuglante inonda le salon. Barcelone était là, ondulant comme un mirage de chaleur. Je me rendis compte alors que mes bourdonnements d'oreille, qui masquaient d'habitude les bruits quotidiens, avaient complètement disparu. J'entendis un silence intense, pur comme une eau cristalline, tel que je ne me rappelais pas en avoir jamais connu. Je m'entendis rire. Je portai les mains à ma tête et tâtai ma peau. Je ne sentais aucune pression. Ma vision était claire comme si mes cinq sens venaient de s'éveiller. Je pus respirer l'odeur de vieux bois des poutres du plafond et des colonnes. Je cherchai un miroir, mais il n'y en avait aucun dans tout le salon. Je sortis en quête d'une salle de bains ou d'une autre pièce où je pourrais en trouver un pour vérifier que je ne m'étais pas réveillé dans le corps d'un étranger, que cette peau et ces os étaient bien les miens. Toutes les portes de la maison étaient closes. Je parcourus le rez-de-chaussée en entier sans pouvoir en ouvrir une. Je revins dans le salon et constatai que, là où j'avais rêvé que se trouvait une porte conduisant au sous-sol, il n'y avait qu'un tableau représentant un ange replié sur lui-même, en haut d'un rocher qui dominait un lac infini. Je me dirigeai vers l'escalier menant aux étages, mais dès que je posai le pied sur la première marche, je m'arrêtai. Une obscurité oppressante et impénétrable régnait au-delà du point où la clarté s'évanouissait.

J'appelai :

— Monsieur Corelli ?

Ma voix se perdit comme si elle avait buté contre un corps solide, sans produire la moindre vibration ni le moindre écho. Je retournai dans le salon et observai l'argent sur la table. Cent mille francs. Je pris l'enveloppe et la soupesai. Le papier se laissait caresser. Je la mis dans ma poche et empruntai de nouveau le corridor conduisant à la sortie. Les dizaines de visages sur les photographies continuaient de me contempler avec l'intensité d'une promesse. Je préférai ne pas les affronter et me dirigeai vers la porte principale, mais juste avant de sortir, je m'aperçus que dans cette succession de cadres il y avait un vide, sans inscription ni photo. Je sentis une odeur douceâtre, comme de vieux parchemin, et me rendis compte qu'elle venait de mes doigts. C'était l'odeur de l'argent. J'ouvris la porte et me retrouvai dans la lumière du jour. Elle se referma lourdement dans mon dos. Je me retournai pour observer la demeure obscure et silencieuse, étrangère à la clarté rayonnante de cette journée de ciel bleu et de soleil resplendissant. Je consultai ma montre et constatai qu'il était une heure passée. J'avais dormi plus de douze heures de suite dans un vieux fauteuil et pourtant, de toute mon existence, je ne m'étais jamais senti mieux. Je descendis la colline pour revenir à la ville, avec le sourire aux lèvres et la certitude que, pour la première fois depuis très longtemps, pour la première fois peut-être de ma vie, le monde me souriait.

Deuxième acte

Lux æterna

1.

Je fêtai mon retour dans le monde des vivants en allant rendre grâce dans un des temples les plus influents de la ville : le siège de la Banque hispano-coloniale, rue Fontanelle. À la vue de mes cent mille francs, le directeur, ses sous-fifres et toute une armée de caissiers et de comptables tombèrent en extase et m'élevèrent sur l'autel réservé à ces clients qui inspirent la dévotion et la sympathie accordées à la sainteté. Une fois réglées les formalités avec la banque, je décidai d'affronter un autre cavalier de l'Apocalypse et me dirigeai vers un kiosque à journaux de la place Urquinaona. J'ouvris un exemplaire de *La Voz de la Industria* et cherchai la rubrique des faits divers qui, en son temps, avait été la mienne. La main experte de M. Basilio transparaissait dans les titres et je reconnus presque toutes les signatures comme si c'était hier. Les six années de la dictature de velours du général Primo de Rivera avaient apporté à la ville un calme empoisonné et trouble qui alimentait difficilement la rubrique des crimes et des horreurs. Les histoires de bombes et de fusillades faisaient tout juste leur apparition dans la presse. Barcelone, la terrible « Rose de feu », commençait seulement à ressembler à une marmite sous pression. J'allais refermer le journal quand je la vis. À peine une brève sur une colonne à la dernière page des faits divers qui mentionnait quatre événements.

UN INCENDIE CETTE NUIT
DANS LE RAVAL A FAIT UN MORT
ET DEUX BLESSÉS GRAVES

Joan Marc Huguet – rédaction de Barcelone

Aux premières heures de la matinée de vendredi, un grave incendie s'est déclaré au numéro 6 de la Plaza dels Àngels, siège des éditions Barrido, & Escobillas, dans lequel le gérant de l'entreprise, M. José Barrido, a trouvé la mort et son associé, M. José Luis López Escobillas, a été gravement blessé, ainsi que l'employé Ramón Guzmán, atteint par les flammes au moment où il tentait de porter secours aux deux directeurs. Les pompiers estiment que la cause de l'incendie pourrait être la combustion de produits chimiques entreposés pour la rénovation des bureaux. On n'écarte pas pour le moment d'autres causes possibles, car des témoins présents sur les lieux affirment avoir vu sortir un homme quelques instants avant que l'incendie ne se déclare. Les victimes ont été transportées à l'Hôpital central, où l'une est entrée à l'état de cadavre et les deux autres restent hospitalisées avec un pronostic très réservé.

Je m'y rendis aussi vite que possible. L'odeur de brûlé se répandait jusqu'à la Rambla. Un groupe de voisins et de curieux s'était rassemblé sur la place en face de l'immeuble. Des filets de fumée blanche montaient d'un amas de décombres entassés à l'entrée. Je reconnus plusieurs employés de la maison d'édition qui tentaient de sauver le peu qui subsistait. Des caisses de livres calcinés et des meubles à demi dévorés par les flammes s'amoncelaient dans la rue. La façade était noire et les fenêtres avaient été crevées par le feu. J'écartai le cercle de badauds et entrai. Une puanteur intense me prit à la gorge. Quelques travailleurs de la maison qui s'efforçaient de récupérer leurs affaires me reconnurent et me saluèrent, tête basse.

— Monsieur Martín… Quelle catastrophe ! murmuraient-ils.

Je me frayai un passage à travers ce qui avait été la réception et me dirigeai vers le bureau de Barrido. Les flammes avaient dévoré les tapis et réduit les meubles à des squelettes de braises. Un coin du plafond à lambris s'était effondré, laissant passer la lumière de l'arrière-cour. Un épais agglomérat de cendres flottait dans la pièce. Une chaise avait survécu miraculeusement. Elle était au milieu du bureau et la Poison y était assise, pleurant, l'air perdu. Je m'agenouillai près d'elle.

— Tu vas bien ? lui demandai-je.

Elle fit signe que oui.

— Il m'a dit de rentrer chez moi, tu sais ? Qu'il était déjà tard et que je devais aller me reposer parce qu'aujourd'hui la journée serait longue. Nous devions boucler la comptabilité du mois… Si j'étais restée une minute de plus…

— Que s'est-il passé, Herminia ?

— Nous avions travaillé tard. Il était presque minuit quand M. Barrido m'a demandé de partir. Les éditeurs attendaient une visite…

— À minuit ? De qui donc ?

— D'un étranger, je crois. Ça avait à voir avec une proposition, je ne sais pas. Je serais restée de bon cœur, mais il était très tard et M. Barrido m'a dit…

— Herminia, cet homme, tu te souviens de son nom ?

La Poison me regarda avec étonnement.

— Tout ce dont je me souviens, je l'ai déjà raconté à l'inspecteur ce matin. Il m'a posé des questions sur toi.

— Un inspecteur ? Sur moi ?

— Ils interrogent tout le monde.

— Bien sûr.

La Poison me dévisageait fixement, l'air méfiant, comme si elle essayait de lire dans mes pensées.

— Ils ne savent pas s'il s'en sortira, murmura-t-elle en faisant allusion à Escobillas. Tout est perdu, les archives, les contrats… Tout. La maison est finie.

— Je suis désolé, Herminia.

Un sourire tordu et méchant se dessina sur ses lèvres.

— Tu es désolé ? N'est-ce pas ce que tu voulais ?

— Comment peux-tu penser ça ?

La Poison me jeta un regard soupçonneux.

— Tu es libre, maintenant.

Je fis mine de lui toucher le bras, mais Herminia se leva et recula d'un pas, comme si ma présence lui faisait peur.

— Herminia…

— Va-t'en !

Je la laissai au milieu des ruines fumantes. Dans la rue, je me heurtai à une troupe de gamins qui fouillaient dans les tas de décombres. L'un d'eux avait exhumé un livre d'entre les cendres et l'examinait avec un mélange de curiosité et de mépris. Les flammes en avaient voilé la couverture et noirci la tranche, mais le reste était intact. L'inscription sur le dos me révéla qu'il s'agissait d'une livraison de *La Ville des maudits*.

— Monsieur Martín ?

Je me trouvai face à trois hommes vêtus de complets achetés en solde, guère appropriés à la chaleur humide et collante qui flottait dans l'air. L'un d'eux, apparemment le chef, avança d'un pas et arbora un sourire cordial de vendeur expérimenté. Les deux autres, qui semblaient avoir la constitution et le tempérament d'une presse hydraulique, se bornèrent à braquer sur moi un regard ouvertement hostile.

— Monsieur Martín, je suis l'inspecteur Victor Grandes et voici mes deux collègues, les agents Marcos et Castelo, du service des investigations et de la surveillance. Seriez-vous assez aimable pour nous accorder quelques minutes d'entretien ?

— Naturellement, répondis-je.

Le nom de Victor Grandes m'évoquait les années passées à la rubrique des faits divers. Vidal lui avait consacré quelques articles dont un, en particulier, dans lequel il le qualifiait de révélation de la police, de valeur sûre qui confirmait l'arrivée dans la force publique d'une nouvelle génération de professionnels d'élite, mieux formés que leurs prédécesseurs, incorruptibles et durs comme l'acier. Les adjectifs et l'hyperbole étaient de Vidal, non de moi. Je supposai que, depuis, l'inspecteur Grandes s'était élevé dans la hiérarchie de la préfecture et que sa présence montrait combien la police prenait au sérieux l'incendie de Barrido & Escobillas.

— Si vous n'y voyez pas d'inconvénient, allons dans un café où nous ne serons pas dérangés, déclara Grandes sans modifier d'un iota son sourire officiel.

— Comme vous voudrez.

Grandes me conduisit vers un petit bar au coin des rues Doctor Dou et Pintor Fortuny. Marcos et Castelo marchaient sur nos talons, sans me quitter des yeux. Grandes m'offrit une cigarette, que je refusai. Il rangea son étui. Il ne desserra pas les dents avant que nous soyons arrivés au café, et ils m'escortèrent jusqu'à une table du fond où tous trois s'installèrent en m'encadrant. J'eus le sentiment que s'ils m'avaient mené dans un cachot obscur et humide, la rencontre aurait été plus aimable.

— Monsieur Martín, je crois que vous avez eu connaissance de ce qui s'est passé ce matin.

— Juste par ce que j'ai lu dans le journal. Et ce que m'a rapporté la Poison…

— La *Poison* ?

— Pardon. Mme Herminia Duaso, assistante de direction.

Marcos et Castelo échangèrent un regard entendu. Grandes sourit.

— Un surnom intéressant. Dites-moi, monsieur Martín, où étiez-vous la nuit dernière ?

Bienheureuse naïveté : la question me prit de court.

— Simple interrogation de routine, précisa Grandes. Nous essayons d'établir où se trouvaient toutes les personnes qui ont pu entrer en contact avec les victimes ces derniers jours. Employés, fournisseurs, proches, connaissances…

— J'étais avec un ami.

À peine avais-je ouvert la bouche que je regrettai d'avoir employé ce mot. Grandes s'en aperçut.

— Un ami ?

— Plutôt que d'un ami, il s'agit d'une relation de travail. Un éditeur. J'avais rendez-vous avec lui hier soir.

208

— Pourriez-vous me préciser jusqu'à quelle heure vous êtes resté avec cette personne ?

— Très tard. En réalité, j'ai passé la nuit chez elle.

— Je comprends. Et la personne que vous définissez comme une relation de travail s'appelle ?

— Corelli. Andreas Corelli. Un éditeur français.

Grandes nota le nom sur un petit carnet.

— Ça sonne italien, remarqua-t-il.

— À vrai dire, j'ignore quelle est sa nationalité.

— C'est compréhensible. Et ce M. Corelli, quelles que soient ses origines, pourrait confirmer que, la nuit dernière, il se trouvait avec vous ?

Je haussai les épaules.

— Je suppose que oui.

— Vous supposez ?

— Je suis sûr que oui. Pourquoi ne le ferait-il pas ?

— Je l'ignore, monsieur Martín. Y a-t-il une raison pour laquelle il ne le ferait pas ?

— Non.

— Pas de problème, donc.

Marcos et Castelo m'examinaient comme si je n'avais proféré que des mensonges depuis que nous étions assis.

— Pour terminer, pourriez-vous m'éclairer sur la nature de votre rencontre, hier soir, avec cet éditeur de nationalité indéterminée ?

— M. Corelli m'avait donné rendez-vous pour me faire une proposition.

— Une proposition de quel ordre ?

— Professionnel.

— Je vois. Pour écrire un livre, peut-être ?

— Exactement.

— Est-il habituel qu'après un rendez-vous de travail vous restiez passer la nuit au domicile de, disons, la partie contractante ?

— Non.

— Mais vous êtes resté pour la nuit au domicile de cet éditeur.

— Je suis resté parce que je ne me sentais pas bien et que je n'ai pas cru être en état de retourner chez moi.

— Le dîner vous a peut-être rendu malade ?

— J'ai eu dernièrement quelques problèmes de santé.

Grandes hocha la tête d'un air désolé.

— Des nausées, des maux de tête, complétai-je.

— Mais on peut considérer raisonnablement que vous allez déjà mieux ?

— Oui. Beaucoup mieux.

— Vous m'en voyez ravi. Il est vrai que vous avez une mine superbe. Non ?

Marcos et Castelo opinèrent gravement du bonnet.

— On croirait que vous venez de vous libérer d'un grand poids, insista l'inspecteur.

— Je ne vous comprends pas.

— Je parle des nausées et des maux de tête.

Grandes menait cette comédie à son rythme, avec une maîtrise du temps exaspérante.

— Excusez mon ignorance concernant les détails de votre activité professionnelle, monsieur Martín, mais n'est-il pas exact que vous aviez souscrit avec les deux éditeurs un contrat qui n'expirait que dans six ans ?

— Cinq.

— Et ce contrat ne vous liait-il pas en exclusivité à la maison d'édition Barrido & Escobillas ?

— C'étaient bien les termes.

— Dans ce cas, quelle raison aviez-vous de discuter d'une proposition avec un concurrent, si votre contrat vous interdisait de l'accepter ?

— C'était une simple conversation. Rien de plus.

— Qui, pourtant, s'est transformée en une nuit passée au domicile de ce monsieur.

— Mon contrat ne m'interdit pas de parler avec des tierces personnes. Ni de passer la nuit hors de chez moi. Je suis libre de dormir où je veux et de parler avec qui je veux.

— Évidemment. Je ne prétendais pas insinuer le contraire, mais je vous remercie de m'avoir éclairé sur ce point.

— Puis-je encore vous éclairer sur autre chose ?

— Juste sur un petit détail. Dans l'hypothèse où, après le décès de M. Barrido, M. Escobillas ne se remettrait pas non plus de ses blessures, ce qu'à Dieu ne plaise, la maison d'édition serait liquidée, et il en serait de même pour votre contrat. Je me trompe ?

— Je n'en suis pas sûr. Je ne sais pas exactement sous quel régime était constituée la société.

— Mais à votre avis, il est probable que ça se passerait ainsi, non ?

— C'est possible. Il faudrait poser la question à l'avocat des éditeurs.

— En fait, je la lui ai déjà posée. Et il m'a confirmé que, si survenait ce que personne ne souhaite – le départ de M. Escobillas pour un monde meilleur –, il en serait ainsi.

— Donc, vous avez déjà la réponse.

— Et vous pleine liberté pour accepter la proposition de ce monsieur...

— ... Corelli.

— L'avez-vous déjà acceptée ?

— Puis-je vous demander quelle est la relation entre tout cela et les causes de l'incendie ? protestai-je.

— Il n'y en a aucune. Simple curiosité.

— Est-ce tout ? demandai-je.

Grandes regarda ses collègues, puis moi.

— Pour ma part, oui.

Je fis mine de me lever. Les trois policiers restèrent vissés sur leurs sièges.

— Monsieur Martín, avant que j'oublie, ajouta Grandes, pouvez-vous me confirmer que vous vous souvenez de la visite de MM. Barrido et Escobillas à votre domicile, 30, rue Flassaders, il y a une semaine, en compagnie de l'avocat déjà cité ?

— Parfaitement.

— S'agissait-il d'une visite d'affaires, ou de politesse ?

— Les éditeurs étaient venus m'exprimer leur désir de me voir me remettre au travail pour une série de livres que j'avais laissés de côté afin de me consacrer pendant quelques mois à un autre projet.

— Qualifieriez-vous la conversation de cordiale et de détendue ?

— Je ne me rappelle pas que quiconque ait élevé la voix.

— Et n'avez-vous pas souvenir de leur avoir répondu, je vous cite textuellement : « Dans une semaine vous serez morts » ? Sans élever la voix, bien entendu.

Je soupirai.

— Si, admis-je.

— À quoi pensiez-vous ?

— J'étais en colère et j'ai lancé la première chose qui m'est passée par la tête, inspecteur. Ça ne signifie pas que je parlais sérieusement. On dit parfois des choses qu'on ne pense pas.

— Merci pour votre sincérité, monsieur Martín. Vous nous avez été d'une grande aide. Au revoir.

Je sortis, les trois regards plantés dans mon dos comme des poignards, avec la certitude que je ne me serais pas senti plus coupable si j'avais répondu à chaque question de l'inspecteur par un mensonge.

2.

À peine eus-je marché une centaine de mètres que le mauvais goût laissé dans ma bouche par l'entretien avec Victor Grandes et la paire de sauriens qui l'escortait ne fut plus qu'un souvenir, tant je reconnaissais à peine mon corps : fort, sans douleurs ni nausées, sans sifflements dans les oreilles ni élancements d'agonie dans le crâne, sans fatigue ni sueurs froides. Oubliée, la certitude d'une mort certaine qui m'asphyxiait moins de vingt-quatre heures plus tôt. Quelque chose me soufflait que la tragédie de cette nuit, la mort de Barrido et le décès presque assuré d'Escobillas auraient dû m'accabler de regrets et de tristesse, mais, entre ma conscience et moi, nous fûmes incapables d'éprouver d'autre sentiment qu'une agréable indifférence. En cette matinée de juillet, la Rambla était une fête et j'en étais le prince.

Mes pas me conduisirent rue Santa Ana, disposé à rendre une visite surprise à M. Sempere. Lorsque j'entrai dans la librairie, Sempere père était derrière la caisse en train de faire des comptes pendant que son fils, juché sur une échelle, mettait de l'ordre dans les rayons. Le libraire m'adressa un sourire cordial et je compris, l'espace d'un instant, qu'il ne m'avait pas reconnu. Un seconde plus tard son sourire s'effaça et, bouche bée, il contourna le comptoir pour me serrer dans ses bras.

— Martín ? C'est toi ? Sainte Vierge !… Tu es méconnaissable ! J'étais vraiment très inquiet. Nous sommes allés plusieurs fois chez toi, mais tu ne répondais pas. Je me suis informé dans les hôpitaux et les commissariats.

Son fils m'examinait du haut de son échelle, incrédule. Je dus me rappeler qu'à peine une semaine plus tôt j'étais dans un état proche de celui des locataires de la morgue du cinquième arrondissement.

— Je suis désolé de vous avoir fait peur. Je me suis absenté quelques jours pour mon travail.

— Mais que s'est-il passé ? Tu m'as écouté et tu es allé consulter un médecin, n'est-ce pas ?

Je confirmai.

— Ça s'est révélé n'être qu'une bagatelle. La tension. J'ai pris un remontant pendant quelques jours et me voici comme neuf.

— Eh bien, tu me donneras le nom du remontant, je prendrais bien une douche avec… Quel plaisir et quel soulagement de te voir ainsi !

L'euphorie se dégonfla vite quand il fallut aborder la nouvelle du jour.

— Tu es au courant, pour Barrido & Escobillas ? s'enquit le libraire.

— J'en viens. On a du mal à y croire.

— À qui le dis-tu ! Ce n'est pas que je leur portais beaucoup de sympathie, mais de là à ce qu'il leur arrive une chose pareille… Et pour toi, dans tout ça, quelles sont les conséquences légales ? Excuse la crudité de la question.

— La vérité est que je n'en sais rien. Je crois que les deux associés détenaient toutes les parts de la société. Je suppose qu'il y a des héritiers, mais il est possible que si les deux disparaissent, la société soit dissoute. Et mes liens avec eux aussi.

— Donc si Escobillas casse sa pipe à son tour, que Dieu me pardonne ! tu seras un homme libre.

Je confirmai.

— Sacré dilemme… murmura le libraire.

— À la grâce de Dieu, risquai-je.

Sempere acquiesça, mais quelque chose dans tout cela l'inquiétait et il préféra changer de sujet.

— Enfin… En tout cas, cela tombe à pic que tu sois passé par ici, parce que je voulais te demander un service.

— C'est comme si c'était fait.

— Je te préviens que ça ne va pas te plaire.

— Si ça me plaisait, ce ne serait plus un service, ce serait une joie. Et si le service est pour vous, c'en sera vraiment une.

— En fait, ce n'est pas pour moi. Je vais t'expliquer, et tu décideras. En toute franchise, d'accord ?

Sempere s'appuya contre le comptoir et adopta cet air de componction qui me rappelait tant les moments de mon enfance passés dans cette boutique.

— Il s'agit d'une jeune fille, Isabella. Elle doit avoir dix-sept ans. Maligne comme un singe. Elle vient tout le temps ici et je lui prête des livres. Elle me raconte qu'elle veut devenir écrivain.

— Cette histoire me rappelle quelque chose, dis-je.

— La semaine dernière elle m'a laissé une nouvelle d'elle, rien, vingt ou trente pages, et m'a demandé mon opinion.

— Et ?

Sempere baissa la voix comme si, en me livrant cette confidence, il allait violer le secret de l'instruction.

— Magistral. Mieux que quatre-vingt-dix-neuf pour cent de ce que j'ai vu publier dans les vingt dernières années.

— J'espère que vous me comptez dans le un pour cent restant, sinon vous porterez un coup fatal à ma vanité : un vrai coup de poignard dans le dos.

— C'est là que je voulais en venir. Isabella te vénère.

— Elle me vénère ? Moi ?

— Oui, comme si tu étais la vierge noire de Montserrat et l'enfant Jésus réunis. Elle a lu la totalité de *La Ville des maudits* dix fois et, quand je lui ai prêté *Les Pas dans le ciel*, elle m'a soutenu que si elle était capable d'écrire un livre comme celui-là elle pourrait mourir tranquille.

— Ça ressemble à un guet-apens.

— Je savais que tu te défilerais.

— Je ne me défile pas. Vous ne m'avez pas expliqué en quoi consiste le service.

— Imagine-le.

Je soupirai. Sempere fit claquer sa langue.

— Je t'avais dit que ça ne te plairait pas.

— Demandez-moi autre chose.

— Je te demande juste de parler avec elle. De l'encourager, de la conseiller… de l'écouter, de lire ses écrits et de l'orienter. Ça ne te coûtera pas beaucoup. Cette fille a l'esprit aussi rapide qu'une balle. Je suis certain que tu la trouveras sympathique. Vous serez amis. Et elle peut te servir de secrétaire.

— Je n'ai pas besoin de secrétaire. Et encore moins d'une inconnue.

— Sottises. De plus, tu la connais. En tout cas, c'est ce qu'elle prétend. Selon elle, tu la connais depuis des années mais tu ne te souviens sûrement pas d'elle. À ce qu'il paraît, les deux imbéciles qu'elle a pour parents sont convaincus que la littérature la condamnera à l'enfer ou à rester vieille fille, et ils hésitent entre la mettre dans un couvent ou la marier au premier abruti venu pour qu'il lui fasse huit enfants et l'enterre pour toujours au milieu des poêles à frire et des casseroles. Si tu ne lèves pas le petit doigt pour la sauver, ça équivaudra à un assassinat.

— Ne dramatisez pas, monsieur Sempere.

— Écoute, je sais que te prier d'être altruiste équivaudrait à te demander de danser la sardane, et j'y renonce d'emblée, mais chaque fois qu'elle entre et me regarde avec ces yeux débordant d'intelligence et de désirs, je pense à l'avenir qui l'attend, et cela me fend le cœur. Tout ce que je pouvais lui enseigner, je le lui ai déjà enseigné. Cette fille apprend vite, Martín. Si elle me rappelle quelqu'un, c'est bien toi quand tu étais gamin.

Je soupirai.

— Isabella comment ?

— Gispert. Isabella Gispert.

— Je ne la connais pas. De ma vie, je n'ai entendu ce nom. On vous a raconté des histoires.

Le libraire protesta.

— Isabella m'a prévenu que c'est exactement ce que tu dirais.

— Talentueuse et pythonisse. Et qu'est-ce qu'elle a dit encore ?

— D'après elle, tu es probablement meilleur écrivain qu'être humain.

— Un ange, cette Isabella !

— Est-ce que je peux lui conseiller d'aller te voir ? Sans engagement de ta part ?

Je rendis les armes et acceptai. Sempere eut un sourire triomphant et voulut sceller le pacte en me serrant derechef dans ses bras, mais je pris la fuite avant que le vieux libraire ait pu achever la mission qu'il s'était assignée, celle de me donner l'impression que j'étais quelqu'un de bien.

Tandis que je franchissais le seuil, je l'entendis s'écrier :

— Tu ne t'en repentiras pas, Martín.

3.

En arrivant chez moi, je trouvai l'inspecteur Grandes assis sur les marches du portail, en train de fumer calmement une cigarette. En me voyant, il arbora son sourire de jeune premier d'un film de série B, comme s'il était un vieil ami venu me rendre une visite de courtoisie. Je m'assis près de lui, et il me tendit son étui ouvert. C'étaient des Gitanes. J'acceptai.

— Et Hansel et Gretel ?

— Marcos et Castelo n'ont pas pu venir. Nous avons reçu une dénonciation, et ils sont allés cueillir dans le Pueblo Seco une vieille connaissance qui avait probablement besoin de moyens persuasifs pour se rafraîchir la mémoire.

— Pauvre diable.

— Si je les avais avertis que je venais chez vous, ils auraient sûrement tenu à être de la partie. Vous leur avez énormément plu.

— Un véritable coup de foudre, je l'avais déjà remarqué. Que puis-je faire pour vous, inspecteur ? Voulez-vous monter prendre un café ?

— Je n'oserais pas troubler votre intimité, monsieur Martín. Je voulais juste vous annoncer personnellement la nouvelle, avant que vous l'appreniez par d'autres voies.

— Quelle nouvelle ?

— Escobillas est mort au début de l'après-midi à l'Hôpital central.

— Mon Dieu ! je ne le savais pas, m'exclamai-je.

Grandes haussa les épaules et continua de fumer silencieusement.

— C'était prévisible. On n'y peut rien.

— Avez-vous pu trouver quelque indice concernant les causes de l'incendie ?

L'inspecteur m'observa longuement, puis hocha la tête affirmativement.

— Selon toute probabilité, quelqu'un a répandu de l'essence sur M. Barrido et y a mis le feu. Les flammes se sont propagées quand, pris de panique, il a tenté de s'échapper de son bureau. Son associé et un employé qui sont accourus à son secours ont été attrapés par les flammes

J'en restai sans voix. Grandes eut un sourire rassurant.

— L'avocat des éditeurs m'expliquait cet après-midi que, étant donné le lien personnel stipulé dans la rédaction du contrat que vous avez signé avec eux, le décès des éditeurs rend celui-ci caduc, leurs héritiers conservant cependant les droits sur tout ce que vous avez publié antérieurement. Je suppose qu'il vous écrira pour vous en informer, mais j'ai pensé que vous seriez content de l'apprendre tout de suite, au cas où vous auriez à prendre une décision concernant la proposition de cet éditeur dont vous m'avez parlé.

— Merci.

— Il n'y a pas de quoi.

Grandes termina sa cigarette et jeta le mégot par terre. Il me sourit aimablement et se leva. Il me donna une tape sur l'épaule et s'éloigna en direction de la rue Princesa. Je l'appelai :

— Inspecteur ?

Il s'arrêta et se retourna.

— Vous ne pensez pas que…

Il m'adressa un sourire las.

— Faites attention, Martín.

Je me couchai tôt et me réveillai en sursaut, croyant que c'était déjà le lendemain, pour m'apercevoir presque aussitôt que minuit venait juste de sonner.

En rêve, j'avais vu Barrido & Escobillas pris au piège dans leur bureau. Les flammes montaient le long de leurs vêtements jusqu'à couvrir chaque centimètre de leurs corps. Après les vêtements, leur peau tombait en lambeaux et leurs yeux exorbités par la panique éclataient sous l'effet du feu. Leurs corps, secoués de spasmes d'agonie et de terreur, finissaient par s'écrouler dans les décombres tandis que la chair se détachait des os comme de la cire fondue et formait à mes pieds une flaque fumante dans laquelle se reflétait mon propre visage souriant tandis que je soufflais l'allumette que je tenais.

Je me levai pour aller chercher un verre d'eau et, estimant que le sommeil était passé pour ne plus revenir, je montai dans le bureau, où je sortis de son tiroir le livre arraché au Cimetière des livres oubliés. Je courbai le bras flexible de la lampe de travail de manière à l'éclairer directement. Je l'ouvris à la première page et commençai à lire :

Lux æterna
D. M.

À première vue, le livre se présentait comme une collection dénuée de logique de textes et de prières. Il s'agissait vraisemblablement d'un exemplaire unique, une liasse de pages tapées à la machine, relié en cuir sans soins excessifs. Je poursuivis ma lecture et, au bout d'un moment, il me sembla discerner une certaine méthode dans l'enchaînement des événements, chants et réflexions. Le langage avait sa propre cadence et ce qui, au début, donnait l'impression d'une totale absence de plan et de style laissait peu à peu place à un chant hypnotique qui pénétrait lentement le lecteur et le plongeait dans un état entre somnolence et oubli. Il en était de même pour le contenu, dont le fil conducteur n'apparaissait pas clairement avant que l'on ait déjà bien avancé dans la première section, ou plutôt le premier chant, car l'œuvre paraissait structurée à la manière d'anciens poèmes composés à une époque où le temps et l'espace changeaient de dimensions à leur guise. Ce *Lux æterna* était, à défaut d'autres mots, une sorte de livre des morts.

Passé les trente ou quarante premières pages de circonlocutions et d'apophtegmes, on pénétrait dans un extravagant casse-tête d'oraisons et de supplications de plus en plus inquiétantes, dans lequel la mort, évoquée en vers d'une métrique douteuse tantôt sous la forme d'un ange blanc aux yeux de reptile, tantôt sous celle d'un enfant lumineux, était dépeinte comme une divinité unique et omniprésente qui se manifestait dans la nature, dans les aspirations et dans la fragilité de l'existence.

Qui que soit cet énigmatique D. M., la mort se déployait dans ses vers comme une force vorace et éternelle. Un mélange byzantin de références à diverses mythologies de paradis et d'enfers s'enchevêtrait pour ne plus faire qu'un. Selon D. M., commencement et fin étaient une seule et même chose, créateur et destructeur composaient un seul être qui se présentait sous différents noms pour leurrer les hommes et tenter leur faiblesse, un Dieu unique dont le véritable visage était divisé en deux parties : l'une, douce et miséricordieuse ; l'autre, cruelle et démoniaque.

Jusque-là je pus suivre, mais, après ce préambule, l'auteur perdait le fil de son propos et il devenait presque impossible de déchiffrer les références et les images qui peuplaient le texte à la manière de visions prophétiques. Des tempêtes de sang et de feu se précipitant sur les villes et les peuples. Des armées de cadavres tous identiques parcourant des plaines infinies et détruisant la vie sur leur passage. Des soldats pendus avec des lambeaux de drapeaux aux portes des forteresses. Des mers noires où des milliers d'âmes en peine flottaient en suspension pour l'éternité dans des eaux glacées et empoisonnées. Des nuées de cendres et des océans d'ossements et de chairs en putréfaction infestées d'insectes et de serpents. La succession d'images infernales et pestilentielles se répétait à satiété.

À mesure que je tournais les pages, j'eus la sensation de parcourir pas à pas l'itinéraire d'un esprit malade et disloqué. Ligne après ligne, leur auteur avait illustré malgré lui sa descente dans un abîme de folie. Le dernier tiers du livre m'apparaissait comme une tentative de se libérer de ce chemin, un cri désespéré depuis la prison de sa démence pour échapper au labyrinthe de tunnels qu'il avait ouvert dans son esprit. Le texte expirait au milieu d'une phrase de supplication, un arrêt brutal sans aucune explication.

Arrivé à ce point, mes paupières s'alourdissaient. Par la fenêtre me parvint une brise légère qui montait de la mer et balayait la brume des toits. Je m'apprêtais à fermer l'ouvrage quand je me rendis compte qu'une image restait accrochée dans le filtre de mon esprit, une image liée à la dactylographie de ces pages. Je revins au début et m'appliquai à relire le texte. Je trouvai le premier indice dès la cinquième ligne. À partir de là, une marque réapparaissait toutes les deux ou trois lignes. Un des caractères, le *S* majuscule, était toujours légèrement penché vers la droite. Je sortis une feuille blanche du tiroir et la glissai dans le rouleau de l'Underwood posée sur ma table. Je tapai une phrase au hasard :

Sonnerie des cloches de Santa María del Mar.

Je retirai la feuille et l'examinai à la lumière de la lampe :

Sonnerie… Santa María.

Je soupirai. *Lux æterna* avait été écrit sur la même machine et, supposai-je, sur la même table.

4.

Le lendemain matin, je descendis prendre mon petit déjeuner dans un café situé face aux portes de Santa María del Mar. Le quartier du Born était plein de carrioles et d'individus se rendant au marché, de commerçants et de grossistes ouvrant leurs magasins. Je m'assis à la terrasse et commandai un café au lait. Un exemplaire de *La Vanguardia* était resté orphelin sur la table voisine et je l'adoptai. Tandis que mes yeux glissaient sur les titres et les chapeaux, je remarquai une silhouette qui montait les marches jusqu'au porche de la cathédrale et s'asseyait sur la dernière pour m'observer à la dérobée. La jeune fille devait avoir dans les seize ou dix-sept ans et faisait mine de prendre des notes sur un cahier tout en me lançant des coups d'œil furtifs. Je dégustai tranquillement mon café au lait. Au bout d'un moment, j'appelai le garçon.

— Vous voyez cette demoiselle à l'entrée de l'église ? Dites-lui de commander ce qu'elle veut : je l'invite.

Le garçon accepta. En le voyant approcher, la jeune fille plongea la tête dans son cahier, en feignant une expression de totale décontraction qui m'arracha un sourire. Le garçon s'arrêta devant elle et toussota. Elle leva la tête. Il lui expliqua sa mission et termina en me montrant du doigt. Alarmée, elle se tourna vers moi. Je la saluai de la main. Ses joues s'embrasèrent. Elle se leva et vint vers ma table à petits pas, le regard cloué au sol.

— Isabella ? demandai-je.

La jeune fille leva les yeux et soupira, embarrassée de sa propre personne.

— Comment avez-vous su ? s'étonna-t-elle.

— Intuition surnaturelle.

Elle me tendit la main et je la serrai sans enthousiasme.

— Est-ce que je peux m'asseoir ?

Elle prit une chaise sans attendre ma réponse. Pendant une demi-minute, elle changea de position au moins six fois pour finir par revenir à la première. Je l'observais avec un calme et une indifférence calculés.

— Vous ne vous souvenez pas de moi, n'est-ce pas, monsieur Martín ?

— Je devrais ?

— Pendant des années, je vous ai livré toutes les semaines le panier contenant votre commande hebdomadaire à l'épicerie Gispert.

L'image de la fillette de la boutique qui m'avait si longtemps monté mes provisions me revint en mémoire et s'estompa pour laisser place au visage plus adulte et légèrement plus anguleux de cette Isabella féminine aux formes agréables et à l'expression acérée.

— La petite fille des pourboires, dis-je, bien qu'elle n'ait plus rien ou presque d'une petite fille.

Isabella fit signe que oui.

— Je me suis toujours demandé ce que tu faisais avec cet argent.

— J'achetais des livres chez Sempere & Fils.

— Si j'avais su...

— Si je vous dérange, je m'en vais.

— Tu ne me déranges pas. Tu veux prendre quelque chose ?

La jeune fille fit non.

— M. Sempere m'a assuré que tu as du talent.

Isabella haussa les épaules et me gratifia d'un sourire sceptique.

— En règle générale, ajoutai-je, plus on a de talent, plus on doute d'en avoir. Et vice versa.

— Dans ce cas, je dois être un prodige, répliqua-t-elle.

— Bienvenue au club. Alors, que puis-je faire pour toi ?

Elle gonfla à fond ses poumons.

— M. Sempere m'a dit que vous pourriez peut-être lire mes textes et me donner votre opinion avec quelques conseils.

Je la regardai dans les yeux pendant quelques secondes sans répondre. Elle soutint mon examen sans sourciller.

— C'est tout ?

— Non.

— C'est bien ce que je pensais. Quel est le chapitre deux ?

Elle hésita à peine quelques instants.

— Si ce que vous lisez vous plaît et si vous croyez que j'ai des dispositions, j'aimerais que vous me permettiez d'être votre secrétaire.

— Qu'est-ce qui te fait croire que j'ai besoin d'une secrétaire ?

— Je peux ranger vos papiers, taper à la machine, corriger des erreurs et des fautes...

— Des erreurs et des fautes ?

— Je ne voulais pas insinuer que vous commettez des erreurs…

— Qu'est-ce que tu voulais insinuer, alors ?

— Rien. Mais quatre yeux voient toujours mieux que deux. Et puis je peux m'occuper de la correspondance, faire des commissions, vous aider à chercher de la documentation. En plus, je sais cuisiner et je peux…

— Tu me demandes un emploi de secrétaire ou de cuisinière ?

— Je vous demande de me donner une chance.

Isabella baissa les yeux. Je ne pus réprimer un sourire. Malgré moi, je trouvais cette étrange jeune fille sympathique.

— Voilà ce que nous allons décider. Apporte-moi les vingt meilleures pages que tu aies écrites, celles dont tu crois qu'elles montrent le meilleur de ce que tu sais faire. Ne m'en donne pas davantage, parce que je n'ai pas l'intention d'en lire une de plus. Je les regarderai tranquillement et, selon ce que j'en penserai, nous discuterons.

Son visage s'illumina et, un instant, le voile de dureté et de raideur qui recouvrait ses traits s'évanouit.

— Vous ne vous en repentirez pas, déclara-t-elle.

Elle se leva et me dévisagea nerveusement.

— Est-ce que je peux vous les apporter chez vous ?

— Dépose-les dans la boîte à lettres. C'est tout ?

Elle fit signe que oui à plusieurs reprises et se retira du même pas court et nerveux. Quand elle fut sur le point de se retourner et de se mettre à courir, je l'appelai.

— Isabella ?

Elle m'adressa un coup d'œil interrogateur, empreint d'une subite inquiétude.

— Pourquoi moi ? Et ne me raconte pas que c'est parce que je suis ton auteur préféré et toutes les flatteries que Sempere t'a conseillées pour m'embobiner, car si tu le fais, cette conversation aura été la première et la dernière.

Isabella hésita un instant. Elle m'offrit un regard clair, dénué de tout calcul.

— Vous êtes le seul auteur que je connais

Elle me sourit, effrayée, et repartit avec son cahier, son pas incertain et sa sincérité. Je la vis tourner au coin de la rue Mirallers et disparaître derrière la cathédrale.

5.

En rentrant chez moi à peine une heure plus tard, je la trouvai assise devant mon portail, m'attendant avec, à la main, ce que je supposai être sa nouvelle. À mon arrivée, elle se leva et s'efforça de sourire.

— Je t'avais dit de la laisser dans la boîte à lettres.

Isabelle acquiesça et haussa les épaules.

— Pour vous remercier, je vous ai apporté un peu de café du magasin de mes parents. C'est du colombien. Excellent. Le café n'entrait pas dans la boîte et j'ai pensé que ce serait mieux de vous attendre

Une telle excuse ne pouvait sortir que de l'imagination d'une romancière en herbe. Je soupirai et ouvris le portail.

— Entre.

Je montai l'escalier, Isabelle me suivant quelques marches plus bas comme un petit chien.

— Est-ce qu'il vous faut toujours autant de temps pour prendre votre petit déjeuner ? Ce n'est pas que ça me dérange, bien sûr, mais comme ça fait presque trois quarts d'heure que je vous attendais, je commençais à m'inquiéter et j'ai pensé pourvu qu'il n'ait pas avalé quelque chose de travers, pour une fois que je rencontre un écrivain en chair et en os ça ne m'étonnerait pas, avec ma chance habituelle, qu'il se soit étranglé avec une olive et ça serait la fin de ma carrière littéraire, lâcha la jeune fille à la vitesse d'une mitrailleuse.

Je m'arrêtai à mi-parcours et la toisai de l'air le plus hostile possible.

— Isabella, pour que ça marche entre nous, nous allons devoir établir un certain nombre de règles. La première est que les questions, c'est moi qui les pose, toi tu te limites à y répondre. Quand il n'y a pas de questions de ma part, abstiens-toi de ton côté de réponses et de discours spontanés. La deuxième règle est que je prends le temps que ça me chante pour mon petit déjeuner comme pour tout autre repas ou pour regarder voler les mouches, et que ça ne constitue pas un objet de débat.

— Je ne voulais pas vous offenser. Je comprends très bien qu'une digestion lente facilite l'inspiration.

— La troisième règle est que je ne tolère pas le sarcasme avant midi. Nous sommes d'accord ?

— Oui, monsieur Martín.

— La quatrième est que tu ne m'appelleras jamais monsieur Martín, même le jour de mon enterrement. Je dois te paraître un fossile, mais moi, ça me plaît de croire que je suis encore jeune. D'ailleurs, je le suis, un point c'est tout.

— Comment je dois vous appeler ?

— Par mon prénom : David.

La jeune fille fit signe qu'elle avait compris. J'ouvris la porte de l'étage et la priai d'entrer. Elle hésita un instant puis, d'un petit saut, franchit le seuil.

— Je crois que vous avez l'air encore jeune pour votre âge, David.

— Quel âge me donnes-tu ?

Isabella m'inspecta des pieds à la tête et sembla calculer.

— Dans les trente ans ? Mais vous les portez bien, vous savez ?

— Fais-moi le plaisir de te taire et de préparer une cafetière pour cette mixture que tu as apportée.

— Où est la cuisine ?

— Cherche-la.

Nous partageâmes ce délicieux café colombien assis dans la galerie. Tout en tenant son bol Isabella me regardait du coin de l'œil lire les vingt pages qu'elle m'avait remises. Chaque fois que je passais à la page suivante et levais les yeux, je rencontrais son expression anxieuse.

— Si tu restes là plantée comme un poireau à me contempler, ça va prendre beaucoup de temps.

— Qu'est-ce que vous voulez que je fasse ?

— Tu ne voulais pas être ma secrétaire ? Alors, aide-moi. Cherche quelque chose qui a besoin d'être rangé, par exemple, et range-le.

Isabella inspecta les alentours.

— Tout est en désordre.

— C'est l'occasion ou jamais.

Elle acquiesça et partit à la chasse au chaos et au fouillis qui régnaient dans mon séjour avec une détermination militaire. J'entendis ses pas s'éloigner dans le couloir et poursuivis ma lecture. Le fil conducteur de la nouvelle était presque insignifiant. Elle relatait avec une sensibilité aiguë et des mots bien articulés les sensations et les frustrations qui défilaient dans la tête d'une jeune fille confinée dans une froide mansarde du quartier de la Ribera d'où elle contemplait la ville et les passants aller et venir dans les ruelles étroites et obscures. Les images et la musique triste de sa prose trahissaient une solitude qui frisait le désespoir. La jeune fille de la nouvelle passait les heures prisonnière de son monde et, par moments, s'affrontait à un miroir et s'infligeait des estafilades aux bras et aux cuisses avec un éclat de verre qui laissaient des cicatrices pareilles à celles que l'on pouvait deviner sous les manches d'Isabella. J'étais sur le point de terminer ma lecture quand je m'aperçus que la jeune fille m'examinait depuis la porte de la galerie.

— Qu'est-ce que tu veux ?

— Excusez-moi de vous interrompre, mais qu'y a-t-il dans la chambre au bout du couloir ?

— Rien.

— Ça sent une odeur bizarre.

— C'est l'humidité.

— Si vous voulez, je peux la nettoyer et…

— Non. Cette chambre est inutilisée. Et puis tu n'es pas ma femme de ménage et tu n'as rien à nettoyer.

— Je voulais juste vous aider.

— Aide-moi en me servant un autre café.

— Pourquoi ? Ma nouvelle vous donne envie de dormir ?

— Quelle heure est-il, Isabella ?

— Il doit être dix heures du matin.

— Et ça signifie ?

— … pas de sarcasmes avant midi, répliqua Isabella.

J'eus un sourire triomphant et lui tendis ma tasse vide.

Quand elle revint avec le café fumant, j'avais achevé la dernière page. Isabelle s'assit en face de moi. Je lui souris de nouveau et savourai tranquillement le merveilleux café. La jeune fille se tordait les mains et serrait les dents, en lançant des coups d'œil furtifs aux feuilles de sa nouvelle que j'avais posées à l'envers sur la table. Elle tint le coup quelques minutes sans ouvrir la bouche.

— Alors ? demanda-t-elle finalement.

— Superbe.

Son visage s'illumina.

— Ma nouvelle ?

— Le café.

Elle me regarda, blessée, et se leva pour reprendre les feuilles.

— Laisse-les là où elles sont, ordonnai-je.

— Pourquoi ? C'est clair qu'elles ne vous ont pas plu et que vous pensez que je suis une pauvre idiote.

— Je n'ai pas dit ça.

— Vous n'avez rien dit, ce qui est pire.

— Isabella, si tu veux réellement te consacrer à écrire, ou tout au moins à écrire pour que d'autres te lisent, il va falloir que tu t'habitues à ce que parfois les autres t'ignorent, t'insultent, te méprisent et, presque toujours, te montrent de l'indifférence. Ça fait partie des charmes du métier.

Isabella baissa les yeux et respira profondément.

— Je ne sais pas si j'ai du talent. Je sais seulement que j'aime écrire. Ou plutôt que j'ai besoin d'écrire.

— Menteuse.

Elle releva les yeux et me dévisagea avec dureté.

— Très bien. J'ai du talent. Et je me fiche complètement que vous trouviez que je n'en ai pas.

Je souris.

— Voilà qui me plaît davantage. Je ne peux pas être plus d'accord.

Elle me contempla, interdite.

— Sur le fait que j'ai du talent, ou sur celui que vous trouvez que je n'en ai pas ?

— Qu'en penses-tu ?

— Alors, vous croyez que j'ai des dispositions ?

— Je crois que tu as du talent et que tu as vraiment envie d'écrire, Isabella. Plus que tu ne le crois, et moins que tu ne l'espères. Mais quantité de personnes ont du talent et envie d'écrire, et nombre d'entre elles n'y arrivent jamais. Ça, c'est seulement le principe de base pour faire quelque chose dans la vie. Le talent est comme la force d'un athlète. On peut naître avec plus ou moins de dispositions, mais nul ne parvient à être un athlète simplement parce qu'il est né grand, fort ou rapide. Ce qui fait l'athlète, ou l'artiste, c'est le travail, le métier et la technique. L'intelligence que tu as reçue à ta naissance est juste une munition. Pour parvenir à en faire quelque chose, il est nécessaire que tu transformes ton esprit en arme de précision.

— Pourquoi cette comparaison avec la guerre ?

— Toute œuvre d'art est agressive, Isabella. Et toute vie d'artiste est une petite ou une grande guerre, en premier lieu avec soi-même et ses limitations. Si tu veux atteindre le but que tu te proposes, quel qu'il soit, il faut d'abord l'ambition et ensuite le talent, la connaissance et, enfin, la chance.

Isabella pesa mes paroles.

— Vous sortez ce discours à tout le monde, ou ça vient juste de vous passer par la tête ?

— Ce discours n'est pas de moi. Il m'a été sorti, comme tu dis, par quelqu'un à qui j'ai posé les mêmes questions que toi. Ça remonte à loin, mais il n'est pas un jour que je ne me rende compte à quel point il avait raison.

— Alors je peux être votre secrétaire ?

— Je vais réfléchir.

Isabella hocha la tête, satisfaite. Elle s'était assise au coin de la table où était posé l'album de photographies laissé par Cristina. En l'ouvrant au hasard, elle tomba sur la dernière page et se plongea dans la contemplation d'une photo de la nouvelle Mme Vidal prise deux ou trois ans plus tôt devant la villa Helius. Je serrai les dents. Isabella referma l'album et promena son regard sur la galerie avant de l'arrêter sur moi. Je l'observais avec impatience. Elle m'adressa un sourire apeuré, comme si je l'avais surprise en train de fouiner là où elle ne devait pas.

— Vous avez une bien jolie fiancée, lança-t-elle.

Devant l'air que j'arborai, son sourire disparut.

— Elle n'est pas ma fiancée.

— Ah !

Suivit un long silence.

— Je suppose que la cinquième règle est de ne pas me mêler de ce qui ne me concerne pas ?

Je ne répondis pas. Isabella fit comme si elle répondait oui à ma place et se leva.

— Dans ce cas, mieux vaut que je vous laisse tranquille et ne vous dérange pas davantage aujourd'hui. Si vous voulez bien, je reviendrai demain pour débuter.

Elle rassembla ses feuilles et me sourit timidement. Je lui répondis par un signe d'assentiment.

Isabella se retira discrètement et disparut dans le couloir. Avec son absence, je remarquai pour la première fois le silence envoûtant qui régnait dans cette maison.

6.

Je ne sais si c'était dû à l'excès de caféine qui coulait dans mes veines ou seulement à ma conscience qui tentait de revenir comme la lumière après une panne, mais je passai le reste de la matinée à tourner et retourner dans ma tête une idée qui n'avait rien de réconfortant. Il s'avérait difficile de n'établir aucune relation entre l'incendie, cause de la mort de Barrido et d'Escobillas, d'une part, la proposition de Corelli dont je n'avais plus de nouvelles – ce que je trouvais suspect – d'autre part, et enfin cet étrange manuscrit tiré du Cimetière des livres oubliés que je soupçonnais d'avoir été écrit entre ces quatre murs.

La perspective de retourner à la maison d'Andreas Corelli sans avoir reçu préalablement d'invitation, pour le questionner à propos de la coïncidence entre notre conversation et l'incendie, ne me séduisait guère. Mon instinct me soufflait que, quand l'éditeur déciderait de me revoir, il le ferait *motu proprio*, et cette inévitable rencontre m'inspirait tout sauf de la hâte. L'enquête sur l'incendie était entre les mains de l'inspecteur Victor Grandes et de ses deux chiens courants, et je figurais à la place d'honneur sur la liste de leurs favoris. Plus je me tiendrais éloigné d'eux, mieux je me porterais. Ne restait donc, finalement, que la question du manuscrit et de sa relation avec la maison de la tour. Après m'être répété pendant des années que je n'étais pas venu vivre ici par hasard, l'idée commençait à prendre une signification nouvelle.

Je décidai de débuter par l'endroit où j'avais relégué une bonne partie des objets que les anciens résidents avaient laissés derrière eux. Je récupérai la clef de la dernière chambre du couloir dans le tiroir de la cuisine où elle dormait depuis des années. Je n'étais pas retourné dans cette pièce depuis que les ouvriers de la compagnie d'électricité avaient installé leurs fils dans la maison. Un courant d'air froid me gela les doigts au moment où je glissais la clef dans la serrure, et je constatai qu'Isabella avait raison : il se dégageait de cette chambre une étrange odeur de fleurs mortes et de terre retournée.

J'ouvris et portai la main à mon visage. La puanteur était intense. Je tâtai le mur à la recherche de l'interrupteur, mais l'ampoule nue qui pendait du plafond ne réagit pas. La clarté du couloir permettait d'entrevoir les contours des piles de cartons, de livres, de coffres que j'avais entreposés là des années plus tôt. Je contemplai tout cela avec dégoût. Le mur du fond était entièrement occupé par une grande armoire en chêne. Je m'agenouillai devant un carton qui contenait des vieilles photos, des lunettes, des montres et des petits objets personnels. Je me mis à fouiller sans bien savoir ce que je cherchais. Au bout d'un moment, je renonçai à mon entreprise et soupirai. Pour espérer trouver une piste, il me fallait un plan. Je m'apprêtais à quitter la chambre quand j'entendis derrière moi les portes de l'armoire s'ouvrir peu à peu. Un souffle d'air glacé et humide me frôla la nuque. Je me retournai précautionneusement.

L'armoire s'était entrouverte sur des vieux vêtements et des costumes accrochés à des cintres, rongés par le temps, ondulant comme des algues sous l'eau. Le courant d'air froid qui charriait cette puanteur venait de là. Je m'approchai lentement. J'ouvris grand les portes et écartai les vêtements suspendus. Le bois du fond était pourri et ne tenait plus que par miracle. Derrière, on devinait une cloison en plâtre dans laquelle s'était creusé un orifice de deux ou trois centimètres de large. Je me penchai pour essayer de voir au-delà, mais l'obscurité était presque totale. La faible clarté du couloir s'infiltrait dans le trou et projetait de l'autre côté un filet de lumière trouble. Je distinguais seulement une atmosphère épaisse. Je collai mon œil le plus près possible pour tenter d'obtenir une image quelconque, mais à cet instant une araignée noire apparut à l'entrée de l'orifice. Je reculai brusquement et l'araignée s'empressa de filer pour disparaître dans l'ombre. Je refermai l'armoire et sortis. La puanteur qui avait stagné dans la chambre s'était répandue au-dehors tel un poison. Je maudis l'idée que j'avais eue d'ouvrir cette porte et quittai la maison en espérant oublier, ne fût-ce que quelques heures, l'obscurité qui battait dans son cœur.

Les mauvaises idées viennent toujours par deux. Pour fêter ma découverte d'une sorte de chambre noire cachée dans mon domicile, je me rendis à la librairie Sempere & Fils dans le but d'inviter le libraire à la Maison dorée. Sempere père était en train de lire une édition rare du *Manuscrit trouvé à Saragosse* de Potocki et ne voulut pas en entendre parler.

— Si je veux voir des snobs et des imbéciles jouer les importants et se congratuler mutuellement, je n'ai pas besoin de payer, Martín.

— Ne soyez pas grognon. Puisque c'est moi qui vous invite.

Sempere refusa. Son fils, qui avait assisté à la conversation du seuil de l'arrière-boutique, me regardait, l'air hésitant.

— Et si j'emmène votre fils ? Vous ne m'adresserez plus la parole ?

— Tu es libre de gaspiller ton temps et ton argent à ta guise. Moi, je reste ici à lire, la vie est courte.

Sempere junior était un modèle de timidité et de discrétion. Nous avions beau nous connaître depuis l'enfance, je ne me souvenais pas d'avoir eu avec lui plus de trois ou quatre conversations en tête à tête dépassant les cinq minutes. Je ne lui connaissais aucun vice ni défaut. Je savais de bonne source que les filles du quartier le considéraient comme le type parfait du joli garçon et du célibataire rêvé : une occasion en or. Plus d'une entrait dans la boutique avec la première excuse venue ou s'arrêtait devant la vitrine pour soupirer, mais le fils de Sempere, si tant est qu'il s'en apercevait, n'avait jamais fait un pas pour toucher les dividendes de ces démonstrations de ferveur, lèvres entrouvertes à l'appui. N'importe qui d'autre possédant le dixième de ce capital aurait fait une superbe carrière de don Juan. N'importe qui sauf Sempere junior, auquel on se demandait parfois s'il ne fallait pas décerner le titre de grand nigaud.

— Au train où il va, il finira par se faire curé, se lamentait parfois Sempere.

— Avez-vous essayé de lui mettre une pincée de piment dans sa soupe pour le réveiller un peu là où il faut ? lui demandais-je.

— Tu peux rire, garnement, mais je vais sur mes soixante-dix ans, et pas un petit-fils en vue.

Nous fûmes reçus par le même maître d'hôtel que lors de ma dernière visite, mais sans le sourire servile ni les gestes de bienvenue. Quand je lui appris que je n'avais pas réservé, il hocha la tête avec une moue de désapprobation et, d'un claquement de doigts, appela un garçon qui nous escorta sans cérémonie vers ce que je supposai être la plus mauvaise table de la salle, reléguée dans un coin obscur et bruyant près de la porte des cuisines. Au cours des vingt-cinq minutes suivantes, personne ne se présenta, ni pour nous donner le menu, ni pour nous servir un verre d'eau. Le personnel passait devant nous en donnant des grands coups dans la porte et en ignorant complètement notre présence et nos signes pour attirer l'attention.

— Ne devrions-nous pas nous en aller ? s'enquit finalement Sempere junior. Moi, avec un sandwich n'importe où, je suis content…

Il n'avait pas fini de prononcer ces mots que je les vis entrer : M. Vidal et Mme se dirigeaient vers leur table, escortés par le maître d'hôtel et deux garçons qui se répandaient en compliments. Ils prirent place et, dans les deux minutes suivantes, commença le défilé des baisemains des commensaux qui, à la queue leu leu, venaient féliciter Vidal. Il les recevait avec une grâce charmante et les congédiait presque aussitôt. Sempere junior, qui s'était rendu compte de la situation, m'observait.

— Martín, tu ne te sens pas bien ? Pourquoi ne partons-nous pas ?

J'acquiesçai lentement. Nous nous dirigeâmes vers la porte en longeant la salle à l'extrême opposé de la table de Vidal. Juste avant de sortir, nous passâmes devant le maître d'hôtel qui ne daigna même pas nous remarquer, et j'aperçus, dans le miroir fixé sur l'enca-

242

drement de la porte, Vidal se pencher et embrasser Cristina sur les lèvres. Une fois dans la rue, Sempere junior me regarda, mortifié.

— Je suis désolé, Martín.

— Ne t'inquiète pas. Mauvais choix, c'est tout. Mais si tu veux bien, j'aimerais que ton père…

— … n'en sache rien ! assura-t-il.

— Merci.

— Il n'y a pas de quoi. Et si c'était moi qui t'invitais à un festin plus plébéien ? Il y a un restaurant dans la rue du Carmen dont tu me diras des nouvelles.

J'avais perdu tout appétit, mais j'acceptai de bonne grâce.

— Suis-moi.

L'endroit, proche de la bibliothèque, proposait une cuisine bourgeoise à des prix économiques pour les habitants du quartier. Je goûtai à peine aux plats, dont l'odeur était mille fois plus alléchante que tout ce qu'on pouvait sentir à la Maison dorée depuis l'année de son ouverture, mais, arrivé aux desserts, j'avais déjà vidé à moi seul une bouteille et demie de vin rouge et ma tête s'était mise sur orbite.

— Dis-moi, Sempere, aurais-tu une dent contre l'amélioration de la race ? Comment expliquer, sinon, qu'un citoyen jeune et sain, béni du Très-Haut et aussi bien tourné que toi, n'en profite pas pour jouer les coqs de basse-cour ?

Le fils du libraire rit.

— Qu'est-ce qui te fait penser que ce n'est pas le cas ?

Je me touchai le nez de l'index en lui faisant un clin d'œil. Il acquiesça.

— Au risque d'être accusé de puritanisme, j'aime l'idée d'attendre.

— Attendre quoi ? Que l'instrument ne puisse plus jouer sa musique ?

— Tu parles comme mon père.

— Les sages partagent les mêmes pensées et les mêmes paroles.

— Pour moi, il y doit avoir quelque chose de plus, tu comprends ?

— Quelque chose de plus ?

Sempere hocha affirmativement la tête.

— Qu'en sais-je, moi ? dis-je.

— Je crois que tu le sais très bien.

— Peut-être, mais tu as vu comment ça me réussit.

J'allais me verser un autre verre, quand Sempere m'arrêta.

— Sois prudent, murmura-t-il.

— Tu vois comment tu joues les puritains ?

— Chacun ses goûts.

— Ça se soigne. Et si nous allions de ce pas tous les deux voir les filles ?

Sempere me gratifia d'un regard désolé.

— Martín, je crois qu'il vaut mieux que tu rentres chez toi et que tu te reposes. Demain sera un autre jour.

— Tu ne diras pas à ton père que j'ai pris une cuite, hein ?

Sur le chemin de la maison, je m'arrêtai dans au moins sept bars pour y déguster ce qu'ils avaient de plus fort jusqu'à ce qu'on trouve une excuse pour me jeter à la rue et que je fasse encore cent ou deux cents mètres en quête d'un nouveau havre pour une nouvelle escale. Je n'avais jamais été un buveur de fond et, à la fin de l'après-midi, j'étais tellement ivre que je ne me rappelais même plus où j'habitais. Je me rappelle que deux garçons de l'auberge Ambos Mundos de la Plaza

Real me soulevèrent chacun par un bras et me déposèrent sur un banc face à la fontaine, où je sombrai dans
un sommeil épais et noir.

Je rêvai que j'allais à l'enterrement de don Pedro. Un
ciel de sang écrasait le labyrinthe de croix et d'anges
qui entouraient le grand mausolée des Vidal au cimetière de Montjuïc. Un cortège silencieux de voiles noirs
se pressait autour de l'amphithéâtre de marbre noirci
qui formait le portique du caveau. Chaque forme
humaine portait un long cierge blanc. La lumière de
cent flammes sculptait les contours d'un grand ange de
marbre accablé de douleur et de désolation sur un pié-
destal au pied duquel la tombe béante de mon mentor
abritait un sarcophage en verre. Le corps de Vidal, vêtu
de blanc, gisait à l'intérieur, les yeux ouverts. Des
larmes noires coulaient sur ses joues. La silhouette de
sa veuve, Cristina, se détachait du cortège et tombait à
genoux en sanglotant face au cercueil. Un à un, les
membres du cortège défilaient devant le défunt et couvraient le cercueil en verre de roses noires jusqu'à ce
que seule la tête reste visible. Deux croque-morts sans
visage le faisaient descendre dans la fosse, dont le fond
était inondé d'un liquide épais et obscur. Le sarcophage
flottait sur la nappe de sang qui, lentement, s'infiltrait
entre les jointures du verre. Peu à peu, le cercueil était
envahi et le sang recouvrait le cadavre de Vidal. Une
bande d'oiseaux noirs s'envolaient et je me mettais à
courir en me perdant dans les sentiers de l'infinie cité
de morts. Seule une plainte lointaine parvenait à me
guider vers la sortie, me permettant ainsi d'échapper
aux lamentations et aux prières d'ombres obscures qui,
sur mon passage, me suppliaient de les emmener avec
moi, de les tirer de leurs ténèbres éternelles.

Je fus réveillé par deux gardes civils qui me donnaient des petits coups de matraque sur les jambes. La
nuit était tombée, et il me fallut quelques secondes pour
élucider s'il s'agissait de représentants de l'ordre ou
d'envoyés des Parques en mission spéciale.

— Monsieur, vous feriez mieux d'aller cuver votre
vin à la maison ! D'accord ?

— À vos ordres, mon colonel.

— Filez, ou je vous boucle au violon, et on verra si
vous continuerez à faire le malin.

Je ne me le fis pas répéter deux fois. Je me levai
comme je pus et pris la direction de chez moi en
espérant y arriver avant que mes pas ne me guident de
nouveau vers un autre bouge mal famé. Le trajet, qui
dans des conditions normales aurait pris dix ou quinze
minutes, m'en demanda presque le triple. Finalement,
après un parcours miraculeux, j'arrivai devant ma porte
où, comme si j'étais poursuivi par une malédiction, je
tombai sur Isabella qui m'attendait, assise cette fois
dans la cour intérieure.

— Vous êtes soûl, constata-t-elle.

— Je dois l'être, puisque, en plein delirium tremens,
je te trouve à minuit en train de dormir devant chez
moi.

— Je n'avais pas d'autre endroit où aller. Je me suis
disputée avec mon père et il m'a chassée.

Je fermai les yeux et soupirai. Mon cerveau
embrumé par l'alcool et l'amertume était incapable de
donner une forme au torrent de refus et de malédictions
qui se bousculaient sur mes lèvres.

— Tu ne peux pas rester ici, Isabella.

— S'il vous plaît, rien que pour cette nuit. Demain,
je chercherai une pension. Je vous en supplie, monsieur
Martín.

— Ne me regarde pas avec ces yeux de mouton qu'on égorge, la menaçai-je.

— Et puis, si je suis à la rue, c'est votre faute, ajouta-t-elle.

— Ma faute ? Ça, c'est la meilleure ! J'ignore si tu as du talent pour écrire, mais pour ce qui est d'avoir une imagination débridée, ça, tu n'en manques pas. Puis-je savoir pour quelle funeste raison c'est de ma faute si monsieur ton père t'a jetée à la rue à coups de pied ?

— Quand vous êtes soûl, vous parlez bizarrement.

— Je ne suis pas soûl. Je n'ai jamais été soûl de toute ma vie. Réponds à ma question.

— J'ai annoncé à mon père que vous m'aviez engagée comme secrétaire et que, désormais, j'allais me consacrer à la littérature et ne pourrais plus travailler à la boutique.

— Quoi ?

— Est-ce qu'on peut entrer ? J'ai froid, et j'ai le derrière transformé en pierre à force de dormir sur les marches.

La tête me tournait et la nausée me menaçait. Je levai les yeux vers la faible pénombre que distillait la lucarne en haut de l'escalier.

— Est-ce donc là le châtiment que le ciel m'envoie pour que je me repente de ma vie dissolue ?

Intriguée, Isabella suivit la direction de mon regard.

— À qui parlez-vous ?

— Je ne parle à personne. Je monologue. Prérogative de l'imbécile. Mais demain à la première heure, je vais dialoguer avec ton père et mettre fin à cette absurdité.

— Je ne sais pas si c'est une bonne idée. Il a juré de vous tuer quand il vous verrait. Il a un fusil de chasse à double canon caché sous le comptoir. Une fois, il a tué un âne avec. Ça s'est passé en été, près d'Argentona.

— Tais-toi. Pas un mot de plus. Silence.

Isabella obéit et attendit, les yeux fixés sur moi. Je me remis à la recherche de la clef. Impossible pour l'instant d'affronter le flot de paroles de cette adolescente. J'avais besoin de m'écrouler sur mon lit et de perdre conscience, de préférence dans cet ordre. Je cherchai quelques minutes sans résultats visibles. Finalement, Isabella, en silence, s'avança et fouilla dans la poche de ma veste, où mes mains étaient passées et repassées cent fois, et trouva la clef. Elle me la montra et j'acceptai ma défaite.

Isabella me guida jusqu'à ma chambre comme un invalide et m'aida à m'étendre sur le lit. Elle installa ma tête sur les oreillers et m'ôta mes chaussures. Je la regardai, confus.

— Ne vous inquiétez pas, je ne vous enlèverai pas votre pantalon.

Elle défit les boutons de mon col et s'assit près de moi. Elle me sourit avec une mélancolie que son âge ne justifiait pas.

— Je ne vous ai jamais vu aussi triste, monsieur Martín. C'est à cause de cette femme, n'est-ce pas ? Celle de la photo.

Elle me prit la main et la caressa pour me calmer.

— Tout passe, croyez-moi. Tout passe.

Malgré moi, mes yeux se remplirent de larmes et je détournai la tête pour qu'elle ne le voie pas. Isabella éteignit la lampe de chevet et resta assise là où elle était, dans la pénombre, écoutant pleurer ce misérable ivrogne sans poser de question ni me juger davantage, se bornant à m'offrir sa compagnie et sa bonté jusqu'à ce que je m'endorme.

7.

Je fus réveillé par les affres de la gueule de bois, un étau qui enserrait mes tempes, et l'arôme du café colombien. Isabella avait disposé une petite table à côté du lit avec un pot de café frais et une assiette portant du pain, du fromage, du jambon et une pomme. La vision de la nourriture me donna des nausées, mais je tendis la main vers la cafetière. Isabella, qui m'avait observé depuis le seuil sans que je m'en aperçoive, s'approcha et me versa une tasse, tout sourires.

— Prenez-le comme ça, bien fort, et ça vous remettra d'aplomb.

J'acceptai la tasse et bus.

— Quelle heure est-il ?

— Une heure de l'après-midi.

Je laissai échapper un gros soupir.

— Depuis combien d'heures es-tu levée ?

— Sept, environ.

— Et qu'est-ce que tu as fait ?

— Le ménage et du rangement, mais il y a du travail pour plusieurs mois, répliqua Isabella.

J'avalai une autre longue gorgée de café.

— Merci, murmurai-je. Pour le café. Et pour le rangement et le ménage, mais tu n'as aucune raison de faire ça.

— Je ne le fais pas pour vous, si c'est ce qui vous préoccupe. Je le fais pour moi. Si je dois vivre ici, je préfère ne pas rester collée à tout ce sur quoi j'aurais le malheur de m'appuyer.

— Vivre ici ? Je croyais que nous étions convenus que…

J'avais élevé la voix, mais une douleur fulgurante me coupa la parole et l'entendement.

— Chuuut ! susurra Isabella.

J'acceptai la trêve. Pour l'instant, je ne pouvais ni ne voulais discuter avec Isabella. J'aurais le temps, plus tard, de la rendre à sa famille, quand la gueule de bois battrait en retraite. D'une troisième gorgée, je vidai la tasse, et je me levai lentement. Cinq ou six aiguilles de douleur se plantèrent dans ma tête. Je laissai échapper un gémissement. Isabella me soutenait par le bras.

— Je ne suis pas un invalide. Je peux me débrouiller seul.

Isabella me lâcha, pour voir. Je fis quelques pas vers le couloir. Elle me suivait de près, comme si elle s'attendait à ce que je tombe d'un moment à l'autre. Je m'arrêtai devant la salle de bains.

— Est-ce que je peux pisser seul ?

— Visez avec soin, murmura la jeune fille. Je vous laisserai le petit déjeuner dans la galerie.

— Je n'ai pas faim.

— Vous devez manger un peu.

— Tu es mon apprentie, ou ma mère ?

— C'est pour votre bien.

Je fermai la porte de la salle de bains et me réfugiai à l'intérieur. Mes yeux tardèrent quelques secondes à

enregistrer ce que je voyais. La salle de bains était méconnaissable. Nette et resplendissante. Chaque chose à sa place. Un savon neuf sur le lavabo. Des serviettes propres que j'ignorais posséder. Une odeur d'eau de Javel.

— Sainte Vierge ! murmurai-je.

Je me mis la tête sous le robinet et laissai couler l'eau froide pendant plusieurs minutes. Je ressortis dans le couloir et me dirigeai lentement vers la galerie. Si la salle de bains était méconnaissable, la galerie appartenait à un autre monde. Isabella avait lavé les vitres et le sol, et mis de l'ordre dans les meubles et les fauteuils. Une lumière pure et claire passait par les baies vitrées et l'odeur de poussière avait disparu. Mon petit déjeuner m'attendait sur la table devant le canapé, sur lequel la jeune fille avait jeté une couverture propre. Les livres des rayonnages étaient au garde-à-vous et les vitrines avaient recouvré leur transparence. Isabella me versait un second bol de café.

— Je sais ce que tu es en train de faire, et ça ne marchera pas, annonçai-je.

— Vous servir du café ?

Elle avait rangé les piles de livres éparses sur les tables et dans les coins. Elle avait vidé les porte-revues qui contenaient des épaves remontant à plus de dix ans. En sept heures à peine, elle avait balayé, par son ardeur et sa présence, des années de pénombre et de ténèbres, et il lui restait encore du temps et de l'énergie pour sourire.

— J'aimais mieux comme c'était avant, assenai-je.

— Sûrement. Vous et les cent mille cafards que vous aviez pour locataires et que j'ai délogés à coups d'air frais et d'ammoniac.

— C'est donc ça, cette puanteur qu'on sent partout ?

— Cette *puanteur*, c'est l'odeur de propre ! protesta Isabella. Vous pourriez vous montrer un peu reconnaissant.

— Je le suis.

— On ne croirait pas. Demain je monterai dans le bureau et…

— Pas question.

Isabella haussa les épaules, mais son expression déterminée m'apprit que, dans les vingt-quatre heures, le bureau de la tour allait subir une métamorphose irréparable.

— À propos, j'ai trouvé ce matin une enveloppe dans le vestibule. Quelqu'un a dû la glisser sous la porte cette nuit.

Je la regardai par-dessus mon bol.

— Le portail de l'entrée est fermé à clef.

— C'est bien ce que je pensais. À vrai dire, ça m'a semblé bizarre, et, bien que l'enveloppe soit à votre nom…

— … tu l'as ouverte.

— Je crains que oui. Involontairement.

— Isabella, ouvrir la correspondance d'autrui n'est pas un signe de bonnes manières. Il y a même des lieux où il s'agit d'un délit passible de prison.

— C'est ce que je répète à ma mère, qui ouvre toujours mon courrier. Et elle reste quand même en liberté.

— Où est cette lettre ?

Isabella tira l'enveloppe de la poche de son tablier et me la tendit en évitant mon regard. Les bords en étaient dentelés, le papier épais et poreux, filigrané, avec la figure de l'ange sur la cire rouge du sceau – brisé – et mon nom écrit à l'encre écarlate et parfumée. J'en tirai une feuille pliée.

Cher David,

J'espère que vous êtes en bonne santé et que vous avez pu toucher sans problème les fonds que je vous ai accordés. Seriez-vous d'accord pour que nous nous voyions ce soir à mon domicile pour commencer à discuter des détails de notre projet ? Un dîner léger sera servi vers dix heures. Je vous attends.

Votre ami,

ANDREAS CORELLI

Je repliai la feuille et la remis dans son enveloppe. Isabella m'observait, intriguée.

— Bonnes nouvelles ?

— Rien qui te concerne.

— Qui est ce M. Corelli ? Il a une jolie écriture, ce n'est pas comme la vôtre.

Je la regardai sévèrement.

— Si je dois être votre secrétaire, je considère qu'il me faut savoir avec qui vous êtes en relation. Au cas où j'aurais à les envoyer promener.

Je respirai un bon coup.

— C'est un éditeur.

— Ça doit être un bon, à voir le papier de la lettre et l'enveloppe qu'il utilise. Quel livre écrivez-vous pour lui ?

— Rien qui te concerne.

— Comment vais-je vous aider si vous ne me dites pas à quoi vous travaillez ? Non, il vaut mieux que vous ne répondiez pas. Je me tais.

Durant dix miraculeuses secondes, Isabella resta muette.

— Comment est-il, ce M. Corelli ?

— Spécial.

— Qui se ressemble s'ass... Non, je me tais.

En observant cette jeune fille au noble cœur, je me sentis, si c'était possible, encore plus misérable et je compris que plus vite je l'éloignerais de moi, même au risque de la blesser, mieux ce serait pour tous les deux.

— Pourquoi me regardez-vous ainsi ?

— Ce soir, je vais sortir, Isabella.

— Je vous laisse un dîner préparé ? Vous rentrerez très tard ?

— Je dînerai dehors et je ne sais pas quand je rentrerai, mais quelle que soit l'heure, je veux que tu sois partie quand je reviendrai. Je veux que tu ramasses tes affaires et que tu t'en ailles. Où, ça m'est égal. Il n'y a pas de place pour toi ici. Compris ?

Son visage pâlit, ses yeux se mouillèrent. Elle se mordit les lèvres et me sourit, les joues ruisselantes de larmes.

— Je suis de trop. Compris.

— Et ne nettoie plus.

Je me levai et la laissai seule dans la galerie. Je me réfugiai dans le bureau de la tour. J'ouvris les fenêtres. Les sanglots d'Isabella montaient jusqu'à moi. Je contemplai la ville étalée sous le soleil de la mi-journée et dirigeai mes yeux vers l'autre extrémité, où je crus apercevoir les tuiles luisantes de la villa Helius. J'imaginai Cristina, devenue Mme Vidal, aux fenêtres du dernier étage de la tour, regardant vers la Ribera. Une émotion obscure et trouble m'enserra le cœur. J'oubliai les pleurs d'Isabella, désirant seulement qu'arrive enfin le moment où je retrouverais Corelli pour parler de son livre maudit.

Je demeurai dans le bureau de la tour jusqu'à ce que le crépuscule se répande sur la ville comme du sang dans de l'eau. Il faisait chaud, plus chaud que pendant tout l'été, et les toits de la Ribera paraissaient vibrer dans l'atmosphère tels des mirages de vapeur. Je descendis à l'étage et me changeai. La maison était silencieuse. Les persiennes de la galerie étaient à demi closes et les vitres teintées d'une clarté ambrée qui se propageait jusque dans le couloir central.

— Isabella ? appelai-je.

Je n'obtins pas de réponse. J'allai dans la galerie et constatai que la jeune fille était partie. Avant cela, cependant, elle s'était amusée à ranger et épousseter la collection complète des œuvres d'Ignatius B. Samson qui, des années durant, avaient thésaurisé poussière et oubli, et qui, à présent, brillaient, immaculées. La jeune fille avait pris un volume et l'avait laissé ouvert sur un porte-livres. Je lus une ligne au hasard et j'eus l'impression de voyager dans un temps où tout semblait aussi simple qu'inévitable.

« La poésie s'écrit avec des larmes, le roman avec du sang et l'histoire avec de l'eau de boudin, dit le cardinal pendant qu'il enduisait de poison le fil du poignard à la lumière du candélabre. »

La naïveté étudiée de ces lignes m'arracha un sourire et fit remonter à la surface un soupçon qui n'avait jamais cessé de me poursuivre : il aurait peut-être mieux valu pour tout le monde, et surtout pour moi, qu'Ignatius B. Samson ne se soit jamais suicidé et que David Martín n'ait pas pris sa place.

8.

La nuit tombait quand je sortis dans la rue. La chaleur et l'humidité avaient incité de nombreux habitants du quartier à tirer leurs chaises sur les trottoirs à la recherche d'une brise qui ne venait pas. J'évitais les groupes improvisés devant les porches et aux carrefours pour me diriger vers la gare de France, où l'on était toujours sûr de trouver deux ou trois taxis en attente de clients. J'abordai le premier de la file. Il nous fallut environ vingt minutes pour traverser la ville et gravir la côte de la colline où poussait le bois fantomatique de l'architecte Gaudí. Les lumières de la maison de Corelli étaient visibles de loin.

— Je ne savais pas que quelqu'un habitait ici, fit remarquer le chauffeur.

Dès que je lui eus réglé la course, pourboire compris, il ne perdit pas une seconde pour redémarrer à toute vitesse. Je laissai passer quelques instants avant d'aller sonner à la porte, le temps d'apprécier l'étrange silence qui régnait en ce lieu. C'était à peine si une feuille s'agitait dans le bois qui couvrait la colline derrière moi. Le ciel était semé d'étoiles et des nuages s'étendaient par petites touches dans toutes les directions.

J'entendais le bruit de ma respiration, le froissement de mes vêtements à chaque pas qui me rapprochait de la porte. Je tirai sur la sonnette et attendis.

La porte s'ouvrit un moment plus tard. Un homme à l'air las et aux épaules tombantes qui semblait au courant de ma visite m'invita d'un signe à entrer. Son accoutrement suggérait qu'il s'agissait d'une sorte de majordome ou de valet. Il n'émit pas un son. Je le suivis dans le corridor où je retrouvai les photos ornant les murs, et il me céda le passage sur le seuil du grand salon, d'où l'on pouvait contempler de loin toute la ville. Après une légère révérence, il me laissa seul en se retirant toujours aussi lentement. Je m'approchai des fenêtres et, pour tuer le temps dans l'attente de Corelli, j'entrouvris les rideaux. Quelques minutes s'écoulèrent ainsi, quand je remarquai une forme humaine qui m'observait depuis un coin de la pièce. Elle était assise dans la pénombre, complètement immobile, et seule la lumière d'une lampe à huile révélait les jambes et les mains posées sur les bras de son fauteuil. Je le reconnus à l'éclat de ses yeux qui ne cillaient jamais et au reflet, provoqué par la lampe, de la broche en forme d'ange qu'il portait toujours à son revers. Dès que je posai les yeux sur l'homme, il se leva et vint vers moi d'un pas rapide, trop rapide, avec aux lèvres un sourire carnassier qui me glaça le sang.

— Bonsoir, Martín.

Je m'efforçai de lui rendre son sourire.

— Une fois de plus, je vous ai surpris, dit-il. Excusez-moi. Puis-je vous offrir quelque chose à boire, ou passons-nous sans préambule au dîner ?

— Pardonnez-moi, je n'ai pas faim.

— La chaleur, sans doute. Si vous voulez, nous pouvons aller discuter dans le jardin.

Le majordome silencieux réapparut pour ouvrir les portes qui donnaient sur le jardin, où un sentier de bougies fixées sur des soucoupes à café menait à une table de métal blanc entourée de deux chaises disposées face à face. La flamme des bougies brûlait toute droite, sans la moindre variation. La lune répandait une faible clarté bleutée. Je pris place et Corelli fit de même tandis que le majordome nous servait deux verres d'une carafe de ce que je supposai être du vin ou un autre genre d'alcool que je n'avais nulle intention de goûter. À la lueur de cette lune à son troisième quartier, Corelli me parut plus jeune, les traits de son visage plus affilés. Il m'examinait avec une curiosité voisine de la voracité.

— Vous êtes inquiet, Martín.

— J'imagine que vous avez entendu parler de l'incendie.

— Une fin lamentable et cependant poétiquement juste.

— Vous trouvez juste que deux hommes meurent de la sorte ?

— Une mort moins cruelle vous semblerait-elle plus acceptable ? La justice est une question de perspective, pas une valeur universelle. Je ne vais pas feindre une consternation que je ne ressens pas, et que, je suppose, vous n'éprouvez pas non plus, quoi que vous prétendiez. Mais si vous préférez, nous pouvons observer une minute de silence.

— Ce ne sera pas nécessaire.

— Évidemment pas. Cela n'est nécessaire que si l'on n'a rien de valable à dire. Le silence pare les sots d'intelligence, l'espace d'une minute. Quelque chose d'autre vous préoccupe, Martín ?

— Apparemment, la police croit que j'ai une responsabilité dans cet accident. Ils m'ont posé des questions sur vous.

Corelli ne parut pas troublé.

— À la police d'exécuter son travail, et nous le nôtre. Considérons que nous avons épuisé ce sujet, n'est-ce pas ?

J'acquiesçai lentement. Il sourit.

— Tout à l'heure, pendant que je vous attendais, je me suis rendu compte que, vous et moi, nous devions avoir une petite conversation sérieuse. Plus tôt nous nous en serons débarrassés, plus vite nous pourrons aborder les questions pratiques, annonça-t-il. J'aimerais vous interroger sur ce qu'est la foi pour vous.

Je réfléchis quelques instants.

— Je n'ai jamais été religieux. Je ne suis ni croyant, ni incroyant, je doute. Le doute est ma foi.

— Très prudent et très bourgeois. Mais on ne gagne pas la partie en sortant le ballon du jeu. Comment expliquez-vous que des croyances de toute nature apparaissent et disparaissent au long de l'histoire ?

— Je ne sais pas. Je suppose qu'il existe des facteurs sociaux, économiques ou politiques. Vous parlez à un homme qui a cessé d'aller à l'école à l'âge de dix ans. L'histoire n'est pas mon fort.

— L'histoire est le déversoir de la biologie, Martín.

— Je crois bien que le jour de cette leçon-là, je n'étais pas en classe.

— Cette leçon n'est pas enseignée dans les écoles, Martín. Cette leçon nous est enseignée par la raison et l'observation de la réalité. Cette leçon est celle que personne ne veut apprendre et, pourtant, celle que nous devons analyser avec le plus d'attention si nous voulons accomplir convenablement notre travail. Toute chance de réussir une affaire part de l'incapacité d'autrui de résoudre un problème simple et inévitable.

— Parlons-nous de religion ou d'économie ?

— Choisissez vous-même le terme.

— Si je vous comprends bien, vous suggérez que la foi, l'acte de croire à des mythes, des idéologies ou des légendes surnaturels, est la conséquence de la biologie.

— Ni plus ni moins.

— Une vision quelque peu cynique, de la part d'un éditeur de textes religieux, m'étonnai-je.

— Une vision professionnelle et dépassionnée, nuança Corelli. L'être humain croit comme il respire, pour survivre.

— Cette théorie est de vous ?

— Ce n'est pas une théorie, c'est une statistique.

— J'ai le sentiment que les trois quarts du monde au moins seraient en désaccord avec cette affirmation, insistai-je.

— Naturellement. S'ils étaient d'accord, ils ne seraient pas des croyants en puissance. On ne convaincra jamais une personne qu'elle n'a pas besoin de croire à cause d'un impératif biologique.

— Vous suggérez donc qu'il est dans notre nature de vivre dans le mensonge ?

— Il est dans notre nature de survivre. La foi est une réponse instinctive à des aspects de l'existence que nous ne pouvons expliquer autrement, que ce soit le vide moral que nous percevons dans l'univers, la certitude de la mort, le mystère des origines, le sens de notre propre vie ou son absence de sens. Ce sont des aspects élémentaires et d'une extraordinaire simplicité, mais nos propres limitations nous empêchent de donner des réponses sans équivoque à ces questions et, pour cette raison, nous générons pour nous défendre une réponse émotionnelle. C'est de la pure et simple biologie.

— Selon vous, alors, toutes les croyances ou tous les idéaux ne seraient rien de plus qu'une fiction.

— Toute interprétation ou observation de la réalité l'est par nécessité. En l'occurrence, le problème réside dans le fait que l'homme est un animal moral abandonné dans un monde amoral, condamné à une existence finie et sans autre signification que de perpétuer le cycle naturel de l'espèce. Il est impossible de survivre dans un état prolongé de réalité, au moins pour un être humain. Nous passons une bonne part de notre vie à rêver, surtout quand nous sommes éveillés. Je vous l'ai dit : simple biologie.

Je soupirai.

— Et après tout ça, vous voulez que j'invente une fable qui fasse tomber les crédules à genoux et les persuade qu'ils ont vu la lumière, qu'il existe quelque chose en quoi l'on doit croire, pour vivre, pour mourir, et y compris pour tuer.

— Exactement. Il n'y a rien, dans ce que je vous demande d'inventer, qui ne l'ait déjà été, sous une forme ou une autre. Je vous demande simplement de m'aider à donner à boire à ceux qui ont soif.

— Un propos louable et généreux, ironisai-je.

— Non, une simple proposition commerciale. La nature est un grand marché libre. La loi de l'offre et de la demande est un fait moléculaire.

— Vous devriez peut-être chercher chez les intellectuels pour ce travail. En fait de molécules et de marché, je vous assure que la majorité d'entre eux n'ont pas vu de toute leur vie cent mille francs réunis, et je parie qu'ils seraient prêts à vendre leur âme, ou à s'en inventer une, pour une fraction d'une telle somme.

L'éclat métallique de ses yeux me fit soupçonner que Corelli allait encore me gratifier d'un de ces sermons caustiques qu'il semblait tenir tout préparés. J'eus la vision du solde de mon compte à la Banque hispano-américaine et songeai que cent mille francs valaient bien une messe ou un florilège d'homélies.

— Un intellectuel est ordinairement quelqu'un qui ne se distingue pas précisément par son intelligence, affirma-t-il. Il s'attribue lui-même ce qualificatif pour compenser l'impuissance naturelle dont il sent bien que ses capacités sont affectées. C'est aussi vieux et aussi sûr que le dicton « Dis-moi de quoi tu te vantes et je te dirai ce qui te manque. » C'est pain quotidien. L'incompétent se présente toujours comme expert, le cruel comme pitoyable, le pécheur comme dévot, l'usurier comme bienfaiteur, l'arrogant comme humble, le vulgaire comme distingué et l'abruti comme intellectuel. Encore une fois, c'est le cas de toute œuvre de la nature, qui, loin d'être la sylphide chantée par les poètes, est une mère cruelle et vorace qui à besoin de se nourrir des créatures qu'elle continue à pondre pour rester vivante.

Corelli et sa poétique de la biologie féroce commençaient à me donner la nausée. La véhémence et la rage contenues que distillaient les propos de l'éditeur m'étaient pénibles, et je me demandai s'il y avait une seule chose dans l'univers qui ne lui paraissait pas répugnante et méprisable, ma propre personne comprise.

— Vous devriez donner des cours d'inspiration dans les écoles et les paroisses le dimanche des Rameaux, suggérai-je. Vous obtiendriez un succès écrasant.

Corelli eut un rire froid.

— Ne changez pas de sujet. Ce que je cherche est l'opposé d'un intellectuel. Je cherche quelqu'un d'intelligent. Et je l'ai trouvé.

— Vous me flattez.

— Mieux que ça, je vous paye. Et fort bien, ce qui est la seule flatterie qui ne soit pas mensongère dans ce monde prostitué. N'acceptez jamais de décorations qui ne soient pas imprimées au dos d'un chèque. Elles ne bénéficient qu'à ceux qui les décernent. Et puisque je vous paye, j'entends que vous m'écoutiez et suiviez mes instructions. Tant que vous serez rémunéré, votre temps sera aussi mon temps.

Son ton était aimable, mais l'éclat acéré de ses yeux ne laissait place à aucune équivoque.

— Il n'est pas nécessaire de me le rappeler toutes les cinq minutes.

— Pardonnez mon insistance, cher Martín. Si je vous accable de toutes ces considérations, c'est pour ne plus jamais avoir à y revenir. Ce que je veux de vous, c'est la forme, non le fond. Le fond est toujours identique et il a été inventé en même temps que l'être humain. Il est gravé dans son cœur comme un numéro de série. Ce que je veux de vous, c'est que vous trouviez une manière intelligente et séduisante de répondre aux questions que nous nous posons tous, et que vous le fassiez à partir de votre propre lecture de l'âme humaine, en mettant en pratique votre art et votre métier. Je veux que vous m'apportiez un récit qui réveille l'âme.

— Rien de plus…

— Et rien de moins.

— Vous parlez de manipuler des sentiments et des émotions. Ne serait-il pas plus facile de convaincre les gens par une exposition rationnelle, simple et claire ?

263

— Non. Il est impossible d'engager un dialogue rationnel avec une personne à propos de croyances et de concepts qu'elle n'a pas acquis par le moyen de la raison. Et cela, que nous parlions de Dieu, de la race ou de sa fierté patriotique. Voilà pourquoi j'ai besoin d'un texte plus puissant qu'une simple exposition rhétorique. J'ai besoin de la force de l'art, de la mise en scène. Dans une chanson, ce sont les paroles que nous croyons comprendre, mais c'est la musique qui nous pousse à croire ou à ne pas croire.

Je tentai d'avaler ce galimatias sans m'étrangler.

— Rassurez-vous, c'en est fini des discours pour aujourd'hui, trancha Corelli. Maintenant, passons à l'aspect pratique : nous nous rencontrerons environ tous les quinze jours. Vous m'informerez de vos progrès et me montrerez le travail réalisé. Si j'ai des changements ou des observations à suggérer, je vous les indiquerai. Le travail durera douze mois, plus si nécessaire. Au terme de ce délai, vous me livrerez l'ouvrage et la documentation qui s'y rattache, sans exception, conformément à ma qualité de seul propriétaire et détenteur des droits. Votre nom ne figurera pas en tête du texte et vous vous engagerez à ne pas réclamer d'être cité comme son auteur après sa livraison, pas plus qu'à discuter le travail achevé ou les termes de cet accord, en privé ou en public. En échange, vous recevrez le paiement initial de cent mille francs, qui est déjà effectif, et, à la fin, lors de la livraison et si je suis satisfait, une prime supplémentaire de cinquante mille francs.

Je tâchai de garder mon sang-froid. On n'est pas pleinement conscient de la méfiance qui niche au fond de son cœur tant que l'on n'a pas entendu le doux tintement de l'argent dans sa poche.

— Vous ne voulez pas formaliser cet accord par un contrat écrit ?

— C'est un accord d'honneur. Votre honneur et le mien. Il a déjà été scellé. Un accord d'honneur ne peut être brisé, car il brise aussi celui qui y a souscrit, objecta Corelli d'un ton qui me fit penser qu'il eût été préférable de signer un papier, fût-ce avec du sang. Pas d'autres questions ?

— Si : pourquoi ?

— Je ne vous comprends pas, Martín.

— Pourquoi voulez-vous ce travail, ou quel que soit le nom que vous lui donnerez ? Que pensez-vous en faire ?

— Des problèmes de conscience, Martín, au point où nous en sommes ?

— Peut-être me prenez-vous pour un individu sans principes, mais si je dois participer à une entreprise comme celle que vous me proposez, je veux en connaître le but. Je crois en avoir le droit.

Corelli sourit et posa sa main sur la mienne. Je frissonnai au contact de sa peau glacée et lisse comme du marbre.

— Parce que vous voulez vivre.

— Votre réponse est vaguement menaçante.

— Un simple rappel amical de ce que vous savez. Vous m'aiderez parce que vous voulez vivre et parce que peu vous importent le prix et les conséquences. Parce que, tout récemment encore, vous vous saviez aux portes de la mort et désormais vous avez une éternité devant vous et la chance d'une vie. Vous m'aiderez parce que vous êtes humain. Et parce que, même si vous ne voulez pas l'admettre, vous avez foi dans l'avenir.

Je retirai ma main et l'observai tandis qu'il se levait et se dirigeait vers le fond du jardin.

— Ne vous inquiétez pas, Martín. Tout ira bien. Faites-moi confiance, dit Corelli d'une voix douce et apaisante, presque paternelle.

— Je peux m'en aller, maintenant ?

— Bien sûr. Je ne veux pas vous retenir plus que nécessaire. J'ai pris plaisir à notre conversation. Je vais vous laisser y réfléchir. Vous verrez, quand vous l'aurez digérée, les véritables réponses viendront d'elles-mêmes. Il n'est rien, sur le chemin de la vie, que nous ne sachions déjà avant de nous y être engagés. On n'apprend rien d'important dans l'existence, on ne fait que se souvenir.

Il se leva et adressa un signe au majordome silencieux qui attendait à la limite du jardin.

— Une voiture va vous ramener chez vous. Nous nous reverrons dans deux semaines.

— Ici ?

— Dieu le dira, répliqua-t-il en passant sa langue sur ses lèvres comme si cela constituait une excellente plaisanterie.

Le majordome s'approcha et m'invita à le suivre. Corelli hocha la tête en manière d'assentiment et alla se rasseoir, son regard de nouveau perdu sur la ville.

9.

La voiture, puisqu'il faut bien lui donner ce nom, attendait à la porte de la villa. Ce n'était pas une automobile quelconque, plutôt une pièce de collection. Elle me fit penser à un carrosse enchanté, une cathédrale roulante de chromes et de courbes scientifiquement étudiées, le capot orné d'un ange d'argent comme une figure de proue. Bref, c'était une Rolls-Royce. Le majordome m'ouvrit la portière et me salua d'une révérence. Plus que dans l'intérieur d'un véhicule à moteur, j'eus l'impression d'entrer dans une chambre d'hôtel. La voiture démarra aussitôt que je me fus installé et descendit la colline.

— Vous connaissez l'adresse ? demandai-je.

Le chauffeur, forme sombre de l'autre côté d'une séparation vitrée, fit un léger signe d'assentiment. Nous traversâmes Barcelone dans le silence narcotique de ce carrosse de métal qui semblait à peine frôler le sol. Rues et immeubles défilèrent à travers les vitres comme s'il s'agissait de falaises submergées. Il était déjà minuit passé quand la Rolls-Royce noire tourna dans la rue Comercio et suivit le Paseo del Born. Elle s'arrêta au bas de la rue Flassaders, trop étroite pour qu'elle puisse s'y engager. Le chauffeur quitta le volant et m'ouvrit la portière avec une révérence. Il referma la portière derrière moi avant de remonter à bord du véhicule sans un mot. Je le regardai partir jusqu'à ce que sa silhouette obscure s'évanouisse dans un voile d'ombres. Je m'interrogeai sur ce que j'avais fait et, préférant éluder la réponse, je me dirigeai vers mon domicile avec le sentiment que le monde entier était une prison sans échappatoire.

Je me rendis directement dans le bureau. J'ouvris les fenêtres aux quatre vents et laissai la brise humide et brûlante pénétrer dans la pièce. Sur certaines terrasses du quartier, des formes humaines, étendues sur des matelas ou des draps, tentaient d'échapper à la chaleur asphyxiante et de trouver le sommeil. Au loin, les trois hautes cheminées du Paralelo se dressaient tels des bûchers funéraires, répandant une nappe de cendres blanches qui s'étendait sur tout Barcelone comme une poussière de verre. Plus près, la statue de la Mercè déployant ses ailes au faîte du dôme de l'église me rappela l'ange de la Rolls-Royce et celui que Corelli portait toujours à son revers. Je sentais que la ville, après tant de mois de silence, voulait de nouveau me parler et me conter ses secrets.

Je la vis alors, rencognée sur la marche d'une porte de ce passage étroit et misérable entre les vieux immeubles que l'on appelle la « rue des Mouches ». Isabella. Je me demandai depuis combien de temps elle était là et conclus que ce n'était pas mon affaire. J'allais refermer la fenêtre quand je m'aperçus qu'elle n'était pas seule. Deux silhouettes s'approchaient d'elle lentement, trop lentement peut-être, depuis le fond de la ruelle. Je soupirai, souhaitant les voir passer sans s'arrêter. Ce ne fut pas le cas. L'une d'elles se posta de l'autre côté, bloquant l'issue. La seconde s'accroupit devant la jeune fille en tendant le bras vers elle. Isabella fit un mouvement. L'instant suivant, les deux silhouettes l'encerclèrent et je l'entendis crier.

Il me fallut près d'une minute pour arriver sur place. L'un des hommes tenait Isabella par les bras et l'autre avait relevé sa jupe. Une expression de terreur déformait le visage de la jeune fille. Le second individu, qui s'ouvrait un chemin entre ses cuisses en riant, avait posé un couteau sur sa gorge. Trois filets de sang coulaient de la coupure. Je regardai autour de moi. Des caisses contenant des décombres et un tas de pavés et de matériaux de construction étaient abandonnées contre le mur. Je saisis ce qui se révéla être une barre de fer, solide et lourde, d'un demi-mètre. Le premier à se rendre compte de ma présence fut le porteur du couteau. Je fis un pas en avant, brandissant la barre de fer. Son regard sauta de celle-ci à mes yeux et son sourire s'effaça de ses lèvres. Le second se retourna et me vit marcher sur lui, la barre levée. Il suffit que je lui fasse un signe de tête pour qu'il lâche Isabella et coure se réfugier derrière son camarade.

— Viens, on file, murmura-t-il.

L'autre l'ignora. Il me dévisageai fixement, le feu au visage et le couteau dans la main.

— On t'a pas demandé de tenir la chandelle, fils de pute !

Je pris Isabella par le bras et la relevai sans détacher mon regard de l'homme au couteau. Je cherchai les clefs dans ma poche et les lui tendis.

— Va à la maison, lui intimai-je. Fais ce que je te dis.

Isabella hésita un instant, puis j'entendis son pas s'éloigner dans le passage, vers la rue Flassaders. L'individu au couteau eut un sourire rageur.

— Je vais te buter, fumier.

Je ne doutais pas qu'il soit capable de mettre sa menace à exécution ni que l'envie lui en manque, mais quelque chose dans son expression me laissait penser qu'il n'était pas tout à fait idiot et que, s'il n'était pas encore passé à l'acte, c'était parce qu'il se demandait combien pesait ma barre de métal, et surtout si j'aurais la force, le courage et le temps de m'en servir pour lui écraser le crâne avant qu'il ait pu me planter sa lame dans le corps.

— Essaye donc ! lui lançai-je.

L'individu me défia pendant quelques secondes, puis il rit. Le garçon qui l'accompagnait poussa un soupir de soulagement. L'homme referma son couteau et cracha à mes pieds. Il fit demi-tour et s'éloigna dans l'ombre d'où il était sorti, son camarade trottant derrière lui comme un chien fidèle.

Je trouvai Isabella recroquevillée sur le palier. Elle tremblait et serrait les clefs dans ses mains. À mon arrivée, elle se leva d'un coup.

— Tu veux que j'appelle un médecin ?

Elle fit signe que non.

— Tu es sûre ?

— Ils n'avaient encore rien fait, murmura-t-elle en retenant ses larmes.

— Ce n'est pas ce qu'il m'a semblé.

— Ils ne m'ont rien fait, d'accord ? protesta-t-elle.

— D'accord.

Je voulus la tenir par le bras pendant que nous montions l'escalier, mais elle repoussa mon contact.

Une fois à l'étage, je l'accompagnai dans la salle de bains et allumai la lumière.

— Tu as de quoi te changer ?

Isabella me montra son sac.

— Alors lave-toi pendant que je prépare à manger.

— Comment pouvez-vous avoir faim, après ça ?

— Et pourtant, tu vois.

Isabella se mordit la lèvre inférieure.

— À dire vrai, moi aussi…

— Dans ce cas, la discussion est close.

Je fermai la porte de la salle de bains et restai devant jusqu'à ce que j'entende l'eau couler. Je retournai à la cuisine et mis de l'eau à chauffer. Il restait un peu de riz, du lard et quelques légumes qu'Isabella avait apportés la veille. J'improvisai un vague plat, puis j'attendis environ une demi-heure qu'elle sorte et en profitai pour vider la moitié d'une bouteille de vin. Je l'entendis pleurer de rage de l'autre côté du mur. Lorsqu'elle apparut à la porte de la cuisine, elle avait les yeux rouges et paraissait plus enfantine que jamais.

— Je ne sais pas si j'ai encore faim, murmura-t-elle.

— Assieds-toi et mange.

Nous prîmes place à la petite table au milieu de la cuisine. Isabella examina d'un air légèrement soup-çonneux le plat de riz et de restes divers que je lui avais servi.

— Mange, ordonnai-je.

Elle en prit une cuillerée et la porta à ses lèvres.

— C'est bon, déclara-t-elle.

Je lui versai un demi-verre de vin que je complétai avec de l'eau.

— Mon père ne me laisse pas boire de vin.

— Je ne suis pas ton père.

Nous soupâmes en silence. Isabella vida son assiette et mangea le morceau de pain que je lui avais coupé. Elle souriait timidement. Elle ne se rendait pas compte que la peur viendrait plus tard. Je l'accompagnai ensuite jusqu'à la porte de sa chambre et allumai.

— Essaye de dormir un peu. Si tu as besoin de quoi que ce soit, frappe au mur. Je suis dans la pièce voisine.

Isabella acquiesça.

— Je vous ai entendu ronfler l'autre nuit.

— Je ne ronfle pas.

— Ça devait être les canalisations. Ou alors un voisin qui a un ours.

— Encore un mot et tu retournes à la rue.

Elle sourit.

— Merci, souffla-t-elle. Ne fermez pas la porte complètement, s'il vous plaît. Laissez-la entrouverte.

— Bonne nuit, dis-je en éteignant et en la laissant dans la pénombre.

Plus tard, pendant que je me déshabillais dans ma chambre, je remarquai que j'avais une marque sombre sur la joue, comme une larme noire. J'allai devant la glace et l'effaçai avec les doigts. C'était du sang séché. Alors, seulement, je me rendis compte que j'étais épuisé et que tout mon corps me faisait mal.

10.

Le lendemain matin, avant le réveil d'Isabella, je me rendis à l'épicerie que tenait sa famille rue Mirallers. Il était encore très tôt et la grille du magasin était à demi ouverte. Je me glissai à l'intérieur et trouvai deux employés en train d'entasser des caisses de thé et d'autres produits sur le comptoir.

— C'est fermé, lança l'un d'eux.

— Pourtant, on ne croirait pas. Va chercher le patron.

Pour distraire mon attente, j'examinai l'entreprise familiale de l'ingrate héritière qui, dans son innocence infinie, avait tourné le dos aux douceurs du commerce pour se livrer aux misères de la littérature. Le magasin était un petit bazar de merveilles provenant des quatre coins du monde. Marmelades, confitures et thés. Cafés, épices et conserves. Fruits et viandes séchées. Chocolats et jambons fumés. Un paradis pantagruélique pour bourses bien garnies. M. Odón, père de ma protégée et maître de l'établissement, se présenta bientôt, vêtu d'une blouse bleue, arborant une moustache de gendarme et une expression de consternation suffisamment alarmante pour suggérer l'imminence d'un infarctus. Je décidai de sauter la phase des politesses.

— Votre fille me dit que vous avez un fusil de chasse à double canon avec lequel vous avez juré de me tuer, déclarai-je en ouvrant les bras en croix. Me voici.

— Qui êtes-vous, grossier personnage ?

— Je suis le grossier personnage qui a dû héberger une jeune fille parce que sa chiffe molle de père est incapable de la tenir.

La colère s'effaça du visage de l'épicier et fit place à un sourire angoissé et craintif.

— Monsieur Martín ? Je ne vous avais pas reconnu. Comment va ma petite fille ?

Je soupirai.

— Votre petite fille est saine et sauve chez moi, ronflant comme un sonneur, mais son honneur et sa vertu sont intacts.

L'épicier se signa deux fois de suite, soulagé.

— Que Dieu vous le rende !

— Et vous qu'il vous maudisse, mais, en attendant, je vous prie d'avoir la bonté de venir la reprendre aujourd'hui sans faute, sinon je vous casserai la figure, avec ou sans fusil de chasse.

— Un fusil de chasse ? s'exclama l'épicier, stupéfait.

Son épouse, une femme menue au regard nerveux, nous espionnait derrière un rideau masquant l'arrière-boutique. Je compris qu'il n'y aurait pas de bagarre. M. Odón soufflait comme un phoque et paraissait effondré.

— C'est bien ce que je souhaite le plus au monde, monsieur Martín. Mais ma fille ne veut pas rester chez nous, argumenta-t-il, désolé.

De toute évidence, l'épicier n'était pas le méchant homme dépeint par Isabella, et je me repentis du ton que j'avais employé.

— Vous ne l'avez pas chassée de chez vous ?

Tout malheureux, M. Odón ouvrit des yeux grands comme des soucoupes. Sa femme s'avança et lui prit la main.

— Nous nous sommes disputés. Des deux côtés, on s'est jeté au visage des mots qu'on aurait dû taire. Mais c'est que notre fille a un caractère épouvantable… Elle a menacé de s'en aller en jurant que nous ne la reverrions jamais. Sa sainte mère a failli en mourir d'une crise de tachycardie. J'ai élevé la voix et lui ai promis de l'envoyer dans un couvent.

— Un argument infaillible pour convaincre une jeune fille de dix-sept ans, fis-je remarquer.

— C'est le premier qui m'est venu à l'esprit…, plaida l'épicier. Mais comment aurais-je pu faire une chose pareille, moi ?

— À ce que j'en ai vu, il vous aurait fallu le secours d'un régiment entier de la Garde civile.

— Je ne sais pas ce que vous aura raconté notre fille, monsieur Martín, mais il ne faut pas la croire. Nous ne sommes pas des gens raffinés, mais nous n'avons rien de monstres. Je ne sais plus comment m'y prendre avec elle. Je ne suis pas du genre à enlever ma ceinture pour imposer mes volontés en lettres de sang. Et mon épouse ici présente n'ose même pas élever la voix contre un chat. J'ignore d'où notre fille tient ce caractère. Je crois que c'est à force de tellement lire. Vous savez, les bonnes sœurs nous avaient prévenus. Mon père, que Dieu ait son âme, le disait déjà : le jour où on permettra aux femmes d'apprendre à lire et à écrire, le monde deviendra ingouvernable.

— Monsieur votre père était un grand penseur, mais ça ne résout pas votre problème, ni le mien.

— Et que pouvons-nous y faire ? Isabella ne veut pas vivre avec nous, monsieur Martín. Elle dit que nous sommes obtus, que nous ne la comprenons pas, que nous voulons l'enterrer dans cette boutique… Qui, plus que moi, aimerait la comprendre ? Je travaille ici depuis l'âge de sept ans du lever au coucher du soleil, et tout ce que je comprends, c'est que le monde est un lieu détestable et sans égards pour une jeune fille qui vit dans les nuages, expliqua l'épicier en s'adossant à un baril. Ma plus grande crainte est que, si je la force à revenir, elle nous échappe pour de bon et devienne la proie du premier venu. Rien que d'y penser…

— C'est vrai ajouta sa femme, qui parlait avec un zeste d'accent italien. Croyez bien que notre fille nous a brisé le cœur, mais ce n'est pas la première fois qu'elle s'en va. Elle doit tenir ça de ma mère, qui avait un caractère napolitain…

— Ah, la *mamma* ! se souvint M. Odón, pris de terreur à la seule évocation de sa belle-mère.

— Quand elle nous a dit qu'elle allait loger quelques jours chez vous pour vous aider dans votre travail, alors nous avons été plus tranquilles, poursuivit la mère d'Isabella, parce que nous savons que vous êtes une bonne personne, et puis, comme ça, notre fille reste tout près, à deux rues de la boutique. Nous sommes sûrs que vous saurez la convaincre de revenir.

Je m'interrogeai sur ce qu'avait bien pu leur raconter Isabella à mon sujet pour les persuader qu'on pouvait me donner le bon Dieu sans confession.

— Cette nuit même, poursuivit la mère, à un jet de pierre d'ici, deux journaliers qui revenaient de leur travail ont été sauvagement agressés. Vous vous rendez compte ? Il paraît qu'on les a roués de coups de barre de fer comme des chiens. L'un est à l'article de la mort et l'autre restera probablement infirme toute sa vie. Dans quel monde vivons-nous ?

M. Odón me regarda, consterné.

— Si je vais la chercher, elle voudra de nouveau s'enfuir. Et, cette fois, je ne sais pas si elle rencontrera quelqu'un comme vous. Évidemment, il n'est pas convenable pour une jeune fille d'habiter dans la maison d'un monsieur célibataire, mais au moins nous sommes certains que vous êtes quelqu'un d'honorable et que vous prendrez soin d'elle.

L'épicier semblait sur le point de pleurer. J'aurais préféré qu'il coure chercher son fusil. Restait toujours la possibilité qu'un cousin napolitain se présente pour sauver l'honneur de la jeune fille, tromblon à la main. *Porca miseria !*

— J'ai votre parole que vous vous occuperez d'elle jusqu'à ce qu'elle soit plus raisonnable et rentre à la maison ?

Je soupirai.

— Vous avez ma parole.

Je retournai chez moi chargé de provisions et de denrées de luxe que M. Odón et sa femme se firent un devoir de me donner aux frais de la maison. Je leur promis de m'occuper d'Isabella pendant quelques jours, jusqu'à ce qu'elle recouvre la raison et comprenne que son foyer était au sein de sa famille. Les épiciers insistèrent pour payer son .entretien, proposition extrême que je déclinai. Mon plan était de me débrouiller pour que, dans moins d'une semaine, Isabella revienne coucher chez ses parents, même si je devais, pour cela, maintenir la fiction qu'elle était ma secrétaire pendant la journée. On était venu à bout de plus puissantes forteresses.

À mon retour, je la trouvai assise à la table de la cuisine. Elle avait lavé toute la vaisselle de la veille, préparé du café et s'était habillée et coiffée comme une sainte sortie d'une image pieuse. Isabella, qui n'avait rien d'une idiote, n'ignorait pas d'où je venais : elle s'arma de son meilleur air de chien abandonné et m'adressa un sourire soumis. Je posai les sacs contenant le lot de délices de M. Odón sur l'évier.

— Mon père ne vous a pas tiré dessus ?

— Il n'avait plus de munitions pour son fusil, et il a décidé de me bombarder avec tous ces pots de confiture et ces morceaux de fromage.

Isabella pinça les lèvres en se composant une tête de circonstance.

— Alors, comme ça, Isabella a le caractère de sa grand-mère ?

— La *mamma*, confirma-t-elle. Dans le quartier, on l'appelait « la Vésuve ».

— Je veux bien le croire.

— On dit que je lui ressemble un peu. Pour l'obstination.

Il n'était pas besoin d'un juge, pensai-je, pour prendre acte de ses aveux.

— Tes parents sont de braves gens, Isabella. Ils te comprennent aussi peu que tu les comprends.

La jeune fille ne pipa mot. Elle me servit une tasse de café et attendit le verdict. J'avais deux options : ou bien la jeter à la rue et tuer de désespoir les deux épiciers, ou bien faire contre mauvaise fortune bon cœur et m'armer de patience pendant deux ou trois jours. Je supposai que quarante-huit heures de mon comportement le plus cynique et le plus distant suffiraient à briser la détermination d'acier d'une jeune personne et à la renvoyer, à genoux, dans les jupes de sa mère en implorant son pardon assorti du logement et de la pension complète.

— Tu peux rester ici pour le moment…

— Merci !

— Pas si vite. Tu peux rester à condition que, primo, tu passes chaque jour à la boutique pour saluer tes parents et les rassurer et, secundo, que tu m'obéisses et suives les règles de cette maison.

Ce propos avait quelque chose de paternel mais manquait de fermeté. Je gardai un visage sévère et décidai de durcir un peu le ton.

— Quelles sont les règles de cette maison ? s'enquit Isabella.

— Fondamentalement, ce qui me passe par la tête.

— Ça me paraît juste.

— Accord conclu, donc.

Isabella fit le tour de la table et m'embrassa avec effusion. Je sentis la chaleur et les formes fermes de son corps de dix-sept ans contre le mien. Je l'écartai avec délicatesse pour mettre entre nous une distance d'au moins un mètre.

— La première règle, c'est qu'ici on n'est pas dans *Les Quatre Filles du docteur March*, on ne s'embrasse pas et on ne se met pas à pleurnicher pour un oui ou pour un non.

— Comme vous voudrez.

— Tu l'as compris, voilà la base de cohabitation : ça sera comme je voudrai.

Isabella rit et partit comme une flèche dans le couloir

— Où vas-tu ?

— Faire le ménage dans votre bureau. Vous ne prétendez tout de même pas le laisser dans cet état ?

11.

Ayant besoin de trouver un endroit où réfléchir et me mettre à l'abri du zèle domestique et de l'obsession de nettoyage de ma nouvelle secrétaire, je me dirigeai vers la bibliothèque qui occupait la nef aux arcs gothiques de l'ancien hospice médiéval de la rue du Carmen. Je passai le reste de la journée entouré de volumes sentant le sépulcre pontifical à lire des tonnes de mythologie et d'histoire des religions jusqu'à ce que mes yeux menacent de sortir de leurs orbites pour tomber sur la table et rouler sur le plancher de la bibliothèque. Après des heures de lecture ininterrompue, je calculai que j'avais à peine survolé le millionième de ce que je pouvais trouver sous les voûtes de ce sanctuaire de livres, étant entendu, en outre, que cela ne représentait nullement tout ce qui avait été écrit sur la question. Je décidai de revenir le lendemain et le surlendemain, et de consacrer au moins une semaine à alimenter la chaudière de mon esprit en pages traitant de dieux, de miracles et de prophéties, de saints et d'apparitions, de révélations et de mystères. Tout, plutôt que penser à Cristina, à don Pedro et à leur vie conjugale.

Puisque je disposais désormais d'une secrétaire dévouée, je lui donnai pour instructions de faire des copies des catéchismes et des textes scolaires utilisés dans la ville pour l'enseignement religieux, et de me rédiger des résumés de chacun. Isabella ne discuta pas mes ordres, mais, en les recevant, elle fronça les sourcils.

— Je veux savoir de A à Z comment on enseigne tout ce fatras aux enfants, depuis l'arche de Noé jusqu'aux miracles de la multiplication des pains et des poissons, lui expliquai-je.

— Et ça, pourquoi ?

— Parce que je suis ainsi : ma curiosité est insatiable.

— Vous vous documentez pour écrire une nouvelle version de *Jesusito de mi vida* ?

— Non. Je prépare une nouvelle version de *La Monja alférez*[1]. Toi, borne-toi à m'obéir et ne discute pas, sinon je te renvoie à la boutique de tes parents pour vendre de la pâte de coings en veux-tu en voilà.

— Vous êtes un despote.

— Je suis heureux que nous soyons d'accord là-dessus.

— Est-ce que ça a quelque chose à voir avec le livre que vous allez écrire pour cet éditeur, Corelli ?

— C'est possible.

— Parce que mon petit doigt me dit que ça n'est guère commercial.

— Et qu'est-ce que tu en sais ?

1. *La Monja alférez* : « La nonne soldat », célèbre roman du siècle d'Or, traduit notamment en France par José Maria de Heredia. *(N.d.T.)*

— Plus que vous ne le croyez. Et vous n'avez pas besoin de prendre ce ton, je cherche seulement à vous aider. Mais peut-être avez-vous décidé de ne plus être un écrivain professionnel et de vous transformer en dilettante de salon ?

— Pour le moment, je suis surtout transformé en nounou.

— Je ne me risquerai pas à discuter de qui est la nounou de l'autre, parce que je connais la réponse depuis longtemps.

— Et de quoi prétend discuter Votre Excellence, alors ?

— De l'art commercial *versus* les stupidités moralisantes.

— Ma chère Isabella, ma petite Vésuve : dans l'art commercial – et tout art digne de ce nom est, tôt ou tard, commercial –, la stupidité réside presque toujours dans le regard de l'observateur.

— Vous êtes en train de me dire que je suis stupide ?

— Je te rappelle à l'ordre : Obéis. Un point c'est tout. Et tais-toi !

Je lui montrai la porte, et elle leva les yeux au ciel en proférant à voix basse quelques noms d'oiseaux que je ne pus saisir car, déjà, elle s'éloignait dans le couloir.

Pendant qu'Isabella parcourait collèges et librairies à la recherche de recueils de livres, de textes et de catéchismes divers à résumer, je retournai à la bibliothèque du Carmen pour approfondir mon éducation théologique, entreprise que je soutenais grâce à des doses extravagantes de café et de stoïcisme. Les premiers sept jours de cette Création d'un nouveau genre ne générèrent que des doutes. L'une des rares certitudes que j'acquis fut que la grande majorité des auteurs qui s'étaient sentis appelés à écrire sur le divin, l'humain et le sacré avaient dû être des savants extrêmement doctes et pieux, mais, comme écrivains, ils ne valaient pas tripette. Le malheureux lecteur condamné à patiner au long de ces pages devait se pincer à chaque ligne pour ne pas sombrer dans un état d'abrutissement proche du coma.

Après avoir survécu à des milliers de pages sur le sujet, l'idée commençait à naître en moi que les centaines de croyances religieuses répertoriées depuis l'invention de l'imprimerie se révélaient incroyablement similaires. J'attribuai ce premier sentiment à mon ignorance ou à un défaut de documentation adéquate, néanmoins je ne pouvais me défaire de l'impression d'avoir parcouru des douzaines de romans policiers où l'assassin pouvait être tel ou tel personnage mais dont la mécanique restait, pour l'essentiel, toujours la même. Mythes et légendes, qu'il s'agisse des divinités ou de la formation et de l'histoire des peuples et des races, finirent par m'apparaître comme les images vaguement différenciées d'un puzzle toujours constitué de pièces similaires dont seul l'ordre variait.

Dès le deuxième jour, je m'étais fait une amie d'Eulalia, la directrice de la bibliothèque, qui sélectionnait pour moi textes et volumes dans l'océan de papier sur lequel elle régnait. Elle me rendait de temps en temps visite dans mon coin pour me demander si j'en voulais d'autres. Elle devait avoir mon âge et débordait d'intelligence jusqu'aux oreilles, qu'elle avait en forme de pointes acérées et vaguement vénéneuses.

— Vous lisez beaucoup de vies de saints, monsieur. Auriez-vous décidé, aux portes de l'âge mûr, de vous faire enfant de chœur ?

— Je ne fais que m'informer.

— Ah, c'est ce qu'ils disent tous.

Les plaisanteries et l'esprit de la bibliothécaire constituaient un antidote appréciable pour survivre à ces textes rocailleux et poursuivre mon pèlerinage documentaire. Quand Eulalia avait un moment de libre, elle venait à ma table et m'aidait à mettre de l'ordre dans tout ce galimatias. C'étaient des pages où abondaient des histoires de parents et d'enfants, de mères pures et saintes, de trahisons et de conversions, de prophéties et de prophètes martyrs, d'envoyés du ciel ou de la gloire, de bébés nés pour sauver l'univers, d'entités maléfiques dotées d'un aspect effroyable et d'une morphologie habituellement animale, d'êtres éthérés aux traits raciaux appropriés qui agissaient en agents du bien et en héros soumis par le destin à de terribles épreuves. L'existence terrestre était toujours perçue comme une sorte de séjour transitoire qui invitait à la docilité et à l'acceptation de son sort et des règles de la tribu, puisque la récompense était toujours un au-delà prometteur de paradis regorgeant de tout ce dont on avait été privé dans la vie corporelle.

Le jeudi, à midi, Eulalia profita d'une pause pour venir me trouver et me demander si, quand je ne lisais pas des missels, il m'arrivait parfois de manger. Je l'invitai à déjeuner à la Casa Leopoldo, qui venait d'ouvrir ses portes non loin de là. Pendant que nous nous régalions d'une délicieuse estouffade de queue de taureau, elle me confia qu'elle occupait ce poste depuis deux ans et qu'elle travaillait sans relâche à un roman, dont le décor central était la bibliothèque du Carmen et l'intrigue une série de crimes mystérieux commis en son sein.

— J'aimerais écrire une histoire qui ressemblerait à ces romans que publiait autrefois Ignatius B. Samson, conclut-elle. Vous en avez entendu parler ?

— Vaguement, répondis-je.

Eulalia n'arrivait pas à trouver la forme adéquate pour son livre. Je lui suggérai de donner à l'ensemble un ton légèrement sinistre et de centrer son histoire sur un livre secret possédé par un esprit tourmenté, en laissant planer une atmosphère apparemment surnaturelle

— C'est ce que ferait Ignatius B. Samson à votre place, risquai-je.

— Et vous, que fabriquez-vous en lisant toutes ces histoires d'anges et de démons ? Vous ne seriez pas un ex-séminariste repenti ?

— Je tente de vérifier ce que les origines de différentes religions et mythologies peuvent avoir en commun, expliquai-je.

— Et qu'avez-vous appris jusqu'à maintenant ?

— Presque rien. Je ne veux pas vous ennuyer avec mes problèmes.

— Vous ne m'ennuyez pas. Racontez-moi.

Je haussai les épaules.

— Très bien. Ce que j'ai trouvé de plus intéressant jusqu'à présent, c'est que la majorité de ces croyances partent d'un fait ou d'un personnage plus ou moins historique, mais qu'elles évoluent rapidement en mouvements sociaux soumis et adaptés aux circonstances politiques, économiques et sociales du groupe qui les accepte. Vous êtes toujours éveillée ?

Eulalia confirma.

— Une bonne part de la mythologie qui se développe autour de chacune de ces doctrines, depuis leur liturgie jusqu'à leurs règles et leurs tabous, provient de la bureaucratie qui s'instaure à mesure qu'elles évoluent et non de l'événement, supposé surnaturel, qui les a générées. La plus grande partie de ces croyances est composée d'anecdotes simples et bon enfant, mélange de sens commun et de folklore, et toute la charge belliqueuse qu'elles finissent par acquérir, quand elles ne dépérissent pas, provient de l'interprétation ultérieure de leurs premiers principes par leurs administrateurs. L'aspect administratif et hiérarchique semble être la clef de leur évolution. La vérité est censée être révélée à tous les hommes, mais, très vite, apparaissent des individus qui s'attribuent le pouvoir et le devoir d'interpréter, d'administrer ou d'altérer cette vérité au nom du bien commun, et qui établissent dans ce but une organisation puissante et potentiellement répressive. Ce phénomène, que la biologie nous enseigne et qui est le propre de tout groupe d'animaux sociaux, ne tarde pas à transformer la doctrine en un élément de contrôle et de lutte politique. Divisions, guerres et scissions deviennent inéluctables. Tôt ou tard le verbe se fait chair, et la chair saigne.

J'eus l'impression de commencer à pérorer comme Corelli, et je soupirai. Eulalia souriait faiblement et m'observait avec une certaine réserve.

— Est-ce là ce que vous cherchez ? Du sang ?

— C'est l'écriture qui appelle le sang, et non le contraire.

— Je n'en suis pas si certaine.

— Est-ce que je me trompe, ou est-ce que vous avez été élevée chez les sœurs ?

— Au collège des Sœurs de l'Enfant Jésus. Huit ans.

— Est-ce vrai, ce que l'on prétend ? Que les pensionnaires des collèges de bonnes sœurs hébergent les désirs les plus obscurs et les plus inavouables ?

— Je parie que vous seriez ravi de le découvrir.

— Et je suis sûr d'emporter la mise.

— Qu'avez-vous encore appris dans votre cours accéléré de théologie pour imaginations débridées ?

— Pas grand-chose de plus. Mes premières conclusions m'ont laissé un relent de banalité et d'inconsistance. Tout cela me paraissait déjà plus ou moins évident sans que j'aie besoin d'avaler des encyclopédies et des traités sur le sexe des anges, peut-être parce que je suis incapable d'en comprendre plus que ne me le permettent mes préjugés ou parce qu'il n'y a rien d'autre à comprendre, tout se résumant à cette simple question : croire ou ne pas croire, sans s'arrêter à en chercher la raison. Que pensez-vous de ma rhétorique ? Elle vous impressionne toujours ?

— Elle me donne la chair de poule. Dommage que je ne vous aie pas connu dans mes années d'obscurs désirs.

— Vous êtes cruelle, Eulalia.

La bibliothécaire rit franchement.

— Dites-moi, Ignatius B., qui donc vous a brisé le cœur avec une telle rage ?

— Je vois que vous savez lire aussi ailleurs que dans les livres.

Nous restâmes assis quelques minutes à notre table en contemplant le va-et-vient des serveurs de la Casa Leopoldo.

— Savez-vous quel est l'avantage des cœurs brisés ? demanda la bibliothécaire.

J'exprimai mon ignorance.

— C'est qu'ils ne peuvent véritablement se briser qu'une fois. Les suivantes ne sont que des égratignures.

— Mettez ça dans votre livre.

Je désignai sa bague de fiançailles.

— Je ne sais qui est l'heureux élu, mais j'espère qu'il sait, lui, qu'il est l'homme le plus chanceux du monde.

Eulalia sourit avec une certaine tristesse et acquiesça. Nous revînmes à la bibliothèque et chacun retourna à sa place, elle à son bureau et moi dans mon coin. Je lui fis mes adieux le lendemain, quand je décidai que je ne pouvais ni ne voulais lire une ligne de plus à propos de révélations et de vérités éternelles. Sur le chemin de la bibliothèque, j'achetai une rose blanche à un kiosque de la Rambla et la laissai sur sa table déserte. Je la trouvai dans une galerie, en train de ranger des livres.

— Vous me quittez déjà ? s'exclama-t-elle en me voyant. Qui va me faire la cour, maintenant ?

— Il en viendra d'autres.

Elle m'accompagna jusqu'à la sortie et me serra la main en haut des marches qui menaient à la cour de l'ancien hôpital. Je descendis l'escalier. À mi-parcours, je m'arrêtai et me retournai. Elle était toujours là et continuait de m'observer.

— Bonne chance, Ignatius B. Je vous souhaite de trouver ce que vous cherchez.

12.

Pendant que je dînais dans la galerie avec Isabella, je m'aperçus que ma nouvelle secrétaire me guettait du coin de l'œil.

— Vous n'aimez pas la soupe ? Vous n'y avez pas touché… risqua la jeune fille.

Je contemplai l'assiette intacte que j'avais laissée refroidir sur la table. J'en pris une cuillerée et feignis de savourer le plus délicieux des mets.

— Elle est excellente, proclamai-je.

— Vous n'avez pas non plus prononcé un mot depuis votre retour de la bibliothèque, ajouta Isabella.

— D'autres reproches ?

Gênée, elle détourna la tête. J'avalai ma soupe froide sans appétit, une excuse pour ne pas avoir à faire la conversation.

— Pourquoi êtes-vous si triste ? Est-ce à cause de cette femme ?

Je reposai ma cuillère dans l'assiette à demi pleine.

Je ne répondis pas et continuai à remuer la soupe avec la cuillère. Isabella ne me quittait pas des yeux.

— Elle s'appelle Cristina, concédai-je. Et je ne suis pas triste. Je suis content pour elle parce qu'elle s'est mariée avec mon meilleur ami et qu'elle sera très heureuse.

— Et moi je suis la reine de Saba.

— Tu es surtout une vilaine petite curieuse.

— Je préfère vous voir ainsi, quand vous êtes mal luné et que vous dites la vérité.

— Eh bien, tu vas voir si tu préfères aussi ça : file dans ta chambre et fiche-moi la paix une bonne fois pour toutes.

Elle essaya de sourire, mais quand je tendis la main vers elle ses yeux s'étaient remplis de larmes. Elle prit mon assiette et la sienne et s'enfuit dans la cuisine. Les assiettes tombèrent sur l'évier et, quelques secondes plus tard, la porte de sa chambre claqua. Je soupirai et vidai le verre de vin qui restait, un vrai nectar venant de la boutique de ses parents. Au bout d'un moment, j'allai frapper doucement à la porte de sa chambre. Elle ne répondit pas, mais je l'entendis sangloter. J'essayai en vain d'ouvrir, elle avait fermé à clef.

Je montai dans le bureau qui sentait les fleurs fraîches et ressemblait à la cabine d'un paquebot de luxe. Isabella avait rangé tous les livres, chassé la poussière et laissé l'ensemble étincelant et méconnaissable. La vieille Underwood avait l'apparence d'une sculpture, et les caractères des touches étaient redevenus lisibles. Une pile de feuilles était posée en bon ordre sur la table avec les résumés des divers textes scolaires de religion et de catéchèse, auprès du courrier du jour. Sur un plateau à café, deux cigares répandaient un arôme délicieux. Exceptionnels, des merveilles des Caraïbes qu'une connaissance du père d'Isabella lui procurait en catimini. J'en allumai un. Il avait une saveur intense et sa fumée suave recelait toutes les senteurs, tous les poisons qu'un homme pouvait désirer pour mourir en paix. Je m'assis à ma table et inspectai les lettres du jour. Je les ignorai toutes, sauf une, en parchemin ocre portant cette écriture que j'aurais reconnue n'importe où. La missive de mon nouvel éditeur et mécène, Andreas Corelli, me donnait rendez-vous pour dimanche après-midi en haut de la tour du nouveau téléphérique qui traversait le port de Barcelone.

La tour de San Sebastián, un assemblage de câbles et de poutrelles d'acier, s'élevait à cent mètres de hauteur, et sa simple vision donnait le vertige. La ligne du téléphérique avait été inaugurée l'année même à l'occasion de l'Exposition universelle qui avait mis tout Barcelone sens dessus dessous en y semant ses merveilles. Depuis cette première tour, le téléphérique survolait le bassin du port en direction d'un grand pylône central évoquant la tour Eiffel. De là, les cabines suspendues dans le vide s'envolaient pour la seconde partie du trajet vers la montagne de Montjuïc, où se trouvait le cœur de l'Exposition. Ce joyau de la technique promettait des points de vue sur la ville réservés jusque-là aux seuls dirigeables, grands oiseaux et grêlons. Considérant pour ma part que l'homme et la mouette n'avaient pas été conçus pour partager le même espace aérien, il me suffit de mettre les pieds dans l'ascenseur pour sentir mon estomac se rétracter et sa taille se réduire à celle d'un petit pois. L'ascension me parut interminable et le cliquettement de cette capsule métallique un authentique exercice de nausée.

Je trouvai Corelli derrière l'une des baies vitrées donnant sur le bassin du port et sur la ville entière, le regard perdu dans les aquarelles de voiles et de mâts qui glissaient sur l'eau. Il portait un costume de soie blanche et ses doigts jouaient avec un carré de sucre qu'il engloutit avec la voracité d'un loup. Je toussotai, et le patron se retourna avec un sourire engageant.

— Une vue merveilleuse, n'est-ce pas ? demanda-t-il.

J'acquiesçai, blanc comme un parchemin.

— L'altitude vous impressionne ?

— Je suis un animal de surface, répondis-je en me maintenant à distance prudente de la fenêtre.

— Je me suis permis d'acheter des billets aller-retour, m'informa-t-il.

— Un détail qui me rassure.

Je le suivis sur la passerelle d'accès aux cabines. Celles-ci partaient de la tour et restaient suspendues dans le vide à une centaine de mètres de hauteur durant ce qui me semblait un cauchemar.

— Comment avez-vous passé la semaine, Martín ?

— En lectures.

Il me dévisagea brièvement.

— À votre mine renfrognée, je soupçonne que ce n'était pas de l'Alexandre Dumas.

— Plutôt une collection de cuistres besogneux couverts de pellicules, et leur prose en béton.

— Ah, les intellectuels ! Et vous vouliez que j'en engage un. Pourquoi faut-il que moins on a de choses à dire, plus on se montre pompeux et pédant ? Est-ce pour tromper le monde ou pour se tromper soi-même ?

— Probablement les deux.

Le patron me donna les billets et me fit signe de passer devant. Je les tendis à l'employé qui maintenait ouverte la portière de la cabine. J'entrai sans aucun enthousiasme. Je décidai de demeurer au milieu, aussi loin des vitres que possible. Corelli souriait comme un enfant ravi.

— Peut-être votre problème vient-il, entre autres, de ce que vous avez lu les commentateurs et non les commentés. Une erreur habituelle mais fatale quand on veut apprendre quelque chose d'utile, observa-t-il.

Les portes de la cabine se fermèrent et un choc brusque nous mit en orbite. Je me cramponnai à une barre métallique et respirai profondément.

— J'ai l'impression que vous n'avez pas le culte des exégètes et des théoriciens, remarquai-je.

— Je ne rends de culte à personne, mon cher Martín, et surtout pas à ce genre de saints qui se canonisent entre eux quand ils ne se canonisent pas eux-mêmes. La théorie est la pratique des impuissants. Je vous suggère de vous écarter des encyclopédistes et de leurs gloses pour puiser aux sources. Avez-vous lu la Bible ?

J'hésitai un instant. La cabine fut propulsée dans le vide. Je gardai les yeux rivés sur le plancher.

— Des fragments par-ci, par-là, je suppose, murmurai-je.

— Vous supposez. Comme presque tout le monde. Grave erreur. Tout un chacun devrait lire la Bible. Et la relire. Croyants ou non, c'est pareil. Je la relis au moins une fois par an. Elle est mon livre préféré.

— Et vous ? Êtes-vous un croyant ou un sceptique ?

— Je suis un professionnel. Et vous aussi. Ce que nous croyons ou non n'a aucune importance pour la réalisation de notre travail. Croire ou ne pas croire est un acte de lâcheté. On sait ou on ne sait pas, un point c'est tout.

— Dans ce cas, j'avoue que je ne sais rien.

— Suivez ce chemin et vous deviendrez un grand philosophe. Et en chemin, lisez la Bible, de bout en bout. C'est une des plus grandes histoires jamais racontées. Ne commettez pas l'erreur de confondre la parole de Dieu avec l'industrie du missel qui en vit.

Plus je passais de temps en compagnie de l'éditeur, moins il me semblait le comprendre.

— Je crois que j'ai perdu le fil. Nous parlons de légendes et de fables, et vous m'exhortez maintenant à penser à la Bible comme à la parole de Dieu ?

Une ombre d'impatience et d'irritation voila ses traits.

— Je parle au sens figuré. Dieu n'est pas un charlatan. La parole n'est que monnaie humaine.

À cet instant, il me sourit comme on sourit, pour ne pas avoir à gifler un enfant incapable de comprendre les propos les plus élémentaires. En l'observant, je me rendis compte qu'il était impossible de distinguer quand l'éditeur parlait sérieusement et quand il plaisantait. Aussi impossible que de deviner le but de cette entreprise extravagante pour laquelle il me versait un salaire de régent d'un royaume. Et pour ne rien arranger, la cabine se balançait dans le vent comme une pomme sur un arbre secoué par la tempête. Jamais, de toute ma vie, je ne m'étais tant souvenu d'Isaac Newton.

— Vous avez du sang de navet, Martín. Cette machine est absolument sûre.

— Je vous croirai quand je foulerai de nouveau la terre ferme.

Nous approchions du point central du trajet, la tour de San Jaime, qui se dressait sur les quais voisins du grand bâtiment des Douanes.

— Ça ne vous dérangerait pas que nous descendions ici ? demandai-je.

Corelli haussa les épaules et accepta à contrecœur. Je ne respirai tranquillement que lorsque je fus dans l'ascenseur de la tour et l'entendis toucher le sol. En sortant sur les quais, nous avisâmes un banc face aux eaux du port et à la montagne de Montjuïc, et nous nous y assîmes pour voir le téléphérique voler en plein ciel ; moi avec soulagement, Corelli avec regret.

— Parlez-moi de vos premières impressions. De ce que vous ont suggéré ces jours d'études et de lectures intensives.

Je résumai ce que j'estimais avoir appris ou désappris durant ces quelques jours. L'éditeur écoutait attentivement, en approuvant de la tête et en agitant les mains. Au terme de ce rapport circonstancié sur les mythes et les croyances de l'être humain, Corelli manifesta sa satisfaction.

— Vous avez réalisé un excellent travail de synthèse. Vous n'avez pas trouvé la fameuse aiguille dans la botte de foin, mais vous avez compris que le seul élément véritablement digne d'intérêt dans toute cette montagne de foin est un vulgaire bout de métal, le reste ne servant qu'à nourrir les ânes. À propos d'ânes, les fables vous intéressent-elles ?

— Quand j'étais enfant, pendant quelques mois, j'ai voulu être Ésope.

— Nous abandonnons tous nos grandes espérances sur la route.

— Et vous, que vouliez-vous être, quand vous étiez petit, monsieur Corelli ?

— Dieu.

Son sourire de chacal effaça d'un coup le mien.

— Martín, les fables sont peut-être l'un des méca-nismes littéraires les plus intéressants qu'on ait inventés. Savez-vous ce qu'elles nous enseignent ?

— Des leçons de morale ?

— Non. Elles nous enseignent que les êtres humains apprennent et absorbent des idées et des concepts par le biais de narrations, d'histoires, et non de leçons magistrales ou de discours théoriques. Il en est de même pour les grands textes religieux. Tous sont des récits dont les personnages doivent affronter la vie et surmonter des obstacles, s'embarquent dans un voyage d'enrichissement spirituel semé de péripéties et de révélations. Tous les livres sacrés sont, avant tout, de grandes histoires dont les trames abordent les aspects fondamentaux de la nature humaine et les situent dans un contexte moral et un cadre de dogmes surnaturels déterminés. J'ai préféré que vous passiez une semaine misérable à lire des thèses, des discours, des opinions et des commentaires, afin que vous vous rendiez compte par vous-même qu'il n'y a rien à apprendre d'eux, car ils ne sont en vérité rien de plus que les exercices de bonne ou de mauvaise foi, invariablement ratés, d'individus qui voudraient eux-mêmes apprendre. Finies, les discussions académiques. À partir d'aujourd'hui, je veux que vous vous mettiez à lire les contes des frères Grimm, les tragédies d'Eschyle, le Ramayana ou les légendes celtes. Je veux que vous analysiez comment fonctionnent ces textes, ce que distille leur essence, et pourquoi ils provoquent une réaction émotionnelle. Je veux que vous appreniez la grammaire, non la morale. Et je veux que d'ici à deux ou trois semaines vous m'apportiez quelques pages qui viennent de vous, le début d'une histoire. Je veux que vous me fassiez croire.

— Je pensais que nous étions des professionnels et que nous ne pouvions commettre le péché de croire en quoi que ce soit.

Corelli sourit, en exhibant ses dents.

— On ne peut convertir qu'un pécheur, jamais un saint.

13.

Les jours passaient en lectures et en frictions. Accoutumé depuis des années à vivre seul et dans cet état d'anarchie méthodique et négligente propre à tout célibataire endurci, je voyais mes habitudes bien ancrées dynamitées peu à peu, de façon subtile mais systématique, par la présence constante d'une femme dans la maison, même s'il ne s'agissait que d'une adolescente turbulente au caractère imprévisible. Je croyais au désordre organisé ; pas Isabella. Je croyais que les objets trouvent d'eux-mêmes leur place dans le chaos d'une demeure ; pas Isabella. Je croyais à la solitude et au silence ; pas Isabella. Si je cherchais un coupe-papier, un verre ou une paire de chaussures, je devais demander à Isabella où la Providence lui avait inspiré de les cacher.

— Je ne cache rien. Je range les choses là où elles doivent être : ça n'a rien à voir.

Pas un jour ne s'écoulait sans que l'envie ne me vienne une bonne demi-douzaine de fois de l'étrangler. Lorsque je me réfugiais dans le bureau en quête de paix et de calme pour réfléchir, Isabella ne manquait jamais de faire son apparition quelques minutes plus tard, tout sourires, pour m'apporter une tasse de thé ou des petits gâteaux. Elle tournicotait dans la pièce, allait à la fenêtre, rangeait ce qui traînait sur la table, puis s'enquérait de ce que je fabriquais là-haut, toujours muet et mystérieux. Je découvris que les filles de dix-sept ans possèdent des facultés verbales d'une ampleur telle qu'elles sont contraintes par leur cerveau à les exercer toutes les vingt secondes. Le troisième jour, je pris une décision : il fallait lui trouver un petit ami, sourd de préférence.

— Isabella, comment se peut-il qu'une charmante fille comme toi n'ait pas de soupirants ?

— Qui vous dit que je n'en ai pas ?

— Aucun garçon ne trouve grâce à tes yeux ?

— Les garçons de mon âge sont assommants. Ils n'ont aucune conversation et la moitié sont des idiots congénitaux.

J'allais lui faire observer que ça ne s'arrangeait pas en vieillissant, mais je ne voulus pas noircir encore le tableau.

— Quel âge, alors, doivent-ils avoir pour te plaire ?

— Je les aime plus vieux. Comme vous.

— Parce que tu me trouves vieux ?

— Eh bien, vous n'êtes plus précisément un jeune homme.

Je préférai croire qu'elle se moquait de moi plutôt que d'encaisser ce coup bas porté à ma vanité. Je pris le parti de m'en tirer par quelques pointes d'ironie.

— Bonne nouvelle : les jeunes filles aiment les vieux. Et mauvaise nouvelle : les vieux, particulièrement les vieillards décrépits et libidineux, aiment les jeunes filles.

— Je suis au courant. Ça fait belle lurette que je ne suce plus mon pouce.

Isabella m'observa : elle avait visiblement une idée derrière la tête et me sourit malicieusement.

— Et vous aussi, vous aimez les jeunes filles ?

J'avais la réponse sur les lèvres avant même qu'elle n'ait formulé la question. J'adoptai mon ton le plus sévère et le plus distant, genre professeur agrégé de géographie.

— Elles me plaisaient quand j'avais ton âge. En général, j'aime les filles qui ont le mien.

— À votre âge, ce ne sont plus des filles, ce sont des demoiselles, ou, désolée pour vous, des dames.

— Fin de la discussion. Tu n'as rien à faire en bas ?

— Non.

— Alors mets-toi à écrire. Je ne te garde pas ici pour que tu fasses la vaisselle et que tu caches mes affaires. Je te garde parce que tu m'as dit que tu voulais apprendre à écrire et que je suis le seul idiot de ta connaissance qui puisse t'y aider.

— Pas besoin de vous fâcher. Le problème, c'est que l'inspiration ne vient pas.

— L'inspiration vient quand on pose ses coudes sur la table et son derrière sur la chaise, et que l'on commence à transpirer. Choisis un sujet, une idée, et passe ta cervelle au presse-citron jusqu'à ce qu'elle te fasse mal. C'est ça, l'inspiration.

— Le sujet, je l'ai.

— Alléluia !

— Je vais écrire sur vous.

Un long silence et un échange de regards, comme deux adversaires qui se jaugent de chaque côté de l'échiquier.

— Pourquoi ?

— Parce que je vous trouve intéressant. Et pas commun.

— Et vieux.

— Et susceptible. Presque autant qu'un garçon de mon âge.

Malgré moi, je commençais à m'habituer à la compagnie d'Isabella, à ses piques et à la lumière qu'elle avait apportée dans cette maison. En continuant de la sorte, mes pires craintes risquaient de se réaliser : nous finirions par devenir amis.

— Et vous, vous avez déjà votre sujet, avec tous ces bouquins que vous consultez ?

Je décidai que moins j'en révélerais à Isabella sur mon travail, mieux je me porterais.

— J'en suis encore au stade de la documentation.

— La documentation ? Ça marche comment ?

— En gros, on lit des milliers de pages pour apprendre tout le nécessaire et arriver à l'essentiel d'un sujet, à sa vérité émotionnelle, après quoi on oublie tout pour reprendre de zéro.

Isabella soupira.

— C'est quoi, la vérité émotionnelle ?

— C'est la sincérité dans la fiction.

— Alors il faut être sincère et honnête pour écrire une fiction ?

— Non. Il faut avoir du métier. La vérité émotionnelle n'est pas une qualité morale, c'est une technique.

— Vous parlez comme un scientifique, protesta Isabella.

— La littérature, du moins la bonne, est une science, mais elle a besoin du sang de l'art. Comme l'architecture ou la musique.

— Je pensais que c'était quelque chose qui sortait de l'artiste, comme ça, d'un coup.

— La seule chose qui sort comme ça, d'un coup, ce sont les poils et les verrues.

Isabella considéra ces révélations avec un enthousiasme mitigé.

— Tout ce que vous dites là, c'est juste pour me décourager et me renvoyer chez moi.

— Ne raconte pas n'importe quoi.

— Vous êtes le pire maître au monde.

— C'est l'élève qui fait le maître, et pas l'inverse.

— On ne peut pas discuter avec vous parce que vous connaissez tous les trucs de la rhétorique. Ce n'est pas juste.

— Rien n'est juste. Au mieux, on peut aspirer à ce que ce soit logique. La justice est une maladie rare dans un monde qui n'a pas besoin d'elle pour se porter comme un charme.

— Amen. Alors c'est ça qui vous arrive, quand on vieillit ? On ne croit plus en rien, comme vous ?

— Non. En vieillissant, la majorité des gens continuent de croire à des bêtises, la plupart du temps de plus en plus énormes. Moi, je vais à contre-courant, parce que je n'ai pas envie de me compliquer l'existence.

— Ne vous vantez pas. En tout cas, quand je serai plus âgée, je continuerai à croire, menaça Isabella.

— Bonne chance !

— Et, en plus, je crois en vous.

Elle ne détourna pas les yeux quand je la regardai.

— C'est parce que tu ne me connais pas.

— Ça, c'est ce que vous imaginez. Vous n'êtes pas aussi mystérieux que vous le pensez.

— Je ne prétends pas être mystérieux.

— C'est une façon aimable de dire antipathique. Moi aussi, je connais quelques trucs de la rhétorique.

— Ce n'est pas de la rhétorique. C'est de l'ironie.

— Il faut donc que ce soit toujours vous qui gagniez, dans les discussions ?

— Quand on me rend la victoire aussi facile, oui

— Et cet homme, votre patron…

— Corelli ?

— Corelli. Avec lui aussi, elle est facile ?

— Non. Corelli connaît encore mieux les trucs de la rhétorique que moi.

— C'est bien ce qu'il me semblait. Vous avez confiance en lui ?

— Pourquoi me demandes-tu ça ?

— Je ne sais pas. Vous avez confiance en lui ?

— Et pourquoi pas ?

Isabella haussa les épaules.

— Concrètement, qu'est-ce qu'il vous a commandé ? Vous ne voulez pas me le dire ?

— Je te l'ai déjà expliqué. Il veut que j'écrive un livre pour sa maison d'édition.

— Un roman ?

— Pas exactement. Plutôt une fable. Une légende.

— Un livre pour enfants ?

— Quelque chose de ce genre.

— Et vous allez le faire ?

— Il paye très bien.

Isabella fronça les sourcils.

— Et c'est pour ça que vous écrivez ? Parce qu'on vous paye bien ?

— Ça m'arrive.

— Et cette fois ?

— Cette fois, je vais écrire ce livre parce que je dois le faire.

— Vous êtes en dette avec lui ?

— Je suppose qu'on pourrait le formuler de cette façon.

Isabella soupesa l'affaire. Je crus qu'elle allait ajouter quelques mots, mais elle dut réfléchir et se mordit les lèvres. À la place, elle m'offrit un sourire innocent et un de ses airs angéliques qui lui permettaient de changer de sujet en un clin d'œil.

302

— Moi aussi j'aimerais qu'on me paye pour écrire, lança-t-elle.

— Tous ceux qui écrivent aimeraient ça, mais cela ne signifie pas que quelqu'un le fera.

— Et comment on y parvient ?

— On commence en descendant dans la galerie, en prenant une feuille de papier…

— … les coudes sur la table et en se passant la cervelle au presse-citron jusqu'à ce qu'elle vous fasse mal. D'accord.

Elle m'examina, hésitante. Elle vivait déjà depuis une semaine dans cette maison, et je n'avais pas encore ébauché la moindre tentative pour la renvoyer dans la sienne. Je supposai qu'elle se demandait quand je le ferais et pourquoi je ne m'y étais pas encore décidé. Moi aussi, je me posais la question et ne trouvais pas la réponse.

— Je suis contente d'être votre secrétaire, même si vous êtes comme vous êtes, déclara-t-elle finalement.

La jeune fille me regardait comme si sa vie dépendait d'une parole aimable. Je succombai à la tentation. Les bonnes paroles sont des cadeaux gratuits qui n'exigent pas de sacrifices et font plus plaisir que les vrais.

— Moi aussi, je suis content que tu sois ma secrétaire, Isabella, même si je suis comme je suis. Et je serai encore plus content quand tu n'auras plus besoin d'être ma secrétaire et que tu n'auras plus rien à apprendre de moi.

— Vous croyez que j'ai des dispositions ?

— Je n'en doute pas un instant. Dans dix ans, tu seras le maître et moi l'apprenti, dis-je, répétant des mots qui, aujourd'hui, avaient un relent de trahison.

— Menteur, susurra-t-elle en posant doucement un baiser sur ma joue, pour, tout de suite, dévaler l'escalier.

14.

L'après-midi, je laissai Isabella installée à la table que nous avions disposée pour elle dans la galerie, face aux pages blanches, et je me rendis à la librairie de M. Gustavo Barceló, rue Fernando, dans l'intention de me procurer une bonne édition, bien lisible, de la Bible. Tous les exemplaires de l'Ancien et du Nouveau Testament dont je disposais chez moi étaient imprimés en caractères microscopiques sur du papier pelure à demi transparent, et leur lecture conduisait moins à la ferveur et à l'inspiration divine qu'à la migraine. Barceló, qui, entre autres, était un collectionneur tenace de livres sacrés et de textes chrétiens apocryphes, leur avait consacré un coin particulier dans le fond de sa librairie, bourré d'un choix impressionnant d'Évangiles, de Mémoires de saints et de béatifiés, ainsi que de toutes sortes d'ouvrages religieux.

À mon entrée, un employé courut aviser son chef dans le bureau de l'arrière-boutique. Barceló en émergea, euphorique.

— Je n'en crois pas mes yeux ! Sempere m'avait déjà parlé de votre résurrection, mais elle est digne de figurer dans une anthologie. Vous semblez frais comme la rose. Où donc étiez-vous passé, polisson ?

— Par-ci, par-là, répondis-je.

— Partout sauf aux noces de Vidal. On vous a regretté, cher ami.

— Permettez-moi d'en douter.

À sa mine, je saisis que le libraire comprenait mon désir de ne pas aborder ce sujet.

— Vous accepterez bien une tasse de thé ?

— Même deux. Et une bible. Utilisable, si possible.

— Ça ne sera pas un problème, acquiesça le libraire. Dalmau ?

Un employé accourut avec empressement.

— Dalmau, voici notre ami Martín qui voudrait une bible, pas besoin qu'elle soit décorative, elle doit être lisible. Je pense à un Torres Amat, 1825. Est-ce aussi votre avis ?

L'une des particularités de la librairie de Barceló était qu'on y parlait de livres comme de bons vins, en les classant par bouquets, arômes, consistances et années de récolte.

— Excellent choix, monsieur, quoique je privilégierais la version revue et actualisée.

— 1860 ?

— 1893.

— Évidemment. Adjugé. Enveloppez-la pour notre ami Martín et mettez la note sur le compte de la maison.

— Pas question ! protestai-je.

— Le jour où je ferai payer la parole de Dieu à un mécréant comme vous, je veux que le feu du ciel me foudroie, je l'aurai bien mérité.

Dalmau partit dare-dare chercher ma bible, et je suivis Barceló dans son bureau, où il servit deux tasses de thé et m'honora d'un cigare de sa cave personnelle. Je l'allumai à la flamme d'une bougie qu'il me tendit.

— C'est un Macanudo ?

— Je constate que vous vous formez le palais. Un homme doit avoir des vices, si possible de luxe, sinon, de quoi pourra-t-il se repentir, la vieillesse venue ? D'ailleurs, je vais vous accompagner, que diantre !

Un nuage d'exquise fumée nous submergea comme la marée haute.

— Il y a quelques mois, je suis allé à Paris et j'ai eu l'occasion de faire des recherches sur la question que vous aviez posée à notre ami Sempere, expliqua Barceló.

— Les Éditions de la Lumière.

— C'est cela. J'aurais aimé pouvoir gratter quelques informations, mais malheureusement, depuis que cette maison a fermé, il semble que personne n'en ait racheté le fonds, et je n'ai pas réussi à en récolter davantage.

— Vous dites qu'elle a fermé ? Quand ?

— En 1914, si ma mémoire ne me trompe pas.

— Il doit y avoir erreur.

— Non, si nous parlons des Éditions de la Lumière, boulevard Saint-Germain.

— C'est bien ça.

— Attendez, j'ai tout noté pour ne rien oublier quand nous nous verrions.

Barceló farfouilla dans un tiroir de son bureau et en retira un petit carnet de notes.

— Voici : « Éditions de la Lumière, publication de textes religieux, bureaux à Rome, Paris, Londres et Berlin. Fondateur et directeur, Andreas Corelli. Date d'ouverture du premier siège à Paris : 1881. »

— Impossible, murmurai-je.

Barceló haussa les épaules.

— Bien sûr, je peux m'être trompé, mais…

— Avez-vous pu voir les bureaux ?

— De fait, j'ai essayé, car mon hôtel était en face du Panthéon, et les anciens locaux de la maison d'édition se trouvaient tout près, sur le trottoir sud du boulevard, entre la rue Saint-Jacques et le boulevard Saint-Michel.

— Et alors ?

— Alors l'immeuble était vide et muré. De toute évidence il a subi un incendie. Ne restait intact que le heurtoir de la porte, un objet vraiment charmant en forme d'ange. En bronze, je pense. Je l'aurais bien emporté, n'eût été la présence d'un gendarme qui me guettait du coin de l'œil, et je n'ai pas eu le courage de provoquer un incident diplomatique : pas question que les Français nous envahissent encore une fois.

— Étant donné la situation, ils nous rendraient peut-être service.

— Si vous le dites… Mais revenons à nos moutons : voyant ce qu'il en était, je suis allé m'enquérir dans le café voisin, et là, on m'a appris que l'immeuble était dans cet état depuis plus de vingt ans.

— Vous avez pu découvrir des informations sur l'éditeur ?

— Corelli ? À ce que j'ai compris, la maison a fermé quand il a décidé de prendre sa retraite, fortement anticipée, d'ailleurs, car il ne devait pas avoir plus de cinquante ans. Apparemment, il a déménagé dans une villa du sud de la France, dans le Lubéron, et est mort peu de temps après. D'une piqûre de serpent, m'a-t-on dit. Une vipère. Allez passer votre retraite en Provence, après ça !

— Vous êtes sûr qu'il est mort ?

— Coligny, un ancien concurrent, m'a montré son faire-part de décès qu'il garde encadré comme s'il s'agissait d'un trophée. Il m'a expliqué qu'il le contemplait chaque jour pour bien se rappeler que ce maudit bâtard était mort et enterré. Ces sont ses paroles exactes, sauf que c'était plus joli et plus musical en français.

— Coligny a-t-il mentionné l'existence d'un quelconque descendant ?

— J'ai eu le sentiment que le dénommé Corelli n'était pas son sujet de conversation favori et, dès qu'il l'a pu, Coligny a détourné la conversation. Il semble qu'il y ait eu un scandale : Corelli lui aurait volé un de ses auteurs, un dénommé Lambert.

— Que s'est-il passé ?

— Le plus amusant, dans cette histoire, c'est que Coligny n'a jamais réussi à rencontrer Corelli. Toutes leurs relations se bornaient à une correspondance commerciale. Je crois que l'objet du litige était que *monsieur* Lambert avait signé un contrat dans le dos de Coligny, pour lequel il travaillait en exclusivité. Lambert était un opiomane en phase terminale et le total de ses dettes aurait suffi à paver la rue de Rivoli de bout en bout. Coligny soupçonnait Corelli de lui avoir offert une somme astronomique, et le pauvre, se sachant mourant, aurait accepté pour ne pas laisser ses enfants sans le sou.

— Quel genre de livre ?

— Plus ou moins religieux. Coligny a mentionné le titre, une expression latine usuelle, mais ça ne me revient pas pour l'instant. Comme vous savez, tous les livres pieux portent des titres qui se ressemblent. *Pax gloria mundi*, ou un titre approchant.

— Et qu'est-il advenu du livre de Lambert ?

— Ici, l'affaire se complique. Apparemment, le malheureux Lambert, dans un accès de folie, a voulu brûler

308

le manuscrit et a pris feu avec lui, au siège même de la maison d'édition. Beaucoup ont cru que l'opium avait fini par lui démolir le cerveau, mais Coligny n'est pas loin de penser que Corelli l'a poussé à se suicider.

— Pourquoi donc ?

— Comment savoir ? Peut-être ne voulait-il pas honorer le paiement qu'il avait promis. Peut-être tout cela n'est-il que des inventions de Coligny, dont je dois préciser qu'il est un adepte du beaujolais douze mois sur douze. Sans aller plus loin, d'après lui Corelli avait essayé de le tuer pour libérer Lambert de son contrat et ne l'avait laissé en paix que lorsqu'il avait décidé de résilier ledit contrat et de laisser l'auteur partir.

— Mais ne disait-il pas qu'il ne l'avait jamais rencontré ?

— Vous voyez bien : d'après moi, Coligny divaguait. Quand je suis allé lui rendre visite dans son appartement, j'ai vu plus de crucifix, de vierges et de statues de saints que dans un magasin de bondieuseries. J'ai eu l'impression qu'il avait la tête un peu fêlée. En me disant au revoir, il m'a recommandé de me tenir le plus loin possible de Corelli.

— Mais puisqu'il était mort !

— *Ecco qua*.

Je restai silencieux. Barceló m'observait, intrigué.

— J'ai l'impression que le résultat de mes investigations ne vous a pas vraiment surpris.

J'ébauchai un sourire désinvolte, comme si l'affaire était sans importance.

— Au contraire. Je vous remercie d'avoir pris le temps de mener ces recherches.

— Il n'y a pas de quoi. Vous me connaissez, j'adore les ragots parisiens.

Barceló arracha de son carnet la page sur laquelle il avait consigné ses notes et me la tendit.

— Cela vous sera peut-être utile. Vous avez là tout ce que j'ai pu trouver.

Je me levai et lui serrai la main. Il me raccompagna à la sortie, où Dalmau m'avait préparé mon paquet.

— Si vous désirez quelques images de l'enfant Jésus, par exemple celles où il ouvre et ferme les yeux selon la manière dont on les regarde, j'en ai aussi. Et une autre avec la Vierge entourée d'agneaux qui, quand on la tourne, se transforment en chérubins joufflus... Un prodige de la technologie stéréoscopique.

— La parole révélée me suffira pour l'instant.

— Ainsi soit-il.

J'étais reconnaissant au libraire des efforts qu'il déployait pour me réconforter, mais, à mesure que je m'éloignais, une inquiétude glacée m'envahit et j'eus l'impression que les pavés des rues comme mon avenir reposaient sur des sables mouvants.

15.

Sur le chemin du retour, je m'arrêtai devant la vitrine d'une papeterie de la rue Argenteria. Sur un carré de tissu se détachait un étui contenant des plumes et un porte-plume en ivoire, ainsi qu'un encrier blanc sur lequel était gravé ce qui semblait être des muses ou des fées. L'ensemble avait un air vaguement mélodramatique : on l'eût cru dérobé à quelque romancier russe, de ceux dont le sang coule au long de milliers de pages. Isabella avait une écriture aérienne que j'enviais, pure et fraîche comme sa conscience, et j'eus l'impression que ce jeu de plumes lui conviendrait à merveille. J'entrai et priai le vendeur de me le montrer. Les plumes étaient en plaqué or et cette plaisanterie coûtait une petite fortune, mais je décidai que ce serait une bonne occasion de répondre à la gentillesse et à la patience de ma jeune secrétaire par un geste aimable. Je demandai qu'on me l'enveloppe dans un papier rouge et brillant avec un nœud gros comme un char de carnaval.

En arrivant chez moi je m'apprêtai à jouir de cette satisfaction égoïste que l'on se donne en se présentant un cadeau à la main. J'allais donc appeler Isabella comme si elle était une fidèle mascotte qui n'a rien d'autre à faire que d'attendre avec dévotion le retour de son maître, mais ce que je vis en ouvrant la porte me laissa sans voix. Le couloir était obscur comme un tunnel. La porte de la chambre du fond était ouverte et projetait une tache de lumière jaune et vacillante sur le sol.

— Isabella ? appelai-je, la bouche sèche.

— Je suis là.

La voix provenait de la chambre. Je laissai le paquet sur le table du vestibule et me dirigeai vers elle. Je m'arrêtai sur le seuil. Isabella était assise par terre. Elle avait planté une bougie dans un long verre et se livrait avec ardeur à sa seconde vocation après la littérature : mettre de l'ordre et de l'harmonie dans les affaires des autres.

— Comment es-tu entrée ici ?

Elle me sourit et haussa les épaules.

— J'étais dans la galerie quand j'ai entendu un bruit. J'ai pensé que c'était vous, que vous étiez rentré, et en sortant dans le couloir je me suis aperçue que la porte de la chambre était ouverte. Je croyais vous avoir entendu dire que vous la gardiez fermée.

— Sors de là. Je n'aime pas que tu entres dans cette chambre. Elle est très humide.

— C'est idiot. Avec tout le travail qu'il faut y faire. Allons, venez. Regardez tout ce que j'ai trouvé.

J'entrai et m'accroupis près d'elle. Isabella avait trié les objets et les cartons par catégories : livres, jouets, vêtements, chaussures, lunettes. Je contemplai tous ces objets avec appréhension. Elle avait l'air ravie, comme si elle avait découvert les mines du roi Salomon.

— Tout ça est à vous ?

Je hochai négativement la tête.

— C'est à l'ancien propriétaire.

— Vous l'avez connu ?

— Non. C'était déjà là il y a des années, quand je me suis installé.

Isabella tenait à la main un paquet de lettres et me le montra comme s'il s'agissait d'une pièce à conviction.

— En tout cas, je crois avoir trouvé comment il s'appelait.

— Allons bon !

Elle sourit, manifestement enchantée de ses dons de détective.

— Marlasca, annonça-t-elle. Il s'appelait Diego Marlasca. Ça ne vous paraît pas curieux ?

— Quoi donc ?

— Que les initiales soient identiques aux vôtres : D. M.

— Simple coïncidence. Des dizaines de milliers de personnes dans cette ville ont les mêmes.

Isabella me fit un clin d'œil. Elle s'amusait follement.

— Regardez ce que j'ai découvert.

Elle avait mis à part une boîte en fer-blanc pleine de vieilles photographies. Des images d'un autre temps, des cartes postales de l'ancienne Barcelone, de pavillons détruits dans le parc de la Citadelle après l'Exposition universelle de 1888, de grandes demeures ruinées et d'avenues où circulaient des individus habillés suivant la mode cérémonieuse de l'époque, d'attelages et de souvenirs qui avaient la couleur de mon enfance. Sur ces images, des visages et des regards disparus me contemplaient à trente ans de distance. Sur plusieurs de ces photos, il me sembla reconnaître le visage d'une actrice qui avait été populaire quand

313

j'étais gamin et qui était tombée dans l'oubli depuis longtemps. Isabella m'observait en silence.

— Vous la reconnaissez ? demanda-t-elle.

— Je crois qu'elle s'appelait Irene Sabino. Une actrice qui avait acquis une certaine célébrité dans les théâtres du Paralelo. Ça ne date pas d'hier. Tu n'étais pas née.

— Et regardez ça.

Isabella me tendit une photo sur laquelle Irene Sabino s'accoudait à une fenêtre que je n'eus pas de mal à reconnaître : c'était celle de mon bureau, en haut de la tour.

— Intéressant, non ? Vous croyez qu'elle vivait ici ?

Je haussai les épaules.

— Elle était peut-être la maîtresse de ce Diego Marlasca...

— En tout cas, je ne pense pas que ce soit notre affaire.

— Que vous pouvez être rabat-joie, parfois !

Isabella remit les photos dans la boîte. Ce faisant, elle en laissa tomber une. L'image atterrit juste à mes pieds. Je la ramassai et l'examinai. Irene Sabino, dans une éblouissante robe noire, posait avec un groupe de personnes en costume de soirée dans ce qui me parut être le grand salon du Cercle hippique. C'était une simple photo de fête qui n'aurait pas retenu mon attention si, en l'observant mieux, je n'avais pas distingué, presque effacé, un homme aux cheveux blancs en haut des marches. Andreas Corelli.

— Vous voilà tout pâle ! s'écria Isabella.

Elle m'ôta la photo des mains et l'examina en silence. Je me redressai et lui fis signe de sortir de la chambre.

— Je ne veux pas que tu reviennes ici, déclarai-je d'une voix faible.

— Pourquoi ?

J'attendis qu'Isabella ait quitté de la chambre et fermai la porte derrière nous. Elle me regardait comme si je n'avais pas toute ma tête.

— Demain, tu iras voir les Sœurs de la Charité et tu leur diras de passer prendre tout ça. Qu'elles emportent tout et, s'il y a des choses dont elles ne veulent pas, qu'elles les jettent.

— Mais…

— Ne discute pas.

Je ne voulus pas affronter son regard et me dirigeai vers l'escalier du bureau. Elle me suivait des yeux depuis le couloir.

— Qui est cet homme, monsieur Martin ?

— Personne, murmurai-je. Personne.

16.

Je montai dans le bureau. Il faisait nuit noire, sans lune ni étoiles. J'ouvris grand les fenêtres et contemplai la ville dans l'ombre. Il n'y avait qu'un soupçon de brise et la sueur me mordait la peau. Je m'assis sur l'appui de la fenêtre et allumai le second des cigares qu'Isabella avait déposés sur ma table de travail quelques jours plus tôt, dans l'attente d'une bouffée de vent frais ou d'une idée un peu plus présentable que toute cette collection de lieux communs destinée à honorer la commande de mon patron. J'entendis alors le bruit des volets de la chambre à coucher d'Isabella qui s'ouvraient à l'étage du dessous. Un rectangle de lumière tomba sur la cour et sa silhouette s'y découpa de profil. Elle s'approcha de la fenêtre et scruta l'obscurité sans remarquer ma présence. Je l'observai en train de se déshabiller lentement. Elle alla vers la glace de l'armoire et examina son corps en se caressant le ventre de la pointe des doigts et en parcourant les coupures qu'elle s'était infligées sur la face interne des cuisses et des bras. Elle se mira ainsi longuement, sans autres atours qu'une expression découragée, puis elle éteignit la lumière.

Je revins à ma table et m'installai devant la pile de notes et de références que j'avais réunies pour le livre du patron. Je feuilletai ces ébauches d'histoires pleines de révélations mystiques et de prophètes qui survivaient à de terribles épreuves et revenaient avec la vérité révélée, d'enfants messianiques abandonnés devant la porte d'humbles familles à l'âme pure, poursuivis par des puissances sans foi et maléfiques, de paradis promis dans d'autres dimensions à ceux qui acceptaient sportivement leur destin et les règles du jeu, et de divinités oisives et anthropomorphes n'ayant rien de mieux à faire que de maintenir une surveillance télépathique sur la conscience de millions de fragiles primates qui avaient appris à penser juste le temps de découvrir qu'ils étaient livrés à leur sort dans un coin perdu de l'univers et que la vanité ou le désespoir conduisait à croire les yeux fermés que le ciel et l'enfer se passionnaient pour leurs vulgaires et méprisables petits péchés.

Je me demandai si c'était cela que le patron avait vu en moi, un esprit mercenaire et docile pour tisser un récit soporifique capable d'endormir les enfants ou de convaincre un pauvre diable sans espoir d'assassiner son voisin en échange de la gratitude éternelle de divinités adhérant à l'éthique du pistolet roi. Quelques jours plus tôt, j'avais reçu une nouvelle missive me donnant rendez-vous pour lui rendre compte des progrès de mon travail. Las de mes scrupules personnels, je songeai qu'il me restait vingt-quatre heures avant la rencontre et qu'à l'allure où j'allais, je me présenterais les mains vides et la tête pleine de doutes et de soupçons. Et comme je n'avais pas le choix, je fis ce que j'avais fait durant tant d'années dans des situations similaires. Je glissai une feuille dans l'Underwood et, les mains sur le clavier comme un pianiste qui attend la mesure, je commençai à me pressurer la cervelle, dans l'espoir qu'il en sorte quelque chose.

17.

— Intéressant, prononça le patron en terminant la dixième et dernière page. Étrange, mais intéressant.

Nous étions assis sur un banc dans l'ombre dorée de la gloriette du parc de la Citadelle. Une voûte à claire-voie filtrait la lumière, la réduisant à une poussière d'or, et les massifs de plantes sculptaient les zones d'ombre et de clarté de cette étrange pénombre lumineuse qui nous entourait. J'allumai une cigarette et suivis du regard la fumée montant en volutes bleues d'entre mes doigts.

— Venant de vous, étrange est un adjectif inquiétant, fis-je remarquer.

— J'employais le mot étrange par opposition à vulgaire, précisa Corelli.

— Mais ?

— Il n'y a pas de mais, mon cher Martín. Je crois que vous avez trouvé une voie intéressante et qui offre de nombreuses possibilités.

Pour un romancier, s'entendre dire que certaines de ses pages sont intéressantes et offrent des possibilités, c'est le signe que rien ne va. Corelli parut saisir mon inquiétude.

— Vous avez repris la question dans l'autre sens. Au lieu de chercher des références mythologiques, vous avez commencé par les sources les plus prosaïques. Puis-je vous demander d'où vous avez tiré cette idée d'un messie guerrier, et non pacifique ?

— C'est vous qui avez mentionné la biologie.

— Tout ce que nous avons besoin de savoir est écrit dans le grand livre de la nature. Il suffit d'avoir le courage et la clarté d'esprit et de pensée pour le déchiffrer, convint Corelli.

— Un des livres que j'ai consultés expliquait que, chez l'être humain, l'homme atteignait l'apogée de sa fertilité à dix-sept ans. La femme l'atteint plus tard mais la conserve, et c'est elle, en réalité, qui sélectionne et juge les gènes en acceptant de les reproduire ou en les refusant. L'homme, en revanche, ne fait que proposer et se consume beaucoup plus vite. L'âge où il jouit de sa plus grande puissance reproductrice coïncide avec celui où son esprit combatif est également à son apogée. Un jeune garçon est le soldat parfait. Il a un potentiel d'agressivité élevé et une faculté de critique limitée ou égale à zéro pour l'analyser ou juger de la manière de le canaliser. Au long de l'histoire, de nombreuses sociétés ont trouvé comment employer ce capital de violence et ont transformé leurs adolescents en soldats, en chair à canon pour conquérir leurs voisins ou se défendre de leurs agressions. Intuitivement, j'ai pressenti que notre protagoniste était un envoyé du ciel, mais un envoyé qui, dans sa première jeunesse, se dressait en armes et libérait la vérité par le glaive.

— Avez-vous décidé de mêler histoire et biologie, Martín ?

— À vous entendre, j'ai cru comprendre que cela formait un tout.

Corelli sourit. Je ne sais s'il le savait, mais cela le faisait ressembler à un loup affamé. Je serrai les dents et ignorai ce visage qui me donnait la chair de poule.

— Cela m'a fait réfléchir, et je me suis rendu compte que la majorité des grandes religions étaient écloses ou avaient atteint l'apogée de leur expansion et de leur influence dans les moments de l'histoire où les sociétés qui les adoptaient avaient une base démographique plus jeune et plus pauvre. Des sociétés dans lesquelles soixante-dix pour cent de la population avait moins de dix-huit ans, la moitié étant des adolescents mâles dont les veines brûlaient d'agressivité et de pulsions fertiles, constituaient des terrains idéals pour l'acceptation et l'essor de la foi.

— Vous simplifiez, mais je saisis où vous allez, Martín.

— Je n'en doute pas. Mais, une fois établies ces lignes générales, je me suis demandé pourquoi ne pas aller directement au cœur de la question et édifier une mythologie autour de ce messie guerrier, de sang et de fureur, qui sauve son peuple, ses gènes, ses femmes et ses vieillards garants du dogme politique et racial, de ses ennemis, c'est-à-dire de tous ceux qui contestent sa doctrine ou ne s'y soumettent pas.

— Et que faites-vous des adultes ?

— Pour l'adulte, nous en appellerons à la frustration. À mesure qu'il avance dans la vie et qu'il doit renoncer aux illusions, aux rêves et aux désirs de la jeunesse, il sent croître en lui le sentiment d'être victime du monde et des autres. Nous trouvons toujours un coupable pour nos malheurs ou nos échecs, quelqu'un que nous voulons exclure. Embrasser une doctrine qui transforme cette rancœur et cette victimisation en valeur positive réconforte et donne des forces. L'adulte se sent ainsi partie du groupe et sublime ses aspirations et ses désirs perdus à travers la communauté.

— C'est possible, concéda Corelli. Et toute cette iconographie de la mort, de drapeaux et d'emblèmes ? Vous ne la trouvez pas contreproductive ?

— Non. Elle me paraît essentielle. L'habit fait le moine, mais, surtout, le paroissien.

— Et les femmes, l'autre moitié ? J'ai du mal à concevoir qu'une partie importante des femmes d'une société accepteraient d'honorer ces bannières et ces emblèmes. La psychologie du boy-scout est réservée aux enfants.

— Toute religion organisée, à de rares exceptions près, a pour pilier essentiel la sujétion, la répression et la négation de la femme dans le groupe. La femme doit accepter le rôle de présence éthérée, passive et maternelle, jamais celui de l'autorité et de l'indépendance, ou alors elle en paye les conséquences. Elle peut avoir sa place d'honneur parmi les symboles, jamais dans la hiérarchie. La religion et la guerre sont affaires d'hommes. D'ailleurs, la femme finit parfois par devenir la complice et l'exécutante de sa propre soumission.

— Et les vieux ?

— La vieillesse est la vaseline de la crédulité. Quand la mort frappe à la porte, le scepticisme saute par la fenêtre. Une bonne trouille cardiovasculaire, et l'on croit même au Petit Chaperon rouge.

Corelli rit.

— Attention, Martín, j'ai l'impression que vous devenez plus cynique que moi.

Je le dévisageai comme si j'étais un élève docile et anxieux d'obtenir l'approbation d'un maître difficile et exigeant. Corelli me donna une tape sur le genou en hochant la tête d'un air satisfait.

— Ça me plaît. J'aime le parfum de tout cela. Je veux que vous y réfléchissiez et le mettiez en forme. Je vais vous accorder plus de temps. Nous nous reverrons d'ici à deux ou trois semaines, je vous aviserai quelques jours avant.

— Vous devez quitter la ville ?

— Des affaires de la maison d'édition me réclament, et je crains de devoir partir quelques jours en voyage. Toutefois, je m'en vais content. Vous avez fait du bon travail. Je savais que j'avais rencontré mon candidat idéal.

Le patron se leva et me tendit la main. Avant de la lui serrer, j'essuyai sur la jambe de mon pantalon la sueur qui mouillait la paume de la mienne.

— Je regretterai votre absence, improvisai-je.

— N'exagérez pas, Martín, vous vous êtes donné assez de mal comme ça.

L'écho de ses pas se perdit dans l'obscurité. Je restai là un bon moment, me demandant si le patron avait mordu à l'hameçon et s'il avait avalé le tissu de boniments que je venais de lui servir. J'avais la certitude de lui avoir raconté exactement ce qu'il voulait entendre. J'avais bon espoir d'avoir réussi, avec ce chapelet d'élucubrations, à le laisser satisfait pour un moment, convaincu que son serviteur, le malheureux romancier raté, s'était converti à son projet. Je songeai que ce serait toujours autant de gagné pour comprendre dans quelle galère je m'étais embarqué. Lorsque je me levai et quittai la gloriette, mes mains tremblaient encore.

18.

Après des années d'expérience dans l'écriture de romans policiers, on n'est pas sans avoir acquis un certain nombre de principes de base concernant la manière de débuter une enquête. L'un d'eux est que toute intrigue un tant soit peu solide, y compris passionnelle, naît et meurt dans une odeur d'argent et de propriété immobilière. Au sortir de la gloriette, je me rendis dans les bureaux du Registre de la propriété, rue Consejo de Ciento, et demandai à consulter les volumes où était consigné tout ce qui touchait à l'achat, la vente et la propriété de ma maison. Les tomes de la bibliothèque du Registre contiennent presque autant d'informations essentielles sur les réalités de la vie que les œuvres complètes des philosophes les plus scrupuleux, ou peut-être davantage.

Je commençai par la section où je trouverais la mention de ma location de la propriété sise au numéro 30 de la rue Flassaders. Là, je pus recueillir les indications qui me permirent de remonter dans l'histoire de la demeure, antérieurement à son acquisition par la Banque hispano-coloniale, conséquence de l'hypothèque prise sur la famille Marlasca qui, semblait-il, en avait hérité au décès de son propriétaire. Il était question d'un avocat nommé S. Valera, qui était intervenu dans la procédure en qualité de représentant de la famille. Un nouveau saut dans le passé me permit de trouver les données afférentes à l'achat du bien par don Diego Marlasca Pongiluppi en 1902 à un certain Bernabé Massot y Caballé. Je notai sur une feuille toutes les références, noms de l'avocat et des personnes concernées par les transactions aux dates correspondantes. Un employé annonça à haute voix qu'il restait quinze minutes avant la fermeture et je m'apprêtai à partir, mais auparavant je me dépêchai de consulter l'état de la propriété de la résidence d'Andreas Corelli près du parc Güell. Les quinze minutes étant écoulées et mes recherches s'avérant infructueuses, je levai les yeux du volume des registres pour rencontrer le regard cendreux du secrétaire. Efflanqué et luisant de gomina de la moustache aux cheveux, il respirait cette apathie belligérante caractéristique de tous ceux qui transforment leur fonction en une tribune pour empoisonner la vie de leurs concitoyens.

— Excusez-moi. Je n'arrive pas à trouver une propriété, lui dis-je.

— Eh bien, soit elle n'existe pas, soit vous ne savez pas chercher. En tout cas, c'est fini pour aujourd'hui.

Je répondis à cette manifestation d'amabilité et d'efficacité par mon meilleur sourire.

— Je pourrai peut-être la trouver grâce à votre aide éclairée, suggérai-je.

Il m'adressa un coup d'œil écœuré et m'arracha le volume des mains.

— Revenez demain.

Ma visite suivante fut pour le majestueux édifice du Collège des avocats, rue Mallorca, non loin de là. Je gravis l'escalier où des lustres de cristal et ce qui me parut être une statue de la Justice, dont le buste et la pose évoquaient une prima dona du Paralelo, montaient la garde. Un homoncule au faciès de rat me reçut au secrétariat avec un sourire aimable et me demanda en quoi il pouvait m'être utile.

— Je cherche un avocat.

— Vous ne pouvez mieux tomber. Ici, nous en avons à revendre. Il nous en arrive tous les jours de nouveaux. Ils se reproduisent comme des lapins.

— C'est ça, le monde moderne. Celui que je cherche s'appelle, ou s'appelait, Valera. S. Valera. Avec un V.

Le petit homme disparut dans le labyrinthe des archives en marmonnant. J'attendis, adossé au comptoir, en passant en revue ce décor où tout était conçu pour rappeler le poids écrasant de la loi. Au bout de cinq minutes, le petit homme revint avec un dossier.

— J'ai trouvé dix Valera. Dont deux précédés d'un S majuscule : Sebastián et Soponcio.

— Soponcio ?

— Vous êtes très jeune, mais, il y a des années, c'était un prénom distingué et tout à fait indiqué pour l'exercice de la profession d'avocat. Puis le charleston est arrivé et tout a été chamboulé.

— Ce Mᵉ Soponcio est toujours vivant ?

— D'après les archives et la date à laquelle il a été rayé du registre des cotisations du Collège, Soponcio Valera y Menacho a été reçu dans la gloire de Notre-Seigneur en l'an 1919. *Memento mori.* Sebastián est son fils.

— Il exerce ?

— Il est en pleine activité. Je ne pense pas me tromper en supposant que vous voudrez son adresse ?

— Si ce n'est pas trop exiger.

Le nabot me la nota sur un carré de papier et me la tendit.

— 442, avenue Diagonal. C'est à un jet de pierre d'ici, mais il est déjà deux heures et c'est le moment de la journée où les avocats de son standing vont déjeuner avec de riches veuves ou des fabricants de textiles et d'explosifs. À votre place, j'attendrais quatre heures.

Je glissai l'adresse dans la poche de ma veste.

— Je suivrai votre conseil. Merci infiniment pour votre aide…

— Nous sommes là pour ça. Allez en paix.

J'avais deux heures à tuer avant de rendre visite à Me Valera. Je pris donc un tramway qui allait rue Layetana et descendis à la hauteur de la rue Condal. La librairie Sempere & Fils était à un pas de là et je savais d'expérience que le vieux libraire, contrevenant à la règle immuable du commerce local, ne fermait pas à midi. Je le trouvai comme toujours à son comptoir, en train de ranger des livres et de s'occuper de nombreux clients qui se promenaient entre les tables et les rayons à la recherche de quelque trésor. En me voyant, il sourit et vint me saluer. Il était plus maigre et plus pâle qu'à notre dernière rencontre. Il dut lire de l'inquiétude sur mes traits, car il haussa les épaules et fit mine de ne pas y accorder d'importance.

— Chacun son tour, déclara-t-il. Tu es en pleine forme et moi, comme tu vois, je me traîne.

— Vous êtes sûr que vous allez bien ?

— Je me porte comme une fleur. C'est cette maudite angine de poitrine. Rien de sérieux. Quel bon vent t'amène, mon cher Martín ?

— Je pensais vous inviter à déjeuner.

— Je t'en remercie, mais je ne peux lâcher la barre. Mon fils est allé à Sarrià estimer une collection, et nos finances ne nous permettent pas de fermer quand les clients sont dehors.

— Ne me dites pas que vous avez des problèmes d'argent.

— Nous tenons une librairie, Martín, pas une étude de notaire. Ici, la littérature rapporte juste ce qu'il faut, et parfois même pas.

— Si vous avez besoin d'aide…

Sempere m'arrêta d'un geste.

— Si tu veux m'aider, achète-moi des livres.

— Vous savez que ma dette envers vous ne se paye pas en argent.

— Raison de plus pour t'ôter ça de la tête. Ne t'inquiète pas pour nous, Martín, personne ne nous contraindra jamais à partir d'ici, ou alors ce sera les pieds devant. Mais si tu veux, tu peux partager avec moi un succulent déjeuner de pain, raisin et fromage frais de Burgos. Avec ça et *Le Comte de Monte-Cristo*, on peut survivre cent ans.

19.

Sempere avala à peine quelques bouchées. Il souriait d'un air las et feignait d'être intéressé par ma conversation, mais je constatai que, par moments, il avait du mal à respirer.

— Dis-moi, Martín, à quoi travailles-tu ?

— Difficile à expliquer. Un livre de commande.

— Un roman ?

— Pas exactement. Je ne saurais pas bien comment le définir.

— L'important est que tu travailles. J'ai toujours soutenu que l'oisiveté ramollissait le cerveau. Il faut le tenir occupé. Et si on n'a pas de cerveau, il reste les mains.

— Mais parfois on travaille plus que de raison, monsieur Sempere. Est-ce que vous ne devriez pas souffler un peu ? Depuis combien de temps êtes-vous sur la brèche sans jamais vous arrêter ?

Sempere promena les yeux autour de lui.

— Ce lieu est ma vie, Martín. Où irais-je ? Sur un banc de square, au soleil, pour donner à manger aux pigeons et me plaindre de mes rhumatismes ? Je serais mort au bout de dix minutes. Ma place est ici. Et mon fils n'est pas encore prêt à prendre les rênes, quoi qu'il en pense.

— C'est un bon travailleur. Et un bon garçon.

— Trop bon, entre nous. Il m'arrive de le regarder et de me demander ce qu'il deviendra le jour où je partirai. Comment il se débrouillera...

— Tous les pères se posent les mêmes questions, monsieur Sempere.

— Ton père aussi ? Oh, pardon, je ne voulais pas...

— Ne vous excusez pas. Mon père avait déjà assez de soucis personnels comme ça, et s'il lui avait fallu s'occuper de ceux que je lui causais... Je suis sûr que votre fils est plus solide que vous ne le croyez.

Sempere me dévisageait, hésitant.

— Sais-tu ce qui lui manque, à mon avis ?

— Un peu de subtilité ?

— Une femme.

— Ce ne sont pourtant pas les jeunes personnes qui devraient lui faire défaut, avec toutes les tourterelles qui se pressent devant votre vitrine pour l'admirer.

— Je parle d'une vraie femme, de celles qui font d'un homme ce qu'il doit être.

— Il est encore jeune. Laissez-lui quelques années pour s'amuser.

— Celle-là, c'est la meilleure. Si au moins il s'amusait. Moi, à son âge, si j'avais eu cette cour de filles, j'aurais péché comme un cardinal.

— Dieu donne du pain à ceux qui n'ont pas de dents.

— C'est bien ce qui lui manque : des dents. Et l'envie de mordre.

Il me sembla que le libraire avait une idée derrière la tête. Il me regardait et souriait.

— Tu peux peut-être l'aider...

— Moi ?

— Tu connais la vie, Martín. Ne fais pas cette tête. Je suis sûr que si tu t'en occupes, tu trouveras une brave jeune fille pour mon fils. Il est déjà joli garçon. Le reste, tu le lui enseigneras.

Je restai sans voix.

— Tu ne désirais pas m'aider ? reprit le libraire. Eh bien, en voilà l'occasion.

— Je parlais d'argent.

— Et moi je parle de mon fils, de l'avenir de cette maison. De toute ma vie.

Je soupirai. Sempere me prit la main et la serra avec le peu de force qui lui restait.

— Promets-moi de ne pas me laisser quitter ce monde avant que j'aie vu mon fils avec une de ces femmes pour lesquelles cela vaut la peine de mourir. Et qui me donnera un petit-fils.

— Si j'avais su que vous me demanderiez ça, je serais allé déjeuner au café Novedades.

Sempere sourit.

— Je pense parfois que j'aurais aimé t'avoir pour fils, Martín.

Je regardai le libraire, plus fragile et plus vieilli que jamais, à peine l'ombre de l'homme fort et imposant que j'avais connu entre ces mêmes murs au temps de ma jeunesse, et je sentis que le monde s'écroulait autour de moi. Je m'approchai de lui et, sans m'en rendre compte, je fis ce que je n'avais jamais fait depuis tout ce temps que je le connaissais. Je posai un baiser sur ce front semé de taches et garni de rares cheveux gris.

— Tu me promets ?

— Je vous le promets, dis-je en me dirigeant vers la sortie.

20.

Le cabinet de Me Valera occupait le dernier étage d'un extravagant immeuble moderniste situé au numéro 442 de l'avenue Diagonal, à un pas du Paseo de Gracia. L'immeuble, faute d'autres termes pour le désigner, paraissait être issu du croisement entre une gigantesque horloge à carillon et un navire pirate, affublé de fenêtres grandioses et de mansardes vertes dans le toit. Partout ailleurs sur cette Terre, cette construction de style baroque et byzantin eût été proclamée l'une des sept merveilles du monde ou le produit diabolique de l'imagination d'un artiste dément possédé par les esprits de l'au-delà. À Barcelone, dans le quartier de l'Ensanche, où des spécimens similaires poussaient de tous côtés comme le trèfle après la pluie, c'était à peine si elle provoquait un haussement de sourcils.

Je pénétrai dans le vestibule et avisai un ascenseur qui me fit penser à l'œuvre d'une grosse araignée qui aurait tissé des cathédrales au lieu de toiles. Le concierge me tint la porte de la cabine et m'enferma dans cette étrange boîte qui entreprit son ascension dans la cage centrale de l'escalier. Une secrétaire au visage sévère m'ouvrit la porte de chêne ouvragée et me pria d'entrer. Je lui donnai mon nom et précisai que je n'avais pas rendez-vous, mais que je venais pour une affaire qui concernait l'achat et la vente d'un immeuble du quartier de la Ribera. Je perçus un changement sur ses traits imperturbables.

— La maison de la tour ? demanda-t-elle.

Je confirmai. La secrétaire m'introduisit dans un bureau vide. J'eus le sentiment que ce n'était pas la salle d'attente officielle.

— Patientez un moment, s'il vous plaît, monsieur Martín. Je préviendrai Me Valera dès son retour.

Je passai les trois quarts d'heure suivants dans ce bureau, entouré de rayons remplis de volumes gros comme des pierres tombales avec au dos des inscriptions du genre « 1888-1889, B.C.A., Première Section. Deuxième Partie », pressante invite à une lecture compulsive. Le bureau disposait d'une large fenêtre suspendue au-dessus de la Diagonal d'où l'on pouvait contempler toute la ville. Les meubles fleuraient bon le bois précieux, vieilli et macéré dans l'argent. Des tapis et des fauteuils en cuir suggéraient une ambiance de club britannique. J'essayai de soulever une des lampes posées sur la table et estimai qu'elle devait peser au moins trente kilos. Un grand portrait à l'huile au-dessus d'une cheminée qui n'avait jamais servi affirmait l'orgueilleuse omniprésence de celui qui ne pouvait être que l'ineffable don Soponcio Valera y Menacho. L'avocat, un vrai titan, portait des favoris et une moustache évoquant la crinière d'un vieux lion et, de l'au-delà où il séjournait, ses yeux de feu et d'acier dominaient le lieu jusque dans ses moindres recoins avec la solennité d'un arrêt de mort.

— Il ne parle pas, mais si l'on reste un moment à regarder le tableau, on finit par croire qu'il va le faire d'un moment à l'autre, déclara une voix dans mon dos.

Je ne l'avais pas entendu entrer. Sebastián Valera était un homme à l'allure discrète qui semblait avoir passé la plus grande partie de sa vie à s'efforcer de sortir de l'ombre de son père et qui, maintenant, à cinquante ans et quelques, était épuisé par ses tentatives. Il avait un air intelligent et pénétrant, avec cette expression d'extrême distinction qui est l'apanage des princesses royales et des avocats réellement chers. Il me tendit la main et je la serrai.

— Excusez-moi de vous avoir fait attendre, mais je n'avais pas prévu votre visite, dit-il en m'invitant à m'asseoir.

— Je vous en prie. C'est moi qui vous remercie d'avoir l'amabilité de me recevoir.

Valera souriait comme seul peut le faire quelqu'un qui connaît et fixe le prix de chaque minute.

— Ma secrétaire m'a appris que votre nom est David Martín. David Martín, l'écrivain ?

Mon air surpris me dénonça.

— Je viens d'une famille de grands lecteurs, expliqua-t-il. En quoi puis-je vous aider ?

— Je voudrais vous consulter à propos de la vente et de l'achat d'une propriété sise à…

— La maison de la tour ? me coupa courtoisement l'avocat.

— Oui.

— Vous la connaissez ?

— J'y habite.

Valera m'examina longuement sans se départir de son sourire. Il se redressa sur sa chaise et changea d'attitude, laquelle se fit plus tendue et moins ouverte.

— Vous en êtes l'actuel propriétaire ?

— En réalité, je n'en suis que le locataire.

— Et que désireriez-vous savoir, monsieur Martín ?

— J'aimerais connaître, si c'est possible, les détails de l'acquisition de ce bien par la Banque hispano-coloniale et obtenir quelques informations sur son ancien propriétaire.

— Don Diego Marlasca, murmura l'avocat. Puis-je vous interroger sur la raison de cet intérêt ?

— Il est le fruit du hasard. Récemment, au cours d'une rénovation de la maison, j'ai trouvé une série d'objets dont je pense qu'ils lui ont appartenu.

L'avocat fronça les sourcils.

— Des objets ?

— Un livre. Ou plus précisément un manuscrit.

— M. Marlasca était passionné de littérature. Il était également l'auteur de nombreux ouvrages de droit, d'histoire et autres domaines. Un érudit de poids. Et un grand homme même si, à la fin de sa vie, certains ont essayé de ternir sa réputation.

L'avocat lut l'étonnement sur mon visage.

— J'imagine que vous n'êtes pas au courant des circonstances de la mort de M. Marlasca.

— Je crains que non.

Valera soupira, comme s'il hésitait à poursuivre.

— Vous n'allez pas écrire un livre là-dessus, n'est-ce pas, ni sur Irene Sabino ?

— Non.

— J'ai votre parole ?

Je confirmai. Valera haussa les épaules.

— D'ailleurs, je suppose que vous ne pourriez pas en révéler davantage que ce qui a déjà été divulgué à l'époque, ajouta-t-il, plus pour lui-même que pour moi.

L'avocat jeta un rapide coup d'œil au portrait de son père puis reporta les yeux sur moi.

— Diego Marlasca était l'associé et le meilleur ami de mon père. Ils ont créé ce cabinet ensemble. M. Marlasca était très brillant. Malheureusement, il avait une personnalité complexe et était sujet, pendant de longues périodes, à des crises de mélancolie. Le moment venu, mon père et lui ont décidé de dissoudre leurs liens. M. Marlasca a laissé le barreau pour se consacrer à sa première vocation : l'écriture. On dit que presque tous les avocats nourrissent le désir secret de quitter la profession et de devenir écrivains…

— … jusqu'au moment où ils comparent les revenus.

— Don Diego avait noué une relation amicale avec une actrice jouissant à l'époque d'une certaine popularité, Irene Sabino, pour laquelle il voulait écrire une comédie dramatique. Cela n'allait pas plus loin. M. Marlasca était un gentleman et il n'a jamais été infidèle à sa femme, mais vous savez comment sont les gens. Des bavardages. Les rumeurs, la malveillance. Bref, le bruit a couru que don Diego vivait une romance secrète avec Irene Sabino. Son épouse ne le lui a jamais pardonné et le ménage s'est séparé. M. Marlasca, désemparé, a fait l'acquisition de la maison de la tour et s'y est installé. Malheureusement, il l'habitait depuis à peine un an quand il est mort dans un accident lamentable.

— Quel genre d'accident ?

— M. Marlasca est mort noyé. Une tragédie.

Valera avait baissé les yeux et sa voix n'était plus qu'un souffle.

— Et un scandale ?

— Des langues de vipère ont répandu le bruit que M. Marlasca s'était suicidé après avoir subi une déception amoureuse avec Irene Sabino.

— Et c'était le cas ?

Valera ôta ses lunettes et se frotta les yeux.

— Si vous voulez la vérité, je n'en sais rien. Et ça m'est égal. Le passé est le passé.

— Et qu'est-il advenu d'Irene Sabino ?

Valera rechaussa ses lunettes.

— Je croyais que votre intérêt se limitait à M. Marlasca et aux conditions de l'achat et de la vente.

— Simple curiosité. Parmi les effets personnels de M. Marlasca, j'ai trouvé de nombreuses photographies d'Irene Sabino, ainsi que des lettres qu'elle lui a adressées…

— Où voulez-vous en venir ? s'insurgea Valera. Est-ce de l'argent, que vous voulez ?

— Non.

— J'en suis heureux, car personne n'en donnera. Nul ne se soucie plus de cette histoire. Est-ce clair ?

— Tout à fait, maître. Je n'avais pas l'intention de vous importuner ni de procéder à des insinuations hors de propos. Je regrette de vous avoir blessé avec mes questions.

Rasséréné, l'avocat sourit et soupira derechef, comme si, pour lui, la conversation devait s'achever là.

— C'est sans importance. Et c'est à moi de m'excuser.

Profitant de cette volonté d'apaisement de l'avocat, j'adoptai mon expression la plus suave.

— Peut-être Mme Alicia Marlasca, sa veuve…

Valera s'agita sur son siège, visiblement mal à l'aise.

— Monsieur Martín, je ne voudrais pas que vous le preniez mal, mais mon devoir d'avocat de la famille est de préserver son intimité. Pour des raisons évidentes. Beaucoup de temps a passé, et je ne souhaite pas que se rouvrent aujourd'hui de vieilles blessures qui ne mènent nulle part.

— Je comprends.

De nouveau tendu, l'avocat m'observait.

— Et vous disiez que vous avez trouvé un livre ? s'enquit-il.

— Oui… un manuscrit. Probablement sans importance.

— Probablement. De quoi traitait cette œuvre ?

— De théologie.

Valera hocha la tête.

— Cela vous surprend ? demandai-je.

— Non. Au contraire. Don Diego était une autorité en matière d'histoire des religions. Un savant. Chez nous, on se souvient encore de lui avec beaucoup d'affection. Dites-moi, quels aspects concrets de la vente vouliez-vous connaître ?

— Je crois que vous m'avez déjà beaucoup aidé, maître Valera. Je ne voudrais pas abuser davantage de votre temps.

L'avocat acquiesça, soulagé.

— C'est à cause de la maison, n'est-ce pas ? questionna-t-il.

— Un lieu étrange, oui, admis-je.

— Je me souviens d'y être allé une fois, quand j'étais jeune, peu après son achat par don Diego.

— Savez-vous pourquoi il l'a achetée ?

— Il était fasciné par elle depuis sa jeunesse et avait toujours pensé qu'il aimerait y vivre. Il était parfois comme un adolescent, capable de tout brader en échange d'une simple illusion.

Je restai silencieux.

— Vous vous sentez bien ?

— Très bien. Savez-vous quelque chose du propriétaire à qui M. Marlasca l'a achetée ? Un certain Bernabé Massot ?

— Il avait fait fortune en Amérique. Il n'a jamais passé plus d'une heure dedans. Il l'a acquise à son retour de Cuba et l'a laissée vide pendant des années. Il n'en a jamais donné la raison. Il vivait dans une villa qu'il s'était fait construire à Arenys de Mar. Il a revendu la maison pour quatre sous. Il ne voulait rien savoir d'elle.

— Et avant lui ?

— Je crois qu'elle était habitée par un prêtre. Un jésuite. Je ne suis pas sûr. C'était mon père qui gérait les affaires de don Diego et, à la mort de celui-ci, il a détruit toutes les archives.

— Pourquoi avoir agi ainsi ?

— À cause de tout ce que je viens de vous conter. Pour éviter les rumeurs et préserver la mémoire de son ami, je suppose. La vérité est qu'il ne m'en a jamais rien dit. Mon père n'était pas le genre d'homme à s'expliquer sur ses actes. Il devait avoir ses raisons. De bonnes raisons, sans nul doute. Don Diego avait été un grand ami, en plus d'être son associé, et tout cela a été très douloureux pour mon père.

— Et le jésuite ?

— Je crois qu'il avait des problèmes disciplinaires avec son ordre. Il était l'ami de Mgr Cinto Verdaguer, et il me semble qu'il a été impliqué dans certains de ses problèmes… enfin, vous savez.

— Une histoire d'exorcismes.

— Des racontars.

— Comment un jésuite expulsé de son ordre peut-il se permettre une telle demeure ?

Valera haussa encore une fois les épaules et je supposai que nous avions épuisé la question.

— J'aimerais pouvoir vous aider davantage, monsieur Martín, mais j'ignore comment. Croyez-moi.

— Merci pour le temps que vous m'avez consacré, maître.

L'avocat acquiesça et appuya sur une sonnette posée sur son bureau. La secrétaire qui m'avait reçu apparut. Valera me tendit la main.

— Monsieur Martín s'en va. Raccompagnez-le, Margarita.

La secrétaire me précéda. Avant de sortir de la pièce, je me retournai pour regarder l'avocat, qui se tenait, l'air abattu, sous le portrait de son père. Je suivis Margarita jusqu'à la porte d'entrée et, juste au moment où elle allait la refermer, je lui dédiai le plus innocent de mes sourires.

— Excusez-moi. Mᵉ Valera m'a donné l'adresse de Mme Marlasca, mais je ne suis pas sûr d'avoir bien retenu le numéro de la rue.

Margarita soupira, impatiente de me voir partir.

— Le 13. 13, route de Vallvidrera.

— Bien sûr.

— Au revoir.

Je n'eus pas le temps de répondre, car la porte se referma à mon nez, aussi solennellement et hermétiquement que la dalle d'un sépulcre.

21.

De retour dans la maison de la tour, j'appris à considérer d'un œil neuf ce qui, durant trop d'années, avait été mon foyer et ma prison. Le portail franchi, je sentis que je m'engouffrais dans le gosier d'un être de pierre et d'ombre. Je montai l'escalier comme si je m'enfonçais dans ses entrailles et ouvris la porte de l'étage pour trouver ce long couloir obscur qui se perdait dans la pénombre et qui, pour la première fois, m'apparut comme l'antichambre d'un esprit méfiant et empoisonné. Au loin, se découpant sur le flamboiement écarlate du crépuscule qui filtrait depuis la galerie, je distinguai la silhouette d'Isabella s'avançant vers moi. Je refermai la porte et allumai la lumière du vestibule.

Isabella était habillée en demoiselle distinguée et, avec ses cheveux rassemblés en chignon et son maquillage, elle avait l'allure d'une femme de dix ans plus âgée.

— Te voilà bien jolie et très élégante, remarquai-je froidement.

— Presque comme une fille de votre âge, non ? Ma robe vous plaît ?

— D'où l'as-tu tirée ?

— Elle était dans un coffre de la chambre du fond. Je crois qu'elle appartenait à Irene Sabino. Comment me trouvez-vous ? Est-ce que je ne suis pas mieux comme ça ?

— Je t'avais demandé que l'on vienne tout enlever.

— Je suis allée ce matin à la paroisse, et ils m'ont répondu qu'ils ne pouvaient pas venir et que c'était à nous de le leur apporter.

Je la regardai en silence.

— C'est la vérité ! s'écria-t-elle.

— Enlève cette robe et remets-la où tu l'as prise. Et lave-toi la figure. Tu ressembles à…

— … une femme comme les autres ?

Je niai, en soupirant.

— Tu ne pourrais jamais être une femme comme les autres, Isabella.

— Bien sûr. C'est pour ça que je vous plais si peu, murmura-t-elle en faisant demi-tour dans le couloir.

— Isabella ! appelai-je.

Elle m'ignora et entra dans sa chambre.

— Isabella ! répétai-je en élevant la voix.

Elle m'adressa un regard hostile et claqua la porte. J'entendis un grand remue-ménage et allai frapper. Pas de réponse. Je tambourinai de nouveau. Rien. J'ouvris et la trouvai en train de rassembler les quelques affaires qu'elle avait apportées et de les fourrer dans son sac.

— Qu'est-ce que tu fais ?

— Je m'en vais, voilà ce que je fais. Je m'en vais et je vous laisse en paix. Ou en guerre, parce qu'avec vous on ne sait jamais.

— Je peux te demander où ?

— En quoi ça vous intéresse ? C'est une question rhétorique, ou ironique ? Pour vous, naturellement, ça ne pose pas de problème, mais moi qui suis une imbécile, je suis incapable de faire la différence.

— Isabella, attends un moment et…

— Ne vous tracassez pas pour la robe, je l'enlève tout de suite. Et vos plumes, vous pouvez aller les rendre, je ne m'en suis pas servie et je m'en fiche. C'est un cadeau de mauvais goût pour petite fille qui n'a pas dépassé la maternelle.

Je m'approchai d'elle et posai la main sur son épaule. Elle recula d'un bond comme si un serpent l'avait frôlée.

— Ne me touchez pas !

Je battis en retraite sur le seuil, en silence. Ses mains et ses lèvres tremblaient.

— Isabella, pardonne-moi. S'il te plaît. Je ne voulais pas te blesser.

Elle avait des larmes dans les yeux et un sourire amer sur les lèvres.

— Vous n'avez fait que ça. Depuis que je suis là. Vous m'avez insultée et traitée comme si j'étais une pauvre idiote sans jugeote.

— Pardonne-moi, répétai-je. Laisse tes affaires. Ne t'en va pas.

— Pourquoi ?

— Parce je te le demande : s'il te plaît.

— Si je veux de la pitié et de la charité, je peux en trouver ailleurs.

— Ce n'est pas de la pitié ni de la charité, à moins que ce ne soit toi qui en éprouves pour moi. Je te le demande parce que l'idiot c'est moi, et que je ne veux pas être seul. Je ne peux pas être seul.

— Charmant, vraiment ! Toujours à penser aux autres. Achetez-vous un chien.

Elle laissa tomber le sac sur le lit et me fit face, essuyant ses larmes et laissant libre cours à la colère qu'elle avait accumulée. Je serrai les dents.

— Puisque nous jouons au jeu de la vérité, laissez-moi vous dire que vous serez toujours seul. Vous serez seul parce que vous ne savez ni aimer ni partager. Vous êtes comme cette maison, qui me donne des frissons. Ça ne m'étonne pas que votre dame de cœur vous ait planté là, et que tout le monde vous laisse tomber. Vous n'aimez pas et vous empêchez les autres de vous aimer.

Je la contemplai, accablé, comme si on venait de me frapper sans que je sache d'où venaient les coups. Je cherchai mes mots et ne réussis qu'à balbutier.

— Vraiment, les plumes ne te plaisent pas ? arrivai-je enfin à articuler.

À bout, Isabella eut une mimique écœurée.

— Ne prenez pas cet air de chien battu, je veux bien admettre que je suis stupide, mais il y a des limites.

Je me tus, adossé à l'encadrement de la porte. Isabella m'observait avec un mélange de méfiance et de compassion.

— Je ne voulais pas dire ça de votre amie, celle des photos. Excusez-moi, murmura-t-elle.

— Ne t'excuse pas. C'est la vérité.

Je baissai les yeux et quittai la chambre. Je me réfugiai dans le bureau pour contempler la ville obscure et noyée dans le brouillard. Un moment plus tard, j'entendis des pas hésitants dans l'escalier.

— Vous êtes là-haut ?

— Oui.

Elle entra dans la pièce. Elle s'était changée et avait essuyé ses larmes. Elle me fit un sourire que je lui rendis.

— Pourquoi êtes-vous ainsi ? demanda-t-elle.

Je haussai les épaules. Isabella s'approcha et s'assit près de moi sur le rebord intérieur de la fenêtre. Nous admirâmes ensemble le spectacle de silences et d'ombres au-dessus des toits de la vieille ville, sans éprouver le besoin de parler. Passé un certain temps, elle sourit et me regarda.

— Et si nous allumions un des cigares que mon père vous a donnés et le fumions à deux ?

— Pas question !

Elle s'enferma dans un de ses longs silences. De temps en temps, elle se tournait vers moi et souriait. Je l'observais du coin de l'œil et me rendais compte qu'il me suffisait de la voir pour croire qu'il restait peut-être encore quelque chose de bon et d'acceptable dans cette chienne de vie, et même, avec un peu de chance, dans ma propre personne.

— Tu restes ?

— Donnez-moi une bonne raison. Un raison sincère, ou si vous préférez, dans votre cas, égoïste. Et il vaudrait mieux que vous ne me racontiez pas de craques, sinon je pars tout de suite.

Elle se retrancha derrière un air défensif, s'attendant à ce que je lui sorte une quelconque flatterie, et, pendant un instant, j'eus le sentiment qu'elle était la seule personne au monde à laquelle je ne voulais ni ne pouvais mentir. Je baissai les yeux et, exceptionnellement, je dis la vérité, ne serait-ce que pour, une fois au moins, m'entendre la prononcer à voix haute.

— Parce que tu es l'unique amie qui me reste.

La dureté s'effaça de son visage et je préférai détourner la tête plutôt que d'y lire de la pitié.

— Et M. Sempere ? Et l'autre cuistre, M. Barceló ?

— Tu es la seule qui ose me dire la vérité.

— Et votre ami, le patron, il ne vous dit pas la vérité ?

— Ne mélange pas les torchons et les serviettes. Le patron n'est pas mon ami. Et je ne crois pas qu'il ait dit une seule fois la vérité dans sa vie.

Isabella me dévisagea longuement.

— Vous voyez ? Je savais bien que vous n'aviez pas confiance en lui. Je l'ai lu sur votre figure dès le premier jour.

Je tentai de récupérer un peu de dignité, mais je ne trouvai que le sarcasme.

— Tu as ajouté la lecture sur les visages à la liste de tes talents ?

— Pour lire sur le vôtre, pas besoin de talent, rétorqua-t-elle. C'est aussi simple que le conte du Petit Poucet.

— Et qu'est-ce que tu y lis encore, éminente pythonisse ?

— Que vous avez peur.

J'essayai de rire, sans conviction.

— Il ne faut pas être honteux d'avoir peur. Avoir peur est signe de bon sens. Les seuls qui n'ont peur de rien sont des idiots finis. Je l'ai lu dans un livre.

— Le manuel du trouillard ?

— Vous pouvez très bien ne pas l'admettre si vous estimez que ça met votre virilité en péril. Je sais : vous, les hommes, vous êtes convaincus que votre obstination doit être aussi grosse que ce que vous avez entre les jambes.

— Ça aussi, tu l'as lu dans ce livre ?

— Non, ça, je l'ai trouvé toute seule.

Je baissai les bras, m'inclinant devant l'évidence.

— D'accord. Oui, j'admets que je suis vaguement inquiet.

— Vaguement ? Avouez plutôt que vous êtes mort de peur. Avouez-le.

— N'exagérons rien. J'ai certains doutes concernant ma relation avec mon éditeur, et, compte tenu de mon expérience, c'est compréhensible. Mais, que je sache, Corelli est un parfait honnête homme, et notre relation professionnelle sera profitable et positive pour les deux parties.

— C'est pour ça que vous avez des gargouillis dans le ventre toutes les fois qu'on prononce son nom ?

Je soupirai, incapable de poursuivre la discussion.

— Que veux-tu que je te dise, Isabella ?

— Que vous ne travaillerez plus pour lui.

— Je ne peux pas faire ça.

— Pour quelle raison ? Vous ne pouvez pas lui rendre son argent et l'envoyer promener ?

— Ce n'est pas si simple.

— Pourquoi ? Vous vous êtes fourré dans de mauvais draps ?

— Je crains que oui.

— De quel genre ?

— C'est ce que j'essaye de découvrir. En tout cas, je suis le seul responsable et c'est à moi de régler la question. Rien de tout cela ne doit te concerner.

Isabella ne parut pas convaincue.

— Vous êtes une catastrophe ambulante, vous savez ?

— Je finis par m'accoutumer à cette idée.

— Si vous voulez que je reste, il va falloir changer les règles.

— Je suis tout ouïe.

— Fini le despotisme éclairé. À partir d'aujourd'hui, cette maison est une démocratie.

— Liberté, égalité, fraternité.

— Doucement avec la fraternité. Mais plus de « je veux » ni de « j'ordonne », et plus de numéros à la mister Rochester.

— Comme vous voudrez, miss Jane Eyre.

— Et ne vous faites pas d'illusions, je ne me marierai pas avec vous, même si vous devenez aveugle.

Je lui tendis la main pour sceller notre pacte. Elle la serra avec hésitation, puis elle se jeta à mon cou. Je me laissai prendre dans ses bras et plongeai mon visage dans ses cheveux. Son contact était apaisant et rassurant, il rayonnait de vie, celle d'une jeune fille de dix-sept ans, et je voulus croire qu'il ressemblait à celui que ma mère n'avait jamais eu le temps de me prodiguer.

— Amis ? murmurai-je.

— Jusqu'à ce que la mort nous sépare.

22.

Les nouvelles règles du règne isabellien entrèrent en vigueur dès le lendemain neuf heures, lorsque ma secrétaire fit son apparition dans la cuisine et, sans préambule inutile, m'annonça ce que serait désormais notre emploi du temps.

— J'ai pensé que vous manquiez d'une routine dans votre existence. Sinon, vous vous dispersez, et votre vie pâtit de votre inconséquence.

— Où as-tu pêché cette expression ?

— Dans un de vos livres. In-con-sé-quen-ce. Ça sonne bien.

— Et ça rime du tonnerre.

— Ne cherchez pas à m'embrouiller.

Pendant la journée, nous travaillerions tous les deux à nos manuscrits respectifs. Nous dînerions ensemble, après quoi elle me montrerait les pages du jour et nous les commenterions. Je jurais d'être sincère et de lui donner les indications adéquates, et non de simples flatteries pour la contenter. Les dimanches seraient chômés et je la mènerais au cinématographe, au théâtre ou en promenade. Elle m'aiderait à chercher de la documentation dans les bibliothèques et les archives et se chargerait d'approvisionner le garde-manger grâce à nos liens avec l'épicerie familiale. Je ferais le petit déjeuner et elle le dîner. La préparation du déjeuner reviendrait à celui des deux qui serait libre à ce moment-là. Nous partagerions les tâches de l'entretien de la maison et je m'engageais à accepter le fait incontestable que celle-ci avait besoin qu'on y fasse régulièrement le ménage. En aucun cas je ne tenterais de lui trouver un fiancé, et elle s'abstiendrait de me questionner sur les raisons qui me forçaient à travailler pour le patron ou de manifester son opinion à ce sujet, à moins d'en être expressément priée. Pour le reste, nous improviserions au fur et à mesure.

Je levai ma tasse de café, et nous fêtâmes ma défaite et ma reddition sans conditions.

Deux jours ne s'étaient pas écoulés que je m'étais déjà habitué à la paix et à la sérénité du vassal. Isabella avait un réveil lent et lourd, et lorsqu'elle émergeait de sa chambre, les yeux encore mi-clos et traînant des pantoufles qu'elle m'avait empruntées et qui mesuraient le double de son pied, j'avais déjà préparé le petit déjeuner, le café et un journal du matin.

La routine est la gouvernante de l'inspiration. Quarante-huit heures s'étaient à peine écoulées depuis l'instauration du nouveau régime, et déjà je découvrais que j'étais en train de retrouver la discipline de mes années les plus productives. Les heures d'enfermement dans mon bureau se traduisirent rapidement par des pages et des pages sur lesquelles je commençais à reconnaître, non sans une certaine inquiétude, que le travail avait atteint ce degré de consistance où il cesse d'être une idée et devient une réalité.

Le texte coulait, brillant et électrique. Il se laissait lire comme s'il s'agissait d'une légende, d'une saga mythologique de prodiges et de vicissitudes, peuplée de personnages et de scènes évoluant autour d'une prophétie, promesse d'espoir pour la race. Le récit préparait la voie à la venue d'un sauveur guerrier qui libérerait la nation de toutes les douleurs et de tous les affronts subis, pour lui restituer sa gloire et sa fierté confisquées par des ennemis sournois qui conspiraient depuis toujours et ne cesseraient jamais de conspirer contre le peuple, quel qu'il soit. Le mécanisme était impeccable et fonctionnait de façon identique appliqué à n'importe quelle croyance, race ou tribu. Drapeaux, dieux et proclamations étaient comme les jokers d'un jeu où revenaient sans cesse les mêmes cartes. Étant donné la nature du travail, j'avais décidé d'employer l'un des artifices les plus compliqués et les plus difficiles à exécuter dans n'importe quel texte littéraire : l'apparente absence de tout artifice. Le langage était simple et facile, le ton honnête et franc d'une conscience qui ne raconte pas mais, tout bonnement, révèle. Je m'arrêtais parfois pour relire ce que je venais d'écrire, et une vanité aveugle m'envahissait devant la précision de la mécanique que j'étais en train d'assembler. Je m'aperçus que, pour la première fois depuis bien longtemps, je passais des heures sans penser à Cristina ou à Pedro Vidal. Je songeai que mon existence s'améliorait. Et pour cette raison peut-être, parce qu'il semblait que j'allais enfin émerger de mon bourbier, je fis ce que j'ai toujours fait chaque fois que ma vie a pris une nouvelle et heureuse tournure : tout gâcher et tout perdre.

Un matin, après le petit déjeuner, je revêtis un de mes costumes de citoyen respectable. J'allai à la galerie saluer Isabella et la vis penchée sur sa table en train de relire les pages de la veille.

— Vous n'écrivez pas, aujourd'hui ? demanda-t-elle en levant les yeux.

— Journée de réflexion.

Je remarquai qu'elle avait disposé le jeu de plumes et l'encrier près de son cahier.

— Je croyais que c'était un cadeau de mauvais goût, persiflai-je.

— Moi aussi, mais je suis une fille de dix-sept ans et j'ai tous les droits du monde d'aimer les cadeaux de mauvais goût. C'est comme vous avec les havanes.

Elle flaira l'odeur de l'eau de Cologne et me lança un coup d'œil intrigué. En voyant que je m'étais habillé pour sortir, elle fronça les sourcils.

— Vous allez encore jouer au détective ? questionna-t-elle.

— Un peu.

— Vous n'avez pas besoin d'un garde du corps ? D'une docteur Watson ? D'une personne de bon sens ?

— N'apprends pas à chercher des excuses pour ne pas écrire avant d'avoir appris à écrire. C'est un privilège de professionnel, et il faut d'abord le mériter.

— Si je suis là pour vous aider, je dois le faire pour tout.

Je souris avec indulgence.

— Maintenant que tu le dis, oui, je voulais te demander un service. Non, n'aie pas peur. Ça concerne Sempere. J'ai appris qu'il a des problèmes d'argent et que la librairie bat de l'aile.

— Ce n'est pas possible.

— Si, malheureusement, mais ça n'ira pas plus loin, parce que nous ne le permettrons pas.

— M. Sempere est très fier, et il n'acceptera jamais que… Vous avez déjà essayé, n'est-ce pas ?

Je confirmai.

— Voilà pourquoi j'ai pensé que nous devions être plus rusés et recourir à des moyens hétérodoxes, quitte à être un peu malhonnêtes.

— C'est votre spécialité.

J'ignorai le ton réprobateur et poursuivis mon exposé.

— Voici ce que j'ai pensé : tu passeras à la librairie comme si seul le hasard t'y amenait, et tu raconteras à Sempere que je suis un ogre, que tu n'en peux plus…

— Jusque-là, rien d'invraisemblable à cent pour cent.

— Ne m'interromps pas. Tu lui expliques tout cela, et aussi que ton salaire de secrétaire est misérable.

— Mais puisque vous ne me payez pas un centime…

Je soupirai et m'armai de patience.

— Quand il te dira qu'il est désolé, ce qu'il fera sûrement, tu prendras la mine d'une jeune fille en perdition et tu lui avoueras, si possible en pleurnichant, que ton père t'a déshéritée et qu'il veut te forcer à te faire bonne sœur ; aussi as-tu pensé que tu pourrais peut-être travailler dans la librairie, quelques heures, à l'essai, en échange d'une commission de trois pour cent sur ce que tu vendras, afin de te ménager un avenir loin du couvent, en femme libérée et vouée à la propagation de la littérature.

Isabella fit la grimace.

— Trois pour cent ? Vous voulez aider Sempere ou le plumer ?

— Je désire que tu mettes une robe comme celle de l'autre soir, que tu te pomponnes comme tu sais le faire et que tu lui rendes cette visite pendant que son fils est dans la librairie, c'est-à-dire, normalement, l'après-midi.

— Est-ce que nous parlons bien du joli garçon ?

— Combien de fils a M. Sempere ?

Isabella feignit de compter et, quand elle commença à saisir où je voulais en venir, elle me décocha un regard sulfurique.

— Si mon père savait le genre d'individu pervers que vous êtes, il achèterait le fusil.

— Tout ce que je te demande, c'est de faire en sorte que le fils te voie. Et que le père voie que le fils te voit.

— Vous êtes encore pire que je ne le pensais. Maintenant, vous vous livrez à la traite des Blanches.

— Simple charité chrétienne. En plus, tu as été la première à admettre que le fils Sempere est beau garçon.

— Beau, mais un peu niais.

— N'exagérons pas. Sempere junior est juste légèrement timide en présence de la gent féminine, et c'est tout à son honneur. C'est un citoyen modèle qui, bien que conscient de l'effet persuasif de sa prestance et de sa séduction, sait se contrôler et pratique cet ascétisme par respect et dévotion pour la pureté immaculée de la femme barcelonaise. Ne me soutiens pas que cela ne lui confère pas une auréole de noblesse et de charme qui doit éveiller ton instinct maternel, sans oublier les autres.

— Parfois, je crois que je vous déteste, monsieur Martín.

— Conserve précieusement ce sentiment, mais ne reporte pas sur le pauvre benjamin des Sempere mes déficiences trop humaines, parce que lui, question pureté, c'est un saint homme.

— Nous étions convenus que vous ne me chercheriez pas de fiancé.

— Personne n'a parlé de fiançailles. Si tu me laissais terminer, je t'expliquerais la suite.

— Poursuivez, Raspoutine.

— Lorsque Sempere père te donnera son accord, et il te le donnera, je veux que tu passes deux ou trois heures par jour au comptoir de la librairie.

— Vêtue comment ? En Mata Hari ?

— Vêtue avec la retenue et le bon goût qui te caractérisent. Mignonne, séduisante, mais sans forcer la note. Si nécessaire, tu peux ressortir une robe d'Irene Sabino, mais choisis-en une décente.

— Il y en a deux ou trois qui me vont à merveille, précisa Isabella, se pourléchant d'avance.

— Eh bien, tu mettras la moins décolletée.

— Vous êtes un réactionnaire. Et que va devenir ma formation littéraire ?

— Peut-on trouver meilleure école que la librairie Sempere & Fils ? Tu y seras entourée de chefs-d'œuvre et tu n'auras qu'à en tirer la substantifique moelle.

— Et comment ferai-je ? En respirant profondément pour essayer d'en avaler des bribes ?

— Il ne s'agit que de quelques heures par jour. Ensuite, tu peux poursuivre ton travail ici, comme maintenant, et recevoir mes conseils, qui n'ont pas de prix et feront de toi une nouvelle Jane Austen.

— Et dans tout ça, où est l'astuce ?

— L'astuce, c'est que chaque jour je te donnerai des pesetas, et toutes les fois qu'un client te payera, tu profiteras de ce que la caisse est ouverte pour les y glisser discrètement.

— Alors c'est ça, votre plan…

— Oui, c'est ça mon plan qui, comme tu vois, n'a rien de pervers.

Isabella fronça les sourcils.

— Ça ne marchera pas. Il se rendra compte que quelque chose cloche. M. Sempere n'est pas né de la dernière pluie.

— Ça marchera. Et si Sempere s'étonne, tu lui expliqueras que, en découvrant une jeune fille jolie et sympathique derrière la caisse, les clients ont tendance à être plus généreux et surveillent moins leur porte-monnaie.

— Ça se passe peut-être de cette manière dans les bouges sordides que vous fréquentez, mais pas dans une librairie.

— Pas d'accord. Suppose que j'entre dans une libraire et que je me trouve face à une employée aussi charmante que toi : je serais même capable de lui acheter le dernier prix national de littérature.

— Parce que vous avez l'esprit aussi sale que le perchoir d'un poulailler.

— Mais aussi parce que j'ai – je devrais préciser nous avons – une dette envers la générosité de Sempere.

— Ça, c'est un coup bas.

— Alors ne me force pas à viser encore plus bas.

Toute manœuvre de persuasion efficace fait d'abord appel à la curiosité, puis à la vanité, et enfin à la bonté ou au remords. Isabella baissa les yeux et acquiesça lentement.

— Et quand avez-vous l'intention de mettre en pratique votre histoire de nymphe au cœur fidèle ?

— Ne remettons pas à demain ce que nous pouvons faire aujourd'hui.

— Aujourd'hui ?

— Cet après-midi.

— Dites-moi la vérité. S'agit-il d'un stratagème pour blanchir l'argent que vous donne le patron et soulager votre conscience ou ce qui vous en tient lieu ?

— Tu sais bien que mes motifs sont toujours égoïstes.

— Et que se passera-t-il si M. Sempere refuse ?

— Assure-toi que le fils est là, habille-toi avec élégance, sans excès.

— Ce plan est dégradant et offensant.

— Et il te ravit.

Isabella sourit enfin, féline.

— Et si, tout d'un coup, le fils devenait trop hardi et décidait de ne plus se contrôler ?

— Je te garantis que l'héritier ne se risquera pas à poser un seul doigt sur toi, si ce n'est en présence d'un curé et nanti d'un certificat du diocèse en bonne et due forme.

— Certains en font toujours trop, d'autres jamais assez.

— Tu acceptes ?

— Pour vous ?

— Pour la littérature.

23.

Dans la rue, je fus saisi à l'improviste par une brise froide et coupante qui balayait rageusement les rues. L'automne entrait sur la pointe des pieds dans Barcelone. Sur la place Palacio, je montai dans un tramway qui attendait, vide, telle une grande souricière de fer forgé. Je m'assis près de la fenêtre et payai mon billet au contrôleur.

— Vous allez jusqu'à Sarrià ? demandai-je.

— Jusqu'à la place.

J'appuyai la tête contre la vitre, et bientôt une secousse m'annonça que le tramway s'ébranlait. Je fermai les yeux et laissai ma tête bringuebaler avec cette jouissance que seul procure un voyage à bord d'un de ces engins mécaniques, idéal de l'homme moderne. Je rêvai que je me trouvais dans un train construit en ossements noirs dont les wagons en forme de cercueil traversaient une Barcelone déserte et jonchée de vêtements abandonnés, comme si les corps qui les avaient occupés s'étaient évaporés. Une toundra de chapeaux et de robes, de costumes et de souliers couvrait les rues rendues silencieuses par un maléfice. La locomotive lâchait des jets d'une fumée écarlate qui se répandait dans le ciel comme une peinture dégoulinante. Le patron, souriant, voyageait à côté de moi. Il était habillé de blanc et portait des gants. Une substance noire et gélatineuse gouttait du bout de ses doigts.

— *Que sont devenus les gens ?*

— *Ayez confiance, Martín, ayez confiance.*

Quand je me réveillai, le tramway glissait lentement à l'entrée de la place de Sarrià. Je descendis avant l'arrêt complet et m'engageai sur la côte de la grand-rue de Sarrià. Quinze minutes plus tard, j'étais arrivé à destination.

La route de Vallvidrera prenait naissance dans un bois sombre qui s'étendait derrière le château de briques rouges du collège San Ignacio. Elle montait vers la colline, flanquée de résidences solitaires et couverte d'une couche de feuilles mortes. Des nuages bas couraient sur les pentes et s'effilochaient en lambeaux de brume. Je pris le trottoir côté impair et longeai des murs et des grilles en tentant de lire les numéros. On entrevoyait, au-delà, des façades de pierre noircie et des fontaines à sec échouées dans des allées envahies par les mauvaises herbes. Je passai ensuite dans l'ombre d'une longue file de cyprès et constatai que les numéros passaient directement de 11 à 15. Désorienté, je revins sur mes pas à la recherche du numéro 13. J'en étais déjà à soupçonner que la secrétaire de M\ Valera avait été plus maligne que je ne l'avais cru et m'avait donné une fausse adresse quand je découvris l'entrée d'un passage qui s'ouvrait sur le trottoir et se prolongeait sur une cinquantaine de mètres pour aboutir à une grille noire surmontée de fers de lance.

J'empruntai l'étroite ruelle pavée et gagnai la grille. Un jardin touffu et mal entretenu avait rampé jusqu'à l'autre côté, et les branches d'un eucalyptus traversaient les lances de la grille, bras implorants entre les barreaux d'une prison. J'écartai les branches qui couvraient une partie du mur et trouvai les lettres et les chiffres gravés dans la pierre.

Casa Marlasca
13

Je suivis la clôture qui bordait le jardin en tâchant d'apercevoir l'intérieur. Une vingtaine de mètres plus loin, je rencontrai une porte métallique encastrée dans le mur de pierre. Un heurtoir était fixé sur le fer, soudé par des larmes de rouille. La porte était entrouverte. Je la poussai d'un coup d'épaule et parvins à la faire suffisamment céder pour pouvoir me faufiler sans que les aspérités des pierres qui saillaient du mur ne déchirent mes vêtements. Une intense odeur de terre mouillée imprégnait l'air.

Un sentier dallé de marbre passait entre les arbres et conduisait à un espace dégagé, pavé de pierres blanches. Sur un côté, on pouvait voir des remises dont un portail ouvert laissait deviner les restes de ce qui avait été jadis une Mercedes-Benz et ressemblait désormais à un corbillard abandonné à son sort. La maison, construite dans le style moderniste, présentait trois étages aux lignes incurvées, surmontés d'une crête de mansardes se bousculant en une succession de lanternes et d'arcades. De hautes fenêtres étroites et effilées comme des poignards s'ouvraient sur sa façade semée de reliefs et de gargouilles. Les vitres reflétaient le passage silencieux des nuages. Je crus entrevoir le contour d'un visage derrière l'une des fenêtres du premier étage.

Sans bien savoir pourquoi, je levai la main et esquissai un salut. Je ne voulais pas qu'on me prenne pour un voleur. La silhouette continua de me fixer, immobile comme une araignée. Je baissai les yeux un instant et, quand je les levai de nouveau, elle avait disparu.

— Bonjour ? appelai-je.

J'attendis quelques secondes et, n'obtenant pas de réponse, je m'approchai lentement de la maison. Une piscine ovale flanquait le côté est. De l'autre côté s'étendait une galerie vitrée. Des chaises de toile en lambeaux entouraient la piscine. Un plongeoir recouvert de lierre s'avançait au-dessus de l'eau stagnante. J'allai jusqu'au bord et m'aperçus que cette eau noire était pleine de feuilles mortes et d'algues ondulant à la surface. Tandis que j'y contemplais mon reflet, une forme obscure se dessina derrière moi.

Je me retournai brusquement pour me trouver en face d'un visage mince et sombre qui me scrutait avec inquiétude et méfiance.

— Qui êtes-vous et que faites-vous ici ?

— Mon nom est David Martín et je suis envoyé par Me Valera, improvisai-je.

Alicia Marlasca pinça les lèvres.

— Vous êtes madame Marlasca ? Doña Alicia ?

— Pourquoi n'est-ce pas celui qui vient d'habitude ? demanda-t-elle.

Je compris que Mme Marlasca m'avait pris pour un employé du cabinet Valera et pensait que je lui apportais des papiers à signer ou un message des avocats. Un instant, j'envisageai la possibilité d'usurper cette identité, mais quelque chose, dans le visage de cette femme, me convainquit qu'elle avait déjà entendu trop de mensonges dans sa vie pour en supporter un de plus.

— Je ne travaille pas au cabinet, madame Marlasca. La raison de ma visite est personnelle. Auriez-vous quelques minutes à m'accorder pour que nous parlions d'une des anciennes propriétés de votre défunt mari, don Diego.

La veuve pâlit. Elle s'appuyait sur une canne et je vis, sur le seuil de la galerie, une chaise roulante dont je supposai qu'elle se servait plus souvent qu'elle n'aurait voulu l'admettre.

— Il n'y a plus aucune propriété de mon mari, monsieur…

— Martín.

— Tout est passé aux mains des banques, monsieur Martín. Tout sauf cette maison, que, grâce aux conseils de Mᵉ Valera, le père, j'avais mise à mon nom. Le reste a été emporté par les charognards…

— Je voulais parler de la maison de la tour, rue Flassaders.

La veuve soupira. J'estimai qu'elle devait avoir entre soixante et soixante-cinq ans. L'écho de sa beauté éblouissante résonnait encore.

— Oubliez cette maison. C'est un lieu maudit.

— Malheureusement, c'est impossible. Je l'habite.

Mme Marlasca fronça les sourcils.

— Je croyais que personne ne voulait y vivre. Elle est restée vide pendant des années.

— Je l'ai louée il y a déjà longtemps. La raison de ma visite est qu'au cours de travaux de rénovation j'ai trouvé une série d'effets personnels dont je crois qu'ils appartenaient à votre défunt mari et, je suppose, à vous-même.

— Il n'y avait rien à moi dans cette maison. Ce que vous avez trouvé doit être à cette femme…

— Irene Sabino ?

Alicia Marlasca eut un sourire amer.

— Que voulez-vous réellement savoir, monsieur Martín ? Dites-moi la vérité. Vous n'êtes pas venu ici dans le seul but de me rendre de vieilles affaires de feu mon mari.

Nous nous dévisageâmes en silence, et je sus qu'à aucun prix je ne pouvais ni ne voulais mentir à cette femme.

— J'essaye de comprendre ce qui s'est passé dans cette maison, madame Marlasca.

— Pourquoi ?

— Parce que je crois qu'il m'arrive la même chose.

Il régnait dans la Casa Marlasca cette atmosphère de mausolée abandonné que l'on trouve dans les grandes demeures baignant dans l'absence et l'inaction. Ils étaient bien finis, ses jours de fortune et de gloire, à l'époque où une armée de domestiques veillait à lui conserver sa splendeur originelle : elle tombait désormais en ruine. La peinture des murs, écaillée ; les dalles du sol, disjointes ; les meubles, rongés par l'humidité et le froid ; les plafonds, affaissés ; les grands tapis, usés et décolorés. J'aidai la veuve à s'asseoir sur sa chaise roulante et, en suivant ses indications, je la poussai jusqu'au salon de lecture où ne restaient plus guère de livres ni de tableaux.

— J'ai dû vendre la plus grande partie de ce que je possédais pour survivre, expliqua la veuve. Sans Me Valera, qui continue de me verser tous les mois une petite pension aux frais de son cabinet, je n'aurais pas su où aller.

— Vous vivez seule ?

La veuve confirma.

— C'est ma maison. L'unique endroit où j'ai été heureuse, même si tout cela est aujourd'hui bien loin. J'ai toujours habité ici et je mourrai ici. Excusez-moi de ne vous avoir rien offert. Cela fait bien longtemps que je n'ai pas eu de visite et je ne sais plus recevoir des invités. Voudriez-vous un café ou un thé ?

— Je suis bien ainsi, merci.

Mme Marlasca désigna le fauteuil où j'avais pris place.

— C'était le fauteuil préféré de mon mari. Il avait l'habitude de s'y asseoir pour lire jusqu'à une heure avancée de la nuit, devant le feu. Parfois je m'asseyais ici, près de lui, et je l'écoutais. Il aimait se confier à moi, du moins à cette époque-là. Nous avons été heureux dans cette maison…

— Que s'est-il passé ?

La veuve haussa les épaules, le regard perdu dans les cendres du foyer.

— Êtes-vous sûr de vouloir entendre cette histoire ?

— S'il vous plaît.

24.

— En réalité, je ne sais pas très bien quand mon mari, Diego, l'a rencontrée. Je me rappelle seulement qu'un jour il a prononcé son nom en passant, et que, très vite, c'est devenu de plus en plus fréquent : Irene Sabino. Il m'a dit qu'elle lui avait été présentée par un homme qui s'appelait Damián Roures et organisait des séances de spiritisme dans une salle de la rue Elisabets. Diego aimait étudier les religions et avait assisté à plusieurs de ces séances en observateur. À l'époque, Irene Sabino était une des actrices les plus populaires du Paralelo. C'était une beauté, je ne puis le nier. À part cela, je ne crois pas qu'elle aurait été capable de compter plus loin que dix. On prétendait qu'elle était née au milieu des cabanes de la plage du Bogatell, que sa mère l'avait abandonnée dans le Somor-rostro et qu'elle avait grandi parmi des mendiants et des individus qui venaient là pour se cacher. Elle a commencé à danser dans des cabarets et autres lieux du Raval et du Paralelo à l'âge de quatorze ans. Enfin, quand je dis danser… Je suppose qu'elle s'est prostituée avant d'apprendre à lire, si tant est qu'elle ait jamais appris… Un temps, elle a été la grande étoile de la salle La Criolla, du moins c'est ce qu'on raconte. Puis elle est passée dans d'autres salles plus relevées. Je crois que c'est à l'Apolo qu'elle a rencontré un certain Juan Corbera, que tout le monde appelait Jaco. Jaco était son agent et probablement son amant. C'est lui qui a inventé le nom d'Irene Sabino et la légende selon laquelle elle était la fille secrète d'une grande *vedette* de Paris et d'un prince européen. J'ignore son vrai nom. Je ne sais même pas si elle en a jamais eu un. Jaco l'a introduite dans les séances de spiritisme, sur la suggestion, je crois, de Roures, et tous deux se partageaient les bénéfices qu'ils tiraient de la vente de sa prétendue virginité à des hommes riches et désœuvrés qui participaient à ces farces pour rompre la monotonie de leur existence. On disait que sa spécialité était les couples.

« Ce que Jaco et son compère Roures ne soupçonnaient pas, c'est qu'Irene était obsédée par ces séances et croyait dur comme fer que ces simagrées permettaient d'entrer en contact avec le monde des esprits. Elle était convaincue que sa mère lui envoyait des messages depuis l'autre monde et, même quand elle a atteint la gloire, elle a continué d'y assister pour tenter de communiquer avec elle. C'est là qu'elle a connu Diego, mon mari. Je suppose que nous traversions une mauvaise passe, comme cela se produit dans tous les ménages. Cela faisait longtemps que Diego voulait abandonner le barreau et se consacrer exclusivement à l'écriture. Je reconnais qu'il n'a pas rencontré chez moi l'appui dont il avait besoin. Je croyais qu'il allait gâcher sa vie, même si, probablement, je craignais surtout de perdre tout ce que je possédais, maison, domestiques… J'ai effectivement tout perdu, et lui de surcroît. La perte d'Ismael a achevé de nous séparer. Ismael était notre fils. Diego était fou de lui. Je n'ai jamais vu un père aussi attaché à son enfant. Ismael était toute sa vie ; pas moi. Nous étions en train de nous disputer dans notre chambre à coucher, au premier étage. Je lui reprochais le temps qu'il passait à écrire, le fait que son associé Valera, las de travailler pour deux, lui avait lancé un ultimatum et envisageait de dissoudre leur cabinet pour s'établir à son compte. Diego répétait qu'il s'en moquait, qu'il était prêt à vendre sa part et à suivre sa vocation. Ce soir-là, quand nous avons pensé à Ismael, il était trop tard : nous ne l'avons trouvé ni dans sa chambre, ni dans le jardin. Je crois qu'il avait entendu notre dispute, qu'il avait eu peur et était sorti de la maison. Ce n'était pas la première fois. Quelques mois plus tôt, on l'avait trouvé sur un banc de la place de Sarrià, en larmes. Nous sommes partis à sa recherche dans la nuit tombante. Pas de traces de lui nulle part. Nous sommes allés chez les voisins, dans les hôpitaux… En revenant au petit matin, après avoir passé toute la nuit à le chercher, nous avons retrouvé son corps au fond de la piscine. Il s'était noyé la veille et nous n'avions pas entendu ses appels au secours parce que, en nous disputant, nous criions trop fort. Il avait sept ans. Diego ne me l'a jamais pardonné, pas plus qu'à lui-même. Très vite, chacun est devenu incapable de supporter la présence de l'autre. Chaque fois que nous nous regardions ou que nous nous touchions, nous voyions le corps de notre enfant mort au fond de cette piscine maudite. Un jour, en me réveillant, j'ai compris que Diego m'avait abandonnée. Il a quitté le cabinet et est allé vivre dans une demeure du quartier de la Ribera qui le fascinait depuis des années. Il disait qu'il écrivait, qu'il avait eu une commande très importante d'un éditeur de Paris, que je ne devais pas m'inquiéter pour l'argent. Je savais qu'il était avec Irene, même s'il refusait de l'admettre. C'était un homme détruit. Il était convaincu de n'avoir plus que peu de temps à vivre. Il croyait qu'il avait contracté une maladie, une espèce de parasite, qui le dévorait de l'intérieur. Il ne parlait que de la mort. Il n'écoutait personne.

Ni moi, ni Valera… Seulement Irene et Roures, qui distillaient leur poison dans son cerveau avec des histoires d'esprits et lui soutiraient de l'argent en lui promettant de le mettre en contact avec Ismael. Un jour, je me suis rendue à la maison de la tour et l'ai supplié de m'ouvrir. Il ne m'a pas laissée entrer. Il m'a crié qu'il était occupé, qu'il travaillait à un ouvrage qui allait lui permettre de sauver Ismael. Je me suis rendu compte alors qu'il perdait la raison. Il croyait que s'il écrivait ce maudit livre pour l'éditeur de Paris, notre fils renaîtrait d'entre les morts. Je suis sûre qu'à eux trois, Irene, Roures et Jaco, ils ont réussi à lui voler tout l'argent qui lui restait, qui nous restait… Des mois plus tard, alors qu'il ne voyait plus personne et passait tout son temps enfermé dans cet horrible endroit, on l'a trouvé mort. Selon la police, il s'agissait d'un accident, mais je n'y ai jamais cru. Jaco avait disparu et il n'y avait pas trace d'argent. Roures affirmait ne rien savoir. Il a déclaré que, depuis des mois, il avait cessé toute relation avec Diego car celui-ci, devenu fou, l'effrayait. Il a raconté qu'au cours de ses dernières séances de spiritisme Diego terrorisait les clients avec ses histoires d'âmes damnées et qu'il ne lui avait pas permis de revenir. Diego affirmait qu'un grand lac de sang s'étendait sous la ville. Que son fils lui parlait en rêve, qu'Ismael était prisonnier d'une ombre à peau de serpent qui se faisait passer pour un autre enfant et jouait avec lui… Personne n'a été surpris quand on l'a trouvé mort. Irene a fait courir le bruit qu'il s'était ôté la vie par ma faute, que cette épouse froide et calculatrice avait permis que son fils meure et avait poussé son mari au suicide pour ne pas devoir renoncer à une vie de luxe. Elle a dit qu'elle était la seule qu'il avait véritablement aimée et qu'elle n'avait jamais accepté un centime de lui. Je crois que, sur ce point, elle ne mentait pas. À mon avis, Jaco s'est servi d'elle pour séduire Diego et tout lui voler. Ensuite, à l'heure de la vérité, Jaco l'a laissée tomber et s'est enfui sans partager un sou avec elle. C'est ce qu'a prétendu la police, ou en tout cas certains policiers. J'ai toujours eu le sentiment qu'ils voulaient éviter les vagues et que la version du suicide leur convenait très bien. Pourtant je ne crois pas que Diego se soit suicidé. Je ne l'ai pas cru alors et je ne le crois toujours pas. Pour moi, il a été assassiné par Irene et Jaco. Et pas seulement pour l'argent. Il y avait autre chose. Je me rappelle qu'un des policiers chargés de l'affaire, un homme très jeune nommé Salvador, Ricardo Salvador, en était également convaincu. Il pensait que quelque chose ne cadrait pas avec la version officielle et que quelqu'un cherchait à masquer la véritable cause de la mort de Diego. Salvador s'est battu pour éclaircir les faits, jusqu'au moment où il été écarté de l'affaire et, plus tard, expulsé de la police. Même alors, il a continué à enquêter pour son compte. Il venait parfois me voir. Nous sommes devenus bons amis… J'étais une femme seule, ruinée et désespérée. Valera voulait que je me remarie. Lui aussi m'accusait d'être responsable de ce qui était arrivé à mon mari, et il insinuait que de nombreux négociants célibataires aimeraient avoir une veuve à l'allure aristocratique et bien conservée pour réchauffer leur lit dans leurs vieux jours. Avec le temps, Salvador a cessé de me rendre visite. Je ne lui en veux pas. Ses efforts pour m'aider avaient détruit son existence. J'ai parfois l'impression que c'est bien la seule chose que j'ai réussi à faire pour les autres sur cette terre : détruire leur vie… Je n'avais jamais raconté cette histoire à personne jusqu'aujourd'hui, monsieur Martín. Si vous voulez un conseil, oubliez cette maison, oubliez-moi, oubliez mon mari et toute cette histoire. Partez très loin. Cette ville est maudite. Maudite.

25.

Je quittai la Casa Marlasca le moral au plus bas et errai au hasard dans le labyrinthe de rues solitaires qui menaient à Pedralbes. Le ciel était tapissé d'une toile d'araignée de nuages gris qui permettait à peine au soleil de passer. Des flèches de lumière perçaient ce linceul et balayaient le versant de la colline. Je suivis des yeux ces lignes de clarté et vis, de loin, qu'elles caressaient la toiture émaillée de la villa Helius. Ses fenêtres brillaient. Perdant tout bon sens, je marchai dans sa direction. À mesure que j'approchais, le ciel s'obscurcissait, et un vent cinglant soulevait des spirales de feuilles mortes sous mes pas. Arrivé au bas de la rue Panamá, je fis halte. La villa Helius se dressait devant moi. Je n'osai pas traverser la rue pour aller jusqu'au mur entourant le jardin. Je demeurai là Dieu sait combien de temps, aussi incapable de m'enfuir que de me diriger vers la porte pour sonner. Je la vis alors passer derrière une fenêtre du deuxième étage. Un froid intense me saisit aux tripes. J'allais partir, quand elle fit demi-tour et s'arrêta. Elle s'approcha de la vitre, ses yeux rivés aux miens. Elle leva la main comme si elle voulait me saluer, mais ne parvint pas à déplier les doigts. Je n'eus pas le courage de soutenir son regard, et je quittai mon poste pour redescendre la rue. Mes mains tremblaient et je les mis dans mes poches afin qu'elle ne s'en aperçoive pas. Avant de passer le coin, je me retournai encore une fois et constatai qu'elle était toujours là et continuait de me regarder. J'aurais voulu la détester, mais je n'en eus pas la force.

En arrivant à la maison, j'eus l'impression que le froid m'avait pénétré jusqu'aux os. Le portail franchi, je vis une enveloppe dépasser de la boîte à lettres du vestibule. Parchemin et sceau de cire. Des nouvelles du patron. Je l'ouvris, tout en me traînant dans l'escalier. L'écriture élégante me donnait rendez-vous pour le lendemain. Sur le palier, la porte était entrouverte et Isabella m'attendait en souriant.

— J'étais dans le bureau et je vous ai vu venir, dit-elle.

Je tentai de lui rendre son sourire, mais le résultat ne dut pas être très convaincant, car dès qu'elle m'observa plus attentivement, l'inquiétude se peignit sur son visage.

— Vous vous sentez bien ?

— Ce n'est rien. Je crois que j'ai pris un peu froid.

— J'ai du bouillon sur le feu, ça va vous revigorer. Entrez.

Elle me prit par le bras et me conduisit dans la galerie.

— Isabella, je ne suis pas infirme.

Elle me lâcha.

— Pardon.

Je n'étais pas en état d'affronter qui que ce soit, et encore moins mon obstinée secrétaire, aussi me laissai-je guider vers un fauteuil de la galerie où je m'effondrai comme un sac d'os. Isabella s'assit en face de moi, alarmée.

— Que s'est-il passé ?

Je lui souris pour la rassurer.

— Rien. Il ne s'est rien passé. Tu ne m'as pas parlé de bouillon ?

— Tout de suite.

Elle partit en courant vers la cuisine, où je l'entendis s'affairer. Je respirai profondément, fermai les paupières et ne les rouvris qu'au bruit des pas d'Isabella qui revenait.

Elle me tendit un bol fumant d'une taille démesurée.

— On croirait un pot de chambre, déclarai-je.

— Buvez, et évitez les grossièretés.

Je humai le bouillon. Il sentait bon, mais je ne voulus pas me montrer exagérément docile.

— Drôle d'odeur. Qu'y a-t-il là-dedans ?

— Ça sent le poulet, parce qu'il y a du poulet, du sel et un filet de xérès. Buvez.

J'avalai une gorgée et lui rendis le bol. Elle hocha la tête.

— En entier.

Je soupirai et bus une autre gorgée. Je devais admettre que c'était bon.

— Alors, cette journée ? demanda Isabella.

— J'ai eu des hauts et des bas. Et toi ?

— Vous avez devant vous la nouvelle vendeuse étoile de Sempere & Fils.

— Excellent.

— Avant cinq heures, j'avais déjà vendu deux exemplaires du *Portrait de Dorian Gray* et les œuvres complètes de Lampedusa à un monsieur très distingué de Madrid qui m'a donné un pourboire. Ne faites pas cette tête, j'ai mis le pourboire dans la caisse avec le reste.

— Et Sempere junior, qu'est-ce qu'il a dit ?

— Pour ce qui est de dire, pas grand-chose… Il est resté tout l'après-midi planté comme un ahuri à faire semblant de ne pas me voir mais sans me quitter un instant des yeux. Je ne peux même plus m'asseoir tellement il a regardé mon derrière chaque fois que je montais à l'échelle pour chercher un livre. Vous êtes content ?

Je fis oui en souriant.

— Merci, Isabella.

Elle me fixa droit dans les yeux.

— Répétez-moi ça.

— Merci, Isabella. De tout mon cœur.

Elle rougit et détourna la tête. Nous demeurâmes silencieux, jouissant paisiblement de cette camaraderie qui, par moments, se passait de paroles. J'absorbai le bouillon jusqu'à la dernière goutte et lui montrai le bol vide. Elle approuva.

— Vous êtes allé la voir, n'est-ce pas ? Cette femme, Cristina ? demanda-t-elle, toujours sans me regarder.

— Isabella, qui lit sur les visages…

— Dites-moi la vérité.

— Je l'ai seulement vue de loin.

Elle m'observa d'un air circonspect, comme si elle n'arrivait pas à m'avouer ce qu'elle avait sur le cœur. Elle finit par se décider :

— Vous l'aimez ?

Nous nous dévisageâmes en silence.

— Je suis incapable d'aimer. Tu le sais bien. Je suis un égoïste. Parlons d'autre chose.

Isabella hocha la tête, les yeux fixés sur l'enveloppe qui dépassait de ma poche.

— Des nouvelles du patron ?

— La convocation mensuelle. Son Excellence Monsieur Andreas Corelli me fait l'honneur de me donner rendez-vous demain à sept heures du matin aux portes du cimetière du Pueblo Nuevo. Il ne pouvait pas choisir meilleur endroit.

— Et vous avez l'intention d'y aller ?

— Que puis-je faire d'autre ?

— Vous pouvez prendre un train cette nuit même et disparaître à tout jamais.

— Tu es la deuxième personne, aujourd'hui, à me proposer ça. Disparaître d'ici.

— Ce n'est sûrement pas un hasard.

— Et qui sera ton guide et ton mentor dans les embûches de la littérature ?

— Je partirai avec vous.

Je souris et lui pris la main.

— Avec toi, j'irais jusqu'au bout du monde, Isabella.

Isabella retira brusquement sa main et me jeta un coup d'œil offensé.

— Vous vous moquez de moi.

— Isabella, s'il m'arrivait un jour de me moquer de toi, je me ferais illico sauter la cervelle.

— Je n'aime pas quand vous parlez ainsi.

— Pardon.

Ma secrétaire retourna à sa table de travail et s'enferma dans un de ses longs silences. Je l'observai en train de réviser les pages du jour, corrigeant et rayant des paragraphes entiers avec le jeu de plumes que je lui avais offert.

— Si vous me regardez, je ne peux pas me concentrer.

Je me levai et contournai la table.

— Dans ce cas, je te laisse poursuivre ton travail et, après le dîner, tu me montreras le résultat.

— Ce n'est pas prêt. Je dois corriger tout ça et le récrire et...

— Ce n'est jamais prêt, Isabella. Il faudra t'y habituer. Nous lirons ça ensemble après le dîner.

— Demain.

J'abdiquai.

— Demain.

Là-dessus, je me disposai à la laisser seule avec ses mots. Je passais déjà la porte de la galerie quand je l'entendis me rappeler.

— David ?

Je m'arrêtai, silencieux, de l'autre côté de la porte.

— Ce n'est pas vrai. Ce n'est pas vrai que vous êtes incapable d'aimer.

Je me réfugiai dans ma chambre. Je me laissai choir sur le lit, m'y recroquevillai et fermai les yeux.

26.

Je sortis de la maison peu après l'aube. Des nuages noirs rampaient au-dessus des toits et privaient les rues de leurs couleurs. Pendant que je traversais le parc de la Citadelle, les premières gouttes frappèrent les feuilles des arbres et éclatèrent comme des balles sur le chemin en soulevant des volutes de poussière. De l'autre côté du parc, une forêt d'usines et de gazomètres se multipliait jusqu'à l'horizon, diluant les particules de charbon de ses cheminées dans cette pluie noire que le ciel déversait en larmes de goudron. Je parcourus l'allée inhospitalière de cyprès qui conduisait aux portes du cimetière de l'Est, ce chemin que j'avais si souvent suivi avec mon père. Le patron était déjà là. Je l'aperçus de loin qui m'attendait, impavide sous la pluie, au pied d'un des grands anges de pierre veillant à l'entrée principale de la nécropole. Il était vêtu de noir, et le seul détail qui permettait de ne pas le confondre avec les centaines de statues derrière les grilles d'enceinte était ses yeux. Il n'eut pas un battement de paupière pendant le temps que je mis pour arriver à quelques mètres seulement de lui, et, mal à l'aise, je le saluai de la main. Il faisait froid et le vent charriait une odeur de chaux et de soufre.

— Les visiteurs de passage croient naïvement que le soleil et la chaleur règnent toujours sur cette ville, dit le patron. Mais, pour moi, tôt ou tard, l'âme originelle de Barcelone, trouble et obscure, revient se refléter dans son ciel.

— Vous devriez éditer des guides touristiques et non des textes religieux, suggérai-je.

— Ça revient au même. Comment avez-vous passé ces jours de paix et de tranquillité ? Avez-vous avancé dans votre travail ? M'apportez-vous de bonnes nouvelles ?

J'ouvris ma veste et lui tendis une liasse de pages. Nous pénétrâmes dans le cimetière pour chercher un endroit à l'abri de la pluie. Le patron choisit un vieux mausolée dont la coupole était soutenue par des colonnes de marbre et entourée d'anges au visage trop mince et aux doigts trop larges. Nous nous assîmes sur un banc de pierre glacé. Sourire carnassier aux lèvres, il me fit un clin d'œil, ses prunelles jaunes et brillantes se refermant sur un point noir dans lequel se reflétait mon visage blême et visiblement anxieux.

— Détendez-vous, Martín. Vous accordez trop d'importance au décor.

Il commença de lire calmement les pages que je lui avais apportées.

— Je crois que je vais faire un tour pendant votre lecture, annonçai-je.

Corelli approuva sans lever les yeux.

— N'allez pas m'échapper, murmura-t-il.

Je m'éloignai aussi vite que je le pus sans qu'il remarque ma hâte et me perdis dans les tours et les détours de la nécropole. J'esquivai obélisques et tombeaux pour m'enfoncer dans le cœur du cimetière. La dalle était toujours là, marquée par un vase vide avec son squelette de fleurs pétrifiées. Vidal avait payé l'enterrement et même commandé à un sculpteur, jouissant d'une certaine réputation dans la corporation des pompes funèbres, une pietà qui gardait la tombe, yeux levés vers le ciel, mains sur la poitrine dans une attitude de supplication. Je m'agenouillai devant la dalle et nettoyai la mousse qui recouvrait l'inscription gravée au burin :

José Antonio Martín Clarés
1875-1908
Héros de la guerre des Philippines
Son pays et ses amis ne l'oublieront jamais

— Bonjour, père, murmurai-je.

Dans le bruit des gouttes frappant les pierres tombales, je contemplai la pluie noire qui glissait sur le visage de la pietà, et je me fendis d'un sourire en hommage à ces amis qu'il n'avait jamais eus et à ce pays qui l'avait transformé en mort-vivant pour enrichir un quarteron de caciques qui avaient toujours ignoré son existence. Je m'assis sur la dalle et posai la main sur le marbre.

— Qui aurait pu vous prédire ça ?

Mon père, qui avait passé toute sa vie à côtoyer la misère, reposait pour l'éternité dans une tombe de bourgeois. Enfant, je n'avais jamais compris pourquoi le journal avait décidé de lui offrir une sépulture digne d'un importateur de sucre, avec service funèbre, curé, pleureuses et fleurs. Personne ne m'avait avoué que Vidal avait payé le sépulcre fastueux de l'homme mort à sa place, même si je m'en étais toujours douté, attribuant ce geste à cette bonté, cette générosité infinie dont le ciel avait gratifié mon mentor et idole, le grand don Pedro Vidal.

— Je dois vous demander pardon, père. Pendant des années, je vous ai détesté pour m'avoir laissé seul. Je pensais que vous aviez eu la mort que vous cherchiez. C'est pour cette raison que je ne suis jamais venu vous voir. Pardonnez-moi.

Mon père n'avait jamais apprécié les larmes. Pour lui, quand un homme pleurait, ce n'était jamais sur les autres mais sur lui-même. Se laisser aller était une preuve de lâcheté et ne méritait aucune pitié. Je ne voulus pas pleurer, car je l'aurais encore une fois trahi.

— J'aurais aimé que vous voyiez mon nom sur un livre, même si vous n'auriez pas pu le lire. J'aurais aimé que vous soyez là, avec moi, pour voir votre fils se frayer un chemin et accomplir des choses qu'on ne vous a jamais laissé faire. J'aurais aimé vous connaître, père, et que vous me connaissiez. J'ai fait de vous un étranger pour vous oublier, et maintenant, l'étranger, c'est moi.

Je ne l'entendis pas arriver, mais en relevant la tête je découvris que le patron m'observait en silence, à quelques mètres à peine. Je me relevai et allai vers lui comme un chien bien dressé. Je me demandai s'il savait que mon père était enterré là et si c'était précisément la raison de ce rendez-vous dans le cimetière. On devait pouvoir lire sur mon visage comme dans un livre, car le patron hocha négativement la tête et posa une main sur mon épaule.

— Je ne savais pas, Martín. Je suis désolé.

Je n'étais pas disposé à lui ouvrir une telle porte sur la camaraderie. Je me détournai pour mettre fin à ce geste d'affection et de commisération, et contractai les paupières pour contenir mes larmes de rage. Sans l'attendre, je pris la direction de la sortie. Il resta quelques secondes sur place, puis se décida à me suivre. Il marcha près de moi en silence jusqu'à la porte principale. Là, je fis halte et manifestai mon impatience.

— Eh bien ? Vous avez des commentaires ?

Le patron ignora le ton vaguement hostile et sourit calmement.

— Votre travail est excellent.

— Mais…

— Si je devais vous faire une observation, ce serait que vous avez trouvé, je crois, le bon angle d'attaque en construisant toute une histoire à partir d'un témoin des faits qui se sent une victime et parle au nom d'un peuple qui attend ce sauveur guerrier. Je veux que vous poursuiviez dans cette voie.

— Cela ne vous semble pas forcé, artificiel… ?

— Au contraire. Rien ne nous induit plus à avoir la foi que la peur, la certitude d'être menacés. Quand nous nous sentons des victimes, toutes nos actions et nos croyances deviennent légitimes, même les plus contestables. Ceux qui s'opposent à nous, ou qui, simplement, sont nos voisins, cessent d'être nos semblables et deviennent des ennemis. Nous ne sommes plus des agresseurs, nous sommes des défenseurs. L'envie, la jalousie ou le ressentiment qui nous motivent sont sanctifiés, car nous avons la certitude d'agir pour notre seule défense. Le mal, la menace, sont toujours chez l'autre. La peur est le premier pas vers une foi passionnée. La peur de perdre notre identité, notre vie, notre condition ou nos croyances. La peur est la poudre et la haine est la mèche. Le dogme, en dernière instance, n'est que l'allumette qui y met le feu. Voilà pourquoi je suis convaincu que votre travail ouvre les bonnes portes.

— Éclairez-moi. Que cherchez-vous : la foi ou le dogme ?

— Il ne nous suffit pas que les hommes croient. Il faut qu'ils croient ce que nous voulons qu'ils croient. Et ils ne doivent ni le mettre en question, ni écouter ceux qui le mettent en question. Le dogme doit faire partie intégrante de l'identité. Quiconque le conteste est notre ennemi. Il est le mal. Et notre droit, notre devoir, est de le combattre et de le détruire. C'est l'unique chemin du salut. Croire pour survivre.

Je soupirai et acquiesçai à contrecœur.

— Je ne vous sens pas convaincu, Martín. Dites-moi le fond de votre pensée. Vous pensez que je me trompe ?

— Je ne sais pas. Je pense que vous simplifiez les choses d'une manière dangereuse. Tout votre discours semble être un simple mécanisme conçu pour générer et diriger la haine.

— Le qualificatif que vous vouliez employer n'est pas *dangereuse*, c'est *odieuse*, mais je ne vous en tiendrai pas rigueur.

— Pourquoi devons-nous réduire la foi à un acte de refus et d'obéissance aveugle ? N'est-il pas possible de croire à des valeurs comme l'acceptation, la concorde ?

Le patron sourit, amusé.

— Il est possible de croire à n'importe quoi, Martín, au libre marché ou à la petite souris qui vient chercher les dents de lait sous l'oreiller. Et même de croire que nous ne croyons à rien, comme vous le faites, ce qui est la plus grande des croyances. N'ai-je pas raison ?

— Le client a toujours raison. Qu'est-ce qui ne va pas, selon vous, dans l'histoire ?

— J'ai besoin d'un méchant. Consciemment ou pas, nous nous définissons presque tous par opposition plus que par sympathie. En réalité il est plus facile de réagir que d'agir. Rien n'excite plus la foi et le zèle du dogme qu'un bon adversaire. Et plus il est invraisemblable, mieux c'est.

— J'avais pensé que ce rôle serait plus efficace s'il restait abstrait. L'adversaire serait le non-croyant, l'étranger, celui qui est en dehors du groupe.

— Oui, mais j'aimerais que vous soyez plus concret. Il est difficile de haïr une idée. Cela exige une certaine discipline intellectuelle et un esprit obsessionnel et maladif que l'on ne trouve pas chez tout un chacun. Il est beaucoup plus facile de haïr quelqu'un à qui l'on peut donner un visage, en le rendant responsable de tout ce qui nous dérange. Pas besoin que ce soit un individu isolé. Ce peut être une nation, une race, un groupe…

Le cynisme parfait et serein du patron finissait par déteindre sur moi. Je soupirai encore, abattu.

— Ne jouez pas avec moi au citoyen modèle, Martín. Pour vous ça ne change rien, et nous avons besoin d'un méchant dans ce vaudeville. Vous devriez le comprendre mieux que personne. Il n'y a pas de drame sans conflit.

— Quel genre de méchant vous plairait ? Un tyran envahisseur ? Un faux prophète ? Un croquemitaine ?

— Je vous laisse le choix du costume. N'importe lequel des suspects habituels fera l'affaire. Une des raisons d'exister de notre méchant doit être de nous permettre d'endosser le rôle de victime et de proclamer notre supériorité morale. Nous projetterons sur lui tout ce que nous sommes incapables de reconnaître en nous et que nous qualifions de démoniaque chez les autres en fonction de nos intérêts personnels. C'est l'arithmétique de base du pharisaïsme. Je vous l'ai déjà conseillé, vous devez lire la Bible. Toutes les réponses que vous cherchez y sont.

— C'est ce que je suis en train de faire.

— Persuadez l'homme pieux qu'il est exempt de tout péché et il se mettra à lancer des pierres, ou des bombes, avec enthousiasme. En réalité, ça ne réclame pas de grands efforts : il suffit, pour le convaincre, de l'encourager un peu et de lui fournir un prétexte. Je ne sais si je m'explique bien.

— Vous vous expliquez à merveille. Vos arguments ont la subtilité d'une machine à vapeur.

— Je ne suis pas certain d'apprécier vraiment ce ton condescendant, Martín. Vous imaginez peut-être que tout cela n'est pas à la hauteur de votre pureté morale et intellectuelle ?

— Mais non, pas du tout, murmurai-je lâchement.

— Alors, qu'est-ce qui chatouille votre conscience, mon ami ?

— Je ne suis pas sûr d'être le nihiliste qu'il vous faut.

— Personne ne l'est. Le nihilisme est une pose, pas une doctrine. Mettez la flamme d'une bougie sous les testicules d'un nihiliste et vous constaterez qu'il verra très vite la beauté de l'existence. Ce qui vous gêne est ailleurs.

Je levai les yeux et, prenant le ton le plus provocant que je pus, je regardai le patron bien en face.

— Ce qui me gêne, probablement, c'est que je comprends ce que vous dites, mais que je ne le sens pas.

— Est-ce que je vous paye pour sentir ?

382

— Sentir et penser forment parfois un tout. L'idée est de vous, pas de moi.

Le patron sourit en se ménageant une de ses pauses théâtrales, tel un maître d'école préparant l'estocade destinée à mater un élève indocile et turbulent.

— Et que sentez-vous, Martín ?

L'ironie et le mépris que je décelais dans sa voix m'enhardirent et firent sauter d'un coup le verrou de l'humiliation accumulée pendant des mois passés dans son ombre. Rage et honte de me sentir intimidé en sa présence et d'accepter ses discours empoisonnés. Rage et honte de m'être laissé démontrer que, moi qui croyais n'être que désespoir, j'avais une âme aussi mesquine et misérable que son humanisme de fange et de boue. Rage et honte de sentir, de savoir, qu'il avait toujours raison, surtout lorsque j'avais le plus de mal à l'admettre.

— Je vous ai posé une question, Martín. Que *sentez-vous* ?

— Je sens que le mieux serait de laisser les choses là où elles en sont et de vous rendre votre argent. Je sens que, même si je ne sais pas ce que vous avez l'intention de faire avec cette entreprise absurde, je préfère ne pas y être mêlé. Et, surtout, que je regrette de vous avoir rencontré.

Le patron ferma les yeux et se retrancha dans un long silence. Il se détourna et s'éloigna de quelques pas en direction des portes de la nécropole. J'observai sa silhouette qui se découpait contre le jardin de marbre, et son ombre immobile sous la pluie. J'eus peur, une peur confuse qui naissait dans mon ventre et m'inspirait le désir enfantin de demander pardon et d'accepter n'importe quelle punition pour ne plus avoir à supporter ce silence. Et j'éprouvai du dégoût. Pour sa présence et plus encore pour moi-même.

Il fit volte-face et revint vers moi. Il s'arrêta à quelques centimètres à peine et pencha son visage sur le mien. Je respirai son haleine froide et me perdis dans ses prunelles obscures, sans fond. Cette fois, la voix et le ton étaient de glace, dépourvus de cette humanité pragmatique et étudiée dont il saupoudrait sa conversation et son comportement.

— Je ne vous le répéterai pas. Vous respecterez votre engagement et moi le mien. C'est là la seule chose que vous pouvez et devez sentir.

Involontairement, je n'en finissais pas d'acquiescer, jusqu'au moment où le patron sortit la liasse de pages de sa poche et me la tendit. Il la laissa tomber avant que j'aie pu la saisir. Le vent entraîna les pages dans un tourbillon et elles se dispersèrent vers l'entrée du cimetière. Je me précipitai pour tenter de les sauver de la pluie, mais plusieurs avaient échoué sur des flaques et se décomposaient dans l'eau, les mots se détachant de la feuille en filaments. Je les rassemblai toutes en une boule de papier spongieux. Quand je relevai les yeux, le patron avait disparu.

27.

Jamais, autant qu'à ce moment, je n'avais eu besoin d'un visage ami auprès de qui me réfugier. Le vieux bâtiment de *La Voz de la Industria* était visible au-dessus des murs du cimetière. Je me dirigeai vers lui dans l'espoir d'y trouver mon vieux maître M. Basilio, une des rares âmes immunisées contre la stupidité du monde qui avait toujours un bon conseil à me prodiguer. En entrant au siège du journal, je découvris que je reconnaissais la plus grande partie du personnel. Comme s'il ne s'était pas écoulé plus d'une minute depuis mon départ, à des années de là. Ceux qui m'avaient reconnu, de leur côté, détournaient la tête pour ne pas avoir à me saluer. Je me glissai dans la salle de rédaction et allai directement au fond, dans le bureau de M. Basilio. La pièce était vide.

— Qui cherchez-vous ?

Je me trouvai face à Rosell, un des rédacteurs qui me paraissaient déjà vieux quand j'étais gamin, et l'auteur, dans le journal, de l'article venimeux sur *Les Pas dans le ciel* où il me qualifiait de « rédacteur de textes de réclames ».

— Monsieur Rosell, je suis Martín. David Martín. Vous ne vous souvenez pas de moi ?

Rosell consacra plusieurs secondes à m'inspecter, comme si m'identifier lui coûtait d'immenses efforts, et finit pas acquiescer.

— Et M. Basilio ?

— Il est parti voici deux mois. Vous le trouverez à la rédaction de *La Vanguardia*. Si vous le voyez, transmettez-lui mon bon souvenir.

— Je n'y manquerai pas.

— Navré pour votre livre, reprit Rosell avec un sourire hypocrite.

Je traversai la rédaction en naviguant au milieu de coups d'œil sournois, de sourires grimaçants et de murmures en clef de fiel. Le temps guérit tout, pensai-je, sauf la vérité.

Une demi-heure plus tard, un taxi me déposait aux portes du siège de *La Vanguardia*, rue Pelayo. À la différence de la sinistre décrépitude de mon ancien journal, tout ici respirait la respectabilité et l'opulence. Je me présentai au comptoir de la réception et un garçon à tête de grouillot, qui me rappela le temps où je jouais moi-même les Jiminy Cricket, fut envoyé prévenir M. Basilio qu'il avait de la visite. Après tant d'années, mon vieux maître n'avait rien perdu de son aspect léonin. Dans son nouveau costume, en harmonie avec le luxe du décor, le personnage de M. Basilio semblait toujours aussi formidable qu'au temps de *La Voz de la Industria*. Ses yeux brillèrent de joie en me voyant et, passant outre son protocole de fer, il me reçut en me serrant dans ses bras avec une fougue telle qu'il aurait pu facilement me briser deux ou trois côtes si cela ne s'était passé en public et s'il n'avait eu à sauvegarder quelques apparences et sa réputation.

— Alors, monsieur Basilio, nous nous embourgeoisons ?

Mon ancien chef haussa les épaules, laissant entendre qu'il n'accordait aucune importance au nouveau cadre dans lequel il évoluait.

— Ne vous laissez pas impressionner.

— Ne soyez pas modeste, monsieur Basilio, vous voici désormais dans le joyau de la couronne. J'espère que vous les menez toujours à la baguette ?

M. Basilio exhiba son crayon rouge en me faisant un clin d'œil.

— J'en vire quatre par semaine.

— Deux de moins qu'à *La Voz*.

— Donnez-moi le temps, j'ai ici quelques éminents spécialistes qui me ponctuent leur prose avec un tromblon et croient encore que le Pirée est un homme.

Il était néanmoins évident que M. Basilio se sentait à l'aise dans sa nouvelle famille et même qu'il n'avait jamais été aussi en forme.

— Ne me dites pas que vous êtes venu me demander du travail, car je serais capable de vous en donner, menaça-t-il.

— Je vous en remercie, monsieur Basilio, mais vous savez que j'ai jeté le froc aux orties et que le journalisme n'est pas ma tasse de thé.

— Alors, en quoi le vieux ronchon peut-il vous être utile ?

— J'ai besoin de renseignements sur une ancienne affaire pour une histoire à laquelle je travaille, la mort d'un avocat réputé, du nom de Marlasca. Diego Marlasca.

— À quelle époque remonte cette affaire ?

— En 1904.

M. Basilio soupira.

— Vous m'en demandez trop. Depuis, beaucoup d'eau a coulé sous les ponts.

— Pas suffisamment, dans cette affaire, pour tout nettoyer, affirmai-je.

M. Basilio posa la main sur mon épaule et me fit signe de le suivre dans la rédaction.

— Ne vous inquiétez pas, vous avez atterri au bon endroit. Ces braves gens conservent des archives à faire pâlir de jalousie le Vatican. Si un article a paru dans la presse, nous le trouverons. Et puis le chef des archives est un ami. Je vous préviens : comparé à lui, je suis Blanche-Neige. Ne faites pas attention, au premier abord, c'est un vrai porc-épic, mais au fond, tout au fond, il est bon comme la romaine.

J'emboîtai donc le pas à M. Basilio dans un vaste vestibule lambrissé. Sur un côté s'ouvrait une salle circulaire avec une grande table ronde et une série de tableaux du haut desquels une pléiade d'aristocrates nous observaient d'un air sévère en fronçant les sourcils.

— La salle des sabbats, expliqua M. Basilio. C'est ici que se réunissent les rédacteurs en chef, le directeur adjoint, c'est-à-dire votre serviteur, et le directeur, et qu'en bons chevaliers de la Table ronde nous dénichons le Saint Graal tous les jours à sept heures du soir.

— Impressionnant.

— Vous n'avez encore rien vu, reprit M. Basilio en clignant de l'œil. Visez-moi ça.

M. Basilio se plaça sous l'un des augustes portraits et poussa le panneau de bois qui couvrait le mur. Le panneau céda avec un grincement, laissant apparaître un couloir caché.

— Hein ? Qu'en pensez-vous, Martín ? Et ce n'est qu'un des nombreux passages secrets de la maison. Même les Borgia n'avaient pas une maison comme celle-là.

Je m'engouffrai derrière M. Basilio dans le passage, et nous débouchâmes dans une grande salle de lecture garnie d'armoires vitrées contenant la bibliothèque secrète de *La Vanguardia*. Au fond de la salle, sous le cône de lumière d'une lampe à abat-jour vert, on distinguait la forme d'un homme d'âge mûr assis à une table, en train d'examiner des documents à la loupe. À notre entrée, il leva les yeux et nous gratifia d'un coup d'œil qui aurait changé en pierre n'importe qui de plus jeune et de plus impressionnable que moi.

— Je vous présente M. José María Brotons, seigneur de l'inframonde et chef des catacombes de cette sainte maison, annonça M. Basilio.

Brotons, sans lâcher la loupe, se contenta de m'observer avec une expression propre à vous transformer en morceau de fer rouillé. J'avançai et lui tendis la main.

— Voici mon ancien pupille, David Martín.

Brotons me serra la main à contrecœur et regarda M. Basilio.

— L'écrivain ?

— Lui-même.

Brotons hocha la tête.

— Il faut avoir du courage, pour sortir dans la rue après la volée de bois vert qu'ils vous ont administrée. Que faites-vous céans ?

— Il vient vous supplier de lui accorder votre aide, votre bénédiction et vos conseils pour un sujet de haute investigation et d'archéologie du document, expliqua M. Basilio.

— Et où est le sang du sacrifice ? éructa Brotons.

Je sursautai.

— Un sacrifice ?

— Oui : une chèvre, un agneau, ou au moins un chapon…

Je restai interdit. Brotons soutint mon regard sans sourciller durant un moment qui me parut infini. Puis, alors que je sentais déjà la sueur me brûler le dos, le chef des archives et M. Basilio éclatèrent de rire. Je les laissai à leur plaisir de s'amuser à mes dépens jusqu'à ce que le souffle leur manquât et qu'ils dussent essuyer leurs larmes. De toute évidence, M. Basilio avait trouvé une âme sœur en la personne de son nouveau collègue.

— Venez par ici, jeune homme, indiqua Brotons, débarrassé de son masque féroce. On va voir ce qu'on peut trouver.

28.

Les archives du journal étaient situées dans un sous-sol de l'immeuble, sous l'atelier qui hébergeait la grande rotative, un produit de la technologie postvictorienne qui ressemblait au croisement d'une monstrueuse locomotive à vapeur et d'une machine à fabriquer des éclairs.

— Je vous présente la rotative, plus connue sous le nom de Léviathan. Allez-y doucement, elle a déjà avalé plus d'un imprudent, prévint M. Basilio. C'est comme l'histoire de Jonas et de la Baleine, à ce détail près qu'on en ressort transformé en chair à saucisse.

— On le serait à moins.

— Un de ces jours nous pourrions jeter dedans ce stagiaire, le nouveau qui se prétend le neveu de Macià, cette indépendantiste sans égale, et passe son temps à faire le malin, proposa Brotons.

— Fixons la date, et nous fêterons ça autour d'un bon plat de *cap-i-pota*, approuva M. Basilio.

Tous deux se tordirent de rire comme des collégiens. Qui se ressemble s'assemble, songeai-je.

La salle des archives était un labyrinthe de couloirs formés par des rayonnages de trois mètres de haut.

Deux pâles créatures ayant l'air de ne pas être sorti des caves depuis quinze ans officiaient en qualité d'assistants de Brotons. À son arrivée, elles accoururent comme des chiens fidèles pour prendre ses ordres. Brotons me lança un regard inquisiteur.

— Que cherchons-nous ?

— 1904. La mort d'un avocat nommé Diego Marlasca. Membre insigne de la société barcelonaise, associé fondateur du cabinet Valera, Marlasca et Sentis.

— Quel mois ?

— Novembre.

Sur un geste de Brotons, les deux assistants partirent à la recherche des numéros correspondant au mois de novembre 1904. À cette époque, la mort s'inscrivait tellement dans la couleur des jours que la plupart des journaux ouvraient leur première page par de grandes nécrologies. On pouvait supposer que le décès d'un personnage de l'envergure de Marlasca n'avait pas été négligé par la presse de la ville et qu'il avait été annoncé à la une du journal. Les assistants revinrent avec plusieurs volumes et les déposèrent sur une grande table. Nous nous partageâmes la tâche et, à nous cinq, nous eûmes vite fait de rencontrer la nécrologie de don Diego Marlasca en première page, comme je l'avais supposé. Elle figurait dans le numéro du 23 novembre 1904.

— *Habemus cadaver*, annonça Brotons, à qui revenait cette découverte.

Quatre faire-part étaient consacrés à Marlasca. Un émanait de sa famille, un du cabinet d'avocats, un du barreau de Barcelone, le dernier de l'Ateneo Barcelonés.

— Ce que c'est que d'être riche ! On meurt cinq ou six fois, commenta M. Basilio.

Les nécrologies n'étaient pas en elles-mêmes d'un grand intérêt. Prières pour l'âme immortelle du défunt, indications que les obsèques auraient lieu dans l'intimité, panégyriques grandiloquents d'un éminent citoyen, érudit et membre irremplaçable de la société barcelonaise, etc.

— Ce qui vous préoccupe doit se trouver deux jours plus tôt ou plus tard, indiqua Brotons.

Nous parcourûmes donc les journaux de la semaine du décès de l'avocat et trouvâmes effectivement une série d'articles se rapportant à Marlasca. Le premier annonçait que cet avocat distingué était mort dans un accident. M. Basilio le lut à voix haute.

— Cet article a été rédigé par un orang-outang, trancha-t-il. Trois paragraphes redondants qui ne nous apprennent rien, et c'est seulement à la fin qu'il explique que la mort a été accidentelle, mais sans préciser quel genre d'accident.

— J'ai là une information plus intéressante, dit Brotons.

Un article du lendemain expliquait que la police enquêtait sur l'accident pour en déterminer les circonstances avec exactitude. Le plus intéressant était qu'il mentionnait le rapport du médecin légiste indiquant que Marlasca était mort noyé.

— Noyé ? l'interrompit M. Basilio. Comment ? Où ?

— Il ne le précise pas. Il a fallu probablement couper l'article pour donner toute sa place à l'urgente et exhaustive apologie de la sardane qui couvre trois colonnes sous le titre « Au son de la *tenora* : l'esprit et le rythme », indiqua Brotons.

— Donne-t-il le nom du policier chargé de l'enquête ? demandai-je.

— Il mentionne un dénommé Salvador. Ricardo Salvador.

Nous passâmes en revue les autres articles concernant la mort de Marlasca, mais ils ne contenaient rien d'intéressant. Les textes se régurgitaient mutuellement en répétant le même refrain, toujours trop identique à la version officielle fournie par le cabinet Valera & Associés.

— Tout cela sent nettement l'escamotage, opina Brotons.

Je poussai un soupir, découragé. J'avais espéré trouver davantage que de simples et pieux *in memoriam* et des articles creux qui n'apportaient aucune lumière sur les faits.

— Est-ce que vous n'aviez pas un bon contact à la préfecture ? s'enquit M. Basilio. Comment s'appelait-il ?

— Victor Grandes, précisa Brotons.

— Il pourrait peut-être nous mettre en relation avec ce Salvador.

Je toussotai, et les deux compères me dévisagèrent en fronçant les sourcils.

— Pour des raisons qui n'ont rien à voir avec cette affaire – ou trop à voir, au contraire –, je préférerais éviter l'intervention de l'inspecteur Grandes.

Brotons et M. Basilio échangèrent un coup d'œil.

— D'accord. D'autres noms à rayer de la liste ?

— Marcos et Castelo.

— Je constate que vous n'avez rien perdu de votre talent pour vous faire des amis ! s'écria M. Basilio.

Brotons se frotta le menton.

— Pas de panique. Je crois que l'on doit pouvoir trouver un autre moyen sans attirer les soupçons.

— Si vous me dégotez Salvador, je suis prêt à vous sacrifier ce que vous voudrez, même un cochon.

— Avec ma goutte, j'ai dû renoncer au lard, mais je ne cracherais pas sur un bon havane, convint Brotons.

— Deux, ajouta M. Basilio.

Pendant que je courais vers un bureau de tabac de la rue Tallers pour y acheter les deux cigares les plus suaves et les plus chers de l'établissement, Brotons effectua quelques appels discrets à la préfecture et confirma que Salvador avait quitté la police ou, plus précisément, qu'il y avait été contraint, et qu'il exerçait à présent le métier de garde du corps pour industriels ou d'enquêteur privé pour divers cabinets d'avocats de la ville. Quand je revins à la rédaction pour remettre lesdits cigares à mes bienfaiteurs, le chef des archives me tendit une note :

Ricardo Salvador
rue de la Lleona, 21, dernier étage

— Je vous dois une fière chandelle, dis-je.

— Puisse-t-elle vous éclairer !

29

La rue de la Lleona, plus connue chez les habitants du quartier comme celle *dels Tres Llits*, la rue des Trois-Lits, en l'honneur du célèbre bordel qu'elle abritait, était une ruelle aussi ténébreuse que sa réputation. Elle partait du côté à l'ombre des arcades de la Plaza Real et se faufilait dans un étroit intervalle, humide et rebelle à la lumière du jour, entre de vieux immeubles entassés les uns sur les autres et reliés par une perpétuelle toile d'araignée de fils où séchait la lessive. Leurs façades décrépites se décomposaient pour tourner à l'ocre et les dalles qui couvraient le sol avaient été baignées de sang durant les années où y régnaient les pistoleros. Je l'avais plus d'une fois utilisée comme décor dans les histoires de *La Ville des maudits* et maintenant encore, déserte et oubliée, elle continuait pour moi à sentir les intrigues et la poudre. Ce lieu lugubre semblait indiquer que la mise à la retraite forcée du commissaire Salvador n'avait pas été généreuse.

Le numéro 21 était un modeste immeuble pris en tenaille entre deux autres. Le porche était ouvert et n'était qu'un puits d'ombre d'où partait un escalier étroit et abrupt en colimaçon. Le sol était couvert de flaques, et un liquide noir et visqueux filtrait entre les interstices du carrelage. Je gravis l'escalier cahin-caha, sans lâcher la rampe, mais sans trop m'y fier. Il n'y avait qu'une porte par palier et, à en juger par l'aspect des lieux, aucun appartement ne devait dépasser les quarante mètres carrés. Une petite tabatière couronnait la cage de l'escalier et répandait une faible lumière sur les paliers du haut. La porte du dernier étage était au fond d'un bref couloir. Je fus surpris de la trouver entrouverte. Je frappai, sans obtenir de réponse. La porte donnait accès à une pièce exiguë contenant un fauteuil, une table et une étagère chargée de livres et de boîtes en fer-blanc. Une manière de cuisine et de buanderie occupait la pièce voisine. Le seul agrément de cette cellule était une terrasse donnant sur les toits. La porte de la terrasse était également ouverte et laissait filtrer un courant d'air frais qui charriait les odeurs de graillon et de lessive des toits de la vieille ville.

— Il y a quelqu'un ? appelai-je de nouveau.

Ne recevant toujours pas de réponse, je me dirigeai vers la terrasse. La jungle de toits, de tours, de citernes, de paratonnerres et de cheminées proliférait de tous côtés. Je n'avais pas fait un pas à l'air libre que je sentis un tube de métal glacé se poser sur ma nuque et entendis le claquement bref d'un revolver que l'on armait. Mon réflexe immédiat fut de lever les mains et de ne plus bouger un cil.

— Mon nom est David Martín. J'ai eu votre adresse à la préfecture. Je voulais vous rencontrer à propos d'une affaire sur laquelle vous avez enquêté au cours de vos années de service.

— Est-ce que c'est votre habitude d'entrer chez les gens sans frapper, monsieur David Martín ?

— La porte était ouverte. J'ai appelé, mais vous n'avez pas dû m'entendre. Est-ce que je peux baisser les mains ?

— Je ne vous ai pas dit de les lever. Quelle affaire ?

— La mort de Diego Marlasca. Je suis le locataire de la maison qui a été sa dernière résidence. La maison de la tour, rue Flassaders.

La voix resta silencieuse. La pression du revolver ne s'était pas relâchée.

— Monsieur Salvador ?

— Je suis en train de me demander si ça ne vaudrait pas mieux de vous faire tout de suite sauter la cervelle.

— Vous ne voulez pas écouter mon histoire avant ?

Salvador écarta légèrement le pistolet. J'entendis qu'il désarmait le percuteur et me retournai lentement. Ricardo Salvador avait un aspect imposant et sombre, des cheveux gris et des yeux bleu clair pénétrants comme des aiguilles. J'estimai qu'il frisait la cinquantaine, mais les ans ne devaient pas l'empêcher de donner du fil à retordre aux hommes de la moitié de son âge assez téméraires pour se mettre en travers de sa route. J'avais la gorge sèche. Il baissa son arme et me tourna le dos pour rentrer dans l'appartement.

— Excusez la réception, murmura-t-il.

Je le suivis jusqu'à la minuscule cuisine et m'arrêtai sur le seuil. Salvador posa le pistolet sur l'évier et alluma un des foyers du fourneau avec du papier et du carton. Il sortit un bocal de café et m'interrogea du regard.

— Non merci.

— C'est la seule chose convenable que j'aie, je vous préviens, dit-il.

— Dans ce cas, je vous accompagnerai.

Il introduisit deux généreuses cuillerées de café moulu dans la cafetière, la remplit avec l'eau d'une cruche et la mit sur le feu.

— Qui vous a parlé de moi ?

— Il y a quelques jours, j'ai rendu visite à Mme Marlasca, la veuve. C'est elle qui m'a parlé de vous. Elle m'a confié que vous aviez été le seul qui ait tenté de découvrir la vérité et que cela vous avait coûté votre poste.

— Je suppose qu'on peut résumer la situation de cette façon.

Je remarquai que la mention de la veuve l'avait troublé et me questionnai sur ce qu'il y avait pu avoir entre eux, dans ces jours de malheur.

— Comment va-t-elle ? questionna-t-il. Mme Marlasca.

— Je crois qu'elle pense beaucoup à vous, risquai-je.

Salvador hocha la tête, son agressivité avait complètement disparu.

— Ça fait longtemps que je ne vais plus la voir.

— Elle croit que vous la rendez responsable de ce qui vous est arrivé. J'ai le sentiment qu'elle aimerait vous revoir, même après tout ce temps.

— Vous avez peut-être raison. Je devrais peut-être lui rendre visite.

— Pouvez-vous me parler de ce qui s'est passé ?

Salvador retrouva son visage sévère et acquiesça.

— Que voulez-vous savoir ?

— La veuve de Marlasca m'a expliqué que vous n'aviez jamais accepté la version selon laquelle son mari s'était suicidé, et que vous aviez des soupçons.

— Plus que des soupçons. Vous a-t-on raconté comment Marlasca est mort ?

— Je sais seulement qu'on a prétendu qu'il s'agissait d'un accident.

— Marlasca est mort noyé. Du moins est-ce la conclusion du rapport de la préfecture.

— Comment s'est-il noyé ?

— Il n'y a qu'une seule manière de se noyer, mais j'y reviendrai. Ce qui est étonnant, c'est où.

— Dans la mer ?

399

Salvador sourit. D'un sourire noir et amer comme le café qui commençait à couler. Salvador le huma.

— Vous êtes sûr de vouloir entendre cette histoire ?

— Sûr comme je ne l'ai jamais été.

Il me tendit une tasse et me toisa, s'interrogeant de toute évidence sur ma sincérité.

— J'imagine que vous êtes allé voir ce salopard de Valera.

— Si vous parlez de l'associé de Marlasca, il est mort. C'est son fils que j'ai rencontré.

— Un salopard aussi, mais il en a moins que le père. J'ignore ce qu'il vous a raconté, mais je suis certain que ce sont eux qui ont réussi à obtenir mon expulsion de la police et à me réduire en un paria même pas digne d'une aumône.

— Je crains qu'il n'ait oublié d'inclure ce détail dans sa version des événements, concédai-je.

— Ça ne m'étonne pas.

— Vous alliez me raconter comment Marlasca s'est noyé.

— C'est là que l'affaire devient intéressante. Saviez-vous que M. Marlasca, en plus d'être avocat, érudit et écrivain, avait été un champion dans sa jeunesse et qu'il avait gagné à deux reprises la traversée du port à la nage organisée chaque année à Noël par le Club de natation de Barcelone ?

— Comment un champion de natation peut-il se noyer ?

— La question est plutôt : où ? Le cadavre de M. Marlasca a été retrouvé dans le bassin du Réservoir des eaux du parc de la Citadelle. Vous connaissez l'endroit ?

Je réprimai un haut-le-corps et acquiesçai. C'était le lieu de ma première rencontre avec Corelli.

— Puisque vous le connaissez, vous savez que, quand il est plein, il atteint à peine un mètre de profondeur : en réalité, ce n'est qu'une mare. Le jour où l'on a trouvé l'avocat mort, le bassin était à moitié vide et le niveau de l'eau ne dépassait pas soixante centimètres.

— Un champion de natation ne se noie pas comme ça dans soixante centimètres d'eau.

— C'est ce que j'en ai conclu.

— D'autres ne partageaient pas cet avis ?

Salvador eut un sourire amer.

— D'abord, il est douteux qu'il se soit noyé. Le médecin légiste qui a pratiqué l'autopsie a trouvé un peu d'eau dans les poumons, mais, d'après son diagnostic, le décès était dû à un arrêt cardiaque.

— Je ne comprends pas.

— Quand Marlasca est tombé dans le bassin, ou quand on l'y a poussé, il était en flammes. Le corps présentait des brûlures au troisième degré sur le torse, les bras et le visage. Pour le médecin légiste, le corps avait dû flamber pendant environ une minute avant d'entrer en contact avec l'eau. Des traces trouvées sur les vêtements de l'avocat indiquaient la présence d'un dissolvant sur les tissus. Marlasca a été brûlé vif.

Je mis quelques secondes à digérer l'information.

— Mais qui avait intérêt à faire ça ?

— Règlement de compte ? Cruauté gratuite ? Choisissez. Mon opinion est que quelqu'un voulait retarder l'identification du corps de Marlasca pour gagner du temps et égarer la police.

— Qui ?

— Jaco Corbera.

— L'agent d'Irene Sabino.

— Qui a disparu le jour même de la mort de Marlasca avec l'argent d'un compte personnel ouvert par l'avocat à la Banque hispano-coloniale et dont sa femme ignorait l'existence.

— Cent mille francs français, précisai-je.

Intrigué, Salvador me dévisagea.

— Comment le savez-vous ?

— C'est sans importance. Que faisait Marlasca près du bassin du Réservoir des eaux ? Ce n'est pas précisément un lieu de promenade.

— C'est l'autre point troublant. Nous avons trouvé dans son bureau un agenda sur lequel il avait noté un rendez-vous à cet endroit pour cinq heures de l'aprèsmidi. Enfin, c'est ce qu'il semblait. Tout ce qu'indiquait l'agenda, c'était une heure, un lieu et une initiale. Un « C ». Probablement Corbera.

— Que croyez-vous qu'il se soit passé, donc ?

— Ce que je crois, et ce que suggère l'évidence, c'est que Jaco s'est arrangé pour qu'Irene Sabino manipule Marlasca. Vous devez savoir que l'avocat était obsédé par ces séances de spiritisme et autres supercheries, particulièrement depuis la mort de son fils. Jaco avait un compère, Damián Roures, qui fricotait dans ce milieu. Un comédien hors pair. À eux deux, et avec l'aide d'Irene Sabino, ils ont embobiné Marlasca en lui faisant miroiter qu'il pouvait se mettre en contact avec le monde des esprits. Marlasca était un homme désespéré et prêt à croire n'importe quoi. Ce trio de vilaines bêtes avait monté l'affaire parfaite, jusqu'au moment où Jaco est devenu plus ambitieux encore. Certains pensent que la Sabino n'était pas de mauvaise foi, qu'elle était naïvement amoureuse de Marlasca et croyait à tout ce salmigondis aussi fort que lui. Moi, cette hypothèse ne me convainc pas, mais de toute manière elle ne change rien à la suite des événements. Jaco a appris que Marlasca disposait de ces fonds à la banque et a décidé de les lui soustraire pour disparaître ensuite avec l'argent, en brouillant les pistes. Le rendez-vous sur l'agenda peut très bien avoir été une fausse piste, mise là par la Sabino ou par Jaco. Il n'y a aucune preuve qu'il soit de la main de Marlasca.

— Et d'où provenaient les cent mille francs que Marlasca gardait sur son compte de la Banque hispano-coloniale ?

— Marlasca lui-même les y avait versés en espèces un an plus tôt. Je n'ai pas la moindre idée d'où il a pu tirer une somme pareille. Ce que je sais, en revanche, c'est que la totalité du solde a été retirée, également en espèces, le matin du jour de son décès. Les avocats ont prétendu par la suite que l'argent avait été transféré sur un compte tiers, une sorte de fonds sous tutelle, et qu'il n'avait pas disparu, que Marlasca avait simplement décidé de réorganiser ses finances. Mais j'ai du mal à gober que quelqu'un réorganise ses finances en déplaçant près de cent mille francs le matin et brûle comme une torche l'après-midi. Je ne crois pas que cet argent soit allé à quelque fonds mystérieux. Au jour d'aujourd'hui, rien n'est venu me prouver qu'il n'a pas atterri entre les mains de Jaco Corbera et d'Irene Sabino. Au moins au début, parce que je doute que cette dernière en ait jamais vu ensuite un centime. Jaco a disparu avec l'argent. Pour toujours.

— Et elle, qu'est-elle devenue ?

— Cet aspect de l'affaire me fait également penser que Jaco a roulé Roures et Irene Sabino. Peu après la mort de Marlasca, Roures a laissé tomber le commerce de l'outre-tombe et ouvert un magasin d'articles de magie rue Princesa. À ma connaissance, il y est toujours. Irene Sabino a continué de se produire pendant deux ou trois ans dans des cabarets et des salles de moins en moins huppées. La dernière fois que j'en ai entendu parler, elle se prostituait dans le Raval et vivait dans la misère. Manifestement, elle n'a pas touché un centime de ces cent mille francs. Et Roures non plus.

— Et Jaco ?

— Tout porte à croire qu'il a quitté le pays sous un faux nom et qu'il vit confortablement quelque part de ses rentes.

En tout cas, tout cela, loin de m'éclairer, m'apportait de nouvelles interrogations. Salvador dut interpréter mon expression découragée, car il me gratifia d'un sourire de commisération.

— Valera et ses amis de la municipalité ont obtenu que la presse s'en tienne à la version de l'accident. Il a réglé la question par des obsèques de première classe pour ne pas remuer l'eau sale des affaires du cabinet qui, en bonne partie, concernaient la municipalité et la députation. Il a ainsi laissé dans l'ombre l'étrange conduite de M. Marlasca qui, au cours des douze derniers mois de sa vie, avait quitté sa famille et ses associés et acquis une maison en ruine dans un quartier de la ville où il n'avait jamais jusque-là aventuré ses élégantes chaussures, afin, selon son ancien associé, de se consacrer à l'écriture.

— Valera a-t-il précisé ce que Marlasca voulait écrire ?

— Un livre de poésie, ou un texte du genre.

— Et vous l'avez cru ?

— J'ai vu beaucoup de choses bizarres dans mon métier, mon ami, mais des avocats pleins aux as qui laissent tout tomber pour se mettre à écrire des sonnets, ça ne figure pas dans mon répertoire.

— Et donc ?

— Et donc le plus raisonnable aurait été de tout oublier et d'obéir aux ordres.

— Mais ce n'a pas été le cas.

— Non. Et pas parce que je suis un héros ou un imbécile. J'ai agi ainsi parce que chaque fois que je voyais cette pauvre femme, la veuve de Marlasca, ça me tordait les tripes, et je n'aurais pas pu continuer à me regarder dans la glace sans faire ce pour quoi j'étais censé être payé.

Il désigna le décor misérable et froid qui lui servait de foyer, et il rit.

— Croyez-moi, si j'avais su, j'aurais préféré être un lâche et ne pas sortir du rang. Je ne peux pas dire qu'à la préfecture on ne m'ait pas prévenu. L'avocat mort et enterré, il convenait de tourner la page et de consacrer nos efforts à poursuivre des anarchistes crevant de faim et des maîtres d'école aux idées suspectes.

— Vous dites : enterré… Où Diego Marlasca est-il enterré ?

— Je crois que c'est dans le caveau familial du cimetière de Sant Gervasi, pas très loin de la maison de la veuve. Est-ce que je peux vous demander d'où vous vient votre intérêt pour cette affaire ? Et ne me racontez pas qu'il s'agit d'une simple curiosité, à force d'habiter la maison de la tour.

— C'est difficile à expliquer.

— Si vous voulez un conseil d'ami, regardez-moi et prenez-en de la graine : laissez courir.

— J'aimerais bien. Le problème est que je ne crois pas que l'affaire, elle, me laisse courir.

Salvador m'observa longuement et hocha la tête. Il prit un papier et y nota un numéro.

— C'est le téléphone des voisins d'en bas. Ce sont de braves gens et les seuls dans tout l'escalier à posséder le téléphone. Vous pourrez m'y trouver ou laisser un message. Demandez Emilio. Si vous avez besoin d'aide, n'hésitez pas à m'appeler. Et soyez prudent. Jaco a disparu du panorama depuis des années, mais certains individus n'ont pas intérêt à ce qu'on déterre cette affaire. Cent mille francs, c'est beaucoup d'argent.

J'acceptai le numéro et le glissai dans ma poche.

— Je vous remercie.

— De rien. Après tout, que peuvent-ils encore contre moi ?

— Auriez-vous une photographie de Diego Marlasca ? Je n'en ai pas trouvé une seule dans toute la maison.

— Je ne sais pas… C'est possible. Attendez, je vais voir.

Salvador se dirigea vers un secrétaire, dans un coin, et en tira une boîte en fer-blanc remplie de papiers.

— Je conserve encore quelques papiers de l'affaire… Vous voyez, même après tout ce temps, je reste incorrigible. Voilà, regardez. Cette photo m'a été donnée par la veuve.

Il me tendit une vieille photo de studio sur laquelle un homme de grande taille et à l'aspect avenant, paraissant avoir une quarantaine d'années, souriait à l'objectif sur un fond de velours. Je me perdis dans cet air franc, en me demandant comment il était possible que derrière lui se cache le monde ténébreux que j'avais découvert dans les pages de *Lux æterna*.

— Je peux la garder ?

Salvador hésita.

— Je suppose que oui. Mais ne la perdez pas.

— Je vous promets de vous la rendre.

— Promettez-moi surtout que vous ferez attention, je serai plus tranquille. Et que, si ça tourne mal, vous me téléphonerez.

— Promis.

30.

Le soleil allait se coucher quand je quittai Ricardo Salvador sur sa terrasse en plein vent et revins à la Plaza Real baignant dans une poussière de lumière qui teintait de rouge les silhouettes des passants et des touristes. Je finis par aller me réfugier dans le seul endroit de toute la ville où je m'étais toujours senti bien reçu et protégé. Quand j'arrivai rue Santa Ana, la librairie Sempere & Fils était sur le point de fermer. Le crépuscule rampait sur la ville, et une brèche bleu et pourpre s'était ouverte dans le ciel. Je m'arrêtai devant la vitrine derrière laquelle Sempere junior finissait de raccompagner un client qui, déjà, lui disait au revoir. En m'apercevant, il me sourit et me salua avec cette timidité qui était plutôt une forme de modestie.

— Je pensais justement à toi, Martín. Tout va bien ?

— On ne peut mieux.

— Ça se lit sur ta figure. Entre donc, nous ferons un peu de café.

Il m'ouvrit la porte de la boutique et me céda le passage. À l'intérieur, je respirai cette odeur magique du papier que, inexplicablement, personne n'a encore réussi à mettre en flacon. Sempere junior me fit signe de le suivre dans l'arrière-boutique, où il se mit en devoir de préparer la cafetière.

— Et votre père ? Comment va-t-il ? Je l'ai trouvé assez mal en point, l'autre jour.

Sempere junior acquiesça comme s'il m'était reconnaissant de ma question. Je me rendis compte qu'il n'avait probablement personne avec qui en parler.

— Il a connu des temps meilleurs, c'est vrai. Le médecin lui recommande d'être prudent, avec son angine de poitrine, mais lui insiste pour travailler encore plus qu'avant. Je dois parfois me fâcher, parce qu'il est convaincu que s'il laisse la librairie entre mes mains le commerce périclitera. Ce matin, quand je me suis levé, je lui ai dit de me faire le plaisir de rester au lit et de ne pas descendre travailler toute la journée. Eh bien, me croiras-tu ? trois minutes plus tard il était dans la salle à manger en train de lacer ses chaussures.

— C'est un homme aux idées bien arrêtées, admis-je.

— Il est têtu comme une mule, répliqua Sempere junior. Encore heureux que nous ayons désormais quelqu'un pour nous aider un peu, sinon...

J'arborai une expression de surprise et d'innocence, parfaitement adaptée aux circonstances, même si elle manquait de spontanéité.

— La jeune fille, expliqua Sempere junior. Isabella. C'est pour cela que je pensais à toi. J'espère que tu ne vois pas d'inconvénient à ce qu'elle passe quelques heures ici. En ce moment son aide est bienvenue, mais si tu es contre...

Je réprimai un sourire devant la façon dont il passait sa langue sur ses lèvres en prononçant le nom d'Isabella.

— Mais non, soutins-je, tant que ce n'est que temporaire. Isabella est une brave fille. Intelligente et

408

travailleuse. De toute confiance. Nous nous entendons à merveille.

— Hum ! Elle raconte que tu es un despote.

— Vraiment ?

— Elle t'a même donné un surnom : Mister Hyde.

— Cher petit ange. N'y prête pas attention. Tu sais comment sont les femmes.

— Oui, je le sais, répliqua Sempere junior sur un ton impliquant qu'il savait beaucoup de choses, mais que, de celle-là, il n'avait aucune idée.

— Isabella raconte ça de moi, mais ne crois pas qu'elle t'épargne, aventurai-je.

Il changea de visage. Je donnai à mes paroles le temps de corroder lentement l'épaisseur de son armure. Il me tendit une tasse de café avec un sourire empressé et parvint à revenir sur le sujet par une réplique qui n'aurait pas tenu le coup dans une mauvaise opérette.

— Dieu sait ce qu'elle peut bien dire de moi ! laissa-t-il tomber.

J'attendis qu'il ait macéré quelques instants dans son incertitude.

— Tu aimerais le savoir ? demandai-je d'un ton détaché, en cachant mon sourire derrière la tasse.

Sempere junior haussa les épaules.

— Elle dit que tu es un homme bon et généreux, que les autres ne te comprennent pas parce que tu es un peu timide et qu'ils ne cherchent pas plus loin, alors que, je la cite textuellement, tu as un physique de jeune premier et une personnalité fascinante.

Sempere junior se mordit les lèvres et me regarda, abasourdi.

— Je ne vais pas te mentir, mon cher Sempere. En fait, je suis content que tu aies abordé ce sujet, car je voulais t'en parler depuis déjà plusieurs jours, et je ne savais comment m'y prendre.

— Me parler de quoi ?

Je baissai la voix.

— Entre toi et moi, Isabella veut travailler ici parce qu'elle t'admire et qu'elle est, j'en ai peur, secrètement amoureuse.

Sempere m'observait, au bord de l'évanouissement.

— Mais un amour pur, hein ? Attention ! Spirituel. Comme celui d'une héroïne de Dickens, tu comprends ? Rien de frivole, rien d'enfantin. Isabella a beau être jeune, elle a déjà tout d'une femme. Je suis sûr que tu t'en es aperçu…

— Maintenant que tu le dis…

— Et je ne parle pas seulement de ses charmes physiques, mais de cette bonté et de cette beauté qui sont en elle et attendent le moment de se manifester pour rendre celui qui aura la chance d'en profiter l'homme le plus heureux du monde.

Sempere ne savait plus où se mettre.

— De plus, elle a des talents cachés. Elle parle plusieurs langues. Elle joue du piano à ravir. Elle sait calculer comme Isaac Newton. Et enfin, elle cuisine divinement. Regarde-moi : j'ai grossi de plusieurs kilos depuis qu'elle travaille pour moi. Des plats que même à la Tour d'argent… Ne me raconte pas que tu ne t'en es pas rendu compte ?

— En fait, elle n'a pas mentionné qu'elle cuisinait…

— Je parle de son coup de foudre.

— Eh bien, la vérité…

— Tu la veux, la vérité ? La jeune fille, dans le fond, et malgré ses airs de petite tigresse qui n'a pas encore été domptée, est douce et timide à un point qui frise la pathologie. C'est la faute des bonnes sœurs, qui les abêtissent avec toutes leurs histoires d'enfer et leurs cours de couture. Vive l'école libre.

— Pourtant, j'aurais juré qu'elle me prenait pour un quasi-idiot, assura Sempere.

— Bien sûr : voilà la preuve irréfutable. Mon cher Sempere, quand une femme traite quelqu'un d'idiot, ça signifie que ses gonades sont en révolution.

— Tu en es sûr ?

— Aussi sûr que de la solidité de la Banque d'Espagne. Fais-moi confiance, je sais de quoi je parle.

— C'est également ce que dit mon père. Et que dois-je faire ?

— Eh bien, ça dépend. La fille te plaît ?

— Si elle me plaît ? Je ne sais pas. Comment sait-on que… ?

— C'est très simple. Est-ce que tu la regardes en cachette, et te vient-il des envies de la mordre ?

— La mordre ?

— Lui mordre les fesses, par exemple.

— Martín !

— Ne fais pas l'effarouché, nous sommes entre hommes, et c'est bien connu que les hommes sont le maillon manquant entre le pirate et le cochon. Elle te plaît, oui ou non ?

— Eh bien, Isabella est une jeune fille charmante.

— Mais encore ?

— Intelligente. Sympathique. Travailleuse.

— Poursuis.

— Et bonne chrétienne, je crois. Ce n'est pas que je sois très pratiquant, mais…

— Mais voyons, Isabella est plus souvent à la messe que le goupillon. Ce sont les bonnes sœurs, je te dis.

— Mais la mordre, non, ça ne m'a jamais traversé l'esprit, je te le jure.

— Ça ne t'a jamais traversé l'esprit jusqu'à ce que je t'en parle.

— Ça me paraît un manque de respect de parler d'elle de la sorte, ou d'ailleurs de n'importe quelle femme, et tu devrais avoir honte… protesta Sempere junior.

— *Mea culpa*, entonnai-je en levant les mains comme si je me rendais. Mais peu importe, chacun manifeste sa ferveur à sa manière. Je suis une créature frivole et superficielle, de là mon caractère canin, mais toi, avec ton *aurea gravitas*, tu es un homme aux sentiments mystiques et profonds. Ce qui compte, c'est que la jeune personne t'adore et que c'est réciproque.

— À dire vrai…

— Ce qui est vrai, c'est que les choses sont ainsi et pas autrement, Sempere. Tu es un homme respectable et responsable. Si c'était de moi qu'il s'agissait, je n'irais pas par quatre chemins, mais toi, tu n'es pas le genre à jouer avec les sentiments nobles et purs d'une jeune fille en fleur. Je me trompe ?

— … je suppose que non.

— Eh bien, c'est le moment.

— Le moment de quoi ?

— Tu ne saisis pas ?

— Non.

— De lui faire la cour.

— Pardon ?

— Le moment de lui faire la cour ou, en langage scientifique, de pousser la romance. Tu comprends, Sempere, pour quelque étrange raison, des siècles de prétendue civilisation nous ont conduits à une situation telle qu'un homme ne peut pas aborder les femmes sans quelques préalables ou en leur proposant de but en blanc le mariage. D'abord, il faut faire sa cour.

— Le mariage ? Tu es devenu fou ?

— D'après moi, la meilleure solution serait – et, au fond, c'est bien ton idée, même si tu n'en as pas encore pris conscience – de te débrouiller, aujourd'hui, demain ou après-demain, enfin dès que tu seras guéri de ce tremblement de mains et que tu ne seras plus en état de gâtisme avancé, pour proposer à Isabella, à la fin de son travail, de l'inviter dans un endroit un peu chic, et que vous constatiez tous les deux, une bonne fois pour toutes, que vous êtes faits l'un pour l'autre. Aux Quatre Gats, par exemple, où, avec leur pingrerie, ils économisent l'électricité, ce qui donne une lumière tamisée, tout à fait le genre d'atmosphère qui aide, en pareil cas. Tu commandes pour la jeune fille du fromage blanc avec beaucoup de miel, ça ouvre l'appétit, et ensuite, mine de rien, tu lui fais boire quelques bonnes lampées de ce muscat qui monte obligatoirement à la tête, tu poses une main sur son genou, et tu l'étourdis avec cette éloquence que tu tiens si soigneusement cachée, gros malin que tu es.

— Mais je ne sais rien d'elle, ni de ce qui l'intéresse, ni…

— Ce qui l'intéresse, ce sont les mêmes choses que toi. Les livres, la littérature, l'odeur de ces trésors que vous gardez ici, et la perspective d'une romance et d'une aventure pareilles à celles des romans-feuilletons. Ce qui l'intéresse, c'est de chasser la solitude et de ne pas perdre son temps à comprendre que cette chienne de vie ne vaut pas un centime si nous n'avons pas quelqu'un avec qui la partager. Avec ça, tu as l'essentiel. Le reste, tu l'apprendras et tu l'apprécieras au fur et à mesure.

Sempere resta songeur, son regard allant de sa tasse de café intacte à votre serviteur, lequel continuait, tant bien que mal, d'afficher son sourire de placier en valeurs boursières.

— J'hésite entre te remercier et te dénoncer à la police, déclara-t-il finalement.

À cet instant, le pas lourd de Sempere père résonna dans la librairie. Quelques secondes plus tard, il apparaissait sur le seuil de l'arrière-boutique et nous contemplait en fronçant les sourcils.

— Alors quoi ? Personne ne s'occupe du magasin, et vous êtes là à bavasser comme si c'était jour férié. Et si un client entrait ? Ou un individu sans scrupules qui aurait envie de voler des livres ?

Sempere junior poussa un soupir lamentable.

— Ne craignez rien, monsieur Sempere, lançai-je en lui faisant un clin d'œil, les livres sont la seule chose au monde qu'on ne vole pas.

Un sourire complice éclaira son visage. Sempere junior profita de la diversion pour se libérer de mes griffes et se précipiter dans la librairie. Son père s'assit près de moi et huma la tasse de café que son fils avait laissée pleine.

— Que dit le médecin à propos de l'effet de la caféine sur le cœur ? fis-je remarquer.

— Le mien est incapable de savoir où sont les fesses, même avec un atlas d'anatomie. Que peut-il bien savoir du cœur ?

— Plus que vous, certainement, répliquai-je, en lui enlevant la tasse des mains.

— J'ai une santé de taureau, Martín.

— Une mule, oui, voilà ce que vous êtes. Faites-moi le plaisir de monter chez vous et de vous mettre au lit.

— Le lit, ça n'a d'intérêt que quand on est jeune et en bonne compagnie.

— Si vous voulez de la compagnie, je peux vous en trouver, mais je ne crois pas que la conjoncture cardiaque soit vraiment favorable.

— Martín, à mon âge, l'érotisme se réduit à savourer un flan et à lorgner le décolleté des veuves. Pour l'instant, ce qui me préoccupe, c'est la question de l'héritier. Y a-t-il des progrès ?

— Nous sommes dans la phase de préparation du terrain : je viens juste de semer. Reste à savoir si le temps sera clément et si nous aurons quelque chose à récolter. Dans deux ou trois jours, je pourrai vous donner une estimation à la hausse, dans une fourchette de soixante à soixante-dix pour cent de chances.

Sempere sourit, content.

— Tu as réalisé un coup de maître en m'envoyant Isabella comme employée. Mais tu ne la trouves pas un peu jeune pour mon fils ?

— C'est plutôt lui que je trouve un peu vert, si vous me permettez d'être sincère. Soit il prend la poudre d'escampette, soit Isabella le mange tout cru en cinq minutes. Encore heureux que ce soit une bonne pâte, car sinon…

— Comment puis-je te remercier ?

— En allant vous coucher. Si vous avez besoin d'une compagnie qui vous émoustille, prenez un roman de Benito Pérez Galdos, *Fortunata et Jacinta*, par exemple.

— Vous avez raison. Don Benito fait toujours son effet.

— Même dans les cas désespérés. Allons, au lit !

Sempere se leva. Il avait du mal à se déplacer et respirait difficilement, avec un souffle rauque qui vous faisait froid dans le dos. Je lui pris le bras pour l'aider, et je me rendis compte qu'il avait la peau glacée.

— N'aie pas peur, Martín. C'est mon métabolisme qui est un peu lent.

— Comme celui de *Guerre et Paix*, à ce que je vois.

— Un petit somme, et je serai comme neuf.

Je décidai de l'accompagner à l'étage où vivaient le père et le fils, juste au-dessus de la librairie, et de m'assurer qu'il se mettait bien sous les couvertures. Il nous fallut un quart d'heure pour monter laborieusement l'escalier. Chemin faisant, nous rencontrâmes un voisin, un aimable professeur du nom de M. Anacleto, qui donnait des cours de langue et de littérature espagnoles chez les jésuites de Caspe et rentrait chez lui.

— Comment se présente la vie, aujourd'hui, mon cher Sempere ?

— Escarpée, monsieur Anacleto.

Aidé du professeur, je réussis à atteindre le premier étage, Sempere pratiquement pendu à mon cou.

— Avec votre permission, je vais aller me reposer après une longue journée de combat contre cette horde de primates que j'ai pour élèves, annonça le professeur. Je vous le dis, ce pays va se désintégrer en une génération. Ils vont se déchirer entre eux comme des rats.

La mimique que m'adressa Sempere laissait entendre qu'il n'accordait pas beaucoup de crédit aux propos de M. Anacleto.

— Un brave homme, murmura-t-il, mais il se noie dans un verre d'eau.

En entrant dans l'appartement, je fus assailli par le souvenir de ce lointain matin où j'étais arrivé en sang, un exemplaire des *Grandes Espérances* à la main, et où Sempere m'y avait monté dans ses bras pour m'offrir une tasse de chocolat brûlant que j'avais bue en attendant le médecin, tandis qu'il me prodiguait des paroles de consolation et nettoyait le sang sur mon corps avec une serviette chaude et une délicatesse que personne ne m'avait encore jamais manifestée. À l'époque, Sempere était un homme fort, je le considérais comme un géant dans tous les sens du terme, et je crois que, sans lui, je n'aurais pas survécu à ces années de vaches maigres. Rien, ou presque, ne restait de cette force, quand je le soutins pour l'aider à se coucher et l'enfouis sous deux couvertures. Je m'assis près de lui et lui pris la main sans parler.

— Écoute, si nous devons nous mettre tous les deux à pleurer comme des madeleines, il vaut mieux que tu partes, déclara-t-il.

— Soignez-vous. Vous m'entendez ?

— Ne t'inquiète pas, je vais me dorloter.

J'acquiesçai et me dirigeai vers la porte.

— Martín ?

Je me retournai sur le seuil. Sempere me contemplait avec la même inquiétude que ce jour où j'avais perdu quelques dents et une bonne part de mon innocence. Je sortis avant qu'il me demande ce qui m'arrivait.

31.

L'un des principaux expédients propres à l'écrivain professionnel qu'Isabella avait appris de moi était l'art et la pratique de la *procrastination*. Tout vétéran dans ce métier sait que n'importe quelle occupation, que ce soit tailler son crayon ou compter les mouches, a priorité sur l'acte de s'asseoir à son bureau et se creuser la cervelle. Isabella avait absorbé par osmose cette leçon fondamentale et, en arrivant à la maison, au lieu de la trouver à sa table de travail, je la surpris dans la cuisine, en train d'apporter la dernière touche à un dîner dont l'arôme et l'aspect laissaient supposer que son élaboration avait exigé plusieurs heures.

— On a un événement à fêter ? demandai-je.

— Avec la tête que vous avez, ça m'étonnerait.

— Qu'est-ce que ça sent ?

— Confit de canard, poires au four et sauce au chocolat. J'ai trouvé la recette dans un de vos livres de cuisine.

— Je ne possède pas de livres de cuisine.

Isabella se leva et m'apporta un volume relié en cuir qu'elle posa sur la table. Titre : *Les 101 meilleures recettes de la cuisine française*, par Michel Aragon.

— C'est ce que vous croyez. Sur une rangée de derrière, dans la bibliothèque, j'ai repéré un tas de bouquins, y compris un manuel d'hygiène matrimoniale du docteur Pérez-Aguado avec des illustrations des plus suggestives et des phrases du genre « la femme, par dessein du Créateur, ne connaît pas le désir charnel, et sa réalisation spirituelle et sentimentale se sublime dans l'exercice naturel de la maternité et les travaux du foyer ». Vous avez là les mines du roi Salomon.

— Et puis-je savoir ce que tu cherchais dans la rangée du fond des rayonnages ?

— L'inspiration. Et je l'ai, maintenant.

— Dans le domaine culinaire ! Nous étions convenus que tu devais écrire tous les jours, avec ou sans inspiration.

— Je suis en panne. Et c'est votre faute, parce que vous m'avez embrouillée avec cette histoire de deux emplois et en m'embarquant dans vos intrigues avec l'âme immaculée de Sempere junior.

— Tu penses que c'est bien, de te moquer d'un homme qui est éperdument amoureux de toi ?

— Quoi ?

— Tu m'as parfaitement entendu. Sempere junior m'a avoué que tu lui as ôté le sommeil. Littéralement. Il ne dort pas, il ne mange pas, il ne boit pas, il ne peut même plus pisser, le pauvre, tant il pense à toi jour et nuit.

— Vous délirez.

— Celui qui délire, c'est le pauvre Sempere. Tu aurais dû le voir. J'ai été à un cheveu de lui tirer une balle dans la tête pour le libérer de la douleur et de la détresse qui l'accablent.

— Mais puisque je vous jure qu'il ne s'intéresse pas à moi ! protesta Isabella.

419

— Parce qu'il ne sait pas comment t'ouvrir son cœur et trouver les mots pour donner libre cours à ses sentiments. Les hommes sont comme ça. Nous sommes des brutes primitives.

— Il a pourtant bien su trouver les mots pour me reprocher de m'être trompée en rangeant la collection des *Episodios Nacionales*. Pour ça, il n'avait pas la langue dans sa poche.

— Ça n'a rien à voir. Quelques réflexions sur ton travail sont une chose, le langage de la passion en est une autre.

— Absurde.

— En amour, rien n'est jamais absurde, ma chère secrétaire. Et pour changer de sujet, dis-moi plutôt quand on va dîner.

Isabella avait mis autant de soin à dresser la table qu'à préparer le repas. Elle avait disposé un arsenal d'assiettes, de couverts et de verres que je n'avais jamais vus.

— Je ne comprends pas qu'ayant tous ces beaux objets à votre disposition vous ne vous en serviez pas. Tout était dans des caisses, dans la pièce attenante à la buanderie. Seul un homme est capable de vivre ainsi.

Je saisis un couteau et l'examinai à la lumière des chandelles qu'elle avait parsemées sur la nappe. Je compris que cela faisait partie des biens de Diego Marlasca et j'en eus l'appétit coupé net.

— Quelque chose ne va pas ? s'enquit Isabella.

Je la rassurai. Ma secrétaire servit deux assiettes et attendit, en me surveillant. Je goûtai une bouchée et souris, approbateur.

— C'est très bon.

— Un peu dur, je crois. D'après la recette il aurait fallu le laisser mitonner à feu doux, mais avec cette cuisinière le feu passe d'un extrême à l'autre, ou il est trop faible, ou il brûle tout, impossible de trouver la bonne température.

— C'est bon, répétai-je, en mangeant sans faim.

Isabella continuait à me guetter du coin de l'œil. Nous poursuivîmes notre dîner en silence, avec pour seule compagnie le tintement des couverts sur les assiettes.

— Vous parliez sérieusement, à propos de Sempere junior ?

J'acquiesçai sans lever les yeux de mon assiette.

— Et qu'est-ce qu'il vous a dit d'autre sur moi ?

— Que tu as une beauté classique, que tu es intelligente, intensément féminine, parce qu'il est comme ça, vieux jeu, et qu'il sent entre vous une affinité spirituelle.

Isabella planta sur moi une œillade assassine.

— Jurez-moi que vous n'inventez pas.

Je posai la main droite sur le livre de cuisine et levai la gauche.

— Je le jure sur les *101 meilleures recettes de la cuisine française*.

— On jure de l'autre main.

Je changeai de main et répétai mon geste, le visage solennel. Isabella soupira.

— Et qu'est-ce que je vais faire ?

— Je ne sais pas. Que font les amoureux ? Ils vont se promener, ils vont danser…

— Mais je ne suis pas amoureuse de ce monsieur.

Je continuai de déguster le confit de canard, indifférent à son regard insistant. Au bout d'un moment, Isabella donna un coup de poing sur la table.

— Ayez au moins la bonté de lever la tête. Tout est votre faute.

Je reposai les couverts sans hâte et m'essuyai les lèvres avec ma serviette.

— Qu'est-ce que je vais faire ? répéta Isabella.

— Ça dépend. Est-ce que, oui ou non, Sempere te plaît ?

Un nuage de doute passa sur sa figure.

— Je ne sais pas. D'abord, il est un peu trop âgé pour moi.

— Il a pratiquement mon âge, précisai-je. À la rigueur, un ou deux ans de plus. Ou même trois.

— Ou quatre, ou cinq.

Je soupirai.

— Il est dans la fleur de l'âge. Nous étions tombés d'accord sur le fait que tu aimais les hommes mûrs.

— Ne vous moquez pas de moi.

— Isabella, ce n'est pas à moi de te conseiller…

— Alors ça, elle est bien bonne !

— Laisse-moi finir. C'est une affaire entre Sempere junior et toi. Si tu me le demandais, je te recommanderais de lui laisser une chance. Rien de plus. Si, un de ces jours, il décide de faire le premier pas et t'invite, par exemple, à déjeuner ou à dîner, accepte. Alors, peut-être, vous commencerez à vous parler, vous ferez connaissance et vous deviendrez amis – ou peut-être pas. Sempere est un homme bon, son intérêt pour toi est pur, et j'oserai te dire que, si tu y réfléchis un peu, toi aussi, au fond, tu éprouves un penchant pour lui.

— Vous êtes un vrai malade.

— Mais pas Sempere. Et ne pas respecter l'affection et l'admiration qu'il ressent pour toi serait mesquin. Or tu n'es pas mesquine.

— Ça, c'est du chantage aux sentiments.

— Non, c'est la vie.

Isabella me foudroya du regard. Je lui souris.

— Au moins, ordonna-t-elle, faites-moi le plaisir de terminer le dîner.

Je vidai mon assiette, la sauçai avec du pain et laissai échapper un soupir de satisfaction.

— Qu'est-ce qu'il y a comme dessert ?

Après le dîner, je laissai dans la galerie une Isabella méditative macérer dans ses doutes et ses inquiétudes et montai à mon bureau. Je sortis la photo de Diego Marlasca prêtée par Salvador et la posai sous la lampe. Puis je jetai un œil sur la petite forteresse de blocs, notes et carnets que j'avais accumulés pour le patron. J'avais encore dans mes mains la sensation de froid produite par les couverts de Diego Marlasca, et je n'eus pas de peine à l'imaginer assis là, en train de contempler la même vue sur les toits de la Ribera. Je pris une page au hasard et commençai à lire. Je reconnaissais les mots et les phrases car je les avais écrits, mais l'esprit trouble qui les alimentait m'apparaissait plus lointain que jamais. Je laissai tomber la feuille par terre et levai les yeux pour rencontrer mon reflet sur la vitre de la fenêtre, celui d'un étranger se détachant sur les ténèbres bleues qui ensevelissaient la ville. Je compris que je ne pourrais pas travailler cette nuit-là, serais incapable de tracer un seul paragraphe cohérent pour le patron. J'éteignis la lampe de bureau et restai assis dans la pénombre : j'écoutais le vent griffer les fenêtres et j'imaginais Diego Marlasca se précipitant en flammes dans l'eau du bassin, tandis que les dernières bulles d'air s'échappaient de ses lèvres et que le liquide glacé envahissait ses poumons.

Je me réveillai à l'aube, le corps endolori, coincé dans le fauteuil du bureau. Je me levai et entendis grincer deux ou trois engrenages de mon anatomie. Je me traînai à la fenêtre et l'ouvris toute grande. Les terrasses de la vieille ville luisaient de givre et un ciel pourpre se rassemblait au-dessus de Barcelone. Au son des cloches de Santa María del Mar, une nuée d'ailes noires prit son vol depuis un pigeonnier. Un vent froid et coupant apporta l'odeur des quais et des cendres de charbon répandues par les cheminées du quartier.

Je descendis au premier étage et allai à la cuisine pour préparer du café. Je jetai un coup d'œil dans le placard et restai stupéfait. Depuis qu'Isabella vivait chez moi, mes réserves ressemblaient au magasin Quílez de la Rambla de Catalunya. Parmi la prolifération de produits exotiques importés de l'épicerie du père d'Isabella, j'avisai une boîte en fer-blanc de biscuits anglais enrobés de chocolat et décidai d'y goûter. Une demi-heure plus tard, quand mes veines commencèrent à pomper le sucre et la caféine, mon cerveau se mit en marche et l'idée géniale me vint de débuter la journée en me compliquant encore un peu plus l'existence – à supposer que ce soit possible. Dès l'ouverture des magasins, je rendrais visite à la boutique d'articles de magie et de prestidigitation de la rue Princesa.

— Que faites-vous debout à cette heure ?

La voix de ma conscience, Isabella, m'observait sur le pas de la porte.

— Je mange des biscuits.

Elle s'assit à la table et se servit du café. Elle avait l'aspect de quelqu'un qui n'a pas fermé l'œil de la nuit.

— Mon père assure que c'est la marque préférée de la reine mère.

— Elle est aussi superbe qu'elle.

Isabella prit un biscuit et le mordilla d'un air absent.

— As-tu réfléchi à ce que tu vas faire ? En ce qui concerne Sempere…

Elle me lança un regard venimeux.

— Et vous, qu'est-ce que vous allez faire aujourd'hui ? Encore des embrouilles, j'en suis sûre.

— Quelques rendez-vous.

— Bon.

— Ça veut dire quoi ce « bon » : approbation ou réprobation ?

Isabella posa sa tasse sur la table et me fit face, affichant sa tête de juge d'instruction.

— Pourquoi ne parlez-vous jamais de ce que vous fabriquez avec ce type, le patron ?

— Entre autres raisons, pour ton bien.

— Pour mon bien. Naturellement. Idiote que je suis ! À propos, j'ai oublié de vous prévenir que votre ami l'inspecteur est passé hier.

— Grandes ? Il était seul ?

— Non. Il était accompagné de deux armoires à glace avec des gueules de chiens hargneux.

À l'idée de Marcos et Castelo à ma porte, mon estomac se noua.

— Et que voulait Grandes ?

— Il ne l'a pas dit.

— Qu'a-t-il dit, alors ?

— Il m'a demandé qui j'étais.

— Et qu'est-ce que tu as répondu ?

— Que j'étais votre maîtresse.

— Charmant.

— En tout cas, ça a eu l'air de beaucoup réjouir un des deux costauds.

Isabella prit un autre biscuit et le dévora à pleines dents. Devant mon air courroucé, elle cessa immédiatement de mastiquer.

— Il ne fallait pas ? demanda-t-elle en projetant un nuage de miettes.

32.

Un doigt de lumière vaporeuse tombait du manteau de nuages et enflammait la peinture rouge de la façade du magasin d'articles de magie de la rue Princesa. La devanture était protégée par une marquise en bois ouvragé. Derrière la porte à carreaux, on entrevoyait difficilement un intérieur sombre, garni de rideaux en velours noir qui entouraient des vitrines exhibant des masques et des colifichets vaguement victoriens, des jeux de cartes truqués et des fausses dagues, des livres de magie et des flacons en cristal poli contenant un arc-en-ciel de liqueurs étiquetées en latin et probablement embouteillées à Albacete. Le timbre de l'entrée annonça ma présence. Dans le fond, le comptoir était désert. J'attendis quelques secondes en examinant la collection de curiosités de ce bazar. J'en étais à chercher en vain mon visage dans un miroir qui reflétait tout le magasin sauf moi, quand j'aperçus du coin de l'œil une silhouette menue qui écartait le rideau de l'arrière-boutique.

— Un truc intéressant, n'est-ce pas ? lança le petit homme aux cheveux gris et au regard pénétrant.

Je confirmai.

— Comment ça marche ?

— Je l'ignore. Il m'est arrivé voici quelques jours d'un fabricant de miroirs truqués d'Istanbul. L'inventeur appelle ça une inversion réfractaire.

— Ça vous rappelle que tout n'est qu'apparence, fis-je remarquer.

— Sauf la magie. En quoi puis-je vous aider, monsieur ?

— Vous êtes M. Damián Roures ?

Le petit homme acquiesça lentement, sans sourciller. Se dessina sur ses lèvres une mimique enjouée qui, comme son miroir, n'était pas ce qu'elle paraissait être : le regard était froid et méfiant.

— On m'a recommandé votre magasin.

— Puis-je vous demander le nom de cette aimable personne ?

— Ricardo Salvador.

Le sourire forcé disparut.

— Je ne savais pas qu'il était toujours vivant. Je ne l'ai pas vu depuis vingt ans.

— Et Irene Sabino ?

Roures soupira en hochant tristement la tête. Il contourna le comptoir et alla à la porte. Il accrocha le panneau « fermé » et tourna la clef.

— Qui êtes-vous ?

— Mon nom est Martín. J'essaye d'éclaircir les circonstances qui ont entouré la mort de M. Diego Marlasca, que vous avez connu.

— Pour moi, elles ont été éclaircies voici des années. M. Marlasca s'est suicidé.

— J'avais d'autres idées sur le sujet.

— J'ignore ce qu'a pu vous raconter ce policier. Le ressentiment affecte la mémoire, monsieur… Martín. Salvador, en son temps, a essayé de vendre l'idée d'une conspiration dont il n'avait aucune preuve. Tout le monde savait qu'il réchauffait le lit de la veuve Marlasca et qu'il prétendait s'ériger en héros de la situation. Comme on pouvait s'y attendre, ses supérieurs l'ont rappelé à l'ordre et expulsé de la police.

— Il croit qu'on a voulu dissimuler la vérité.

Roures rit.

— La vérité… Ne me faites pas rigoler. Ce qu'on a voulu dissimuler, c'est le scandale. Le cabinet d'avocats Valera & Marlasca trempait dans tout ce qui se mijotait dans les marmites de cette ville. Personne n'avait intérêt à soulever le couvercle d'une affaire comme celle-là.

« Marlasca avait quitté sa position, son travail et son ménage pour vivre reclus dans cette demeure et y faire Dieu sait quoi. N'importe qui possédant une once de bon sens pouvait imaginer que ça se terminerait mal.

— Cela ne vous a pas empêché, vous et votre ami Jaco, de rentabiliser sa folie en lui promettant qu'il pourrait communiquer avec l'au-delà dans vos séances de spiritisme.

— Je ne lui ai jamais rien promis. Ces séances n'étaient qu'un simple amusement. Personne ne l'ignorait. Vous ne pouvez pas me faire porter le chapeau, je gagnais honnêtement ma vie et c'est tout.

— Et votre ami Jaco ?

— Je parle de ce qui me concerne. Ce qu'a pu faire Jaco, je n'en suis pas responsable.

— Il a bien fait quelque chose, ensuite.

— Que voulez-vous que je vous dise ? Qu'il a pris cet argent dont Salvador s'entêtait à soutenir qu'il était sur un compte secret ? Qu'il a tué Marlasca et qu'il nous a tous roulés ?

— Et ça ne s'est pas passé ainsi ?

Roures me dévisagea longuement.

— Je l'ignore. Je ne l'ai pas revu depuis le jour où Marlasca est mort. J'ai déjà raconté ce que je savais à Salvador et aux autres policiers. Je n'ai jamais menti. Non, jamais. Si Jaco a commis quelque malversation, je n'en ai jamais eu connaissance et n'en ai jamais profité.

— Que pouvez-vous me dire d'Irene Sabino ?

— Irene aimait Marlasca. Elle n'aurait jamais rien comploté qui aurait pu lui nuire.

— Savez-vous ce qu'elle est devenue ? Elle est toujours vivante ?

— Je crois que oui. On m'a appris qu'elle travaillait dans une blanchisserie du Raval. C'était une bonne fille. Trop bonne. Elle croyait à ces histoires. C'est ce qui l'a perdue. Elle y croyait de tout son cœur.

— Et Marlasca ? Que cherchait-il en ce monde ?

— Marlasca était embarqué dans un truc bizarre, ne me demandez pas quoi. Un truc que ni moi ni Jaco ne lui avions vendu ni ne pouvions lui vendre. Tout ce que je sais, je l'ai entendu dire un jour par Irene. Apparemment, Marlasca avait rencontré quelqu'un que je ne connaissais pas – et croyez-moi, je connaissais, et je connais toujours tout le monde dans la profession –, qui lui avait promis que s'il accomplissait un certain travail, mais j'ignore lequel, il récupérerait son fils d'entre les morts.

— Irene a-t-elle révélé qui était cette personne ?

— Elle ne l'avait jamais vue. Marlasca ne le lui permettait pas. Mais elle devinait qu'il avait peur.

— Peur de quoi ?

Roures claqua la langue.

— Marlasca croyait qu'il était maudit.

— Expliquez-vous.

— Je vous le répète. Il était malade. Il avait la conviction qu'un corps étranger était entré en lui.

— Quoi ?

— Un esprit. Un parasite. Je ne sais pas. Voyez-vous, dans ce genre de business on rencontre des individus qui n'ont pas précisément toute leur tête. Il leur arrive une tragédie personnelle, ils perdent la personne aimée ou une fortune, et ils tombent dans le trou. Le cerveau est l'organe le plus fragile du corps. M. Marlasca n'avait pas tout son jugement, et il suffisait de parler cinq minutes avec lui pour s'en rendre compte. C'est pour ça qu'il est venu me voir.

— Et vous lui avez dit ce qu'il voulait entendre.

— Non. Je lui ai dit la vérité.

— Votre vérité ?

— La seule que je connaisse. J'ai eu le sentiment que cet homme était sérieusement dérangé et je n'ai pas voulu en profiter. Ces choses-là ne finissent jamais bien. Dans ce business, il y a une limite à ne pas dépasser, quand on sait se tenir. Si quelqu'un cherche une distraction, ou un peu d'émotion ou de consolation de l'au-delà, on l'accueille et on le fait payer pour le service rendu. Mais celui qui a l'air au bord de perdre la raison, on le renvoie chez lui. C'est un spectacle comme un autre. Ce qu'on veut, ce sont des spectateurs, pas des illuminés.

— Une éthique exemplaire. Et donc, qu'avez-vous dit à Marlasca ?

— Je lui ai expliqué qu'il s'agissait de supercheries, de contes. Je lui ai assuré que j'étais un comédien qui gagnait sa vie en organisant des séances de spiritisme pour de pauvres malheureux qui avaient perdu des êtres chers et avaient besoin de croire que des amants, des parents, des amis les attendaient dans l'autre monde. Je lui ai répété qu'il n'y avait rien de l'autre côté, seulement un grand vide, que ce monde d'ici-bas était tout ce que nous avions. Je lui ai conseillé d'oublier les esprits et de retourner dans sa famille.

— Et il vous a cru ?

— Évidemment pas. Il a cessé de venir aux séances et a cherché de l'aide ailleurs.

— Où ?

— Irene avait grandi dans les cabanes de la plage du Bogatell, et bien qu'elle soit devenue célèbre en dansant et en jouant au Paralelo, elle appartenait toujours à ce milieu. Elle m'a raconté qu'elle avait emmené Marlasca voir une femme que l'on appelle la Sorcière de Somorrostro, pour la prier de le protéger contre cet individu avec qui il était en dette.

— Irene a-t-elle mentionné son nom ?

— Je ne m'en souviens pas. Je vous le répète, ils ne venaient plus aux séances.

— Andreas Corelli ?

— Je n'ai jamais entendu ce nom.

— Où puis-je rencontrer Irene Sabino ?

— Je vous ai dit tout ce que je sais, répliqua Roures, exaspéré.

— Une dernière question et je m'en vais.

— J'espère que c'est vrai.

— Vous souvenez-vous d'avoir entendu Marlasca mentionner *Lux æterna* ?

Roures fronça les sourcils et hocha négativement la tête.

— Merci pour votre aide.

— De rien. Et si possible, ne revenez pas.

J'acquiesçai et me dirigeai vers la sortie. Roures me suivait des yeux, méfiant.

— Attendez ! lança-t-il au moment où j'allais franchir le seuil de l'arrière-boutique.

Je me retournai. Le petit homme m'observait, hésitant.

— Je crois me rappeler que *Lux æterna* était le nom d'une sorte de texte religieux que nous avions utilisé une fois dans les séances de l'appartement de la rue Elisabets. Il faisait partie d'une collection de brochures du même genre, probablement empruntées à la bibliothèque de supercheries de la société L'Avenir. Je ne sais si c'est de ça que vous parlez.

— Vous souvenez-vous de quoi il traitait ?

— Mon associé, Jaco, était plus au courant que moi, c'était lui qui dirigeait les séances. Mais, si mes souvenirs sont bons, *Lux æterna* était un poème sur la mort et les sept noms du Fils du Matin, le Porteur de la Lumière.

— Le Porteur de la Lumière ?

Roures sourit.

— Lucifer.

33.

De retour dans la rue, je repris le chemin de la maison en me demandant ce que j'allais faire ensuite. En arrivant au débouché de la rue Montcada, je le vis. L'inspecteur Grandes, adossé au mur, fumait une cigarette et me souriait. Il m'adressa un salut de la main, et je traversai pour le rejoindre.

— Je ne savais pas que vous vous intéressiez à la magie, Martín.

— Ni moi que vous me suiviez, inspecteur.

— Je ne vous suis pas. Mais vous êtes un homme difficile à localiser, et j'ai décidé que puisque la montagne ne venait pas à moi, j'irais à la montagne. Avez-vous cinq minutes pour prendre un verre ? C'est la préfecture qui vous invite.

— Dans ce cas… Vous n'avez pas vos chaperons, aujourd'hui ?

— Marcos et Castelo sont restés à la préfecture à faire de la paperasse, mais je suis sûr que si je leur avais dit que j'allais vous voir, ils auraient sauté sur l'occasion.

Nous descendîmes, en suivant la voie étroite bordée de vieilles demeures médiévales, jusqu'à l'El Xampanyet où nous trouvâmes une table dans le fond. Un garçon armé d'une serpillière qui puait l'eau de Javel nous jeta un coup d'œil, et Grandes commanda deux bières et une assiette de fromage de la Manche. Quand nous fûmes servis, l'inspecteur me tendit l'assiette, mais je refusai son invite.

— Vous m'excusez ? À cette heure-ci, je meurs de faim.

— *Bon appétit.*

Grandes engloutit un morceau de fromage et se lécha les babines en fermant les yeux.

— On ne vous a pas rapporté que je suis passé vous voir hier ?

— J'ai eu le message en retard.

— Compréhensible. Dites donc, elle est vraiment mignonne, cette fille. Comment s'appelle-t-elle ?

— Isabella.

— Sacré polisson ! Il y en a qui ne s'ennuient pas. Je vous envie. Quel âge a ce bouton de rose ?

Je lui lançai un regard venimeux. L'inspecteur sourit aimablement.

— Mon petit doigt m'a soufflé que, ces derniers temps, vous jouiez au détective. Vous n'allez rien laisser aux professionnels ?

— Comment s'appelle votre petit doigt ?

— C'est plutôt un gros orteil. Un de mes supérieurs est intime avec Me Valera.

— Et vous travaillez aussi pour eux ?

— Pas encore, cher ami. Vous me connaissez. Vieille école. L'honneur et toute cette merde.

— Dommage.

— Et comment va le pauvre Ricardo Salvador ? Savez-vous que je n'avais plus entendu ce nom depuis vingt ans ? Tout le monde le croyait mort.

— Un diagnostic précipité.

— Et dans quel état est-il ?

— Seul, trahi et oublié.

L'inspecteur hocha lentement la tête.

— Ça donne à réfléchir sur l'avenir qui attend celui qui fait ce métier, non ?

— Je parie que dans votre cas tout se passera différemment et que votre ascension vers les plus hautes sphères de la police est une question de deux ou trois ans. Je vous vois directeur général avant vos quarante-cinq ans, baisant la main des évêques et des généraux à la procession de la Fête-Dieu.

Grandes acquiesça froidement, ignorant le ton sarcastique.

— À propos de baisemain, êtes-vous au courant de ce qui arrive à votre ami Vidal ?

Grandes ne commençait jamais une conversation sans un atout dans sa manche. Il m'observa en souriant, savourant mon inquiétude.

— De quoi parlez-vous ? murmurai-je.

— Apparemment, l'autre nuit, sa femme a tenté de se suicider.

— Cristina ?

— C'est vrai, vous la connaissez…

Je ne m'aperçus même pas que je m'étais levé et que mes mains tremblaient.

— Calmez-vous. Mme Vidal va bien. On en est quitte pour la peur. Il semble qu'elle ait eu la main lourde avec le laudanum… Je vous en prie, Martín, rasseyez-vous. S'il vous plaît.

J'obtempérai. Mon estomac s'était recroquevillé et n'était plus qu'un paquet de clous.

— Ça s'est passé quand ?

— Il y a deux ou trois jours.

L'image de Cristina me revint en mémoire, me saluant de la main à la fenêtre de la villa Helius quelques jours plus tôt, tandis que je fuyais son regard et lui tournais le dos.

— Martín ? interrogea l'inspecteur en passant la main devant mes yeux comme s'il craignait que je ne sois parti.

— Quoi ?

L'inspecteur m'observa comme s'il était réellement inquiet.

— Avez-vous quelque chose à me dire ? Je sais que vous ne me croirez pas, mais j'aimerais vous aider.

— Vous êtes toujours convaincu que j'ai tué Barrido et son associé ?

Grandes fit non.

— Je ne l'ai jamais été, mais d'autres aimeraient l'être.

— Dans ce cas, pourquoi enquêter sur moi ?

— Rassurez-vous. Je n'enquête pas sur vous, Martín. Je ne l'ai jamais fait. Le jour où je m'y mettrai, vous vous en rendrez compte. Pour le moment, je vous observe. Parce que je vous trouve sympathique et que j'ai peur de vous voir embarqué dans une sale histoire. Pourquoi ne pas me faire confiance et me raconter ce qui s'est passé ?

Nos regards se croisèrent et, un instant, je fus tenté de tout lui avouer. Je l'aurais fait, si j'avais su par où commencer.

— Il ne s'est rien passé, inspecteur.

Grandes hocha la tête et me dévisagea d'un air apitoyé, ou peut-être seulement déçu. Il termina sa bière et posa quelques pièces sur la table. Il me donna une tape dans le dos et se leva.

— Faites attention, Martín. Attention où vous mettez les pieds. Tout le monde ne porte pas sur vous le même jugement que moi.

— J'en tiendrai compte.

Il était presque midi quand je revins chez moi, incapable de chasser de mon esprit les propos de l'inspecteur. Je montai lentement les marches de l'escalier, comme si même mon âme me pesait. J'ouvris la porte de l'étage en craignant de me trouver face à une Isabella en veine de conversation. Le silence régnait dans la maison. Je parcourus le couloir jusqu'à la galerie du fond et la découvris là, endormie sur le canapé, un livre ouvert sur la poitrine, un de mes vieux romans. Je ne pus m'empêcher de sourire. La température intérieure avait sensiblement baissé en ces jours d'automne, et j'eus peur qu'elle ne prenne froid. Elle vaquait parfois dans la maison, un châle en laine sur les épaules. J'allai dans sa chambre pour le chercher et le poser sur elle, sans la réveiller. Sa porte était entrouverte, et bien que je sois chez moi, je ne m'étais jamais aventuré dans cette pièce depuis qu'elle s'y était installée, si bien que je me sentis un peu gêné de le faire. J'avisai le châle plié sur une chaise. L'odeur douce et citronnée d'Isabella planait dans la chambre. Le lit était encore défait. Je me penchai pour défroisser les draps et les couvertures, car je m'étais aperçu que, lorsque je me livrais à ce genre de tâches domestiques, je grimpais toujours de quelques points dans l'estime de ma secrétaire.

Je me rendis alors compte que des papiers étaient coincés entre le matelas et le sommier. Le bord d'une feuille dépassait du drap. Je tirai dessus et mis au jour toute une liasse. Après l'avoir complètement sortie, j'eus dans les mains ce qui se révéla être une vingtaine d'enveloppes bleues nouées par un ruban. Une sensation de froid m'envahit, mais je tâchai de la repousser. Je défis le nœud et pris une enveloppe. Elle portait mon nom et mon adresse. Au dos était écrit ce simple nom : *Cristina*.

Je m'assis sur le lit en tournant le dos à la porte et examinai les dates d'expédition. La première remontait à plusieurs semaines, la dernière à trois jours. Toutes étaient ouvertes. Je fermai les yeux et sentis que les lettres m'échappaient des mains. À ce moment, je l'entendis respirer derrière moi, immobile, sur le seuil.

— Pardonnez-moi, murmura Isabella.

Elle s'approcha lentement et s'agenouilla pour ramasser les lettres, une à une. Lorsqu'elle les eut toutes rassemblées, elle me les tendit d'un air meurtri.

— Je l'ai fait pour vous protéger.

Ses yeux se remplirent de larmes et elle posa une main sur mon épaule.

— Va-t'en ! criai-je.

Je l'écartai et me relevai. Isabella se laissa tomber sur le sol, en gémissant comme si un feu la brûlait de l'intérieur.

— Va-t'en d'ici !

Je quittai la maison sans me donner la peine de fermer la porte derrière moi. Une fois dans la rue, je dus affronter un monde de façades et de visages étrangers et lointains. Je marchai sans but, indifférent au froid et à ce vent chargé de pluie qui commençait à fouetter la ville comme le souffle d'une malédiction.

34.

Le tramway s'arrêta aux portes de la tour de Belles-guard, là où la ville venait mourir au pied de la colline. Je me dirigeai vers l'entrée du cimetière de Sant Gervasi en suivant le sentier de lumière jaune que les lanternes du tramway frayaient dans la pluie. Les murs du cimetière se dressaient à une cinquantaine de mètres, telle une forteresse de marbre au-dessus de laquelle émergeait une forêt de statues couleur de la tempête. En arrivant à l'enceinte, je trouvai une guérite où un gardien engoncé dans un manteau se chauffait les mains à un brasero. Quand je surgis de la pluie, il sur-sauta. Il m'examina quelques secondes avant de m'ouvrir le portail.

— Je cherche le caveau de la famille Marlasca.

— Il fera nuit dans moins d'une demi-heure. Vous feriez mieux de revenir un autre jour.

— Plus tôt vous m'aurez dit où il est, plus tôt je m'en irai.

Le gardien consulta une liste et me montra l'endroit en pointant un doigt sur le plan affiché au mur. Je m'éloignai sans le remercier.

Il ne me fut pas difficile de trouver le caveau dans la citadelle de tombes et de mausolées qui se pressaient dans l'enceinte du cimetière. Le monument était érigé sur un socle de marbre. De style moderniste, il décrivait une sorte d'arc formé par deux grands escaliers disposés en manière d'amphithéâtre qui conduisaient à une galerie soutenue par des colonnes, à l'intérieur de laquelle s'ouvrait un atrium flanqué de pierres tombales. La galerie était couronnée d'une coupole, elle-même surmontée d'une statue de marbre noirci. Son visage était masqué par un voile, mais, à mesure qu'on approchait, cette sentinelle d'outre-tombe donnait l'impression de tourner la tête pour vous suivre des yeux. Je gravis un des escaliers et, parvenu à l'entrée de la galerie, je m'arrêtai pour regarder derrière moi. Les lumières de la ville brillaient, lointaines, à travers la pluie.

Je pénétrai dans la galerie. La statue d'une femme étreignant un crucifix dans une attitude de supplication se dressait au centre. Sa face avait été défigurée par des coups, et on avait peint ses yeux et ses lèvres en noir, lui donnant un aspect carnassier. Ce n'était pas le seul signe de profanation du mausolée. Les pierres tombales portaient les traces de ce qui semblait être des marques ou des griffures réalisées avec un objet pointu, et certaines exhibaient des dessins obscènes et des mots difficilement lisibles dans la pénombre. La sépulture de Diego Marlasca était au fond. Je m'en approchai et posai la main sur la pierre. Je sortis la photo de Marlasca que m'avait confiée Salvador et l'examinai.

J'en étais là quand j'entendis des pas sur l'escalier. Je rangeai la photo et me tournai vers l'entrée de la galerie. Les pas s'étaient arrêtés, et je ne percevais plus que la pluie frappant le marbre. J'avançai lentement dans cette direction. Je vis la silhouette, de dos, contemplant la ville au loin. C'était une femme vêtue de blanc, la tête couverte d'un capuchon. Elle se retourna sans hâte et me regarda. Elle souriait. Malgré le passage des ans, je la reconnus tout de suite. Irene Sabino. Je fis un pas vers elle, quand tout à coup je compris qu'il y avait quelqu'un derrière moi. Le choc sur ma nuque me fit voir un éclair blanc. Je tombai à genoux. Une seconde plus tard, je m'écroulai sur le marbre ruisselant. Une forme noire se découpait dans la pluie. Irene s'agenouilla près de moi. Sa main se posa sur ma tête et palpa l'endroit où j'avais reçu le coup. Quand elle la retira, ses doigts étaient couverts de sang. Elle me caressa le visage. La dernière chose que je perçus avant de perdre connaissance fut Irene Sabino qui dépliait lentement un rasoir et les gouttes argentées de la pluie qui glissaient sur la lame pendant qu'elle l'abaissait sur moi.

La lumière aveuglante de la lanterne me contraignit à ouvrir les yeux. Le visage du gardien m'observait, totalement inexpressif. Je tentai de battre des paupières tandis qu'une flambée de douleur montait de ma nuque et me traversait le crâne

— Vivant ? s'enquit le gardien, sans spécifier si l'interrogation s'adressait vraiment à moi ou si elle était purement rhétorique.

Je gémis.

— Oui. Si vous pensiez me mettre dans une fosse, c'est raté.

Le gardien m'aida à me redresser. Chaque centimètre me valait une pointe de feu dans la tête.

— Que s'est-il passé ?

— À vous de me le dire. Ça fait déjà une heure que j'aurais dû fermer, mais en ne vous voyant pas repasser je suis venu aux nouvelles et je vous ai trouvé en train de roupiller comme un pochard.

— Et la femme ?

— Quelle femme ?

— Il y en avait deux.

— Deux femmes ?

Je soupirai, en faisant signe que non.

— Pouvez-vous m'aider à me mettre debout ?

Avec l'assistance du gardien, je réussis à me relever. C'est alors que je sentis la brûlure et m'aperçus que ma chemise était ouverte. Des lignes de coupures superficielles sillonnaient mon torse.

— Eh bien, vous m'avez l'air sacrément amoché…

Je fermai mon manteau et palpai la poche intérieure. La photo de Marlasca avait disparu.

— Vous avez le téléphone, dans votre guérite ?

— Et pourquoi pas un hammam ?

— Pouvez-vous au moins m'aider à marcher jusqu'à la tour de Bellesguard pour que je puisse appeler un taxi ?

Le gardien pesta et passa les mains sous mes aisselles.

— Je vous avais bien dit de revenir un autre jour, déclara-t-il, résigné.

35.

Il était presque minuit quant j'arrivai enfin à la maison de la tour. Tout de suite, en ouvrant la porte, je sus qu'Isabella était partie. Le bruit de mes pas dans le couloir avait un autre écho. Je ne me donnai pas la peine d'allumer. Je m'enfonçai dans la pénombre et allai à ce qui avait été sa chambre. Isabella avait fait le ménage et tout rangé Les draps et les couvertures étaient soigneusement pliés sur une chaise, le matelas découvert. Son odeur flottait encore. Je me rendis dans la galerie et m'assis à la table de travail que ma secrétaire avait utilisée. Elle avait taillé les crayons, disposés bien en ordre dans un pot. Les feuilles blanches étaient minutieusement empilées sur un plateau. Le jeu de plumes que je lui avais offert était posé à un bout de la table. Jamais la maison ne m'avait paru aussi vide.

Dans la salle de bains, j'ôtai mes vêtements trempés et mis de l'alcool et un pansement sur ma nuque. La douleur avait diminué et n'était plus qu'un battement sourd et une sensation générale pas très différente d'une monumentale gueule de bois. Dans le miroir, les coupures de mon torse ressemblaient à des lignes tracées à la plume. Elles étaient propres et superficielles, mais me

443

brûlaient fortement. Je les nettoyai avec de l'alcool en espérant qu'elles ne s'infecteraient pas.

Je me mis au lit et me couvris jusqu'au cou de deux ou trois couvertures. Les seules parties du corps qui ne me faisaient pas mal étaient celles que le froid et la pluie avaient engourdies au point de les priver de toute sensation. J'attendis que la chaleur revienne en écoutant ce silence glacial, un silence fait d'absence et de vide qui noyait la maison. Avant de partir, Isabella avait laissé le paquet de lettres de Cristina sur la table de nuit.

Je tendis la main et en pris une au hasard. Elle datait de deux semaines.

Cher David,

Les jours passent et je continue à t'écrire des lettres auxquelles je suppose que tu préfères ne pas répondre, si tant est que tu les ouvres. J'en viens à me dire que je les écris seulement pour moi, pour tuer la solitude et pour croire, un instant, que je t'ai près de moi. Chaque jour je me demande ce que tu deviens, ce que tu fais.

Parfois je pense que tu as quitté Barcelone pour ne plus revenir et je t'imagine dans un endroit inconnu entouré d'étrangers, commençant une nouvelle vie que je ne connaîtrai jamais. Ou alors je pense que tu me détestes encore, que tu détruis ces lettres et que tu aimerais ne m'avoir jamais connue. Je ne t'en veux pas. C'est étrange comme il est facile, quand on est seule, de confier à une feuille de papier ce qu'on n'oserait pas dire à quelqu'un en face.

Les choses ne sont pas aisées pour moi. Pedro est si bon et si compréhensif que je m'irrite parfois de sa patience et de sa volonté de me rendre heureuse, dont le seul résultat est que je me sens encore plus misérable. Avec Pedro, j'ai appris que mon cœur est vide, que je ne mérite pas que l'on m'aime. Il passe presque toute la journée près de moi. Il ne veut pas me laisser seule.

Je souris tous les jours et je partage son lit. Quand il me demande si je l'aime, je lui réponds oui, et quand je vois la vérité se refléter dans ses yeux, je voudrais mourir. Il ne me fait jamais de reproches. Il parle beaucoup de toi. Tu lui manques. Il m'arrive même de penser que la personne qu'il aime le plus au monde, c'est toi. Je le vois vieillir, tout seul, dans la pire des compagnies, la mienne. Je n'ai pas la prétention de croire que tu me pardonneras, mais si je désire quelque chose sur cette Terre, c'est que tu lui pardonnes. Je ne vaux pas assez cher pour que tu lui refuses ton amitié et ta société.

Hier, j'ai terminé un de tes livres. Pedro les a tous et je les lis parce que c'est la seule façon de me sentir près de toi. C'était une histoire triste et étrange, deux marionnettes cassées et abandonnées dans un cirque ambulant qui, le temps d'une nuit, devenaient vivantes en sachant qu'elles mourraient au lever du jour. En la lisant, j'ai eu l'impression qu'il s'agissait de nous.

Il y a quelques semaines, j'ai rêvé que je te revoyais, que nous nous croisions dans la rue et tu ne te souvenais pas de moi. Tu me souriais et me demandais comment je m'appelais. Tu ne savais rien de moi. Tu ne me haïssais pas. Toutes les nuits, quand Pedro s'endort à mon côté, je ferme les yeux et je prie le ciel ou l'enfer de me permettre de refaire ce rêve.

Demain, ou peut-être après-demain, je t'écrirai encore pour te dire que je t'aime, même si cela ne signifie rien pour toi.

CRISTINA

Je laissai tomber la lettre, incapable de poursuivre ma lecture. Demain sera un autre jour, songeai-je. Difficilement pire que celui-ci. Je ne pouvais guère imaginer que les délices de cette journée n'étaient rien encore, à côté de ce qui allait suivre. J'avais dû réussir à dormir deux heures au plus quand, aux petites heures du matin, je fus réveillé en sursaut. On frappait violemment à la porte de l'étage. Je demeurai quelques secondes désorienté dans l'obscurité, cherchant le cordon de l'interrupteur. Les coups redoublèrent. J'allumai, je sortis du lit et allai dans l'entrée. Je regardai par l'œilleton. Trois têtes dans la pénombre du palier. L'inspecteur Grandes et, derrière lui, Marcos et Castelo. Tous trois l'œil rivé sur l'œilleton. Je respirai plusieurs fois profondément avant d'ouvrir.

— Bonsoir, Martín. Excusez l'heure.

— Et quelle heure est-il supposé être ?

— L'heure de te magner le cul, connard, grogna Marcos, ce qui arracha à Castelo un sourire qui aurait pu me servir de lame de rasoir.

Grandes leur adressa un geste réprobateur et soupira.

— Un peu plus de trois heures du matin, rétorqua-t-il. Je peux entrer ?

Je soupirai à mon tour, dégoûté, mais je lui cédai le passage. L'inspecteur fit signe à ses hommes d'attendre sur le palier. Marcos et Castelo obéirent à contrecœur et me gratifièrent d'un regard reptilien. Je leur claquai la porte au nez.

— Vous devriez y aller plus doucement avec ces deux-là, me conseilla Grandes, très à l'aise, en entrant dans le couloir.

— Je vous en prie, faites comme chez vous…

Je retournai dans ma chambre et m'habillai avec la première chose qui me tomba sous la main, à savoir les vêtements sales de la veille, en vrac sur une chaise. Quand je revins dans le couloir, je ne vis pas trace de Grandes.

Je gagnai la galerie et l'y trouvai, en train de contempler par les fenêtres les nuages qui rampaient sur les terrasses.

— Et le bouton de rose ? demanda-t-il.

— Elle est chez elle.

Grandes se retourna en souriant.

— Vous êtes un sage : vous ne leur offrez pas la pension complète, déclara-t-il en me désignant un fauteuil. Asseyez-vous.

Je me laissai choir dans le fauteuil. Grandes resta debout, en me détaillant fixement.

— Alors ? demandai-je au bout d'un moment.

— Vous avez une sale tête, Martín. Vous vous êtes battu ?

— Je suis tombé.

— Ah oui. Je crois savoir que vous vous êtes rendu aujourd'hui dans un magasin d'articles de magie, propriété de M. Damián Roures, rue Princesa.

— Vous m'en avez vu sortir à midi. À quoi rime votre question ?

Grandes m'observait, impassible.

— Prenez un manteau et une écharpe, ou ce que vous voudrez. Il fait froid. Nous allons au commissariat.

— Pourquoi ?

— Faites ce que je vous dis.

Une voiture de la préfecture nous attendait dans le Paseo del Born. Marcos et Castelo me firent monter sans délicatesse superflue et s'assirent de part et d'autre, me prenant en sandwich.

— Monsieur est bien installé ? s'enquit Castelo en m'enfonçant son coude dans les côtes.

L'inspecteur s'installa devant, à côté du chauffeur. Personne ne desserra les dents au cours des cinq minutes que nous mîmes pour parcourir la rue Layetana déserte et noyée dans une brume ocre. Arrivés au commissariat central, Grandes se dirigea vers l'intérieur sans attendre. Marcos et Castelo me saisirent chacun par un bras comme s'ils voulaient me broyer les os et me traînèrent dans un labyrinthe d'escaliers, de couloirs, de cellules, jusqu'à une pièce sans fenêtre qui sentait la sueur et l'urine. Au milieu, il y avait une table vermoulue et deux chaises déglinguées. Une ampoule nue pendait du plafond, et le sol formait comme une cuvette au centre de laquelle s'ouvrait une grille d'écoulement. Le froid était atroce. Avant que j'aie eu le temps de m'en rendre compte, la porte se ferma brutalement derrière moi. J'entendis des pas qui s'éloignaient. Je fis une douzaine de fois le tour de ce cachot, puis m'affalai sur une des chaises branlantes. Au cours de l'heure qui suivit, à part ma respiration, le grincement de la chaise et l'écho d'un ruissellement que je ne pus situer, je n'entendis plus un son.

Une éternité plus tard, je perçus un bruit de pas qui approchaient, et peu après la porte s'ouvrit. Marcos entra dans la cellule, sourire aux lèvres. Il tint la porte à Grandes qui le suivit sans poser les yeux sur moi et prit place sur la chaise vacante. Il fit un signe à Marcos qui ressortit en fermant la porte, non sans m'avoir adressé un baiser silencieux et un clin d'œil. L'inspecteur attendit trente bonnes secondes avant de daigner me regarder en face.

— Si vous vouliez m'impressionner, vous avez réussi, inspecteur.

Grandes ne tint pas compte de mon ironie et me fixa comme s'il ne m'avait encore jamais vu.

— Que savez-vous de Damián Roures ? questionna-t-il.

— Pas grand-chose. Qu'il est le patron d'un magasin d'articles de magie. En réalité, j'ignorais tout de lui jusqu'à ces derniers jours. C'est Ricardo Salvador qui m'en a parlé. Aujourd'hui, ou hier, parce que je ne sais même plus l'heure qu'il est, je suis allé le voir en quête d'informations sur le précédent habitant de la maison où je vis. Salvador m'a indiqué que Roures et l'ancien propriétaire…

— Marlasca.

— Oui, Diego Marlasca. Donc, Salvador m'a raconté que Roures et Marlasca avaient été en relation, il y a des années de ça. Je lui ai posé quelques questions et il a répondu ce qu'il pouvait ou ce qu'il savait. Et c'est à peu près tout.

Grandes acquiesça plusieurs fois.

— C'est ça, votre version ?

— Je ne sais pas. Quelle est la vôtre ? Comparons, et peut-être finirai-je par comprendre pourquoi je me retrouve à geler en pleine nuit dans une saloperie de cave qui pue la merde.

— Ne haussez pas le ton, Martín.

— Excusez-moi, inspecteur, mais je crois que vous pourriez au moins daigner m'expliquer ce que je fabrique ici.

— Il y a environ trois heures, un habitant de l'immeuble où se trouve l'établissement de M. Roures rentrait chez lui, quand il a vu la porte du magasin ouverte et la lumière allumée. Surpris, il est entré : n'apercevant pas le propriétaire et celui-ci ne répondant pas à ses appels, il est allé dans l'arrière-boutique où il

449

l'a trouvé les pieds et les mains attachés sur une chaise au milieu d'une mare de sang.

Grandes observa une longue pause, qu'il consacra à me fusiller du regard. Je supposai que ce n'était pas tout. Grandes ménageait toujours ses effets pour assener le coup de grâce au moment opportun.

— Mort ? demandai-je.

Grandes acquiesça.

— Plutôt ! Quelqu'un s'était amusé à lui arracher les yeux et à lui couper la langue avec des ciseaux. Le médecin légiste pense qu'il est mort étouffé par son propre sang une demi-heure plus tard.

Je sentis l'air me manquer. Grandes faisait des cercles autour de moi. Il s'arrêta dans mon dos et alluma une cigarette.

— Comment vous êtes-vous fait ces marques de coups ? Elles ont l'air très récentes.

— J'ai glissé dans la pluie et suis tombé sur la nuque.

— Ne me prenez pas pour un demeuré, Martín. Ça ne vous va pas. Vous préférez que je vous laisse un moment avec Marcos et Castelo, pour qu'ils vous enseignent les bonnes manières ?

— D'accord. On m'a frappé.

— Qui ?

— Je l'ignore.

— Cette conversation commence à m'ennuyer, Martín.

— Et moi, donc !

Grandes se rassit en face de moi et me gratifia d'un sourire conciliant.

— Vous ne croyez tout de même pas que j'ai la moindre responsabilité dans la mort de cet homme ?

— Non, Martín. Je ne le crois pas. Ce que je crois, c'est que vous ne me dites pas la vérité et que la mort de ce malheureux est liée, d'une manière ou d'une autre, à votre visite. Comme celle de Barrido et Escobillas.

— Qu'est-ce qui vous le fait penser ?

— Appelez cela une intuition.

— Je vous ai dit ce que je savais.

— Et moi je vous ai prévenu de ne pas me prendre pour un imbécile, Martín. Marcos et Castelo sont de l'autre côté de la porte, attendant l'occasion d'avoir une conversation avec vous en tête à tête. C'est ce que vous voulez ?

— Non.

— Alors aidez-moi à vous sortir de là et à vous renvoyer chez vous avant que vos draps ne refroidissent.

— Qu'est-ce que vous voulez entendre ?

— La vérité, par exemple.

Je repoussai la chaise et me levai, exaspéré. Le froid me perçait les os et j'avais l'impression que ma tête allait exploser. Je me mis à tourner autour de la table en jetant mes paroles à l'inspecteur comme si c'étaient des pierres.

— La vérité ? je vais vous la dire, la vérité. La vérité, c'est que je ne sais pas quelle est la vérité. Je ne sais pas quoi vous raconter. Je ne sais pas pourquoi je suis allé voir Roures ni Salvador. Je ne sais pas ce que je cherche ni ce qui m'arrive. Voilà la vérité.

Stoïque, Grandes m'observait.

— Arrêtez de tourner en rond et rasseyez-vous. Vous me donnez le mal de mer.

— Je n'en ai pas envie.

— Martín, ce que vous me racontez ou rien, c'est du pareil au même. Je vous demande seulement de m'aider pour que je puisse vous aider, moi aussi.

— Même si vous le vouliez, vous ne pourriez pas m'aider.

— Qui le peut, alors ?

Je me laissai retomber sur ma chaise.

— Je ne sais pas… murmurai-je.

Il me sembla voir un soupçon de commisération dans les yeux de l'inspecteur, mais peut-être était-ce seulement de la fatigue.

— Bien, Martín. Reprenons tout de zéro. À votre manière. Racontez-moi une histoire. Commencez par le début.

Je l'observai en silence.

— Martín, ne croyez pas que ma sympathie pour vous m'empêchera de faire mon travail.

— Faites ce que vous avez à faire. Appelez Hansel et Gretel, si ça vous chante.

À cet instant, je lus comme une pointe d'inquiétude sur ses traits. Des pas approchaient dans le couloir et je me rendis compte que l'inspecteur n'attendait pas de visiteur. On entendit un échange de paroles et Grandes, nerveux, alla à la porte. Il frappa trois coups et Marcos, qui la gardait, ouvrit. Un homme vêtu d'un manteau en poil de chameau et d'un costume trois pièces entra dans la cellule, regarda autour de lui d'un air dégoûté, puis m'adressa un sourire d'une infinie douceur tout en retirant lentement ses gants. Je l'observai, stupéfait de reconnaître Me Valera.

— Vous vous sentez bien, monsieur Martín ? s'enquit-il.

J'acquiesçai. L'avocat emmena l'inspecteur dans un coin. Je les entendis chuchoter. Grandes gesticulait avec une fureur contenue. Valera le dévisageait froidement et faisait non de la tête. La conversation dura presque une minute. Finalement, Grandes poussa un grand soupir et parut s'avouer vaincu.

— Prenez votre écharpe, monsieur Martín, nous partons d'ici, m'annonça Valera. L'inspecteur n'a plus de questions à vous poser.

Dans son dos, Grandes se mordit les lèvres en foudroyant du regard Marcos, qui haussa les épaules. Valera, sans rien perdre de sa courtoisie professionnelle, me prit par le bras et m'extirpa de ce cul-de-basse-fosse.

— J'espère que ces agents vous ont traité correctement, monsieur Martín.

— Oui, réussis-je à balbutier.

— Un moment ! lança Grandes derrière nous.

Valera s'arrêta et, m'indiquant par geste de me taire, se retourna.

— Si vous avez des questions à poser à M. Martín, vous pouvez vous adresser à notre cabinet où nous nous ferons un plaisir de vous recevoir. Pour l'heure, et à moins que vous ne disposiez de quelque raison majeure pour retenir M. Martín dans ces locaux, nous vous quittons en vous souhaitant une bonne nuit et en vous remerciant pour votre amabilité, que je ne manquerai pas de mentionner à vos supérieurs, et particulièrement à l'inspecteur en chef Salgado, qui, comme vous le savez, est un de mes grands amis.

Le sergent Marcos fit mine de marcher sur nous, mais l'inspecteur le retint. J'échangeai un dernier regard avec lui avant que Valera ne me prenne de nouveau le bras et ne m'entraîne.

— Ne vous arrêtez pas, murmura-t-il.

Nous parcourûmes un long couloir flanqué de lumières agonisantes jusqu'à un escalier qui nous conduisit dans un nouveau couloir pour arriver enfin à une petite porte donnant sur le vestibule du rez-de-chaussée et sur la sortie, où nous attendaient une Mercedes-Benz, moteur en marche, et un chauffeur qui, dès qu'il vit Valera, nous ouvrit la portière. Je montai et m'installai à l'intérieur. L'automobile disposait d'un chauffage et la température des sièges en cuir était réconfortante. Valera s'assit près de moi et frappa sur la vitre qui nous séparait du chauffeur pour lui indiquer de démarrer. Quand la voiture se fut engagée sur la voie centrale de la rue Layetana, il me sourit comme si de rien n'était et fit un geste vers la brume qui s'écartait sur notre passage comme des broussailles.

— Une nuit agitée, n'est-ce pas ? observa-t-il d'un air détaché.

— Où allons-nous ?

— Chez vous, naturellement. À moins que vous ne préfériez un hôtel, ou...

— Non. C'est parfait.

La voiture descendait lentement la rue Layetana. Valera regardait distraitement défiler les rues désertes.

— Pourquoi êtes-vous là ? lui demandai-je finalement.

— Que vous en semble ? Je suis là pour vous représenter et veiller à vos intérêts.

— Dites au chauffeur de stopper.

Le chauffeur chercha le regard de Valera dans le rétroviseur. Valera lui fit signe de continuer.

— Ne dites pas de bêtises, monsieur Martín. Il est tard, il fait froid, et je vous ramène chez vous.

— Je préfère marcher.

— Soyez raisonnable.

— Qui vous a envoyé ?

Valera soupira et se frotta les yeux.

— Vous avez de bons amis, monsieur Martín. C'est important, dans la vie, d'avoir de bons amis et, surtout, de savoir les conserver. Aussi important que de savoir reconnaître à temps son erreur quand on a pris le mauvais chemin.

— Ce chemin ne serait-il pas celui qui passe par la Casa Marlasca, au 13 de la route de Vallvidrera ?

Valera eut un sourire patient, comme s'il grondait affectueusement un enfant dissipé.

— Monsieur Martín, croyez-moi quand je vous assure que plus vous vous tiendrez loin de cette maison et de cette affaire, mieux ce sera pour vous. Acceptez ma présence, ne serait-ce que pour ce conseil.

Le chauffeur tourna dans le Paseo de Colón et alla chercher l'entrée du Paseo del Born par la rue Comercio. Les chariots de viande et de poisson, de glace et de denrées diverses commençaient à se presser devant la grande enceinte du marché. Sur notre passage, quatre garçons bouchers déchargeaient la carcasse d'un veau écartelé qui laissait une traînée de sang et de vapeur dont on pouvait sentir l'odeur.

— Vous habitez un quartier plein de charme et de scènes pittoresques, monsieur Martín.

Le chauffeur s'arrêta au bas de la rue Flassaders et quitta son siège pour nous ouvrir la portière. L'avocat descendit avec moi.

— Je vous accompagne jusqu'au portail.

— On va nous prendre pour des fiancés.

Nous pénétrâmes dans l'étroite ruelle obscure menant à ma maison. En arrivant devant, l'avocat me tendit la main, toujours avec la même politesse professionnelle.

— Merci de m'avoir tiré de là.

— Ce n'est pas moi qu'il faut remercier, répondit Valera, en sortant une enveloppe de la poche intérieure de son manteau.

En dépit de la demi-clarté diffusée par le lampadaire accroché au mur au-dessus de nos têtes, je reconnus le sceau et l'ange sur la cire. Valera me tendit l'enveloppe et, sur un dernier hochement de tête, il repartit vers sa voiture. J'ouvris le portail et montai l'escalier jusqu'au palier de l'appartement. En entrant, j'allai directement dans mon bureau et posai l'enveloppe sur la table. J'en retirai la feuille pliée portant l'écriture du patron.

Cher Martín,

J'espère et je souhaite que ce mot vous trouve en bonne forme, physiquement et moralement. Les circonstances voulant que je sois de passage à Barcelone, j'aimerais beaucoup goûter le plaisir de votre société ce jeudi à sept heures du soir dans la salle de billard du Cercle hippique pour que nous puissions commenter les progrès de notre projet.

En attendant, je vous salue affectueusement.
Votre ami,

ANDREAS CORELLI

Je repliai la feuille et la glissai soigneusement dans son enveloppe. Je grattai une allumette et, tenant l'enveloppe par un coin, je l'approchai de la flamme. Je la regardai brûler jusqu'à ce que la cire fonde en larmes écarlates qui coulèrent sur la table, et que mes doigts restent couverts de suie.

— Allez en enfer, murmurai-je, tandis que la nuit s'abattait, plus noire que jamais, derrière les vitres.

36.

J'attendis une aube qui n'arrivait pas assis dans le fauteuil du bureau jusqu'à ce que ma rage retombe, puis je sortis dans la rue, bien disposé à ne pas tenir compte de l'avertissement de Me Valera. Il y soufflait ce froid coupant qui précède les matins d'hiver. En traversant le Paseo del Born, il me sembla entendre des pas derrière moi. Je me retournai un instant mais ne vis personne d'autre que les employés du marché qui déchargeaient les chariots, et je poursuivis ma route. En arrivant sur la place Palacio, j'aperçus les lanternes du premier tramway de la journée attendant dans le brouillard qui rampait depuis les eaux du port. Des serpents de lumière bleue grésillaient sur la caténaire. Je montai dans le tramway et m'assis à l'avant. Le contrôleur qui me vendit mon billet était le même que la fois précédente. Un à un, une douzaine de passagers vinrent s'installer, tous solitaires. Au bout de quelques minutes, le véhicule s'ébranla et nous commençâmes notre trajet pendant que, dans le ciel, un réseau capillaire rougeâtre se répandait entre des nuages noirs. Pas besoin d'être un poète ou un savant pour comprendre que la journée serait mauvaise.

Lorsque nous arrivâmes à Sarrià, le jour s'était levé dans une lumière grise et mourante qui empêchait de distinguer les couleurs. Je montai par les ruelles solitaires du quartier vers le versant de la colline. À plusieurs reprises, je crus de nouveau entendre des pas dans mon dos, mais chaque fois que je m'arrêtai pour vérifier, il n'y avait personne. Je parvins finalement à l'entrée du passage conduisant à la Casa Marlasca et me frayai un chemin dans la couche épaisse de feuilles mortes qui crissaient sous mes pieds. Je traversai lentement la cour et gravis les marches jusqu'à la porte principale en scrutant les fenêtres de la façade. J'actionnai trois fois le heurtoir et reculai de quelques pas. J'attendis une minute sans obtenir de réponse et frappai de nouveau. J'entendis l'écho des coups se perdre à l'intérieur. J'appelai.

— Il y a quelqu'un ?

Le bosquet qui entourait la propriété absorba l'écho de ma voix. Je contournai la maison jusqu'au pavillon qui abritait la piscine et m'approchai de la galerie vitrée. Les fenêtres étaient obscurcies par des volets de bois à demi fermés qui empêchaient de voir l'intérieur. L'une d'elles, toute proche de la porte vitrée de la galerie, était entrouverte. La targette qui verrouillait la porte était visible à travers la vitre. Je glissai un bras par l'entrebâillement de la fenêtre et libérai la serrure. La porte céda avec un bruit métallique. Je jetai un coup d'œil derrière moi pour m'assurer qu'on ne m'observait pas et entrai.

À mesure que ma vue s'ajustait à la pénombre, je commençai à deviner les contours de la pièce. J'allai aux fenêtres et poussai les contrevents pour gagner un peu de clarté. Un éventail de rais de lumière traversa les ténèbres et dessina les alentours. J'appelai de nouveau.

Le son de ma voix se perdit dans les entrailles de la maison comme une pièce de monnaie tombant dans un puits sans fond. Je me dirigeai vers l'extrémité de la salle où un arc en bois sculpté servait de passage vers un couloir obscur flanqué de tableaux à peine visibles sur les murs tapissés de velours. À l'autre bout s'ouvrait un grand salon circulaire avec un sol en mosaïque et un panneau mural en verre dépoli sur lequel on distinguait la forme d'un ange blanc tendant un bras et des doigts de feu. Un grand escalier de pierre montait en spirale autour du salon. Je m'arrêtai au pied de celui-ci et appelai encore.

— Bonjour ! Madame Marlasca ?

La maison était plongée dans un silence total et l'écho mourant emportait mon appel. Je gravis l'escalier menant au premier étage et m'arrêtai sur le palier d'où l'on pouvait contempler le salon et le panneau mural. De là, je discernais les empreintes laissées par mes pas sur la pellicule de poussière au sol. À part celles-ci, l'unique signe de passage était une sorte de sentier traversant la poussière, formé de deux lignes continues séparées de quelques dizaines de centimètres et, entre elles, des traces de pas. Des traces de grande taille. Désorienté, je les observai et finis par comprendre de quoi il s'agissait : le passage d'une chaise roulante et des pieds de celui qui la poussait.

Il me sembla entendre un bruit derrière moi et je me retournai. À l'extrémité du couloir, une porte battait légèrement. Un courant d'air froid en provenait. Je me dirigeai lentement vers elle. Ce faisant, je jetai un coup d'œil dans les pièces situées de part et d'autre. C'étaient des chambres à coucher dont les meubles étaient recouverts de housses et de draps. Les fenêtres fermées et une pénombre épaisse suggéraient qu'elles n'avaient pas été utilisées depuis longtemps, à l'exception d'une, plus grande que les autres, une chambre conjugale. On y respirait ce mélange particulier de parfum et de maladie qui se dégage des vieilles personnes. Je supposai qu'il s'agissait de la chambre de la veuve Marlasca, mais il n'y avait pas de signes de sa présence.

Le lit était soigneusement fait. Face à lui, une commode supportait une série de photos encadrées. Toutes, sans exception, représentaient un enfant aux cheveux clairs et au visage enjoué. Ismael Marlasca. Sur certaines, il posait avec sa mère ou d'autres enfants. Diego Marlasca n'apparaissait sur aucune.

Le bruit d'une porte dans le couloir me fit sursauter et je sortis en laissant les photos telles que je les avais trouvées. La porte de la chambre située au bout du couloir continuait de battre. Je m'autorisai une brève halte avant d'entrer. Je respirai profondément et ouvris.

Tout était blanc. Les murs et le plafond étaient peints dans un blanc immaculé. Des rideaux de soie blanche. Un petit lit couvert de draps blancs. Un tapis blanc. Des étagères et des armoires blanches. Après la pénombre qui régnait dans toute la maison, ce contraste me voila la vue pendant quelques secondes. La pièce paraissait sortir d'un rêve, une vision de conte de fées. Des jouets et des livres imagés étaient posés sur les étagères. Un arlequin en porcelaine grandeur nature était assis devant une table de toilette, face à son reflet dans le miroir. Un mobile d'oiseaux blancs était suspendu au plafond. À première vue, cela ressemblait à la chambre d'un enfant gâté, Ismael Marlasca, mais il s'en dégageait l'atmosphère oppressante d'une chambre mortuaire.

Je m'assis sur le lit et poussai un soupir. À cet instant, seulement, je me rendis compte que cette pièce abritait quelque chose d'insolite. D'abord l'odeur. Un remugle douceâtre flottait dans l'air. Je me relevai et inspectai les alentours. Sur un chiffonnier était posée une assiette de porcelaine portant une bougie noire dont la cire fondue formait une grappe de larmes obscures. Je me retournai. L'odeur semblait venir de la tête du lit. J'ouvris le tiroir de la table de nuit et y trouvai un crucifix brisé en trois morceaux. La puanteur était plus proche. Je fis deux fois le tour de la chambre, mais fus incapable d'en trouver la source. Soudain, j'aperçus ce que je cherchais sous le lit : une boîte en fer-blanc, comme celle où les enfants rangent leurs trésors. Je la plaçai sur le lit. La puanteur était à présent beaucoup plus nette et pénétrante. J'ignorai ma nausée et ouvris la boîte. À l'intérieur reposait une colombe blanche, le cœur percé d'une aiguille. Je fis un pas en arrière en me bouchant le nez et la bouche, et reculai jusqu'au couloir. Les yeux de l'arlequin, avec son sourire de chacal, m'observaient depuis le miroir. Je courus vers l'escalier et m'y précipitai pour gagner le couloir conduisant au salon de lecture et à la porte du jardin que j'avais réussi à ouvrir. Un moment, je crus m'être perdu, et j'eus l'impression que la maison, comme une créature capable de déplacer les couloirs et les pièces à sa guise, refusait de me laisser m'échapper. Finalement, j'aperçus la galerie vitrée et courus à la porte. J'entendis alors derrière moi ce rire sarcastique qui m'apprit que je n'étais pas seul. Je me retournai un instant et entrevis une silhouette sombre qui m'observait du fond du couloir, un objet luisant à la main : un couteau.

La serrure céda sous mes mains et je poussai violemment la porte. Mon élan me fit tomber à plat ventre sur les dalles de marbre entourant la piscine. Mon visage se retrouva tout près de la surface de l'eau et je sentis son odeur de décomposition. Je scrutai les ténèbres du fond de la piscine. Une éclaircie s'ouvrit dans les nuages et la lumière du soleil s'insinua dans l'eau, balayant la mosaïque disjointe. La vision dura à peine quelques secondes. La chaise roulante avait basculé et gisait sur la mosaïque. La lumière poursuivit son chemin vers la partie la plus profonde de la piscine, et c'est là que je la trouvai. Un corps enveloppé dans une robe blanche effilochée reposait contre la paroi. Je pensai d'abord qu'il s'agissait d'un mannequin, les lèvres écarlates rongées par l'eau et les yeux brillants comme des saphirs. Ses cheveux rouges oscillaient lentement dans les eaux putréfiées et la peau était bleue. C'était la veuve Marlasca. Juste après, l'éclaircie dans le ciel se referma et les eaux redevinrent un miroir obscur où je ne parvins plus qu'à voir mon visage et, derrière moi, une silhouette qui se matérialisait sur le seuil de la galerie, le couteau à la main. Je me relevai en toute hâte et courus vers le jardin, traversant le bouquet d'arbres, me griffant la figure et les mains aux broussailles, pour rejoindre le portail métallique et sortir dans le passage. Je continuai de courir et ne m'arrêtai qu'arrivé sur la route de Vallvidrera. Une fois là, hors d'haleine, je constatai que la Casa Marlasca était de nouveau cachée au fond du passage, invisible au reste du monde.

37.

Je revins chez moi par le même tramway, parcourant la ville de minute en minute plus sombre sous un vent glacé qui soulevait les feuilles mortes des rues. En descendant place Palacio, j'entendis deux marins venant des quais parler d'un orage qui arrivait de la mer et frapperait la ville avant la nuit. Je levai les yeux et constatai que le ciel se couvrait peu à peu d'un manteau de nuages rouges qui s'étalaient sur la mer comme du sang répandu. Dans les rues avoisinant le Paseo del Born, les habitants se hâtaient de consolider portes et fenêtres, les commerçants fermaient leurs boutiques avant l'heure et les enfants sortaient dans la rue pour jouer à lutter contre le vent, bras en croix et riant à chaque lointain coup de tonnerre. Les réverbères clignotaient et la lueur des éclairs teignait les façades d'une lumière blanche. Je me dépêchai de gagner le portail de la maison de la tour et montai les marches quatre à quatre. Le grondement de l'orage qui approchait passait à travers les murs.

Il faisait si froid dans la maison que mon haleine se matérialisait dans le couloir d'entrée. J'allai directement à la chambre où se trouvait un vieux poêle à charbon dont je ne m'étais servi que quatre ou cinq fois depuis que je vivais là et l'allumai avec des vieux journaux secs. Je fis aussi du feu dans la galerie et m'assis au sol devant les flammes de la cheminée. Mes mains tremblaient et je ne savais si c'était de froid ou de peur. J'attendis que la chaleur me pénètre en contemplant le réseau de lumière blanche que les éclairs traçaient sur le ciel.

La pluie n'arriva pas avant le soir et, lorsqu'elle commença de tomber, elle s'abattit en nappes de gouttes furieuses : en quelques minutes à peine ce fut la nuit, toits et ruelles disparurent sous un rideau de noirceur qui frappait avec force les murs et les vitres. Peu à peu, entre le poêle à charbon et la cheminée, la maison se réchauffa, mais je continuais d'avoir froid. Je me levai et allai dans ma chambre pour y chercher des couvertures. J'ouvris l'armoire et fouillai dans les deux grands tiroirs du bas. L'étui était toujours là, caché au fond.

Je l'ouvris et restai en arrêt devant le vieux revolver de mon père, tout ce qui me restait de lui. Je le soupesai et en caressai la détente de l'index. Je dégageai le barillet et y introduisis six balles de la boîte de munitions qui se trouvait dans le double fond de l'étui. Je laissai la boîte sur la table de nuit et emportai le revolver et une couverture dans la galerie. Une fois là, je m'affalai sur le canapé et laissai errer mon regard sur la tempête derrière les vitres. J'entendais le tic-tac de la pendule sur la tablette de la cheminée. Je n'avais pas besoin de la consulter pour savoir qu'il me restait à peine une demi-heure avant ma rencontre avec le patron dans la salle de billard du Cercle hippique.

Je fermai les yeux et l'imaginai traversant les rues de la ville désertes et inondées. Je l'imaginai assis sur la banquette arrière de sa voiture, ses yeux dorés brillant dans l'obscurité, et l'ange d'argent sur le capot de la

Rolls-Royce s'ouvrant un chemin dans la tempête. Je l'imaginai immobile comme une statue, sans une respiration, sans un sourire, totalement inexpressif. Un temps, j'écoutai le bruit des bûches qui brûlaient et de la pluie derrière les vitres, puis je m'endormis, l'arme dans la main, avec la certitude que je n'irais pas au rendez-vous.

Peu après minuit, j'ouvris les yeux. Le feu était presque éteint et la galerie était plongée dans la pénombre mouvante que projetaient les flammes bleues consumant les dernières braises. La pluie continuait de tomber intensément. Je tenais toujours le revolver, tiédi par mon contact. Je demeurai ainsi quelques secondes étendu, sans un battement de paupières. Avant même d'avoir entendu frapper, je devinai que quelqu'un était derrière la porte.

Je rejetai la couverture et me redressai. J'entendis de nouveau les coups à la porte. L'arme à la main, je me dirigeai vers le couloir. Nouvel appel. Je fis quelques pas et m'arrêtai. Je l'imaginai souriant sur le palier, l'ange au revers de sa veste luisant dans l'obscurité. J'armai le revolver. Encore une fois le bruit d'un poing cognant à la porte. Je voulus allumer, mais il n'y avait pas de courant. Je continuai d'avancer. Je fis un geste pour démasquer l'œilleton, mais sans aller jusqu'au bout. Je restai là, immobile, sans presque respirer, tenant l'arme braquée sur l'entrée.

— Allez-vous-en ! criai-je d'une voix sans force.

J'entendis alors des pleurs de l'autre côté et baissai l'arme. J'ouvris la porte sur l'obscurité et la trouvai là. Sa robe était trempée et elle grelottait. Sa peau était glacée. Elle faillit s'écrouler dans mes bras. Je la soutins et, sans trouver les mots, je la serrai étroitement contre moi. Elle eut un faible sourire et, quand je portai la main à sa joue, elle la baisa en fermant les yeux.

— Pardonne-moi, murmura Cristina.

Elle ouvrit les yeux et m'offrit ce regard blessé et défait qui m'aurait poursuivi jusqu'en enfer. Je lui souris.

— Bienvenue à la maison.

38.

Je la déshabillai à la lueur d'une bougie. J'enlevai ses souliers imprégnés d'eau, sa robe ruisselante et ses bas déchirés. Je séchai son corps et ses cheveux à l'aide d'une serviette propre. Elle tremblait encore de froid lorsque je l'étendis sur le lit et me couchai contre elle en la serrant dans mes bras pour lui communiquer ma chaleur. Nous demeurâmes ainsi un long moment, en silence, écoutant la pluie. Lentement, son corps se réchauffa sous mes mains et elle commença à respirer profondément. Je croyais qu'elle s'était endormie, quand je l'entendis parler dans la pénombre.

— Ton amie est venue me voir.

— Isabella.

— Elle m'a avoué qu'elle t'avait caché mes lettres. Qu'elle ne l'avait pas fait par méchanceté. Elle croyait agir pour ton bien, et elle avait peut-être raison.

Je m'inclinai sur elle et cherchai ses yeux. Je lui caressai les lèvres et, pour la première fois, elle esquissa un sourire.

— Je pensais que tu m'avais oubliée, dit-elle.

— J'ai essayé.

Son visage était marqué par la fatigue. Les mois d'absence avaient dessiné des lignes sur sa peau et son regard avait une expression égarée.

— Nous ne sommes plus jeunes, reprit-elle en lisant dans mes pensées.

— Quand avons-nous été jeunes, toi et moi ?

J'écartai la couverture et contemplai son corps nu allongé sur le drap blanc. Je lui caressai le cou et la poitrine en frôlant à peine la peau du bout des doigts. Je dessinai des cercles sur son ventre et suivis le tracé des os qui affleuraient sous ses hanches. Je laissai mes doigts jouer avec le duvet presque transparent entre ses cuisses.

Cristina m'observait en silence avec un sourire las, les yeux mi-clos.

— Qu'allons-nous faire ? demanda-t-elle.

Je me penchai et l'embrassai sur les lèvres. Elle m'étreignit et nous restâmes étendus tandis que la lumière de la bougie s'éteignait doucement.

— Nous trouverons bien, murmura-t-elle.

Peu avant l'aube, je me réveillai et découvris que j'étais seul dans le lit. Je me levai d'un coup, craignant que Cristina ne soit de nouveau partie au milieu de la nuit. Je remarquai alors que sa robe et ses souliers étaient toujours sur la chaise et poussai un soupir de soulagement. Je la trouvai dans la galerie, enveloppée dans une couverture et assise par terre devant la cheminée, où les braises d'une bûche exhalaient encore quelques flammes bleutées. Je m'assis près d'elle et l'embrassai dans le cou.

— Je ne pouvais pas dormir, dit-elle, le regard rivé sur le feu.

— Tu aurais dû me réveiller.

— Je n'ai pas osé. Tu avais le visage de quelqu'un qui n'a pas dormi depuis des mois. J'ai préféré explorer ta maison.

— Et ?

— Cette maison est triste comme si on lui avait jeté un sort. Pourquoi n'y mets-tu pas le feu ?

— Et où irions-nous vivre ?

— Tu parles au pluriel ?

— Pourquoi pas ?

— Je croyais que tu n'écrivais plus de contes de fées.

— C'est comme la bicyclette. Une fois qu'on a appris…

Cristina me dévisagea longuement.

— Qu'y a-t-il dans cette chambre au bout du couloir ?

— Rien. De vieilles affaires.

— Elle est fermée à clef.

— Tu veux la voir ?

Elle fit non.

— C'est seulement une maison, Cristina. Un tas de pierres et de souvenirs. Rien de plus.

Elle ne parut pas vraiment convaincue.

— Pourquoi ne partons-nous pas ? demanda-t-elle.

— Où ?

— Loin.

Je ne pus m'empêcher de sourire, mais elle ne m'imita pas.

— Jusqu'où ?

— Là où personne ne saura qui nous sommes ni ne s'en souciera.

— C'est cela que tu veux ?

— Et pas toi ?

J'hésitai un instant.

— Et Pedro ? demandai-je, en m'étranglant presque pour formuler cette question.

Elle laissa tomber la couverture qui enveloppait ses épaules et me dévisagea d'un air de défi.

— Tu as besoin de sa permission pour coucher avec moi ?

Je me mordis la langue. Cristina me contemplait avec des larmes dans les yeux.

— Pardonne-moi, chuchota-t-elle. Je n'avais pas le droit de dire ça.

Je ramassai la couverture et tentai de l'en recouvrir, mais elle s'écarta et refusa mon geste.

— Pedro m'a quittée, poursuivit-elle d'une voix brisée. Il est allé hier au Ritz attendre que je sois partie. Il m'a dit qu'il savait que je ne l'aimais pas, que je m'étais mariée avec lui par gratitude ou par pitié. Il m'a dit qu'il ne voulait pas de ma charité, que chaque jour que je passais près de lui en feignant de l'aimer, je le torturais. Il m'a dit que, quoi que je fasse, il m'aimerait toujours et que c'était pour ça qu'il ne voulait plus me revoir.

Ses mains tremblaient.

— Il m'a aimée de toute son âme et j'ai seulement été capable de le rendre malheureux, murmura-t-elle.

Elle ferma les yeux et ses traits se contractèrent en un masque de douleur. Tout de suite après, elle laissa échapper un sourd gémissement et se bourra la figure et le corps de coups de poing. Je me jetai sur elle et l'entourai de mes bras pour l'immobiliser. Elle se débattait et criait. Je la plaquai au sol en lui tenant les mains. Elle se rendit lentement, épuisée, le visage couvert de larmes et de salive, les yeux rougis. Nous restâmes ainsi presque une demi-heure, jusqu'à ce que son corps se détende et s'enfonce dans un long silence. Je plaçai la couverture sur elle et la serrai dans mes bras, par-derrière pour cacher mes propres larmes.

— Nous partirons loin, lui chuchotai-je à l'oreille sans savoir si elle pouvait m'entendre ou me comprendre. Nous partirons loin, là où personne ne saura qui nous sommes ni ne s'en souciera. Je te le promets.

Cristina tourna la tête et me regarda. Elle avait une expression égarée, comme si on lui avait brisé l'âme à coups de marteau. Je l'étreignis très fort et l'embrassai sur le front. La pluie fouettait toujours les vitres et, pris tous deux dans cette lumière grise et pâle de l'aube morte, je pensai pour la première fois que nous étions en train de nous noyer.

39.

Ce même matin, j'abandonnai mon travail pour le patron. Pendant que Cristina dormait, je montai au bureau et rangeai le dossier qui contenait toutes les pages, notes et références du projet dans un vieux coffre contre le mur. Ma première impulsion avait été d'y mettre le feu, mais je n'en eus pas le courage. Toute ma vie, j'avais senti que les pages que je laissais sur mon passage faisaient partie de moi. Les gens normaux mettent des enfants au monde ; les romanciers comme moi, des livres. Nous sommes condamnés à laisser nos vies à l'intérieur, même s'ils ne nous en témoignent presque jamais de reconnaissance. Nous sommes condamnés à mourir dans leurs pages, et parfois même ce sont eux qui nous ôtent la vie. De toutes les étranges créatures d'encre et de papier dont j'avais accouché dans ce triste monde, celle-là, ma réponse mercenaire aux promesses du patron, était sans nul doute la plus grotesque. Rien dans ces pages ne mérite mieux que le feu, pourtant elles étaient la chair de ma chair, et je n'avais pas la force de les détruire. Je les rangeai au fond de ce coffre et quittai le bureau malheureux, presque honteux de ma lâcheté et de la trouble sensation de paternité que m'inspirait ce manuscrit de ténèbres. Le patron aurait probablement apprécié l'ironie de la situation. Moi, elle me donnait seulement la nausée.

Cristina dormit jusque tard dans l'après-midi. J'en profitai pour me rendre dans une crèmerie proche du marché acheter du lait, du pain et du fromage. La pluie avait enfin cessé, mais les rues étaient pleines de flaques et l'humidité de l'air était palpable comme une poussière glacée qui pénétrait les vêtements et les os. Tandis que j'attendais mon tour dans la boutique, j'eus l'impression d'être observé. En ressortant dans la rue et en traversant le Paseo del Born, je m'aperçus qu'un enfant qui n'avait guère plus de cinq ans me suivait. Je m'arrêtai et le regardai. L'enfant m'imita et soutint mon regard.

— N'aie pas peur, lui dis-je. Approche.

Il fit plusieurs pas et s'arrêta à quelques mètres. Il avait la peau pâle, presque bleutée, comme s'il n'avait jamais vu la lumière du soleil. Il était habillé de noir et portait des souliers vernis neufs et luisants. Ses yeux étaient sombres et ses prunelles si larges qu'on discernait à peine le blanc de l'œil.

— Comment t'appelles-tu ? questionnai-je.

L'enfant sourit et tendit un doigt vers moi. Je voulus faire un pas dans sa direction, mais il partit en courant et se perdit dans le Paseo del Born.

Arrivé devant chez moi, je trouvai une enveloppe coincée dans le portail. Le sceau de cire rouge portant l'ange était encore tiède. Je regardai des deux côtés de la rue mais ne vis personne. J'entrai et fermai derrière moi à double tour. Je fis halte au pied de l'escalier et décachetai l'enveloppe.

Cher ami,

Je regrette sincèrement que vous n'ayez pu vous rendre à notre rendez-vous d'hier soir. J'espère que vous allez bien et que vous n'avez eu aucun contretemps urgent. Je suis désolé de n'avoir pu jouir, cette fois, du plaisir de votre société, mais je souhaite et désire que, quelle que soit la raison de votre empêchement, celle-ci soit rapidement et favorablement réglée, et que la prochaine fois soit plus propice à notre rencontre. Je dois m'absenter de la ville pour quelques jours, mais, dès mon retour, je vous ferai parvenir de mes nouvelles. Dans l'attente de connaître vos progrès dans notre projet commun, je vous salue comme toujours affectueusement.

Votre ami,

ANDREAS CORELLI

Je serrai la lettre dans mon poing et la glissai dans ma poche. J'entrai silencieusement dans l'appartement de l'étage et refermai la porte en douceur. J'allai voir dans la chambre et m'assurai que Cristina dormait toujours. Puis je passai dans la cuisine pour préparer du café et un modeste déjeuner. Quelques minutes plus tard, j'entendis les pas de Cristina dans mon dos. Elle m'observait depuis le seuil, vêtue d'un de mes vieux chandails qui lui arrivait à mi-cuisses. Ses cheveux étaient en bataille et ses yeux étaient gonflés. Elle avait des marques sombres de coups sur les lèvres et les pommettes, comme si elle avait été violemment giflée. Elle fuyait mon regard.

— Pardonne-moi, murmura-t-elle.

— Tu as faim ?

Elle hocha négativement la tête, mais j'ignorai son geste et l'invitai à s'asseoir à la table. Je lui servis une tasse de café au lait avec du sucre et une tranche de pain tout juste sorti du four, du fromage et un peu de jambon. Elle ne manifesta aucune envie d'y toucher.

— Juste une bouchée, suggérai-je.

Elle goûta au fromage à contrecœur et me sourit faiblement.

— C'est bon, dit-elle.

— Quand tu le mangeras vraiment, il te semblera meilleur.

Nous déjeunâmes en silence. À ma surprise, Cristina vida la moitié de son assiette. Puis elle s'abrita derrière sa tasse de café et m'observa à la dérobée.

— Si tu veux, je m'en irai aujourd'hui, déclara-t-elle finalement. Ne t'inquiète pas. Pedro m'a donné de l'argent et…

— Je refuse que tu t'en ailles. Je refuse pour toujours que tu repartes. Tu m'entends ?

— Je ne suis pas une bonne compagnie, David.

— Nous sommes deux, maintenant.

— Tu le disais pour de bon ? Que nous partirions loin ?

Je confirmai.

— Mon père avait l'habitude d'affirmer que la vie n'offre jamais de seconde chance, objecta-t-elle.

— Elle n'en donne qu'à ceux qui n'en ont jamais eu de première. Pour ceux qui n'ont pas su en profiter avant, ce sont des chances de seconde main, mais c'est mieux que rien.

De nouveau, un faible sourire.

— Emmène-moi faire un tour, dit-elle soudain.

— Où veux-tu aller ?

— Je veux faire mes adieux à Barcelone.

40.

Au milieu de l'après-midi, le soleil perça la couche de nuages laissée par l'orage. Les rues luisantes de pluie se transformèrent en miroirs sur lesquels marchaient les passants et se reflétait l'ambre du ciel. Je me souviens que nous allâmes jusqu'au bas de la Rambla, où la statue de Christophe Colomb se dessinait dans la brume. Nous cheminâmes en silence, contemplant les façades et les passants comme s'ils étaient un mirage, comme si la ville était déjà déserte et oubliée. Jamais Barcelone ne m'était apparue plus belle et plus triste que cet après-midi-là. À l'approche du soir, nous nous dirigeâmes vers la librairie Sempere & Fils. Nous nous postâmes sous un porche, de l'autre côté de la rue, où personne ne pouvait nous voir. La vitrine de la vieille librairie projetait une vague lumière sur les pavés mouillés et brillants. À l'intérieur, Isabella, juchée sur une échelle, rangeait des livres et le fils de Sempere, derrière le comptoir, prétendait mettre de l'ordre dans la comptabilité tout en louchant sur ses chevilles. Assis dans un coin, vieux et fatigué, Sempere les observait tous les deux avec un sourire triste.

— C'est ici que j'ai connu presque tous les moments heureux de mon existence, lançai-je sans réfléchir. Je ne veux pas leur dire adieu.

Lorsque nous revînmes à la maison de la tour, il faisait déjà noir. En entrant, nous fûmes accueillis par la douce tiédeur du feu que j'avais laissé allumé. Cristina me précéda dans le couloir et, sans prononcer un mot, se déshabilla en laissant tomber ses vêtements à ses pieds. Je la trouvai allongée sur le lit, m'attendant. Je me couchai près d'elle et la laissai guider mes mains. Tandis que je la caressais, je vis que tous les muscles de son corps se tendaient sous la peau. Il n'y avait pas de tendresse dans ses yeux, mais un désir urgent de chaleur. Je m'abandonnai sur son corps et la pénétrai furieusement en sentant ses ongles se planter dans ma peau. Je l'écoutai gémir de douleur et de vie, comme si l'air lui manquait. Puis nous retombâmes épuisés et couverts de sueur l'un contre l'autre. Cristina posa sa tête sur mon épaule et chercha mon regard.

— Ton amie m'a dit que tu t'étais mis dans une vilaine affaire.

— Isabella ?

— Elle s'inquiète beaucoup pour toi.

— Isabella a tendance à se prendre pour ma mère.

— Ta mère ? Non, je ne crois pas que ce soit ça.

J'évitai ses yeux.

— Elle m'a raconté que tu travaillais à un nouveau livre, une commande d'un éditeur étranger. Elle l'appelle le patron. D'après elle, il te paye une fortune, mais tu te sens coupable d'avoir accepté son argent. Elle dit que tu as peur de cet homme, le patron, et qu'il y a quelque chose de trouble là-dedans.

Je soupirai, irrité.

477

— J'aimerais bien savoir s'il reste quelque chose qu'Isabella ne t'aurait pas rapporté.

— Le reste ne regarde qu'elle et moi, répliqua-t-elle avec un clin d'œil. Elle mentait, peut-être ?

— Elle ne mentait pas, elle spéculait.

— Et de quoi traite ce livre ?

— C'est un conte pour enfants.

— Isabella m'a prévenu que tu répondrais ça.

— Si elle t'a déjà donné toutes les réponses, pourquoi m'interroges-tu ?

L'œil de Cristina se fit sévère.

— Si ça peut vous rassurer, toi et Isabella, j'ai arrêté d'écrire le livre. *C'est fini*, assurai-je en français.

— Quand ?

— Ce matin, pendant que tu dormais.

Cristina fronça les sourcils, sceptique.

— Et cet homme, le patron, il le sait ?

— Je ne lui ai pas parlé. Mais je suppose qu'il se l'imagine. Sinon, il le saura très vite.

— Dans ce cas, tu devras lui rendre l'argent ?

— Je ne crois pas que l'argent soit son principal souci.

Elle s'enfonça dans un long silence.

— Est-ce que je peux le lire ? demanda-t-elle finalement.

— Non.

— Pourquoi, non ?

— C'est un brouillon et ça n'a ni queue ni tête. Un tas d'idées et de notes, de fragments isolés. Rien qui soit lisible. Tu trouverais ça assommant.

— Tout de même, j'aimerais le lire.

— Pourquoi ?

— Parce que c'est toi qui l'as écrit. Pedro répète toujours que la seule façon de connaître réellement un écrivain, c'est par les traces d'encre laissées derrière lui, que l'individu que l'on croit voir n'est qu'un personnage vide et que la vérité se cache toujours derrière la fiction.

— Il a dû lire ça dans un almanach.

— Non, il l'a trouvé dans un de tes livres. Je le sais parce que, moi aussi, je l'ai lu.

— Le plagiat n'empêche pas que c'est une sottise.

— Moi je crois que ça a un sens.

— Si tu le dis, ce doit être vrai.

— Et donc je peux le lire ?

— Non.

Nous dînâmes des restes de pain et de fromage du matin, assis l'un en face de l'autre à la table de la cuisine, en évitant de nous regarder, sauf par brefs instants. Cristina mangeait sans appétit, examinant chaque morceau de pain à la lumière de la lampe à huile avant de le porter à sa bouche.

— Un train part de la gare de France pour Paris demain à l'heure du déjeuner, dit-elle. Est-ce que c'est trop tôt ?

Je ne pouvais m'ôter de la tête l'image d'Andreas Corelli qui pouvait monter l'escalier et frapper à ma porte d'un moment à l'autre.

— Je suppose que non, répondis-je.

Elle ajouta :

— Je connais un petit hôtel devant les jardins du Luxembourg qui loue des chambres au mois. C'est un peu cher, mais…

Je préférai ne pas lui demander comment elle connaissait cet hôtel.

— Le prix est sans importance, mais je ne parle pas français, précisai-je.

— Moi si.

Je baissai les yeux.

— Regarde-moi en face, David.

Je m'exécutai à contrecœur.

— Si tu préfères que je m'en aille…

Je niai énergiquement. Elle me prit la main et la porta à ses lèvres.

— Tout se passera bien, tu verras, dit-elle. Je le sais. Ce sera la première fois dans ma vie que quelque chose se passe bien.

Je l'observai. Une femme brisée dans la pénombre, les larmes aux yeux, et je ne désirai rien d'autre au monde que lui donner ce qu'elle n'avait jamais eu.

Nous nous allongeâmes sur le canapé de la galerie sous deux couvertures en contemplant les braises du feu. Je m'endormis en caressant les cheveux de Cristina et en pensant que c'était ma dernière nuit dans cette maison, la prison où j'avais enterré ma jeunesse. Je rêvai que je courais dans les rues d'une Barcelone truffée d'horloges dont les aiguilles tournaient en sens contraire. Ruelles et avenues se tordaient sur mon passage tels des boyaux dotés d'une volonté propre, formant un labyrinthe vivant qui déjouait toutes mes tentatives de progresser. Finalement, sous un soleil de midi qui flamboyait dans le ciel comme une sphère de métal en fusion, j'arrivais à la gare de France et me dirigeais en toute hâte vers le quai où le train s'ébranlait. Je courais derrière lui, mais il prenait de la vitesse et, malgré tous mes efforts, je ne parvenais qu'à le frôler du bout des doigts. Je continuais de courir à perdre haleine et, en atteignant la fin du quai, je tombais dans le vide. Quand je recouvrais la vue, il était trop tard. Le train s'éloignait, hors de portée, et le visage de Cristina me contemplait depuis la dernière fenêtre.

J'ouvris les yeux et sus que Cristina n'était pas là. Le feu s'était réduit à un petit tas de cendres qui rougeoyaient à peine. Je me levai et allai à la fenêtre. Le jour se levait. Je collai ma face à la vitre et aperçus une lumière vacillante aux fenêtres du bureau. Je me dirigeai vers l'escalier en colimaçon de la tour. Une clarté cuivrée se répandait sur les marches. Je montai lentement. Arrivé en haut, je m'arrêtai sur le seuil. Cristina était là, me tournant le dos, assise par terre. Le coffre contre le mur était ouvert. Elle tenait le dossier contenant le manuscrit du patron et était en train de défaire le nœud qui le fermait.

Elle avait entendu mes pas et se retourna.

— Qu'est-ce que tu fais ici ? demandai-je en tentant de dissimuler l'inquiétude qui perçait dans ma voix.

Cristina se retourna et me sourit.

— Je farfouille.

Elle suivit mon regard fixé sur le dossier et esquissa une moue malicieuse.

— Qu'y a-t-il là-dedans ?

— Rien. Des notes. Des références. Rien d'intéressant...

— Tu mens. Je parie que c'est le livre auquel tu travaillais, dit-elle en défaisant le nœud. Je meurs d'envie de le lire...

— Je préférerais que tu ne le fasses pas, répliquai-je du ton le plus dégagé possible.

Cristina fronça les sourcils. Je profitai de cet instant pour m'agenouiller près d'elle et, en douceur, m'emparer du dossier.

— Qu'est-ce que tu as, David ?

— Rien, je n'ai rien, assurai-je avec un sourire stupide collé aux lèvres.

Je refis le nœud et remis le dossier dans le coffre.

— Tu ne le fermes pas à clef ?

Je me retournai, prêt à m'excuser, mais Cristina avait disparu dans l'escalier. Je soupirai et rabattis le couvercle.

Je la trouvai en bas, dans la chambre à coucher. Un instant, elle me contempla comme si j'étais un étranger.

— Pardonne-moi, commençai-je.

— Tu n'as pas à me demander pardon. Je n'aurais pas dû mettre le nez dans ce qui ne me concerne pas.

— Ce n'est pas ça.

Elle afficha un sourire au-dessous de zéro et une expression d'indifférence à couper au couteau.

— C'est sans importance.

J'acquiesçai, préférant reporter la discussion à plus tard.

— Les guichets de la gare de France ouvrent bientôt, dis-je. J'ai pensé y être dès l'ouverture et acheter les billets pour le train de midi. Après, j'irai à la banque retirer de l'argent.

Cristina se borna à approuver de la tête.

— Très bien.

— Pourquoi ne préparerais-tu pas pendant ce temps un sac avec quelques affaires ? Je serai de retour dans deux heures au plus.

Cristina sourit faiblement.

— Je t'attendrai.

Je m'approchai et pris son visage dans mes mains.

— Demain soir, nous serons à Paris, lui murmurai-je.

Je l'embrassai sur le front et m'en fus.

41.

Le hall de la gare de France déployait sous mes pieds
un miroir dans lequel se reflétait la grande horloge suspendue au plafond. Les aiguilles marquaient sept
heures trente-cinq, mais les guichets étaient encore
fermés. Un employé armé d'un grand balai et de
beaucoup de zèle faisait briller les moindres recoins en
sifflotant une *copia* accompagnée, dans la mesure où sa
claudication le lui permettait, d'un tortillement des
hanches qui ne manquait pas d'allure. Faute d'autre
occupation, je m'appliquai à l'observer. C'était un petit
homme que le monde semblait avoir recroquevillé sur
lui-même en lui enlevant tout sauf le sourire et le plaisir
de nettoyer cette parcelle de dallage comme s'il
s'agissait de la chapelle Sixtine. Il n'y avait personne
d'autre dans les parages, et il finit par se rendre compte
que je le suivais des yeux. Quand son cinquième
passage transversal l'amena devant mon poste d'observation, un des bancs de bois disposés autour du hall,
l'employé s'arrêta et, s'appuyant des deux mains sur le
manche, il se décida à engager la conversation.

— Ils n'ouvrent jamais à l'heure qu'ils disent,
expliqua-t-il en désignant les guichets.

— Alors pourquoi mettent-ils un écriteau prétendant que ça ouvre à sept heures ?

Le petit homme haussa les épaules et poussa un soupir plein de philosophie.

— Oh, vous savez, on donne aussi des horaires aux trains, et depuis quinze ans que je travaille ici je n'en ai jamais vu un arriver ou partir à l'heure prévue.

Il reprit son nettoyage en profondeur et, quinze minutes plus tard, j'entendis un guichet s'ouvrir. J'y allai et souris à l'employé.

— Je croyais que vous ouvriez à sept heures.

— Ça, c'est ce que dit l'écriteau. Qu'est-ce que vous voulez ?

— Deux billets de première classe pour Paris.

— Le train d'aujourd'hui ?

— Si ça ne vous dérange pas trop.

La délivrance des billets dura presque un quart d'heure. Son chef-d'œuvre achevé, l'employé les laissa tomber sur le comptoir d'un air écœuré.

— À une heure. Quai numéro quatre. Ne soyez pas en retard.

Je payai, et voyant que je ne partais pas, il me gratifia d'un regard inquisiteur et hostile.

— Vous voulez autre chose ?

Je lui souris et hochai négativement la tête, ce dont il profita pour me refermer le guichet au nez. Je fis demi-tour et traversai le hall immaculé et resplendissant grâce aux soins de l'homme de peine qui me salua de loin en me souhaitant, en français, *bon voyage*.

Le siège central de la Banque hispano-coloniale, rue Fontanella, évoquait un temple. Un vaste portique donnait accès à une nef flanquée de statues qui se prolongeait jusqu'à la rangée de guichets disposée comme un autel. Des deux côtés, en manière de chapelles et de confessionnaux, des tables de chêne et de luxueux fauteuils, le tout occupé par une armée de fondés de pouvoir et d'employés impeccablement vêtus et armés de sourires cordiaux. Je me fis remettre quatre mille francs en liquide et fus informé des formalités pour retirer des fonds à la succursale parisienne de la banque, au coin de la rue de Rennes et du boulevard Raspail, non loin de l'hôtel évoqué par Cristina. Une fois cette petite fortune en poche, je repartis en refusant d'entendre les conseils du fondé de pouvoir concernant l'imprudence de circuler dans les rues avec une telle somme.

Le soleil qui montait dans le ciel bleu avait la couleur de la chance, et une brise fraîche apportait l'odeur de la mer. Je marchais d'un pas léger, libéré d'un énorme poids, et commençais à penser que la ville avait décidé de me laisser partir sans m'en tenir rancune. Je m'arrêtai sur le Paseo del Born afin d'acheter des fleurs pour Cristina, des roses blanches liées par un nœud rouge. Je montai l'escalier de la maison de la tour quatre à quatre, le sourire aux lèvres et avec la certitude que ce jour serait le premier d'une vie que j'avais crue perdue pour toujours. J'allais ouvrir la porte quand, en introduisant la clef dans la serrure, elle céda d'elle-même. Elle était ouverte.

Je pénétrai dans le vestibule. La maison était plongée dans le silence.

— Cristina ?

Je laissai les fleurs sur la console de l'entrée et allai à ma chambre. Cristina n'y était pas. Je parcourus le couloir vers la galerie du fond. Aucun signe de sa présence. Je gagnai l'escalier du bureau et, d'en bas, j'appelai en forçant la voix :

— Cristina ?

L'écho me renvoya ma voix. Je haussai les épaules et consultai la pendule posée dans une vitrine de la bibliothèque de la galerie. Il était presque neuf heures. Je supposai qu'elle était sortie faire une course et qu'ayant contracté à Pedralbes la mauvaise habitude de laisser aux domestiques le soin de s'occuper de détails aussi triviaux que les portes et les clefs, elle avait omis de fermer derrière elle. En attendant, je décidai de me reposer sur le canapé de la galerie. Le soleil entrait par la verrière, un soleil d'hiver vif et brillant qui incitait à se laisser aller à sa caresse. Je fermai les yeux et pensai à ce que j'allais emporter avec moi. J'avais vécu la moitié de ma vie entouré de ces objets et maintenant, à l'heure de les quitter, j'étais incapable de dresser une courte liste de ceux que je considérais comme indispensables. Peu à peu, sans m'en rendre compte, allongé dans la chaude lumière du soleil et bercé par ces douces espérances, je m'endormis calmement.

Quand je me réveillai et consultai la pendule de la bibliothèque, il était onze heures et demie. Il restait un peu plus d'une heure avant le départ. Je me redressai d'un bond et courus à la chambre.

— Cristina ?

Cette fois, je parcourus toute la maison, pièce après pièce, en finissant par le bureau. Il n'y avait personne, mais il me sembla sentir flotter une odeur étrange. Une odeur d'allumettes consumées. La lumière qui pénétrait par les fenêtres dessinait de minces filaments de fumée bleue suspendus dans l'air. J'entrai et trouvai deux allumettes éteintes par terre. Une bouffée d'inquiétude m'envahit et je m'accroupis devant le coffre. Je l'ouvris et poussai un soupir de soulagement. Le dossier contenant le manuscrit y était toujours. J'allais refermer quand je m'aperçus d'un détail : le nœud de la ficelle qui entourait le dossier avait été défait. Je pris le dossier et feuilletai les pages, mais rien ne manquait. Je refis le nœud, double cette fois, et remis le tout en place. Je redescendis à l'étage inférieur. Je m'assis sur une chaise de la galerie, tourné vers le long couloir qui conduisait à la porte d'entrée, et j'attendis de nouveau. Les minutes défilèrent avec une cruauté infinie.

Lentement, la conscience de ce qui s'était passé m'envahit, et mon désir de croire et de garder confiance se mua en fiel et en amertume. J'entendis bientôt les cloches de Santa María sonner deux heures. Le train pour Paris avait déjà quitté la gare et Cristina n'était pas rentrée. Je compris alors qu'elle était partie, que ces brèves heures passées ensemble avaient été un mirage. Remonté dans le bureau, je regardai à travers les vitres ce jour resplendissant qui n'avait plus la couleur de la chance et imaginai son retour à la villa Helius, cherchant refuge dans les bras de Pedro Vidal. Je sentis la rancœur m'empoisonner lentement le sang et je ris de moi-même et de mes espoirs absurdes. Je restai là, incapable de faire un pas, à contempler la ville s'obscurcir avec l'approche du crépuscule et les ombres s'allonger sur le plancher. J'ouvris toute grande la fenêtre. Une chute verticale d'une hauteur suffisante s'offrait à moi. Suffisante pour me pulvériser les os, les convertir en lames de poignards qui me transperceraient le corps et le laisseraient s'éteindre dans une flaque de sang sur les dalles de la cour. Je me demandai si la douleur serait aussi atroce que je l'imaginais ou si la violence du choc, à elle seule, annihilant toute sensation, me procurerait une mort rapide et efficace.

J'entendis alors frapper à la porte. Une, deux, trois fois. Un appel insistant. Je me retournai, encore obnubilé par ces pensées. L'appel se renouvela. Le cœur bondissant dans ma poitrine, je me précipitai dans l'escalier, convaincu que Cristina était revenue, que quelque chose avait dû se passer qui l'avait retenue en route, que mes indignes et misérables sentiments de jalousie n'avaient pas eu lieu d'être, que ce jour restait, envers et contre tout, le premier de la nouvelle vie promise. Je courus ouvrir. Elle était là, dans l'ombre, vêtue de blanc. Je voulus la prendre dans mes bras, mais je vis alors son visage couvert de larmes : cette femme n'était pas Cristina

— David, murmura Isabella d'une voix brisée. M. Sempere est mort.

Troisième acte

Le Jeu de l'ange

1.

Quand nous arrivâmes à la librairie, il ne faisait déjà plus jour. Une clarté dorée perçait le bleu de la nuit à la porte de Sempere & Fils, devant laquelle une centaine de personnes s'étaient réunies, des bougies à la main. Certaines pleuraient en silence, d'autres se regardaient entre elles sans savoir que dire. Je reconnus des visages : des amis et des clients de Sempere, des personnes auxquels le vieux libraire avait donné des livres et qui s'étaient initiés à la lecture grâce à lui. À mesure que la nouvelle se répandait dans le quartier, d'autres lecteurs et amis qui ne pouvaient croire que M. Sempere était mort venaient les rejoindre.

À l'intérieur, où les lampes étaient allumées, M. Gustavo Barceló serrait avec force dans ses bras un homme jeune qui tenait à peine debout. Je ne me rendis compte qu'il s'agissait du fils de Sempere qu'au moment où Isabella me prit par la main et me fit entrer. En m'apercevant, Barceló m'adressa un sourire meurtri. Le fils du libraire pleurait dans ses bras et je n'eus pas le courage d'aller le saluer. C'est Isabella qui s'en approcha et lui posa la main sur l'épaule. Il se retourna, dévoilant son visage défait. Isabella le conduisit vers une chaise et l'aida à s'asseoir. Il s'y laissa tomber comme un pantin désarticulé. Elle s'agenouilla près de lui et l'étreignit. Je ne m'étais jamais senti aussi fier de quiconque comme je l'étais à ce moment d'Isabella, que je considérais désormais comme une femme plus forte et plus sage que toutes les personnes présentes.

Barceló vint à moi et me tendit une main tremblante. Je la serrai.

— Cela s'est passé il y a environ deux heures, m'expliqua-t-il d'une voix entrecoupée. Il était resté quelque temps seul dans la librairie et quand son fils est revenu… On dit qu'il était en train de se disputer avec quelqu'un… Je ne sais pas. Le docteur a parlé du cœur.

Ma gorge se serra.

— Où est-il ?

Barceló tourna la tête vers la porte de l'arrière-boutique. Je me dirigeai vers elle. Avant d'entrer, je respirai profondément et serrai les poings. Il était allongé sur une table, les mains croisées sur le ventre. Sa peau était livide et les traits de son visage semblaient s'être creusés comme du carton chiffonné. Ses yeux étaient encore ouverts. L'air me manqua, comme si j'avais reçu un coup d'une force inouïe au creux de l'estomac. Je pris appui sur la table et respirai encore une fois profondément. Je me penchai et lui fermai les paupières. Je lui caressai la joue, qui était froide, et contemplai autour de moi tout cet univers de pages et de rêves qu'il avait créé. Je voulus croire que Sempere était toujours là, parmi ses livres et ses amis. J'entendis des pas derrière moi. Barceló amenait deux hommes à la mine sombre, vêtus de noir, dont le métier ne laissait planer aucun doute.

— Ces messieurs viennent pour les obsèques, annonça-t-il.

Tous deux saluèrent avec une gravité professionnelle et s'approchèrent pour examiner le corps. L'un d'eux, grand et sec, procéda à une estimation très sommaire et souffla quelques mots à son collègue qui hocha la tête et prit des notes sur un petit cahier.

— En principe, l'enterrement aura lieu demain après-midi au cimetière de l'Est, dit Barceló. J'ai préféré me charger de tout, car le fils est hors d'état de le faire, vous l'avez vous-même constaté. Et ce genre de situation, plus vite on la règle…

— Merci, monsieur Gustavo.

Le libraire jeta un regard sur son vieil ami et sourit à travers ses larmes.

— Et qu'allons-nous devenir, maintenant que le vieux nous a laissés seuls ? murmura-t-il.

— Je ne sais pas…

Un des employés des pompes funèbres toussota discrètement pour attirer notre attention.

— Avec votre permission, mon collègue et moi allons chercher maintenant le cercueil et…

— Faites ce que vous avez à faire, tranchai-je.

— Vous avez des préférences concernant la cérémonie ?

Je le dévisageai sans comprendre.

— Le défunt était-il croyant ?

— M. Sempere croyait dans les livres.

— Je comprends, répondit-il en se retirant.

Je me tournai vers Barceló, qui haussa les épaules.

— Laissez-les demander au fils.

Dans la boutique, Isabella m'adressa un coup d'œil interrogateur et se leva, quittant Sempere junior. Elle vint à moi et je lui fis part à voix basse de mes hésitations.

— M. Sempere était un bon ami du curé de la paroisse du quartier, l'église Santa Ana. Le bruit court que

493

l'évêché voulait mettre celui-ci dehors en l'accusant d'être un rebelle et de n'en faire qu'à sa tête, mais comme il est très vieux, on a préféré attendre qu'il meure de sa belle mort pour ne pas provoquer de vagues.

— C'est l'homme qu'il nous faut, déclarai-je

— Je lui parlerai.

Je montrai d'un geste Sempere junior.

— Comment va-t-il ?

Isabella me regarda dans les yeux.

— Et vous ?

— Je vais bien, mentis-je. Qui va rester avec lui cette nuit ?

— Moi, répondit-elle sans hésiter un instant.

J'approuvai et l'embrassai sur la joue avant de revenir dans l'arrière-boutique. Barceló s'était assis devant son vieil ami et, tandis que les deux employés des pompes funèbres prenaient des mesures et posaient des questions sur le costume et les chaussures, il remplit deux verres de cognac et m'en tendit un. Je m'assis près de lui.

— À la santé de notre ami Sempere qui nous a tous appris à lire, pour ne pas dire à vivre, lança-t-il.

Nous levâmes nos verres et bûmes en silence. Nous restâmes là jusqu'à ce que les croque-morts reviennent en portant le cercueil et les vêtements dans lesquels Sempere devait être enterré.

— Avec votre accord, nous nous en chargerons, suggéra celui qui paraissait être le plus compétent.

J'acquiesçai. Avant de passer dans la librairie, je pris le vieil exemplaire des *Grandes Espérances* que je n'avais jamais récupéré et le plaçai dans les mains de M. Sempere.

— Pour le voyage, chuchotai-je.

Dans le quart d'heure suivant, les employés des pompes funèbres sortirent le cercueil et le posèrent sur une grande table au milieu de la librairie. Une foule s'était assemblée peu à peu dans la rue et attendait dans un profond silence. J'allai ouvrir la porte. Un à un, les amis de Sempere & Fils défilèrent à l'intérieur. Beaucoup ne pouvaient retenir leurs larmes et, devant ce spectacle, Isabella prit la main du fils et l'emmena dans l'appartement, juste au-dessus de la librairie, où il avait passé toute sa vie avec son père. Barceló et moi restâmes en bas, tenant compagnie au vieux Sempere pendant que chacun le saluait une dernière fois. Certains, les plus proches, ne repartaient pas. La veillée dura toute la nuit. Barceló demeura là jusqu'à cinq heures du matin, quant à moi j'attendis qu'Isabella redescende peu après l'aube et m'ordonne de rentrer chez moi, ne serait-ce que pour me changer et faire ma toilette.

Je regardai le pauvre Sempere et lui souris. Je ne pouvais croire que plus jamais, en franchissant cette porte, je ne le trouverais derrière son comptoir. Je me rappelai la première fois que j'étais entré dans la librairie, quand je n'étais qu'un enfant et que le libraire m'avait paru grand et fort. Indestructible. L'homme le plus savant du monde.

— Rentrez à la maison, je vous en prie, murmura Isabella.

— Pourquoi ?

— S'il vous plaît…

Elle me reconduisit jusqu'à la rue et me serra dans ses bras.

— Je sais combien vous l'aimiez et ce que ça signifie pour vous, dit-elle.

Personne ne le savait, pensai-je. Mais j'obéis et, après l'avoir embrassée sur la joue, je déambulai au hasard, parcourant des rues plus vides que jamais, convaincu que si je continuais à marcher, je ne m'apercevrais pas que le monde que je croyais connaître avait cessé d'exister.

2.

La foule s'était réunie aux portes du cimetière dans l'attente du corbillard. Personne n'osait parler. Retentissaient le bruit de la mer au loin et l'écho d'un train de marchandises se dirigeant vers le quartier des usines qui s'étendait derrière le cimetière. Il faisait froid et des flocons de neige flottaient dans le vent. Peu après trois heures, le corbillard tiré par des chevaux noirs enfila l'avenue d'Icaria bordée de cyprès et de vieux hangars. Le fils de Sempere et Isabella arrivaient avec lui. Six collègues de la corporation des libraires, parmi lesquels M. Gustavo, chargèrent le cercueil sur leurs épaules et entrèrent dans l'enceinte. Les participants les suivirent, formant une procession silencieuse qui parcourut les allées et les pavillons du cimetière sous une couche de nuages bas ondulant comme une vague de mercure. Quelqu'un remarqua que le fils du libraire paraissait avoir vieilli de quinze ans en une nuit. Il le nommait « monsieur » Sempere car, désormais, il était le responsable de la librairie et parce que, depuis quatre générations, ce bazar enchanté de la rue Santa Ana, toujours géré par un M. Sempere, n'avait jamais changé de nom. Isabella lui tenait le bras et il me sembla que, si

496

elle n'avait pas été là, il se serait effondré telle une marionnette sans fils.

Le curé de l'église Santa Ana, un vieil homme de l'âge du défunt, attendait au pied du tombeau, une sobre dalle de marbre sans fioritures qui passait presque inaperçue. Les six libraires qui avaient porté le cercueil le déposèrent devant la tombe. Barceló me salua de la tête. Je préférai rester en arrière, par lâcheté ou par respect je ne le sais. De là, je pouvais voir la tombe de mon père, à une trentaine de mètres. Une fois l'assemblée réunie autour du cercueil, le curé leva les yeux et sourit.

— M. Sempere et moi, nous avons été amis presque quarante ans et, pendant tout ce temps, nous n'avons parlé qu'une seule fois de Dieu et des mystères de la vie. Peu le savent, mais notre ami Sempere n'était plus jamais entré dans une église depuis l'enterrement de son épouse Diana, aux côtés de qui nous l'accompagnons aujourd'hui afin qu'ils reposent l'un près de l'autre pour l'éternité. C'est pour cela, peut-être, que tous le prenaient pour un athée, mais il était un homme de foi. Il croyait en ses amis, en certaines vérités et en une entité à laquelle il ne s'aventurait pas à donner un nom ni un visage, parce que, répétait-il, nous les prêtres, nous étions là pour ça. M. Sempere croyait que nous appartenions à un grand ensemble et que, en quittant ce monde, nos souvenirs et nos passions ne se perdaient pas. Pour lui, ils devenaient les souvenirs et les passions de ceux qui prennent notre relève. Il se refusait à décider si nous avions créé Dieu à notre image et ressemblance ou s'Il nous avait créés sans bien savoir ce qu'Il faisait. Notre ami croyait que Dieu, ou quel que soit l'auteur de notre présence sur cette Terre, vivait dans chacune de nos actions, dans chacune de nos paroles, et se manifestait dans tout ce qui nous distinguait de simples figures de boue. M. Sempere croyait que Dieu vivait un peu, ou beaucoup, dans les livres, et c'est la raison pour laquelle il a consacré sa vie à les partager, à les protéger et à assurer que leurs pages, comme nos souvenirs et nos passions, ne se perdraient jamais. Il croyait, et il m'a fait croire, que tant qu'il resterait une seule personne dans ce monde capable de lire et de vivre les livres, il subsisterait un petit morceau de Dieu ou de vie. Je sais que mon ami n'aurait pas aimé que nous prenions congé de lui avec des prières et des chants. Il lui aurait suffi de constater que tous ses amis venus en ce jour lui dire adieu ne l'oublieraient pas. Je ne doute pas un instant que le Seigneur, même si le vieux Sempere ne s'en souciait guère, accueillera près de lui notre cher ami et qu'il vivra pour toujours dans les cœurs de nous tous, de tous ceux qui, un jour, ont découvert grâce à lui la magie des livres, y compris de ceux qui, sans le connaître, ont poussé une fois les portes de sa petite librairie où, comme il se plaisait à le répéter, l'histoire ne faisait que commencer. Reposez en paix, ami Sempere, et que Dieu nous donne à tous l'occasion d'honorer votre mémoire et de vous remercier pour avoir eu le privilège de vous connaître.

Un silence infini régna sur le cimetière quand le prêtre cessa de parler et bénit le cercueil. À un signal du préposé des pompes funèbres, les croque-morts descendirent lentement la bière avec des cordes. Je me souviens du bruit du cercueil quand il toucha le fond et des sanglots étouffés dans l'assistance. Je me rappelle que je restai là, incapable de bouger, devant les employés recouvrant la tombe d'une grande dalle de marbre où l'on pouvait lire le seul nom de Sempere et sous laquelle, depuis vingt-six ans, reposait sa femme Diana.

Lentement, l'assistance se retira en direction des portes du cimetière, où elle se sépara en groupes sans savoir où aller, personne ne voulant vraiment partir et laisser derrière soi le pauvre M. Sempere. Barceló et Isabella, encadrant le fils du libraire, l'emmenèrent avec eux. Je demeurai seul sur place après que tous se furent éloignés et, seulement alors, j'osai avancer jusqu'à la tombe. Je m'agenouillai et posai la main sur le marbre.

— À bientôt, murmurai-je.

Je l'entendis arriver et je devinai que c'était lui avant de le voir. Je me relevai et me retournai : Pedro Vidal me tendait la main avec le sourire le plus triste qu'il m'ait jamais été donné de voir.

— Tu ne me serreras pas la main ?

Je ne le fis pas et, au bout de quelques secondes, Vidal hocha la tête et retira sa main.

— Que faites-vous ici ? éructai-je.

— Sempere était aussi mon ami, répliqua-t-il.

— Bien sûr. Et vous êtes venu seul ?

Vidal me regarda sans comprendre.

— Où est-elle ? demandai-je.

— Qui ?

Je laissai échapper un rire amer. Barceló s'était approché, l'air consterné.

— Que lui avez-vous encore promis, pour l'acheter ?

Le regard de Vidal se durcit.

— Tu ne sais pas ce que tu dis, David.

J'avançai jusqu'à sentir son haleine contre ma figure.

— Où est-elle ? insistai-je.

— Je l'ignore.

— À d'autres ! m'écriai-je.

Je fis demi-tour, m'apprêtant à gagner la sortie, mais Vidal me prit le bras pour me retenir.

— David, attends…

Sans en prendre conscience, je le frappai de toutes mes forces. Mon poing s'abattit sur son visage et il tomba à la renverse. J'avais du sang sur la main et entendis des pas qui s'approchaient à toute allure. Des bras m'immobilisèrent et m'écartèrent de Vidal.

— Pour l'amour de Dieu, Martín… supplia Barceló.

Le libraire s'accroupit près de Vidal qui gémissait, la bouche ensanglantée. Il lui soutint la tête et me lança un regard furibond. Je partis aussi vite que je le pus, croisant sur mon chemin quelques assistants qui s'étaient arrêtés pour contempler l'altercation. Je n'eus pas le courage de les affronter.

3.

Je passai des jours sans sortir de chez moi, dormant à contretemps, sans presque rien manger. La nuit, je m'asseyais dans la galerie face au feu et j'écoutais le silence, en espérant entendre des pas derrière la porte, croyant que Cristina allait rentrer, que dès qu'elle serait au courant de la mort de M. Sempere elle reviendrait auprès de moi, ne serait-ce que par pitié, ce qui, désormais, me suffisait. Une semaine ou presque après la mort du libraire, je compris que Cristina ne viendrait plus, et je remontai au bureau. Je tirai le manuscrit du patron du coffre et le relus, en pesant chaque phrase, chaque paragraphe. Cette lecture me donna à la fois la nausée et une obscure satisfaction. Quand je pensais aux cent mille francs dont, au début, j'avais été si heureux, je souriais intérieurement et je songeais que ce fils de chienne m'avait acheté à bas prix. Ma vanité calmait mon amertume, et ma douleur fermait la porte à ma conscience. Dans un mouvement d'orgueil, je relus ce *Lux æterna* de mon prédécesseur, Diego Marlasca, puis je le jetai dans les flammes de la cheminée. Là où il avait échoué, je vaincrais. Là où il s'était égaré en chemin, je trouverais la sortie du labyrinthe.

Je me remis au travail le septième jour. J'attendis minuit et m'assis à ma table de travail. Une page blanche dans le rouleau de la vieille Underwood et la ville noire derrière les fenêtres. Les mots et les images jaillirent de mes mains comme si elles avaient rageusement attendu dans la prison de mon âme. Les pages se succédaient sans conscience ni mesure, sans autre volonté que celle de subjuguer et d'empoisonner mes sens et mes sentiments. Je ne pensais plus au patron, à sa récompense ou à ses exigences. Pour la première fois dans ma vie, j'écrivais pour moi et pour personne d'autre. J'écrivais pour mettre le feu au monde et brûler avec lui. Je travaillais toutes les nuits jusqu'à épuisement. Je tapais sur les touches de la machine jusqu'à ce que mes doigts saignent et que la fièvre me voile la vue.

Un matin de janvier, alors que j'avais perdu la notion du temps, on frappa à la porte. J'étais couché sur mon lit, les yeux perdus sur la vieille photo de Cristina enfant marchant la main dans celle d'un inconnu sur cette jetée qui s'avançait dans une mer lumineuse, cette image que je considérais désormais comme mon unique bien et la clef de tous les mystères. J'ignorai les coups pendant plusieurs minutes, jusqu'à ce que j'entende sa voix et comprenne qu'elle ne renoncerait pas.

— Ouvrez ! Je sais que vous êtes là et je n'ai pas l'intention de m'en aller avant que vous ne m'ouvriez la porte ou que je l'enfonce.

Quand j'obtempérai, Isabella me contempla, horrifiée.

— C'est moi, Isabella.

Elle me poussa de côté et alla directement à la galerie ouvrir les fenêtres en grand. Puis elle se dirigea vers la salle de bains et fit couler l'eau dans la baignoire. Elle me prit par le bras et m'y traîna. Elle me força à m'asseoir sur le bord et examina mes yeux en relevant mes paupières tout en marmonnant entre ses dents. Sans m'adresser une parole, elle se mit en devoir de m'ôter ma chemise.

— Isabella, je ne suis pas d'humeur.

— C'est quoi, ces coupures ? Qu'est-ce que vous vous êtes fait ?

— Ce sont juste quelques éraflures.

— Je veux que vous consultiez un médecin.

— Non.

— Avec moi, pas question de se rebeller, rétorqua-t-elle durement. Vous allez tout de suite vous mettre dans cette baignoire, vous allez vous savonner et vous vous raserez. Vous avez le choix : ou c'est vous qui le faites, ou c'est moi. Ne croyez pas que vous vous en tirerez à bon compte.

Je souris.

— Je le sais bien.

— Obéissez. Moi, pendant ce temps, je vais chercher un médecin.

J'allais parler, mais elle leva la main et je gardai le silence.

— Pas un mot de plus. Si vous croyez que vous êtes le seul à souffrir, vous vous trompez. Et si ça vous est égal de vous laisser crever comme un chien, au moins ayez la décence de vous rappeler qu'il y en a d'autres à qui ça n'est pas égal, même si, en réalité, je ne sais pas pourquoi.

— Isabella…

— Dans l'eau ! Et faites-moi le plaisir d'enlever votre pantalon et votre caleçon.

— Je sais prendre un bain.

— Je n'en doute pas.

Pendant qu'Isabella partait à la recherche d'un médecin, j'exécutai ses ordres et me soumis à un

503

baptême d'eau froide et de savon. Je ne m'étais pas rasé depuis l'enterrement et la glace me renvoyait un visage terrifiant. J'avais les yeux injectés de sang et la peau d'une pâleur maladive. Je passai des vêtements propres et m'assis dans la galerie pour l'attendre. Isabella réapparut vingt minutes plus tard en compagnie d'un médecin que j'avais parfois aperçu dans la rue.

— Voici votre patient. Ne faites pas attention à ce qu'il raconte, il ment comme il respire.

Le praticien me jeta un coup d'œil pour estimer mon degré d'animosité.

— Allez-y, docteur, l'encourageai-je. Faites comme si je n'étais pas là.

Il procéda au méticuleux rituel de l'auscultation, examen des pupilles, de la bouche, questions mystérieuses et regards en dessous qui constituent la base de la science médicale. Lorsqu'il en fut aux coupures sur le torse infligées par le rasoir d'Irene Sabino, il haussa les sourcils.

— Et ça ?

— Trop long à expliquer, docteur.

— Vous vous l'êtes fait vous-même ?

Je hochai négativement la tête.

— Je vais vous donner une pommade, mais je crains qu'il n'en reste des cicatrices.

— Je crois que c'était le but.

Le docteur poursuivit ses investigations. Je me soumis à tout, docile, en contemplant Isabella qui observait, anxieuse, sur le pas de la porte. Je compris à quel point elle m'avait manqué et combien j'appréciais sa compagnie.

— Vous m'avez fait sacrément peur, murmura-t-elle avec réprobation.

Le docteur examina mes mains et fronça les sourcils devant le bout de mes doigts à vif. Il me les pansa un à un en marmottant tout bas.

— Depuis combien de temps n'avez-vous pas mangé ?

Je haussai les épaules. Il échangea un coup d'œil avec Isabella.

— Il n'y a rien de vraiment grave, mais j'aimerais vous revoir dans mon cabinet demain au plus tard.

— Je crains que ça ne soit pas possible, docteur.

— Il y sera, assura Isabella.

— Entre-temps, je vous conseille de commencer à manger quelque chose de chaud, d'abord du bouillon et ensuite du solide, de boire beaucoup d'eau mais ni café ni excitants, et surtout de vous reposer. Prenez l'air et le soleil, mais sans faire d'efforts. Vous êtes un cas classique d'épuisement et de déshydratation, avec un début d'anémie.

Isabella soupira.

— Ce n'est rien, dis-je.

Le docteur me lança un regard hésitant et se leva.

— Demain, dans mon cabinet, à quatre heures. Ici, je n'ai ni le matériel ni les conditions pour vous examiner à fond.

Il ferma sa trousse et m'adressa un adieu courtois. Isabella l'accompagna à la porte et je les entendis chuchoter sur le palier pendant deux ou trois minutes. Je me rhabillai et attendis, en bon patient, assis sur mon lit. J'entendis la porte se fermer et les pas du médecin dans l'escalier. Je savais qu'Isabella était dans l'entrée, attendant quelques secondes pour revenir dans ma chambre. Lorsqu'elle le fit, je la reçus avec un sourire.

— Je vais vous préparer quelque chose à manger.

— Je n'ai pas faim.

— Aucune importance. Vous allez manger et ensuite nous sortirons prendre l'air. Point final.

Isabella me prépara un bouillon que je me forçai à remplir de croûtons de pain et ingurgitai en faisant bonne figure tout en ayant l'impression d'avaler des pierres. Je ne laissai rien dans l'assiette et montrai celle-ci à Isabella, qui montait la garde près de moi comme un sergent. Après quoi, elle me conduisit dans ma chambre, chercha un manteau dans l'armoire. Elle me mit des gants et une écharpe et me poussa vers la porte. Quand nous passâmes le portail, un vent froid soufflait, mais le soleil couchant brillait encore en semant de l'ambre sur les rues. Elle me prit le bras et nous marchâmes.

— Comme deux amoureux, remarquai-je.

— Très drôle !

Nous allâmes jusqu'au parc de la Citadelle et entrâmes dans les jardins entourant la gloriette. Nous arrivâmes au bassin de la grande fontaine et nous assîmes sur un banc.

— Merci, murmurai-je.

Isabella ne répondit pas.

— Je ne t'ai pas demandé comment tu allais.

— Ça ne vous change pas de vos habitudes.

— Comment vas-tu ?

Isabella haussa les épaules.

— Mes parents sont ravis que je sois revenue. D'après eux, vous avez eu une bonne influence sur moi. S'ils s'imaginaient ! La vérité est que nous nous entendons mieux. On ne peut pas dire non plus que je les vois beaucoup. Je passe presque tout mon temps à la librairie.

— Et Sempere ? Comment supporte-t-il la mort de son père ?

— Pas très bien.

— Et toi, que penses-tu de lui ?

— C'est un homme bon.

Elle observa un long silence et baissa la tête.

— Il m'a demandé de l'épouser. Avant-hier, Aux Quatre Gats.

Je contemplai son profil, déjà privé de cette innocence juvénile que j'avais voulu trouver chez elle et qui n'y avait probablement jamais été.

— Et alors ? demandai-je finalement.

— Je lui ai répondu que je réfléchirais.

— Et tu vas accepter ?

Les yeux d'Isabella étaient perdus dans la fontaine.

— Il veut fonder une famille, avoir des enfants… Il aimerait que nous vivions dans l'appartement au-dessus de la librairie et est convaincu que nous nous en sortirons malgré les dettes accumulées par M. Sempere.

— Évidemment, tu es encore bien jeune…

Elle pencha la tête et me regarda dans les yeux.

— Tu l'aimes ?

Elle sourit avec une infinie tristesse.

— Qu'est-ce que j'en sais ? Je crois que oui, mais pas autant que lui croit m'aimer.

— Parfois, dans des circonstances difficiles, on peut confondre la compassion et l'amour.

— Ne vous inquiétez pas pour moi.

— Je te prie seulement de t'accorder un peu de temps.

Nous nous observâmes, en proie à une immense complicité qui n'avait plus besoin de paroles, et je la serrai dans mes bras.

— Amis ?

— Jusqu'à ce que la mort nous sépare.

4.

Sur le chemin du retour, nous fîmes halte dans une boutique de la rue Comercio pour y acheter du lait et du pain. Isabella m'annonça qu'elle allait demander à son père de me livrer un choix de ses meilleurs produits et que j'avais intérêt à tout manger.

— Comment vont les choses à la librairie ? demandai-je.

— Les ventes ont beaucoup baissé. Je crois que les clients ont du mal à pousser la porte parce qu'ils se souviennent du pauvre M. Sempere. Et les comptes étant ce qu'ils sont, ça ne se présente pas bien.

— Comment sont les comptes ?

— Au-dessous du minimum. Ces dernières semaines, j'ai vérifié le bilan et constaté que M. Sempere, paix à son âme, était un désastre. Il donnait les livres à ceux qui ne pouvaient pas les payer. Ou bien il les prêtait et on ne les lui rendait pas. Il achetait des collections qu'il savait invendables, parce que leurs propriétaires menaçaient de les brûler ou de les jeter. Il entretenait quantité de poétaillons faméliques auxquels il faisait l'aumône. Et je vous laisse imaginer le reste.

— Des créanciers ?

— À raison de deux par jour, sans compter les traites et les avertissements de la banque. Le seul élément positif est que les propositions d'achat ne manquent pas.

— D'achat ?

— Un couple de charcutiers de Vice est très intéressé par le local.

— Et qu'en pense Sempere junior ?

— Que dans le cochon tout est bon. Le réalisme n'est pas son fort. Il jure que nous nous en tirerons, qu'il a confiance.

— Et pas toi ?

— Moi, je fais confiance à l'arithmétique, et quand j'aligne les chiffres, je constate que d'ici à deux mois la vitrine de la librairie sera pleine de chorizos et de boudins blancs.

— Nous trouverons bien une solution.

Isabella sourit.

— J'espérais que vous diriez ça. Et, à propos de comptes, rassurez-moi : vous ne travaillez plus pour le patron ?

Je montrai mes mains ouvertes :

— J'ai repris ma liberté.

Elle m'accompagna jusqu'en haut de l'escalier et, au moment de nous séparer, elle hésita.

— Qu'y a-t-il ? demandai-je.

— Je m'étais promis de ne pas vous en parler, mais… je préfère que vous le sachiez par moi plutôt que par d'autres. Il s'agit de M. Sempere.

Nous passâmes à l'intérieur et nous installâmes dans la galerie devant le feu qu'Isabella ranima en y jetant deux bûches. Les cendres de *Lux æterna* étaient encore là, et mon ancienne secrétaire me lança un coup d'œil que j'aurais pu mettre sous cadre.

— Que voulais-tu me dire à propos de M. Sempere ?

— Je le tiens de M. Anacleto, un voisin d'escalier. Il m'a raconté que, l'après-midi de sa mort, M. Sempere s'est disputé avec quelqu'un dans la boutique. Il rentrait chez lui et les éclats de voix s'entendaient de la rue.

— Avec qui se disputait-il ?

— Une femme. Plutôt âgée. M. Anacleto ne pensait pas l'avoir jamais vue dans le quartier. Pourtant, elle lui avait paru vaguement familière, mais avec lui on ne peut jurer de rien, parce qu'en dehors des adverbes la précision n'est pas son fort.

— A-t-il entendu de quoi ils parlaient ?

— Il lui a semblé que c'était de vous.

— De moi ?

Isabella confirma.

— Son fils était sorti un moment pour livrer une commande rue Canuda. Il n'a pas été absent plus d'un quart d'heure. Quand il est revenu, il a trouvé son père écroulé derrière le comptoir. Lorsque le médecin est arrivé, c'était trop tard… J'eus l'impression que le ciel me tombait sur la tête.

— Je n'aurais pas dû vous le raconter, murmura Isabella.

— Si. Tu as bien fait. M. Anacleto n'a rien précisé d'autre à propos de cette femme ?

— Juste qu'il les a entendus se disputer. Selon lui, c'était au sujet d'un livre. Un livre qu'elle voulait acheter et que M. Sempere refusait de lui vendre.

— Et pourquoi a-t-il parlé de moi ? Je ne comprends pas.

— Parce que le livre était de vous. *Les Pas dans le ciel*. Le seul exemplaire que M. Sempere avait conservé dans sa collection personnelle et qui n'était pas à vendre.

Une obscure conviction m'envahit.

— Et le livre… ? commençai-je.

— … n'y est plus. Il a disparu. J'ai consulté le registre, car M. Sempere notait tous les livres qu'il vendait avec la date et le prix, et il n'y figurait pas.

— Son fils le sait ?

— Non. Je ne l'ai répété à personne, à part vous. J'essaye encore de comprendre ce qui s'est passé cet après-midi-là dans la librairie. Et pourquoi. Je pensais que, peut-être, vous auriez une idée…

— Cette femme a tenté de prendre le livre par la force, et dans la lutte M. Sempere a eu une crise cardiaque. Voilà ce qui s'est passé, affirmai-je. Et tout ça pour un misérable livre de moi.

Je sentis mes entrailles se révulser.

— Il y a encore quelque chose, ajouta Isabella.

— Quoi ?

— Quelques jours plus tard, j'ai rencontré M. Anacleto dans l'escalier, et il m'a dit qui lui rappelait cette femme. Ça ne lui était pas revenu tout de suite, mais il avait l'impression de l'avoir déjà vue, il y a des années, au théâtre.

— Au théâtre ?

Isabella acquiesça.

Je m'enfermai dans un long silence. Isabella m'observait, inquiète.

— Maintenant, je ne serai pas tranquille en vous laissant ici. Je ne sais pas si j'aurais dû vous le dire.

— Mais si, tu as eu raison. Je me sens bien. Vraiment.

Isabella ne parut pas convaincue.

— Je vais rester chez vous cette nuit.

— Et ta réputation ?

— Celle qui est en danger, c'est la vôtre. Je cours un moment à l'épicerie de mes parents pour téléphoner à la librairie et prévenir.

— Ce n'est pas la peine, Isabella.

— Ça ne serait pas la peine si vous aviez accepté de vivre au XXe siècle et installé le téléphone dans ce mausolée. Je serai de retour dans un quart d'heure. Inutile de discuter.

En l'absence d'Isabella, la certitude d'avoir la mort de mon vieil ami Sempere sur la conscience commença de me pénétrer profondément. Le vieux libraire m'avait toujours répété que les livres avaient une âme, l'âme de celui qui les avait écrits et de ceux qui les avaient lus et avaient rêvé avec eux. Je compris que, jusqu'au dernier moment, il avait lutté pour me protéger, se sacrifiant pour ce rectangle de papier et d'encre qui, croyait-il, abritait mon âme. Quand Isabella revint avec un sac contenant toutes les magnificences de l'épicerie de ses parents, il lui suffit de me regarder pour comprendre.

— Vous connaissez cette femme. Celle qui a tué M. Sempere…

— Je crois que oui. Irene Sabino.

— N'est-ce pas celle des vieilles photos que nous avons trouvées dans la chambre du fond ? L'actrice ?

Je confirmai.

— Et pourquoi aurait-elle voulu ce livre ?

— Je l'ignore.

Plus tard, après avoir dîné de quelques emprunts aux vivres de Can Gispert, nous nous assîmes dans le grand fauteuil devant la cheminée. Nous tenions dedans tous les deux, et Isabella posa sa tête sur mon épaule tandis que nous regardions le feu.

— L'autre nuit, j'ai rêvé que j'avais un fils, murmura-t-elle. Il m'appelait mais je ne pouvais pas l'entendre ni le rejoindre parce que j'étais prisonnière d'un lieu très froid et n'arrivais pas à bouger. Il m'appelait et c'était impossible d'être près de lui.

— C'est seulement un rêve.

— Il semblait réel.

— Tu devrais peut-être écrire cette histoire.

Isabella réagit négativement.

— J'ai réfléchi. Et j'ai décidé que je préfère vivre la vie, pas l'écrire. Ne le prenez pas mal.

— C'est une sage décision.

— Et vous ? Vous allez la vivre ?

— Je crains que ma vie ne soit déjà derrière moi.

— Et cette femme ? Cristina ?

Je respirai profondément.

— Cristina est partie. Elle est retournée chez son mari. Une autre sage décision.

Isabella s'écarta de moi en fronçant les sourcils.

— Qu'y a-t-il ? demandai-je.

— Vous vous trompez.

— Pourquoi ?

— L'autre jour, M. Barceló est venu, et nous avons parlé de vous. Il avait vu le mari de Cristina, le dénommé…

— Pedro Vidal.

— Oui. Celui-ci lui a confié que Cristina était partie avec vous, qu'il ne l'avait pas revue et n'avait aucune nouvelle d'elle depuis un mois. J'ai été étonnée de ne pas la trouver ici, mais je n'osais pas vous questionner…

— Tu es sûre que Barceló a dit ça ?

Isabella confirma.

— Qu'est-ce que j'ai encore fait ? demanda-t-elle, alarmée.

— Rien.

— Il y a quelque chose que vous ne me dites pas…

— Cristina n'est pas ici. Elle n'est plus ici depuis que M. Sempere est mort.

— Où est-elle, alors ?

— Je ne sais pas.

Peu à peu, nous nous enfonçâmes dans le silence, bien calés dans le fauteuil près du feu, et l'aube pointait déjà quand Isabella s'endormit. Je passai un bras autour de son épaule et fermai les yeux, en pensant à tout ce qu'elle venait de m'apprendre et en essayant d'y trouver une quelconque signification. Lorsque la clarté matinale éclaira la verrière de la galerie, j'ouvris les yeux et découvris qu'Isabella était déjà réveillée.

— Bonjour, dis-je.

— J'ai réfléchi, risqua-t-elle.

— Et ?

— Je pense accepter la proposition du fils de M. Sempere.

— Tu es sûre ?

Elle rit.

— Non.

— Et tes parents ?

— Je suppose qu'ils ne seront pas contents, mais ça leur passera. Ils préféreraient pour moi un commerce prospère de boudins et de saucisses plutôt que de livres, mais ils devront s'y accoutumer.

— Ça pourrait être pire, fis-je remarquer.

— Oui. J'aurais pu finir avec un écrivain.

Nous nous dévisageâmes longuement, puis Isabella se leva du fauteuil. Elle prit son manteau et le boutonna en me tournant le dos.

— Je dois m'en aller.

— Merci pour ta compagnie.

— Ne la laissez pas s'échapper. Cherchez-la, où qu'elle se trouve, et dites-lui que vous l'aimez, même si c'est un mensonge. Nous, les filles, nous adorons entendre ça.

À cet instant, elle fit volte-face et se pencha pour effleurer mes lèvres des siennes. Elle me serra la main avec force et s'en fut sans un au revoir.

5.

Je passai le reste de la semaine à parcourir Barcelone à la recherche de quiconque se rappellerait avoir vu Cristina au cours du dernier mois. Je visitai les lieux que j'avais partagés avec elle et refis en vain l'itinéraire de prédilection de Vidal, cafés, restaurants et magasins à la mode. Je montrais à tous ceux que je rencontrais une photo de l'album qu'elle avait laissé chez moi et leur demandais s'ils l'avaient croisée récemment. Parfois, je tombais sur quelqu'un qui la reconnaissait et se rappelait l'avoir aperçue en compagnie de Vidal. Certains se souvenaient de son nom. Mais personne ne l'avait rencontrée depuis des semaines. Au quatrième jour de ma quête, j'en étais à imaginer qu'après être sortie de la maison de la tour, ce matin où j'étais parti acheter les billets de train, Cristina s'était évaporée de la surface de la Terre.

Je me rappelai alors que la famille Vidal possédait une chambre retenue à perpétuité dans l'hôtel España, rue Sant Pau, derrière le Liceo, pour l'usage et le plaisir des membres de la famille qui, les soirées d'opéra, n'avaient pas envie de retourner à Pedralbes à l'aube. Vidal lui-même et monsieur son père, du moins dans

leurs années glorieuses, s'en étaient servis pour se
donner du bon temps avec des demoiselles et des dames
dont la trop basse ou trop haute condition aurait provoqué, dans leurs résidences officielles de Pedralbes,
des rumeurs qu'il convenait d'éviter. Plus d'une fois,
au temps où je logeais dans la pension de Mme Carmen,
Vidal me l'avait proposée, au cas où j'aurais envie
de déshabiller une dame dans un endroit qui ne
l'effraierait pas. Je ne croyais pas que Cristina aurait
choisi ce lieu pour refuge, mais c'était le dernier sur
la liste et je n'imaginais plus aucune autre possibilité.
La nuit tombait quand j'arrivai à l'hôtel España et
demandai à parler au directeur en me prévalant de mon
amitié avec M. Vidal. Le directeur, un personnage qui
affichait une discrétion réfrigérante, me gratifia d'un
sourire poli et me signala que « d'autres employés » de
M. Vidal étaient déjà passés des semaines plus tôt
pour s'enquérir de la personne en question et qu'il
leur avait répondu la même chose qu'à moi. Il n'avait
jamais vu cette dame dans l'hôtel. Je le remerciai de
son amabilité glaciale, et pris tristement le chemin
de la sortie.

En passant par la galerie vitrée donnant sur la salle à
manger, j'aperçus du coin de l'œil un profil familier. Le
patron était assis à une table, seul client de toute la
salle, en train de déguster ce qui me parut être des morceaux de sucre pour le café Je m'apprêtais à prendre
mes jambes à mon cou quand il me salua de la main en
souriant. Je maudis le sort et lui rendis son salut. Le
patron me fit signe de le rejoindre. J'obtempérai en
traînant les pieds.

— Quelle agréable surprise de vous trouver ici, cher
ami. J'étais justement en train de penser à vous, dit
Corelli.

Je lui serrai la main sans enthousiasme.

— Je vous croyais en voyage.

— Je suis revenu plus tôt que prévu. Puis-je vous offrir quelque chose ?

Je refusai. Il m'invita à m'asseoir à sa table et je m'exécutai. Ne dérogeant pas à ses habitudes, le patron portait un costume trois pièces de laine noire et une cravate de soie rouge. Impeccable, comme toujours. Cette fois, pourtant, un détail clochait. Je mis quelques secondes à comprendre ce que c'était. La broche de l'ange n'était pas au revers de sa veste. Corelli suivit mon regard et hocha la tête.

— Je l'ai malheureusement perdue, et je ne sais pas où, expliqua-t-il.

— J'espère qu'elle n'avait pas trop de valeur.

— Sa valeur était purement sentimentale. Mais parlons plutôt des choses importantes. Comment allez-vous, cher ami ? J'ai beaucoup regretté nos conversations, malgré nos désaccords sporadiques. J'ai du mal à trouver de bons interlocuteurs.

— Vous me surestimez, monsieur Corelli.

— Au contraire.

Il y eut un bref silence, sans autre accompagnement que ce regard sans fond. Je songeai que je le préférais quand il s'embarquait dans sa conversation habituelle. Lorsqu'il arrêtait de parler, l'air s'épaississait autour de lui.

— Vous logez ici ? m'enquis-je pour briser le silence.

— Non, j'ai toujours la maison près du parc Güell. J'avais donné un rendez-vous ici cet après-midi à un ami, mais apparemment il est en retard. L'absence de ponctualité de certaines personnes est déplorable.

— Pourtant, peu d'individus se risqueraient à vous poser un lapin, monsieur Corelli.

Le patron planta ses yeux dans les miens.

— Pas beaucoup, en effet. Le seul dont je me souvienne, c'est vous.

Le patron prit un carré de sucre et le laissa tomber dans sa tasse, suivi d'un deuxième, puis d'un troisième. Il goûta le café et en ajouta un quatrième. Après quoi il en prit un cinquième et le glissa entre ses lèvres.

— J'adore le sucre, commenta-t-il.

— C'est ce que je constate.

— Vous ne me parlez pas de notre projet, mon cher Martín. Il y a un problème ?

Je tâchai de faire bonne figure.

— J'ai presque terminé.

Le visage du patron s'éclaira d'un sourire que je préférai ignorer.

— Voilà une grande nouvelle ! Quand pourrai-je le recevoir ?

— Dans une quinzaine de jours. Je dois encore le réviser. Davantage pour une question de construction et de fignolage.

— Pouvons-nous fixer une date ?

— Si vous voulez…

— Que diriez-vous du vendredi 23 de ce mois ? Accepteriez-vous une invitation à dîner pour fêter le succès de notre entreprise ?

Le 23 janvier était exactement dans quinze jours. J'acceptai.

— C'est entendu, donc.

Il leva sa tasse de café débordante de sucre comme s'il portait un toast et la vida d'un trait.

— Et vous ? demanda-t-il d'un air détaché. Qu'est-ce qui vous amène ici ?

— Je cherchais quelqu'un.

— Quelqu'un que je connais ?

— Non.

— Et vous l'avez trouvé ?

— Non.

Le patron acquiesça lentement en prenant toute la mesure de mon mutisme.

— J'ai l'impression que je vous retiens contre votre gré, cher ami.

— Je suis un peu fatigué, c'est tout.

— Dans ce cas, je ne veux pas vous voler davantage de votre temps. J'oublie parfois que, si j'apprécie votre société, la mienne, en revanche, ne vous agrée peut-être pas.

Je souris docilement et en profitai pour me lever. Je vis mon reflet dans ses prunelles, un pantin pâle au fond d'un puits obscur.

— Prenez soin de vous, Martín. S'il vous plaît.

— Je le ferai.

Je le quittai sur un geste d'assentiment et me dirigeai vers la sortie. Pendant que je m'éloignais, je l'entendis porter un nouveau morceau de sucre à sa bouche et le faire craquer sous ses dents.

En passant sur la Rambla je remarquai que le parvis du Liceo était illuminé et qu'une longue file de voitures gardées par un petit régiment de chauffeurs en livrée stationnait le long du trottoir. Les affiches annonçaient *Cosi fan tutte* et je me demandai si Vidal avait eu assez d'énergie pour quitter son château et aller à ce rendez-vous. Je scrutai le chœur des chauffeurs qui s'était formé au milieu de la rue et ne tardai pas à reconnaître Pep parmi eux. Je lui fis signe de me rejoindre.

— Qu'est-ce que vous faites là, monsieur Martín ?

— Je cherche…

— Si vous cherchez Monsieur, il est à l'intérieur, où il assiste au spectacle.

— Je ne cherche pas don Pedro, mais Cristina. Mme Vidal. Où est-elle ?

Le pauvre Pep manqua s'étrangler.

— Je ne sais pas. Personne ne le sait.

Il m'expliqua que, depuis des semaines, Vidal essayait de la retrouver et que son père, le patriarche du clan, soudoyait même plusieurs fonctionnaires de la police à cet effet.

— Au début, Monsieur pensait qu'elle était avec vous…

— Elle n'a pas appelé, ou envoyé une lettre, un télégramme… ?

— Non, monsieur Martín. Je vous le jure. Nous sommes tous très inquiets. Quant à Monsieur… depuis que je le connais, je ne l'ai jamais vu dans cet état. C'est aujourd'hui la première fois qu'il sort depuis que Madame est partie…

— Est-ce que tu te rappelles si Cristina a dit quelque chose, n'importe quoi, avant de quitter la villa Helius ?

— Eh bien… dit Pep en réduisant sa voix à un chuchotement. On l'entendait discuter avec Monsieur. Je la voyais triste. Elle passait beaucoup de temps seule. Elle écrivait des lettres et les expédiait depuis le bureau de poste du Paseo de la Reina Elisenda.

— Lui as-tu parlé quelquefois quand elle était seule ?

— Un jour, peu avant son départ, Monsieur m'a demandé de la conduire en voiture chez le médecin.

— Elle était malade ?

— Elle ne pouvait pas dormir. Le docteur lui a prescrit des gouttes de laudanum.

— Elle t'a parlé pendant le trajet ?

Pep haussa les épaules.

— Elle m'a posé des questions sur vous : si j'avais de vos nouvelles ou si je vous avais vu.

— Rien d'autre ?

— Elle était très triste. Elle s'est mise à pleurer, et quand je lui ai demandé ce qu'elle avait, elle m'a répondu que son père, M. Manuel, lui manquait beaucoup…

Soudain, je compris, et je me maudis pour ne pas y avoir pensé plus tôt. Pep me regarda avec étonnement et me demanda pourquoi je souriais.

— Vous savez où elle est ?

— Je crois que oui, murmurai-je.

Il me sembla à ce moment entendre une voix de l'autre côté de la rue et apercevoir une silhouette familière se dessiner à l'entrée du Liceo. Vidal n'avait pas réussi à dépasser le premier acte. Pep se retourna une seconde pour répondre à l'appel de son maître, et avant qu'il ait eu le temps de me souffler de me cacher, je m'étais déjà perdu dans la nuit.

6.

Même de loin, leur présence n'annonçait rien de bon. La braise d'une cigarette dans le bleu de la nuit, des silhouettes adossées contre le noir des murs, et des volutes de vapeur marquant la respiration de trois formes humaines montant la garde devant la maison de la tour. L'inspecteur Grandes accompagné de ses deux chiens courants, Marcos et Castelo, en comité d'accueil. Pas difficile d'imaginer qu'ils avaient déjà retrouvé le corps d'Alicia Marlasca dans le fond de la piscine de sa maison de Sarrià et que ma cote sur la liste noire avait monté de plusieurs points. Dès que je les aperçus, je me fondis dans l'ombre de la rue. Je les observai quelques instants en m'assurant qu'ils ne m'avaient pas repéré, à une cinquantaine de mètres à peine. Je distinguai le profil de Grandes à la lueur du lampadaire accolé à la façade. Je reculai lentement pour me réfugier dans l'obscurité et enfilai la première ruelle pour me perdre dans le lacis inextricable de passages et d'arcades de la Ribera.

Dix minutes plus tard, j'arrivai aux portes de la gare de France. Les guichets étaient fermés, mais plusieurs trains étaient encore à quai sous la grande voûte de verre et d'acier. Je consultai les horaires et constatai que, comme je l'avais craint, il n'y avait pas de départs avant le lendemain. Je ne pouvais prendre le risque de retourner chez moi et de me heurter à Grandes & Cie. À coup sûr, cette fois, la visite du commissaire se terminerait par une pension complète, et même les bons offices de Me Valera ne parviendraient pas à m'en faire sortir aussi facilement que la fois précédente.

Je décidai de passer la nuit dans un hôtel bon marché face à l'édifice de la Bourse, place Palacio, où, prétendait la légende, végétaient quelques cadavres vivants, d'anciens spéculateurs ruinés par leur cupidité et leur méconnaissance de l'arithmétique. Je choisis ce havre en supposant que même la Parque n'irait pas m'y chercher. Je m'inscrivis sous le nom d'Antonio Miranda et payai d'avance. Un individu ressemblant à un mollusque incrusté dans ce qui servait à la fois de réception, de placard à serviettes et de boutique de souvenirs me tendit la clef, une rondelle de savon de la marque Cid Campeador qui me parut avoir déjà servi et empestait l'eau de Javel, et m'informa que si j'avais envie d'une compagnie féminine, il pouvait m'envoyer une soubrette surnommée la Bigleuse dès qu'elle reviendrait d'une consultation à domicile.

— Elle fera de vous un autre homme, assura-t-il.

Je déclinai la proposition en alléguant un début de lombago et m'engageai dans l'escalier en lui souhaitant bonne nuit. La chambre avait l'aspect et la dimension d'un sarcophage. Un simple coup d'œil suffit pour me convaincre de me coucher tout habillé sur le grabat sans me glisser dans les draps et fraterniser avec leurs pensionnaires habituels. Je me glissai sous une couverture effilochée que j'avais trouvée dans l'armoire – et qui, odeur pour odeur, avait au moins l'avantage de sentir la naphtaline – et éteignis en essayant d'imaginer que j'étais dans le genre de suite que pouvait se permettre un individu possédant cent mille francs sur son compte en banque. Je ne fermai pratiquement pas l'œil de la nuit.

Je quittai l'hôtel au milieu de la matinée pour me rendre à la gare. J'achetai un billet de première classe dans l'espoir de dormir dans le train tout ce que je n'avais pu dormir dans cet antre et, constatant que je disposais encore de vingt minutes avant le départ, j'allai à la rangée de cabines téléphoniques. J'indiquai à l'opératrice le numéro que m'avait donné Ricardo Salvador, celui de ses voisins d'en bas.

— Je voudrais parler à Emilio, s'il vous plaît.

— Lui-même.

— Mon nom est David Martín. Je suis un ami de M. Ricardo Salvador. Il m'a dit que je pouvais appeler ce numéro en cas d'urgence.

— Je vais voir… Pouvez-vous attendre un moment ?

Je jetai un coup d'œil à l'horloge de la gare.

— Oui. Merci.

Plus de trois minutes passèrent avant que j'entende des pas s'approcher et la voix de Ricardo Salvador me réconforter.

— Martín ? Vous allez bien ?

— Oui.

— Grâce à Dieu ! J'ai lu dans le journal ce qui est arrivé à Roures et je m'inquiétais beaucoup pour vous. Où êtes-vous ?

— Monsieur Salvador, je n'ai pas beaucoup de temps. Je dois quitter la ville…

— Vous êtes sûr que tout va bien ?

— Oui. Écoutez-moi : Alicia Marlasca est morte.

— La veuve ? Morte ?

Un long silence. Salvador pleurait. Je me maudis pour lui avoir annoncé la nouvelle avec si peu de ménagements.

— Vous êtes toujours là ?

— Oui…

— Je vous appelle pour vous prévenir d'être sur vos gardes. Irene Sabino est vivante et elle m'a suivi. Il y a quelqu'un avec elle. Je crois que c'est Jaco.

— Jaco Corbera ?

— Je n'en suis pas certain. À mon avis, ils savent que je suis sur sa piste et ils essayent de faire taire tous ceux qui m'ont parlé. Apparemment, vous aviez raison…

— Mais pourquoi Jaco serait-il revenu maintenant ? demanda Salvador. Ça n'a pas de sens.

— Je l'ignore. Excusez-moi, je dois partir. Je voulais juste vous prévenir.

— Ne vous inquiétez pas pour moi. Si ce fils de pute vient me voir, je suis prêt à le recevoir. Ça fait vingt-cinq ans que j'attends.

Le sifflet du chef de gare annonça le départ.

— Ne faites confiance à personne. Vous m'entendez ? Je vous téléphonerai à mon retour.

— Merci pour votre coup de fil, Martín. Soyez prudent.

7.

Le train glissait déjà le long du quai quand je me réfugiai dans mon compartiment et me laissai choir sur la banquette. Je m'abandonnai à l'agréable tiédeur du chauffage et au doux balancement. Quittant la ville, nous franchîmes la forêt d'usines et de cheminées qui l'entourait, échappant au linceul de lumière écarlate qui la recouvrait. Lentement, les terrains vagues de hangars et de trains remisés sur des voies de garage se diluèrent dans une étendue infinie de champs et de collines couronnées de grandes demeures et de tours de guet, où se succédaient les bois et les rivières. Des charrettes et des villages apparaissaient entre les bancs de brume. Des petites gares défilaient, tandis que des clochers et des fermes se dessinaient au loin comme des mirages.

Je finis par m'endormir et, quand je me réveillai, le paysage avait complètement changé. Nous traversions des vallées escarpées et des pitons rocheux qui se dressaient entre des lacs et des torrents. Le train longeait de grandes forêts escaladant le flanc de montagnes qui s'étendaient à perte de vue. Bientôt, l'enchevêtrement de monts et de tunnels taillés dans le roc déboucha sur une large vallée ouverte sur de vastes plaines, où des manades de chevaux sauvages galopaient sur la neige et des hameaux en pierre se découpaient sur l'horizon. Les pics des Pyrénées se dressaient de l'autre côté, leurs versants enneigés colorés d'ambre par le crépuscule. En face, un amas de maisons et d'édifices se pressait autour d'une colline. Le contrôleur apparut à la porte du compartiment et me sourit.

— Prochain arrêt, Puigcerdà, annonça-t-il.

Le train s'arrêta en lâchant un torrent de vapeur qui inonda le quai. Je descendis, entouré de ce brouillard qui sentait l'électricité. Peu après, j'entendis la cloche du chef de gare et le train qui reprenait sa marche. Lentement, tandis que les wagons défilaient sur la voie, le contour de la gare émergea autour de moi en une vision irréelle. J'étais seul sur le quai. Un fin rideau de poudre blanche tombait avec une infinie lenteur. Un soleil rougeâtre était visible à l'ouest sous la voûte de nuages et colorait la neige de petites taches ressemblant à des braises agonisantes. J'allai au bureau du chef de gare. Je frappai à la vitre et il leva la tête. Il ouvrit la porte et m'adressa un regard indifférent.

— Pourriez-vous m'indiquer où je trouverai un endroit nommé villa San Antonio ?

Il haussa un sourcil.

— Le sanatorium ?

— Je crois que oui.

Le chef de gare adopta l'air méditatif d'un homme qui réfléchit à la manière de donner les meilleures indications aux étrangers, et après avoir épuisé son répertoire de gestes et d'expressions variées, il me conseilla l'itinéraire suivant :

— Vous devez traverser le village, dépasser la place de l'église et arriver au lac. De l'autre côté, vous trouverez une longue avenue bordée de villas qui se termine sur la promenade de la Rigolisa. Là, au carrefour, il y a une grosse maison de trois étages entourée d'un grand jardin. C'est le sanatorium.

— Et connaissez-vous un endroit où je pourrais louer une chambre ?

— Sur votre route, vous passerez devant l'hôtel du Lac. Dites-leur que vous venez de la part du Sebas.

— Merci.

— Bonne chance.

Je traversai les rues solitaires du village sous la neige, cherchant à repérer le clocher de l'église. En chemin, je croisai quelques habitants qui m'adressèrent un salut poli et me suivirent discrètement des yeux. Sur la place, deux charbonniers qui déchargeaient un chariot m'indiquèrent le chemin du lac et, quelques minutes plus tard, j'empruntai une rue longeant une vaste étendue gelée et blanche. Des maisons de maître flanquées de tours pointues entouraient le lac, et une promenade jalonnée de bancs et d'arbres ceinturait la vaste plaque de glace qui retenait prisonnières des petites barques à rames. Je m'approchai du bord et m'arrêtai pour contempler la surface gelée. La couche de glace devait avoir une dizaine de centimètres d'épaisseur et, en certains endroits, elle brillait comme du verre dépoli, laissant deviner le courant d'eaux noires qui glissait sous sa carapace.

L'hôtel du Lac était une bâtisse de deux étages peinte en rouge sombre, juste sur la rive. Avant de poursuivre, j'y fis halte afin de réserver une chambre pour deux nuits, que je réglai d'avance. Le concierge m'informa que l'hôtel était presque vide et me laissa choisir la chambre.

— La 101 jouit d'une vue superbe sur le lac au lever du jour, me proposa-t-il. Mais si vous préférez la vue sur le nord, j'ai aussi…

— Décidez vous-même, tranchai-je, indifférent à la beauté grandiose de ce paysage crépusculaire.

— Alors prenez la 101. L'été, c'est la chambre des jeunes mariés.

Il me tendit les clefs de cette suite prétendument nuptiale et m'informa de l'horaire du dîner. Je lui assurai que je reviendrais plus tard et lui demandai si la villa San Antonio était loin de l'hôtel. Il adopta la même expression que celle du chef de gare et, avec un sourire aimable, m'annonça que non.

— C'est près d'ici, à dix minutes. Si vous prenez la promenade au bout de cette rue, vous la verrez tout au fond. Vous ne pouvez pas vous perdre.

Dix minutes plus tard, je me trouvai devant le portail d'un grand jardin couvert de feuilles sèches prises dans la neige. Derrière, la villa San Antonio se dressait telle une sombre sentinelle dans un halo de lumière dorée qui sortait de ses fenêtres. Je traversai le jardin, le cœur battant violemment et les mains moites malgré le froid coupant. Je gravis les marches conduisant à l'entrée principale. Le vestibule, une salle au sol carrelé en damier, menait à un escalier sur lequel une jeune infirmière en blouse blanche soutenait un homme agité de tremblements qui semblait s'être arrêté pour l'éternité entre deux marches, comme si toute son existence ne tenait plus qu'à un souffle.

— Bonsoir ? énonça une voix sur ma droite.

Elle avait des yeux noirs et sévères, des traits durs où ne se lisait aucune sympathie, et cet air grave d'une personne qui a appris à n'espérer que des mauvaises nouvelles. Elle devait friser la cinquantaine, et bien que vêtue de la même blouse que l'infirmière qui accompagnait le vieil homme, tout en elle respirait l'autorité et indiquait son rang.

— Bonsoir. Je cherche une personne du nom de Cristina Sagnier. J'ai des raisons de croire qu'elle loge ici…

Elle m'observa sans sourciller.

— Personne ne loge ici, monsieur. Ce n'est ni un hôtel ni une résidence.

— Excusez-moi. Je viens de faire un long voyage à la recherche de cette personne…

— Ne vous excusez pas. Puis-je vous demander si vous êtes un parent ou un proche ?

— Mon nom est David Martín. Est-ce que Cristina Sagnier est ici ? S'il vous plaît…

L'expression de l'infirmière s'adoucit. Lui succéda un début de sourire aimable et de compréhension. Je respirai profondément.

— Je suis Teresa, l'infirmière-chef de nuit. Si vous avez l'amabilité de me suivre, monsieur Martín, je vais vous conduire au bureau du docteur Sanjuán.

— Comment va Mlle Sagnier ? Pourrai-je la voir ?

Autre mince sourire impénétrable.

— Par ici, s'il vous plaît.

La pièce était un rectangle sans fenêtres, les murs étaient bleus et deux lampes pendant du plafond diffusaient une lumière métallique. Elle contenait pour seuls meubles une table nue et deux chaises. Elle sentait le désinfectant et il y faisait froid. L'infirmière l'avait qualifiée de bureau, mais après avoir passé dix minutes rivé à ma chaise, je ne parvenais à y voir qu'une cellule. La porte était fermée, néanmoins j'entendais à travers les murs des voix et parfois des cris isolés. Dans cette atmosphère, je commençais à perdre la notion du temps quand la porte livra passage à un homme, entre trente et quarante ans, revêtu d'une blouse blanche et arborant un sourire aussi glacé que l'air imprégnant le lieu. Le docteur Sanjuán, supposai-je. Il contourna la table et s'assit sur la chaise me faisant face. Il posa les mains sur la table et m'observa avec une vague curiosité durant quelques secondes avant de desserrer les lèvres.

— Je suis conscient que vous venez de faire un long voyage et que vous devez être fatigué, dit-il enfin, mais je voudrais d'abord savoir pourquoi M. Vidal n'est pas là.

— Il n'a pas pu venir.

Le docteur attendait ma réponse sans sourciller. Il avait le regard fixe et ce comportement particulier d'un homme qui ne se contente pas d'entendre mais qui écoute.

— Puis-je la voir ?

— Vous ne pourrez voir personne avant que vous ne m'ayez dit la vérité sur votre présence ici.

Je soupirai et acquiesçai. Je n'avais pas fait cent cinquante kilomètres pour mentir.

— Mon nom est Martín. David Martín. Je suis un ami de Cristina Sagnier.

— Ici, nous l'appelons Mme Vidal.

— Peu m'importe la manière dont vous l'appelez. Je veux la voir. Tout de suite.

Le docteur soupira.

— Vous êtes l'écrivain ?

Je me levai, impatient.

— Quel genre de lieu est-ce ici ? Pourquoi ne puis-je pas la voir ?

— Rasseyez-vous. S'il vous plaît. Je vous en prie instamment.

Le docteur désigna la chaise.

— Puis-je vous demander quand vous lui avez parlé pour la dernière fois ?

— Cela doit faire plus d'un mois. Pourquoi ?

— Connaissez-vous quelqu'un qui lui aurait parlé ou l'aurait vue après vous ?

— Non. Personne. Que se passe-t-il ici ?

Le docteur porta la main droite à ses lèvres, soucieux de peser ses paroles.

— Monsieur Martín, je crains d'avoir à vous donner de mauvaises nouvelles.

Je sentis se former un nœud au creux de mon estomac.

— Qu'est-il arrivé ?

Le docteur me regarda sans répondre et, pour la première fois, je crus déceler un début d'hésitation sur ses traits.

— Je l'ignore, dit-il.

Nous parcourûmes un bref couloir flanqué de portes métalliques. Le docteur Sanjuán me précédait, un trousseau de clefs à la main. Il me sembla entendre derrière les portes des voix qui chuchotaient à notre passage, rires ou plaintes étouffées. La chambre était au bout. Le docteur ouvrit la porte et s'arrêta sur le seuil, inexpressif.

— Un quart d'heure, déclara-t-il.

J'entrai tandis que le médecin refermait dans mon dos. J'avais devant moi une pièce haute de plafond, dont les murs blancs reflétaient le carrelage brillant. Sur un côté se trouvait un lit de fer vide, enveloppé dans de la gaze blanche. Une large fenêtre donnait sur le jardin enneigé, les arbres et, un peu plus loin, les contours du lac. Je ne découvris sa présence qu'après m'être avancé de quelques pas.

Elle était assise dans un fauteuil devant la fenêtre. Elle était vêtue d'une camisole blanche et ses cheveux

533

étaient rassemblés en une tresse. Ses yeux restaient immobiles. Quand je m'agenouillai près d'elle, elle n'eut même pas un battement de paupières. Quand je posai ma main sur la sienne, pas un muscle de son corps ne bougea. J'aperçus alors les bandes qui lui entouraient les bras, du poignet au coude, et les liens qui l'attachaient au fauteuil. Je lui caressai la joue en cueillant une larme qui coulait sur son visage.

— Cristina, murmurai-je.

Son expression resta perdue dans le vide, étrangère à ma présence. J'approchai une chaise et m'assis devant elle.

— C'est moi, David.

Nous restâmes ainsi un quart d'heure, silencieux, sa main dans la mienne, son regard égaré et mes paroles sans réponse. Puis la porte se rouvrit et quelqu'un me tira doucement par le bras. C'était le docteur Sanjuán. Je me laissai entraîner dans le couloir sans résister. Le docteur ferma la porte et me raccompagna dans le bureau glacé. Je me laissai tomber sur la chaise et le dévisageai, incapable d'articuler une parole.

— Voulez-vous que je vous laisse seul quelques minutes ? demanda-t-il.

J'acquiesçai. Il se retira en laissant la porte entrouverte. Je contemplai ma main droite qui tremblait et serrai le poing. J'étais insensible au froid qui régnait dans cette pièce, et je restai indifférent aux cris et aux appels qui filtraient à travers les murs. Je sus seulement que l'air me manquait et qu'il fallait que je quitte ce lieu.

8.

Le docteur Sanjuán me trouva dans la salle à manger de l'hôtel du Lac, assis près du feu, devant une assiette à laquelle je n'avais pas touché. Il n'y avait personne à part une domestique qui allait de table en table et astiquait les couverts sur les nappes. Derrière les vitres, la nuit était venue et la neige tombait lentement telle une poudre de verre bleue. Le docteur vint à ma table et me sourit.

— J'ai bien pensé que vous seriez ici. Tous les voyageurs de passage finissent dans cet hôtel. J'y ai couché le jour de mon arrivée dans ce village, il y a dix ans. Quelle chambre vous a-t-on donnée ?

— On a prétendu que c'est la chambre préférée des jeunes mariés, avec vue sur le lac.

— Ne croyez pas ça. Ils disent la même chose de toutes les chambres.

Une fois hors du sanatorium et sans sa blouse blanche, le docteur Sanjuán avait l'air nettement plus détendu et plus aimable.

— Sans l'uniforme, c'est tout juste si je vous ai reconnu, risquai-je.

— La médecine est comme l'armée. Sans habit, pas de moine, répliqua-t-il. Comment vous sentez-vous ?

— Bien, j'ai connu des jours pires.

— Tant mieux. Je me suis inquiété tout à l'heure, quand je suis revenu vous chercher dans le bureau.

— J'avais besoin de respirer un peu.

— Je comprends ça. Mais j'espérais que vous seriez moins impressionnable.

— Pourquoi ?

— Parce que j'en ai besoin. Ou plutôt, Cristina en a besoin.

Ma gorge se serra.

— Vous devez penser que je suis lâche, dis-je.

Le docteur fit un geste de dénégation.

— Depuis combien de temps est-elle ainsi ?

— Des semaines. Pratiquement depuis son arrivée. Son état a empiré avec le temps.

— A-t-elle conscience du lieu où elle se trouve ?

Le docteur haussa les épaules.

— Il est difficile de le savoir.

— Que s'est-il passé ?

Il soupira.

— Voici un mois, on l'a découverte non loin d'ici, dans le cimetière du village, couchée sur la tombe de son père. Elle souffrait d'hypothermie et délirait. On l'a conduite au sanatorium parce qu'un garde civil s'est rappelé qu'elle avait passé des mois ici, l'an passé, pour veiller sur son père. Beaucoup d'habitants du village la connaissaient. Nous l'avons admise et gardée en observation. Elle était déshydratée et ne devait pas avoir dormi depuis des jours. Elle reprenait conscience sporadiquement. Dans ces moments-là, elle parlait de vous. Elle répétait que vous couriez un grand danger. Elle m'a fait jurer de ne prévenir personne, pas même son mari, jusqu'à ce qu'elle soit en état de le faire elle-même.

— Pourquoi n'avez-vous pas avisé Vidal ?

— Je l'aurais fait, pourtant… ça vous semblera absurde.

— Quoi ?

— J'ai eu la conviction qu'elle fuyait, et j'ai pensé qu'il était de mon devoir de l'aider.

— Qu'elle fuyait qui ?

— Je n'en suis pas certain, rétorqua-t-il avec une expression ambiguë.

— Qu'est-ce que vous ne voulez pas me dire, docteur ?

— Je suis un simple médecin. Je ne comprends pas tout.

— Par exemple ?

Le docteur Sanjuán sourit nerveusement.

— Cristina croit qu'un corps étranger, ou quelqu'un, est entré en elle et veut la détruire.

— Qui ?

— Je sais seulement qu'elle s'imagine que c'est en relation avec vous, et que ce corps étranger, ou cet envahisseur, vous effraie. C'est pour cette raison que je suis convaincu que personne d'autre ne peut l'aider. C'est pour cela que je n'ai pas prévenu Vidal, comme mon devoir me l'indiquait. Parce que je savais que, tôt ou tard, vous apparaîtriez.

Il me dévisagea avec un étrange mélange de peine et de dépit.

— Moi aussi, j'ai de l'affection pour elle, monsieur Martín. Les mois que Cristina a passés ici avec son père… nous étions devenus amis. Je suppose qu'elle ne vous a pas parlé de moi, et elle n'avait probablement pas de raisons de le faire. Ce séjour a été terrible pour elle. Elle m'a confié beaucoup de secrets, et moi aussi, des secrets que je n'avais jamais révélés à quiconque. Je suis allé jusqu'à lui proposer de m'épouser, pour qu'elle voie que les médecins comme moi peuvent, eux aussi, avoir des rêves. Naturellement, elle a refusé. Je ne sais pas pourquoi je vous raconte tout ça.

— Mais elle recouvrera la santé, n'est-ce pas, docteur ? Elle se remettra…

Le docteur Sanjuán détourna les yeux pour contempler le feu avec un sourire attristé.

— Je l'espère, répondit-il.

— Je veux l'emmener.

Il haussa les sourcils.

— L'emmener ? Où ?

— Chez moi.

— Monsieur Martín, permettez-moi de vous parler franchement. Mis à part le fait que vous n'êtes pas un parent direct ni, bien entendu, le mari de la patiente, ce qui est la première condition légale, Cristina n'est pas en état de partir.

— Est-elle mieux ici, enfermée dans cette maison avec vous, attachée à une chaise et droguée ? Ne me dites pas que vous lui avez de nouveau proposé le mariage ?

Le docteur m'observa longuement, digérant l'offense que constituaient clairement mes paroles.

— Monsieur Martín, je me réjouis que vous soyez là, car je crois qu'ensemble nous allons pouvoir aider Cristina. Votre présence devrait lui permettre de sortir de l'enfermement où elle s'est réfugiée. Je le crois, parce que le seul mot qu'elle a prononcé ces deux dernières semaines est votre nom. Je ne sais pas ce qui a pu se passer, mais je suis convaincu que cela vous concerne d'une manière ou d'une autre.

Le docteur me regardait comme s'il attendait une réponse, une réponse qui suspendrait toutes les questions.

— J'ai cru qu'elle m'avait abandonné, commençai-je. Nous allions partir en voyage, tout laisser. J'étais sorti un moment chercher les billets de train et faire une course. Je ne suis pas resté absent plus d'une heure et demie. Lorsque je suis revenu, Cristina était partie.

— Y a-t-il eu un incident avant qu'elle s'en aille ? Une dispute ?

Je me mordis les lèvres.

— Je n'appellerais pas ça une dispute.

— Comment l'appelleriez-vous ?

— Je l'ai surprise en train de feuilleter des papiers liés à mon travail, et je pense qu'elle a été déçue par ce qu'elle a cru être un geste de défiance.

— C'était important ?

— Non. Un simple manuscrit, un brouillon.

— Puis-je vous demander quel genre de manuscrit ?

J'hésitai.

— Un conte.

— Pour enfants ?

— Disons à usage privé.

— Je comprends.

— Non, vous ne comprenez pas. Il n'y a pas eu de dispute. Cristina était seulement un peu vexée parce que je ne lui avais pas permis d'y jeter un coup d'œil, c'est tout. Lorsque je l'ai quittée, elle était bien et préparait ses bagages. Ce manuscrit n'a aucune importance.

Le docteur accueillit cette affirmation avec plus de politesse que de conviction.

— Se pourrait-il qu'elle ait reçu une visite pendant votre absence ?

— Personne à part moi ne connaissait sa présence chez moi.

— Voyez-vous une quelconque raison pour qu'elle ait décidé de sortir sans attendre votre retour ?

— Non. Pourquoi ?

— Il s'agit seulement d'interrogations, monsieur Martín. J'essaye d'éclaircir ce qui s'est passé entre le moment où vous l'avez vue pour la dernière fois et son arrivée ici.

— A-t-elle décrit ce corps étranger, ou cette personne, qui était entré en elle ?

— C'est une façon de parler, monsieur Martín. Rien n'est entré dans Cristina. Il n'est pas rare que des patients ayant subi un traumatisme sentent la présence de parents décédés ou de personnes imaginaires, ou même qu'ils se réfugient dans leur propre esprit et ferment les portes au monde extérieur. Il s'agit là d'une réponse émotionnelle, une manière de se défendre contre des sentiments ou des émotions qui leur sont inacceptables. Ne vous souciez pas de cela pour l'instant. Ce qui compte et ce qui va nous aider, c'est que pour elle aujourd'hui vous êtes le seul important. Par ce qu'elle m'a confié à l'époque et qui est resté entre nous, et par ce que j'ai observé ces dernières semaines, je sais que Cristina vous aime, monsieur Martín. Elle vous aime comme elle n'a jamais aimé personne et comme elle ne m'aimera certainement jamais. C'est pour cela que je vous demande de m'aider, de ne pas vous laisser aveugler par la peur ou le ressentiment, de m'aider parce que nous voulons tous les deux la même chose. Nous voulons tous les deux que Cristina puisse sortir d'ici.

J'acquiesçai, pris de honte.

— Excusez-moi si tout à l'heure…

Le docteur leva la main pour me faire taire. Il se mit debout et enfila son manteau.

— Je vous attends demain, dit-il.

— Merci, docteur.

— Merci à vous. Pour être venu près d'elle.

Le lendemain, je quittai l'hôtel à l'heure où le soleil se levait sur le lac gelé. Une bande d'enfants jouait sur la rive à lancer des pierres en visant la coque d'une petite barque prise dans la glace. La neige avait cessé de tomber, et l'on apercevait les montagnes blanches dans le lointain et des grands nuages glisser dans le ciel comme de monumentales cités de vapeur. J'arrivai au sanatorium peu avant neuf heures. Le docteur Sanjuán m'attendait dans le jardin avec Cristina. Ils étaient assis au soleil et le médecin tenait la main de Cristina dans la sienne en lui parlant. Elle le regardait à peine. Quand il me vit traverser le jardin, il me fit signe de les rejoindre. Il m'avait préparé une chaise face à Cristina. Je m'assis et la contemplai, ses yeux fixés sur moi sans me voir.

— Cristina, regardez qui est là, dit le docteur.

Je pris la main de Cristina et me rapprochai d'elle.

— Parlez-lui, dit-il.

Je tâchai d'obéir, perdu dans ce visage sans expression, incapable de trouver les mots. Le médecin nous laissa seuls. Il disparut à l'intérieur du sanatorium, non sans avoir indiqué à une infirmière de ne pas nous quitter des yeux. J'ignorai la présence de celle-ci et poussai ma chaise tout contre celle de Cristina. J'écartai les cheveux qui masquaient son front et elle sourit.

— Tu te souviens de moi ? demandai-je.

Je pouvais voir mon reflet dans ses yeux, mais je ne savais pas si elle me voyait ou si elle entendait ma voix.

— Le docteur m'a assuré que tu seras bientôt remise et que nous pourrons rentrer ensemble. Où tu voudras. Je quitterai la maison de la tour et nous irons très loin, comme tu le voulais. Là où personne ne saura qui nous sommes ni ne s'en souciera.

On lui avait couvert les mains de gants de laine qui masquaient les bandes sur les bras. Elle avait maigri, des lignes profondes se dessinaient sur sa peau, ses lèvres étaient crevassées, ses yeux éteints et sans vie. Je me bornai à sourire et à lui caresser le visage et le front, en parlant sans arrêt, lui racontant combien elle m'avait manqué et comment je l'avais cherchée partout. Nous passâmes deux heures de la sorte, jusqu'à ce que le docteur revienne avec une infirmière et la ramène à l'intérieur. Je restai là, assis dans le jardin, sans savoir où aller, puis le médecin ressortit. Il vint s'asseoir près de moi.

— Elle n'a pas prononcé un mot, dis-je. Je ne crois pas qu'elle se soit rendu compte que j'étais là…

— Vous vous trompez, mon ami. C'est un long processus, mais je vous assure que votre présence l'aide, et beaucoup.

J'acceptai l'aumône des pieux mensonges du docteur.

— Nous recommencerons demain, déclara-t-il.

Il était à peine midi.

— Et que vais-je faire jusque-là ?

— N'êtes-vous pas écrivain ? Écrivez. Écrivez une histoire pour elle.

9.

Je revins à l'hôtel en longeant le lac. Le concierge m'indiqua comment trouver l'unique librairie du village, où je pus acheter du papier et un stylo qui attendait là depuis des temps immémoriaux. Ainsi armé, je m'enfermai dans ma chambre. Je déplaçai la table de manière à la mettre devant la fenêtre et commandai une Thermos de café. Je passai presque une heure à contempler le lac et les montagnes lointaines avant d'écrire un mot. Je me souvins de la vieille photo confiée par Cristina, cette image d'une enfant marchant sur une jetée en bois qui s'avançait dans la mer, dont le mystère avait toujours fui sa mémoire. J'imaginai que je suivais cette jetée, que mes pas me conduisaient derrière elle et, lentement, les mots commencèrent à couler et l'armature d'un petit récit s'esquissa au fil de la plume. J'allais écrire l'histoire dont Cristina n'avait jamais pu se souvenir, celle qui l'avait menée, enfant, à marcher au-dessus de ces eaux luisantes en tenant la main d'un inconnu. J'écrirais l'histoire de ce souvenir qui n'avait jamais existé, la mémoire d'une vie volée. Les images et la lumière qui se dessinaient entre les phrases me ramenèrent à cette vieille Barcelone de ténèbres qui nous avait engendrés tous les deux. Je travaillai jusqu'à ce que le soleil se couche, qu'il ne reste plus une goutte de café dans le thermos et que mes yeux et mes mains me fassent mal. Je laissai tomber mon stylo et enlevai les feuilles de la table. Quand le concierge frappa à la porte pour me demander si j'allais descendre dîner, je ne l'entendis pas. Je dormais profondément et, pour une fois, je rêvais en croyant que les mots, y compris les miens, avaient le pouvoir de guérir.

Quatre jours s'écoulèrent selon une routine immuable. Je m'éveillais à l'aube et sortais sur le balcon de la chambre pour voir à mes pieds le soleil teindre le lac de rouge. J'arrivais au sanatorium vers huit heures et demie et trouvais toujours le docteur Sanjuán assis sur les marches de l'entrée, contemplant le jardin une tasse de café fumante à la main. Je lui demandais :

— Vous ne dormez jamais, docteur ?

Il répliquait :

— Pas davantage que vous.

Vers les neuf heures, il m'accompagnait à la chambre de Cristina et m'ouvrait la porte. Il nous laissait seuls. Elle était toujours assise dans le même fauteuil face à la fenêtre. J'approchais une chaise et lui prenais la main. Elle notait à peine ma présence. Puis je commençais à lui lire les pages écrites pour elle dans la nuit. Chaque fois, je reprenais tout depuis le début. Il m'arrivait d'interrompre ma lecture et, en levant les yeux, j'étais surpris de découvrir un soupçon de sourire sur ses lèvres. Je passais la journée avec elle jusqu'au soir, en attendant que le médecin me prie de partir. Puis j'errais dans les rues désertes sous la neige et rentrais à l'hôtel, mangeais un peu et montais dans la chambre pour continuer d'écrire jusqu'à ce que je tombe vaincu par la fatigue. Les jours cessèrent d'avoir un nom.

Le cinquième jour, je pénétrai comme tous les matins dans la chambre de Cristina et vis que le fauteuil dans lequel elle m'attendait d'habitude était vide. Alarmé, je regardai autour de moi et la trouvai accroupie par terre, dans un coin, le corps recroquevillé en forme d'œuf, les bras autour des genoux et le visage couvert de larmes. En me voyant, elle sourit, et je compris qu'elle m'avait reconnu. Je m'agenouillai près d'elle et la pris dans mes bras. Je ne crois pas avoir jamais été aussi heureux que durant ces quelques pauvres secondes où je sentis son souffle sur ma figure et vis qu'une apparence de lumière étaient revenue sur ses traits.

— Où étais-tu ? demanda-t-elle.

Cet après-midi-là, le docteur Sanjuán me donna la permission de sortir avec elle pour une heure de promenade. Nous marchâmes jusqu'au lac et nous assîmes sur un banc. Elle se mit à me parler d'un rêve qu'elle avait eu, l'histoire d'une enfant qui vivait dans une ville labyrinthique et obscure dont les rues et les maisons étaient vivantes et se nourrissaient des âmes des habitants. Dans son rêve, comme dans le récit que je lui avais lu les jours précédents, l'enfant réussissait à s'échapper et arrivait sur une jetée s'avançant sur une mer infinie. Elle marchait en tenant la main d'un étranger sans nom et sans visage qui l'avait sauvée et l'accompagnait maintenant vers la fin de cette plate-forme de planches s'allongeant sur l'eau où quelqu'un l'attendait, quelqu'un qu'elle ne parvenait jamais à voir, parce que son rêve, comme mon histoire, restait inachevé.

Cristina se souvenait vaguement de la villa San Antonio et du docteur Sanjuán. Elle rougit en me racontant qu'elle pensait qu'il lui avait proposé de l'épouser la semaine précédente. Dans sa vision, l'espace et le temps se mélangeaient. Parfois, elle croyait que son père était soigné dans une chambre de la villa et qu'elle était venue le visiter. Un instant plus tard, elle ne se rappelait pas comment elle était arrivée ici, et ne se posait même pas la question. Elle se rappelait que j'étais sorti acheter des billets de train et, par moments, elle parlait de cette matinée où elle avait disparu comme si cela s'était passé la veille. D'autres fois, elle me confondait avec Vidal et me demandait pardon. Et d'autres encore, la peur assombrissait son visage et elle se mettait à trembler.

— Il approche, murmurait-elle. Il faut que je parte. Avant qu'il ne te voie.

Alors elle s'isolait dans un long silence, étrangère à ma présence ou au monde, comme si on l'avait entraînée dans un lieu lointain et inaccessible. Au bout de quelques jours, la certitude que Cristina avait perdu la raison commença de m'imprégner profondément. L'espoir du premier moment se teinta d'amertume et parfois, en revenant le soir à mon hôtel, s'ouvrait en moi ce vieil abîme de noirceur et de haine que je croyais oublié. Le docteur Sanjuán, qui m'observait avec la même patience et la même ténacité que celle qu'il réservait à ses patients, m'avait prévenu que c'était inévitable.

— Vous ne devez pas perdre espoir, mon ami, répétait-il. Nous accomplissons de grands progrès. Ayez confiance.

J'acceptais docilement et, jour après jour, je retournais au sanatorium et j'emmenais Cristina en promenade jusqu'au lac, pour écouter ces souvenirs rêvés qu'elle m'avait répétés sans relâche mais qu'elle redécouvrait quotidiennement. Chaque fois, elle me demandait où j'étais allé, pourquoi je n'étais pas revenu la chercher. Chaque fois, elle me regardait du fond de sa prison invisible et me demandait de la prendre dans mes bras. Chaque fois, quand je la quittais, elle me demandait si je l'aimais et je lui répondait invariablement :

— Je t'aimerai toujours. Toujours.

Une nuit, je fus réveillé par des coups frappés à la porte de ma chambre. Il était trois heures du matin. Je me traînai pour ouvrir, à demi inconscient, et trouvai une infirmière sur le seuil.

— Le docteur m'envoie vous chercher.

— Que s'est-il passé ?

Dix minutes plus tard, je franchissais les portes de la villa San Antonio. On entendait les cris depuis le jardin. Cristina avait bloqué de l'intérieur la porte de sa chambre. Le docteur Sanjuán, l'air de ne pas avoir dormi depuis huit jours, et deux infirmiers tentaient de la forcer. Dedans, Cristina hurlait et cognait les murs, renversait les meubles et cassait tout ce qui lui tombait sous la main.

— Qui est avec elle ? demandai-je, pétrifié.

— Personne, expliqua le docteur.

— Mais elle parle à quelqu'un… protestai-je.

— Elle est seule.

Un veilleur de nuit arriva en toute hâte avec un pied-de-biche.

— C'est tout ce que j'ai trouvé.

Le médecin acquiesça et l'homme glissa le levier dans la fente entre la serrure et l'encadrement de la porte pour forcer celle-ci.

— Comment a-t-elle pu s'enfermer de l'intérieur ? demandai-je.

— Je ne sais pas…

Pour la première fois, il me sembla lire de la peur sur le visage du docteur. Le veilleur de nuit était sur le point de réussir, quand, soudain, le silence s'abattit de l'autre côté.

— Cristina ? appela le médecin.

Il ne reçut pas de réponse. La porte céda enfin et s'ouvrit d'un coup. Je suivis le docteur dans la chambre, baignée dans la pénombre. La fenêtre était ouverte et un vent glacé soufflait. Les chaises, la table, le fauteuil étaient sens dessus dessous. Les murs étaient barbouillés de ce qui me parut être des traînées irrégulières de peinture noire. C'était du sang. Il n'y avait pas trace de Cristina.

Les infirmiers coururent au balcon et scrutèrent le jardin à la recherche d'empreintes dans la neige. À ce moment, nous entendîmes un rire provenant de la salle de bains. J'ouvris la porte. Le sol était jonché de verre. Cristina était assise par terre, adossée à la baignoire métallique comme une poupée cassée Ses mains et ses pieds saignaient, semés de coupures et de morceaux de verre. Son sang coulait encore sur les éclats du miroir qu'elle avait brisé à coups de poing. Je l'entourai de mes bras et cherchai son regard. Elle sourit.

— Je ne l'ai pas laissé entrer, chuchota-t-elle.

— Qui ?

— Il voulait que j'oublie, mais je ne l'ai pas laissé entrer, répéta-t-elle.

Le docteur s'agenouilla près de moi et examina les coupures qui couvraient son corps.

— S'il vous plaît, murmura-t-il en m'écartant. Pas maintenant.

Un infirmier avait couru chercher une civière. Je les aidai à y étendre Cristina et lui tins la main pendant qu'on la menait à la salle de soins, où le docteur lui injecta un calmant qui, en quelques secondes à peine, lui fit perdre conscience. Je restai près d'elle jusqu'à ce que son regard devienne un miroir vide et qu'une infirmière me prenne par le bras pour m'obliger à sortir. Je demeurai là, les mains et les vêtements tachés de sang, au milieu du couloir obscur qui sentait le désinfectant. Je m'adossai au mur et me laissai glisser sur le sol.

Cristina se réveilla le lendemain pour se retrouver attachée sur son lit par des courroies de cuir, enfermée dans une chambre sans fenêtres ni autre éclairage qu'une ampoule pendant du plafond et répandant une lumière jaune. J'avais passé la nuit sur une chaise posée dans un coin, sans notion du temps qui s'était écoulé. Elle ouvrit les yeux d'un coup, avec une grimace de douleur due aux élancements des blessures sur son bras.

— David ? appela-t-elle.

— Je suis là.

Je m'approchai du lit et me penchai pour qu'elle voie mon visage et le sourire anémique que j'avais tenté d'esquisser pour elle.

— Je ne peux pas bouger.

— Tu es attachée par des courroies. C'est pour ton bien. Dès que le docteur viendra, il te les enlèvera.

— Enlève-les, toi.

— Je ne peux pas. Il faut que ce soit le médecin qui…

— S'il te plaît, supplia-t-elle.

— Cristina, il vaut mieux que…

— Je t'en prie.

La douleur et la peur envahissaient ses traits, pourtant y régnaient une clarté et une présence absentes depuis mon arrivée. Elle était redevenue elle-même. Je détachai les deux premières lanières qui passaient sur ses épaules et sa taille. Je lui caressai le visage. Elle tremblait.

— Tu as froid ?

Elle fit non.

— Tu veux que je prévienne le docteur ?

Encore une fois, elle fit non.

— David, regarde-moi.

Je m'assis au bord du lit et la regardai dans les yeux.

— Tu dois le détruire, dit-elle.

— Je ne comprends pas.

— Tu dois le détruire.

— Quoi ?

— Le livre.

— Cristina, il vaudrait mieux que je prévienne le docteur…

— Non. Écoute-moi.

Elle se cramponna à ma main.

— Le matin où tu es allé chercher les billets, tu te souviens ? Je suis remontée dans le bureau et j'ai ouvert le coffre.

Je soupirai.

— J'ai trouvé le manuscrit et j'ai commencé à le lire.

— C'est seulement un conte, Cristina…

— Non, tu mens. Je l'ai lu, David. En tout cas suffisamment pour savoir que tu dois le détruire…

— Ne t'inquiète pas pour ça maintenant. Je t'ai déjà dit que j'avais abandonné le manuscrit.

— Mais lui ne t'a pas abandonné. J'ai essayé de le brûler…

Un instant, en entendant ces mots, je lâchai sa main, réprimant une colère froide au souvenir des allumettes éteintes que j'avais trouvées sur le sol du bureau.

— Tu as essayé de le brûler ?

— Mais je n'ai pas pu, murmura-t-elle. Il y avait quelqu'un dans la maison.

— Il n'y avait personne dans la maison, Cristina. Personne.

— Dès que j'ai gratté l'allumette et l'ai approchée du manuscrit, je l'ai senti derrière moi. J'ai reçu un coup sur la nuque et je suis tombée.

— Qui t'a frappée ?

— Tout était très obscur, comme si la lumière du jour s'était retirée et ne pouvait pas entrer. Je me suis retournée, mais tout était trop sombre. J'ai seulement vu ses yeux. Des yeux comme ceux d'un loup.

— Cristina…

— Il m'a arraché le manuscrit des mains et l'a remis dans le coffre.

— Cristina, tu ne vas pas bien. Laisse-moi appeler le docteur et…

— Tu ne m'écoutes pas.

Je lui souris et l'embrassai sur le front.

— Si, bien sûr, je t'écoute. Mais il n'y avait personne dans la maison…

Elle ferma les yeux et inclina la tête de côté en gémissant, comme si mes paroles étaient autant de couteaux qui lui tailladaient les entrailles.

— Je vais prévenir le docteur…

Je me penchai pour l'embrasser encore et me levai. Je me dirigeai vers la porte en sentant son regard rivé sur mon dos.

— Lâche ! cria-t-elle.

Quand je revins en compagnie du docteur Sanjuán, elle avait défait la dernière attache et titubait dans la chambre pour gagner la porte, laissant des marques sanglantes sur le carrelage blanc. À nous deux, nous la recouchâmes sur le lit. Elle criait et se débattait avec une rage qui glaçait le sang. Le tapage avait alerté le personnel infirmier. Un gardien nous aida à la maintenir pendant que le docteur l'attachait de nouveau. Quand elle fut immobilisée, il m'adressa une semonce sévère.

— Je vais encore lui administrer un sédatif. Restez là, mais pas question de la détacher de nouveau.

Je demeurai seul avec elle une minute, tentant de la calmer. Elle continuait de se débattre pour se dégager des courroies. Je saisis son visage et essayai de capter son regard.

— Cristina, je t'en prie…

Elle me cracha à la figure.

— Va-t'en.

Le médecin revint avec une infirmière qui portait sur un plateau métallique une seringue, des pansements et un flacon en verre contenant une solution jaunâtre.

— Sortez, m'ordonna-t-il.

Je me retirai sur le seuil. L'infirmière maintint Cristina contre le lit et le docteur lui fit une piqûre au bras. Cristina jetait des cris déchirants. Je me bouchai les oreilles et sortis dans le couloir.

Lâche, me répétai-je. Lâche.

10.

Au-delà du sanatorium de la villa San Antonio s'ouvrait un chemin bordé d'arbres qui longeait un ruisseau et s'éloignait du village. La carte encadrée dans la salle à manger de l'hôtel du Lac le mentionnait sous le doux nom de promenade des Amoureux. Cet après-midi-là, en quittant le sanatorium, je m'aventurai sur ce sentier sombre qui suggérait moins l'amour que la solitude. Je marchai environ une demi-heure sans croiser une âme, laissant derrière moi la silhouette anguleuse de la villa San Antonio, et les résidences qui entouraient le lac se réduisirent à des découpages en carton sur l'horizon. Je m'assis sur un des bancs qui jalonnaient le parcours et contemplai le coucher du soleil, à l'autre bout de la vallée de la Cerdagne. De là, on apercevait, à quelque deux cents mètres, une petite chapelle isolée au milieu d'un champ enneigé. Sans bien savoir pourquoi, je me levai et me frayai vers elle un chemin dans la neige. Arrivé à une douzaine de mètres, je remarquai que la chapelle n'avait pas de porte. La pierre était noircie par les flammes qui l'avaient dévorée. Je montai les marches menant à ce qui avait été l'entrée et fis quelques pas. Les restes de bancs brûlés et de poutres tombées du toit gisaient parmi les cendres. La végétation avait rampé vers l'intérieur et grimpait sur les vestiges de l'autel. La lumière du crépuscule pénétrait par les fenêtres étroites. Je m'installai sur ce qui restait d'un banc face à l'autel et écoutai le vent siffler dans les fissures de la voûte dévorée par le feu. Je levai les yeux et souhaitai posséder ne fût-ce qu'un souffle de cette foi qu'avait hébergée mon vieil ami Sempere, foi en Dieu ou en les livres, pour pouvoir implorer Dieu ou l'enfer de me donner encore une chance et de me laisser tirer Cristina de ce lieu.

— S'il vous plaît murmurai-je, en retenant mes larmes.

Je souris amèrement : un homme déjà vaincu suppliant misérablement un Dieu auquel il n'avait jamais cru. Et devant cette maison de Dieu en ruine et en cendres, envahie par le vide et la solitude, je compris que je retournerais le soir même auprès de Cristina sans autre miracle ni bénédiction que ma détermination à l'emmener et à l'arracher des mains de ce médecin pusillanime et amoureux fermement décidé à la transformer en Belle au bois dormant. Je mettrais le feu à la maison plutôt que de laisser encore quelqu'un porter la main sur elle. Je l'emmènerais chez moi pour mourir à son côté. La haine et la colère éclaireraient mon chemin.

Je quittai la vieille chapelle à la tombée de la nuit. Je traversai ce champ d'argent qui brillait à la lumière de la lune et repris le sentier à travers les bois, suivant dans le noir le tracé du ruisseau, jusqu'à ce que j'aperçoive au loin la villa San Antonio éclairée, ainsi que les tours et les toits qui bordaient le lac. En arrivant au sanatorium, je ne me donnai pas la peine de sonner à la grille. Je sautai le mur et traversai le jardin plongé dans l'obscurité. Je contournai la maison et allai à l'une des entrées de service. Elle était fermée de l'intérieur, mais je n'hésitai pas un instant à briser la vitre d'un coup de coude pour accéder à la poignée. Je pénétrai dans le couloir, guettant les voix et les chuchotements, m'imprégnant de l'odeur d'une soupe qui montait des cuisines. Je traversai le rez-de-chaussée jusqu'à la chambre du fond où le bon docteur avait enfermé Cristina, cultivant sans doute son fantasme de Belle au bois dormant destinée à flotter éternellement dans des limbes de médicaments et de lanières.

J'avais pensé trouver la porte de la chambre fermée à clef, mais la poignée tourna sous ma main où battait la douleur sourde des coupures. Je poussai le battant. La première chose qui me frappa fut mon haleine flottant devant mon visage. La seconde, le carrelage blanc couvert de traces de sang. La fenêtre donnant sur le jardin était grande ouverte et les rideaux ondulaient dans le vent. Le lit était vide. Je m'approchai et pris une des courroies de cuir avec lesquelles le médecin et les infirmiers avaient attaché Cristina. Elle était coupée net, comme si c'était du papier. Je sortis dans le jardin et discernai, brillant sur la neige, une piste d'empreintes rouges qui s'éloignait vers le mur. Je la suivis et tâtai l'enceinte qui entourait le jardin. Il y avait du sang sur les pierres. Je grimpai et sautai de l'autre côté. Les traces, erratiques, se dirigeaient vers le village. Je me souviens de m'être mis à courir.

Je suivis les empreintes dans la neige jusqu'au parc qui longeait le lac. La pleine lune brillait sur la grande plaque de glace. Je l'aperçus alors. Elle avançait lentement, en boitant, sur le lac gelé, abandonnant derrière elle une traînée sanglante. Quand j'arrivai sur le bord, elle avait déjà franchi une trentaine de mètres vers le milieu du lac. Je criai son nom et elle s'arrêta. Elle se retourna lentement et je la vis sourire tandis qu'un réseau de fissures s'étoilait sous ses pieds. Je sautai sur la glace, la surface craquant à mon passage, et courus derrière elle. Cristina resta immobile. Les crevasses sous elle s'élargissaient comme un lierre étendant ses tentacules noirs. La glace cédait sous mes pas et je tombai en avant.

— Je t'aime, l'entendis-je dire.

Je rampai jusqu'à elle, mais le réseau de failles, s'agrandissant sous mes mains, l'encercla. Quelques mètres à peine nous séparaient encore, quand la glace se rompit et céda sous ses pieds. Des gueules noires s'ouvrirent et l'engloutirent comme dans une fosse de goudron. Cristina n'eut pas plus tôt disparu de la surface que les plaques de glace se rapprochèrent, refermant l'ouverture où elle avait été précipitée. Son corps glissa de quelques mètres sous la glace, poussé par le courant. Je réussis à me traîner jusqu'à l'endroit où elle avait été happée et frappai la glace de toutes mes forces. De l'autre côté de cette plaque translucide, Cristina me voyait, les yeux ouverts et les cheveux ondoyant dans le courant. Je cognai en me déchirant les mains, en vain. Cristina n'écarta jamais les yeux des miens. Elle colla une paume à la glace et sourit. Les ultimes bulles d'air s'échappaient déjà de ses lèvres et ses pupilles se dilataient pour la dernière fois. Une seconde plus tard, lentement, elle commença de s'enfoncer pour toujours dans les noires profondeurs.

11.

Je ne retournai pas dans ma chambre prendre mes affaires. Caché sous les arbres entourant le lac, je vis le docteur et deux gardes civils venir à l'hôtel puis, de l'autre côté des vitres, parler avec le gérant. À l'abri des rues obscures et désertes, je traversai le village pour gagner la gare ensevelie sous la neige. Deux lampadaires à gaz permettaient de deviner la forme d'un train à quai. Le signal rouge brillait sur le squelette de métal noir du sémaphore à la sortie de la gare. La locomotive était silencieuse ; des larmes de glace pendaient des rails et des leviers d'aiguillage telles des gouttes de gélatine. Les wagons étaient dans l'obscurité, les fenêtres voilées par le givre. Nulle lumière ne brillait dans le bureau du chef de gare. Le train ne partirait pas avant plusieurs heures et la gare était déserte.

Je m'approchai d'un wagon et tentai d'ouvrir une portière. Elle était fermée de l'intérieur. Je descendis sur la voie et longeai le train. À la faveur de l'ombre, je grimpai sur la plate-forme reliant les deux wagons de queue et eus plus de chance avec la porte qui permettait aux voitures de communiquer entre elles. Elle était ouverte. Je me glissai dans le wagon, avançai dans la pénombre et entrai dans un compartiment dont je bloquai la serrure. Grelottant de froid, je me laissai choir sur une banquette. Je n'osais pas fermer les yeux de peur de retrouver, m'attendant, le regard de Cristina sous la glace. Des minutes passèrent, peut-être des heures. À un certain moment, je me demandai pourquoi je me cachais et pourquoi j'étais incapable de rien ressentir.

Je me réfugiai dans ce vide et laissai filer le temps, me cachant comme un fugitif et écoutant les mille plaintes du métal et du bois qui se contractaient sous le froid. Je scrutai l'ombre derrière les fenêtres jusqu'au moment où la lumière d'une lanterne frôla les parois du wagon et où j'entendis des voix sur le quai. Je nettoyai du bout des doigts une lucarne dans la pellicule de givre qui masquait les vitres et aperçus le mécanicien et deux ouvriers se diriger vers l'arrière du train. À une dizaine de mètres, le chef de gare discutait avec les deux gardes civils que j'avais déjà aperçus à l'hôtel en compagnie du docteur. Je le vis acquiescer et sortir un trousseau de clefs, tout en allant vers l'avant du train suivi des gardes civils. Je me retirai de nouveau dans le compartiment. Quelques secondes plus tard, j'entendis le bruit des clefs et le claquement de la portière du wagon. Des pas retentirent à l'extrémité du couloir. Je débloquai la fermeture de la porte du compartiment et me couchai par terre sous une des banquettes, me collant à la cloison. Les pas des gardes civils s'approchèrent, le faisceau de leurs lanternes traçant des rais de lumière bleue qui glissaient sur les vitres des compartiments. Lorsque les pas s'arrêtèrent devant le mien, je retins ma respiration. Les voix s'étaient tues. La porte s'ouvrit et les bottes passèrent tout près de mon visage. Le garde resta là quelques secondes, puis sortit et referma. Ses pas s'éloignèrent.

Je demeurai là, immobile. Quelques minutes plus tard, je perçus un cliquettement, et un souffle chaud s'exhalant de la grille du chauffage me caressa la figure. Une heure plus tard, les premières lueurs de l'aube frôlèrent les fenêtres. Je sortis de ma cachette et regardai dehors. Des voyageurs solitaires ou en couple parcouraient le quai en traînant leurs valises et leurs ballots. Les parois et le plancher du wagon transmirent le grondement de la locomotive que l'on avait mise en marche. En quelques minutes, les voyageurs montèrent dans le train et le contrôleur alluma les lampes. Je me rassis sur la banquette près de la fenêtre et rendis leur salut à quelques passagers qui passaient devant mon compartiment. Lorsque la grande horloge de la gare indiqua dix heures, le train s'ébranla. Alors, seulement, je fermai les yeux et entendis les cloches de l'église sonner dans le lointain comme l'écho d'une malédiction.

Le trajet du retour fut marqué par d'interminables retards. Une partie des fils était tombée et nous arrivâmes à Barcelone au soir du vendredi 23 janvier. La ville était écrasée par un ciel écarlate sous lequel s'étendait une nappe de fumée noire. Il faisait chaud, comme si l'hiver était soudain parti, et un souffle sale et humide montait des grilles d'égout. En ouvrant le portail de la maison de la tour, je trouvai par terre une enveloppe blanche. Je distinguai le sceau de cire rouge qui la fermait et ne pris pas la peine de la ramasser, car je savais parfaitement ce qu'elle contenait : le rappel de mon rendez-vous avec le patron pour lui remettre le manuscrit cette nuit même dans la demeure voisine du parc Güell. Je montai l'escalier dans l'obscurité et ouvris la porte de l'étage. Je n'allumai pas et me rendis directement au bureau. J'allai à la fenêtre et contemplai la pièce sous la lumière infernale que répandait ce ciel en flammes. J'imaginai Cristina là, comme elle me l'avait décrit, à genoux devant le coffre. Ouvrant celui-ci et en retirant le dossier contenant le manuscrit. Lisant ces pages maudites avec la certitude qu'elle devait les détruire. Grattant les allumettes et approchant la flamme du papier.

« Il y avait quelqu'un dans la maison. »

Je m'approchai du coffre et m'arrêtai à quelques pas, comme si j'étais derrière elle, en train de l'espionner. Je me penchai en avant et l'ouvris. Le manuscrit y était toujours, attendant mon retour. Je tendis la main pour frôler le dossier des doigts. À ce moment je vis l'objet. La figurine en argent brillait au fond du coffre comme une perle au fond d'un bassin. Je la pris entre mes doigts et l'examinai à la lumière de ce ciel ensanglanté. La broche à l'ange.

— Salaud, m'entendis-je prononcer.

Je sortis du fond de l'armoire la boîte contenant le vieux revolver de mon père. J'ouvris le barillet et vérifiai qu'il était chargé. Je glissai le reste des munitions dans la poche gauche de mon manteau. J'enveloppai l'arme dans un mouchoir et la mis dans la poche droite. Avant de sortir, je m'arrêtai un instant pour contempler l'étranger qui me faisait face dans le miroir du vestibule. Je souris, la paix de la haine brûlant dans mes veines, et partis dans la nuit.

12.

La demeure d'Andreas Corelli, dressée sur la colline, se découpait sur la toile de fond des nuages rouges. Derrière elle ondulait la forêt d'ombres du parc Güell. La brise agitait les branches, et les feuilles bruissaient comme des serpents dans l'obscurité. Pas une lumière dans toute la maison. Les volets étaient fermés. J'entendis derrière moi le halètement des chiens qui rôdaient derrière les murs du parc en suivant mes pas. Je tirai le revolver de ma poche et me retournai vers la grille d'entrée du parc où l'on entrevoyait les silhouettes des animaux, ombres liquides qui guettaient dans le noir.

J'allai à la porte principale et frappai trois coups secs avec le heurtoir. Je n'attendis pas la réponse. J'étais prêt à faire sauter la serrure d'une balle mais n'en eus pas besoin. Elle était ouverte. Je tournai la poignée de bronze sans rencontrer de résistance, et la porte de chêne pivota d'elle-même lentement vers l'intérieur. Le long corridor se présentait devant moi, et la couche de poussière qui recouvrait le sol y brillait comme du sable fin. J'avançai de quelques pas vers l'escalier qui partait d'un côté du vestibule et disparaissait dans une spirale d'ombre. Je suivis le corridor qui menait au salon. Des dizaines de regards me suivaient depuis la rangée de vieilles photographies encadrées couvrant le mur. Les seuls bruits que je percevais étaient ceux de mes pas et de ma respiration. Arrivé au bout du corridor, je m'arrêtai. La clarté nocturne se glissait à travers les volets comme des lames de couteau lumineuses et rougeâtres. Je levai mon revolver et pénétrai dans le salon. J'ajustai ma vue aux ténèbres. Les meubles étaient toujours au même endroit, mais, malgré le manque d'éclairage, on se rendait compte qu'ils étaient vieux et couverts de poussière. Des ruines. Les rideaux pendaient en lambeaux et la peinture des murs était écaillée. Je me dirigeai vers une fenêtre pour ouvrir les volets et laisser entrer un peu de lumière. J'étais à deux mètres du balcon quand je compris que je n'étais pas seul. Glacé, je me retournai lentement.

La silhouette était clairement repérable dans le coin de la pièce, assise dans le même fauteuil que lors de ma précédente visite. La lumière qui filtrait des volets comme du sang éclairait vaguement les chaussures luisantes et le contour du costume. Le visage restait complètement dans l'ombre, mais je connaissais cet homme qui me regardait. Et qui souriait. Je braquai le revolver.

— Je sais ce que vous avez fait.

Corelli ne bougea pas un muscle. Sa forme restait immobile comme une araignée. Je fis un pas en avant, visant le visage. Il me sembla entendre un soupir et, un instant, la lumière rouge s'alluma dans ses yeux. J'eus la certitude qu'il allait bondir sur moi. Je tirai. Le recul de l'arme me frappa l'avant-bras comme un coup de marteau. Un nuage de fumée bleue monta du revolver. Une main de Corelli se détacha du bras du fauteuil et se balança, les ongles frôlant le sol, et je tirai de nouveau. La balle l'atteignit en pleine poitrine et ouvrit un trou fumant dans la veste. Je restai sur place, tenant le revolver à deux mains sans oser faire un pas de plus, scrutant la silhouette immobile dans le fauteuil. Le balancement du bras s'arrêta lentement et le corps s'effondra, inerte, ses ongles, longs et soignés, allant griffer le parquet de chêne. Il n'y eut aucun bruit, pas la moindre ébauche d'un mouvement dans ce corps qui venait d'encaisser deux balles, l'une dans la tête et l'autre dans la poitrine. Je reculai de quelques pas vers la fenêtre et l'ouvris violemment sans quitter du regard le fauteuil où gisait Corelli. Une colonne de lumière vaporeuse se fraya un chemin depuis la balustrade vers le coin, éclairant le visage et le corps du patron. Je tentai de déglutir, mais j'avais la bouche sèche. Le premier coup de feu avait ouvert un orifice entre les deux yeux. Le second avait troué un revers de sa veste. Il n'y avait pas une goutte de sang. Au lieu de cela, une poussière fine et brillante en sortait, comme celle d'un sablier, et glissait sur les plis des vêtements. Les yeux brillaient et les lèvres étaient figées dans un sourire sarcastique. C'était un mannequin.

Je baissai le revolver, la main encore tremblante, et m'approchai avec précaution. Je me penchai sur ce pantin grotesque et touchai son visage. Un instant, j'eus peur que ces yeux de cristal ne s'animent et que ces mains aux longs ongles ne me sautent à la gorge. Je frôlai la joue du bout des doigts. Du bois verni. J'émis un rire amer. On ne pouvait pas en attendre moins du patron. J'affrontai encore une fois cette grimace moqueuse et lui assenai un coup de crosse qui fit tomber le mannequin de côté. Il s'écroula par terre et je l'accablai de coups de pied. L'armature en bois se déforma jusqu'à ce que les bras et les jambes s'emmêlent dans une position impossible. Je reculai de quelques pas et regardai autour de moi. J'observai la grande toile représentant l'ange et l'arrachai brutalement. Derrière le tableau, je trouvai l'accès à la cave où je me rappelais avoir dormi une nuit. Je tournai la poignée. La porte n'était pas fermée à clef. J'explorai du regard l'escalier qui descendait dans ce puits de noirceur. Je me dirigeai vers la commode où je me souvenais d'avoir vu Corelli ranger les cent mille francs lors de notre première rencontre et fouillai les tiroirs. Dans l'un d'eux, je mis la main sur une boîte en ferblanc contenant des bougies et des allumettes. J'hésitai un instant, me demandant si le patron les avait également placées là pour que je les découvre comme j'avais découvert ce pantin. J'allumai une bougie et traversai le salon en direction de la porte. Je jetai un dernier coup d'œil au mannequin gisant à terre et, levant la bougie, serrant fermement le revolver dans la main droite, je m'apprêtai à descendre. J'avançai en faisant halte sur chaque marche pour surveiller l'obscurité derrière moi. Quand j'arrivai dans la salle souterraine, je tendis la bougie aussi loin que je pus et lui fis décrire un demi-cercle. Tout était là : la table d'opération, les lampes à gaz et le plateau d'instruments chirurgicaux. Tout était couvert d'une patine de poussière et de toiles d'araignée. Mais il y avait encore autre chose. Des silhouettes étaient adossées aux murs. Aussi immobiles que le patron. Je posai la bougie sur la table d'opération et m'approchai de ces corps inertes. Je reconnaissais le domestique qui nous avait servis une nuit et le chauffeur qui m'avait ramené chez moi après le dîner avec Corelli dans le jardin. Il y avait d'autres figures que je ne sus identifier. L'une d'elles était tournée vers le mur, le visage caché. Je le poussai avec le canon de mon arme et, une seconde plus tard, je me trouvai face à moi-même. Un frisson me traversa. Le mannequin à mon image n'avait que la moitié du visage. Les traits de l'autre moitié n'étaient pas formés. J'allais l'écraser d'un coup de pied quand un rire d'enfant retentit en haut de l'escalier. Je retins ma respiration et j'entendis alors une série de claquements secs. Je remontai l'escalier en courant et, revenu dans le salon, je vis que le mannequin du patron ne gisait plus sur le plancher. Des traces de pas se dirigeaient vers le corridor. J'armai le revolver et suivis la piste jusqu'au vestibule. Je m'immobilisai sur le seuil et levai mon arme. Les pas s'arrêtaient à mi-chemin. Je cherchai la forme du patron tapie dans l'ombre, mais je ne discernai rien. Au bout du couloir, la porte d'entrée était toujours ouverte. J'avançai lentement jusqu'à l'endroit où les traces disparaissaient. Je ne remarquai rien pendant quelques secondes, puis je m'aperçus que le vide que je me rappelai avoir vu entre les cadres accrochés au mur avait été comblé. À sa place était suspendue une nouvelle photo, d'évidence prise avec le même appareil que toutes celles qui formaient cette collection macabre : celle de Cristina vêtue de blanc, le regard perdu dans l'œil de l'objectif. Elle n'était pas seule. Des bras l'entouraient et la maintenaient debout, leur propriétaire souriant à l'appareil. Andreas Corelli.

13.

Je redescendis la colline en direction du lacis de rues obscures de Gracia. Là, je trouvai un café ouvert où se pressait une nombreuse clientèle d'habitants du quartier qui discutaient furieusement de politique ou de football – difficile de savoir précisément. J'esquivai les consommateurs comme je pus et traversai un nuage de fumée et de brouhaha pour atteindre le comptoir où le bistrotier me jeta le coup d'œil vaguement hostile qu'il réservait, je suppose, aux étrangers, c'est-à-dire, dans le cas présent, à tout résident de n'importe quelle partie de la ville située à plus de deux rues de son établissement.

— J'ai besoin de téléphoner, déclarai-je.

— Le téléphone est réservé aux clients.

— Donnez-moi un cognac. Et le téléphone.

Le bistrotier prit un verre et fit un geste vers un couloir au fond de la salle, sous un panneau indiquant « Urinoirs ». Je trouvai, juste à l'entrée des toilettes, un semblant de cabine téléphonique exposée aux intenses relents d'ammoniac et au bruit qui filtrait de la salle. Je décrochai le combiné et attendis d'avoir la ligne. Quelques secondes plus tard, une opératrice du standard de la compagnie du téléphone me répondit.

— J'ai besoin d'appeler le bureau de Me Valera, 442, avenue Diagonal.

L'opératrice prit quelques minutes pour trouver le numéro et obtenir la communication. J'attendis, une main tenant le combiné et l'autre me bouchant l'oreille gauche. Finalement, elle me confirma qu'elle me branchait sur le numéro demandé et, après quelques secondes, je reconnus la voix de la secrétaire de Valera.

— Je regrette, mais Me Valera est absent pour le moment.

— C'est important. Dites-lui que mon nom est Martín. David Martín. C'est une question de vie ou de mort.

— Je sais qui vous êtes, monsieur Martín. Je regrette, mais je ne peux pas vous passer Me Valera, car il n'est pas là. Il est neuf heures et demie du soir et cela fait déjà un moment qu'il est parti.

— Alors donnez-moi son adresse personnelle.

— Il m'est impossible de vous communiquer cette information, monsieur Martín. Je suis désolée. Si vous voulez, vous pouvez appeler demain matin et…

Je raccrochai et attendis de nouveau la ligne. Cette fois, je donnai à l'opératrice le numéro que m'avait confié Ricardo Salvador. Son voisin répondit à l'appel et me dit qu'il montait tout de suite voir si l'ex-policier était chez lui. Salvador arriva dans la minute.

— Martín ? Vous allez bien ? Vous êtes à Barcelone ?

— Je viens d'arriver.

— Vous devez faire très attention. La police vous cherche. Elle est venue ici poser des questions sur Alicia Marlasca.

— Victor Grandes ?

— Oui, je crois. Il était avec deux armoires à glace qui ne m'ont jamais plu. Ils veulent vous faire porter le chapeau des morts de Roures et de la veuve Marlasca. Donc, soyez très prudent. Ils sont sûrement aux aguets. Si vous voulez, vous pouvez venir ici.

— Merci, monsieur Salvador. J'y réfléchirai. Je ne veux pas vous mettre encore dans le pétrin.

— Agissez comme vous voulez, mais prenez garde. Je crois que vous aviez raison : Jaco est de retour. Je ne sais pas pourquoi, mais il est de retour. Vous avez un plan ?

— Pour l'heure, je vais essayer de rencontrer Me Valera. À mon avis, au centre de toute cette histoire se trouve l'éditeur pour qui Marlasca travaillait, et Valera est le seul à connaître la vérité.

Salvador observa une pause.

— Vous voulez que j'y aille avec vous ?

— Je ne pense pas que ce soit nécessaire. Je vous appellerai après l'avoir vu.

— Comme vous préférez. Vous êtes armé ?

— Oui.

— Heureux de l'entendre.

— Monsieur Salvador… Roures m'a parlé d'une femme dans le Somorrostro que Marlasca avait consultée. Quelqu'un qu'il avait connu par Irene Sabino.

— La Sorcière du Somorrostro.

— Que savez-vous d'elle ?

— Pas grand-chose. Je ne suis pas sûr qu'elle existe vraiment, comme cet éditeur. Ce dont vous devez vous inquiéter, c'est de Jaco et de la police.

— J'en tiendrai compte.

— Appelez-moi dès que vous aurez appris quelque chose, d'accord ?

— Je le ferai. Merci.

Je raccrochai et, en passant devant le comptoir, je laissai quelques pièces pour payer le téléphone et le verre qui restait dessus, intact.

Vingt minutes plus tard, je me trouvais devant le numéro 442 de l'avenue Diagonal en train d'observer la lumière dans le cabinet de Valera en haut de l'immeuble. L'entrée était fermée, mais je frappai à la porte jusqu'à ce que le concierge apparaisse, le visage dépourvu de toute aménité. Dès qu'il m'eut entrouvert pour me renvoyer grossièrement, je le poussai de côté, me glissai dans l'entrée en ignorant ses protestations. J'allai directement à l'ascenseur et le concierge tenta de me retenir par le bras, mais je lui lançai un regard venimeux qui le dissuada définitivement.

Lorsque la secrétaire de Valera m'ouvrit la porte, son expression de surprise se changea vite en peur, particulièrement quand je glissai mon pied de manière à l'empêcher de me la refermer au nez et entrai sans y être invité.

— Prévenez Mᵉ Valera, intimai-je. Tout de suite.

La secrétaire, blême, me regarda.

— M. Valera n'est pas là…

Je lui saisis le bras et la poussai jusque dans le bureau de l'avocat. La lumière était allumée, mais il n'y avait pas trace de Valera. La secrétaire sanglotait, terrorisée, et je me rendis compte que je lui enfonçais les doigts dans le bras. Je la lâchai et reculai de quelques pas. Elle tremblait. Je soupirai et essayai d'esquisser un geste d'apaisement qui n'eut d'autre effet que de découvrir la crosse du revolver à la ceinture de mon pantalon.

— S'il vous plaît, monsieur Martín. Je vous jure qu'il n'est pas ici.

— Je vous crois. Calmez-vous. Je veux juste lui parler. C'est tout.

La secrétaire acquiesça. Je lui souris.

— Soyez assez aimable pour prendre le téléphone et l'appeler chez lui, indiquai-je.

Elle décrocha le téléphone et murmura le numéro de l'avocat à l'opératrice. Quand elle eut obtenu la communication elle me tendit le combiné.

— Bonsoir… débutai-je.

— Martín, quelle désagréable surprise ! s'exclama Valera au bout du fil. Puis-je savoir ce que vous fabriquez dans mon bureau à cette heure indue, outre terroriser mon personnel ?

— Je suis navré de vous déranger, maître, mais j'ai besoin de contacter d'urgence votre client, M. Andreas Corelli, et vous êtes le seul à pouvoir m'aider.

Un long silence.

— Je crains que vous ne fassiez erreur, Martín. Je ne peux pas vous aider.

— J'espérais pouvoir régler ça à l'amiable, monsieur Valera.

— Je ne comprends pas, Martín. Je ne connais pas M. Corelli.

— Pardon ?

— Je ne l'ai jamais vu, je ne lui ai jamais parlé et je sais encore moins où le trouver.

— Je vous rappelle qu'il vous a engagé pour me sortir de la préfecture.

— Nous avons reçu une lettre quinze jours auparavant, avec un chèque, nous indiquant que vous étiez un de ses associés, que l'inspecteur Grandes vous harcelait, et nous demandant d'assurer votre défense en cas de nécessité. À la lettre était jointe une enveloppe qu'il nous priait de vous remettre personnellement. Je me suis borné à encaisser le chèque et à demander à mes relations à la préfecture de m'aviser si l'on vous y conduisait. C'est ce qui s'est passé, vous êtes bien placé pour le savoir. J'ai exécuté ma part du contrat en vous sortant de la préfecture et en menaçant Grandes d'une pluie de désagréments s'il ne facilitait pas votre remise en liberté. Je ne pense pas que vous ayez à vous plaindre de nos services.

Du coup, ce fut moi qui restai silencieux.

— Si vous ne me croyez pas, demandez à Mlle Margarita de vous montrer la lettre, ajouta Valera.

— Et votre père ? demandai-je.

— Mon père ?

— Votre père et Marlasca étaient en affaires avec Corelli. Il devait savoir quelque chose...

— Je vous assure que mon père n'a jamais eu aucun contact direct avec ce M. Corelli. Toute la correspondance avec celui-ci, s'il y en a eu une, car les archives du cabinet ne la mentionnent pas, était menée personnellement par le défunt M. Marlasca. Puisque vous me posez la question, je puis vous assurer que mon père avait fini par douter de l'existence de ce M. Corelli, surtout dans les derniers mois de la vie de M. Marlasca, quand celui-ci a eu une liaison, pour employer des termes corrects, avec cette femme.

— Quelle femme ?

— La chanteuse de cabaret.

— Irene Sabino ?

Je l'entendis soupirer, irrité.

— Avant de mourir, M. Marlasca a placé sous la gestion et la tutelle du cabinet un capital d'où devait être effectuée une série de virements sur un compte au nom d'un certain Juan Corbera et de María Antonia Sanahuja.

Jaco et Irene Sabino, pensai-je.

— Quel était le montant de ce capital ?

— C'était un dépôt en devises étrangères. Je crois me souvenir qu'il avoisinait les cent mille francs français.

— Marlasca a-t-il expliqué d'où lui venait cet argent ?

— Nous sommes un cabinet d'avocats, pas une agence de détectives. Le cabinet s'est limité à suivre les instructions stipulées dans les dernières volontés de M. Marlasca, sans poser de questions.

— Quelles autres instructions a-t-il laissées ?

— Rien de spécial. De simples paiements à des tierces personnes qui n'avaient aucune relation avec le cabinet ni avec sa famille.

— Vous ne vous souvenez d'aucune en particulier ?

— Mon père se chargeait personnellement de ce genre d'affaires pour éviter que nos employés n'aient accès à des informations confidentielles.

— Ça n'a pas paru étrange à votre père que son ex-associé veuille faire don de cet argent à des inconnus ?

— Si, naturellement. Beaucoup de choses lui ont paru étranges.

— Vous rappelez-vous où devaient être envoyés ces paiements ?

— Comment voulez-vous que je me rappelle ? Il y a au moins vingt-cinq ans de cela.

— Faites un effort. Pour Mlle Margarita.

La secrétaire me jeta un regard terrifié, auquel je répondis en lui adressant un clin d'œil.

— Ne faites pas la bêtise de lever le petit doigt sur elle, menaça Valera.

— Ne me donnez pas des idées, tranchai-je. Comment va votre mémoire ? Elle se rafraîchit un peu ?

— Je peux consulter les agendas personnels de mon père. C'est tout.

— Où sont-ils ?

— Ici, dans ses papiers. Mais cela prendra plusieurs heures.

Je raccrochai et contemplai la secrétaire qui avait de nouveau éclaté en sanglots. Je lui tendis un mouchoir et lui donnai une tape sur l'épaule.

— Allons, mademoiselle, ne vous mettez pas dans cet état, je vais m'en aller. Vous voyez bien que je voulais juste lui parler.

Elle hocha la tête, toujours effrayée, sans quitter le revolver des yeux. Je boutonnai mon manteau et lui souris.

— Une dernière chose.

Elle leva la tête, craignant le pire.

— Donnez-moi l'adresse de Me Valera. Et n'essayez pas de me mentir, parce que, sinon, je reviendrai et je vous promets que je laisserai à l'entrée cette sympathie naturelle qui me caractérise.

Avant de partir, je priai Mlle Margarita de me montrer le fil du téléphone et le coupai pour lui éviter la tentation de prévenir Valera que je m'apprêtais à lui rendre une visite de politesse, ou d'appeler la police pour l'informer de notre petit différend.

14.

Mᵉ Valera habitait une résidence aux allures de castel normand située au coin des rues Girona et Ausiàs March. Je supposai qu'il avait hérité cette monstruosité de son père en même temps que le cabinet, et que chaque pierre était composée du sang et du souffle de générations entières de Barcelonais qui n'auraient jamais rêvé de mettre les pieds dans un pareil palais. J'informai le concierge que j'apportais des papiers pour l'avocat de la part de Mlle Margarita, et après avoir hésité un instant, il me laissa monter. Je gravis l'escalier sans hâte sous son air soupçonneux. Le palier du premier étage était plus vaste que la plupart des logements dont je gardais le souvenir depuis mon enfance au quartier de la Ribera, à quelques mètres à peine de là. Le heurtoir de la porte était un poing en bronze. Au moment où je mettais la main dessus pour frapper, je me rendis compte que la porte était ouverte. Je la poussai doucement et entrai. Le vestibule donnait sur un long couloir de quelque trois mètres de large aux murs tapissés de velours bleu couverts de tableaux. Je refermai derrière moi et scrutai la chaude pénombre que l'on entrevoyait au fond. Une musique ténue flottait dans l'air, un lamento pour piano, élégant et mélancolique. Granados.

— Monsieur Valera ? C'est Martín.

N'obtenant pas de réponse, je m'aventurai lentement dans le couloir, suivant la piste de cette musique triste. J'avançai entre les tableaux et les niches qui abritaient des statuettes de vierges et de saints. Le couloir était jalonné de portiques successifs voilés par des rideaux. Je traversai ceux-ci les uns après les autres pour arriver au bout, où s'ouvrait un vaste salon plongé dans une semi-obscurité. Il était rectangulaire et ses murs étaient garnis de bibliothèques du plancher au plafond. Dans le fond, on distinguait une porte entrouverte et, plus loin, des ténèbres traversées sporadiquement par la lueur orangée d'un feu.

— Valera ? appelai-je de nouveau en forçant la voix.

Une silhouette se profila dans le faisceau de lumière que projetaient les flammes par la mince embrasure de la porte. Deux yeux brillants m'examinèrent avec méfiance. Un chien, qui me parut être un berger allemand mais dont le pelage était blanc, s'approcha lentement. Je restai immobile, déboutonnant avec précaution mon manteau pour chercher le revolver. L'animal s'arrêta à mes pieds et laissa échapper un gémissement. Je lui caressai la tête et il me lécha les doigts. Puis il fit demi-tour et alla à la porte derrière laquelle brûlait le feu. Il m'attendit sur le seuil.

De l'autre côté, je trouvai un salon de lecture où trônait une imposante cheminée. Il n'y avait pas d'autre lumière que celle des flammes, et une danse d'ombres vacillantes rampait sur les murs et au plafond. Au milieu de la pièce était dressée une table sur laquelle reposait le phonographe qui diffusait cette musique. Devant le feu, tournant le dos à la porte, un fauteuil profond. Le chien s'en approcha et leva encore la tête vers moi. Je le suivis, juste assez pour voir la main qui reposait sur le bras du fauteuil, tenant un cigare allumé d'où montait une fine fumée bleue.

— Valera ? C'est Martín. La porte était ouverte…

Le chien se coucha au pied du fauteuil, sans cesser de me fixer. Je le contournai lentement. Me Valera était assis devant le feu, les yeux ouverts et un léger sourire aux lèvres. Il portait un costume trois pièces et, dans l'autre main, il tenait sur son ventre un cahier relié en cuir. Je me plantai face à lui. Il ne cillait pas. J'aperçus alors la larme rouge, une larme de sang, qui coulait doucement sur sa joue. Je m'agenouillai et pris le cahier. Le chien me lança un regard lamentable. Je lui caressai la tête.

— Je suis désolé, murmurai-je.

Le cahier, rempli de notes manuscrites, était une sorte d'agenda avec de courts paragraphes datés et séparés par un blanc. Valera l'avait laissé ouvert au milieu. La première note de la page qu'il devait être en train de lire correspondait à la date du 23 novembre 1904.

« Bordereau de caisse (356-a / 23-11-04), 7 500 pesetas, au débit du compte fonds D. M. Remis par Marcel (en personne) à l'adresse indiquée par D. M. Passage derrière le vieux cimetière – atelier de sculpture Sanabre & Fils. »

Je relus la note plusieurs fois en tâchant d'en dégager le sens. Je connaissais ce passage, de mes années à la rédaction de *La Voz de la Industria*. C'était une ruelle misérable tapie derrière les murs du cimetière du Pueblo Nuevo, qui hébergeait des ateliers de tailleurs de dalles et de sculptures funéraires, et qui allait mourir sur une des rigoles traversant la plage du Bogatell et l'entassement de baraques s'étendant jusqu'à la mer, le Somorrostro. Pour une raison quelconque, Marlasca avait laissé pour instructions de payer une somme considérable à l'un de ces ateliers.

Sur la même page, au même jour, je lus une note concernant Marlasca qui indiquait le début des paiements à Jaco et Irene Sabino.

« Virement bancaire du fonds D. M. au compte Banque hispano-coloniale (agence rue Fernando) n° 008965-2564-1. Juan Corbera – Marfa Antonia Sanahuja. 1re mensualité de 7 000 pesetas. Établir calendrier des virements. »

Je passai aux pages suivantes. La plupart des notes concernaient des dépenses et des opérations mineures liées au cabinet. Je dus en parcourir un certain nombre avant d'en trouver une autre mentionnant Marlasca. Il s'agissait de nouveau d'un règlement en espèces par les soins du dénommé Marcel, probablement un employé du cabinet.

« Bordereau de caisse (379-a / 29-12-04), 15 000 pesetas sur le compte du fonds D. M. Remis par Marcel. Plage du Bogatell, près du passage à niveau. 9 H. Personne à contacter s'identifiera. »

La Sorcière du Somorrostro, pensai-je. Diego Marlasca avait fait distribuer après sa mort des sommes importantes par le biais de son associé. Cela contredisait le soupçon de Salvador que Jaco avait fui avec l'argent. Marlasca avait ordonné que les paiements soient versés directement à leurs destinataires et avait déposé l'argent sur un fonds géré par le cabinet d'avocats. Les deux autres règlements laissaient supposer que, peu avant de disparaître, Marlasca avait été en relations avec un atelier de sculpture funéraire et quelque personnage louche du

Somorrostro, relations qui s'étaient traduites par de grosses quantités d'argent changeant de main. Je fermai le cahier, plus perdu que jamais.

Je m'apprêtais à quitter les lieux quand je vis qu'un des murs du salon de lecture était recouvert de photographies encadrées avec simplicité sur une tenture de velours grenat. Je reconnus les traits sévères et imposants du patriarche Valera, dont le portrait à l'huile dominait encore le cabinet du fils. L'avocat figurait sur la plupart des images en compagnie de notables et de patriciens de la ville dans ce qui semblait être divers événements publics ou réunions mondaines. Il suffisait d'observer une dizaine de ces photos et d'identifier les personnages qui posaient dessus en souriant au côté du vieil avocat pour constater que le cabinet Valera, Marlasca et Sentís était un organe vital dans le fonctionnement de Barcelone. Le fils de Valera, beaucoup plus jeune mais très reconnaissable, apparaissait aussi sur certaines, toujours occulté par l'ombre du patriarche.

Je le soupçonnai avant de le vérifier. Sur la photo figuraient Valera père et fils. Elle était prise devant le porche du 442 de la Diagonal, au pied du cabinet. À leur côté se tenait un personnage grand et distingué. Son visage apparaissait aussi sur d'autres photos de la collection, toujours tout proche de Valera. Diego Marlasca. Je me concentrai sur cette expression trouble, ces traits fins et sereins qui me contemplaient depuis cet instantané pris vingt-cinq ans plus tôt. À l'égal du patron, il n'avait pas vieilli d'un jour. Je souris amèrement en comprenant ma naïveté. Ce visage n'était pas celui de la photo que m'avait confiée mon ami, le vieil ex-policier.

L'homme que je connaissais sous le nom de Ricardo Salvador n'était autre que Diego Marlasca.

15.

L'escalier était dans l'obscurité quand je quittai la riche résidence de la famille Valera. Je traversai le hall à tâtons et, quand j'ouvris la porte, les réverbères de la rue projetèrent à l'intérieur un rectangle de clarté au fond duquel je vis, posé sur moi, le regard du concierge. Je m'éloignai rapidement en direction de la rue Trafalgar, d'où partait le tramway nocturne menant aux portes du cimetière du Pueblo Nuevo, le même que j'avais si souvent emprunté la nuit avec mon père quand je l'accompagnais à son service à *La Voz de la Industria*.

Le tramway passait justement, et je m'assis à l'avant. À mesure que nous approchions du Pueblo Nuevo, il s'enfonça dans un écheveau de rues ténébreuses couvertes de grandes flaques voilées par la vapeur. L'éclairage public était presque inexistant et les lanternes du tramway dessinaient chaque contour comme une torche dans un tunnel. Finalement, j'aperçus les portes du cimetière et les silhouettes des croix et des sculptures se découpant sur l'horizon infini d'usines et de cheminées qui injectaient du rouge et du noir dans la voûte du ciel. Une bande de chiens faméliques rôdait devant les deux grands anges gardant l'enceinte. Ils demeurèrent un instant immobiles en fixant les lanternes du tramway, leurs yeux brillant comme ceux des chacals, puis disparurent dans l'ombre.

Je descendis du tramway encore en marche et entrepris de longer les murs du cimetière. Le tramway poursuivit sa course tel un navire dans le brouillard et je pressai le pas. Les chiens me suivaient dans l'obscurité. En gagnant la porte de derrière du cimetière, je m'arrêtai au coin de la ruelle et leur lançai une pierre à l'aveuglette. Je perçus un gémissement aigu et des pas rapides fuyant dans la nuit. Je pénétrai dans la ruelle, tout juste un passage coincé entre le mur et la file d'ateliers de tailleurs de pierres funéraires serrés les uns contre les autres. L'enseigne de Sanabre & Fils se balançait à la lueur d'une lanterne qui projetait une lumière ocre et pulvérulente à une trentaine de mètres de là. J'allai jusqu'à la porte, une simple grille fermée par des chaînes et un cadenas rouillé. Je fis sauter celui-ci d'un coup de revolver.

Le vent qui soufflait du fond de la ruelle, imprégné du sel de la mer dont on entendait le grondement à une centaine de mètres à peine, emporta l'écho de la détonation. J'ouvris la grille et entrai dans l'atelier de Sanabre & Fils. J'écartai le rideau de toile noire qui masquait l'intérieur, de manière que la clarté de la lanterne pénètre dans l'entrée. Plus loin s'ouvrait une nef profonde et étroite peuplée de formes de marbre figées dans les ténèbres, visages à demi sculptés. Je fis quelques pas entre des vierges et des madones portant des enfants dans leurs bras, des dames blanches tenant des roses de marbre à la main et levant la tête vers le ciel, et des blocs de pierre à l'état d'ébauches. L'air sentait la poussière de pierre. Il n'y avait personne à part ces effigies sans nom. J'allais rebrousser chemin quand je le vis. La main sortait de derrière le contour d'un ensemble de statues couvert d'une toile au fond de l'atelier. Je marchai lentement dans sa direction et sa forme se précisa centimètre après centimètre. Je m'arrêtai et contemplai un grand ange de lumière, identique à celui que le patron avait porté à son revers et que j'avais découvert dans le coffre du bureau. La statue devait mesurer deux mètres et demi, et, en observant son visage, je reconnus les traits et surtout le sourire. À ses pieds, il y avait une dalle. Gravée dans la pierre, on lisait une inscription :

DAVID MARTÍN
1900-1930

Je souris. Si je devais reconnaître une qualité à mon grand ami Diego Marlasca, c'était bien le sens de l'humour et le goût pour les surprises. Je ne devais pas m'étonner si, dans son zèle, il avait cru bon de devancer les événements et de me préparer un adieu bien senti. Je m'agenouillai près de la dalle et caressai mon nom. Des pas légers et tranquilles résonnaient derrière moi. Je me retournai pour découvrir un visage familier. L'enfant portait les mêmes vêtements noirs que le jour où il m'avait suivi, quelques semaines plus tôt, dans le Paseo del Born.

— La dame va vous recevoir, déclara-t-il.

J'acquiesçai et me relevai. L'enfant me tendit la main.

— N'ayez pas peur, ajouta-t-il en me guidant vers la sortie.

— Je ne crains rien, murmurai-je.

Il me conduisit au bout de la ruelle. De là, je devinai la ligne de la plage, derrière une file de hangars croulants et les débris d'un train de marchandises abandonné sur une voie de garage envahie par les mauvaises herbes. Les wagons étaient rongés par la rouille et la locomotive était réduite à un squelette de chaudière sur des rails, attendant son envoi à la ferraille.

En haut, la lune se montra à travers les éclaircies des nuages de plomb. Au large, on apercevait des cargos plongés au creux des vagues et, devant la plage du Bogatell, un ossuaire de vieilles coques de bateaux de pêche et de caboteurs crachés là par les bourrasques et échoués sur le sable. De l'autre côté, telle une épaisse couche de détritus s'amoncelant derrière la noire forteresse industrielle, s'étendait le champ des baraques du Somorrostro. Les vagues se brisaient à quelques mètres de la première ligne de cabanes en roseau et en bois. Des filets de fumée blanche rampaient au-dessus des toits de cette cité de misère qui n'en finissait pas de s'agrandir entre ville et mer tel un immense déversoir humain. La puanteur des ordures brûlées flottait dans l'air. Nous pénétrâmes dans les rues de cette agglomération oubliée, passages ouverts entre des constructions assemblées avec des briques volées, de la boue et du bois d'épave rejeté par la marée. L'enfant me conduisit vers l'intérieur, indifférent à l'air soupçonneux des habitants du lieu. Journaliers sans travail, gitans expulsés d'autres campements identiques sur les pentes de la montagne de Montjuïc ou face aux fosses communes du cimetière de Can Tunis, enfants et vieillards livrés à leur sort désespéré. Tous m'observaient avec méfiance. Sur notre passage, des femmes d'un âge indéfinissable faisaient chauffer de l'eau ou de la nourriture dans des récipients en fer-blanc devant leurs baraques. Nous nous arrêtâmes devant une construction blanchâtre à la porte de laquelle se tenait une petite fille au visage de vieille qui clopinait sur une jambe rongée par la polio en traînant un seau où s'agitait quelque chose de grisâtre et de visqueux. L'enfant me montra la porte.

— C'est ici.

Je jetai un dernier regard au ciel. La lune se cachait de nouveau dans les nuages et un voile d'obscurité montait de la mer.

J'entrai.

16.

Elle avait le visage buriné de souvenirs et un regard qui aurait pu avoir aussi bien dix ans que cent. Elle était assise auprès d'un petit feu et contemplait la danse des flammes avec la même fascination qu'aurait montrée un enfant. Ses cheveux étaient couleur de cendre, rassemblés en une seule tresse. Elle était mince et austère, ses gestes étaient brefs et posés. Elle était vêtue de blanc et portait un foulard de soie noué autour de la gorge. Elle me sourit avec chaleur et m'offrit une chaise à côté d'elle. Nous demeurâmes quelques minutes sans parler, écoutant le crépitement des braises et la rumeur des vagues. En sa présence, le temps semblait s'être arrêté et, étrangement, la hâte qui m'avait conduit jusqu'à sa porte s'était évanouie. Lentement, l'haleine du feu se glissa en moi et le froid qui m'avait pénétré jusqu'aux os se dissipa à la faveur de sa compagnie. Alors seulement, elle détacha ses yeux du feu et, me prenant la main, elle desserra les lèvres.

— Ma mère a vécu dans cette maison pendant quarante-cinq ans. À l'époque c'était tout juste une cabane de roseau et d'épaves. Même quand elle s'est taillé une réputation et a eu la possibilité de partir d'ici,

584

elle s'y est refusée. Elle répétait sans cesse que le jour où elle quitterait le Somorrostro, elle mourrait. Elle était née ici, avec les gens de la plage, et elle y est restée jusqu'à son dernier jour. On a colporté beaucoup d'histoires sur elle. Nombreux étaient ceux qui parlaient d'elle et bien peu l'ont vraiment connue. Nombreux étaient ceux qui la craignaient et la haïssaient. Y compris après sa mort. Je vous raconte tout cela parce qu'il me semble juste que vous le sachiez : je ne suis pas la personne que vous cherchez. La personne que vous cherchez, ou croyez chercher, celle que beaucoup appelaient la Sorcière du Somorrostro, était ma mère.

Je la regardai, décontenancé.

— Quand…

— Ma mère est morte en 1905. Elle a été tuée à quelques mètres d'ici, au bord de la plage, d'un coup de couteau dans la gorge.

— Je suis désolé. Je croyais que…

— Beaucoup le croient. Le désir de croire est aussi fort que la mort.

— Qui l'a tuée ?

— Vous savez qui.

Je tardai quelques secondes à répondre.

— Diego Marlasca…

Elle acquiesça.

— Pourquoi ?

— Pour la faire taire. Pour effacer sa trace.

— Je ne comprends pas. Votre mère l'avait aidé… Lui-même lui avait donné beaucoup d'argent en échange de son aide.

— C'est justement pour ça qu'il l'a tuée, pour qu'elle emporte son secret dans la tombe.

Elle m'observa avec un léger sourire, comme si ma confusion l'amusait et en même temps l'apitoyait.

585

— Ma mère était une femme ordinaire, monsieur Martín. Elle avait grandi dans la misère et l'unique pouvoir qu'elle possédait était sa volonté de survivre. Elle n'a jamais appris à lire ni à écrire, mais elle savait voir dans l'intérieur des personnes. Elle ressentait ce qu'elles ressentaient, ce qu'elles cachaient et ce qu'elles espéraient. Elle le lisait dans leurs yeux, dans leurs gestes, dans leur voix, dans la manière dont elles se déplaçaient se comportaient. Elle savait avant eux ce qu'elles allaient dire et faire. C'est pourquoi beaucoup l'appelaient sorcière, car elle était capable de discerner en eux ce qu'eux-mêmes refusaient de voir. Elle gagnait sa vie en vendant des philtres d'amour et des charmes qu'elle préparait avec de l'eau du ruisseau, des herbes et du sucre en poudre. Elle aidait les âmes perdues à croire en ce qu'elles désiraient croire. Quand son nom a commencé à devenir populaire, beaucoup de gens de la haute société lui ont rendu visite et ont sollicité ses faveurs. Les riches voulaient l'être davantage. Les puissants voulaient plus de pouvoir. Les minables voulaient se sentir des saints et les saints voulaient être punis pour des péchés qu'ils regrettaient de ne pas avoir eu le courage de commettre. Ma mère les écoutait tous et acceptait leur argent. Celui-ci lui a permis de nous envoyer, mes frères et moi, étudier dans les collèges où allaient les enfants de ses clients. Elle nous a acheté un autre nom et une autre vie loin d'ici. Ma mère était une honnête femme, monsieur Martín. Ne vous y trompez pas. Elle n'a jamais profité de personne, elle ne leur a jamais fait croire plus que ce dont ils avaient besoin. La vie lui avait enseigné que tous, petits et grands, nous vivons de mensonges comme de l'air que nous respirons. Elle disait que si nous étions capables d'affronter sans fard la réalité du monde et notre propre vérité, ne serait-ce ce qu'un seul jour, du lever au coucher du soleil, nous nous suiciderions ou nous perdrions la raison.

— Mais…

— Si vous êtes venu ici en quête de magie, désolée de vous décevoir. Ma mère m'a expliqué qu'il n'y avait pas de magie, qu'il n'y avait pas d'autre mal ou d'autre bien dans ce monde que celui que nous imaginons, par cupidité ou par naïveté. Parfois par folie.

— Ce n'est pas ce qu'elle a raconté à Diego Marlasca quand elle a accepté son argent, objectai-je. Sept mille pesetas, à l'époque, devaient permettre de s'offrir pour quelques années un nom respectable et de bons collèges.

— Diego Marlasca avait besoin de croire. Ma mère l'y a aidé. C'est tout.

— Croire en quoi ?

— En son propre salut. Il était persuadé de s'être trahi lui-même et d'avoir trahi ceux qui l'aimaient. Il imaginait qu'il avait engagé sa vie sur un chemin de méchanceté et de fausseté. Ma mère a pensé que cela ne le rendait pas différent de la plupart des hommes qui, à un certain moment de leur existence, s'arrêtent pour se regarder dans la glace. Ce sont les misérables limaces qui se sentent toujours vertueuses et toisent le reste du monde. Mais Diego Marlasca avait une conscience et n'était pas satisfait de ce qu'il voyait. Parce qu'il avait perdu l'espoir et probablement la raison.

— Est-ce que Marlasca a dit ce qu'il avait fait ?

— Il a dit qu'il avait livré son âme à une ombre.

— Une ombre ?

— Ce sont ses propres mots. Une ombre qui le suivait, qui avait sa forme, son visage, sa voix.

— Quel sens cela avait-il ?

— La faute et le remords n'ont pas de sens. Ce sont des sentiments, des émotions, pas des idées.

Il me vint à l'esprit que même le patron n'aurait pas pu s exprimer plus clairement.

— Et que pouvait faire votre mère pour lui ?

— Rien de plus que le consoler et l'aider à trouver un peu de paix. Diego Marlasca croyait à la magie et, de ce fait, ma mère a pensé qu'elle devait le convaincre que le chemin de son salut passait par là. Elle lui a parlé d'un vieux sortilège, une légende de pêcheurs qu'elle avait entendue enfant dans les cabanes de la plage. D'après la légende, quand un homme perdait son chemin dans la vie et sentait que la mort avait mis son âme à prix, s'il rencontrait une âme pure qui souhaitait se sacrifier pour lui, il pouvait y camoufler son cœur noir, et la mort, aveugle, passerait au large.

— Une âme pure ?

— Exempte de péché.

— Et comment cela pouvait-il se réaliser ?

— Dans la douleur, je suppose.

— Quel genre de douleur ?

— Un sacrifice de sang. Une âme en échange d'une autre. La mort contre la vie.

Un long silence. La rumeur de la mer sur le rivage et du vent entre les cahutes.

— Irene se serait arraché les yeux et le cœur pour Marlasca. Il était sa seule raison de vivre. Elle l'aimait aveuglément et, comme lui, croyait que son unique salut résidait dans la magie. Au début, elle a voulu s'ôter la vie et l'offrir en sacrifice, mais ma mère l'en a dissuadée. Elle lui a dit ce qu'elle savait trop bien, que son âme n'était pas exempte de péché et que son sacrifice serait inutile. Elle lui a expliqué cela pour la sauver. Pour les sauver tous les deux.

— De qui ?

— D'eux-mêmes.

— Mais elle a commis une erreur…

— Même ma mère ne pouvait pas arriver à tout voir.

— Qu'a fait Marlasca ?

— Ma mère n'a jamais voulu me l'avouer, elle ne voulait pas que mes frères et moi soyons concernés par cette histoire. Elle nous a expédiés très loin en nous répartissant dans plusieurs internats pour que nous oubliions d'où nous venions et qui nous étions. Elle disait que, désormais, nous étions maudits. Elle est morte peu de temps après, seule. Nous n'en avons été informés que beaucoup plus tard. Quand on a trouvé son cadavre, nul n'a osé y toucher et on l'a laissé sur place pour que la mer l'emporte. Personne ne se risquait à parler de sa mort. Mais je savais qui l'avait tuée et pourquoi. Et aujourd'hui encore, je suis convaincue que ma mère savait qu'elle allait bientôt mourir et des mains de qui. Elle le savait et n'a pas bougé, car, à la fin, elle aussi y a cru. Elle y a cru, car elle n'était pas capable d'accepter ce qu'elle avait fait. En livrant son âme, elle sauverait la nôtre, celle de ce lieu. C'est pour cela qu'elle n'a pas voulu fuir d'ici, car la vieille légende disait que l'âme qui se livrait devait rester éternellement sur le lieu où avait été perpétrée la trahison, un bandeau sur les yeux de la mort, emprisonnée à jamais.

— Et où est l'âme qui a sauvé celle de Diego Marlasca ?

La femme sourit.

— Il n'y a ni âmes ni saluts, monsieur Martín. Ce sont de vieilles histoires et des racontars. Il y a seulement des cendres et des souvenirs. Mais s'il y en avait, ils devraient être sur le lieu où Marlasca a commis son crime, le secret qu'il a caché toutes ces années pour duper son propre destin.

— La maison de la tour… J'y ai habité presque dix ans et il n'y a rien là-bas.

Elle sourit de nouveau et, me regardant droit dans les yeux, elle se pencha vers moi et posa un baiser sur ma joue. Ses lèvres étaient glacées, comme celles d'un cadavre. Son haleine sentait les fleurs mortes.

— C'est peut-être parce que vous n'avez pas su chercher où il fallait, me chuchota-t-elle à l'oreille. C'est peut-être parce que cette âme prisonnière est la vôtre.

À cet instant, elle dénoua le foulard qui cachait sa gorge et je vis une grande cicatrice qui la traversait de part en part. Cette fois son sourire se fit moqueur et sur ses traits brilla une lueur cruelle et sarcastique.

— Le soleil va bientôt se lever. Partez avant qu'il ne soit trop tard, déclara la Sorcière du Somorrostro, en me tournant le dos et en reportant son regard sur le feu.

L'enfant vêtu de noir apparut sur le seuil et me tendit la main, indiquant que mon temps s'était écoulé. Je me levai et le suivis. En me retournant, je fus surpris par mon reflet dans le miroir accroché au mur. On pouvait y voir la silhouette voûtée et enveloppée de haillons d'une vieille femme assise près du feu. Son rire obscur et cruel m'accompagna jusqu'à la porte.

17.

Quand j'arrivai à la maison de la tour, le jour se levait. La serrure du portail sur la rue était brisée. Je poussai la grille et entrai dans le vestibule. Le mécanisme du verrou fumait et répandait une odeur intense. De l'acide. Je montai l'escalier lentement, convaincu que j'allais trouver Marlasca en train de m'attendre dans l'ombre du palier ou que, si je me retournais, je le verrais, souriant, derrière moi. En franchissant les dernières marches, je vis que le trou de la serrure portait également des traces d'acide. J'y introduisis la clef et dus fourrager pendant presque deux minutes pour débloquer le pêne, qui avait été mutilé mais, apparemment, n'avait pas cédé. Je retirai la clef mordue par cette substance et ouvris la porte d'un coup d'épaule. Je la laissai béante derrière moi et pénétrai dans le couloir sans ôter mon manteau. Je sortis le revolver de ma poche et ouvris le barillet. Je le chargeai de balles neuves, comme j'avais vu si souvent mon père le faire quand il rentrait à l'aube.

— Salvador ? appelai-je.

L'écho de ma voix courut dans la maison. J'armai le revolver. Je continuai d'avancer dans le couloir jusqu'à la chambre du fond. La porte était entrouverte.

— Salvador ? répétai-je.

591

Je braquai mon arme sur la porte et l'ouvris d'un coup de pied. Il n'y avait pas traces de Marlasca à l'intérieur, juste une montagne de boîtes et de vieux objets empilés contre le mur. Je sentis de nouveau cette odeur qui semblait filtrer des murs. J'allai à l'armoire qui masquait le mur du fond et en ouvris grand les portes. J'enlevai les vieux vêtements qui y étaient pendus. Le courant d'air froid et humide qui sourdait de ce trou dans le mur me caressa le visage. Quelle que soit la chose que Marlasca avait cachée dans cette maison, elle était derrière.

Je remis l'arme dans la poche du manteau et me débarrassai de celui-ci. J'introduisis le bras dans le mince espace entre l'arrière de l'armoire et le mur. Je parvins à trouver une prise et tirai avec force. À la première tentative, je gagnai quelques centimètres et tirai de nouveau, tout en poussant le coin de l'autre main, jusqu'à ce que l'espace devienne assez large pour je puisse m'y glisser. Je m'arc-boutai alors contre le dos de l'armoire et l'écartai complètement. Je m'arrêtai pour reprendre mon souffle et examinai le mur. Sous la peinture, celui-ci se réduisait à une grossière masse de plâtre. Je cognai dessus à coups de poing. L'écho produit ne laissait aucun doute. Ce n'était pas un vrai mur. Il y avait un vide de l'autre côté. Je plaquai une oreille contre le plâtre et l'auscultai. J'entendis alors un bruit. Des pas dans le couloir, qui approchaient… Je ressortis lentement et tendis la main vers le manteau que j'avais laissé sur la chaise pour saisir mon revolver. Une ombre se découpa devant le seuil de la porte. Je retins ma respiration. La silhouette avança lentement dans la chambre.

— Inspecteur… murmurai-je.

Victor Grandes me sourit froidement. J'imaginai qu'il m'avait guetté pendant des heures, caché sous un porche de la rue.

— Vous faites des travaux, Martín ?

— Je mets de l'ordre.

L'inspecteur regarda la pile de vêtements et de tiroirs jetés par terre, l'armoire déplacée, et se borna à hocher la tête.

— J'ai prié Marcos et Castelo de rester en bas. J'allais frapper à la porte, mais vous l'aviez laissée ouverte et j'ai pris la liberté de monter. J'ai pensé : ça veut dire que mon ami Martín m'attend.

— Que puis-je pour vous, inspecteur ?

— Être assez aimable pour me suivre au commissariat.

— Je suis en état d'arrestation ?

— Je le crains. Me faciliterez-vous les choses, ou faudra-t-il employer les grands moyens ?

— Pas la peine, assurai-je.

— Je vous en sais gré.

— Je peux prendre mon manteau ? demandai-je.

Grandes me regarda un instant dans les yeux. Puis il saisit mon manteau et m'aida à l'enfiler. Je sentis le poids du revolver contre ma jambe. Je me boutonnai calmement. Avant de quitter la chambre, l'inspecteur jeta un dernier coup d'œil au mur qui était resté découvert. Après quoi, il me pria de sortir dans le couloir. Marcos et Castelo étaient montés jusqu'au palier et attendaient en arborant un sourire triomphal. Arrivé au bout du couloir, je m'arrêtai un moment pour regarder l'intérieur de la maison qui semblait se rétracter dans un puits de noirceur. Je me demandai si je la reverrais un jour. Castelo sortit des menottes, mais Grandes fit un signe négatif.

— Ça ne sera pas nécessaire, n'est-ce pas, Martín ?

Je confirmai. Grandes ouvrit la porte et me poussa avec douceur mais fermeté dans l'escalier.

18.

Cette fois, il n'y eut rien de spectaculaire, pas d'horrifique mise en scène, pas d'échos de cachots humides et obscurs. La pièce était grande, lumineuse, avec de hauts plafonds. Elle m'évoquait la salle de cours d'un collège religieux pour carte postale, crucifix au mur inclus. Elle était située au premier étage de la préfecture, avec de larges fenêtres qui permettaient de voir les passants et les tramways, dont déjà débutait le défilé matinal sur la rue Layetana. Au milieu de la pièce étaient disposées deux chaises et une table métallique qui, perdues dans ce vaste espace nu, paraissaient minuscules. Grandes me conduisit à la table et fit signe à Marcos et Castelo de nous laisser. Les deux policiers prirent tout leur temps pour exécuter son ordre. La rage que je leur inspirais était palpable. Grandes attendit qu'ils soient sortis et se détendit.

— Je croyais que vous alliez me livrer aux lions, dis-je.
— Asseyez-vous.

J'obéis. S'il n'y avait eu l'expression de Marcos et Castelo à leur départ, la porte en métal et les barreaux de l'autre côté des vitres, rien n'aurait laissé supposer la gravité de ma situation. D'autant que, pour finir de

594

me convaincre, Grandes posa sur la table une Thermos de café et un paquet de cigarettes avec un sourire serein et affable. Cette fois, l'inspecteur faisait les choses sérieusement.

Il prit place en face de moi et ouvrit un dossier, dont il tira des photographies qu'il disposa sur la table les unes à côté des autres. La première représentait Me Valera dans le fauteuil de son salon de lecture. La suivante, le cadavre de la veuve Marlasca, ou ce qu'il en restait après avoir été repêché dans le fond de la piscine de sa demeure, route de Vallvidrera. Une troisième montrait un petit homme, la gorge déchiquetée, qui semblait être Damián Roures. La quatrième était celle de Cristina Sagnier, prise le jour de son mariage avec Pedro Vidal. Les deux dernières étaient, posées en studio, celles de mes ex-éditeurs, Barrido & Escobillas. Après avoir aligné avec soin les six photos, Grandes me gratifia d'un regard impénétrable et laissa s'écouler quelques minutes de silence, étudiant ma réaction, ou mon absence de réaction. Puis, avec une lenteur calculée, il versa deux tasses de café et en poussa une vers moi.

— Avant tout, sachez que je voudrais vraiment vous donner une chance, Martín, celle de tout me raconter. À votre façon et sans vous presser.

— Ça ne servira à rien. Ça ne changera rien.

— Vous préférez que nous fassions une confrontation avec d'autres personnes susceptibles d'être impliquées ? Votre secrétaire, par exemple ? Comment s'appelle-t-elle, déjà ? Isabella ?

— Laissez-la tranquille. Elle ne sait rien.

— Il faudra m'en persuader.

Je regardai la porte.

— Il n'y a qu'une seule façon de sortir de cette pièce, Martín, lança l'inspecteur en me montrant une clef.

Je sentis de nouveau le poids du revolver dans la poche de mon manteau.

— Par où voulez-vous que je commence ?

— C'est vous le narrateur. Je vous demande seulement de me dire la vérité.

— Je ne sais pas quelle est la vérité.

— La vérité est ce qui fait mal.

En l'espace d'un peu plus de deux heures, Victor Grandes ne desserra pas les dents. Il écouta attentivement, hochant parfois la tête et prenant par moments des notes sur son carnet. Au début, je m'adressai directement à lui, mais, très vite, j'oubliai sa présence et découvris que je me racontais l'histoire à moi-même. Mes paroles me firent voyager dans un temps que je croyais perdu, la nuit où mon père avait été assassiné à la porte du journal. J'évoquai mes jours à la rédaction de *La Voz de la Industria*, les années pendant lesquelles j'avais survécu en écrivant des histoires fantastiques, et cette première lettre écrite par Andreas Corelli me promettant de grandes espérances. J'évoquai cette première rencontre avec le patron au Réservoir des Eaux, et ces jours où la certitude de la mort était mon unique horizon. Je lui parlai de Cristina, de Vidal et d'une histoire dont n'importe qui aurait pu prévoir la fin, sauf moi. Je lui parlai de ces deux livres que j'avais écrits, l'un sous mon nom et l'autre sous celui de Vidal, de la perte de ces misérables espérances et de cet après-midi où j'avais vu ma mère jeter à la poubelle la seule chose que je croyais avoir réussie dans ma vie. Je ne cherchais pas l'apitoiement ni la compréhension de l'inspecteur. Il me suffisait de tenter de tracer une carte imaginaire des événements qui m'avaient conduit dans cette pièce, jusqu'à cet instant de vide absolu. Je revins dans cette maison près du parc Güell, la nuit où la patron m'avait fait une proposition que je ne pouvais refuser. J'avouai mes premiers soupçons, mes recherches sur l'histoire de la maison de la tour, sur l'étrange mort de Diego Marlasca et le filet de faux-semblants dans lequel je m'étais trouvé pris ou que j'avais moi-même choisi pour satisfaire ma vanité, ma cupidité et ma volonté de vivre à n'importe quel prix. Vivre pour raconter l'histoire.

Je n'omis rien. Rien, excepté le plus important, ce que je n'osais pas me raconter à moi-même. Dans mon récit, je retournais au sanatorium de la villa San Antonio pour chercher Cristina et ne trouvais que des traces de pas qui se perdaient dans la neige. Peut-être, à force de le répéter indéfiniment, arriverais-je à croire que cela s'était réellement passé ainsi. Mon histoire s'achevait ce matin même, à mon retour des baraques du Somorrostro quand j'avais découvert que Diego Marlasca avait décidé que la photo manquante dans cette série étalée par l'inspecteur sur la table était la mienne.

Mon récit terminé, je plongeai dans un long silence. Jamais, de toute ma vie, je ne m'étais senti aussi fatigué. J'aurais voulu aller dormir et ne jamais me réveiller. De l'autre côté de la table, Grandes m'observait. Il était de toute évidence consterné, triste, en colère et surtout perdu.

— Dites quelque chose, l'implorai-je.

Grandes soupira. Il se leva de la chaise qu'il n'avait pas quittée durant tout mon récit et alla à la fenêtre en me tournant le dos. Je me vis en train d'extraire le revolver de mon manteau, de lui tirer une balle dans la nuque et de sortir avec la clef qu'il avait en poche. En soixante secondes, je pouvais être dans la rue.

— La raison de notre conversation est que nous avons reçu hier un télégramme du poste de la garde civile de Puigcerdà, signalant la disparition de Cristina Sagnier du sanatorium de la villa San Antonio et vous désignant comme le principal suspect. Le médecin-chef du centre assure que vous aviez manifesté votre intention de l'emmener et qu'il s'y était opposé catégoriquement. Je vous raconte tout cela afin que vous compreniez exactement pourquoi nous sommes dans cette pièce, avec du café et des cigarettes, en train de bavarder comme de vieux amis. Nous sommes ici parce la femme d'un des hommes les plus riches de Barcelone a disparu et que vous êtes le seul à savoir où elle se trouve. Nous sommes ici parce que le père de votre ami Pedro Vidal, qui figure parmi les hommes les plus puissants de la ville, s'est intéressé à l'affaire, car il vous connaît apparemment depuis longtemps, et a demandé aimablement à mes supérieurs qu'avant de toucher à un cheveu de votre tête nous obtenions de vous cette information, en laissant toute autre considération pour plus tard. Sans cette intervention, et aussi parce que j'ai insisté pour qu'on m'accorde la possibilité d'éclaircir l'affaire à ma manière, vous seriez actuellement dans un cachot du Campo de la Bota et, au lieu de discuter avec moi, vous auriez à parler directement avec Marcos et Castelo qui, pour votre édification, croient que ne pas commencer par vous casser les jambes à coups de marteau est une perte de temps et met en danger la vie de Mme Vidal, opinion que, chaque minute qui passe, partagent davantage mes supérieurs, lesquels pensent que je vous ménage beaucoup trop au nom de notre vieille amitié.

Grandes fit volte-face en contenant sa colère.

— Vous ne m'avez pas écouté ! protestai-je. Vous n'avez rien entendu de ce que je vous ai raconté.

— Je vous ai parfaitement entendu, Martín. J'ai entendu comment, moribond et désespéré, vous avez passé un accord avec un éditeur parisien plus que mystérieux dont nul ne sait rien et que personne n'a jamais rencontré, pour lui inventer, selon vos propres paroles, une nouvelle religion en échange de cent mille francs français, et cela pour découvrir ensuite que vous étiez victime d'un sinistre complot où seraient impliqués un avocat qui a simulé sa propre mort il y a vingt-cinq ans afin d'échapper à un destin qui est aujourd'hui le vôtre, et sa maîtresse, une chanteuse de cabaret tombée dans la mouise. J'ai entendu comment ce destin vous a conduit à plonger dans le piège d'une maison maudite où avait déjà été pris votre prédécesseur Diego Marlasca, et comment vous avez découvert que quelqu'un vous suivait en assassinant tous ceux qui pouvaient révéler le secret d'un homme qui, à en juger par vos propos, était presque aussi cinglé que vous. L'homme dans l'ombre, qui aurait emprunté l'identité d'un ex-policier pour cacher le fait qu'il était toujours vivant, a commis une série de crimes avec l'aide de sa maîtresse, y compris en causant la mort de M. Sempere pour un motif si bizarre que vous n'êtes même pas capable de l'expliquer.

— Irene Sabino a tué Sempere pour lui voler un livre. Un livre dont elle croyait qu'il contenait mon âme.

Grandes se donna une tape sur le front, comme s'il venait de découvrir la clef du mystère.

— Mais bien sûr ! Que je suis bête. Ça explique tout. C'est comme ce terrible secret qu'une jeteuse de sorts de la plage du Bogatell vous a révélé. La Sorcière du Somorrostro. Ça me plaît. C'est vous tout craché. Voyons si je vous ai bien compris : le dénommé Marlasca garde une âme prisonnière pour cacher la sienne et échapper ainsi à une espèce de malédiction. Vous avez pris ça dans *La Ville des maudits*, ou vous venez de l'inventer ?

— Je n'ai rien inventé.

— Mettez-vous à ma place. Vous croiriez un instant à ce que vous m'avez dit ?

— Je suppose que non. Mais je vous ai raconté tout ce que je sais.

— Naturellement. Vous m'avez donné des faits et des preuves concrètes pour que je vérifie la véracité de votre récit : depuis la visite au docteur Trías, votre compte à la Banque hispano-coloniale, votre propre pierre tombale dans un atelier du Pueblo Nuevo et même un lien légal entre l'homme que vous appelez « le patron » et le cabinet d'avocats Valera, parmi beaucoup d'autres détails factuels qui ne déméritent pas de votre expérience dans la fabrication de romans policiers. La seule chose que vous ne m'ayez pas avouée et que, en toute franchise, pour votre bien et pour le mien, j'espérais entendre, c'est où se trouve Cristina Sagnier.

Je compris, en cet instant, que seul le mensonge pouvait me sauver.

— Je ne sais pas où elle est.

— Vous mentez.

— Je vous avais prévenu que ça ne servirait à rien de vous raconter la vérité, répondis-je.

— Sauf à me faire passer pour un imbécile parce que j'ai voulu vous aider.

— Est-ce vraiment ce que vous avez voulu faire, inspecteur ? M'aider ?

— Oui.

— Alors vérifiez tout ce que j'ai dit. Trouvez Marlasca et Irene Sabino.

— Mes supérieurs m'ont accordé vingt-quatre heures. Si d'ici là je ne leur amène pas Cristina Sagnier saine et sauve, ou tout au moins vivante, ils me dessaisiront de l'affaire et la confieront à Marcos et Castelo qui, depuis longtemps, n'attendent que cette occasion pour en profiter et ne la laisseront pas passer.

— Dans ce cas, ne perdez pas de temps.

Grandes poussa un soupir et acquiesça.

— J'espère que vous savez ce que vous faites, Martín.

19.

Je calculai qu'il devait être neuf heures du matin quand l'inspecteur Grandes me laissa enfermé dans cette pièce, sans autre compagnie que le thermos de café refroidi et son paquet de cigarettes. Il avait posté un de ses hommes à la porte en lui ordonnant de ne laisser entrer personne, sous aucun prétexte. Cinq minutes après son départ, quelqu'un frappa, et je reconnus, derrière le guichet vitré, la tête du sergent Marcos. Je ne pouvais entendre ce qu'il disait, mais le mouvement de ses lèvres ne laissait guère de doutes :

« Prépare-toi, fils de pute. »

Je passai le reste de la matinée assis sur l'appui de la fenêtre à contempler les gens qui se croyaient libres et passaient derrière les barreaux, fumant et mangeant des morceaux de sucre avec une délectation qui me rappelait celle que j'avais constatée plus d'une fois chez le patron. La fatigue, ou peut-être était-ce seulement le contrecoup du désespoir, m'accabla vers midi, et je me couchai sur le sol, le visage contre le mur. Je m'endormis en moins d'une minute. Lorsque je me réveillai, la pièce était dans une quasi-obscurité. La nuit était déjà tombée et la clarté ocre des réverbères de la rue Layetana dessinait des ombres de voitures et de tramways sur le plafond. Je me levai, le froid du sol imprégnant tous mes muscles, et m'approchai du radiateur, dans un coin, qui était plus glacé que mes mains.

À ce moment, la porte s'ouvrit et, sur le seuil, Grandes m'observait. Sur un signe de lui, un de ses hommes alluma et referma la porte. La lumière dure et métallique me frappa en plein visage, m'aveuglant momentanément. Quand je rouvris les paupières, je me trouvai face à l'inspecteur qui avait presque aussi mauvais aspect que moi.

— Vous avez besoin d'aller aux toilettes ?

— Non. Étant donné les circonstances, j'ai décidé de me pisser dessus et de réserver le reste pour le moment où vous m'expédierez dans la chambre des horreurs des inquisiteurs Marcos et Castelo.

— Je me réjouis de constater que vous n'avez pas perdu le sens de l'humour. Vous allez en avoir besoin. Asseyez-vous.

Nous reprîmes nos positions respectives et nous dévisageâmes en silence.

— J'ai vérifié les détails de votre histoire.

— Et alors ?

— Par où voulez-vous que je commence ?

— C'est vous le policier.

— Ma première visite a été pour le cabinet médical du docteur Trías, rue Muntaner. Elle a été brève. Le docteur Trías est mort il y a douze ans, et la consultation appartient depuis huit ans à un dentiste nommé Bernat Llofriu, qui, est-il besoin de le préciser, n'a jamais entendu parler de vous.

— Impossible.

— Attendez, le meilleur est pour la suite. En sortant, je suis passé au siège central de la Banque hispano-coloniale. Décoration impressionnante et service impeccable. Ça m'a donné envie d'y ouvrir un compte. Là, j'ai pu constater que vous n'y avez jamais eu de compte, qu'on n'y a jamais entendu parler de quiconque du nom d'Andreas Corelli et qu'il n'y a personne, en ce moment, qui y possède un dépôt en devises crédité de cent mille francs français. Je continue ?

Je serrai les lèvres et acquiesçai.

— Mon arrêt suivant a été le bureau du défunt Me Valera. Là, j'ai découvert que vous aviez effectivement un compte, non pas à la Banque hispano-coloniale, mais à la Banque de Sabadell, d'où vous avez fait virer deux mille pesetas au crédit des avocats il y a environ six mois.

— Je ne comprends pas.

— C'est très simple. Vous avez engagé Valera anonymement, ou du moins est-ce ce que vous croyiez, car les banques ont une mémoire de poète, et elles n'oublient jamais le moindre centime qu'elles ont vu passer. Je vous avoue qu'à ce stade de mon enquête je commençais à apprécier vraiment le sel de votre histoire, et j'ai décidé de me rendre à l'atelier de sculpture funéraire de Sanabre & Fils.

— Ne me dites pas que vous n'avez pas vu l'ange…

— Je l'ai vu, je l'ai vu. Impressionnant. Comme la lettre portant votre signature, datée d'il y a trois mois, par laquelle vous en avez passé la commande, ainsi que le reçu de l'avance versée, que le brave Sanabre conserve dans ses livres. Un homme charmant et fier de son travail. Il m'a dit que c'était son chef-d'œuvre, qu'il a été guidé par une inspiration divine.

— Vous ne lui avez pas posé de question sur l'argent que lui a donné Marlasca voici vingt-cinq ans ?

— Je l'ai fait. Il garde tous les reçus. Il s'agissait des travaux d'embellissement, d'entretien et de nettoyage du mausolée familial.

— Dans la sépulture Marlasca, ce n'est pas lui qui est enterré.

— Ça, c'est ce que vous affirmez. Seulement, si vous voulez que je profane une tombe, vous comprendrez qu'il faudra me fournir des arguments plus solides. Mais permettez-moi de poursuivre le récit de mes vérifications.

Ma gorge se serra.

— Profitant de ce que je me trouvais là, je suis allé jusqu'à la plage du Bogatell, où, pour quelques sous, j'ai trouvé au moins dix personnes disposées à me dévoiler le terrible secret de la Sorcière du Somorrostro. Je ne vous en ai rien révélé ce matin, pour ne pas gâcher votre récit dramatique, mais, en réalité, la bonne femme qu'on appelait ainsi est morte voici des années. La vieille que vous avez vue ce matin ne fait même pas peur aux enfants et reste prostrée sur une chaise. Un détail qui vous ravira : elle est muette.

— Inspecteur…

— Je n'ai pas terminé. Vous ne pourrez pas prétendre que je ne prends pas mon travail au sérieux. Au point où j'en étais, j'ai décidé d'aller à la demeure que vous m'avez décrite, à côté du parc Güell : elle est abandonnée depuis au moins dix ans et je suis au regret de vous annoncer qu'on y trouve ni photographies ni portraits, juste des crottes de chat. Qu'en pensez-vous ?

Je ne répondis pas.

— Martín, mettez-vous à ma place. Comment auriez-vous réagi, face à de telles constatations ?

— J'aurais abandonné, je suppose.

— Exact. Mais je ne suis pas vous et donc, comme un idiot, je n'ai pas voulu laisser incomplet un périple aussi fructueux, si bien que, suivant votre conseil, j'ai cherché la redoutable Irene Sabino.

— Vous l'avez trouvée ?

— Accordez un peu de crédit aux forces de l'ordre, Martín. Bien sûr que nous l'avons trouvée. Faisant peine à voir, dans une misérable pension du Raval où elle vit depuis des années.

— Vous lui avez parlé ?

— Longuement et copieusement.

— Et ?

— Et elle n'a pas la plus lointaine idée de qui vous êtes.

— C'est ce qu'elle vous a raconté ?

— Entre autres choses.

— Lesquelles ?

— Elle m'a raconté qu'elle avait connu Diego Marlasca lors d'une séance organisée par Roures dans un appartement de la rue Elisabets où se réunissait la société de spiritisme L'Avenir en 1903. Elle m'a raconté que cet homme, détruit par la perte de son fils et prisonnier d'un mariage dénué de sens, s'était réfugié dans ses bras. Elle m'a raconté que Marlasca était un homme d'une grande bonté mais perturbé, qui croyait que quelque chose s'était logé en lui et était convaincu de sa mort prochaine. Elle m'a raconté qu'avant de mourir il avait laissé un fonds afin qu'elle et celui qu'elle avait quitté pour vivre avec lui, Juan Corbera, alias Jaco, puissent recevoir de l'argent en son absence. Elle m'a raconté que Marlasca s'était suicidé parce qu'il ne pouvait plus supporter le mal qui le dévorait. Elle m'a raconté qu'elle et Juan Corbera avaient vécu de ce legs charitable jusqu'à l'épuisement de l'argent, que l'homme que vous appelez Jaco l'avait abandonnée peu après, et qu'elle avait su qu'il était mort seul et alcoolique, employé comme vigile à la fabrique de Casaramona. Elle m'a raconté que, oui, elle avait emmené Marlasca voir la femme qu'on appelait la Sorcière du Somorrostro, car elle pensait qu'elle le consolerait et le convaincrait qu'il retrouverait son fils dans l'au-delà… Vous voulez que je poursuive ?

J'ouvris ma chemise et lui montrai les cicatrices des coupures qu'Irene Sabino m'avait infligées la nuit où elle et Marlasca m'avaient agressé dans le cimetière de Sant Gervasi.

— Une étoile à six pointes. Ne me faites pas rire, Martín. Ces estafilades, vous avez pu vous les faire seul. Elles ne signifient rien. Irene Sabino est seulement une pauvre femme qui gagne sa vie dans une blanchisserie de la rue Cadena, pas une sorcière.

— Et Ricardo Salvador ?

— Ricardo Salvador a été expulsé de la police en 1906, après avoir passé deux ans à s'acharner sur le dossier de la mort de Diego Marlasca tout en ayant une liaison illicite avec la veuve du défunt. Aux dernières nouvelles, il avait décidé de prendre le bateau pour les Amériques et d'y refaire sa vie.

Je ne pus m'empêcher d'éclater de rire devant l'énormité de la mystification.

— Vous ne vous rendez pas compte, inspecteur ? Vous ne vous rendez pas compte que vous tombez exactement dans le même piège que celui que m'a tendu Marlasca ?

Grandes me contemplait d'un air affligé.

— C'est vous qui ne vous rendez pas compte du pétrin où vous vous complaisez, Martín. L'horloge tourne et vous, au lieu de m'avouer où est Cristina Sagnier, vous vous obstinez à vouloir me convaincre de la véracité d'une histoire tout droit sortie de *La Ville des maudits*. Il n'existe qu'un seul piège : celui que vous vous êtes tendu à vous-même. Et chaque minute qui passe sans que vous me disiez la vérité rend plus difficiles mes efforts pour vous tirer de là.

Grandes me passa la main devant les yeux à deux reprises comme s'il voulait s'assurer que j'étais encore capable de voir.

— Non ? Rien ? À votre guise. Permettez-moi de terminer par ce que la journée m'a apporté de positif. Après ma visite à Irene Sabino, je dois avouer que j'étais fatigué et je suis revenu un moment à la préfecture, où j'ai encore trouvé le temps et l'envie d'appeler la garde civile de Puigcerdà. On m'y a confirmé que vous aviez été vu en train de sortir de la chambre où Cristina Sagnier était internée la nuit de sa disparition, que vous n'êtes pas retourné à votre hôtel pour y prendre vos bagages et que le médecin-chef du sanatorium a témoigné que vous aviez coupé les attaches qui maintenaient la patiente. J'ai alors appelé un vieil ami à vous, Pedro Vidal, qui a eu l'amabilité de venir à la préfecture. Le pauvre homme est dans un état lamentable. Il m'a raconté que, lors de votre dernière rencontre, vous l'aviez frappé. Est-ce exact ?

Je confirmai.

— Sachez qu'il ne vous en veut pas. De plus, il a plus ou moins essayé de me convaincre de vous libérer. Il est sûr que cette histoire a une explication logique. Vous avez eu une vie difficile. Vous avez perdu votre père par sa faute. Il se sent responsable. Tout ce qu'il veut, c'est récupérer sa femme, et il n'a aucune intention d'exercer des représailles à votre encontre.

— Vous avez rapporté à Vidal tout ce que vous venez de m'apprendre ?

— Je n'avais pas le choix.

Je me cachai la tête dans les mains.

— Qu'a-t-il répondu ?

Grandes haussa les épaules.

— Il pense que vous avez perdu la raison. Pour lui, vous êtes innocent et, même si ce n'est pas le cas, il veut que vous soyez mis hors de cause. Pour sa famille, c'est une autre affaire. Monsieur le père de votre ami Vidal, auprès duquel vous n'êtes pas exactement en odeur de sainteté, a offert secrètement une prime à Marcos et à Castelo s'ils vous arrachent des aveux en moins de douze heures. Ils lui ont garanti qu'une matinée leur suffirait pour vous faire tout cracher et même réciter les vers de Canigó.

— Et vous ? Que croyez-vous ?

— La vérité ? La vérité, c'est que j'aimerais que Pedro Vidal voie juste, que vous ayez réellement perdu la raison.

Je ne lui confiai pas que moi aussi, en cet instant, je commençais à le croire. Je regardai Grandes et remarquai dans son expression un sentiment qui ne collait pas avec le reste.

— Vous avez omis quelque chose, suggérai-je.

— Je vous en ai déjà assez raconté comme ça.

— Que m'avez-vous caché ?

Grandes m'observa attentivement, puis laissa échapper un rire étouffé.

— Ce matin, vous m'avez expliqué que, le soir de la mort de M. Sempere, une personne était venue dans sa librairie et qu'on les avait entendus se disputer. Vous soupçonniez qu'elle voulait acquérir un livre et que, Sempere refusant de le vendre, il y avait eu une lutte au cours de laquelle le libraire avait succombé à une crise cardiaque. D'après vous, il s'agissait d'un volume devenu unique, dont on ne trouve pratiquement pas d'exemplaires. Comment s'appelait le livre ?

— *Les Pas dans le ciel.*

— C'est ça. C'est le livre qui, selon vous, aurait été volé le soir où Sempere est mort.

J'acquiesçai. L'inspecteur prit une cigarette et l'alluma. Il en tira quelques bouffées et l'éteignit.

— Là réside mon dilemme, Martín. D'un côté, je suis convaincu que vous m'avez balancé un tas d'inventions, soit que vous me preniez pour un imbécile, soit que, pis encore, vous ayez vous-même fini par y croire à force de les répéter. Tout vous désigne, et le plus facile pour moi est de m'en laver les mains et de vous livrer à Marcos et Castelo.

— Mais…

— … mais, et c'est un « mais » minuscule, insignifiant, un « mais » que mes collègues n'auraient aucun scrupule à laisser de côté, et qui, pourtant, me gêne comme un grain de sable dans l'œil et me fait légèrement hésiter, au point que ce que je vais dire est en contradiction avec tout ce que j'ai appris en vingt ans de métier : et si ce que vous m'avez raconté n'était pas la vérité mais n'était pas non plus faux ?

— Je peux seulement vous affirmer que je vous ai fidèlement rapporté ce dont je me souviens, inspecteur. Que vous me croyiez ou pas. Parfois, il est vrai, je ne me crois pas moi-même. Mais c'est ce dont je me souviens.

Grandes se leva et se mit à marcher autour de la table.

— Cet après-midi, quand je parlais avec María Antonia Sanahuja, alias Irene Sabino, dans la chambre de sa pension, je lui ai demandé si elle savait qui vous étiez. Elle a répondu non. Je lui ai expliqué que vous habitiez la maison de la tour où elle et Marlasca avaient vécu plusieurs mois. Je lui ai demandé de nouveau si elle se souvenait de vous. Elle m'a encore répondu non. Un peu plus tard, je lui ai dit que vous étiez allé au mausolée de la famille Marlasca et que vous m'aviez assuré l'y avoir vue. Pour la troisième fois, cette femme a nié vous avoir jamais rencontré. Et je l'ai crue. Je l'ai crue jusqu'au moment où, juste quand j'allais partir, elle a eu froid et est allée prendre un châle en laine dans l'armoire pour le poser sur ses épaules. J'ai aperçu alors un livre sur une table. Il a attiré mon attention car c'était le seul livre dans la chambre. Profitant de ce qu'elle était occupée, je l'ai ouvert et j'ai lu ces mots manuscrits à la première page :

— « Pour M. Sempere, le meilleur ami que pourrait souhaiter un livre, pour m'avoir ouvert les portes du monde et appris à les franchir », citai-je de mémoire.

— « Signé David Martín », compléta Grandes.

L'inspecteur s'arrêta devant la fenêtre, me tournant le dos.

— Dans une demi-heure, on viendra vous chercher et je serai dessaisi de l'affaire. Vous serez confié à la garde du sergent Marcos. Et je ne pourrai plus rien faire. Avez-vous quelque chose à ajouter qui me permettrait de vous sauver du garrot ?

— Non.

— Alors prenez ce ridicule revolver que vous cachez dans votre manteau depuis des heures et, en faisant attention de ne pas vous tirer une balle dans le pied, menacez-moi de me faire exploser la tête si je ne vous donne pas la clef de cette porte.

Je regardai du côté de la porte.

— En échange, je vous demande seulement de me dire où est Cristina Sagnier, si elle vit encore.

Je baissai les yeux, incapable de prononcer un mot.

— Vous l'avez tuée ?

Je laissai passer un long silence.

— Je ne sais pas.

Grandes s'approcha de moi et me tendit la clef.

— Filez, Martín.

J'hésitai un instant avant de l'accepter.

— Ne prenez pas le grand escalier. En sortant dans le couloir, vous trouverez au bout, sur votre gauche, une porte bleue qui ne s'ouvre que de l'intérieur et donne sur l'escalier de secours. Il mène à la ruelle de derrière.

— Comment pourrai-je vous remercier ?

— Vous pouvez commencer par ne pas perdre de temps. Vous avez trente minutes avant que tout le service ne se mette à vos trousses. Ne les gaspillez pas.

Je saisis la clef et allai à la porte. Avant de sortir, je me retournai un instant. Grandes s'était assis sur la table et m'observait, totalement inexpressif.

— Cette broche en forme d'ange, dit-il en désignant sa propre boutonnière.

— Oui ?

— Vous la portiez la première fois que je vous ai rencontré.

20.

Les rues du Raval étaient des tunnels d'ombre ponctués de lumières vacillantes qui parvenaient à peine à égratigner l'obscurité. Il me fallut un peu plus des trente minutes accordées par l'inspecteur Grandes pour découvrir qu'il y avait deux blanchisseries dans la rue Cadena. La première, tout juste une grotte derrière des escaliers luisants de vapeur, n'employait que des enfants, les mains violacées à force de plonger dans la teinture, et le blanc des yeux jaunâtres. La seconde, un local sordide et empestant l'eau de Javel, d'où l'on avait du mal à croire qu'il pouvait sortir quoi que ce soit de propre, était dirigée par une grosse femme qui, à la vue de quelques pièces de monnaie, ne se fit pas prier pour admettre que María Antonia Sanahuja y travaillait six après-midi par semaine.

— Qu'est-ce qu'elle a encore fait ? demanda la matrone.

— Elle a hérité. Dites-moi où je peux la trouver, et peut-être que vous en gratterez quelque chose.

La matrone rit, mais ses yeux brillèrent de cupidité.

— À ce que je sais, elle loge à la pension Santa Lucía, rue Marqués de Barberá. De combien elle a hérité ?

Je laissai tomber l'argent sur le comptoir et sortis de ce trou immonde sans me donner la peine de répondre.

La pension d'Irene Sabino végétait dans un immeuble sinistre qui paraissait bâti avec des ossements déterrés et des pierres tombales volées. Les plaques des boîtes à lettres de l'entrée étaient couvertes de rouille. Pour les deux premiers étages, aucun nom n'était mentionné. Le troisième était occupé par un atelier de couture et de confection portant le nom ronflant de La Textil-Mediterránea. La pension Santa Lucía était au quatrième et dernier étage. Un escalier qui mesurait à peine la largeur d'un homme montait dans la pénombre, la touffeur des égouts filtrant des murs et rongeant la peinture comme de l'acide. J'atteignis un palier en pente qui n'avait qu'une porte. Je cognai dessus, et un homme grand et maigre comme un cauchemar du Greco finit par m'ouvrir.

— Je cherche María Antonia Sanahuja, annonçai-je.

— Vous êtes le médecin ?

Je le poussai de côté et entrai. La pension n'était qu'une succession de chambres étroites et obscures, des deux côtés d'un couloir qui venait mourir contre une fenêtre donnant sur une étroite cour intérieure. L'odeur fétide qu'exhalaient les canalisations imprégnait l'atmosphère. L'homme était resté sur le pas de la porte et me regardait, perplexe. Je déduisis qu'il s'agissait d'un locataire.

— Où est sa chambre ? demandai-je.

Il me dévisagea en silence, impénétrable. J'exhibai mon revolver. L'homme, sans perdre son calme, fit un geste vers la dernière porte, près de la fenêtre. J'y allai et, constatant que la porte était fermée à clef, je voulus forcer la serrure. Les autres pensionnaires étaient sortis dans le couloir, un chœur d'âmes abandonnées qui semblaient ne pas avoir frôlé la lumière du soleil depuis des années. Je me rappelai mes jours de vache enragée dans la pension de Mme Carmen, et j'eus le sentiment que mon ancien domicile ressemblait au nouvel hôtel Ritz comparé à ce misérable purgatoire, un parmi tant d'autres dans la fourmilière du Raval.

— Rentrez dans vos chambres, lançai-je.

Personne ne parut m'avoir entendu. Je levai la main en montrant mon arme. Immédiatement, tous réintégrèrent leur tanière tels des rongeurs effrayés, à l'exception du personnage à la haute et triste figure. Je concentrai de nouveau mon attention sur la porte.

— Elle l'a fermée de l'intérieur, expliqua le pensionnaire. Elle reste là tout l'après-midi.

Une odeur évoquant les amandes amères sourdait de sous la porte. Je frappai plusieurs fois sans obtenir de réponse.

— La patronne a un passe-partout. Si voulez bien attendre… je crois qu'elle ne tardera pas à revenir, proposa le pensionnaire.

Pour toute réponse, je reculai jusqu'à la cloison d'en face et me jetai de toutes mes forces contre la porte. Sous le choc, la serrure céda dans la seconde. Dès que je fus dans la chambre, je fus assailli par cette odeur âcre et nauséabonde.

— Mon Dieu ! murmura l'homme derrière moi.

L'ancienne étoile du Paralelo gisait sur un grabat, pâle et couverte de sueur. Elle avait les lèvres cyanosées et sourit en me voyant. Ses mains serraient étroitement le flacon de poison. Elle l'avait vidé jusqu'à la dernière goutte. Son haleine de sang et de bile emplissait la chambre. L'homme se boucha le nez et la bouche, et rétrograda jusqu'au couloir. Je contemplai Irene Sabino en train de se tordre sous l'effet du poison qui lui rongeait les entrailles. La mort prenait son temps.

— Où est Marlasca ?

Elle me regarda à travers les larmes de l'agonie.

— Il n'avait plus besoin de moi, murmura-t-elle. Il ne m'a jamais aimée.

Sa voix était âpre et brisée. Elle fut prise d'une toux sèche qui arracha de sa poitrine un son déchirant et, un instant plus tard, un liquide noir monta à ses lèvres. Irene Sabino me dévorait des yeux en s'accrochant à son dernier souffle de vie. Elle me prit la main et la serra avec force.

— Vous êtes maudit, comme lui.

— Que puis-je pour vous ?

Elle fit lentement non de la tête. Un nouvel accès de toux lui secoua la poitrine. Les vaisseaux de ses yeux éclataient, et un réseau de lignes sanglantes progressait vers ses pupilles.

— Où est Ricardo Salvador ? Dans la tombe de Marlasca, dans le mausolée ?

Elle eut un geste de déni. Une parole muette se forma sur ses lèvres : Jaco.

— Où est Salvador, alors ?

— Il sait où vous êtes. Il vous voit. Il viendra à vous.

Elle commençait à délirer. La pression de sa main se relâcha

— Je l'aimais. C'était un homme bon. Un homme bon. C'est lui qui l'a changé. C'était un homme bon…

Un son de chair déchirée émergea de ses lèvres et un spasme tendit son corps. Irene Sabino mourut les yeux rivés aux miens, emportant avec elle pour toujours le

616

secret de Diego Marlasca. Désormais, il ne restait plus que moi.

Je couvris son visage avec un drap et soupirai. Sur le seuil, l'homme se signa. Je regardai autour de moi, dans l'espoir de trouver un indice qui pourrait m'aider, me dévoiler ce que pourrait être la prochaine étape. Irene Sabino avait vécu ses derniers jours dans une cellule aveugle de quatre mètres sur deux. Le lit métallique sur lequel gisait son cadavre, une armoire de l'autre côté et une petite table contre le mur formaient tout le mobilier. Une valise dépassait de sous le lit, près d'un vase de nuit et d'un carton à chapeau. Sur la table, une assiette avec des miettes de pain, un pot à eau et une pile de ce qui ressemblait à des cartes postales mais se révéla être des images de saints et des faire-part de décès et d'enterrements. Enveloppée dans un linge blanc, la forme d'un livre. Je le dépliai et trouvai l'exemplaire des *Pas dans le ciel* que j'avais dédicacé à M. Sempere. La pitié que m'avait inspirée l'agonie de cette femme s'évapora à l'instant. La malheureuse avait tué mon grand ami pour lui arracher cette cochonnerie de livre. Je me rappelai alors ce que Sempere m'avait appris la première fois que j'étais entré dans sa librairie : que chaque livre avait une âme, l'âme de celui qui l'avait écrit et l'âme des lecteurs qu'il avait fait rêver. Sempere était mort en y croyant, et je compris qu'Irene Sabino, elle aussi, y avait cru.

Après avoir relu la dédicace, je feuilletai le livre. Je trouvai la première marque à la page sept. Un trait brunâtre griffonné autour des mots, dessinant une étoile à six pointes identique à celle qu'Irene avait gravée sur mon torse, des semaines plus tôt. Pas de doute, elle était tracée avec du sang. Continuant à tourner les pages, je rencontrai d'autres dessins. Des lèvres. Une main. Des yeux. Sempere avait sacrifié sa vie pour un misérable et ridicule sortilège de baraque de foire.

Je mis le livre dans la poche intérieure de mon manteau et m'agenouillai près du lit. Je tirai la valise et la vidai. Ce n'étaient que des vêtements et des vieilles chaussures. J'ouvris le carton à chapeau et trouvai un étui en cuir contenant le rasoir à manche avec lequel Irene Sabino m'avait balafré la poitrine. Soudain, j'aperçus une ombre qui s'allongeait sur le plancher et me retournai d'un coup, revolver pointé. Le grand escogriffe me regarda avec une certaine surprise.

— Je crois que vous avez de la compagnie, se contenta-t-il d'annoncer.

Je sortis dans le couloir et me dirigeai vers l'entrée. Je passai sur le palier et entendis des pas lourds gravissant les marches. Un visage se profila dans la cage de l'escalier, tourné vers le haut, et je me trouvai face aux yeux du sergent Marcos, deux étages plus bas. Il retira sa tête et les pas s'accélérèrent. Il ne venait pas seul. Je refermai la porte et m'y adossai, en tentant de réfléchir. Mon complice m'observait, calme mais aux aguets.

— Y a-t-il une autre issue que celle-là ? lui demandai-je.

Il hocha la tête négativement.

— Et par le toit ?

Il fit un geste en direction de la porte que je venais de fermer. Trois secondes plus tard je sentis l'impact des corps de Marcos et Castelo qui essayaient de l'enfoncer. Je m'en écartai et reculai dans le couloir, revolver toujours braqué.

— Moi, à tout hasard, je retourne dans ma chambre, déclara le locataire. Heureux de vous avoir rencontré.

— Moi de même.

618

Je gardai les yeux rivés sur la porte, violemment secouée. Le bois fatigué se fendillait autour des gonds et la serrure n'était pas loin de céder. J'allai au fond du couloir et ouvris la fenêtre qui donnait sur la courette. Celle-ci, d'environ un mètre sur un mètre et demi, formait un puits profond et obscur. On distinguait le rebord du toit à quelque trois mètres au-dessus de la fenêtre. De l'autre côté, une gouttière était fixée au mur par des colliers rouillés. L'humidité qui suppurait y laissait des larmes noires. Le bruit des coups continuait de résonner derrière moi. Je me retournai et constatai que la porte était déjà pratiquement défoncée. Il me restait à peine quelques secondes. Je n'avais pas le choix : je montai sur l'appui de la fenêtre et sautai.

Je réussis à saisir le tuyau et à poser le pied sur un des colliers qui l'assujettissaient au mur. Je levai le bras pour attraper la partie supérieure de la gouttière, mais je n'eus pas plus tôt fait ce mouvement que le tuyau se défit entre mes mains, et un segment d'un mètre entier s'abîma dans le trou de la courette. Je fus sur le point de tomber avec lui, mais je me cramponnai au piton scellé dans le mur et supportant le collier. La gouttière grâce à laquelle j'avais espéré pouvoir me hisser sur le toit était maintenant complètement hors de ma portée. Je n'avais plus que deux solutions : ou bien revenir dans le couloir où, dans quelques secondes, Marcos et Castelo auraient réussi à pénétrer, ou bien descendre dans cette gorge noire. J'entendis, à l'intérieur, la porte cogner violemment contre le mur et me laissai glisser lentement, en me tenant au tuyau de la gouttière du mieux que je pouvais et en m'arrachant une bonne partie de la peau de la main droite. J'étais parvenu ainsi à descendre d'un mètre et demi, quand les silhouettes des deux policiers se découpèrent dans le faisceau de lumière projeté par la fenêtre sur l'obscurité de la courette. La tête de Marcos fut la première à apparaître. Il sourit, et je me demandai s'il allait me tirer dessus ici même, sans autre forme de procès. Castelo vint le rejoindre.

— Reste ici. Moi je vais à l'étage du dessous, ordonna Marcos.

Castelo obéit sans me quitter des yeux. Ils me voulaient vivant, au moins pour quelques heures. J'entendis les pas précipités de Marcos qui s'éloignait. Dans quelques secondes, je le verrais sûrement apparaître à la fenêtre située à un mètre à peine au-dessous de moi. Plus bas, les fenêtres du deuxième et du premier étage étaient éclairées, mais celle du troisième était dans le noir. Je descendis lentement jusqu'à ce que mon pied se pose sur le collier suivant. J'arrivai à la hauteur de la fenêtre du troisième étage, devant le couloir obscur à la porte duquel Marcos était en train de frapper. À cette heure de la journée, l'atelier de confection devait avoir fermé et il n'y avait personne à l'intérieur. Les coups sur la porte cessèrent et je compris que Marcos était passé au deuxième étage. En haut, Castelo continuait de me surveiller, en se pourléchant comme un chat.

— Surtout ne tombe pas, attends qu'on s'amuse un peu quand on t'aura alpagué.

J'entendis des voix au deuxième étage et devinai que Marcos s'était fait ouvrir. Sans y réfléchir à deux fois, je me jetai de toutes mes forces contre la fenêtre du troisième. Je la traversai en me protégeant la figure et la gorge avec les manches de mon manteau et atterris dans un grand fracas de vitres brisées. Je me relevai laborieusement et, dans la pénombre, je discernai une tache noire s'élargissant sur mon bras gauche. Un éclat de verre, aigu comme une dague, était planté au-dessus du coude. Je l'extirpai de l'autre main. Le froid fit place à une flambée de douleur qui me jeta à genoux sur le sol. De là, je vis que Castelo était, à son tour, descendu le long de la gouttière et s'était arrêté à l'endroit d'où j'avais sauté, afin de m'observer. Avant que j'aie pu sortir mon arme, il bondit vers la fenêtre. Ses mains s'accrochèrent à l'encadrement et, par un réflexe immédiat, pesant de tout le poids de mon corps, je frappai dessus aussi fort que je le pus. Les os de ses doigts se brisèrent avec un craquement sec, et Castelo hurla de douleur. Je sortis le revolver et le visai à la tête, mais ses doigts lâchaient prise. Il y eut une seconde de terreur dans ses yeux, puis il tomba dans la courette, son corps cognant contre les murs et laissant une traînée de sang sur les taches de lumières diffusées par les fenêtres des étages inférieurs.

Je rampai dans le couloir vers la porte. Ma blessure au bras m'élançait violemment, et j'avais également des coupures aux jambes. Je continuai d'avancer. Des deux côtés s'ouvraient des pièces dans l'ombre, pleines de machines à coudre, de bobines de fil et de tables portant de grands rouleaux de toile. Arrivé à la porte, je posai la main sur la poignée. Un dixième de seconde après, je la sentis tourner sous mes doigts. Je la lâchai. Marcos était de l'autre côté et tentait de la forcer. Je reculai de quelques pas. Une énorme explosion secoua le chambranle et une partie de la serrure se détacha en projetant un nuage d'étincelles et de fumée bleue. Marcos faisait sauter la serrure en tirant dessus. Je me réfugiai dans la première pièce, remplie de silhouettes immobiles auxquelles manquaient bras et jambes. C'étaient des mannequins de vitrines, empilés les uns contre les autres. Je me glissai entre les torses qui luisaient dans la pénombre. J'entendis une seconde détonation. La porte s'ouvrit d'un coup. La lumière du palier, jaune et noyée dans le halo de la poudre, pénétra dans l'appartement. Le corps de Marcos se découpa sur le faisceau de clarté. Ses pas lourds s'approchèrent du couloir. Il poussa la porte. Je me collai au mur, caché au milieu des mannequins, le revolver dans mes mains tremblantes.

— Martín, sortez, dit Marcos avec calme en avançant lentement. Je ne vous ferai aucun mal. J'ai l'ordre de Grandes de vous conduire au commissariat. Nous avons trouvé cet homme, Marlasca. Il a tout avoué. Vous êtes blanc comme neige. Ce n'est pas le moment de faire une bêtise. Sortez, et on en parlera à la préfecture.

Il franchit le seuil de la pièce et poursuivit son chemin.

— Martín, écoutez-moi. Grandes est en route. Nous pouvons éclaircir tout ça sans avoir besoin de compliquer davantage les choses.

J'armai le percuteur du revolver. Les pas de Marcos s'arrêtèrent. Un frôlement sur le carrelage. Il était de l'autre côté du mur. Il savait très bien que j'étais dans cette chambre, et que, pour sortir, je devrais obligatoirement passer devant lui. Lentement, sa silhouette s'ajusta aux ombres de l'entrée. Son profil se fondit dans la pénombre liquide, le reflet dans ses yeux restant la seule trace de sa présence. Il était à peine à quatre mètres de moi. Je me laissai glisser contre le mur pour m'accroupir, genoux pliés. Les jambes de Marcos s'approchaient derrière les mannequins.

— Je sais que vous êtes là, Martín. Arrêtez vos conneries.

Il s'immobilisa, s'agenouilla et tâta des doigts la traînée de sang que j'avais laissée. Il porta un doigt à ses lèvres. Je l'imaginai en train de sourire.

— Vous avez beaucoup saigné, Martín. Vous avez besoin d'un médecin. Sortez, et je vous accompagnerai dans un dispensaire.

Je gardai le silence. Marcos fit halte devant une table et s'empara d'un objet brillant posé entre les morceaux de tissu. C'étaient de grands ciseaux de tailleur.

— Répondez, Martín.

J'écoutai le son produit par les ciseaux s'ouvrant et se fermant entre ses mains. Une douleur insoutenable me tenailla le bras, et je me mordis les lèvres pour ne pas gémir. Marcos tourna la tête dans ma direction.

— À propos de sang, vous serez heureux d'apprendre que nous tenons votre petite pute, Isabella, et qu'avant de commencer avec vous, nous allons prendre du bon temps avec elle…

Je levai l'arme et le visai en pleine figure. L'éclat métallique me dénonça. Marcos bondit sur moi, faisant choir les mannequins, et esquiva le coup. Je sentis son poids sur mon corps et son haleine sur mon visage. Les lames des ciseaux se fermèrent violemment à un centimètre de mon œil gauche. Je cognai mon front contre sa face de toutes mes forces et roulai sur le côté. Je visai de nouveau son visage. Marcos, la lèvre éclatée, se releva.

— Tu n'en as pas assez pour faire ça, minable, murmura-t-il.

Il posa la main sur le canon et ricana. J'appuyai sur la détente. La balle lui emporta la main, projetant le bras en arrière comme s'il avait reçu un coup de marteau. Marcos tomba sur le dos en tenant son poignet mutilé et fumant, tandis que son visage criblé de poudre se déformait dans un rictus de douleur et un hurlement muet. Je me levai et le laissai là, pissant le sang sur une flaque de son urine.

21.

À grand-peine, je réussis à me traîner dans les ruelles du Raval jusqu'au Paralelo, où une file de taxis stationnait aux portes du théâtre Ateneo. Je me glissai dans le premier qui se présentait. En entendant le claquement de la portière, le chauffeur se retourna et, quand il me vit, il eut une grimace dissuasive. Je m'effondrai sur la banquette arrière, ignorant ses protestations.

— Hé, vous n'allez pas passer l'arme à gauche dans mon taxi ?

— Plus vite vous me conduirez là où je veux aller, plus vite vous vous serez débarrassé de moi.

Le chauffeur jura tout bas et mit le moteur en marche.

— Et où voulez-vous aller ?

Je ne sais pas, pensai-je.

— Roulez toujours et je vous le dirai.

— Rouler vers où ?

— Pedralbes.

Vingt minutes plus tard, j'apercevais les lumières de la villa Helius sur la colline. Je les indiquai au chauffeur qui commençait à désespérer de me voir descendre. Il me laissa devant la demeure et, dans sa hâte, faillit oublier de me faire payer la course. Je clopinai jusqu'au portail et sonnai. Je me laissai tomber sur les marches et appuyai la tête contre le mur. J'entendis des pas et, un instant plus tard, il me sembla qu'on ouvrait la porte et qu'une voix prononçait mon nom. Je sentis une main sur mon front et crus reconnaître les yeux de Vidal.

— Pardonnez-moi, don Pedro, suppliai-je. Je n'avais nulle part où aller…

Il éleva la voix, puis plusieurs mains me saisirent par les pieds et par les bras et me soulevèrent. Lorsque je rouvris les yeux, j'étais dans la chambre de don Pedro, couché sur le lit qu'il avait partagé avec Cristina pendant les deux courts mois qu'avait duré leur mariage. Je soupirai. Vidal m'observait au pied du lit.

— Ne parle pas maintenant. Le médecin est en route.

Je gémis :

— Ne les croyez pas, don Pedro. Ne les croyez pas.

Vidal acquiesça d'un geste.

— Bien sûr que non.

Il jeta une couverture sur moi.

— Je descends attendre le médecin. Repose-toi.

Au bout d'un moment, j'entendis des pas et des voix dans la chambre. Je sentis qu'on me déshabillait et parvins à voir les douzaines d'entailles qui couraient sur mon corps comme un lierre sanguinolent. Les pinces fouillèrent mes blessures pour extraire les éclats de verre, arrachant en même temps des lambeaux de peau et de chair. Je tressaillis sous la chaleur des désinfectants et les piqûres de l'aiguille avec laquelle le docteur recousait mes plaies. Je ne souffrais pas, j'étais juste fatigué. Une fois dûment recousu, pansé et raccommodé comme si j'étais un pantin cassé, le docteur et Vidal me couvrirent et me posèrent la tête sur l'oreiller le plus doux et le plus moelleux que j'aie jamais connu. J'ouvris les yeux et vis le visage du médecin, un homme à l'allure aristocratique et au sourire rassurant. Il tenait une seringue.

— Vous avez eu de la chance, jeune homme, déclara-t-il tout en m'enfonçant l'aiguille dans le bras.

— Qu'est-ce que c'est ? murmurai-je.

Le visage de Vidal apparut près de celui du docteur.

— Ça t'aidera à te reposer.

Un nuage de froid se répandit dans mon bras et gagna ma poitrine. Penchés sur moi, Vidal et le docteur m'observaient. Le monde se rétracta pour finir par ne plus être qu'une goutte de lumière qui s'évapora dans mes mains. Je m'enfonçai dans cette paix chaude, chimique et infinie, dont je n'aurais jamais voulu m'échapper.

Je me souviens d'un monde d'eaux noires sous la glace. En haut, la lumière de la lune frôlait la voûte gelée et se décomposait en mille faisceaux de grains de poussière se balançant dans le courant qui m'entraînait. Le manteau blanc qui habillait Cristina ondulait lentement et la forme de son corps était visible en transparence. Elle tendait la main vers moi et je luttais contre ce courant glacial et épais. Au moment où seuls manquaient encore quelques millimètres pour que nos mains se rejoignent, un nuage de noirceur déployait ses ailes derrière elle et l'enveloppait comme une explosion d'encre. Des tentacules de lumière entouraient ses bras, sa gorge et son visage pour l'entraîner avec force vers l'obscurité.

22.

Je fus réveillé par la voix de l'inspecteur Victor Grandes prononçant mon nom. Je me levai d'un coup, sans reconnaître l'endroit où je me trouvais que, en tâchant de rassembler mes esprits, je crus être la suite d'un grand hôtel. Les coups de fouet des nombreuses blessures de mon torse me ramenèrent à la réalité. J'étais dans la chambre de Vidal à la villa Helius. Une lumière d'après-midi s'insinuait à travers les volets fermés. Dans la cheminée, un feu répandait une douce chaleur. Les voix venaient de l'étage du dessous. Pedro Vidal et Victor Grandes.

Ignorant les pointes d'acier et les élancements qui me mordaient la peau, je quittai le lit. Mes vêtements sales et ensanglantés étaient jetés sur un fauteuil. Je cherchai mon manteau. Le revolver était toujours dans la poche. Je l'armai et sortis de la chambre, guidé par le son des voix jusqu'à l'escalier. Je descendis plusieurs marches en me collant au mur.

— Je suis vraiment désolé de ce qui est arrivé à vos hommes, inspecteur, disait Vidal. Soyez sûr que si David prend contact avec moi ou si j'apprends quoi que ce soit concernant l'endroit où il se trouve, je vous préviendrai immédiatement.

— Merci pour votre aide, monsieur Vidal. Je regrette de devoir vous importuner dans de si tristes circonstances, mais la situation est d'une extrême gravité.

— J'en suis bien conscient. Merci pour votre visite.

Des pas dans le vestibule et le bruit de la porte du rez-de-chaussée. Des pas s'éloignant dans le jardin. La respiration de Vidal, lourde, au pied de l'escalier. Je descendis un peu plus et le trouvai le front appuyé contre la porte. En m'entendant, il ouvrit les yeux et se retourna.

Il ne parla pas. Il regarda seulement le revolver que je tenais. Je le posai sur la petite table à côté de la première marche.

— Viens, nous allons voir si nous trouvons quelques vêtements propres, prononça-t-il enfin.

Je le suivis dans une immense garde-robe qui ressemblait à un véritable musée du costume. Tous les vêtements raffinés dont je me souvenais, ceux des années de gloire de Vidal, étaient là. Des douzaines de cravates, de souliers et de boutons de manchette dans des écrins de velours rouge.

— Tout ça date de quand j'étais jeune. Ça t'ira bien.

Il choisit pour moi. Il me tendit une chemise qui valait à coup sûr le prix d'une parcelle de terrain, un costume trois pièces taillé sur mesure à Londres et des chaussures italiennes qui n'auraient pas déparé la garde-robe du patron. Je m'habillai en silence pendant que Vidal m'observait d'un air songeur.

— Un peu large d'épaules, mais il faudra t'en contenter, déclara-t-il en me tendant une paire de boutons de manchette en saphir.

— Que vous a dit l'inspecteur ?

— Tout…

— Et vous l'avez cru ?

— Qu'importe ce que je crois ?

— C'est important pour moi.

Vidal s'assit sur une banquette rangée contre un mur couvert de miroirs jusqu'au plafond.

— Dis-moi que tu sais où est Cristina.

Je fis signe que oui.

— Elle est vivante ?

Très lentement, je hochai affirmativement la tête. Vidal sourit faiblement. Puis il se mit à pleurer en laissant échapper un gémissement qui montait du plus profond de son corps. Je m'assis près de lui et le serrai dans mes bras.

— Pardonnez-moi, don Pedro, pardonnez-moi.

Plus tard, alors que le soleil commençait à descendre sur l'horizon, don Pedro ramassa mes vieux vêtements et les jeta dans le feu. Avant de livrer le manteau aux flammes, il en retira l'exemplaire des *Pas dans le ciel* et me le tendit.

— Des deux livres que tu as écrits l'an dernier, c'était celui-là le bon.

Je l'observai qui remuait mes vêtements dans le feu.

— Quand vous en êtes-vous rendu compte ?

Vidal haussa les épaules.

— Même un imbécile vaniteux est difficile à duper longtemps, David.

Je ne parvins pas à savoir s'il y avait de la rancœur dans sa voix ou seulement de la tristesse.

— Je croyais vous aider, don Pedro.

— Je sais.

Il me sourit sans animosité.

— Pardonnez-moi, murmurai-je.

— Tu dois quitter la ville. Il y a un cargo amarré au quai de San Sebastián qui appareille à minuit. Tout est réglé. Demande le capitaine Olmo. Il t'attend. Prends une voiture dans le garage. Tu pourras la laisser sur le quai. Pep ira la chercher demain. Ne parle à personne. Ne retourne pas chez toi. Tu auras besoin d'argent…

— J'ai ce qu'il me faut, mentis-je.

— On n'en a jamais assez. Quand tu débarqueras à Marseille, Olmo t'accompagnera dans une banque et te fera remettre cinquante mille francs.

— Don Pedro…

— Écoute-moi. Ces deux hommes que, d'après Grandes, tu as tués…

— Marcos et Castelo. Je crois qu'ils travaillaient pour votre père, don Pedro.

Vidal nia.

— Ni mon père ni ses avocats ne traitent jamais avec des subalternes, David. Comment crois-tu que ces deux-là savaient où te trouver dans les trente minutes qui ont suivi ton départ du commissariat ?

La froide évidence s'étala sous mes yeux, transparente.

— Par mon ami, l'inspecteur Víctor Grandes.

Vidal acquiesça.

— Grandes t'a laissé sortir parce qu'il ne voulait pas se salir les mains dans le commissariat. Tu n'en étais pas sitôt parti que ses deux hommes étaient déjà sur ta piste. Ta mort était programmée. « Soupçonné d'assassinat, il s'enfuit et est abattu en résistant à son arrestation. »

— Comme au bon vieux temps de la rubrique des faits divers.

— Certaines choses ne changent jamais, David. Tu devrais le savoir mieux que personne.

Il ouvrit son armoire et me tendit un manteau neuf, jamais porté. Je l'acceptai et glissai le livre dans la poche intérieure. Vidal me sourit.

— C'est la première fois que je te vois bien habillé.

— Ça vous allait mieux, don Pedro.

— Je n'en doute pas.

— Don Pedro, il y a beaucoup de choses que...

— Aujourd'hui ça n'a plus d'importance, David. Tu ne me dois aucune explication.

— Je vous dois beaucoup plus qu'une explication.

— Alors parle-moi d'elle.

Vidal me regardait avec des yeux désespérés, me suppliant de lui mentir. Nous nous assîmes dans le salon, face aux fenêtres d'où l'on dominait tout Barcelone, et je lui mentis de toute mon âme. Je lui racontai que Cristina avait loué un petit appartement sous les toits d'un immeuble de la rue Soufflot sous le nom de Mme Vidal, et qu'elle m'attendrait tous les jours vers quatre heures de l'après-midi devant le bassin du jardin du Luxembourg. Je lui racontai qu'elle parlait sans cesse de lui, qu'elle ne l'oublierait jamais et qu'après toutes les années passées près de lui, jamais elle ne pourrait combler son absence. Don Pedro hochait la tête, le regard perdu dans le lointain.

— Tu dois me promettre de prendre soin d'elle, David. De ne jamais la quitter. Quoi qu'il puisse arriver, tu resteras auprès d'elle.

— Je vous le promets, don Pedro.

Dans la lumière pâle de cette fin d'après-midi, c'est à peine si je reconnaissais, dans cet homme vieilli et vaincu, malade de souvenirs et de remords, celui qui n'avait jamais cru en rien et auquel ne restait plus désormais que le secours de la crédulité.

— J'aurais aimé être un meilleur ami pour toi, David.

— Vous avez été le meilleur des amis, don Pedro. Vous avez été beaucoup plus que cela.

Vidal tendit le bras et me prit la main. Il tremblait.

— Grandes m'a parlé de cet homme, celui que tu appelles le patron… Il prétend que tu as une dette envers lui et que la seule manière de la payer est de lui livrer une âme pure…

— Ce sont des absurdités, don Pedro. N'en tenez pas compte.

— Une âme salie et fatiguée comme la mienne ne te servirait pas ?

— Je ne connais pas d'âme plus pure que la vôtre, don Pedro.

Il sourit.

— Si je pouvais l'échanger contre celle de ton père, je le ferais, David.

— Je le sais.

Il se leva et contempla le crépuscule qui s'abattait sur la ville.

— Tu devrais te mettre en route. Va au garage et prends une voiture. Celle que tu voudras. Je vais voir si j'ai un peu d'argent liquide.

J'acquiesçai et pris le manteau. Je sortis dans le jardin et me dirigeai vers les remises. Le garage de la villa Helius abritait deux automobiles étincelantes comme des carrosses royaux. Je choisis la plus discrète, une Hispano-Suiza noire qui apparemment n'avait pas roulé plus de deux ou trois fois et sentait encore le neuf. Je m'installai au volant et démarrai. Je la sortis du garage et attendis dans la cour. Une minute s'écoula et, voyant que don Pedro n'arrivait pas, je descendis de voiture en laissant le moteur tourner. Je retournai dans la maison pour lui faire mes adieux et lui répéter qu'il ne s'inquiète pas pour l'argent, que je me débrouillerais. En traversant le vestibule, je me rappelai avoir laissé

mon arme sur la petite table. Je voulus la reprendre,
mais elle n'y était plus.

— Don Pedro ?

La porte donnant sur le salon était entrouverte. J'allai
sur le seuil et le vis au milieu de la pièce. Il porta le
revolver de mon père à la hauteur de sa poitrine et posa
le canon sur son cœur. Je courus vers lui, mais la détonation couvrit mes cris. L'arme lui tomba des mains.
Son corps fut projeté contre le mur et glissa lentement
jusqu'au sol, laissant une traînée écarlate sur le marbre.
Je tombai à genoux près de lui et le pris dans mes bras.
Le coup avait ouvert dans ses vêtements un trou fumant
d'où jaillissait à gros bouillons un sang noir et épais.
Don Pedro me regardait fixement dans les yeux, tandis
que son sourire se remplissait de sang et que son corps
cessait de trembler et s'affaissait, dans une odeur de
poudre et de malheur.

23.

Je revins à la voiture et posai mes mains souillées de sang sur le volant. J'avais du mal à respirer. J'attendis une minute, puis je baissai le levier du frein. La tombée de la nuit avait couvert le ciel d'un suaire rouge sous lequel battaient les lumières de la ville. Je partis vers le bas de la rue, abandonnant derrière moi la silhouette de la villa Helius sur le haut de la colline. Arrivé dans l'avenue Pearson, je fis halte et regardai dans le rétroviseur. Une voiture tournait au coin d'une ruelle cachée et se postait à une cinquantaine de mètres. Les phares étaient éteints. Victor Grandes.

Je poursuivis par l'avenue de Pedralbes jusqu'au grand dragon de fer forgé qui gardait le portique de la Finca Güell. L'inspecteur me suivait à une centaine de mètres. Sur la Diagonal, je pris sur ma gauche en direction du centre. La circulation était presque inexistante et Grandes n'eut pas de difficulté à maintenir la distance, jusqu'au moment où je décidai de tourner à droite dans l'espoir de le semer dans les rues étroites de Las Corts. À ce moment, l'inspecteur avait déjà compris que je l'avais repéré, il avait allumé ses phares et s'était rapproché. Pendant vingt minutes, nous roulâmes en esquivant un entrelacs de rues et de tramways. Je me faufilai entre des omnibus et des voitures de tout genre, ne cessant de retrouver les phares de Grandes dans mon dos. Puis la montagne de Montjuïc se dressa devant moi. Un grand palais de l'Exposition universelle et les restes des autres pavillons avaient été fermés deux semaines plus tôt à peine, mais ils se dessinaient déjà dans la brume du soir comme les ruines d'une civilisation oubliée. J'enfilai la grande avenue qui montait vers la cascade de lumières fantomatiques et d'éclairages prétentieux des fontaines de l'Exposition, et accélérai en poussant le moteur à fond. À mesure que je grimpais la route longeant la montagne et serpentant vers le stade olympique, Grandes gagnait du terrain au point que je finis par distinguer nettement son visage dans le rétroviseur. Un instant, je fus tenté de prendre la direction du fort couronnant la montagne, mais cela me mènerait à un cul-de-sac. Mon seul espoir était de gagner l'autre versant, celui qui dominait la mer, et de me perdre sur les quais du port. Pour cela, je devais absolument me ménager une marge de temps. Grandes n'était plus qu'à quinze mètres. Les balustrades de Miramar s'ouvraient juste devant, la ville s'étendant au-dessous. Je tirai de toutes mes forces sur le levier du frein et laissai Grandes s'écraser sur l'Hispano-Suiza. Sous l'effet du choc, nous roulâmes tous deux sur une vingtaine de mètres en soulevant des gerbes d'étincelles. Je lâchai le frein et avançai encore un peu. Pendant que Grandes essayait de récupérer le contrôle de sa voiture, je passai la marche arrière, accélérateur au plancher. Il se rendit compte trop tard de ma manœuvre. Je l'emboutis avec toute la puissance d'une carrosserie et d'un moteur qui étaient les fleurons de la plus riche écurie automobile de la ville, bien plus robustes que tout ce dont il pouvait disposer. La violence du choc l'atteignit à l'intérieur de sa voiture, et sa tête cogna contre le pare-brise, qui s'étoila complètement. Une fumée blanche jaillit de sous son capot et les phares s'éteignirent. Je repassai en marche avant et accélérai, le laissant derrière moi pour me diriger vers la tour de Miramar. Au bout de quelques secondes, je m'aperçus que la collision avait écrasé le garde-boue contre un pneu, qui frottait maintenant sur le métal. L'odeur de caoutchouc brûlé envahit l'intérieur. Vingt mètres plus loin, le pneu éclata et la voiture se mit à zigzaguer pour finalement s'arrêter dans un nuage de fumée noire. Je descendis et regardai en direction de l'endroit où j'avais laissé Grandes. L'inspecteur rampait pour s'extirper de son siège, puis se relevait lentement. J'inspectai les alentours. La station du téléphérique qui traversait le port en reliant la montagne de Montjuïc à la tour de San Sebastián se trouvait à une cinquantaine de mètres. Je distinguais les formes des cabines suspendues aux câbles et glissant sur le fond écarlate du crépuscule, et je courus dans cette direction.

Un employé du téléphérique s'apprêtait à fermer quand il me vit arriver à toute allure. Il maintint la porte ouverte et fit un geste vers l'intérieur.

— Dernier trajet de la journée, me prévint-il. Dépêchez-vous.

Le guichet allait cesser son activité quand j'achetai le dernier billet, et je m'empressai de rejoindre un groupe de quatre personnes qui patientaient devant la cabine. Je ne prêtai pas attention à leur habit jusqu'au moment où l'employé ouvrit la portière et les pria d'entrer. C'étaient des prêtres.

— Le téléphérique a été construit pour l'Exposition universelle et est doté des derniers progrès de la technique. Sa sécurité est garantie à tout moment. Dès le début du parcours, cette porte qui ne peut s'ouvrir que du dehors restera bloquée pour éviter les accidents ou, ce qu'à Dieu ne plaise, les tentatives de suicide. Bien entendu, avec vous, mes révérends pères, il n'y a pas de danger.

J'interrompis son discours :

— Jeune homme, pouvez-vous abréger le cérémonial ? La nuit tombe.

L'employé m'adressa un coup d'œil hostile. Un prêtre aperçut les taches de sang sur mes mains et se signa. L'employé continua de pérorer.

— Vous voyagerez dans le ciel de Barcelone à environ soixante-dix mètres d'altitude au-dessus des eaux du port, jouissant des vues les plus spectaculaires sur toute la ville dont seules pouvaient profiter jusqu'il y a peu les hirondelles, les mouettes et autres créatures dotées d'ailes et de plumes par le Très-Haut. Le trajet dure dix minutes, avec deux arrêts, le premier étant la tour centrale du port, ou, comme j'aime la nommer, la tour Eiffel de Barcelone, ou encore tour San Jaime, et le second et dernier la tour de San Sebastián. Sans plus tarder, je vous souhaite, très révérends pères, une agréable traversée, et vous réitère le désir de ma compagnie de vous revoir prochainement à bord du téléphérique du port de Barcelone.

Je fus le premier à monter à bord. Le préposé tendit la main sur le passage des quatre prêtres dans l'attente d'un pourboire qui ne vint pas. Visiblement déçu, il ferma la porte d'un coup et fit demi-tour, prêt à manœuvrer le levier. Il se trouva face à l'inspecteur Victor Grandes, mal en point mais souriant, brandissant sa carte de policier. L'employé rouvrit, et Grandes entra dans la cabine en saluant les prêtres de la tête et en m'adressant un clin d'œil. Quelques secondes plus tard, nous flottions dans le vide.

La cabine s'éleva en direction du bord de la montagne. Les prêtres s'étaient rassemblés sur un côté, manifestement disposés à savourer le panorama de Barcelone plongé dans le crépuscule et à tout ignorer des troubles circonstances qui nous avaient réunis là, Grandes et moi. L'inspecteur s'approcha lentement et me montra l'arme qu'il tenait dans la main. De gros nuages rouges flottaient au-dessus des eaux du port. La cabine s'enfonça dans le premier et, un instant, ce fut comme si nous avions plongé dans un lac de feu.

— Êtes-vous déjà monté là-dedans ? s'enquit Grandes

Je fis signe que oui.

— Ma fille adore ça. Une fois par mois, elle demande que nous fassions l'aller-retour. Un peu cher, mais ça vaut le coup.

— Avec ce que vous paye le vieux Vidal pour me vendre, je suis sûr que vous pourrez y amener votre fille tous les jours si vous en avez envie. Simple curiosité : à quel prix a-t-il mis ma tête ?

Grandes sourit. La cabine émergea du nuage écarlate, et nous nous retrouvâmes suspendus au-dessus du bassin du port, les lumières de la ville scintillant çà et là sur les eaux noires.

— Quinze mille pesetas, répondit-il en tapotant le bord d'une enveloppe qui dépassait de la poche de son manteau.

— Je suppose que je devrais m'en sentir flatté. Certains tuent pour quatre sous. Le fait de trahir vos deux hommes est-il inclus dans ce prix ?

— Je vous rappelle qu'ici le seul qui a tué quelqu'un, c'est vous.

Arrivés à ce point de notre conversation, les prêtres nous observaient, muets et consternés, indifférents aux charmes du vertige et du vol au-dessus de la ville. Grandes leur lança un bref regard.

— Au prochain arrêt, et si ce n'est pas trop vous demander, mes révérends pères, je vous prierai de descendre et de nous laisser discuter tranquillement de nos affaires terrestres.

La tour du bassin du port se dressait devant nous telle une flèche d'acier et de câbles arrachée à une cathédrale mécanique. La cabine pénétra sous la coupole de la station et s'arrêta sur la plate-forme. Dès que la porte s'ouvrit, les quatre prêtres se précipitèrent dehors. Grandes, pistolet à la main, m'ordonna d'aller dans le fond de la cabine. En descendant, un des prêtres me regarda d'un air inquiet.

— Ne vous alarmez pas, jeune homme, nous allons prévenir la police.

— N'hésitez pas à le faire, lui lança Grandes.

La porte de nouveau bloquée, la cabine poursuivit son trajet. Nous émergeâmes de la tour pour franchir la dernière section du parcours. Grandes s'approcha de la fenêtre et contempla la vue de la ville, un mirage de lumières et de brumes, de cathédrales et de palais, de rues étroites et de larges avenues enchevêtrées dans un labyrinthe d'ombre.

— La ville des maudits, proféra Grandes. Plus on la voit de loin, plus elle paraît belle.

— C'est mon épitaphe ?

— Je ne vais pas vous tuer, Martín. Je ne tue pas. C'est vous qui allez me rendre ce dernier service. À moi et à vous-même. Vous savez que j'ai raison.

Là-dessus, l'inspecteur tira trois balles sur le mécanisme de fermeture de la porte et la fit sauter d'un coup de pied. La porte resta à pendre dans le vide et une bouffée de vent humide inonda la cabine.

— Vous ne sentirez rien, Martín. Croyez-moi. Le choc ne dure pas plus d'un dixième de seconde. Instantané. Et après, la paix.

Je contemplai l'ouverture béante. Une chute de soixante-dix mètres s'ouvrait devant moi. Je me tournai du côté de la tour de San Sebastián et calculai qu'il restait quelques minutes pour y arriver. Grandes lut dans mes pensées.

— Dans quelques minutes, tout sera terminé, Martín. Vous devriez me remercier.

— Vous croyez réellement que j'ai tué toutes ces personnes, inspecteur ?

Il leva le revolver et le braqua sur mon cœur.

— Je ne sais pas et je m'en moque.

— Je croyais que nous étions amis.

Grandes sourit et hocha négativement la tête.

— Vous n'avez pas d'amis, Martín.

J'entendis la détonation et reçus l'impact en pleine poitrine, comme si un marteau-pilon s'était abattu sur mes côtes. Je tombai à la renverse, respiration coupée, et un spasme de douleur me traversa le corps comme un jet d'essence enflammée. Grandes m'avait attrapé par les pieds et me tirait vers la porte. La cime de la tour de San Sebastián apparut à travers des voiles de nuages, de l'autre côté. Grandes m'enjamba et s'agenouilla derrière moi. Il me poussa par les épaules. Je sentis le vent mouillé sur mes jambes. Grandes fit un nouvel effort, et je compris que toute la partie inférieure de mon corps pendait déjà hors de la cabine.

Mon centre de gravité allait basculer. Je commençais à tomber.

Je tendis les bras vers le policier et lui plantai les doigts dans la gorge. Lesté par le poids de mon corps, l'inspecteur resta coincé dans l'ouverture. Je serrai de toutes mes forces, défonçant la trachée et écrasant les carotides. Il se débattit, une main tentant de se libérer de ma prise et l'autre cherchant son arme. Ses doigts atteignirent la crosse et trouvèrent la détente. Le coup me frôla la tempe et frappa l'encadrement de la porte. La balle ricocha vers l'intérieur de la cabine et troua net la paume de sa main. J'enfonçai mes ongles dans son cou, sentant la peau céder. Grandes émit un gémissement. Je me cramponnai sauvagement et réussis à me hisser jusqu'à ce que plus de la moitié de mon corps se retrouve dans la cabine. Dès que je pus m'accrocher aux parois de métal, je lâchai Grandes et parvins à rouler de côté.

Je me tâtai la poitrine et trouvai l'orifice causé par la balle de l'inspecteur. J'ouvris mon manteau et en retirai l'exemplaire des *Pas dans le ciel*. La balle avait traversé la couverture et les quelque quatre cents pages, pour y rester logée, la pointe dépassant de l'autre côté comme un doigt en argent. Près de moi, Grandes se tordait sur le sol, se tenant la gorge avec désespoir. Son visage était violet, les veines de son front et de ses tempes battaient comme des câbles tendus. Il me lança un regard suppliant. Un réseau de vaisseaux éclatés s'élargissait dans ses yeux : mes mains lui avaient écrasé la trachée et l'asphyxie le gagnait irrémédiablement.

Je le regardai se débattre sur le plancher dans sa lente agonie. Je saisis le bord de l'enveloppe qui dépassait du revers de sa poche. Je comptai quinze mille pesetas. Le prix de ma vie. Je m'appropriai l'enveloppe Grandes rampait vers son arme. Je me relevai et, d'un coup de pied, la mis hors d'atteinte. Il agrippa ma cheville et implora ma pitié.

— Où est Marlasca ? demandai-je.

Un gémissement sourd jaillit de sa gorge. Je rivai mes yeux aux siens et compris qu'il riait. La cabine était déjà entrée dans la station de la tour de San Sebastián quand je le poussai dans l'embrasure de la porte et vis son corps tomber de presque quatre-vingts mètres à travers un enchevêtrement de poutrelles, de câbles, de roues dentées et de barres d'acier qui le déchiquetèrent dans sa chute.

24.

La maison de la tour était plongée dans l'obscurité. Je gravis à tâtons les marches de l'escalier de pierre menant au palier et constatai que la porte était entrouverte. Je la poussai et restai sur le seuil, scrutant l'ombre qui noyait le long couloir. Je fis quelques pas. Puis je m'immobilisai, attendant. De la main, je cherchai l'interrupteur sur le mur. Je l'actionnai quatre fois sans résultat. La première porte à droite conduisait à la cuisine. Je parcourus lentement les trois mètres qui m'en séparaient et m'arrêtai juste devant. Je conservais une lampe à huile dans un placard. Je la trouvai parmi les boîtes de café encore inutilisées, livrées par l'épicerie de Can Gispert. Je posai la lampe sur la table et l'allumai. Une faible lumière ambrée imprégna les murs de la cuisine. La lampe en main, je repartis dans le couloir.

J'avançai précautionneusement à la lueur de la flamme incertaine, m'apprêtant à tout moment à voir quelque chose ou quelqu'un jaillir d'une des portes flanquant le couloir. Je pressentais que je n'étais pas seul. Une odeur âcre, de rage et de haine, flottait dans l'air. J'arrivai au fond et fis halte devant la porte de la dernière chambre. La clarté de la lampe caressa le contour de l'armoire écartée du mur, les vêtements épars sur le plancher dans l'état exact où je les avais laissés quand l'inspecteur Grandes était venu me cueillir deux nuits auparavant. Je poursuivis jusqu'à l'escalier en spirale qui menait au bureau. Je l'empruntai en jetant un coup d'œil par-dessus mon épaule toutes les deux ou trois marches et atteignis le bureau. L'haleine rougeâtre du crépuscule pénétrait par les fenêtres. J'allai rapidement au mur contre lequel reposait le coffre et ouvris celui-ci. Le dossier contenant le manuscrit pour le patron avait disparu.

Je repris le chemin de l'escalier. En passant devant ma table de travail, je m'aperçus que le clavier de ma vieille machine à écrire avait été saccagé, comme si quelqu'un l'avait frappé à coups de poing. Je redescendis, toujours lentement. Parcourant de nouveau le couloir, j'allai à l'entrée de la galerie. Même dans la pénombre, je constatai que tous mes livres avaient été jetés par terre et le cuir des fauteuils lacéré. Je me retournai et examinai les vingt mètres de couloir me séparant de la porte du palier. La lumière n'en éclairait que la moitié. Plus loin, on ne discernait même plus les contours et l'ombre ondoyait comme une eau noire.

Je me rappelais avoir laissé la porte de l'étage ouverte en arrivant. Elle était maintenant close. Je fis quelques mètres, mais quelque chose m'arrêta alors que je repassais devant la dernière chambre du couloir. Je n'y avais pas pris garde en entrant, parce que la porte s'ouvrait sur la gauche et que je ne l'avais pas suffisamment observée pour l'apercevoir, mais cette fois, en m'approchant davantage, je la vis nettement : une colombe blanche, les ailes en croix, était clouée sur la porte. Les gouttes de sang qui descendaient le long du bois étaient fraîches.

J'entrai dans la chambre. Derrière la porte, il n'y avait personne. L'armoire était toujours poussée de côté. Le souffle froid et humide qui sortait du trou dans la cloison inondait la pièce. Je laissai la lampe par terre et posai les mains sur la consistance friable du plâtre qui entourait l'orifice. Je commençai à le gratter avec les ongles. Il s'effrita sous mes doigts. Je cherchai autour de moi et trouvai un vieux coupe-papier dans le tiroir d'une des tables de nuit entassées dans le coin. J'enfonçai la pointe dans le plâtre et creusai avec la lame. Le plâtre se détachait facilement. De l'autre côté, je rencontrai du bois.

Une porte.

J'en cherchai les bords avec le coupe-papier et, lentement, le contour de la porte se dessina sur le mur. À ce moment, j'avais oublié la présence menaçante à l'affût dans l'ombre de la maison. La porte n'avait pas de poignée, juste une serrure rouillée noyée dans le plâtre et rongée par l'humidité. J'y enfonçai le coupe-papier et la fourrageai en vain. Puis je donnai des coups de pied jusqu'à ce que le mastic qui la tenait se décompose peu a peu. Je finis de libérer le pêne avec mon instrument de fortune, puis une simple poussée eut raison de la porte.

Une bouffée d'air putride s'exhala de l'intérieur, imprégnant mes vêtements et ma peau. Je repris la lampe et entrai. La pièce était un rectangle de cinq ou six mètres de profondeur. Les murs étaient couverts de dessins et d'inscriptions apparemment tracés avec les doigts. Le trait était d'un brun sombre. Du sang séché. Le sol était jonché de ce que je crus d'abord être de la poussière, mais qui, en abaissant la lampe, se révéla être des petits ossements. Os d'animaux, brisés dans une mer de cendres. Du plafond pendaient d'innombrables objets au bout d'une corde noire. Je reconnus des statuettes religieuses, des images de saints et de vierges, visage brûlé et yeux arrachés, des crucifix accrochés avec du fil de fer barbelé, des débris de jouets en fer-blanc et de poupées aux yeux de verre. La silhouette était dans le fond, presque invisible.

Une chaise, tournée vers le mur. S'y profilait une forme. Je m'arrêtai à un pas et tendis lentement la main. Elle était vêtue de noir. Un homme. Les mains étaient jointes dans le dos par des menottes. Un épais fil de fer attachait les membres à l'armature de la chaise. Un froid tel que je n'en avais jamais connu m'envahit.

— Salvador ? arrivai-je à articuler.

La forme demeura immobile. Je m'arrêtai près d'elle et tendis précautionneusement la main. Mes doigts frôlèrent les cheveux et se posèrent sur l'épaule. Je fis pivoter le corps, mais quelque chose céda sous mes doigts. Une seconde après l'avoir touché, dans un froissement le cadavre se décomposa en poussière qui s'éparpilla entre les vêtements et les liens avant de s'élever en un nuage de ténèbres et de flotter entre les murs de cette prison qui avaient caché le mort durant des années. Je contemplai le voile de poussière sur mes mains et portai celles-ci à ma figure, étalant sur ma peau les restes de l'âme de Ricardo Salvador. Quand j'ouvris les yeux, Diego Marlasca, son geôlier, se tenait sur le seuil de la cellule, le manuscrit à la main et du feu dans les yeux.

— Je vous ai lu en vous attendant, Martín. Un chef-d'œuvre. Le patron saura me récompenser quand je le lui remettrai en votre nom. Je reconnais que je n'ai jamais été capable d'aller jusqu'au bout de l'épreuve. Je suis resté en chemin. Je suis heureux de constater que le patron a su me trouver un successeur plus talentueux.

— Écartez-vous.

— Je regrette, Martín. Croyez bien que je regrette. Je vous avais pris en sympathie, dit-il en tirant de sa poche ce qui me parut être un manche en ivoire. Mais je ne peux pas vous laisser sortir de cette pièce. L'heure est venue pour vous de prendre la place du pauvre Salvador.

Il appuya sur un bouton, et une lame à double tranchant brilla dans la pénombre.

Il se lança sur moi avec un cri de rage. La lame m'ouvrit la joue et m'aurait arraché l'œil gauche si je ne m'étais pas jeté de côté. Je tombai à la renverse sur le sol couvert de petits ossements et de poussière. Marlasca empoigna le couteau à deux mains et se laissa tomber sur moi en pesant de tout son poids sur la lame. La pointe s'arrêta à quelques centimètres de ma poitrine pendant que ma main droite saisissait Marlasca à la gorge.

Il tourna la tête pour me mordre le poignet, et je lui assenai du poing gauche un coup en pleine figure qui l'ébranla à peine. Il était mû par une fureur hors de toute raison, et je compris qu'il ne me laisserait pas sortir vivant de ce cachot. Il attaqua avec une force inhumaine. La pointe du couteau m'entra dans la peau. Je le frappai de nouveau aussi fort que je pus. Mon poing s'écrasa sur sa face et son nez se brisa. Son sang coula sur mes phalanges. Marlasca cria de nouveau, insensible à la douleur, et enfonça son couteau d'un centimètre dans ma chair. Une flambée de douleur parcourut ma poitrine. Je le frappai encore, cherchant des doigts les cavités oculaires, mais Marlasca leva le menton et je pus seulement lui planter mes ongles dans la joue. Cette fois, je sentis ses dents sur mes doigts.

J'enfonçai mon poing dans sa bouche, lui éclatant les lèvres et lui arrachant plusieurs dents. Je l'entendis hurler, et son élan forcené vacilla un instant. Je le poussai et il tomba au sol, le visage réduit à un masque sanglant tremblant de douleur. Je m'écartai, en priant pour qu'il ne se relève pas. Une seconde après, il rampa jusqu'au couteau et commença de se redresser.

Saisissant le couteau il se jeta sur moi avec un hurlement assourdissant. Cette fois, il ne me prit pas par surprise. Je parvins à atteindre l'anse de la lampe et la balançai de toutes mes forces sur son passage. La lampe l'atteignit en pleine face, et l'huile se répandit sur ses yeux, ses lèvres, sa gorge et son torse. Il prit feu immédiatement. En quelques secondes à peine, un manteau de flammes se propagea sur tout son corps. Ses cheveux s'évaporèrent tout de suite. À travers les flammes, la haine lui dévorait les paupières. Je ramassai le manuscrit et sortis. Marlasca tenait encore le couteau quand il tenta de me suivre hors de ce lieu maudit et tomba à plat ventre sur le tas de vieux vêtements, qui brûlèrent sur-le-champ. Le feu sauta sur le bois sec de l'armoire et des meubles empilés contre le mur. Je m'enfuis dans le couloir, Marlasca sur mes pas, les bras tendus dans une ultime tentative pour m'atteindre. Je courus vers la porte, mais, avant de partir, je m'arrêtai pour contempler Diego Marlasca agonisant dans le brasier et frappant rageusement les murs qui s'enflammaient à son contact. Les flammes se répandirent jusqu'aux livres qui jonchaient le sol de la galerie et arrivèrent aux rideaux. Elles grimpèrent tels des serpents au plafond, léchant les montants des portes et des fenêtres, rampant dans l'escalier du bureau. La dernière image dont je me souviens est celle de cet homme maudit tombant à genoux au bout du couloir, les vaines espérances de sa folie perdues, son corps réduit à une torche de chair et de haine vite engloutie par la tempête de feu qui s'étendait irrémédiablement dans toute la maison de la tour. Puis j'ouvris la porte et dévalai l'escalier.

Des habitants du quartier s'étaient rassemblés dans la rue quand les premières flammes étaient apparues aux fenêtres de la tour. Nul ne fit attention à moi pendant que je m'éloignais le long de la rue. Un instant plus tard, j'entendis les vitres du bureau exploser et me retournai pour voir le feu rugir et embraser la rose des vents en forme de dragon. Peu après, je me retrouvai dans le Paseo del Born, à contre-courant du flot des badauds qui se précipitaient en levant la tête, les yeux fixés sur le flamboiement du bûcher qui s'élevait dans le ciel noir.

25.

Cette nuit-là, je revins pour la dernière fois à la librairie Sempere & Fils. La pancarte « Fermé » était accrochée à la porte, il y avait encore de la lumière et Isabella était derrière le comptoir, plongée dans un gros livre de comptes qui, à en juger par l'expression de son visage, promettait la fin des jours heureux de la vieille librairie. En la voyant mordiller son crayon et se frotter le bout du nez, je compris que, tant qu'elle serait là, ce lieu ne disparaîtrait jamais. Sa présence le sauverait, comme elle m'avait sauvé moi-même. Je n'osai pas briser cet instant et restai à l'observer sans qu'elle s'en aperçoive, souriant intérieurement. Soudain, comme si elle avait lu dans mes pensées, elle leva la tête et me découvrit. Je la saluai de la main. Malgré elle, ses yeux se remplirent de larmes. Elle ferma le livre et sortit en courant de derrière le comptoir pour m'ouvrir. Elle me dévorait du regard comme si elle ne pouvait croire que j'étais là.

— Cet homme a dit que vous étiez en fuite… que nous ne vous reverrions jamais.

Je supposai que Grandes leur avait rendu visite.

— Je veux que vous sachiez que je n'ai pas cru un mot de ce qu'il m'a raconté. Laissez-moi prévenir…

— Je n'ai pas beaucoup de temps, Isabella.

Elle me dévisagea, désolée.

— Vous partez, n'est-ce pas ?

Je confirmai. Isabella encaissa le coup.

— Je vous ai déjà dit que je n'aimais pas les adieux.

— Moi encore moins. Aussi ne suis-je pas venu vous dire adieu. Je suis venu vous rendre deux choses qui ne m'appartiennent pas.

Je tirai de ma poche l'exemplaire des *Pas dans le ciel* et le lui tendis.

— Ceci n'aurait jamais dû quitter la vitrine qui abrite la collection personnelle de M. Sempere.

Isabella le prit et, en voyant la balle encore encastrée dans ses pages, me regarda en silence. Je sortis alors l'enveloppe blanche contenant les quinze mille pesetas avec lesquelles le vieux Vidal avait voulu acheter ma mort et la posai sur le comptoir.

— Et ça, c'est pour tous les livres que Sempere m'a donnés durant toutes ces années.

Isabella l'ouvrit et compta l'argent, stupéfaite.

— Je ne sais si je peux accepter…

— Considérez cela comme un cadeau de mariage anticipé.

— Et moi qui nourrissais l'espoir que vous me mèneriez un jour à l'autel, même comme simple témoin.

— Rien ne m'aurait plu davantage.

— Mais vous devez partir.

— Oui.

— Pour toujours.

— Pour un temps.

— Et si je partais avec vous ?

Je l'embrassai sur le front et la serrai dans mes bras.

— Où que j'aille, tu seras toujours avec moi, Isabella. Toujours.

— N'allez pas croire que je vous regretterai.

— Je sais.

— Est-ce que je peux au moins vous accompagner au train, ou ailleurs ?

J'hésitai trop longtemps pour me refuser ces dernières minutes en sa compagnie.

— C'est pour être sûre que vous partez pour de bon et que je serai débarrassée de vous pour toujours, ajouta-t-elle.

— Marché conclu.

Nous descendîmes lentement la Rambla, Isabella à mon bras. Arrivés rue de l'Arc del Teatre, nous traversâmes pour prendre la ruelle obscure qui serpentait à travers le Raval.

— Isabella, ce que tu vas voir cette nuit, tu ne devras le raconter à personne.

— Pas même à mon Sempere Junior ?

Je soupirai.

— Bien sûr que si. À lui, tu peux tout confier. Avec lui, nous n'avons presque aucun secret.

En ouvrant la porte, Isaac le gardien nous sourit et s'effaça.

— Il était temps que nous ayons une visite de qualité, déclara-t-il en adressant une révérence à Isabella. Je suppose, Martín, que vous préférez faire vous-même le guide ?

— Si ça ne vous dérange pas…

Isaac accepta et me tendit la main. Je la serrai.

— Bonne chance, dit-il.

652

Le gardien se retira dans l'ombre, me laissant seul avec Isabella. Mon ancienne secrétaire et toute nouvelle gérante de Sempere & Fils observait tout avec un mélange d'étonnement et d'appréhension.

— Dans quel genre de lieu sommes-nous ? demanda-t-elle.

Je la pris par la main et, lentement, la conduisis sur le reste du parcours vers la grande salle qui abritait l'entrée.

— Bienvenue au Cimetière des livres oubliés, Isabella.

Isabella leva la tête vers la coupole de verre et se perdit dans cette vision impossible de faisceaux de lumière blanche criblant une Babel de tunnels, passerelles et ponts tendus vers les entrailles de cette cathédrale de livres.

— Ce lieu est un mystère. Un sanctuaire. Chaque livre, chaque tome que tu vois a une âme. L'âme de celui qui l'a écrit et l'âme de ceux qui l'ont lu, ont vécu et ont rêvé avec lui. Toutes les fois qu'un livre change de main, toutes les fois que quelqu'un parcourt ses pages, son esprit grandit et devient plus fort. Ici, les livres dont personne ne se souvient, les livres qui se sont perdus dans le temps, vivent pour toujours, en attendant d'arriver dans les mains d'un nouveau lecteur, d'un nouvel esprit…

Plus tard, je laissai Isabella m'attendre à l'entrée du labyrinthe et pénétrai seul dans les tunnels, portant ce manuscrit maudit que je n'avais pas eu le courage de détruire. J'espérais que mes pas me guideraient vers l'endroit où il devait être à jamais enterré. Je passai par mille carrefours en finissant par croire que je m'étais égaré. Puis, au moment où j'avais acquis la certitude d'avoir déjà parcouru dix mille fois le même chemin, je débouchai à l'entrée de la petite salle où je m'étais trouvé face à mon propre reflet dans le miroir, où le regard de l'homme en noir était toujours présent. J'avisai un vide entre deux dos de cuir noir et, sans réfléchir davantage, j'y glissai le dossier du patron. Je m'apprêtais à repartir quand je me retournai et revins au rayon. Je pris le volume voisin du creux où j'avais relégué le manuscrit et l'ouvris. Il me suffit de lire deux phrases pour sentir de nouveau ce rire obscur dans mon dos. Je remis le livre à sa place et en saisis un autre au hasard pour le feuilleter rapidement. J'en pris un autre, puis encore un autre, et ainsi de suite jusqu'à ce que j'aie examiné des douzaines de ces volumes qui peuplaient la salle, et constaté que, dans tous, les mêmes images les obscurcissaient et le même conte s'y répétait comme un pas de deux dans une galerie infinie de miroirs. *Lux æterna*.

En sortant du labyrinthe, je trouvai Isabella qui m'attendait assise sur des marches, le livre qu'elle avait choisi à la main. Je m'assis près d'elle et elle posa la tête sur mon épaule.

— Merci de m'avoir amenée ici.

Je compris alors que je ne reverrais jamais ce lieu, que j'étais condamné à le rêver et à sculpter son souvenir dans ma mémoire en sachant que j'avais eu beaucoup de chance de pouvoir parcourir ses couloirs et frôler ses secrets. Je fermai un instant les paupières et laissai cette image se graver à jamais dans mon esprit. Puis, sans avoir le courage de le contempler encore une fois, je pris la main d'Isabella et me dirigeai vers la sortie, laissant pour toujours derrière moi le Cimetière des livres oubliés.

Isabella m'accompagna jusqu'au quai où attendait le bateau qui devait me conduire loin de cette ville et de tout ce que j'avais connu.

— Comment dites-vous que s'appelle le capitaine ? demanda-t-elle.

— Charon.

— Je ne trouve pas ça drôle.

Je la serrai une dernière fois dans mes bras et la regardai silencieusement dans les yeux. En chemin, nous nous étions mis d'accord : il n'y aurait ni paroles solennelles ni promesses à tenir. Lorsque les cloches de Santa María del Mar sonnèrent minuit, je montai à bord. Le capitaine Olmo me souhaita la bienvenue et me proposa de me conduire à ma cabine. Je lui répondis que je préférais rester sur le pont. L'équipage largua les amarres et, lentement, la coque s'écarta du quai. Je me postai à l'arrière pour contempler la ville qui s'éloignait dans un flot de lumières. Isabella resta là, immobile, son regard rivé au mien, jusqu'à ce que le quai se perde dans l'obscurité et que le grand mirage de Barcelone s'enfonce dans les eaux noires. Une à une, les lumières de la ville disparurent. Commençait le temps du souvenir.

Épilogue

1945

Quinze longues années se sont écoulées depuis cette nuit qui me vit m'enfuir pour toujours de la ville des maudits. Longtemps, mon existence a été faite d'absences, sans autre nom ni personnalité que ceux d'un étranger de passage. J'ai eu cent noms et autant de métiers, aucun n'étant jamais le mien.

J'ai disparu dans des villes immenses et des bourgades si petites que personne n'y avait ni passé ni futur. Nulle part je ne me suis arrêté plus que le nécessaire. Très vite, je fuyais de nouveau, sans prévenir, laissant tout juste quelques vieux livres et des vêtements de seconde main dans des chambres lugubres où le temps était sans pitié et le souvenir brûlait. Je n'ai pas eu d'autre mémoire que l'incertitude. Les années m'ont appris à vivre dans le corps d'un inconnu qui ne savait pas s'il avait commis les crimes dont il pouvait encore sentir l'odeur sur ses mains, s'il avait perdu la raison et était condamné à errer dans le monde en flammes qu'il avait rêvé en échange d'une fortune et de la promesse de duper une mort qui lui paraissait maintenant la plus douce de toutes les récompenses. Bien des fois, je me suis demandé si la balle tirée par l'inspecteur Victor Grandes sur mon cœur avait traversé toutes les pages de ce livre, et si c'était moi qui étais mort dans cette cabine suspendue en plein ciel.

Dans mes années de pérégrinations, j'ai vu l'enfer promis dans les pages que j'avais écrites pour le patron prendre vie à mon passage. Mille fois j'ai fui mon ombre, épiant sans cesse derrière moi, espérant toujours la trouver au coin de la rue, sur le trottoir d'en face ou au pied de mon lit dans les heures interminables précédant l'aube. Je n'ai jamais permis à quiconque de me connaître assez longtemps pour me demander pourquoi je ne vieillissais jamais, pourquoi mon visage ne se creusait pas de rides, pourquoi mon reflet était le même que cette nuit où j'avais laissé Isabella sur le quai de Barcelone, pas plus vieux d'une minute.

Un temps est venu où j'ai cru avoir épuisé tous les lieux les plus reculés du monde. J'étais si las d'avoir peur, de vivre et de mourir de souvenirs, que je me suis arrêté là où finissait la terre et commençait un océan qui, comme moi, renaît au jour chaque matin semblable au précédent, et je m'y suis laissé choir.

Aujourd'hui, cela fait un an que je suis arrivé ici et que j'ai repris mon nom et mon métier. J'ai acheté cette vieille cabane sur la plage, à peine un abri que je partage avec les livres laissés par l'ancien propriétaire et une machine à écrire dont j'aime à croire qu'elle ressemble à celle sur laquelle j'ai écrit des centaines de pages dont je ne saurai jamais si quelqu'un se souvient. De ma fenêtre, je vois une petite jetée en bois qui avance dans la mer et, amarré au bout, le bateau compris dans le prix de la maison et sur lequel je vais parfois naviguer jusqu'aux récifs où se brisent les vagues, là où l'on perd la côte de vue.

Je n'avais plus jamais écrit jusqu'à mon arrivée ici. La première fois que j'ai glissé une feuille dans la machine et posé les mains sur le clavier, j'ai eu peur d'être incapable de rédiger une ligne. J'ai écrit le début de cette histoire pendant ma première nuit dans la cabane de la plage. J'ai écrit jusqu'au petit matin, comme je le faisais des années auparavant, sans savoir encore pour qui j'écrivais. Durant le jour, je marchais sur la plage ou m'asseyais sur la jetée de bois en face de la cabane – une passerelle entre le ciel et la mer –, pour lire les tas de vieux journaux que j'avais trouvés dans une armoire. Leurs pages racontaient des histoires de la guerre, du monde en flammes que j'avais rêvé pour le patron.

En lisant ces chroniques sur la guerre en Espagne, puis en Europe et dans le monde, j'ai décidé que je n'avais désormais plus rien à perdre et que tout ce que je désirais était de savoir si Isabella allait bien et si, avec un peu de chance, elle se souvenait encore de moi. Ou peut-être voulais-je simplement savoir si elle était toujours vivante. J'ai écrit cette lettre adressée à la vieille librairie Sempere & Fils, rue Santa Ana à Barcelone, qui mettrait des semaines ou des mois à arriver, si jamais elle finissait par arriver. Sur le dos de l'enveloppe, j'ai signé M. Rochester, sachant que si la lettre parvenait dans les mains d'Isabella, elle devinerait qui en était l'expéditeur et, si elle préférait ne pas l'ouvrir, elle pourrait m'oublier pour toujours.

Des mois durant, j'ai continué d'écrire cette histoire. J'ai revu le visage de mon père, j'ai parcouru de nouveau la rédaction de *La Voz de la Industria*, rêvant d'égaler un jour le grand Pedro Vidal. J'ai revécu ma première rencontre avec Cristina Sagnier et suis revenu dans la maison de la tour pour me plonger dans cette démence qui avait consumé Diego Marlasca. J'écrivais de minuit à l'aube sans me reposer, et je me sentais vivant pour la première fois depuis que j'avais fui la ville.

La lettre est arrivée un jour de juin. Le facteur avait glissé l'enveloppe sous la porte pendant mon sommeil.

Elle était adressée à M. Rochester et, au dos, on lisait simplement Librairie Sempere & Fils, Barcelone. Pendant plusieurs minutes, j'ai tourné en rond dans la cabane sans oser l'ouvrir. Finalement, je suis sorti et me suis assis au bord de la mer pour la lire. Elle contenait une feuille et une seconde enveloppe, plus petite. Cette seconde enveloppe, défraîchie, portait simplement mon nom, David, d'une écriture que je n'avais pas oubliée en dépit de toutes les années où je l'avais perdue de vue.

Sur la feuille, Sempere junior me racontait qu'Isabella et lui, après plusieurs années de fiançailles tourmentées et interrompues, s'étaient mariés le 18 janvier 1935 à l'église Santa Ana. Contre tout pronostic, le mariage avait été célébré par le curé nonagénaire qui avait prononcé l'homélie à l'enterrement de M. Sempere et qui, malgré toutes les tentatives et tous les efforts de l'évêché, ne voulait toujours pas mourir et continuait d'agir à sa guise. Un an plus tard, Isabella avait mis au monde un garçon qui portait le nom de Daniel Sempere. Les années terribles de la guerre civile avaient apporté avec elles toutes sortes d'épreuves et, peu après la fin du conflit, dans cette paix noire et maudite qui devait déverser son poison pour toujours sur la Terre et dans le ciel, Isabella avait contracté le choléra et était morte dans les bras de son mari, dans l'appartement qu'ils partageaient au-dessus de la librairie. Elle avait été enterrée à Montjuïc le jour du quatrième anniversaire de Daniel, sous une pluie qui avait duré deux jours et deux nuits, et quand l'enfant avait demandé à son père si le ciel pleurait, celui-ci était resté sans voix pour lui répondre.

L'enveloppe qui portait mon nom contenait une lettre qu'Isabella m'avait écrite aux derniers jours de sa vie et qu'elle avait fait jurer à son époux de m'expédier s'il arrivait un jour à savoir où j'étais.

Cher David,

Il me semble parfois que j'ai commencé à vous écrire cette lettre il y a des années et que je n'ai pas encore été capable de la terminer. Beaucoup de temps a passé depuis que nous nous sommes vus pour la dernière fois, bien des choses terribles et misérables aussi, et pourtant pas un jour ne s'écoule sans que je me souvienne de vous et me demande où vous êtes, si vous avez trouvé la paix, si vous écrivez, si vous êtes devenu un vieux grincheux, si vous êtes tombé amoureux ou si vous vous souvenez de nous, de la petite librairie Sempere & Fils et de la pire secrétaire que vous ayez jamais eue.

Je crains que vous ne soyez parti sans m'avoir appris à écrire et je ne sais par où commencer pour transformer en mots tout ce que je voudrais vous dire. J'aimerais que vous sachiez que j'ai été heureuse, que grâce à vous j'ai rencontré un homme que j'ai aimé et qui m'a aimée, et que nous avons eu ensemble un enfant, Daniel, auquel je parle toujours de vous et qui a donné à ma vie un sens que tous les livres du monde n'auraient pu donner, ni même un peu expliquer.

Personne n'est au courant, mais il m'arrive de retourner encore sur ce quai d'où je vous ai vu partir à jamais et de m'y asseoir un moment, seule, à attendre, comme si je croyais que vous alliez revenir. Si vous le faisiez, vous constateriez qu'en dépit de tout ce qui s'est passé la librairie reste ouverte, que le terrain où s'élevait la maison de la tour est toujours vide, que tous les mensonges que l'on a racontés sur vous sont oubliés et que, dans ces rues, bien des gens ont l'âme tellement tachée de sang qu'ils n'osent même pas se souvenir et, quand ils le font, se mentent à eux-mêmes parce qu'ils ne peuvent pas se regarder dans la glace. À la librairie, nous continuons à vendre vos livres, mais sous le man-

teau, car ils ont été décrétés immoraux et le pays s'est rempli de plus de gens qui veulent détruire et brûler les livres que de gens qui veulent les lire. Nous vivons des temps terribles et il m'arrive souvent de croire que ceux qui viennent seront pires encore.

Mon mari et les médecins s'imaginent qu'ils me leurrent, mais je sais qu'il me reste peu de temps. Je sais que je mourrai bientôt et que, quand vous recevrez cette lettre, je ne serai déjà plus là. C'est pour cela que je voulais vous écrire, pour que vous sachiez que je n'ai pas peur, que mon unique souci est que je vais laisser un homme bon qui m'a donné une vie heureuse et mon Daniel seuls dans un monde qui, chaque jour davantage, me semble-t-il, est comme vous le disiez et non comme je croyais qu'il pouvait être.

Je voulais vous écrire pour que vous sachiez que, malgré tout, j'ai vécu, et que je vous suis reconnaissante pour le temps que j'ai passé ici, heureuse de vous avoir connu et d'avoir été votre amie. Je voulais vous écrire parce que j'aimerais que vous vous souveniez de moi et qu'un jour, s'il vous arrive de tenir à quelqu'un comme je tiens à mon petit Daniel, vous lui parliez de moi et que, par vos paroles, vous me fassiez vivre pour toujours.

Je vous aime.

ISABELLA

Des jours après avoir reçu cette lettre, j'ai su que je n'étais pas seul sur cette plage. J'ai senti sa présence dans la brise de l'aube, mais je n'ai pas voulu ni pu recommencer à fuir. Cela s'est passé un après-midi où je m'étais assis pour écrire face à la fenêtre en attendant que le soleil plonge derrière l'horizon. J'ai entendu les pas sur les planches de bois qui forment la jetée et je l'ai vu.

Le patron, vêtu de blanc, marchait lentement sur la jetée et tenait à la main une petite fille de sept ou huit ans. J'ai tout de suite reconnu l'image, cette vieille photographie que Cristina avait gardée précieusement toute sa vie sans savoir d'où elle venait. Le patron est allé jusqu'au bout de la jetée et s'est agenouillé près de l'enfant. Tous deux ont contemplé le soleil qui se répandait sur l'océan dans une infinie lame d'or incandescent. Je suis sorti de la cabane et me suis avancé sur la jetée. Quand je suis arrivé à l'extrémité, le patron s'est retourné et m'a souri. Il n'y avait ni menace ni ressentiment sur son visage, à peine une ombre de mélancolie.

— Je vous ai regretté, mon ami. J'ai regretté nos conversations, y compris nos petites querelles.

— Vous êtes venu régler vos comptes ?

Le patron a souri et, lentement, a fait non de la tête.

— Nous commettons tous des erreurs, Martín. Moi le premier. Je vous ai volé ce qui vous était le plus cher au monde. Je ne l'ai pas fait pour vous blesser. Je l'ai fait par peur. Par peur qu'elle ne vous écarte de moi, de notre travail. Je me trompais. J'ai mis du temps à le reconnaître, mais s'il y a quelque chose dont je ne manque pas, c'est bien de temps.

Je l'ai observé attentivement. Le patron, tout comme moi, n'avait pas vieilli d'un seul jour.

— Pourquoi êtes-vous venu, alors ?

Le patron a haussé les épaules.

— Je suis venu vous faire mes adieux.

Son regard s'est concentré sur la petite fille qu'il tenait par la main et qui me dévisageait avec curiosité.

— Comment t'appelles-tu ? ai-je demandé.

— Elle s'appelle Cristina, a dit le patron.

Elle a acquiescé. J'ai senti mon sang se glacer. Ses traits étaient encore éloignés de ceux que je me rappelais, mais le regard était reconnaissable entre tous.

— Cristina, dis bonjour à mon ami David. À partir de maintenant, tu vas vivre avec lui.

J'ai échangé un coup d'œil muet avec le patron. L'enfant m'a tendu la main, comme si elle avait répété mille fois ce geste, et elle a ri en rougissant. Je me suis penché vers elle et l'ai serrée dans mes bras.

— Bonjour, a-t-elle chuchoté.

— Très bien, Cristina, a approuvé le patron. Et quoi d'autre encore ?

La petite fille s'est vite souvenue.

— On m'a dit que vous êtes un fabricant d'histoires et de contes.

— Et des meilleurs, a ajouté le patron.

— Vous en fabriquerez un pour moi ?

J'ai hésité quelques secondes. La petite fille, inquiète, a levé la tête vers le patron.

— Martín ? a-t-il murmuré.

— Bien sûr, ai-je finalement répondu. Je t'écrirai tous les contes que tu voudras.

La petite fille a souri et, se rapprochant de moi, m'a embrassé sur la joue.

— Pourquoi n'irais-tu pas sur la plage en attendant que j'aie fait mes adieux à mon ami, Cristina ? a demandé le patron.

Cristina s'est éloignée lentement en se retournant à chaque pas avec un sourire. Près de moi, le patron a chuchoté sa malédiction éternelle avec douceur :

— J'ai décidé de vous rendre ce que vous avez le plus aimé et que je vous ai volé. J'ai décidé que, pour une fois, vous chemineriez à ma place en éprouvant ce que j'éprouve, que vous ne vieilliriez pas d'un seul jour et que vous verriez Cristina grandir, que vous seriez de nouveau amoureux d'elle, que vous la verriez vieillir auprès de vous et, un jour, mourir dans vos bras. Tels sont mon cadeau et ma vengeance.

J'ai fermé les yeux, tout mon être se rebellant.

— C'est impossible. Elle ne sera jamais la même.

— Cela ne dépendra que de vous, Martín. Je vous livre une page en blanc. Cette histoire ne m'appartient plus.

J'ai entendu ses pas s'éloigner et, quand j'ai rouvert les yeux, le patron n'était plus là. Cristina, au pied de la jetée, m'observait attentivement. Je lui ai souri et elle est venue lentement vers moi, hésitante.

— Où est le monsieur ? a-t-elle demandé.

— Il est parti.

— Pour toujours ?

— Pour toujours.

Cristina a souri et s'est assise près de moi.

— J'ai rêvé que nous étions amis, a-t-elle dit.

J'ai confirmé.

— Nous sommes amis. Nous l'avons toujours été.

Elle a ri et m'a pris la main. Je lui ai montré, devant nous, le soleil qui s'enfonçait dans la mer, et Cristina l'a contemplé avec des larmes dans les yeux.

— Est-ce que, un jour, je m'en souviendrai ?

— Oui, un jour.

J'ai su alors que je consacrerais chaque minute vécue ensemble à la rendre heureuse, à réparer le mal que je lui avais infligé et à lui restituer ce que je n'avais jamais su lui donner. Ces pages seraient notre mémoire jusqu'à ce que son dernier souffle s'éteigne dans mes bras et que je l'accompagne jusqu'à la haute mer, là où se brise le courant, afin de m'y perdre pour toujours avec elle et pouvoir enfin fuir en un lieu où jamais le ciel ni l'enfer ne pourront jamais nous trouver.

Table des matières

Composé par Nord Compo
à Villeneuve-d'Ascq (Nord)

Imprimé en France par

MAURY-IMPRIMEUR
à Malesherbes (Loiret)
en décembre 2010

POCKET – 12, avenue d'Italie - 75627 Paris cedex 13

N° d'impression : 160415
Dépôt légal : octobre 2010
S19423/03